目次

装幀　多田和博
カバー写真　岩井一浩

第一章　傷ついた葦

1

昨夜半から降りはじめた豪雨は昼の一時を過ぎたころになってようやく小雨に取って代わった。

その降りしきる小雨のなかのパドックを十八頭の馬たちが周回を重ねている。

力強く後肢《あとあし》を踏み込み絶好の仕上がり具合を示す馬、場内の熱気と興奮とで明らかにイレ込み状態にある馬、首を上下させながら秘めた闘志をむき出しにしている馬——。

しかしどの馬からも、この晴れ舞台に登場するのが持って生まれた自分の血の当然の帰結とでもいう品格と自信とが感じられる。

パドックは黒山の人だかりだった。人と傘の波にもまれながら、柏木圭一《かしわぎけいいち》はそんな馬のなかの一頭、ゼッケン番号17番をつけた馬に先刻から熱い視線を注いでいた。

ホマレミオウ——。公表馬体重四百二十六キロ。牝馬《ひんば》としてはやや小ぶりではあるが、この雨を受けて、栗毛《くりげ》色をした馬体からはかすかに白い湯気が立ちのぼっている。

係員の合図で色とりどりの勝負服をまとった騎手が馬の背にまたがると、パドックを取り囲んだ観衆の傘が揺れ、ひときわ高い歓声がわき上がった。

ゼッケン番号1番から順に馬場に通じる地下道へと姿を消してゆく。

最後から二番目のホマレミオウが柏木の眼前に来たとき、一度嫌々をするように彼女は立ち止まった。調教助手に追われ、ふたたび首を上下させながら歩きはじめた彼女の横顔を、柏木はもう一度確かめるように見つめた。

澄んだ大きな目は、やはりカシワヘブンに瓜《うり》二つだった。しかし、ホマレミオウの物言わぬその目とたった今示した嫌々をするしぐさが柏木の目には、まるで自分になにかを訴えているかのように映った。

走ることはサラブレッドの宿命である。しかもこのレースはグレードⅠに格づけされている牝馬の最高峰、オークス。馬主や調教師が生涯に一度は出走させることを夢見るレースである。

サラブレッドの馬体はきわめて繊細にできており、したがってその使い方には細心の注意と配慮とがなされる。それを考えればホマレミオウのこの日までのローテーションは明らかに酷に過ぎた。

三月と四月のダートの未勝利戦に三回立てつづけに使われ、着外に敗れると一転して四月下旬の芝の未勝利戦に挑戦し、そしてこれが功を奏して初の勝鞍《かちくら》をあげると、芝が適していると読んだのか、陣営は今度は一週間後の特別戦に連闘という強攻策を打ち出した。陣営の狙《ねら》いは明白だった。そのレースで二着までに入ると、オークスへの出走権利が得られるからである。

むろん周囲の反応は冷ややかだった。どう考えても無謀な使い方といわれてもしかたのないローテーションだからだ。

だがホマレミオウは、そんな周囲の雑音を封じるかのように千八百メートルを走り抜き、見事、直線で二着に突っ込んできたのである。

そして三週間後のきょう、晴れてオークスという檜舞《ひのきぶ》台《たい》を迎えている。

なか二、三週間という出走間隔は別に酷使というほどでもない。しかし、ホマレミオウのこれまでのローテーションがローテーションだった。ましてや牝馬である。連闘によって目に見えぬ疲労が蓄積し、馬体にも相当な負担がかかっていることは明らかだった。それに母馬の血統からみて重馬場は不得手のはずだった。

さすがにファンもそのあたりは熟知している。単勝オッズでは十八頭中のしんがりから二番目という人気のなさで、もし優勝するようなことでもあれば、四千円台もの高配当となる。

こうまで強引なやり方で馬を走らせるのは、なにがなんでも自分の持ち馬をオークスに出走させたかったからだろう。

江成達也《えなりたつや》——。やつのやりそうなことだ。欲しいもの、名誉と名のつくものはすべて手に入れる。それがやつの本性だ……。

柏木はホマレミオウが消えた通用口を見つめながら胸でそうつぶやくと、観衆の少なくなったパドックをあとにして馬主席のある中央観覧席の建物に足をむけた。

馬主席で待つ義父の横矢孝義《よこやたかよし》の顔が目に浮かぶ。きっと顔を出すのが遅いことで苛立《いらだ》っているにちがいない。

しかし歩く柏木の気持ちはふさいでいた。立ち止まったときに見せたホマレミオウのあの目。澄んだ大きなあの目は、まちがいなく自分を見つめていたようにおもう。走りたくない——。まるでその気持ちを自分に訴えているようだった。ホマレミオウの惨敗する姿を見るのは忍びない。

混雑する人波で誰かの肩にぶつかった瞬間、柏木は中央観覧席にむかう足を出口へと変えた。

顔を出さなかった理由は適当に繕《つくろ》おう……。どうせ横矢は自分には強い態度をとれはしない。

競馬場を出て、一度振り返った。

西の空がいくらか赤みを帯びはじめている。降りつづいたこの雨もどうやらやみそうな雲行きだ。

あと数分もしたらゲートが開かれるだろう。だが結果は見なくてもわかっている。

泥どろのきょうのこの重馬場の二千四百メートルで、ホマレミオウが上位に入着することはまちがってもないだろう。

カシワヘブンもその母であるカシワドリームも雨が大の苦手だった。ことにカシワヘブンは、走るばかりではなく、雨に打たれることすら嫌がったものだ。雨が降りはじめると、牧場の柵《さく》にすり寄って、まるで早く厩舎《きゅうしゃ》に連れ戻してくれといわんばかりにいななきをあげていたのをきのうのことのように憶《おぼ》えている。

無事に走り終えてほしい。柏木はいくらか明るくなった西の空にむけてもう一度自分の願いを胸のうちでつぶやいた。

待たせてある車への道を急ぐ柏木の背後でファンファーレがかすかに鳴っている。

競馬開催のときにだけ営業している民家の臨時駐車場に着いたのは十分後だった。柏木の姿を目にした運転手の本橋《もとはし》が慌てて、ベンツのエンジンをかける。どうやらラジオで競馬の実況でも聞いていたようだ。

「お帰りなさい。これから……？」

「社に帰る」

うなずき、急ぐよう、本橋にいった。

競馬が終われば、この界隈《かいわい》は混雑で身動きがとれなくなるだろう。

それでも道路は混雑していた。来るときとはちがい、府中のインターに乗り入れるまでに四十分近くもかかった。

本橋がウインカーを点滅させながら鮮やかなハンドル捌《さば》きで中央自動車道の車の流れのなかにベンツを滑り込ませる。

雨はすでにやみ、路面の濡《ぬ》れた高速道路が西陽《にしび》を照り返してキラキラと輝いている。

「競馬はよくなさるんですか？」

バックミラーのなかから、本橋が訊《き》いてくる。

「運転中はよけいなことはしゃべるな、と児玉《こだま》からは教わらなかったのか」

「すみません」

本橋が短く謝り、視線をまっすぐ前方にむけた。

本橋一馬《かずま》。今年で二十四歳。二か月前、募集広告もしていないのに入社を懇願して突然会社に顔を出した。

受付が追い返そうとしたのを偶然常務の児玉亮《りょう》が通りかかり、彼の熱意に打たれた児玉の温情が入社させるきっかけとなった。

以来、見習として児玉が預かっていたが、専属の運転手である杉浦《すぎうら》が風邪をこじらせて寝込んでしまい一週間前から臨時の運転手をさせている。

社長の車の運転手にさせてください——。そういって、本橋が直接願い出てきたと児玉からは聞かされている。

変わった若者。それが初めて目にしたときに抱いた柏木の第一印象だった。

しかしこの一週間の行動でみるかぎり、その態度やことば遣いが、今どきの若者ということばが似つかわしくないほどに見どころがあるというのも事実だった。

案外掘り出し物なのかもしれない。長身の背筋をピンと伸ばし、前方に目を凝らして黙々と運転をしつづける本橋の背を見つめながら、柏木はそうおもった。

「競馬の実況を聞いていたのか？」

マルボロを口にし、柏木は訊いた。

「はい。いけませんでしたか」

「かまわんよ。で、オークスはなにが来たのかね？」

一瞬、本橋が怪訝《けげん》な目をバックミラーに映した。

「オークスをご覧になりに行ったのではなかったのですか？」

「いや、別の用事だ」

たばこを吸いながら、本橋の視線を受け流した。

本橋の口から出てきたのは、本命馬と目されていた馬の名前だった。

「でも、一頭かわいそうなことをしましたね」

「かわいそう？　どういう意味だ？」

不吉な予感におもわず柏木はたばこの手を止めた。

「ホマレミオウという馬が三コーナーで足を取られて騎手が落馬したそうです」

「なにっ、ホマレミオウが？　それで、どうなった？」

身を乗り出して訊く口調は詰問調になっていた。

「担架で運ばれたそうですが、そのあとのことまでは……」

本橋が申し訳なさそうに首をすくめた。

「騎手じゃない。馬のほうだ」

「えっ、馬のほうですか。前肢を骨折した、とか……」

詳細について知らなかったことがまるで自分の失点であるかのように、本橋が語尾を弱くした。

落馬、しかも骨折だと？　カシワヘブンと同じではないか……。

柏木は震える手でたばこをもみ消した。

不安が現実になった。

しかし母も子もなんという不幸な結末を迎えるのだろう……。やはりあのときからすべての歯車が狂い出したのだ……。

父の圭吾《けいご》が夢を託していた肌馬《はだうま》のカシワドリーム。そのカシワドリームが父の手もとにいたときには、その産《さん》駒《く》である子供たちが大きな事故に遭ったという話を聞いたことはない。皆無事に競走生活を終えていた。だが、そのカシワドリームが父の手もとを離れたときから、その子供たちに不幸が訪れている。

生まれた仔馬《こうま》を手放すに際して、父は必ず馬主の馬に対する愛情を確かめていた。決して金のためだけで馬を譲り渡すようなことはしなかった。

もしカシワドリームが父の手もとにいたのなら、その子であるカシワヘブン、そしてカシワヘブンの子であるホマレミオウも心ある馬主の許《もと》に引き取られていったにちがいない。

ホマレミオウが哀れにおもえた。それと同時に柏木は、江成達也に対する憎しみがまたひとつ胸のなかに芽生えたような気がした。

あの男にとって馬という生き物は、単なる金銭の対象物、単なる欲望のための道具でしかないのだ……。

「どうかしましたか？」

本橋の声に、柏木は目を開けた。

「いや、なんでもない。しかし、馬という生き物は哀れだな。人間が勝手に交配し、勝手な生き方を強要させる」

「人間の世界にもそういう生き方をさせるひとがいるのではないですか」

「どういう意味だ？」

「いえ……」本橋がことばを濁した。「出すぎたことをいいました」

　車はもうすぐ首都高速に入ろうとしていた。

　人間の世界にもいる、か……。

　この若者はどんな生い立ちなのだろう。

　そのとき柏木は、自分が本橋というこの若者についてなにひとつとして知らないことに初めて気がついた。履歴書にすらまだ目を通していない。

　しかし履歴書を見たからといってその人間のすべてがわかるというものでもない。履歴書というのはしょせん上っ面の事実を書き込むだけの代物で、その人間の持つ本質や隠された真実などなにも記してはいない。

　現にこの自分がそうだ。義父も妻の奈緒子《なおこ》も、知っているのはうわべの自分の姿だけで、隠された内面などなにひとつとして知りはしない。

「会社に入りたい、と飛び込みで応募してきたそうだな」

　新しいマルボロに火をつけながら訊いた。

「ええ……」

　小さな声で答え、それが癖であるかのようにふたたび本橋がミラー越しにチラリと視線を柏木に投げてくる。

　その目には、好奇心からくるのか、どこか柏木を観察するような光が宿っていた。

　本橋の視線を避けるように車外の景色に目をむける。

「なんでまた、そんな気になった？」

「憧《あこが》れたからです」

「憧れた？　なにに憧れたんだ？」

　そう口にはしたものの、およその察しはついた。たぶん雑誌の記事でも目にしたにちがいない。

「裸一貫から現在の会社にまでされたとか……。そんな社長の生き方に、です」

「ほう。俺のことについては詳しいというわけか」

　知らぬふりをしてつぶやいてみる。

「ある雑誌に出ていた社長の記事を読みました。『カシワギ・コーポレーション』社長、柏木圭一。弱冠四十四歳、バブルの波にも呑《の》み込まれることなく躍進しつづける若手実業家。そんなタイトルでした。貸しビル業、人材派遣会社、そして時代の最先端をゆくコンピューターゲームソフト会社——。異業種の様々な会社を経営する社長って、いったいどんなひとなのだろう、と……。その興味が今度はぜひそんな社長の下で働いてみたい、という気持ちへと変わりました」

「雑誌に書かれたものをすべて信用するのか」

「そういうわけではありません。でも、現実に社長の姿をこの目で見て、記事はその通りだとおもっています」

「そうかね……」

曖昧《あいまい》なことばで受け流す。

青年実業家特集を――、ということで四年前に初めて中堅経済雑誌の取材を受けた。それを皮切りに、これまでに何度か女性週刊誌や一般誌に顔を出している。そのいくつかは横矢の作戦によるものだった。

本橋が興味を抱いたということは、彼以外にも心魅《ひ》かれた人間が多いということだろう。つまり横矢の狙いどおりに進行しているのだ。

まず名を売ることが先決ですわ。マスコミを上手《うま》く利用し、名を売り、一般に顔を知らしめることが第一ステップ。そのあとに実弾で要所要所を押さえる――。任せておきなさい。自信満々にいい放った横矢の顔が目に浮かぶ。

横矢は半蔵門で政治経済を謳《うた》い文句にした小さな業界紙の会社を経営しているが、彼の実態は利権やスキャンダルを飯の種に暗躍する、いってみれば政財界の裏に巣くうゴロともいうべき存在だった。とりわけ政界には幅広い人脈を有し、選挙戦ともなると敵となった相手陣営は戦々恐々となるほどの辣腕《らつわん》をふるうことでも知られている。

柏木が横矢と知り合ったのは十五年前、世の中がバブルでうかれ始めようとしていたころだった。人づてに紹介され、それ以後妙に横矢に気に入られた柏木は、彼の人脈や知恵、もたらしてくれる情報によってたしかに大きな利益も受けた。そしてそのひとり娘である奈緒子を十年前に妻として迎え入れてもいる。しかしその彼も、ご多分に洩《も》れずバブル崩壊の波をもろに被《かぶ》り、今や台所は火の車だ。それにもかかわらず、今でも三頭の馬を所有する馬主でいられるのは、すべて柏木の資金力のおかげだった。

選挙のことはわからない。今はその道のプロを自任する横矢に乗るだけだった。

「記事のなかで――」

「その話はもういい」

本橋の問いかけをさえぎった。きのうきょう入社した若僧を相手にする話題ではない。

高速の外苑《がいえん》出口で、自動車電話が鳴った。

「俺が出る」

取ろうとした本橋を制し、受話器を握った。やはり横矢からだった。

――どうしたんだ？　捜してたんだぞ。

機嫌を損ねたような濁声《だみごえ》が耳に響く。

「田町に急な用件ができましてね」

ライターを指先でもてあそびながら答える。

コンピューターゲームソフト会社「フューチャーズ」。その本社所在地である田町の地名から、柏木たちは、そこを「田町」の別称で呼んでいる。

会社は、自由出勤が原則になっており、社長の中条《なかじょう》俊介《しゅんすけ》が日曜日も出勤していることは横矢も知っている。

少し間を置き、横矢がいった。

――そうか。仕事ならしかたがないな。

声の調子が不機嫌なものからおもねるようなそれに変わっている。

「で、江成の馬はどうでした？」

知らぬふりをして、さりげなく訊いた。

――やつの行く末を暗示するかのような結果だったよ。

回線に横矢の含み笑いが洩れた。

騎手は二か月の重傷、ホマレミオウは右前肢の種子骨を骨折したらしい。

「肌馬としては……？」

薬殺処分かどうかとは訊きたくなかった。

――わからん。あとはあの馬の運だろう。しかし馬好きでもないのに、やたらあの馬にこだわるな。

「江成の馬だからですよ」

横矢の矛先《ほこさき》をかわした。

家は北海道で農業をしていた――。そういって、死んだ父が小さな牧場を経営していたことすら横矢には教えていない。ホマレミオウの祖母馬であるカシワドリームがかつての父の牧場の肌馬だったことを知ったら、いったい彼はどんな顔をするだろう。ましてや騙《だま》すも同然に買収した、その買収先の牧場主のひとり娘が現在の江成達也の妻、亜木子《あきこ》であるという事実を知ったなら驚愕《きょうがく》するにちがいない。

これからの予定を横矢に訊かれた。

特にはなかった。広尾の本社に寄ったあと七時か八時には家に帰っている、と柏木はいった。

――じゃ、そのころ寄らしてもらおう。奈緒子とも久しく会っていないしな。たまには家で酒でも飲もうじゃないか。

承諾し、柏木は電話を切った。

「本社ではないのですか?」

本橋が訊いた。

どうやら電話のやりとりを聞いていたらしい。つまり「田町」に急用ができたという作り話にも気づいている。

「田町だ」

不快な気持ちを抑えてぶっきらぼうにいう。

そういえば中条とはここ二週間ほど会っていない。ホマレミオウが骨折した……。こんなやり切れない気持ちのときに飲む酒は、横矢ではなく、中条のほうがふさわしい。

どこか浮世離れした風貌《ふうぼう》の、東北訛《なまり》が抜け切っていないような口調で訥々《とつとつ》と話す中条の童顔をおもい浮かべながら、柏木は目を閉じて深々とシートに腰を沈めた。

2

「第一カシワギビル」。反射した西陽が七階建てのビルの側壁に書き込まれた大きな文字を浮かび上がらせている。

鬱屈《うっくつ》を抱えていたたまれなくなったときや気持ちが萎《な》えそうになったとき、わざわざこのビルの壁面のこの文字を見に来ることがある。柏木にとっては、今保有している他のどのビルよりも思い入れのある、愛着の深いビルだった。まだバブルの黎明期であった十三年前、「カシワギ・コーポレーション」を設立した二年後に、一大決心をして全財産と多額の借金までを負って入手した最初のビルである。このビルの成功がビル業の足がかりとなり、今日の「柏木グループ」の礎を築くこととなった。現在は、一、二階を大手の外車販売会社に貸与し、三階から七階までの五フロアを「フューチャーズ」が使用している。

「日曜日なのにすまなかったな」

ビル前に車を停《と》めさせて、もう帰っていい、と柏木は本橋にいった。

「私ならかまいません」

「いいんだ。あとはタクシーを使う」

後部座席のドアを開けて直立不動で立っている本橋を無視して、柏木はまっすぐにビルの入口に足を運んだ。

もうすぐ五時だが、日曜も営業している一階のガラス張りの新車展示場にはまだ数人の客の姿があった。

エレベーターホールで立ち止まってふと振り返ると、

ビルの前にはまだ本橋が車を停めていた。瞬間本橋は、ばつの悪さを隠すかのように頭を下げると車を急発進させた。

七階が総務と役員室、他のフロアはすべて、ゲームソフトの開発に熱中する若い社員たちで占められている。

七階のボタンを押しかけた指を、三階に戻した。

どうせ中条は自分の部屋にはいないだろう。社員と一緒になってパソコンの画面をのぞき込んでいるにちがいない。

三階で下り、エレベーター前に広がる見慣れた光景に目をやった。

フロアは低い衝立《ついたて》によって碁盤の目のように整然と区切られ、その区切られた衝立のなかのそれぞれの場所でラフな服装の社員たちがパソコンとむかい合っている。気づいた何人かが、柏木に軽い会釈の挨拶《あいさつ》を送ってきた。笑みでそれらに応じる。

静かだが、沈静しているのではない。静かななかに、なにかを生もうという、あるいは生まれるのをじっと待っているかのような熱気が漂っている。

柏木はこの会社のこの空気が好きだった。どこか気持ちをほっとさせてくれるのだ。

貸しビル業の中枢を置いた広尾の本社ビル、そしてもうひとつの会社、虎ノ門にある人材派遣会社「ハンド・トゥ・ハンド」とはその点が決定的にちがっていた。

通りかかった顔見知りの社員に、中条の居場所を訊いた。

「さあ、さっきは四階で見かけましたけど」

そういって、彼は笑いながら小首を傾《かし》げた。

中条がひと所にじっとしていないのは社員たちも知っている。少しでも時間があれば、研究に没頭している彼らのあいだを飛び回っては相談に乗っているのだ。

「わかった。捜してみる」

笑みを返し、柏木は階段に足をむけた。

四階、五階と中条の姿を捜し求め、見つけたのは、六階のひときわ高い衝立によって区切られた一角でだった。

「おやっ、いったいどうしたんですか？」

柏木を目にした中条が細面のなかの眼鏡に手をやってふしぎそうな顔をした。

柏木より四つ下だが、その童顔のせいで三十代半ばに見られることが多い。

「いや、ちょっとな。おまえさんと飯でも食いたくなった」

日曜日に、ここを訪れたことは数えるぐらいしかない。オーナーとはいえ、柏木は自分がこの会社では異端の人種であることを自覚していた。自由でのびのびとした雰囲気が若い社員の創造の芽を生む。その意味では、経営的な側面を除けば、この会社においては柏木は無用の存在といえなくもない。

「ちょっと見てみますか。今度、『パンドラシリーズ』に代わって新しく売り出そうとしている、例の『プロミスト・ランド』というソフトですよ」

そういって、中条がパソコンの画面に目をやった。

全五巻の「パンドラシリーズ」は売れに売れた。その利益の大半を注《つ》ぎ込んでいるのが「プロミスト・ランド」で、中条の自信作だった。ロールプレイングゲームとやらの一種であるらしい。

「いや、遠慮しておこう。どうせ見ても聞いてもわかりゃしない」

「そうですか……」

中条はだだっ子のようにちょっとすねたような表情を浮かべたが、あきらめ顔で二言三言オペレーターに指示を出すと衝立の外に出た。

「日曜日なのに、相変わらずたくさんの社員が出社してるんだな」

中条と肩を並べて歩きながら、柏木は周囲を見回した。

「好きなんですよ。家でじっとしているより、ああしてパソコンの前に座って考え事をしているほうが落ち着くんです」

「そんなものかな」

「しかし、社長のメカ音痴も相変わらずですね。とてもこの会社を店頭公開しようとするオーナーの姿勢じゃありませんよ」

「機械は、電話で十分だ」

柏木のことばに中条は声を出して笑った。

機械を前にして気持ちが落ち着くという人間がどうにも理解できない。機械はしょせん機械だろう。だが、そうした物の見方や考え方が旧《ふる》いという自覚も一方ではある。つまるところ中条たちとのちがいは、自分が育った環境のせいなのかもしれない。

一足先に下に降り、中条を待った。

柏木の胸のなかにあったどこかふさいだような気分はいつの間にか消えていた。やはり顔を出してよかったとおもう。

雨はすっかり上がっていた。梅雨どき特有の、あのねっとりと肌にまとわりつくような空気も雨に洗い流されて清々《すがすが》しいものとなっている。

　夕暮れの街並みに点《とも》りはじめたネオンを見つめながらマルボロを一本吸い終えたとき、エレベーターを下りてくる中条の姿が目に入った。

「なにを食いたい？」

　たばこを足もとに落とし、柏木は訊いた。

「なんでもいいです。任せます」

「仕事のことしか頭にないんだな」

　口にしながら、ふと、おもいついた。そのときには、目の前を通り過ぎようとする空車に手をあげていた。

　乗り込み、運転手に、高田馬場という。

「高田馬場？」

　横に腰を下ろした中条が怪訝な顔をした。

「ああ、千草《ちぐさ》食堂で急に飯を食いたくなった」

「千草食堂？　千草食堂って、あの……」

「きょうはなんとなくそんな気分なんだ」

　見つめる中条の目に、柏木はうなずいた。

「そうですか……。しかし、ずいぶんと懐かしい名前だなあ。年中無休、早い、うまい、安い——か」

　軽口をつぶやきながら、中条が記憶をひもとくような視線を宙に彷徨《さまよ》わせた。

「でも……、もう二十年からになりますよ。潰《つぶ》れてないでしょうね？」

「だいじょうぶさ。去年の暮れは営業してた」

「去年？」

　中条が一瞬、ビックリしたような目をむけてくる。

「ああ、なんとなくのぞいてみたくなってな」

　笑みで中条に応じたが、なんとなくのぞいたわけではなかった。食べる物も喉《のど》を通らず、ひとり新宿で正体不明になるまで酔い潰れた朝、まるで夢遊病者のように足をむけたのだ。あのときのおもいを封じるように柏木は、ネオンの輝く、車外のビル街に目をやった。

「ところで、圭介《けいすけ》のやつ、ずいぶんと可愛《かわい》くなっただろう？」

　話題を変え、中条に訊く。

「ええ、やんちゃで困っています」

　中条の表情がゆるんだ。

「日曜日じゃ、奥さんと子供が待ってるな」

「気にしないでください」

「なに、飯を食ったら、すぐに解放してやるさ。恨まれたらかなわん」

中条の住居は代々木上原だ。中目黒の自宅に帰るついでに落としてやればいい。

中条は奥手で、結婚したのは四年前だった。そしてその二年後に、子供好きの彼に待望の子宝が授かった。柏木の名前を一字もらう、と宣言し、中条は柏木の止めるのも聞かずに生まれた男の子に圭介と命名した。そのせいもあるが、子供のいない柏木にとっては、中条の子供の圭介はなんとなく血の繋《つな》がりを感じさせるような存在でもある。

タクシーは明治通りを右折し、新目白通りに入った。

「面影橋《おもかげばし》の所で停まってくれ」

運転手にいう。

車を下り、神田川のほうにむかって中条と肩を並べて歩いた。

きのうからの雨で、川は増水していた。その増水した川の流れが時々ポリ袋や段ボールの紙片などのゴミを運び去ってゆく。

学生らしき一団が笑い声をあげながら通り過ぎた。

この界隈は、W大学に通う学生の下宿屋やアパートが多いことで知られている。かつて柏木や中条もこの一角に住んでいた。クリーニング屋とコンビニにはさまれて押し潰されたような格好の古ぼけた店構えの木造建物。「千草食堂」と書かれた曇りガラスの引き戸を開けると、店内には数人の客がいるだけだった。

スーツ姿の柏木が珍しいのか、学生客のひとりが、怪訝な顔をむけてくる。

厨房《ちゅうぼう》から死角になった一番奥のテーブルに腰を下ろす。

「最初に社長に声をかけられたのもこの席でしたね」

「おい、ここでは『圭ちゃん』だ。そのほうが落ち着く」

柏木のことばに中条が笑みを洩らした。

「メニューもむかしのままですね」

壁に貼《は》られた品書きを中条が懐かしそうに見回している。

「また、トンカツか？」

冷やかすようにいい、柏木はビールと適当なつまみも合わせて注文した。

ひとしきり、想い出話に花を咲かせた。中条はビール二杯でもう酔いが回った顔になっている。

「ここで、圭ちゃんに声をかけてもらっていなかったら、今のぼくはなかった……」

しみじみとした口調で中条がいった。

「そんなことはない。おまえさんの才能をもってすれば、俺と出会っていなくても、きっと成功していたさ。感謝しなきゃならんのは、むしろ俺のほうだ。おまえの才能が俺の事業を躍進させる礎を作ってくれたんだ」

「そういってくれるのはうれしいけど、誰でもできることじゃないとおもう。コンピューターなんてことにはまるっきり興味がないのに、圭ちゃんはぼくのことばを信用して資金を出してくれた。それも親の遺産だったという大切なお金なのに……」

中条の才能は信じていた。しかし、その才能に賭《か》けてみたかったからだけではなかった。あの金は、そんなふうに使うのがふさわしい、とおもったからだ。だいいち親の遺産というのも嘘《うそ》だった。

この食堂で中条と初めて口をきいたのは、W大の二部に合格した年の秋、柏木が二十三歳のときのことだ。

二十歳になったばかりの年の暮れにそれまで住んでいた南品川の青物《あおもの》横丁市場の街を逃げるようにして飛び出し、この近くの神田川沿いのボロアパートに転がり込んだ。

それからというもの、昼は四谷の不動産会社に勤務し、夜は受験を目指すというハードな生活を二年ほどつづけやっとのおもいで志望のW大学への入学を果たした。

そのころの柏木は出勤前の朝食やたまの休みの日の夕食に、この千草食堂を度々利用していた。いつもひとりで来ては黙々と食事をしている中条の姿に気づいてはいた。朴訥《ぼくとつ》な田舎《いなか》の若者——。中条に抱いた第一印象は、それだった。特に親しくなりたいとおもったわけではない。中条と口をきいたのはふとしたことがきっかけだった。

もらった招待券で映画を観《み》に行く予定が、急な用事で行けなくなった。しかし映画はその日で終わりで、招待券は紙屑《かみくず》同然となる。朝食を摂《と》ったあと、ごく自然に柏木はテーブルに座っていた中条に声をかけていた。

中条が同じW大の学生であることは見当がついていた。理工学部です——。はにかんだような顔をして答えた中条に柏木は親近感以上のなにかを感じた。それ以来、中条とは急激に親しくなった。

時々遊びに訪れた中条の下宿先には、ソフトウエアやハードウエア関連の本が山積みされていた。柏木はコンピューターなどという類《たぐい》の物にはまったくといっていいほどに興味はなかったが、その世界の未来図を熱い口調でしゃべる中条の話を聞くのは好きだった。それについて語るときの中条の顔は光り輝いていて、柏木は、彼のことばのなかに、自分とはまた別の夢を感じ取ることができた。

三年生になった六月、柏木は大学の卒業を断念して退学届を提出した。そのころの柏木は、不動産業の世界で身を立てるべく日夜走り回る生活を送っていたからである。

中条もまた柏木同様の苦学生だった。岩手の田舎町の貧農の三男坊だった中条は何度も卒業をあきらめようとしたが、その都度、柏木は救いの手を彼に差し伸べて学業をつづけさせた。こんな生活をしているが、俺には遺産相続で得たまとまった金がある。出世してから返してくれればよい――。そのことばを中条は素直に受け取ってくれた。

しかし結局中条もまた、柏木のあとを追うようにして、柏木が退学した年の秋に退学届を提出した。

これからはコンピューターソフトの時代、それも家庭が舞台です――。そう熱っぽく語った中条の夢と信念にこれっぽっちも疑いは持たなかった。誰にも教えていない隠し預金が七千万ほどあった。柏木は中条に会社を設立することを申し出た。

圭ちゃんとぼくの未来をかけて――。中条の提案で、会社の名称は「フューチャーズ」とした。

その年の十二月十日、明大前の小さな事務所で「フューチャーズ」は、産声をあげた。しかし当初は苦難の連続だった。だが柏木は中条の才能と彼の夢を信じた。そのために注ぎ込む金を惜しいとおもったことなど一度としてなかった。

設立して五年ほど経《た》ったとき、市場に参入してきた大手メーカーの開発したファミリーコンピューターが爆発的なヒットを飛ばし、それと同時に「フューチャーズ」も上昇気流に乗っていった。

時計を見ると、七時半になろうとしていた。イライラしながら自分の帰りを待っている横矢の顔が目に浮かぶ。想い出話に区切りをつけ、残ったビールで乾杯してから腰を上げた。

表通りに出て、ふたたびタクシーを拾った。

「ところで、きょうはうちの会社を見るためにわざわざ出て来たわけじゃないんでしょう?」

過ぎゆく車窓の風景を目で追いながら、中条が訊いた。

「じつは、競馬場に行って来たついでだった」

「競馬場? 珍しいですね。そうか、奥さんのオヤジさんと一緒だったんですね」

「その予定だったが、スッポかした」

横矢が競馬好きなことは中条も知っている。たぶん無理やり誘い出されたとでもおもったのだろう。だが柏木は、競馬場をのぞいた本当の理由を中条に話す気にはならなかった。だいいち中条には、江成のことなどなにひとつとして教えてはいない。

競馬場をのぞいてみる気になったのは一昨日のことだった。

横矢と知り合ってから過去に一度だけ、一緒に競馬場をのぞいたことがある。以来、横矢とは馬の話をすることすらも避けていた。その理由を彼は、単に自分が競馬に興味がないからだとおもっているにちがいない。その横矢が久々に広尾の柏木の会社を訪れて、社長室に入って来るなり競馬の話を切り出したのだ。オークスに江成達也の馬が出走するという。

江成達也——。貸しビル業の大手「江成興産」の実質的オーナーであると同時に衆議院議員の肩書きを持つ。牧場経営に手を貸す彼はむろん何頭かの競走馬を所有している。しかし持ち馬の名前までは知らなかった。

適当に横矢の話を聞き流していたとき、柏木の目が手渡された競馬新聞の一点に釘《くぎ》づけになった。8枠17番の江成の持ち馬の欄だった。

ホマレミオウ。母カシワヘブン、父ブリティシュワンダー。馬主江成達也。

母馬、カシワヘブン——。柏木にとっては忘れようにも忘れようのない名前だった。

信じられない気持ちだった。カシワヘブンに子供がいた……。薬殺処分にはならずに、元気に子供まで産んでいたのだ……。

オークスにも馬券にも興味はなかった。だが柏木はただ一目、カシワヘブンの血を受け継いだホマレミオウという馬をこの目で見てみたいという衝動を抑えることができなくなっていた。それに馬主席には江成と一緒に亜木子も来ているのではないか……。

観戦したい、という柏木のことばに、一瞬横矢は怪訝とも半信半疑とも見える表情を浮かべた。しかしすぐにそれを満面の笑みに取って代えた。

横矢の胸のうちはわかっていた。

良い馬を持ちたい、というのが今年還暦を迎える彼の、長年持ちつづけている夢だ。そのための資金を義理の息子である自分に期待しているからにほかならない。

「しかし、今度のやつにはだいぶ気合が入ってるようだな」

　新ソフト「プロミスト・ランド」に話題を振ってやると、中条が嬉々《きき》とした表情で彼が一番気に入っているというアイデアポイントについて話しはじめた。

「ちょっと寄ってゆきませんか」代々木上原のマンションに近づいたとき、中条がいった。「圭介はもしかしたら寝てしまってるかもしれませんが……」

　気持ちが少し動いた。圭介の顔を最後に見たのは、今年の正月だ。それに中条はまだまだ「プロミスト・ランド」について語りたいようだった。

「いや、やめておこう。じつは、家で横矢が待ってるんだ」

「そうですか。きょうはとても愉《たの》しかったですよ」

　中条のマンションの前で車が停まった。

　白い歯を見せて背をむけた中条がマンションのなかに消えるのを見届けてから、柏木は中目黒にやってくれるよう運転手にいった。

　山手通りを走る車の外に流れるネオンの明かりに見るともない視線をむける。

　誰も知りはしない……。胸でつぶやく。

柏木グループの礎となった七千万余の大金――。元をただせば、捨ててしまいたい気持ちを抱いてひそかに隠し持っていた汚れた金がおもわぬ形で化けた代物だった。

　その捨て場所を得たとおもったのは、不動産会社に勤める競馬好きの同僚が広げていた翌日開催の競馬の予想紙を目にしたときだった。大井競馬の第九レース。おもわず我が目を疑った。カシワドリームの子供であるカシワヘブンが掲載されていたのだ。数日来の雨で馬場は泥んこ状態だった。雨嫌いのカシワヘブンがまちがっても一着で来ることはない。

　柏木は押入れの奥底から汚れた金を持ち出していた。

3

　電話を終えたとき、ドアがノックされた。児玉が顔を出す。

　デスクから離れ、柏木は部屋の中央の応接ソファに腰を下ろした。児玉にも目で促す。

「想像以上に酷《ひど》いようですね」むかいのソファに座るなり、児玉がいった。「近ごろでは、利払いのための借金にも追いまくられているようです」

うなずき、柏木はネクタイの結び目をゆるめながら身を乗り出した。

「それで、片岡《かたおか》の返事は?」

「了解とのことです。社長に、くれぐれもよろしく、といってました」

濃紺のスーツをきちんと着こなし、身じろぎもしない姿勢で児玉が答える。

「わかった。あとのことは俺がやる」

二週間前に新橋の街金融屋、「片岡ファイナンス」に江成達也が借金の申し込みをした。それを教えてくれたのは横矢だった。

江成興産が借金に喘《あえ》いでいるというのは、貸しビル業界ではすでに知れ渡った話だった。ご多分に洩れず、バブルのときに手を広げすぎたのが完全に裏目に出た結果である。持ちビルのいくつかを整理し、なんとか体勢の立て直しを図ってはいるようだが、街金融にまで借金の依頼をするからには相当に追い詰められているのだろう。

「片岡ファイナンス」は、業界でも中堅どころの金融屋として名が通っている。堅実な経営で、後ろに危ない筋のヒモもついてはいない。そんな点を考慮した上での江成の借金の申し込みだろう。

すぐに柏木は片岡に電話を入れ、その真偽のほどを確かめた。

片岡勉《つとむ》とは、むかし地上げをやっていたころに知り合い、以来一緒に何度か仕事もしたことがあり、柏木は信用のできる男との評価を下していた。

少し考えさせてほしい——。そう江成には返答した、と片岡はいった。しかし彼の肚《はら》は決まっていた。融資を断るのだ。江成達也は、江成興産の実質的オーナーであると同時に、衆議院議員という金看板をも合わせ持つ大物である。門前払いにできるものでもないだろう、と片岡は笑いながら事の仔細《しさい》を柏木に教えてくれた。

江成が片岡に申し込んだ借金の額は五億。片岡に話を聞いた翌日、柏木はその話を受けてくれるよう、彼に依頼した。融資の資金は、迂回《うかい》して「カシワギ・コーポレーション」が出す。ただし、条件として、江成の妻の実家である、北海道の寺島《てらしま》牧場を担保に入れる……。

視線を宙に浮かし考え込んでいる柏木を見つめながら、児玉がつづける。

「しかし片岡社長の話では、浦河《うらかわ》の牧場にはそんな値打ちはとてもないとのことでした。それにすでに地元の金融機関からは抵当権が設定されているようですし……」

「よけいなことはいわなくていい」

ピシャリと児玉の口を封じて柏木は話題を変えた。

「ところで、この間の東麻布の物件はどうだったんだ？」

二週間ほど前に他の業者から持ち込まれたマンションの売り物件について問いただす。

これ以上新たなビルを所有するつもりはなかった。すでに五つ所有するビルから上がるテナント収入と、時々持ち込まれる不動産物件の売買をこなすだけで会社は十分に潤っている。児玉には、主としてマンションの物件に目をむけるよう命じていた。

「難しいとおもいます」

児玉がちょっと首を振り、これまでに調べた内容を柏木に報告した。児玉の数字の記憶力には柏木も一目置いている。彼の頭のなかには、書類を見るまでもないほどにたくさんの重要な数字が刻み込まれている。

「じゃ、打ち切ってくれ」

難しい、と児玉が判断したのならあえて口をはさむ必要はない。

それから三十分ほど、他の物件についても協議を重ねた。どれも虫食いで、手を入れるとなると時間も手間も相当にかかりそうな代物だった。

「しばらく静観だな。いい話もそのうち転がり込んでくるだろう。なにしろ今の景気じゃ、他がどういおうと、こっちが主導権を握ってる」

「そうですね」

児玉が口もとに笑みを浮かべた。

江成のところばかりではなく、どの業者も青息吐息だ。まだ十年と経っていない、ついこのあいだの景気が嘘のようだ。

金を借りたのが失敗だった……。酔っ払うと必ずそう吐き出すように口にした父の圭吾のことばが柏木の耳にはこびりついている。バブルの最盛期でも、他の業者のように、うかれて借金に借金を重ねるというような愚をおかさなかったのは、その父のことばを片時も忘れたことがなかったからに他ならない。したがって事業資金は、借りてもすぐに返済した。だからこそ、バブルが崩壊しても、「カシワギ・コーポレーション」は生き残れたのだ。

「今年の夏は暑そうだな」

応接ソファから腰を上げて窓辺に寄り、柏木はブラインド越しに外の景色に目をやった。

林立するビル、眼下の大通り、それらの上空から夏を予感させる午後の陽《ひ》が降り注いでいる。

外苑西通りに面した広尾四丁目。「第五カシワギビル」は、敷地三百坪の上に建てられた十五階建てのビルである。

ビルの顔である一、二階は名の通った外資系の損保会社に、三階から十二階までは名よりも経営の安定している企業に貸与し、そして、その上の十三階から最上階までの三フロアを「カシワギ・コーポレーション」が占めている。

五年前、建設の行き詰まっているビルがあるといって横矢がこのビルの話を持ち込んできたときは、どうすべきか迷った。

「カシワギ・コーポレーション」はすでに四つのビルを所有していた。それに、本業以外のふたつの会社、「フューチャーズ」と「ハンド・トゥ・ハンド」も業績を伸ばしている。特に中条が率いる「フューチャーズ」の躍進ぶりには目を見張るものがあった。「田町」には足をむけて寝られない、そう社員たちがことばを交わすほどの勢いだった。


これ以上の冒険は避けるべきだ。じっとしていれば、「カシワギ・コーポレーション」は盤石《ばんじゃく》の土台を築けるではないか。

しかし柏木は決断した。これしきのことで江成に勝ったといえるのか、とのおもいもあった。しかし決断した最大の理由は、これまでに所有していた四つのビルに、「カシワギ・コーポレーション」の顔となるような代表的なビルがなかったからだ。

田町の「第一カシワギビル」を筆頭にして、芝三丁目の「第二カシワギビル」、三田三丁目の「第三カシワギビル」、赤坂四丁目の「第四カシワギビル」――。いずれも表通りに面した、立地条件もよく造りも優れたビルではあるが、そのどれもが既存のビルを買収した物で築年数もかなり経っており会社の顔とするには一長一短がある。

建築の頓挫《とんざ》していたこの広尾のビルを目にしたとき、柏木の迷いは一瞬にして払拭《ふっしょく》された。外壁工事は九割方終えていたが、柏木の目には、朝の陽の光を受けて燦然《さんぜん》と光り輝く外壁が、まるでこれまでの自分の苦労をねぎらっているかのように映ったのである。

その一年後の四年前、「フューチャーズ」とともに田町の「第一カシワギビル」に本社を置いていた「カシワギ・コーポレーション」は、袂《たもと》を分かってここに移転して来たのだった。

「本橋のことなんですが……」

背後からの児玉の声に振り返った。

「なんだ?」

「また社長の運転手をやりたいといってるんですが」

運転手の杉浦は二週間ほどで、復帰した。しかしどうやら原因は風邪《かぜ》だけではなかったらしく、肝炎の疑いもあるらしい。

その杉浦がこの際、故郷の福島の実家に帰って療養に専念したい、と退職願いを持って来たのは二日前のことだった。今は運転手の募集広告を出す準備をしている。

柏木は本橋一馬の端整な顔をおもい浮かべた。一緒にいたのは二週間ほどだったが、自分の一挙手一投足に注がれてきた彼の視線をおもい出す。

その目には仕事熱心というのとはまたちがう、なんとなく鬱陶《うっとう》しさを感じさせる光が宿っていた。

「彼ではだめでしょうか?」

「いや、そういうことでもないのだが……」

ことばを濁した。たかが運転手のことではないか、気にするのもどうかしている。

「しかし、よほどあいつのことが気に入ったみたいだな」

「やる気はありますし、それに両親がすでに亡くなっているという……」

「なんだ、俺に境遇が似ている、とでもいいたいのか」

児玉に、うっすらとした笑みをむける。

「いえ……」

「わかった。明日からでもそうしてくれ」

電話が鳴った。それがきっかけとでもいうように、児玉は頭を下げ、部屋を出て行った。

受話器を取った。秘書代わりにも使っている総務の佐《さ》伯《えき》が「片岡ファイナンス」の社長からだと告げた。

外線に繋ぎ直す。

――さっき、児玉常務に了解した旨をお話ししたんですが、まだどうも半信半疑でして。直接社長の口から確認を取りたくて電話をさせてもらいました。

片岡の野太い声が耳を刺激する。

「かまいません。あの内容で江成への融資は実行してください」

――しかし社長は、浦河の寺島牧場なんて一度も見たことはないんでしょう？　とても五億なんて値打ちのある代物じゃありませんよ。

「いいんです。もし焦げついたら、立派な馬を育てて元を取るとしましょう」

さりげない笑いを回線に送る。

――ふしぎなひとですなあ、社長は。江成なんて男はどうでもいいでしょうに。それとも、なんですか、なにか、やつに恩義を感じていることでも？

「天下の代議士です。約束通り返済していただけるだろう、とおもっているだけですよ。しかし、ともあれ、この融資金の出所についてはくれぐれも内密にしてください」

書類関係の類は追って弁護士に作らせる、と締めくくって柏木は電話を切った。

借りられるだけ借りるがいい。

切った電話機を見つめた。

あの江成に金を貸す……。しかし優越感は微塵《みじん》もわいてはこなかった。むしろ虚《むな》しいような気持ちにすら襲われる。

椅子に深々と腰を埋め、目を閉じた。

牧草の生い茂った在《あ》りし日の柏木牧場の姿が脳裏に浮かんでくる。そして小さな川ひとつ隔てた所にあった寺島牧場……。

小学生のころには肌馬が五頭もいたが、父の圭吾は生活のためにその一頭ずつを手放していった。しかし、最後の一頭、カシワドリームにだけは固執した。きっとこの馬からは名馬が生まれる、そう父は固く信じていた。

それを、寺島浩一郎《こういちろう》は……、あの江成達也は……。

短いため息をついてから柏木は、机の一番下の引き出しに鍵を差し込んだ。

整理されたバインダーの奥から薄い封筒を取り出して、なかからグラビア写真を抜き出す。七年前に週刊誌に掲載されていたのを切り取った物だ。白ぬきの文字、「我が家の自慢の娘」。

黒々とした頭髪の、眉《まゆ》の太い精悍《せいかん》な顔をしたスーツ姿の男と、髪をアップにした和服姿の女。そのあいだにはさまれてロングヘアーの色白の娘が立っている。顔は母親と瓜二つといっていいほどに似ている。

江成一家のスナップ写真だった。娘の未央《みお》が高校を卒業する寸前に撮った写真らしい。

亜木子……。

しばらく見つめたあと、柏木はグラビア写真を封筒に入れ、元の引き出しにしまい込んだ。

4

七丁目の並木通りで車を停めさせた。

「十一時に、もう一度この前に来てくれ」

本橋にいい、柏木はネオンの輝く雑踏に身を入れた。十メートルほど歩いた所にあるビルの地下に下りてゆく。階段を下り切ると、ドアが開き、すぐに店長の長谷川《はせがわ》が飛んで来た。

「来てるだろう?」

親指を立てて、彼に訊く。

「はい、一時間ほど前からお待ちです」

慇懃《いんぎん》なことばつきの長谷川の返事に、おもわず柏木は苦笑を洩らした。

約束は十時だった。一時間も前から来ているというのがいかにも横矢らしかった。義父ながら彼の遊び好きには柏木もあきれることがある。

ふたりで会うときの指定席ともいうべき奥の柱の陰の席に横矢の姿が見えた。両脇に女をはべらせ持ち前の赤ら顔をさらに赤くしている。

柏木の姿に横矢が手をあげた。

「遅くなりまして」

「なに、ひとりで退屈するような遊び方はしとらんよ」

横矢が右手でつるりと顔をなでた。

横矢と女たちとの軽口にしばらくのあいだつき合う。

「じゃ、おまえたち――」

頃合いとみたのだろう、席を離れるよう、横矢が女たちに目配せした。

「江成の借金、圭一君が出したらしいじゃないか」

水割りのグラスを手に、いきなり横矢が切り出した。口調には明らかに不服そうな響きがある。

「もう耳に入りましたか」

会いたい、といってきたのは、そのことを確かめたくてだったのだろうか。

江成が片岡に借金を頼んだという情報は、もともと横矢がもたらしたものだ。それに横矢はむかしから片岡とも通じている。自分の口から教えなくても、いずれ彼に知られることはわかっていた。

「どういうことかね?」

横矢の顔に、理解できない、という表情が浮かんでいる。

「敵に塩を送るのも一策じゃないかと。それに金を貸すというのは、見方を変えれば、相手の首根っこを押さえているようなもんです。もっともそんな裏事情を江成が知ったら腰を抜かすでしょうが」

「そういうことか……」

うなずきながらも横矢の顔からは不満の色が消えなかった。

マルボロを口にくわえ、柏木は訊いた。

「きょう話があるといったのは、その江成の件だったのですか」

「いや。それだけじゃない」

横矢がウイスキーの水割りを片手に、柏木に目をむけた。

「五区以外じゃ、どうしてもだめか？」

「またその話ですか」

うんざりした気持ちでたばこに火をつけた。

「選挙なんてどこから出ても一緒じゃないか。三区も四区も六区もある。比例という手だってある。要は当選しなきゃ意味がない」

「自分の根が欲しいんですよ。その根を五区と決めたんです。五区でだめなら立候補はやめます」

「根が欲しい、というなら他に根を求めてもいいじゃないか。東京は広い。なぜそう五区にこだわるのか、そこのところが俺にはよくわからん」

小選挙区制になり、江成が五区の民自党候補として出馬することが決まったとき、柏木は心のなかで快哉《かいさい》を叫んでいた。江成の議員バッジを外すことができる、唯一の、そして最もダメージを与えることができる方法が見つかった、と。

しかし最初は、自分が出ようとおもったわけではない。江成を蹴落《けお》とすことができる候補者がいれば、誰でもよかった。その者を後押ししようとおもったのだ。

自分の事業の後ろ盾になってもらうために五区から頼りになる議員を出したい。二年前そう横矢に相談したとき、彼から返ってきたのは、おまえが出ろ、というおもってもみなかった一言だった。

圭一君には財力と若さがある。他人など信用できるか。自分の娘婿を当選させるためならわしがこれまでに培《つちか》ってきたすべてを注ぐ。それができたらいつ死んでも本望だ——。横矢は本気だった。以来、何度となく横矢はそういって柏木を説得した。

柏木にとって、政治は、未知の、いわば素人《しろうと》同然の世界だ。長年にわたって築いてきた横矢のその世界における知識と人脈に頼らなければ、五区から江成を蹴落とすという願望はかなえられない。しかし、立候補しろ、という横矢の話に躊躇《ためら》ったのは政治の世界に素人でもともと政治家になる願望を持っていたわけではないという理由からばかりではなかった。ある懸念を頭の片隅に抱えていたからだ。立候補ともなれば否応《いやおう》なしに自分の顔は表に出てしまう。そうなれば、あいつの目に触れるのではないか……。もう二十年以上にもなり、自分はあのころいた世界とは天と地ほどもちがう世界に身を置いている。だがひと目見ればすぐにあいつはこの自分と気づくのではないだろうか……。しかし再々にわたる横矢の強いすすめを聞いているうちに、しだいに柏木はその懸念を薄れさせていった。あいつが政治の世界に興味を持っていることなど考えられない……。仮に興味を持ったとしても、住居《すまい》を替えていなければあいつの選挙区は三区であって、五区の候補者にまでは目はむかないだろう……。そして熟慮の末に横矢に承諾の返事をしたのは、もうひとつ――ただ単に江成を蹴落とすという本来の目的以外に、成功した自分の姿を亜木子に誇示したい、という誘惑を抑え切れなかったからだった。

それからというもの、この一年半あまりにわたって、横矢から政界のイロハを教わりながら、彼が指示する各種の政治研究会にも顔を出してきた。

しかし柏木は横矢に、江成に対して、そしてその妻の亜木子に対して抱いている個人的な感情や怨念《おんねん》についてはなにひとつとして告白してはいない。

「比例もだめ、五区以外もだめ。そこのところがわしにはどうしても理解できん。比例なら、金さえ積めばなんとか道はつけられるのにな」

半ばあきらめ顔で、横矢がグラスの氷を揺すった。

「時間は気にしません。それに最初お断りしたように、出るのは私でなくてもいい……」

柏木のことばを横矢が手で制した。

「わかった。それをいわれるのがわしには一番こたえる。なんとしてでも圭一君を当選させる。それがわしの残りの人生の生きがいなんだ」

前回の選挙で落選した、六区の、野党改進党の長老格の議員と条件しだいでは地盤の譲り渡し交渉ができる――。きょう話したかったことを横矢が説明する。

「しかし、この話はあきらめるとしよう」

しかしそういう口とは裏腹に、横矢の顔からは未練の気持ちが消えていない。

「ところで」横矢が下卑《げび》た笑みを浮かべた。「奈緒子がこぼしとったぞ」

「なにを、です？」

「もう十年になるのにいまだに子供ができん。自分はちゃんと病院で診《み》てもらったのに、圭一君が行ってはくれないといってな。可愛がることは可愛がってくれておるんだろう？」

「そのうちになんとかなるでしょう。これぼっかりは天からの授かりものですから」

さらりと受け流し、柏木はウイスキーを口に含んだ。

この一年あまりは夫婦生活といえるものからも遠ざかっている。それどころか今年に入ってからは仕事の疲れを口実にして寝室さえも別にした。たぶん奈緒子はそんなことまでも話したのではないか。

横矢の口ぶりからは明らかにそれがうかがえた。

病院で診てもらうまでもない。「カシワギ・コーポレーション」を創設した三十歳のとき、柏木は不妊手術を受けている。だがその事実は打ち明けずに奈緒子と結婚したのだ。

「まあ、子供はそのうちに、と期待するにしてもだな……。圭一君、どこか身体《からだ》の具合でも悪いんじゃないだろうな？」

「そんなことはないですよ。健康なのが取り柄とおもってますし。なぜです？」

「いやな、奈緒子のやつが、去年の暮れぐらいから、時々圭一君が寝ているときにうなされているみたいなことをいっておったんでな。近ごろは睡眠薬も使っておるそうじゃないか」

「これまでの仕事の疲れが溜《た》まったんでしょう。私もそう若くはないんです」

初めてうなされて目覚めたとき、全身は冷や汗でぐっしょりと濡れていた。目の前には心配そうにのぞき込んでいる奈緒子の顔があった。それを機会に、寝室を別にするようにしたのだった。

「私のことより、お義父《とう》さんこそ向島《むこうじま》のほうをちゃんとしてやったらどうですか。奈緒子には私からいい含めますよ」

柏木は話の矛先を変えた。

奈緒子の母親でもある横矢の妻は十二年前にガンで他界し、以来横矢は、向島で芸者をしていた志織《しおり》という女を月島に囲い根津《ねづ》にある自宅との二重生活をつづけている。だが、四十半ばになるこの志織を奈緒子が毛嫌いし、それが横矢が再婚に踏み切れない大きな原因ともなっている。

「わかってはいるんだがな」

横矢が赤ら顔を両手でつるりとなで回した。

そのとき、はすむかいにあるテーブル席に座ろうとした四十五、六の男が横矢に気づいて手をあげた。

「ご無沙汰《ぶさた》してます」

男がこっちの席に来て、横矢に頭を下げた。

横矢が上機嫌な顔でそれに応《こた》えてから柏木に男を紹介した。

「圭一君、こちらは諸田《もろた》議員の秘書をしている福間《ふくま》君だ」

男が柏木に会釈し、横矢に訊く。

「圭一君といわれますと？」

「おう、わしの娘婿だ」

横矢がうれしそうに赤ら顔のなかの細い目をさらに細めた。

「そうですか、この方ですか」

福間が笑みを浮かべ、値踏みするかのような視線で柏木を見る。

「はじめまして、柏木です」

腰を上げて丁寧な挨拶をし、柏木もそれとなく福間を観察した。

諸田は江成と同じ民自党に籍を置き、常に閣僚のポストにありつく実力派の古参議員として知られている。そして現在は、政調会長という要職にある。

その秘書を務めているという自負心からだろう、福間は、柏木がこれまでに会った何人かの議員秘書とはどことなくちがう貫禄を漂わせていた。オールバックにした広い額の下にある目には政界の荒波を巧みに泳いできたことをうかがわせる抜け目のない光が宿っている。

「横矢さんからはよく話を聞かされていますよ。自慢の息子さんだといわれて」

「おそれいります」

「誰かと待ち合わせかね」

横矢が福間に訊いた。

「いえ、さっきまでは議員と一緒でしたが、ちょっと息抜きに――」

「なら、せっかくだ。こっちの席に移りませんか」

横矢が腰を浮かし、空けた席に福間を誘った。

福間は一瞬考える素振りを示した。明らかに柏木を意識している。

「どうぞ。ご遠慮なく」

柏木は福間に誘いのことばを投げた。

「そうですか。では」

うなずいた福間が横矢の隣に腰を下ろした。

横矢が黒服を呼び、福間のテーブルの準備をするようにいう。

「しかし、最近の諸田先生は……」

横矢が太鼓持ちのように、このところの諸田の活動を持ちあげたあと、今度は逆に他の議員の名前をいくつか挙げては腐している。

柏木はグラスを口に運びながら、無言でふたりのやりとりに耳を傾けた。

福間はひとしきり横矢と雑談を交わしていたが、区切りをつけ、おもむろに柏木に顔をむけた。

「ところで、小耳にはさんだのですが、柏木さんもいずれは政治のほうに？」

「いいえ、とんでもない。仕事がら、政治の勉強もしなくてはと、いろいろな席に顔を出させてもらっているだけです」

柏木は笑顔で、やんわりと否定した。横矢からは、態勢が固まるまではその意志を表に出さぬようにいわれている。まして、自分が出馬するとなると、当然江成の所属する民自党とは敵対する党からということになる。横矢の話では、目下のところその最有力候補は改進党だった。

「まだ若くて、とてもとても」

横から横矢が助け船を出す。

「そうですか……。金はないが、政治はやりたいという若い人が増えていますが、もし柏木さんのような方に出馬でもされると、各党も戦々恐々といったことになるでしょうな」

あながちお世辞ばかりともおもえぬ口調で、福間がいった。

「そうそう、金、っていえば、なんか、おたくの江成さん、だいぶ弱っているというような噂《うわさ》を耳にしましたぜ」

チラリと柏木を見、なにげない口ぶりで横矢がいった。

「どうなんでしょうね。他の先生方のことは私にはよくわかりません。しかし、あれだけ馬のほうにお熱を持たれているくらいなんですから、江成先生はだいじょうぶなんじゃないですか」

柏木は、福間のその言い方になんとなく江成をばかにしたような響きを感じた。

同じ民自党のなかでも、諸田は現大蔵大臣の大泉元一《おおいずみもといち》を領袖《りょうしゅう》とする大泉会だし、一方の江成は現通産大臣の木《き》本晴行《もとはるゆき》派で、派閥は異なっている。おまけにその大物の領袖のふたりは、むかしから犬猿の仲としても知られている。しかしそうした背景を考慮に入れても、きょう初めて同席する柏木を前にして見せる態度ともおもえなかった。

「それに……」

口にしかかった福間がいい淀《よど》んだ。

「それに、なんだね？」

横矢が福間のグラスにウイスキーを注いでやりながら訊く。

「いや、やめときましょう。他の先生の噂を口にするのは不謹慎ですしね」

「なに、わしが口が固いのは知っとるでしょうが。情報ってのは持ちつ持たれつですわ。諸田先生のことで、なにか耳にしたときはわしは真っ先にあんたに話してあげてるでしょうに。それに、福間さんから聞いたなんてことは、金輪際《こんりんざい》、口が裂けてもいいやしませんよ」

さすがに老獪《ろうかい》な横矢だった。口とは裏腹に、福間が江成のことをしゃべりたがっているのをとうに見抜いている。要は、福間が話しやすいように誘い水をかけてやればいいだけのことなのだ。

「まあ、もったいぶるような話でもないんですが……。それにどちらかというとおめでたくもあるし……。しかしこれは私が直接この耳で聞いた話でなく、あくまでも噂を聞きかじったというだけのことですから」

福間が水割りをひとくち含み、一言そう念を押してから話しはじめた。

「じつは、江成議員のお嬢さんに結婚話が持ちあがっているそうなんです」

「ほう、それはたしかにおめでたい」

うなずく横矢の目が一瞬柏木にむけられた。柏木は素知らぬ顔で福間の口もとを見つめた。

「しかし、相手が相手でしてね……」

いくらか蔑《さげす》みの表情を浮かべて、福間が語る。

「三友」。関西に本社を置く二部上場の消費者金融会社。「ミツトモ」の名で派手な宣伝広告を打ち、十数年前までは中堅どころであったのが一気にのし上がって現在は業界の三本指に数えられている。サラ金禍が世間で叫ばれていたころ、「ミットモ」はその強引商法でマスコミに何度か糾弾されたことがある。今は会長職に退いている創始者の三津田昭夫《みつだあきお》にはなにかと黒い噂がつきまとい、若いころはその筋に所属していたという話も聞く。

「三友」の現在の社長はその息子の昭弘《あきひろ》だが、彼の長男で、今年二十七歳になる常務の昭信《あきのぶ》というのが、江成の娘の縁談相手なのだという。

「ほう、『三友』のね」

横矢がうなずき、ふたたび柏木に目をむけてくる。

話の端緒を切ったことで、福間の語り口が急に軽くなった。

「まあ、『三友』ならば、腐るほど金はあるし、この話がまとまれば、江成先生もご安泰でしょう。もっとも、娘さんが承諾すればという条件付きですけどね……」

「なにかね、すると、娘のほうはその話を嫌がってるのかね」

「らしいですね。もっとも、先生が躍起になって説得してるようですから、うまくまとまるんじゃないですか……」

福間が笑った。その笑みは、皮肉たっぷりの、嘲笑《ちょうしょう》ともとれるものだった。

「娘さんというのは、今はなにをなさっているんですか？」

柏木はさりげなく話題に入った。頭には、グラビアで見た未央の顔が浮かんでいる。

「ちょっと風変わりなお嬢さんらしいですね。大学を卒業して三年、つまり今は二十五、六だとおもうんですが、カメラマンを目指してるらしいですよ。自分の持ち馬にもその名をつけるほどに先生が溺愛《できあい》されているきれいな娘さんなんですが、その先生の反対を押しきってまで、今の仕事を選んだという話を聞きました。きっと芯《しん》の強い、独立心の旺盛《おうせい》な方なんでしょう」

グラビア写真で紹介されていた、亜木子と瓜二つの娘の江成未央。福間の話を聞くまでもなく、オークスの出走表でホマレミオウの名を目にしたときから、柏木はその馬の名が娘の名前にちなんだものであることに気がついていた。

しかし、もし福間が聞かせてくれた噂が事実だとするなら、江成は危機を回避できるかもしれない。唯一の救いは、娘の未央がその縁談を嫌がっているらしいという点だ。親の反対を押しきってまで自分の職業を選択するということは、相当に強い意志を持った娘なのだろう。ならば、江成の説得も難航するのではないか。

一度、詳しく調べる必要がある……。

なにか他に訊くことはないか——。そんな意味を込めた視線を横矢が送ってくる。柏木は小さく首を振った。

「せっかくきれいどころが揃《そろ》ったクラブに息抜きに来たのに、こんな話ばかりじゃ、福間さんもおもしろくないでしょう。パッといきましょう、パッと」

横矢がはしゃいだ声でいい、店長の長谷川を呼んだ。

「おい、当店のべっぴんさんばかりを集めてくれ」

「承知しました」

苦笑いを浮かべた長谷川が、即座にボーイに数名の源氏名を告げた。

退《さ》がろうとした長谷川を柏木は呼び止めた。

「福間さんがここをお使いのときは、すべて私のほうに勘定を回すように」

「いや、それはいけません」

福間が柏木に手を振る。

「いえ、これぐらいのことは。いつも義父《ちち》がお世話になっているほんのお礼のしるしです」

女たちがやって来ると、福間は相好《そうごう》を崩して戯れはじめた。その戯れが柏木の申し出に対する暗黙の受諾の意志を表していた。

横についた女がしきりに話しかけてくる。柏木は適当な相づちであしらった。江成の娘の結婚話が耳にこびりついて離れない。

もしこの話がまとまれば、江成は資金源を得、一方の「三友」は議員の娘という金看板を手にすることになる。むろん互いにその算盤《そろばん》をはじいた上でのことだろう。しかし噂として福間の耳に入っている以上、この話は相当に進展しているのではないだろうか……。

なにがなんでも、この話は食い止める必要がある……。

横矢と福間が女たちと嬌声《きょうせい》をあげて遊ぶ様を横目に柏木は黙ってグラスを傾けつづけた。

5

陽の落ちかけた大崎署の前でパトカーが停まった。

被疑者の大友浩二《おおともこうじ》を促し、桑田規夫《くわたのりお》警部は車を下りた。観念したかのように、頭をうなだれた大友がつづく。

相方《あいかた》の立木《たちき》警部補と、大友を両脇にはさみ込むようにして桑田は署のなかに入った。

十日前に逮捕した覚醒剤《かくせいざい》常用者の供述から、これまでに芋蔓《いもづる》式にふたりを検挙した。大友は最後の三人目だ。取調室で一通りのことを尋問したあと、身柄を留置場係官に渡す。すでに六時を回っており、本格的な取り調べは明日からということになる。

机に腰を下ろし、一服しようとたばこを取り出したとき、書類を片手にした小宮《こみや》保安課長が席に戻って来た。桑田と立木警部補以外に課にいるのは根津警部補ひとりだけだった。残りの捜査員はまだ走り回っているのだろう。

書類を机に置いた小宮が桑田の席に近づいて来る。

「ご苦労さん」

型通りの慰労のことばを小宮が口にする。頻発する覚醒剤事件についてはもう互いに慣れっこになっていて、事の顛末《てんまつ》について話し合うことはほとんどない。

「いや、暑くなりましたね。陽が落ちてくれるとほっとしますよ」

桑田は小宮に笑みをむけた。

「まあ、クーラーの効いたオフィス勤めのサラリーマン生活ができなかったことでも恨むんですな」

小宮がいくらか太り気味の身体を揺すって笑みで応じ返し、目線で桑田を誘った。

ついさっき、大友の調書作成のために使用したばかりの取調室に座り直した。

小宮がへこんだアルミの灰皿を桑田のほうに滑らせてよこす。小宮は、今年の年頭に捜査員全員の前で禁煙宣言をしている。このところ太り気味になっているのは、管理職にありがちな運動不足というより、禁煙に因《よ》るのかもしれない。

「どうぞ、遠慮は要りません」

小宮がたばこをすすめた。

吸いたい気持ちを抑えた。小宮が時々、捜査員たちの吸うたばこをうらめしそうに見ることがあるのは知っている。両手を机の上で組み、桑田は目を細めて遠慮の意思表示をした。

「きょう署長から許可が下りましたよ」

小宮が、いきなり切り出した。

「許可が下りた――、といいますと、例の一件のことでしょうか？」

見つめる桑田の目に、小宮がうなずいた。

昨年の十月四日未明、東大井二丁目の倉庫街で刺殺体が発見された。被害者は及川広美《おいかわひろみ》、四十六歳。大森の清掃会社に勤務する清掃員である。解剖所見によれば、犯行時間は前夜の十時前後、鋭利な刃物によって腹部に四か所の刺傷を受け、うち腎臓に達する一刺しが致命傷となっていた。

現場は立会川《たちあいがわ》が京浜運河に流れ込む河口近くの一角で、界隈は倉庫が建ち並ぶ区域になっており、夜間の人通りも少ない。したがって事件の目撃者はむろんのこと、周辺の聞き込み捜査でも有力な手がかりとなる証言は得られなかった。それに、現場周辺の立会川や運河の徹底的な底ざらいにおいても凶器と特定できる物証も発見されていない。

遺留品はあった。被害者の脇に落ちていた布製のバッグのなかには、現金三万余と及川広美名義の、残高二百二万円の普通預金通帳一通が発見されている。着衣が物色された痕跡《こんせき》はない。それともうひとつ。現場には争った形跡がなかったばかりか、被害者が抵抗した痕跡も見られなかった。

そうした事情から判断して、単なる物盗《ものと》りや強奪を目的とした凶行とは考えにくかった。

事件後、ただちに所轄の大井署に捜査本部が設置され、偶発的な通り魔事件、もしくは喧嘩《けんか》、怨恨《えんこん》による凶行の、ふたつの側面からの捜査活動が進められた。

しかし犯行現場の立地、時間帯、そしてなによりも被害者、及川広美の特殊な生活環境といった諸々《もろもろ》の悪条件が重なって、事件発生後、二か月と経たないうちに早くも捜査は暗礁に乗り上げてしまった。

事件翌日の新聞の、この事件についての扱いは小さなものだった。社会面の片隅に、ごく簡単な記事が掲載されただけである。その前日に、名古屋で検挙された誘拐事件の犯人の詳報に大きく紙面を割かれたせいもあるだろうが、この事件を単なる一過性の単純な殺人事件と解釈したがためとおもわれた。

桑田がこの事件を知ったのは、事件発生のほぼ二か月半後、つまり昨年の十二月中旬に捜査本部の捜査員の来訪を受けたことによってだった。

被害者の及川広美は、二十四年前に強盗殺人の罪で、十五年の懲役刑を受けていた。そのときの担当刑事が、当時三十一歳になったばかりの他ならぬ桑田だったのである。

仕事柄桑田は、どんな些細《ささい》な記事も見逃すまいと毎日欠かさずに新聞の社会面には目を通している。しかし、及川が殺害されたとき、たまたま追っていたホシを二日間にわたって深夜の張り込みをしていたという事情もあって、この事件の記事を見逃していたのだった。

課内でも話題にのぼらなかった、ホシの追及に追われていた、所轄ちがいの事件だった——等々、桑田がついつい見逃してしまうような条件が揃いすぎていたのだ。

大井署は目と鼻の先。しかも殺人事件の被害者はかつて自分が手がけた事件のホシ。桑田は刑事としての不明を恥じた。

捜査員が桑田を訪ねて来たのは、二十四年前に及川が犯した強盗殺人事件についての詳細を知るためと当時の彼の生活ぶりや人となりについて聴取するためだった。

捜査が行き詰まっている——。捜査員の訪問を受けてからというもの、嘆息しながらそう口にした捜査員のことばが耳にこびりつき、以来桑田はこの事件のことを片時も忘れることができなくなっていた。

熟慮の末、年が明けたこの三月に、桑田は自分を及川殺しの捜査に加えてくれるよう、直属の上司である小宮課長に願い出た。

数年前に警部という肩書きこそつけられたが、警察勤務の三十三年間というもの、願い出て現場一筋で生きてきた桑田である。そこで培った刑事としての自信と自負心は人一倍強い。しかしそれを過信してのことではなかった。被害者である及川広美に対して、桑田が特別の思いを抱いていたからである。

桑田の申し出を最初、小宮は怪訝な顔で受け止めた。

しかし桑田はそのときは小宮に対して、初めての配属先であった大井署に恩返しをしたい、この難事件を刑事生活の集大成にしたい、という漠然とした理由で説明するにとどめた。

捜査活動が進行中のことでもあり、部外者の自分があれこれとさしでがましいことを述べるのは気が進まなかったからである。

桑田は大学を卒業すると同時に警視庁に入庁した。最初に配属された先が大井署だった。交番勤務を皮切りに、防犯、保安、強行の各係に順任し、その十年間で刑事としてのイロハを叩《たた》き込まれ、三十三歳のときに本田《ほんだ》署に転属となり、以来、深川、池袋、麻布の各署においては、強行係一筋の捜査活動に従事してきた。そして昨年の四月にこの大崎署に赴任してきたのだった。その最初の配属先である大井署時代の最後の二年間に捜査活動をした強行係において、桑田が初めて手がけた強盗殺人事件が及川の事件だった。

昭和四十八年十二月十日の夜、南大井三丁目の自動車用部品下請け工場に何者かが押し入り、工場主を撲殺した上に、従業員用の冬のボーナス及び事業の越年資金、六百万余を奪った。

しかし目撃証言と、現場に残された指紋から犯人はあっけないほど簡単に割れ、当時、工場と取引のあった孫下請け会社の工員、及川広美（二十二歳）が逮捕された。

及川は取り調べに対して犯行を素直に自供し、供述通り、盗まれた金の半額にあたる三百万余が彼のアパートの押入れから発見された。残りの金は競馬で使ってしまったという。結局事件は及川の単独犯ということで幕引きとなり、裁判で懲役十五年の刑が確定した及川は、控訴することもせずに事件翌年の十一月に三重刑務所に収監された。

だが捜査にあたった桑田の胸のなかでは、この事件について今でもひとつの疑念がくすぶりつづけていた。

小宮が小首を傾げ、桑田にいった。

「しかし、警部は、殺人などという、血なまぐさい事件の捜査はもう嫌だということで保安課を願い出たのじゃなかったのかね」


「そうです。しかし、この及川の一件だけはどうしてもこの手でやってみたいのです」

大崎署に転属が決まったとき、桑田は強行係から外してくれるよう、願い出た。この二十年余り、強盗や殺人、放火などの凶悪犯ばかり追いつづけ、心身ともに疲れ果てていたからだ。残る定年までの警察官人生をせめて血なまぐさくない捜査活動によって勤め上げることができたら——。それはまた、長年連れ添った妻の和子《かずこ》の願いでもあった。

「大井署への恩返し、害者がむかし自分の手で挙げた男、理由はそのふたつだけですか？」

詳しくは尋ねられなかったが、やはり小宮はその理由以外になにか他の隠された事情があると考えているようだった。小宮の絶やさぬ笑みのなかに、桑田は同じ刑事として生きてきた彼の優しさを見、感謝の気持ちでいっぱいになった。

「いいえ、じつをいいますと、それだけではありません……」

口にし、桑田は我慢できなくなって、断りを入れてからたばこに火をつけた。

事件当時、及川は、蒲田にある自動車の座席用スプリングを製造する小さな工場に勤務していた。自供によれば、当日出かけた大井競馬において持ち金のすべてを失くし、何度か納品にも行ったことのある現場の工場に空き巣目的で押し入ったという。出来心からの、ほんの軽い気持ちによる犯行だった。物色中に、物音に気づいた工場主と鉢合わせし、取っ組み合いの末に現場にあった鉄パイプで凶行に及んだという、いってみれば、居直り強盗である。

目撃者は被害者の工場に勤務する工員だった。たまたまその日の夜、遊びからの帰宅途中に現場周辺から逃げ去る及川の姿を目にしたのである。及川は大柄でがっしりとした体軀《たいく》の男で、工員は、何度か納品に来たことのある彼の顔を見知っていた。

それとは別に、凶行現場近くから走り去った痩身《そうしん》の若い男を見たとの証言も得られている。だがこちらの情報は、現場周辺が暗かったためにその人相風体までは定かではなかった。

盗まれた金の半分にあたる三百万余は及川の自宅から発見されたが、未発見の三百万余については疑問が残された。それについては及川は、大井の競馬でスッてしまったと供述した。しかし裏づけ捜査をしてみると、及川を知る人間の口からは、彼がそこまで競馬に入れ込んでいたとする証言は得られなかった。というより、その話自体に首を傾げる者が大半だった。

現場近くで目撃された及川以外の若い男、そして被害金額の半分にあたる三百万余の使い途《みち》に対する疑惑。この二点から捜査員のなかには、共犯説を唱える根強い意見があった。桑田も、それに賛同したうちのひとりである。

「それで？」

桑田の話に興味を覚えたのだろう、小宮が身を乗り出すようにして先を促した。

「結局、事件は及川の単独犯ということで終結してしまったのです……」

その後の捜査でも、現場から走り去ったという痩身の若い男についての手がかりとなる新たな情報は得られなかった。それに、自分ひとりでやった、三百万余の金は競馬で使ってしまったとの及川の供述も終始変わることがなく、結局事件は及川の勾留《こうりゅう》期限をもって幕引きを迎えることとなった。

「そうですか。しかし、まさか警部は、そのときの事件の共犯説を蒸し返そうというんじゃないでしょうね」

小宮が桑田の目をのぞき込む。

「そうではありません。だいいち、事件からはもう二十年以上も経っており、時効ですよ」

たばこの灰を払いながら、桑田はいった。小宮がうなずく。

「しかし彼の肩を持つわけではないのですが、何度か取り調べをしているうちに、被害者のほうが先に鉄パイプを握って及川を殺そうとしたという彼の供述は事実ではないか、との感想を私は持ちました。むろんたとえそうであったとしても、犯した罪がなんら変わることはありません。被害者の行為は正当防衛であるともいえるでしょうし……。ただ及川の供述通りだったとすれば、罪のいくらかは軽減されたこととおもわれます」

だが裁判においては、情状酌量のひとつになると考えられたこの及川の供述は受け入れられなかった。また、弁護士のすすめにもかかわらず、及川は自分の罪を深く悔い、そのことについて争う姿勢を見せなかった。そればかりか控訴すらもしなかった。

「変な話なのですが」当時を振り返り、桑田は天井を見上げながらいった。「この及川というのは、その体軀に似合わず、なかなか気のよい男でしてね。それはたしかに、若い者にありがちな無茶というのも時々はやらかしてはいたようですが、かといって根っからのワルではない。それに仕事仲間のあいだでも兄貴分的な存在として慕われていた男でして、十分に更生が見込める人間と私の目には映りました。彼のいう通り、事件は、ほんの出来心に端を発した最悪のケースといっても過言ではなかったとおもわれます……」

事件当時及川には、彼より五歳年上の、大井町の駅裏で小さなバーを営《や》っている加代《かよ》という女房がいた。事件後、面会に訪れた加代に、及川は何度となく離婚話を持ちかけている。しかし加代は、出所を待つ、といってその及川の申し出に頑として首を縦に振ろうとはしなかった。

窃盗、覚醒剤、喧嘩——等々。それまではどちらかというと、さほど重罪でもないそうした諸々の事件を専門に扱ってきた桑田にとって、初めて担当したこの及川の強盗殺人の事件は相当にショックな体験であった。

軽い重いの差があるにせよ、むろん罪は罪である。しかし三十一になったばかりの桑田にとっては、この事件が、犯罪というものについて、それを犯す者の性《さが》について、そしてその裏に秘められた人間の相克について——、そうしたあらゆる点についてあらためて真剣に考えてみる機会を与えてくれたのである。

その及川が十三年余りの刑務所生活から仮出所で社会復帰してきたことを知ったのは、桑田が池袋署に勤務していた十一年前の夏、彼から送られてきた一通の手紙によってであった。

「及川が入獄したあと、一度だけ彼の女房を訪ねたことがありましてね。むろん、彼の更生を信じていましたから、一言、頑張れと声をかけてやりたくなってのことです……」

いささか弁解がましく桑田はいった。

刑事の職責は事件を解明することであり、捜査が終結すれば、たとえ担当刑事であっても、被疑者やその家族、あるいは事件に関与した人たちとの接触は控える。特に残された被疑者の家族に対してはより慎重な配慮が必要とされる。なぜなら被疑者は裁判が終われば収監されて社会から隔絶されるが、残された家族には世間の冷たい目にさらされるという現実が待ち構えているからだ。したがって、いくら善意の気持ちからとはいえ、事件終結後に一刑事が被疑者の自宅や家族に会いに行ったりはしないし、また来訪を受ける被疑者の家族がそれを歓《よろこ》ぶというものでもない。

「いかにも、警部らしいですな」

そんなことは気にする必要がない、とでもいうように小宮が口もとに笑みを浮かべた。

そしてふと気づいたかのように腰を上げ、鉄格子の嵌《は》め込まれた部屋の小窓を少し開けた。夏の夜の涼しい風が吹き込んでくる。

「それでどうしました？」

座り直した小宮がふたたび桑田を見つめた。

「当時、及川の女房は京浜急行の青物横丁に住んでいたのですが、アパートを訪ねたときはちょっと驚きました。女房が赤ん坊を抱いていたからです。及川に赤ん坊ができていたなんてことはこれっぽっちも知りませんでしたからね。ともあれ、それで女房が及川との離婚話に頑として応じなかった理由がわかったのです」

「なるほど……。それで、自分に子供ができていたことを、及川は知っていたのかね？」

「女房の話では、子供が生まれるまでは黙っていたようです。及川が裁判で動揺するといけない、と考えたとのことでした。女房はかなり太った女でしたから、打ち明けられないかぎり、面会の姿からだけでは、及川も彼女の妊娠には気づかなかったのではないですかね。生まれてからは、子供がいるからぜひ耐えて頑張ってほしい、子供を育てながらいつまでも待っている、そう伝えて及川を励ましたとのことです……」

そう話しながら、桑田は及川の女房を訪ねたときの情景をおもい出していた。

子供と一緒に出所を待っている、という加代の励ましに及川は声をあげて泣いたという。

被害者の冥福《めいふく》を祈りながら取り調べにも従順に応じた及川。若い夫である及川の身を案じて涙を浮かべて話す加代を見つめているうちに、桑田は彼の更生を確信した。

そしてそのとき桑田は、もう二度と加代を訪ねることはやめよう、やがては親子三人で暮らすことになるだろうこの家族の前に決して姿を現してはならない、と固く心に誓ったものだった。

「なるほど……」小宮が目を細めてうなずいた。「で、十一年前に及川から届いたという手紙、それにはなんと?」

「被害者に詫《わ》びる気持ちを忘れることなく、親子三人で一生懸命生きてゆく、そう書かれておりました」

便箋《びんせん》二枚のなかに、そう達者ではないが丁寧な文字でしたためられていた。その手紙は今でも自宅の机の引き出しに大切に保管してある。

「そうですか……。人間が人間らしく生きてゆくのには、やはり家族の存在というのは欠かせないものなんですな。しかし、こんなことをいってはなんですが、その及川が、出所して十年ほどで、今度は自分が殺される羽目になってしまうところに、なんとなくひとの命の因果のようなものが感じられてやるせなくなりますな」

「そういわれればそうなのですが……。じつは及川は殺されなくても、そう長くはない命だったのです」

「どういう意味です?」

小宮がふしぎそうな顔をした。

「じつは及川はガンに冒されていたのです。それも余命いくばくもない、末期の」

剖検でその事実が明らかになった、と訪ねて来た捜査員からは教えられた。

「ほう、それは……」目をしばたかせて小宮が小さく首を振った。「ところで、捜査は怨恨説が有力なのでしょう?」

「ええ。殺害現場の状況などから、物盗りや強盗などの線は薄いようです」

「ということは、もしホシが及川が末期ガンであるという事実を知っていたなら……」

「そうですね。犯人の側に、いっときも早く彼を殺害しなければならない切羽詰まった理由があるとか、なにがなんでも直接自分の手で殺してやりたいという強い恨みでもあれば別ですが、きっと殺されることはなかったでしょう」

「なるほど。しかし、残された女房子供は、さぞや悲しんでおるだろうな」

「いえ、それが……」

女房の加代は、及川が殺される一年ほど前に、心筋梗《こう》塞《そく》で他界していた。そしてこの八月で二十四歳になる息子も、勤めていた会社を辞めてそれまで住んでいたアパートを引き払ってしまったという。

捜査員から教えられた話を桑田は話して聞かせた。

「そうですか……。しかし加代という女性もよくよく運のない人生を歩まされたものですな」小宮が嘆息した。

「でも話を聞いて、なぜ警部が及川殺しの事件にこだわっているのかがよくわかりましたよ」

「定年まで残りわずかになってからのこの事件——。捜査員の方に話を聞いてからというもの、いささか口はばったいのですが、もしかしたらこれは、この私に事件を捜査してくれるよう、及川があの世から懇願しているのではないか、とすら考えるようになったのです」

「事情はよくわかりました。警部、私で手助けできるようなことがありましたら、遠慮なくいってください。全面的に協力させてもらいますよ」

「ありがとうございます。残りの刑事生活を賭けて私も全力を尽くすつもりです」

桑田は立ち上がって、小宮に深々と頭を下げた。

6

車が山手通りに入ったところで、渋滞に巻き込まれた。時刻は九時を回っている。

事故でもあったのだろうか、本橋が苛立たしげに首を伸ばして前方を確認している。

柏木はマルボロを取り出し火をつけた。ひとくち吸い込んだが、この渋滞同様、しだいに胸のうちに苛立たしさが頭をもたげてくる。

原因はわかっていた。「ハンド・トゥ・ハンド」に顔を出したあとはいつもこんな気分になるのだ。

「きょうは講演会があったそうですね」

のろのろと車を走らせながら本橋が訊く。

「ああ、つまらん講演だ」

主催は「二十一世紀を支える手と手の会」。「ハンド・トゥ・ハンド」の社長である浜中純一《はまなかじゅんいち》が企画した若手経済人の集まりで、一年ほど前から定期的にこの手の講演会が開催されるようになっている。ホテルが会場になることもあれば、どこかの会社の研修所を使用することもある。

きょうは、最近売り出し中の若手マーケッターによる講演が虎ノ門の「ハンド・トゥ・ハンド」の本社会議室において催された。

話の内容はいつもと同じく空疎なものだった。

実践経験のない、机上の論理を展開する人間の話は、しょせん大地についていない車輪を回して車を動かすにも似た絵空事でしかない。

特にきょうの講演は酷かった。柏木の耳には、アメリカかぶれの、単なるご都合主義的な理屈話としか聞こえない代物だった。

もっとも柏木が会に出席するのは、講演からなにかを得ようというわけでも、企画した「ハンド・トゥ・ハンド」のオーナーとしての義務からでもない。出席してくる若手二世経営者との顔つなぎのためだった。浜中の企画の裏には、横矢のアドバイスがある。つまりは、こうした活動のすべては、柏木の出馬を見越した横矢の作戦であり、柏木はそのレールに乗っているにすぎない。

「今度そんな会がありましたら、会場の隅っこでけっこうですから、傍聴させていただくわけにはいきませんか？」

本橋が遠慮がちな声で訊いた。

「興味があるのか？」

「そうですね。立派なひとたちが集まられる会なんでしょう？」

「立派か……」柏木はたばこの灰を払った。「おまえが口にする立派という意味は、地位があるとか、金があるとか、そういうことを指してるのか？」

「いえ、そういうわけでは……。でも、一応、世間的には立派と称されるひとたちが集まって耳を貸す講演というのはいったいどんなものなのか、一度ぜひ拝聴してみたい気もします」

本橋がステアリングを操りながら、ミラー越しの視線を柏木に送ってくる。

「おまえは、都立大学を出ているそうだな?」

「はい」

一瞬、躊躇ったあと、ミラー越しの視線をはずして本橋が答えた。

「なにを勉強したんだ?」

「経済です」

前方を見つめたまま、本橋が小さな声でいった。

その本橋の態度から、なんとなく柏木は、彼がそうした質問を受けるのを嫌がっているように感じた。

もっとも、訊かずともそれらのことはわかっていた。何日か前に履歴書に目を通したからだ。

会社を興してからの数年こそ、入社する社員の面接には直接立ち会うようにしていたが、現在はそうした諸々のすべては児玉を責任者とする総務人事の窓口に一任していた。いくら面接に立ち会ったところで一年も辛抱できずに辞める者が多いからだ。したがって今では、真の社員として認められるような勤務ぶりを示した社員だけにかぎってその人物の人となりを判断するようにしている。だが、自分のことにいささか過剰とおもえるまでに関心を寄せ、専属の運転手までを志願してくるこの本橋という若者にちょっとばかり興味を覚えて確かめてみたくなったのだった。

大学を卒業したあと、本橋は小さな貿易商社に入社している。しかしわずか七か月ほど勤めただけで昨年の十二月にそこを退社し、そしてこの三月に「カシワギ・コーポレーション」に入社してきた。

学歴からすれば、あの程度の貿易会社を選ばずともももっと良い就職先があったようにもおもえる。あるいは、両親がいなかったということが就職に影響したのだろうか。

ひとにはみなそれぞれの事情というものがある。柏木は、それ以上の質問を本橋に投げる気にはならなかった。

「やはり事故でしたね」

見ると、ボンネットが押し潰された車の周辺に何人かの警察官が立っていた。そこを通り過ぎた途端に渋滞が解消された。

車は駒沢《こまざわ》通りを左折して閑静な住宅街に入った。

道の両側には塀囲いの邸宅や瀟洒《しょうしゃ》なマンションが建ち並んでいる。中目黒三丁目。都心のなかでも高級住宅街として知られた区域である。

前方に白い外壁のマンションが見えてきた。４ＬＤＫ。

奈緒子と結婚した年に、娘のために、と横矢にせがまれて購入した代物だ。買った当時の価格が二億一千万。しかしバブルがはじけた今では、その半分の値打ちもないだろう。

「こんなこと、失礼なのですが……」

本橋が小声でいった。

「なんだ？」

「初めて社長のお宅を拝見したとき、ちょっと意外な気がしました。勝手に、広いお屋敷だとばかり、想像していましたので」

「そんなことか。住居で人間の値打ちが決まるわけでもないだろう」

東京の土地に執着はない。柏木にとってはこの都会の土地は、利潤を生む、商売のための物という以外の意味はない。家を建てるなら北海道、そう固く心に決めている。

「それはそうなのですが……」

まだなにかをいいかけようとする本橋に、もういい、と一言、突き放すようにいって柏木は口を閉じた。

マンションの前で車を停め、本橋が運転席を下りようとした。

「ドアぐらい自分で開ける」

苛立つようにいい捨てて、柏木は車を下りた。

本橋が戸惑ったような顔をして運転席から身を出す。

「なにか、お気にさわったことをいいましたでしょうか」

「なんでもない。疲れているだけだ。明日の出社は午後からにするので迎えに来なくていい」

本橋を無視して柏木はマンションのエレベーターにむかった。最上階のボタンを押す。

ドアの前に立つと、犬の鳴き声がした。柏木の足音を聞きつけると、真っ先に玄関にやって来る奈緒子の可愛がっているマルチーズだ。

「おかえりなさい」

外出着姿で着飾った奈緒子が慌てた顔で出迎えに来る。

「よかったわ。わたしもたった今帰って来たばかりでしたの。お食事は？」

「すませた」

チラリと奈緒子に目をやり、柏木はそのまま自室にむかった。奈緒子がついてくる。

「きょうは、大学時代の友だちと歌舞伎《かぶき》を観に行って来ましたわ」

着替えをする柏木に手を貸しながら、奈緒子がしゃべりかけてくる。

「犬を出してくれないか」

足もとにじゃれてくる白いマルチーズを見て、柏木はいった。

犬が嫌いなわけではない。室内犬という動物がなんとなく好きになれないだけだ。人為的に交配させられ、ひとに媚《こび》を売るような習性になってしまっているところがかえって落ち着かない気分にさせる。

子供がいない寂しさからだろう、三年前に奈緒子が犬を飼いたいといってきたとき、柏木は反対はしなかった。しかし自分の部屋には入れないように、とだけは釘を刺している。

「ごめんなさい。すぐお風呂を入れます」

奈緒子が犬を抱きあげて部屋を出て行った。

パジャマ姿になり、机に腰を下ろしてからたばこを手に取った。

壁にかかった一枚の絵画。ルネ・マグリットの作だ。帰宅し、自室で一服をくゆらせながらこの絵を見つめていると仕事の疲れが抜けてゆくような気がする。

夫婦の寝室に柏木と奈緒子の部屋。もうひと部屋は、生まれてくる子供のために、との奈緒子の希望で空けてある。

横矢に奈緒子を紹介されたのは、彼と知り合ってからほぼ二年後の、奈緒子が二十二歳のときのことだ。奈緒子は大学を卒業したが就職することなく、他界した母親の代わりとなって家事をこなすだけの毎日を送っていた。

むろん横矢の気持ちはわかっていた。事業が軌道に乗りはじめた柏木の若さと将来性を見込んで妻にと切望したのだ。

奈緒子に対する柏木の第一印象は、ただ単にきれいな女、というだけのものだった。つき合いといえるような交際をしたわけでもない。おもい出したようなときに食事をし映画を観る。そんな関係を三年ほどつづけた後、結局結婚した。

好きでも嫌いでもなかった。恋愛感情とは程遠い気持ちだった。奈緒子との結婚に踏み切ったのは、自分はもう女を愛さないし、愛せないだろう、という確信があったからだ。極端な言い方をすれば、柏木にとって、妻という存在は誰でもよかったのである。横矢にはいろいろと世話になっている。それにたぶん、これからも彼の力を必要とするだろう。結局のところ奈緒子を妻に迎え入れたのは打算に基づいたそんな理由からだったといえる。

したがって結婚生活は当初から味気ないものだった。夫婦生活も淡白で、取り交わす会話が特にあるというわけでもない。奈緒子が関心を示すのは、自分の身の回りの服や宝石、あるいは家の調度品の類であって、抱く興味にしても柏木とは本質的にちがっていた。

いつしか柏木は、仕事にかこつけては帰宅を遅くするようになり、ここ一、二年は特にそれが酷くなっている。当然、以前にもまして、夫婦の関係は薄くなる。しかも今年に入ってからはひとり自室で寝るようにまでなった。しかしそれでも奈緒子にはほんのわずかな離婚の意志もないようだった。あるいはその原因を、子供がいないためだと考えているのかもしれない。

立ち上がり、書架から本を抜き出す。

ヘミングウェイの短編集。表紙カバーが黄ばみ、角は磨《す》り減っている。W大学に入学した年に購入したもので、柏木のお気に入りの本のひとつだ。

結局、夜学は二年とちょっとで退学した。あのころは、金を握ることがすべてにおもえた。同世代の人間には考えられないほどの金はすでに持っていた。だがもっともっと巨額な金が欲しかった。金を握ることが自分の人生の証明だと考えていた。金を握らなければ、なにひとつとしてはじまらないとの固い信念を持っていた。

だが徐々に金ができはじめると、まるでそれに反比例するかのように、柏木の胸のなかに埋めようもない虚しさが忍び寄るようになった。今おもえば、じっと我慢してあのまま大学には通いつづけるべきであったのかもしれない。

暗記しているかのように覚えている小説のくだりに目を通したあと、本を書架に戻した。

部屋を出て、リビングにむかった。空き部屋になっている子供用の部屋の前を通るとき、なかから奈緒子のすすり泣く声が聞こえた。

聞こえぬふりをして柏木はバスルームのほうに足をむけ直した。

7

仙台坂を上り切った所で車を停めさせた。

「きょうはもう帰っていい」

本橋にいい、車を下りる。

マルボロを取り出し、火をつけながらベンツのテールランプを見送った。

　杉浦が運転手をしていたときは、この先にある隠しマンションの前に車を横づけさせていた。しかし本橋になってからはそれはやめている。なぜなのか、その理由が、柏木自身よくわからなかった。

　飲んだあとにひと休みしたいとき、あるいはひとりになって考え事をしたいとき、そうした時々にこのマンションの部屋を使うようにしている。

　本橋が運転手をやるようになってから、ここで車を下りたのは、きょうで五、六回目になる。もしかしたら彼は自分に女がいると疑っているかもしれない。

　元麻布。近くには有栖川《ありすがわ》公園があり、広尾の本社からは歩いても十分とはかからない。奈緒子と結婚した直後にこっそりと購入した。この部屋の存在は、奈緒子にも横矢にも教えていない。柏木以外でこの部屋のことを知っているのは中条だけだ。

　時刻は十時を回ったばかり。熱帯夜で、昼の余熱がまだ路面に残っている。

　ネクタイをゆるめ、柏木はゆっくりとした足取りでマンションにむかって歩いた。

　きょうの昼、江成未央と彼女の結婚話の相手だという「三友」の常務、三津田昭信の調査報告書が興信所から届いたとの連絡を児玉から受けた。十一時に電話しろ、とだけいって、きょう初めて児玉に部屋の電話番号を教えた。今夜は彼を部屋に呼ぶつもりだった。たぶんこれからは、仕事の上ばかりでなく、私的な場面でも彼の手が必要な時がやって来るだろう。

　児玉はかつて彼が窮地に陥っていたときに拾ってやった男であり、以来柏木に心酔し、今では自他ともに認める柏木の右腕として寝食を惜しまずに働いている人間だ。そんな児玉にとって、きょうまでのほぼ十年にもわたる長いあいだ、この部屋の存在を秘密にされていたということは少なからずショックなことだろう。部屋を見たとき、彼はいったいどんな反応を見せるだろうか。

　公園脇の街灯に蛾《が》の一群が飛び交っている。それを横目に、路地を曲がろうとしたとき、ふと柏木は足を止めて周囲を見回した。なんとなく、誰かの視線を感じたからだ。

　公園の角をもつれるような足取りで歩いている男がひとりいる。酔っ払いのようだ。他に人影は見られなかった。

　あの日以来、どうも神経が過敏になっている。柏木はかぶりを振ると、マンションへの足をいくらか速めた。煉瓦《れんが》色をした四階建てマンション。その外壁に蔦《つた》が絡んでいる。築年数は三十年と古いが、バブル時に建てられた手抜きマンションとは異なって、厚いコンクリート造りのがっしりとした建物だ。風格さえ漂っている。

完全オートロックになっているが、エレベーターはない。そこがまた柏木は気に入ってもいた。

最上階の四階まで、ゆっくりと上がった。

3LDK。リビングは四十平米とゆったりとしている。部屋に来るとまず最初に、父の圭吾と母淑子《としこ》の仏壇に線香を上げる。手を合わせてから絨毯《じゅうたん》を敷きつめたリビングに戻り、洋酒棚からブランデーを引っ張り出した。

ソファに腰を下ろして上着を脱ぎ、壁に飾ってある風景写真を見つめながらブランデーに口をつけた。会社にいるときには、一切過去を振り返らないようにしている。過去を振り返りながら考え事をするときは必ずこの部屋にやって来る。

東京に出て来てから、人間行動の根底に流れているのは物欲だと信じるようになった。これまでに関《かか》わった者で例外となる人間はまずいなかった。物欲がある故にひとは働き社会は発展する。それが今の世の中ではひとつの真理なのだ——そうおもうようにもなった。しかしその一方で、物欲という欲望を嫌悪している自分も自覚していた。その欲が父の圭吾を死に追いやり、愛する亜木子を失うという結果を招いている。これまでがむしゃらに働いてきたのは、あるいは自分が内に抱えるその相反する考え方から目を背けようとしていたといえるかもしれない。仕事の上では物欲の強い人間を協力者としての目で見ることはする。しかし決して信用することはなかった。今現在、周辺にいる人間で柏木が信用しているのは中条だけだった。中条にも欲求はある。しかし彼の欲求は自分の夢に対するそれであり、その夢を実現させることによって得られる対価すら欲していない。だからこそ中条には全幅の信頼を寄せていた。

これまでの自分は幸運という女神に見守られてきたとおもう。自分には常に、もし、ということばがついて回っているのだ。もし、あいつにめぐり合っていなかったなら……。もしカシワヘブンの名を目にすることがなかったなら……。もし中条という生涯の友を得ることがなかったなら……。そして極めつきは、四谷の不動産屋でごろつきどもと一緒に地上げの仕事に走り回っていたときに知り合ったあの老人——重田忠男《しげたただお》だ。

　外堀通り裏の若宮町のゴミゴミとした一角。重田は、地上げ屋のターゲットとなっていたその区域の中心で四十坪ほどの土地の上にあばら屋を建てて住んでいた。身寄りもなく八十に手の届く重田は、地上げ屋たちのあいだでは、どんな好条件にも応じない、どんな脅し嫌がらせにも屈することのない難攻不落の老人として知られた存在であった。しかし柏木はなぜか重田には気に入られ、他の人間は門前払いを食らって会うことすらもままならないのに、何度か彼の家に足を運んでいた。年齢が年齢だけにもう重田にはなんの欲もなかった。欲のない人間を説得する手段などない。柏木もあきらめた。しかし孤独な老人の話し相手にはなってやった。仕事の合間にはできるかぎり顔を出してやった。重田がふと見せる横顔に、父の圭吾の面影を感じ取って彼の健康を気遣ってのことだった。「カシワギ・コーポレーション」を設立して半年ほど経ったとき、突然重田が土地を譲りたいと柏木に申し出た。条件は、彼が生まれた地、千葉の館山《たてやま》に墓を世話してくれ、というただその一点だけだった。墓とそのそばの住居を手配してやったその三か月後、重田から預金通帳と印鑑が送られてきた。預金通帳は柏木の名義になっており、なかには柏木がこれまでに蓄えていた全財産に近い——彼の土地を購入するのに支払った金がそっくりそのまま残されていた。その直後に、まるで自分の死を予期していたかのように重田は老衰で息を引き取った。重田が残してくれた土地が「第一カシワギビル」を手にする礎となったのだった。

　十一時ちょうどに、児玉から電話がかかってきた。会社からだという。道筋を教え、酒を飲みながら児玉を待った。

　十分もしないうちに、インターフォンが鳴らされた。受話器を取り、児玉を確認してからオートロックを開錠した。

　ドアを開けた児玉の顔にはやはり怪訝な表情が浮かんでいた。

「まあ、入れ」

「ここは……？」

「俺の部屋だ。結婚した直後に購入した。もう十年になる」

　簡単にいい捨てた。児玉の表情をうかがう。特に驚いたふうはなかった。

　児玉が手にした茶色の紙封筒をソファテーブルの上に置いて柏木のむかいに座った。

「飲むか?」

「では、遠慮なくいただきます」

ブランデーグラスに酒を注いでやる。

好奇心にかられた目で、児玉が部屋の壁に飾ってある何点かの額入りの風景写真を見つめている。

「絵笛《えふえ》の集落だ」

グラスを児玉の前に置いてやってから柏木は写真に視線をむけた。

「エフエ……ですか?」

児玉が聞きまちがいでもしたかのように口にした。

「札幌から車で四時間ほど行った所にある。古くから牧場で成り立っている集落でな。俺の故郷だよ」

写真はすべて柏木が写した物だ。おまえ自らが選挙に出ろ、と横矢に決断を迫られた二年ほど前に、絵笛に戻って撮ってきた。以来、自分を奮い立たせるために部屋の壁に飾ってある。

「俺の故郷のことを教えるのは、おまえが最初だ」

中条には自分の故郷は北海道の片田舎だと話してはいるが詳細については教えていない。中条もまたそれ以上を、柏木に尋ねることもなかった。それにこの写真を飾ってから、彼がこの部屋に来たこともない。

「そうしますと、江成の融資に抵当権を設定した……」

児玉の目に、一瞬、好奇心以外の光が宿った。

「そうだ。絵笛の集落は浦河町のなかにある。あの江成の女房の実家、寺島牧場は俺の父親が持っていた牧場と隣接していた……。しかし俺が中学生のとき、騙されたも同然に寺島牧場に買収された……」

これからの牧場経営は近代的な設備と計画性を持ってやっていかなくてはならない。そのためには小さな牧場主が一致団結する必要がある。権利も運営もこれまでとなんら変わることはない。効率化を図るのだ——亜木子の父、寺島浩一郎はそう説得したという。

雀《すずめ》の涙ばかりの金と引き換えに、柵を取り払われ、財産である肌馬を奪われ、そして最後は会社組織を盾にボロ屑のように放り出され、失意のドン底で父親の圭吾は死んでいった。冬の日の朝、小絵笛の分場脇の雑木林のそばで、降り積もった雪を血で真っ赤に染めて、父親の圭吾は横たわっていた。あのときの姿が柏木の瞼には今でも鮮明に焼きついている。

「その写真に写っている小さな川、それは絵笛川という」

口にしてから柏木は目を閉じた。

牧場のあいだを縫うようにして走る絵笛川。春ともなると川べりには色とりどりの花々が咲き乱れる。そして、まぶしいほどに美しかった亜木子とはふたりしてよくその花の咲き乱れる川辺で語り合ったものだった。

目を開けブランデーを口に含み、すべてのおもいを打ち払ってから、ソファテーブルの上の茶封筒を取り上げた。

「これが、例の報告書か」

「そうです」

これを見たいがために、仕事の接待を早めに打ち切って戻って来たのだった。福間に話を聞かされてから、かれこれ二週間が経つ。

封筒を開け、なかから報告書を取り出した。報告書は、江成未央と三津田昭信との二部綴《つづ》りになっていた。

初めに未央のそれを手に取った。

江成未央。一九七三年一月十六日生、二十五歳。私立N大芸術学部写真学科卒。独身。職業・フリーカメラマン。現住所・新宿区四谷三丁目――、西野アパート三号。

家族構成ならびに父母の略歴概要……。

時々、ブランデーを口にしながら柏木は無言で目を通していった。

児玉がじっと柏木を見つめている。

父江成達也。衆議院議員だった父達之介《たつのすけ》の死後にその地盤を引き継ぎ、四十三歳で総選挙に初出馬。以来、連続四回の当選を果たし、今では中堅の衆議院議員としての地位を築いている。

母亜木子の略歴については読むまでもない。

柏木は未央の現住所を目にしたとき、おやっ、とおもった。両親と同居しているものとばかりおもっていたからだ。

江成の家は世田谷区深沢一丁目にあり、しかも未央はひとり娘で、両親が溺愛している娘でもある。それなのに未央は家を出て、しかもアパートと名のつくような住居にひとり暮らしをしている。それは単に、彼女が独立心が旺盛な女性という理由からだけだろうか。

大学を卒業後、未央は著名な動物写真家である小宮龍一《こみやりゅういち》のアシスタントをしながら女流の動物写真家への道を修業中、とある。出版社や広告会社などの不定期なアルバイト仕事をこなしているのは、単に写真家としての腕を磨くというより、自立した生活を維持するためらしい。

在学中に応募した写真展で、過去に一度ジャパンカメラ主催の新人奨励賞を受賞。未知数だが、小宮龍一は彼女の才能をかなり高く評価している、と付記されていた。

仕事柄、生活は不規則ではあるが、異性関係においては、現在交際中とおもわれるような特定の男性は見受けられない、と書かれている。

「おまえも目を通しておいてくれ」

読み終えたあと、柏木は児玉にいって、未央の報告書を手渡した。

「よろしいのですか？」

「かまわない。というより、未央という女を理解しておいてほしい。おまえの助けが必要な場面があるかもしれない」

なぜ未央と三津田昭信のことを調べさせたのか、児玉にはまだなにも話していない。

児玉が読んでいるあいだに、柏木はもう一通の報告書のほうにも目を通した。

三津田昭信は、東京の二流どころの私立大学を卒業したあと、そのまますぐに「三友」に入社し、現在は、常務取締役東京支社長という肩書きになっていた。

「三友」の本社は大阪である。したがって両親の住居は西宮だが、昭信は新宿区の下落合にあるマンションでひとり暮らしをしていた。

将来の社長を約束されている昭信ではあるが、アクの強い祖父や父親に比べて、おとなしく目立たない性格だという。経営者としての資質については疑問視するむきが多いらしい。つまり親の七光りを背負っただけの凡庸な男なのだろう。異性関係においては、未央同様に特定の女性はいない模様とのことだった。

報告書をテーブルに置き、柏木はマルボロに火をつけた。

「よろしいですか」

未央の報告書を読み終えた児玉が、三津田昭信のそれにも手を伸ばす。

児玉が読み終えるのを待って、柏木はいった。

「このふたりに結婚話があるらしい」

「結婚話、ですか……。それで調査なさったのですね」

うなずいた児玉が首を傾げた。

「しかし、報告書を読むかぎりでは、このふたりの相性がよいとはとてもおもえませんね。片一方は金だけの世界、それにひきかえて女性のほうは、いってみれば、アートのそれです。しょせん水と油なのではないでしょうか。それに、この未央という娘は、どうやら親を頼らない独立心の旺盛な女性のようですし、それに反して、三津田昭信のほうは、親に寄りかかっただけのだめ人間の典型のような男におもえますが……」

「常識的にいえばそうだろうな。しかし、問題は江成の現在の状況だ。『三友』といえば、金のうなっている会社だ。もしこの話がうまくまとまれば、江成は当面の危機を回避できる」

「俗に言う、政略結婚ということですか」

「だろうな」

柏木は未央の顔をおもい浮かべながら、ぶっきらぼうな口調でいった。

未央は当然親の会社の状態については知っているだろう。この結婚話は、つまるところ昭信の人間的な側面がどうのというより、それを未央がどう判断するか、その一点にあると考えていい。

「出すぎたことかもしれませんが……。社長はどうなさりたいのですか？　私にできることがありましたらなんなりと命令してください。私は社長のためでしたら、この命すらも惜しくはありません」

「大げさなことをいうな」

苦笑いを浮かべ、柏木はグラスを手に立ち上がった。窓辺に寄る。

部屋は東南の角部屋になっており、目と鼻の先には薄暗い有栖川公園の灯りが、そのはるかむこうには麻布界隈の街のネオンが瞬いている。

今児玉が口にした。命すらも惜しくはない、ということばが柏木に彼とのめぐり合いをおもい出させた。

児玉と初めて会ったのは、今から十七年前、「カシワギ・コーポレーション」を興す二年前のことだった。児玉はまだ二十一歳で、チンピラ同然の格好をして、新宿にある地上げ屋一味の使い走りをやっていた。

児玉を目にしたとき、一瞬、柏木は絵筐を捨てて東京にやって来たころの自分の姿を見ているかのような錯覚を覚えた。児玉の目には異様な輝きが宿っていた。その輝きは、若者が夢を抱いたときに持つそれではなかった。なにかに餓《かつ》え、その餓えが満たされないままに放置され、そしてその放置されたやり場のない怒りをどこにぶつけたらよいのかを探しあぐねているかのような、危険で凶暴な匂いを内包した輝きだった。

児玉と再会したのは、それから五年後の、浜松町の旧い住宅街の地上げの一件のときだった。児玉は、そのわずか五年の間に、いっぱしの地上げのプロになっていた。だがその地上げの一件で、児玉はドジを踏んだ。二重契約を見抜けずに手付金の数千万を失うという、考えられないような初歩的なミスを犯したのだ。

その失態で雇われ先の社長から半死半生の目に遭っているのを救ってやったのが柏木だった。旧知の間柄であった社長に話をつけ、その見返りに、柏木はそのころ手がけていた江古田駅前のビルの売却話の権利を譲ったのである。

なぜそうしたのか、柏木にもわからなかった。今おもえば、児玉が持つあの目の輝きを失わせたくなかったからだったのかもしれない。かつて東京に出て来たころの自分をおもわせる目の輝き。あの目の輝きを失わせることは、つまるところ自分自身の存在をも否定することになる……。

その一件を機に、児玉は柏木の会社に入れてくれるようにと懇願してきた。柏木のためにすべてを擲《なげう》って働きたい、そう口にする児玉の目にはうっすらと涙も浮かんでいた。

その一年後、柏木は児玉を「カシワギ・コーポレーション」の一員に迎え入れたのだった。

ふと気づくと、児玉が背後に立っていた。

「さっき私が口にしたことばは嘘ではありません」

「誰も嘘などとはいっておらんよ」児玉に笑みをむけたあと、柏木は麻布の街のネオンを指さして、いった。

「あの灯りの下にも腐るほどのいろんな人生が転がっている。さっきおまえは、いったい俺がなにをしたいのかと訊いた。きっと俺が今抱いている気持ちなんてのは、ひとによっては取るに足らないようなものだとおもう」

児玉がじっと耳を傾けている。

柏木はグラスのブランデーを口に運びながら、江成達也に対する自分の気持ちを話して聞かせた。しかし、江成の妻の亜木子がかつての自分の恋人であったということまでは打ち明けなかった。

「私は、社長の気持ちが取るに足らないようなものだなどとはおもいません」聞き終えた児玉が充血した目を柏木にむけた。「もし自分が社長の立場であったとしたら、やはり同じ気持ちを抱いたとおもいます。要するに江成達也を今の地位から引きずり落とすこと、そして絵笛の寺島牧場を手に入れること、このふたつが社長の願いなのですね」

「しかしそれをやり遂げたところで、今さらどんな意味がある、という疑問がなくもない。だが、それについては事のあとで考えようとおもっている」

東京に出て来たときから一途《いちず》にそのおもいを抱いていたわけではない。当初は、父の圭吾のような負け犬人生だけは送りたくないという一念で必死に働いていた。その一念があったからこそ、働きづめの日々にも耐えられたのだ。

だが金ができるにつれ、柏木の胸のなかに、それまで感じたことのない虚しさが芽生えはじめた。そして次には、まるでその虚しさを埋めるかのように、しだいに江成達也と亜木子に対する憎しみが頭をもたげてきたのだった。亜木子に対する感情が憎しみの感情とは異質であることはわかっていた。しかし柏木はそれには目を瞑《つむ》り、亜木子に対する感情はすべて憎しみに変えるよう、必死になって自分の心にいい聞かせた。

自分の成功の足がかりとなったもの――。それはおもいもしなかったことによって手にした。まちがっても一着に来ることなどないと考えていたカシワヘブンが、雨の降る馬場で、顔面に泥を浴びながら一着でゴールを駆け抜けたのだ。

震えるおもいで、柏木は競馬場の片隅のテレビの画面を見つめていた。これは父の圭吾の、カシワドリームの、自分に対する無言のメッセージではないだろうか。江成達也を破滅させ、柏木牧場をこの手で再生してほしい、との願望がこんな結果をもたらしたのではないか……。それなくしては、あの大の雨嫌いのカシワヘブンがこの泥んこ馬場を走り抜けて来るわけがない。

時間が経つにつれ、いつしか柏木のそのおもいは確信へと変わっていた。

「この結婚話をまとめさせてはならない」

ソファに戻ると、柏木はきっぱりとした口調でいった。

「未央という娘の身辺をもう少し詳しく洗ってみてくれ。打つ手はそれからゆっくりと考える」

「わかりました」

児玉がうなずく。そしてグラスを手にしてしばらく考えてから柏木の目を見て、いった。

「社長。私がこうしてあるのはすべて社長のおかげです。もしあのとき社長に救われていなかったら、私は薄汚いやくざに身を落とすか、あるいは自らの手で命を絶っていたでしょう」

「そんなことはない。おまえなら、たとえ俺と会ってなくても、どこかの世界で成功している」

「ちがうのです。私は社長にめぐり合うまではひとというものを信じたことなど一度としてありませんでした。

しかし、社長に会ってから、私はその考えを捨てました。雇っていただくとき、私は故郷を捨てた男で、もう帰る所がない、といいました。今こうした形で生きていても、やはり同じなのです。私の帰る所はたったひとつ――、社長のそばだけなのです」

熱っぽく語る児玉の目頭には光るものが浮かんでいた。

「わかった。そうまでいってくれて俺は幸せだ。俺のほうこそ礼をいいたい」

「社長にお願いがあります」

あらたまった口調で児玉がいった。

「なんだ? 他ならぬおまえだ。俺にできることならなんでも聞く」

「きょう、初めてこの部屋に入れていただきました。しかし、私はこの部屋の存在はだいぶ前から知っていた……。ぜひそういうことにしていただきたいのです」

「それは別にかまわんが……」

「そしてふたりだけの秘密の会議は、必ずこの部屋で行うようにしている……。たとえどんな時間であってもです」

「どういう意味だ?」

なにをいってるのだ児玉は……。

「社長。私のいう意味など、社長にとってはそれこそどうでもいいことなのです。さっきもいいましたように、私の命は社長あってのものです。あらためて今、ここで誓います。私はこれから先も、ずっと変わることなく社長にこの身を捧《ささ》げるということを……。どうかそれだけを信じてください」

児玉の語尾は震えていた。

「わかった」

「ありがとうございます」

起立した児玉が深々と頭を下げる。そして破顔すると、会社に戻って仕事の残りを整理してくるといって部屋から出て行った。

ひとりになった柏木は、たった今児玉が口にしたことばを頭のなかで反芻《はんすう》しながらグラスを傾けた。

8

朝食をすませてから、桑田は隣室の六畳間の襖《ふすま》を開け、仏壇の前に腰を下ろした。出勤前に父母と息子の位牌《いはい》に手を合わせるのは長年の習慣だった。

「きょうも暑そうですから身体には気をつけてくださいよ」

焼香を終え、腰を上げた桑田に妻の和子が声をかけてくる。

見ると、和子も外出の準備をしている。地区の民生委員をしている和子が朝早くから外出するのは珍しいことではない。十三年前にひとり息子の亮一《りょういち》を交通事故で失ってから、和子は他のなにかに生きがいを求めるようになっている。

桑田の家は、大井署には歩いても十数分しかかからない西大井六丁目にある。両親は地《じ》の人間で、戦後に「桑田湯」という銭湯をここに開業した。しかしそれも八年前に廃業し、今では裏のその跡地にはアパートが建っている。廃業は、ひとり息子であった桑田が家業を継ぐ意志を持たずに警察官の道を選択したこともその因のひとつだが、銭湯の役割は終わった、とする父親の決断によってである。

母親は桑田が和子と結婚した翌年にガンで他界し、あれだけ元気だった父親も、まるで家業の銭湯を廃業したことで気力を失ったかのように、六年前に脳溢血《のういっけつ》で倒れて母親のあとを追った。

アパートからの収入と桑田の警察勤めによって、和子との夫婦ふたりの生活にはなに不自由ない。しかし、息子の亮一を失ったことが和子には桑田以上にこたえたようだった。

桑田同様に和子もこの西大井の育ちで、お互い通った中学も同じなら学年も一緒という間柄だった。小さいころからの顔見知りの同級生であった気安さと、母親同士が仲が良かったということが縁で、桑田と和子とは結婚することになったのだった。

和子はなかなかにできた女で、妻として申し分がないのはむろんだが、情も厚くひとの面倒見もよい。根っからの地の人間でもあるそんな和子にとって、民生委員という仕事はまさに適任といえるものだろう。

だが桑田の唯一の心配は、和子の身体だった。病弱ではないものの、壮健というほどでもない。それに息子を失ってからその落胆ぶりを見せまいとする姿がかえって桑田の目には痛々しく映り、それが強行係から外してくれるよう願い出たもうひとつの理由ともなっている。

「俺のことは心配せんでいい。おまえこそたまには義姉《ねえ》さんと一緒に温泉にでも行って少しのんびりしてきたらどうなんだ」

「できたらそうしたかったですわ。この夏休みこそは——、と内心では期待していたんですよ。でも仕事好きのあなたを放ったらかしになんてできないじゃないですか」

いくらか皮肉っぽい口調でいい、和子が口もとに笑みを浮かべた。

中延《なかのぶ》に行くという和子と滝王子《たきおうじ》通りで別れ、大井署にむかった。

雲ひとつない斜め頭上の東の空には、すでに真夏の太陽が昇っている。

二、三分歩いただけでもう背に汗が滲《にじ》んできた。日中の捜査活動をおもうとこの暑さがうらめしい。電車通勤ではなくなり、徒歩で署まで通えるようになったのがせめてもの救いだ。

こうして歩いていると、三十三年前に、初めて大井署に勤務した当時のことが頭に浮かんでくる。

八月一日付で大井署の捜査本部に合流した。

きのうまでの一週間をかけて、捜査資料のあらかたに目を通し、なおかつ隣席の屋久《やく》警部補からこれまでの捜査状況を詳しく聞かせてもらった。屋久は昨年の十二月に大崎署の桑田を訪ねて来た刑事で、今回桑田が捜査本部に加わったことを百万の味方を得たといって大いに歓迎してくれている。

捜査は完全に行き詰まっていた。今現在、捜査本部は重要参考人はむろんのこと、ホシらしき影すらもつかんでいない。そればかりか事件発生後の聞き込み捜査で得た情報以外に、これといった目新しい情報も入手していない。

もしかしたらこの殺しは、単なる物盗りを目的とした、行きずりの犯行ではないか。現場に金品が残されていたのは、動転した犯人がそれには目もくれずに逃走したからではないか——。捜査員のなかには、そういって悲観的な見方をする者すらも出はじめていた。だがもしそうなら、すでに事件発生から十か月も経っているこの事件の見通しは暗い。というより、下手をすれば迷宮入りの可能性すらある。しかし現在、捜査本部はあきらめることなく、犯行の動機を怨恨一本に絞って、被害者及川広美の交友関係を必死になって洗っている。

署に着くと、桑田は捜査本部がある三階の部屋にむかって力強く階段を上って行った。

この一週間というもの、毎朝一番に捜査本部の部屋に顔を出している。しかし、きょうはすでに屋久の姿があった。

「おはようございます。早いですね」

桑田は屋久に笑顔をむけた。

「ゆうべの熱帯夜には参りました。寝つかれませんでしたよ。それにきょうは一課長が顔を出す捜査会議がありますんで、たまには、ね」

きょうの十時に開かれる会議には、本庁から捜査一課長が顔を出す。今年四十一になるたたき上げの屋久にとって、それが最も苦手とすることのようだった。

「ところで、これまでの捜査内容については、大筋では理解してもらえましたか?」

席に腰を下ろした桑田に、屋久が訊いた。

「おかげさまで、大筋はわかりました。しかし、このヤマは長くかかりそうですね」

答えながら、桑田は及川の顔をおもい浮かべていた。

昨夜は家に帰ってから、すでにこれまでに何度も目を通している、及川からの手紙をもう一度読み直してみた。文面に目を通すほどに、桑田の胸の犯人への怒りと憎しみは増幅していった。と同時に、及川の無念さをおもいやった。彼を成仏《じょうぶつ》させてやるには、ホシを挙げてやる以外にないだろう。その覚悟を新たにして、桑田は手紙を閉じている。

「喧嘩、物盗り、怨恨、痴情のもつれ——、それ以外のセンで、ひとがひとを殺す理由に、いったいなにがあるっていうんでしょうかね」

独り言をつぶやくようにいいながら、屋久がお茶を運んで来てくれた。

「いや、これはどうも。ありがとう」

お茶をひとくち口にし、桑田はたばこに火をつけてから屋久にいった。

「どうやら怨恨説にはもうひとつ納得していないようですね」

「いや、そういうわけではないのですが……。なにしろ、出所して以後のいくつかの勤務先での聞き込みでも、彼がひとに恨まれていたというような話はなにひとつとして出てこんのですよ。というより、すこぶる評判がいいんです。こんなことをいっちゃなんなんですが、ふつう、ムショ帰りの人間には、悪い噂のひとつやふたつは必ずといっていいほどについて回るものなんですが……。その点がどうも引っかかっていけません」

そういって、屋久は眼鏡の奥の目をさらに細めた。

初めて屋久を見たとき、一瞬桑田は、自分の小学校時代の恩師の顔をおもい浮かべた。穏やかな顔つきで、どこか理知的な雰囲気すらある。黙っていれば、まずひとは刑事とはおもわないだろう。あるいは、四十を超えたばかりなのに頭髪のところどころに白いものが目につくのがその原因のひとつとなっているのかもしれない。

しかし捜査に対する屋久の姿勢は、たたき上げの刑事が皆そうであるように、粘り強く根気がある。屋久のこの大井署勤務はもうかれこれ十年近くにもなり、署内の刑事仲間では古参のうちのひとりだった。

そんな彼がこぼすくらいであるから、この捜査がいかに行き詰まっているかは推して知るべしだった。

「ほんの例外を除けば、意味もなくひとはひとを殺したりしませんし、殺されたりもしません。きっと私らが見落としているなにかがあるにちがいありませんよ」

屋久への慰めではなく、心底桑田はそうおもっている。それは、これまで犯罪を目にし、ホシを追いかけてきた桑田の刑事哲学といってよかった。

「見落としているなにか、ですか……。これほど手がかりがないというのは、あるいはそういうことかもしれませんね。私ももう一度丹念におさらいでもしてみますか」

桑田のことばに、屋久は自分を鼓舞するように一度強く頭を振ってからお茶を口に運んだ。

捜査の世界には、むかしから「現場百回」という使い古されたことばがある。犯行現場には何度でも足を運べ、という戒めであるが、それは、人間の目や注意はいい加減で、一回や二回の検分では決してすべてを見極めることができない、ということを意味しており、これは聞き込み捜査でも当てはまる。

問われたときにひとの頭におもい浮かぶ記憶というのは、かなり曖昧なもので、決してそれがすべてというものではない。捜査員の訪問を受けて証言をし終えたあとで、証言者が忘れていたことをおもい出すという例は珍しくはない。問われたことによって掘り起こされた記憶が、また別の記憶を呼び起こすからだ。そのようなとき、証言者がすぐに連絡をくれれば問題はないのだが、現実にはそのままになってしまうケースが多い。したがって捜査員は、たとえしつこいと疎まれようと、その証言が重複したものになろうと、根気よく何度でも足を運ぶ必要があるのだ。

しかしこれは、口でいうほど簡単なことではない。捜査活動というのは膨大な事実をひとつひとつ確かめてゆくものであり、ついつい見逃してしまいそうなそうした証言についてもう一度検証するというのは、なかなかに骨の折れる仕事なのである。

「それはそうと、ちょっと妙におもったのですが……」桑田は訊いた。「遺留品のバッグのなかに預金通帳があったようですが、及川は預金通帳を肌身離さず持ち歩く習慣があったのですか？」

「いや、その点が解《げ》せないんです。息子の話では、そんなことはなかったというんですね」

屋久が小首を傾げながら答えた。

「すると、その日に金が必要なことでもあったということですかね」

「それでしたら金を下ろしているはずです。しかし、そんな形跡はないんです」

「すると、入金する予定でもあったのかな……」

「でも、及川の給料日は二十五日ですし、会社以外でアルバイトの類をしていたような事実もありません」

「どういうことだろう……」

桑田も首をひねった。あるいは金を下ろすつもりだったのが銀行に行きそびれたのかもしれない。

お茶をすすりながら桑田は話を転じた。

「ところで、及川の息子のことなんですが――。資料を見ますと、及川が殺されたあとに彼は西五反田へ越したとありますが、警部補はその後の彼には会ったことがありますか？」

「いえ、ありません。会ったのは事件直後の一回だけです」

「すると、今は？」

「清水《しみず》君が担当しています」

清水というのは、捜査本部のなかでは一番若い刑事で、今は及川の刑務所時代の生活ぶりや彼が特に親しくしていた仲間がいなかったかどうか、その洗い出し捜査を行っている。

「息子のことでなにか？」

「いえ、別にどうということもないのですが。会社を辞めて引越しまでしたということは、やはり事件が相当にこたえたんでしょうな」

そう口にしながら桑田は、母親の腕に抱かれていた、生後間もなかったときの及川の息子の安らかな寝顔を頭におもい浮かべていた。

「そうか……」合点がいったかのように、屋久が目を細めた。「たしか警部は、息子がまだ赤ん坊だったときに一度会ったことがある、といっておられましたよね」

「ええ、でも、生後間もないときのことでしたから、どんな顔をしていたのかまでのはっきりとした記憶はないのですが」

桑田は照れを隠すように笑みを浮かべた。

大崎署に屋久が訪ねて来た折に、桑田は及川の女房に会ったときのようすを話している。「人情派の刑事」。捜査員たちのあいだでは自分はそういわれているらしい。案外、その火元は、そうしたことを話して聞かせたこの屋久なのかもしれない。

なぜあんなに優しい父が、あれほどむごい殺され方をしなければならないのか、必ず犯人を見つけ出してほしい――。事件後に訪ねた屋久に対して、息子はそういって悔し涙を浮かべたという。今どき珍しいほどの親思いの男だった、と屋久には聞かされている。

犯罪というのは、加害者であれ被害者であれ、その当事者ばかりでなく周囲の人間たちをも不幸の渦に巻き込んでしまう。これまでの刑事生活のなかでも、桑田は嫌になるほど、そうした事例を目にしてきている。

「アルバイトをしながら大学を出るほど、頭脳明晰《めいせき》で優秀な男だったらしいんですが……」

屋久も桑田と同じ気持ちを抱いたのだろう、心持ち視線を落とし、気の毒そうな口調でいった。

「そうですか……」

桑田は小さく嘆息を洩らした。

屋久とそんな会話をしているあいだに、捜査員たちの顔ぶれも揃いはじめた。ひとりひとりと、朝の挨拶を交わしながらも桑田の心は晴れなかった。

さっき話に出た清水という若い刑事が、捜査員のひとりに、成果の上がらなかった昨日の捜査活動についての愚痴《ぐち》を述べている。

「じゃ、そろそろはじめるとするか」

全員の顔が揃ったところで、係長の串田《くしだ》が課内を見回して、いった。

十時五分前。他の捜査員たちと同じように、桑田もノートと資料を手に、捜査本部と部屋ひとつ隔てた会議室へと足を運んだ。

一課長の水原と管理官の神保《じんぼ》、そして署長の木幡《こわた》が顔を出した。捜査員全員が起立して迎える。

正面中央に設置された机に、水原一課長以下の面々が着席した。いつもながらの捜査会議の図だ。

桑田は緊張した面持ちで本庁幹部の顔ぶれに視線を注

いだ。

　桑田が一課長が顔を出すこの捜査会議に出席するのは、本部に合流した最初の日ときょうとで二度目のことである。水原一課長とは麻布署の時代に一度だけ一緒に仕事をしたことがあり、捜査のやり方や彼の性格などについてはおおむね理解している。どちらかというと他の捜査員たちが水原を敬遠気味なのに対して、桑田はむしろ親近感に近いものを抱いている。今年四十三歳のキャリア組。外見はキャリアにありがちな神経質そうな顔立ちをしているが、実際は、外見とはちがって、豪放磊落《らいらく》な性格で、その若さにもかかわらず本気で上層部とやり合えるほどの肝っ玉の持ち主だ。

　水原の直属の部下である神保管理官と串田係長とは、桑田はこの捜査で初めて顔を合わせた。神保管理官が四十七歳、串田係長は四十六歳。ふたりは水原とはちがってたたき上げである。

　通常、殺人事件が発生した場合、その事件解明のために、ただちに所轄の署に特別捜査本部が設置される。

　この捜査本部の構成、命令系統は、警察機構ならではの特殊なものだ。捜査本部長には本庁の刑事部長が就任するが、直接捜査に加わるということではなく、あくまでその捜査本部の形の上での最高責任者というにすぎない。直接、捜査本部を指揮して動かすのは、本庁の一課長とその下の管理官、係長たちである。しかし現実には、一課長や管理官は捜査本部に常駐しているわけではなく、会議のときに顔を出すだけだ。常駐して専従捜査にあたっているのは、その下の係長ということになる。

　本庁の係長は階級でいえば警部クラスが就任している。彼の下には、常時七、八名の捜査員が配されており、事件が発生すると捜査員たちを引き連れて、捜査本部に加わってくる。

　都内全域では日々刻々と様々な凶悪事件が発生しており、一課長がそれらのすべての捜査本部に毎日顔を出すということは物理的にも不可能だ。したがって、よほどの大事件でもないかぎり、そういつも捜査本部に顔を出せるわけではない。その穴を埋めるのが管理官という職責だ。管理官は行われる捜査会議には必ず顔を出し、捜査の進捗《しんちょく》状況や捜査方針の正誤を判断する。つまり管理官というのは、現場と本庁との意思疎通を図る、いってみれば潤滑油的な任務を帯びた職責といえる。

「暑いなか、毎日ご苦労さまです――」

　所轄の責任者である木幡署長が型通りの挨拶をし、会議の進行を串田係長に引き継ぐ。

「では、望月《もちづき》警部補から報告してもらいましょうか」

串田の指名に、望月がうなずき、手帳を開いた。

「先日の会議では所在の確認が取れなかった、害者と親しかった浜本信夫《はまもとのぶお》の消息がつかめました。浜本は『寿パン製造株式会社』を退社後、愛知県の蒲郡《がまごおり》に引っ越しておりました。現在……」

桑田は、望月の報告のなかで気になった部分だけをノートにメモしていった。

串田係長以下、捜査本部にいる捜査員の数は、桑田を含めて総勢で十三名。現在捜査は、出所後の及川の交友関係を大きく四つに分けて洗っている。

及川が三重刑務所での十三年間の懲役生活を終えて仮出所したのは、十一年前の八月四日、三十六歳のときのことだ。事件を起こした当時の及川は、京浜急行の青物横丁駅近くのアパートに住んでいたが、その後、妻の加代は、東大井六丁目のアパートに越している。出所後の及川は、この部屋で、妻、息子との三人の生活をはじめた。

仮出所してから殺害されるまでのほぼ十年間に、及川は大きく分けて四つの仕事場を得ている。仮釈放直後から満期明けまでの二年間を東大井四丁目にある「寿パン製造株式会社」、その後南品川二丁目の「品川ベアリング有限会社」で三年間、東大井一丁目の「棟下《むねした》スプリング株式会社」に四年間、そして最後が、大森東一丁目にある「株式会社平和清掃」の一年間である。

最初に及川が勤めたパン屋の時代を担当しているのが望月だった。

報告する望月の声が、心なしか元気のないものに桑田の耳には聞こえた。やはり成果がかんばしくないからだろう。

「以上であります」

報告を終えた望月が、串田と水原一課長、神保管理官に質問の有無を確かめるように見つめている。串田が水原にチラリと視線をむけた。水原が首を振る。

「ご苦労さん。では次に、大木《おおき》警部補」

串田の声が室内に響く。四つに分けられた捜査員たちの報告がすべて終了したのは、会議がはじまってから四十分後だった。

目新しい情報は、得られていない。だが、これを徒労と感じるようでは捜査員は務まらない。捜査というものは、百ある、千ある無駄のなかから、たったひとつの真実を突き止めるものなのだ。

「では課長。お願いします」

串田が隣の水原一課長の顔をうかがう。

水原が捜査員たちを見回して、いった。

「今の報告を聞いていると、なにも成果が上がってないようにおもえます。ところが、そうではないんですね。被害者の周囲のひとりひとりを調べることによって無関係という関係を証明することも大きな成果なんです。どうか、気落ちすることなくこれからも頑張っていただきたい。ところで――」

ひとつ小さな咳払《せきばら》いをし、コップの水を口にして水原がつづけた。

「今、無関係という関係、と口にしましたが、じつは私は捜査活動というのはジッセンで――このジッセンというのは実行するという意味ではなく、一本の線とかいう、あの実線のことです――。その実線で行わなければならない、との信念を持っています。ホシを挙げたいがために、捜査活動というのは、ややもすると目立つ事柄が中心になってしまう。それを優先的に取り上げがちになってしまう。そしてなんでもないような事柄をふと置き忘れる……。捜査というのはどんどん前に進みますから、一度置き去りにしてしまうと、もう一度振り返ってみるというのは、なかなか難しいものです。捜査活動というのは、事柄と事柄のあいだに空白を作ってはいけない、点線のような捜査活動であってはならない、というのが私の信念なのです。どんなに細くてもいい。実線で埋めてゆく。じつはこの捜査活動こそが基本であり絶対に必要なんです。点線の捜査で空白を作ってしまうと、空白の部分からはなにも得られない。しかし実線で埋めてゆけば、いつかなにかの拍子に、それが必ず生きてくるものなのです。ちょっと抽象的すぎますか？」

水原がそういって目もとに笑みを浮かべた。

捜査員たちがじっと水原を見つめている。聞きながら、桑田は感心していた。その通りだ、とおもった。自分の経験でも、事件の解決というのは、本当におもいもしなかったような些細な事柄がキッカケであったということが多い。派手で、目立つ、捜査員の誰しもが、これだ、とおもうような事柄というのは案外的はずれだったりするものだ。

「なぜこんなことを申し上げたかといいますと」水原がふたたびつづけた。「私が今捜査活動で比喩《たと》えた実線の意味と同じく、人間のとる行動というのは、決して点線ではあり得ないからなのです。人間は実線を描いて行動するということなのです。それはひとによって太い細いのちがいはあるでしょうが、朝、目が覚めて、夜、寝るまでの人間の行動は、必ず実線という痕跡を残すものなのだ、ということなのです。この及川のように、ひとがある日突然殺される。それは害者の実線とホシの実線とが交錯したということなのです。どうか気落ちすることなく、及川の行動の実線の痕跡を追いつづけていただきたい」

水原の長広舌を耳にするのは初めてのことだった。そのことばには、幾多の事件の陣頭指揮をとってきた者が持つ響きがある。桑田はあらためて、この本庁一課長の顔を凝視した。

水原と視線が合う。

「ところで、桑田警部。途中から捜査に加わってからもう一週間になりますが、どうです、警部の目から見てなにか気づいたような点がありますか？」

水原が青白い神経質そうな顔のなかの目をいくらか細めて桑田にいった。

桑田は昂《たか》ぶる気持ちを鎮めて立ち上がり、ゆっくりと口を開いた。

「課長のただ今のお話、正直なところ、私もまったく同感であります。つたない私の捜査経験から申し上げましても、よほど突発的な事件でもないかぎり、因果関係のないコロシなどというものはありません。このあいだの捜査会議の席上で紹介された折にも申し上げましたが、私がこの捜査に加わらせていただきたいと願い出たのは、及川の二十五年前の事件を担当していたからであります。現在の捜査状況については、資料や他の捜査員の方々からの話を聞かせていただき、おおむね理解いたしております。しかし理解すればするほど、以前より私の胸でくすぶりつづけているある疑問が頭をもたげてきてならないのです」

「ほう、それはどういう？」

興味を引かれたように、水原が目を輝かせた。隣席の神保や串田も、桑田に視線を注いでくる。桑田はつづけた。

「及川は十三年もの長いあいだ、服役生活を送ってきました。長い服役によって、善《よ》くも悪くも人間が変わるということは十分に考えられることです。彼、及川の場合でいえば、私は前者であったのではないか、と信じております。事実、出所後の及川の身辺捜査をみても、彼を悪くいう人間は今のところ見当たりませんし、それに働いていた態度もとても真面目だったことが裏づけられております。しかし私がそう信じるのは、そうした一連の事実からばかりではありません。じつは出所後の及川が私によこした手紙によってなのであります」

「手紙を？　及川が警部に手紙を出しているのかね？」

神保が、意外だとでもいうように、少し身を乗り出した。

水原がじっと桑田を見つめてくる。会議室にいる捜査員たち全員の目も自分に注がれているのを桑田は感じた。

大崎署の小宮課長には打ち明けたが、捜査本部に加わってからは及川からもらった手紙の一件についてまだ桑田は誰にも話していない。捜査というのは、あくまでも客観的で正確な事実を積み上げることが基本であり、私情を交えた捜査をしている、との妙な誤解をされたくなかったからだ。

「及川が殺害された時期とは程遠いむかしの、彼が出所して間もないころ、つまり私がまだ池袋署に勤務していた十一年も前のことなのですが……。最初にお断りしておきますと、別にその事実を伏せておこうとおもっていたわけではありません。今申し上げましたように、手紙を受け取ったこと自体がかなりむかしであったのと、そしてそのなかに書かれた内容も今度の事件と直接結びつくような事柄はなにひとつとしてなく、ただ単に出所した挨拶に加えて、これからは頑張って生きてゆきたい、という、個人的な決意が披露されていただけであったからなのであります。申し上げましたように、私は彼が犯した強盗殺人事件を担当いたしました。決して自慢するわけではないのですが、当時は私も若く、それに強行係に異動して初めて手がけたのがこの及川の事件だったということもありまして、いくらか勇み足ともいえるほどに張り切って捜査に熱中したものでした。及川は、取り調べにも終始従順な態度で応じ、しかも自分の犯した罪を嘘偽りなく深く後悔していることが私の胸に強く伝わってきたのをきのうのことのように憶えております。なぜ、こんな人間が、こんな大それたことを……、とおもったものです。いささか口はばったいのですが、したがって捜査が終結したあとも、きちんと罪を償《つぐな》って人生をやり直すように、と私は及川に励ましのことばを投げて力づけてやったものでした。彼が私に手紙をくれたのは、たぶんそうした諸々の背景があってのこととおもわれます」

桑田は水原以下の捜査陣を見つめながら、及川が自分に手紙をくれた事情についてゆっくりとだが、しかしはっきりとした口調で話して聞かせた。

「なるほど。警部宛《あて》に手紙を出す気になった及川の心情についてはわかった」神保が若干、苛立ちまじりの声で、いった。「それで、その手紙と、さっき警部が口にした、以前から胸にくすぶりつづけていた疑問というのがどう結びつくんだね？」

一度うなずいてから、桑田はふたたび口を開いた。

「彼からのその手紙は、すでに幾度となく目を通しているのですが、捜査本部に加えていただくことになってから、あらためて何度か読み直してみたのです。そこには長かった懲役生活での辛《つら》さや苦しみ、犯した罪の重さを悔いることばが切々とした心情で書き綴られております。被害者の冥福を祈りながら一生真面目に生きてゆく、と……」

話す桑田の頭のなかに、まるで一言一言を刻みつけるように丁寧に書き込んでいた、右肩上がりのくせ字の文面が浮かんでくる。

「まあそうしたことはおきまして。じつは、以前から気になってならなかったのですが、やはりその手紙のなかの記述の一か所がどうしても私の触覚を刺激してならないのです。つまり、なにかこう、心のどこかに引っかかってならないのです。考えすぎだといわれればそれまでなのですが……」

長い獄中生活で聖書に接する機会もあったのだろう、及川は手紙のなかで聖書のなかにあることばを書き記していた。

また傷ついた葦《あし》を折ることなく、
ほのぐらい灯心を消すことなく、
真実をもって道をしめす。

調べてみると、これは旧約聖書のイザヤ書のなかにある一節だった。暗記してしまっている照れを隠すように、桑田はちょっと頭に手をやって、話をつづけた。

「及川は、この一節を引用したあと、こう書いているのです。獄中生活にあるとき、夜、小部屋のなかの天井に点る仄《ほの》かな灯りを目にしてはこのことばがおもい出されてならなかった。一方の自分はこのことばにある灯心のような存在だ。出所したとき、悔い改めているこの自分を本当に世の中は受け入れてくれるのだろうか、と。私は別にクリスチャンでもありませんし、聖書についての造詣《ぞうけい》も深くはありませんので、このことばの意味についてははっきりとわからないのですが、たぶん、こうじゃないかとおもいます」

　人間というのは罪深い存在で、葦のように傷つきやすく、そして今にも消えゆきそうな灯りほどに儚《はかな》いものだ、だが悔い改めて真実に気づくなら決して神は見捨てないだろう。妻に教えられて自分流に解釈した意味を桑田は話した。

「ところで……。この及川の手紙のいったいどの部分が引っかかるかといいますと、『一方の自分はこのことばにある灯心のような存在だ』と記述された個所なのです」

　会議室の全員の視線が自分に注がれているのを桑田は感じた。たぶん聖書のことばまでをも持ち出して語りはじめたことに興味を覚えたか、見当はずれの話に戸惑いを覚えているのかのどちらかだろう。

　桑田はかまわずに、話をつづけた。

「なぜこの『一方の』という個所に引っかかったのかといいますと、いささか強引な解釈かもしれないのですが……。じつは及川が犯したあの強盗殺人事件では、当時、捜査本部のなかにおいては根強い共犯説もあったのです」

　大崎署の小宮課長には、共犯説を蒸し返すつもりはない、と明言した。だが今、なにかが桑田の心を突き動かしていた。

「我々の追及に対して、及川は終始一貫して単独犯としての姿勢を崩さなかった。自分ひとりの凶行だと主張してその供述を翻すことはありませんでした。そして結果は、彼の供述通り、及川の単独犯行ということで事件の幕は引かれました」

　桑田は、居並ぶ水原一課長、神保、串田たちを見つめながら、当時の捜査活動について、要点をかいつまんで説明した。

「概略はわかった。しかし、その事件と今警部がいった、『一方の』とがどう繋がるっていうんだね？」

　神保が水原の顔にうかがうような視線を投げながら首を傾げる。

　起立の姿勢を崩すことなく、桑田はいった。

「及川は自分のことを、灯心のような存在だ、といいました。それはそれでいい。たしかに彼は、灯心のような存在だったでしょう。しかしそれをいうのに、なにも、一方の自分は——という表現は要らないとおもうのです。自分は——で十分です。私はこの表現に対して、こんな解釈を当てはめて考えたのです。及川の胸のなかには、常にある人物の存在があったのではないか。そのある人物が胸にあるがために、無意識に、一方の自分は——という表現になったのではないか、と。ある人物のほうが、傷ついた葦、であり、一方の及川が、灯心、なのではないか、と」

「なにかね？　すると警部のいいたいことはこういうことかね？　あの事件の共犯、もしくは関わりのあった者が、傷ついた葦という存在で、その葦が今回の事件に関係しているのではないかと……？」

神保の顔に、当惑を越して納得できかねるとでもいうような表情が浮かんでいる。

「正直なところ、私にもわかりません。しかし、これだけ手がかりがない以上、そのあたりにまで捜査の手を伸ばしてみるのも必要ではなかろうか、と」

「しかしだな……」

神保が困惑の顔を水原一課長にむけてから、念を押すようにいった。

「その葦なる存在の共犯者が、口封じのために及川を殺害したのではないか。要するに警部はそういいたいわけだ？」

「可能性があるということです」

神保を見据え、桑田は答えた。

「なるほど。じゃ、一歩譲って、仮に事件に共犯者がいたとしよう。しかし、その共犯者にとって及川の口を封じる必要があるのかね？　事件はとうに時効になっている。それなのに、また新たな危険を冒してまで殺人などということをやるかね？　それに出所後の及川の生活ぶりを見るに、そのことを種にして、彼がその共犯者に対してなにかを仕掛けたとは考えにくいんじゃないか？」

神保の話し方には、明らかに桑田の疑問が見当違いだという響きが感じられた。

桑田は内心、少しばかりムッとした。

そうした疑問を解いてゆくのが捜査ではないか。このどこか本庁を笠《かさ》に着たような物言いをする神保という管理官は、先日の会議の進行を見ていても、事を事務的に処理したがる傾向がある。

「おもしろい意見だとおもう。それを調べるのが刑事の役目だよ」

まるで桑田の胸のうちを代弁するかのように、水原が横から口をはさんだ。

その水原の一言に神保が口をへの字に曲げて押し黙った。

「及川がしでかした二十五年前の事件と今回の事件、その因果関係の捜査を桑田警部、君にやってもらおう」

水原が即決を下し、刺すような視線を桑田に送ってくる。一課長がこんな目をするのは、長年培った彼の刑事としてのカンに触れるなにかがあったときだ。

桑田は水原の目を真正面で受け止め、自分の決意を示すかのように力強く顎《あご》を引いた。

「串田係長、桑田警部の捜査に誰か一名を加えてください」

水原が串田に命じ、それをもって会議は終了となった。

「なかなかおもしろい話でしたよ。でも大変なことを引き受けることになりましたね」

机に戻った桑田に、屋久が笑みをむけてくる。

「ええ、でも考えてみれば、私がこの捜査に加わることになったのも、それが縁ということでもありますから」

笑みで応えていると、串田に呼ばれた。見ると、串田の前に、清水という若い捜査員が立っている。

桑田は串田の席に足を運んだ。

「では、警部。これからの捜査は、さっき一課長がいわれた線でお願いします」桑田にそういってから、横の清水に串田が目をやった。「清水くん、きょうからは、桑田警部と一緒に行動してくれ」

「よろしく、お願いします」

笑みで挨拶をする桑田に、清水が慌てて頭を下げた。清水の幼さの残る整った顔には、驚きと戸惑いの表情が浮かんでいる。

第二章　パンドラの匣《はこ》

1

現像液のなかからフィルムを取り出す。

江成未央はセーフライトのかすかな明かりを頼りにフィルムを透かし見た。薄い影が浮かんでいる。それを確かめてから、停止液のなかに一分ほどくぐらせ、今度は定着液に浸す。

水洗いをしたネガフィルムを透かすと、キタキツネの姿がおぼろげながら確認できた。フィルムを乾燥機のなかに入れた。あとは一時間たらずでプリント作業をすればよい。

未央は酢酸《さくさん》の匂《にお》いが充満するフィルム現像室を出ると、後ろに髪の毛を束ねていたバレッタをはずし、両手の指先で髪の毛を整えた。

デスクの上に、様々な種類のレンズが並んでいる。すべて師である小宮龍一の物だ。そのなかから八百ミリの望遠レンズを手に取った。今未央が喉から手が出るほど欲しい物のひとつだった。ズシリと手に重い。

両親に頼めば簡単に手に入るだろう。しかしそれをする気はなかった。今ある道具は、自分の手で少しずつ買い揃えた物ばかりだ。甘えてこの仕事を選んだわけではない。

レンズをデスクに戻して時計を見た。十一時三十分。

乾燥室のフィルムを取り出してから昼食にしよう。レンズの手入れはそのあとでいい。午後からは、差し迫った用事があるわけでもない。小宮は、「北国動物シリーズ」の続編の打ち合わせで出かけており、きょうはもう帰って来ない。

流しでお湯を沸かして一服しようとしたとき、まだジローに食事をやっていなかったことに初めて気がついた。慌てて隣室の来客用小部屋をのぞく。

未央に気づいたジローが小さな檻《おり》のなかで金切り声をあげて騒いだ。ジローは、小宮が今年の春に鷹《たか》の写真を撮りに秋田に出かけたとき、傷つき瀕死《ひんし》の状態で林のなかに倒れていたのを助けて連れ帰った日本猿の子供だ。

「ごめんね。うっかりしてたわ」

ジローの鼻面に指先を振って謝りのことばを口にして

から、未央は水と好物のバナナを与えた。

ふたたび現像室に戻り、紅茶を淹《い》れて一服した。机の上の海中動物の写真集を手に取り、広げる。

海の動物たちの写真集を見るのを小宮は嫌っている。しかしなぜか最近、未央は自分の心が急激に海の生物たちに魅かれているのを感じる。

小さいころからの動物好きだった。北海道の母の郷里で、生まれたばかりの仔馬を目にしてからは馬の虜《とりこ》になった。動物の写真を見るのも好きで、母にねだっては手当たりしだいに動物写真集を広げるようになっていた。そして中学を卒業するころには、将来は動物カメラマンになろうと固く心に誓うようになっていた。

珊瑚礁《さんごしょう》のなかを泳ぎ回る色とりどりの魚たち。未央は写真集を繰りながら、ひとときの時間、その世界に溶け込んでいった。

電話の音で、現実に戻された。写真集を閉じ、受話器を取る。時々顔を見せる、小宮と二、三度仕事をしたことのある広告代理店のディレクターからだった。

小宮の不在を告げた。しかし相手は、それでもすぐには電話を切ろうとしなかった。ファッション関係の仕事があるが、それを未央にやってみないか、などという。

「すみません。急いで現像室に戻らなければいけませんので……」

そういう写真は自分にはむいていない、と丁重な断りを入れて電話を切った。

この二か月余り、なにかと事よせては、未央を誘う。男が妻子持ちであるのは知っている。それでなくともその男のことを未央は好きではなかった。自分の仕事を利用して女に触手を伸ばすなど、男の風上にも置けない。

そういえば……、未央は壁のカレンダーに目をやった。電話での男の声が、忘れていた憂鬱《ゆううつ》なことを未央におもい出させた。

九月十三日の日曜日。もう四日後に迫っている。会うだけでも会ってくれ。そう父に懇願され、何度となく断っていた見合い相手と会食しなくてはならなくなった約束の日だ。

父の会社が苦しいことは母から聞いていた。そして同時に、その見合い話が、そのために父が意図したものであるということも母から打ち明けられている。

小さくため息をついてから、未央は現像室にむかった。

できたネガフィルムを手に、昼食を抜きにして、そのままプリント作業に入った。先刻の電話が、すっかり未央の食欲を奪っていた。

現像のすべての作業が終わったのは、二時間後だった。レンズの手入れをしようと机にむかったとき、ふたたび電話が鳴った。

――江成未央さん、いらっしゃいますか?

電話は小宮にではなく、自分宛だった。しかし男の声に聞き憶えはなかった。

「はい。わたしですが」

――そうですか。突然で失礼いたします。じつは私、羽衣《はごろも》出版という会社の者なのですが……。

仕事のことでぜひお目にかかりたい、と相手は唐突に切り出した。

羽衣出版の名は知っている。経済誌をはじめとする様々な雑誌、小説や写真集など、それこそなんでも手がける中堅の総合出版社だ。しかし小宮への仕事の依頼なら、なにも自分を名指しにして電話をかけてくることもない。それに自分はむろんだが、知っているかぎりでは小宮もここを相手に仕事をした記憶はない。

「あいにくと、きょうは小宮が不在なのですが」

――いえ、先生に依頼するのではなく、江成さんにお願いしたい仕事の相談なのです。

「わたしに、ですか?」

おもわず耳を疑って訊き返した。

――はい。詳しいことはお目にかかってお話しさせていただくとして、少々お時間をいただけないでしょうか。

未央の当惑など気にするふうもなく、男は一方的にいった。ことばは丁寧だが、語る口調にどこか押しつけがましいところが感じられる。

どういうことなのだろう。たしかに時々、生活のために写真撮影のアルバイトをすることがある。だがそうした場合でも、すべて小宮を経由してくるものをこなすぐらいで、出版社や広告会社からこんな電話を直接もらったことなどない。

「きょうこれから、ということですか……?」

――急な話で申し訳ないのですが、ご無理でなければ。

電話の応対は、丁寧で、冗談や冷やかしともおもえなかった。それに、相手はれっきとした出版社の名を名乗ってかけてきている。

時計に目をやると同時に、きょうのこれからの予定に頭をめぐらせた。学生時代の友人の、写真仲間でもある尾池霧子《おのいけきりこ》と五時に連絡を取り合うことになっている。彼女と一緒に過ごす夕食のひとときはなによりの愉しみのうちのひとつだ。だが気の置けない彼女とは、互いの時間が空いたら——という程度の軽い約束でもある。

少し迷ったが、仕事の話といっている以上、やはり会うのが礼儀のような気がした。

「わかりました。どうすればよろしいのでしょうか？」

——スタジオは四谷でしたよね。

五時半にホテルニューオータニのラウンジではどうか、と男がいった。

——申し遅れましたが、私は出版編集部の山部《やまべ》といいます。

「でも、お会いしたことがないので……」

自分の特徴は眼鏡をかけた風采《ふうさい》の上がらぬ四十男ですからすぐにわかりますよ、と山部が屈託のない笑い声を洩らした。

——会社の封筒をテーブルに置いておきますので、それで見分けてください。

では五時半にお待ちしています、と念を押すかのようにいって、山部は電話を切った。

未央はふしぎな気持ちで、受話器を見つめた。

いつもなら、カメラの命ともいえる大切なレンズの手入れは細心の注意を払って行うのだが、かかってきた電話のせいか、どこか妙に気持ちが落ち着かず、レンズの手入れをする手がついつい止まってしまう。

動物カメラマンとしてはまだヒヨコ同然の身で、これまでにそれにまつわる仕事らしい仕事などただの一度もしたことがない。学生だった三年前に一度、カメラメーカー主催のコンテストで新人奨励賞を受賞したことがあるが、それとても名のあるコンテストではない。いってみれば、自分など業界では無名といってもいい存在だった。

五時ちょうどに霧子には、急な用事で食事を一緒できなくなった、と謝りの電話を入れた。

男でもできたんじゃないの——。霧子のまぜっ返しのことばが、どこかそれまで落ち着きがなかった気持ちを鎮めてくれた。

霧子は未央にとって、同じカメラの道を夢見るライバルであると同時に、なんでも語り合えて、心を許せる無二の親友だった。だが、先刻かかってきた電話の内容と、それがためにきょうの約束をキャンセルさせてもらう、とまではさすがに口にすることはできなかった。

掃除と後片付けをしたあと、ジローに最後の食事を与え、未央はスタジオのドアに鍵をかけた。一階の車庫のシャッターを下ろしてから、やり忘れたことがないかを確かめるように、五階建てのビルを見上げた。

夏の終わりを告げる、もの憂いような茜色《あかねいろ》の西陽がくすんだビルの壁面に反射している。

「小宮龍一オフィス」は、ビルの二階にあり、四階と五階はビルの所有者である小宮の叔母一家が住居として、三階はイベント会社を経営する彼女の息子が事務所として使っている。

新宿区荒木町。四谷三丁目にある未央のアパートとは歩いても十分とはかからない場所である。

こんな早い時間に仕事場をあとにできるのは久しぶりのことだった。約束のホテルには、歩くにはやや距離があるが、それでも二十分とはかからないだろう。カメラマンというのは体力の要る仕事で、できるだけ車を使わずに、足腰を鍛えるようにしている。

未央はゆっくりとした足取りで新宿通りの方角にむかって歩きはじめた。

大学に入学した半年後、父の反対を押し切って、それまで両親と一緒に住んでいた深沢の家を出てひとり暮らしをはじめた。学生時代は三軒茶屋のアパートだった。小宮の仕事のアシスタントに採用されたときに、今のアパートに越してきたのだった。仕事は不規則で雑用もたくさんある。近くでないと、なかなか追いつかないからだ。

現在の仕事には満足していた。給料と呼べるほどの十分なお金をもらえるわけではないが、夢を見て、好きで選んだ道だ。それに、なによりもうれしいのは、決して小宮が自分のことを、衆議院議員江成達也の娘、という色眼鏡で見ることはせず、カメラマンの道を志すひとりの女性として扱ってくれることだった。

両親が自分を愛してくれているのは、身に沁《し》みるほどに感じている。愛されているからこそ、独り立ちした生活をすべきだと未央は考えている。しかし、自分の夢を押し通すには、ひとにはわかってもらえない未央なりの苦労もある。

それにしても……。

先刻の電話が考えれば考えるほど妙におもえてくる。スタジオの電話番号は調べればすぐにわかることだ。だが小宮の一介のアシスタントにしかすぎない自分の名前などどうして知っていたのだろう……。

たしかにカメラマンを志す者のなかには、出版社や広告会社に積極的な売り込みを図る人間もいる。星の数ほどもいるカメラマン志願者にとって、明日の仕事が手に入るかどうかは、それこそ死活問題だ。だから、それを否定する気は毛頭ない。

しかし、いまだかつて未央はそうした行動をとったことがなかった。実力のない者が無理して仕事をすれば、結果的には自分の首を絞めるだけだ。現にそうして潰れていってしまった例をいくつか見てきてもいる。三十までは修業しよう――、未央はそう自分に誓ったことをこれまで固く守ってきていた。

ホテルに着いたのは、約束の時間よりも十分ほど早かった。

ロビーの脇にあるブランドショップをぶらぶらと見て歩いた。目が飛び出るような値札がついた服が並んでいる。未央にはまったく興味のない品々だった。この服一着で、自分の欲しいカメラ道具がどれだけ手に入ることだろう。

未央と同じ年ごろの娘が、母親とおぼしき女性と一緒になって色鮮やかなドレスを広げている。父の自分に対する願いが、今目にしているこの母娘《おやこ》たちのような生活であることも痛いほどにわかっていた。だがそればかりが幸せとはとてもおもえない。


約束の五時半ちょうどに、指定されたラウンジに顔を出した。入口で立ち止まり、ぐるりと店内を見回す。

仕事が終わった時刻だからだろう、ラウンジのなかは混《こ》み合っていた。きれいな装いで身を飾った若い女性たち、スーツ姿の一見サラリーマン風のひとたち、そして優雅な私生活を誇示しているかのごとき婦人の一群。

ラウンジの奥の、ホテルの庭に面したガラス窓寄りのテーブルに座っている男に、未央の目が留まった。視線に、男がうなずき返したように見えた。

未央は男のほうにむかって歩いて行った。

「江成さんですか」

男が腰を上げ、一瞬値踏みするかのような視線を、未央の全身に走らせた。

きょうの未央はジーンズに白のシャツというシンプルないでたちだった。

「はい。江成未央です」未央は頭を下げ、あらためて男を見つめてから、訊いた。「さっきお電話をくださった……？」

「山部です。わざわざご足労をかけてすみませんでした」

声や口調はたしかにあの電話のものだ。しかし電話で、男が自分の風体について説明したことばと、今目にしている男の雰囲気とは明らかにちがっている。

たしかに眼鏡はかけてはいるが、それは薄い縁なしフレームの小洒落《こじゃれ》た物であり、それに風采の上がらない四十男との表現も的を射ていない。きちんとした茶のスーツに格子縞《こうしじま》のネクタイを締めた姿は、むしろ気取りすぎの感すらある。

たぶん自分に対する自信から、わざと男がそんなふうに口にしたにちがいない。未央にはそれがなんとなく鼻もちならぬものに感じられた。

「お電話でうかがった特徴の方とずいぶんちがうので、一瞬、帰ろうかとおもいました」

未央は精一杯の皮肉を込めて山部にいった。

「いや、それはどうも。会社では女子社員が皆口々にそう陰口をたたいていると耳にしているものですから」

口もとに自信に満ちた笑みを浮かべ、山部が未央に椅子をすすめた。名刺を取り出す。

名刺を手に、未央は腰を下ろした。

羽衣出版株式会社・出版編集部部長　山部幸治

肩書きの部長というポストが、山部の年齢では出世コースに乗ったものなのかどうか、未央にはわからなかった。会社組織には無縁で、しかもまったくといっていいほど興味もない。

なにを飲みますか、と山部が訊いた。彼の手もとにはコーヒーが置いてある。

「ではコーヒーを」

なんとなく落ち着かなかった。きっと山部のこの視線のせいだ。未央は早く用件だけを聞いて、すぐにでもこの場を立ち去りたい気持ちになっていた。

「それで……、お電話では、なにか仕事の話でわたしに会いたいようなことをおっしゃってましたが、いったいどういうことなのでしょうか」

運ばれて来たコーヒーには手をつけず、山部に訊く。

「我が社の名前は？」

「存じ上げております」

山部がうなずき、自分の所属する出版編集部の仕事内容の説明をはじめた。

小説、エッセイ、ノンフィクション、採算を無視して美術集や写真集も出版することがある――。黙って聞いていると話はいつまでも終わりそうになかった。

「それで、いったいわたしにどんなお仕事の話を、というのでしょうか？」

核心になかなか入ろうとしない、山部の回りくどい話に、未央はきっぱりとした口調で訊いた。

その未央の態度に、一瞬山部の顔に狼狽《ろうばい》にも似た驚きの表情が流れた。

「じつは、江成さんに当社が企画した写真集の仕事をお願いしたいのです」

まるで気を落ち着かせるかのようにひとくちコーヒーをすすってから、山部がいった。

「写真集を？　わたしにですか？」おもわず未央は自分の耳を疑った。「真面目なお話なのですか？　それは？」

眼鏡の奥の山部の目をのぞき込んだ。すでに彼の顔には、たった今見せた狼狽の色は消えて自信たっぷりな表情が戻っていた。それに見つめ返してくる目の光が冗談やなにかではないことも教えていた。

「うちの社長——蓮田《はすだ》と申しますが——社長の蓮田が、数年前から急に動物愛護の問題に興味を持つようになりましてね。当社はこれまでに手がけたことのない分野なのですが……」

蓮田の鶴《つる》の一声で、羽衣出版も動物写真集を出すことになったという。

「いろいろな企画が練られたのですが、この際いっそのこと、すでに名をなしている著名な先生方にはご遠慮願って、将来性のある若手の、新鮮なファインダーを通した物はどうだろう、という案にまとまったのです。たしかにすでに成功なさっている先生方のほうが当社としてはリスクも少ないのですが、しかしそうした先生方というのは、これまでにもう何度も動物写真集を出版されていて新味がありませんからね」

「そのお仕事をわたしに？」

驚くというより、当惑を隠しきれなかった。聞き返す声がおもわず上ずったものとなっていた。

「そういうことです」

山部が大きくうなずいた。じっと未央を見つめてくる。まだ半信半疑だった。本気で頼んでいるのだろうか。

若手を起用しようという話はわからないでもない。山部のいう通り、これまでにない新鮮なカメラアイになる可能性もある。だが、そんな白羽の矢をなぜこの自分に立てたのだろう。自分など無名もいいところで、若手というなら、この業界には、チャンスにさえ恵まれれば大きく羽ばたけるであろう逸材はごまんといる。それに羽衣出版が自分の名前を知っているということも意外だった。

江成未央の名前で、写真を発表したことはこれまでに二度あるだけだ。その二度ですら、カメラメーカー主催のコンテストと、学生時代に仲間と共同で自主開催したグループ展、という程度のものだ。いったいどこでどう自分に目をつけたというのだろうか。

未央の戸惑いを見透かしたかのように、山部がことばを継いだ。

「とはいえ、当社もビジネスですから、すべてをお任せするというわけではありません。テーマは設定させていただきます。もっとも、そう肩肘《かたひじ》張ったものではありません。つまり動物ならなんでもよい、ということではなく、野生動物、しかもアフリカ大陸における野生動物に限定させてもらいます。仮タイトルを『原色の大陸・未来との約束』、とつけているのですがね」

滅びゆくアフリカ大陸の野生動物をなにがなんでも保護してゆかねばならない。それが人類の、そしてこれから先々の子孫たちに対しての、今我々が取り組まねばならない義務でもある。社長の蓮田がそう口にし、彼の肝《きも》煎《い》りで出版する写真集なのだという。

この話、どこまで信じていいのだろう……。未央の頭のなかは、戸惑いを越して、混乱さえしていた。

もしこの話が本当のことだとしても、動物の写真集など、そう簡単にできるものではない。まして舞台がアフリカともなれば、生半可な知識や準備などでは撮影に入ることも無理だろう。

未央は心を鎮めるために、冷めたコーヒーをひとくち、口に含んだ。

そのとき、ある疑いの芽が未央の胸のなかに頭をもたげた。

もしかしたら、これは裏で父が糸を引いているのではないか。権力志向が強く、この世のなかのことはすべて力で解決できると考えている父……。それなら、この話はあり得そうな気がする。

「失礼ですけど……」未央は顔を上げ、山部の目を見つめながら、訊いた。「わたしは自分がこの業界で人並みに認知された存在とおもっているほどに自信家ではありません。いったいどこでわたしの名前を？」

「もっともな疑問ですね」

その質問を予期していたかのように、山部がうなずいた。

「三年前、江成さんは新人奨励賞を受賞なさっていますね」

「Ｊカメラ主催のコンテストのことをおっしゃっているのですか？」

ジャパンカメラ。業界では、通称「Ｊ」といわれる。日本というより世界でも有数のカメラメーカーである。自社製造カメラの優秀性をアピールするため、毎年写真コンテストを開催している。過去には、たしかにその賞を受賞することによってカメラマンとしての道が開けることもあった。しかし、近年ではもうそうした話も聞かない。

「埋もれている有望な新人を起用する、というのが今回の写真集におけるまた別の狙いでもあるわけですから、我々編集スタッフもずいぶんと苦労しました」

山部がそう口にし、未央を選んだ理由をゆっくりと説明しはじめた。

隠された意図があるのではないか……。話の真偽を確かめるように、未央は山部の口もとを凝視して彼の話に耳を傾けた。

こうした企画に対しての業界の噂は早い。もしこの話が洩れれば、ツテを頼っての売り込み、権威を笠に着た押しつけやごり押しなどがあとを絶たなくなる。それを避けるために、人選は限られた編集部員のあいだで極秘裏に行われたのだ、と山部はいった。

「若いひとという前提ですから、この五年間という期間に絞り込んで、各種コンテストや個展など、それこそありとあらゆる資料を検討しましたよ。江成さんが『Ｊ』で新人奨励賞を受賞なさったのは、北海道の馬の写真でしたよね」

山部の話に嘘はない。コンテストに応募した写真のタイトルは「冬の馬」。母の故郷、北海道の浦河にある祖父の牧場でひと冬を過ごしながら撮りつづけた作品だった。

「自然とそこに生きる動物との関わり。仔馬と母馬が絡んだ写真は、まさに江成さんの意図が明確にうかがえて、ファインダーをのぞく貴女《あなた》の動物に対する深い愛情が伝わってくる秀逸な作品でしたよ」

たしかにあれは、これまで撮りつづけてきた写真のなかでも自信作と自負するひとつだ。しかしこうまで山部に誉《ほ》められると、なんとなく歯の浮くような気分になってしまう。

「あの写真が、わたしを選ぶ決め手になったというわけですか……」

「社長の蓮田が、大層気に入りましてね」

すぐ隣のテーブルに、ＯＬ風の若い三人連れの客が座っている。そのなかのひとりが、社長が気に入った――という山部のひときわ高い声に視線をこちらにむけた。

「そのお話は、先生――小宮の耳にも？」

「いえ、お話しするのは、きょう、江成さんに対してが初めてです。承諾していただけるということになれば、むろん私どもとしましても、大切なお弟子さんをお預かりすることになるわけですから、小宮先生には然《しか》るべくご挨拶を、とはおもっております」

仮にこの話が本当であったとしても、即答できる類のものではなかった。自分の今の立場は、小宮のアシスタントなのだ。

「今この場で、お返事をしなくてはならないのでしょうか？」

未央のことばに、自信に満ちた山部の顔に、若干、焦りともとれる表情が浮かんだ。

ひとつ小さな咳払いをしてから山部がいった。

「むろん私どももそんな無理をいうつもりはありません。かといって、それほど悠長にお待ちできるというものでもないのです。と申しますのも、この写真集は来年の秋に出版する予定なのですが、それ以後毎年、同じ時期に同様の写真集をひとつずつ出してゆく計画になっておりましてね。つまり、『原色の大陸・未来との約束』がこの企画の初っ端《しょぱな》であり、その成否がそのあとにつづく写真集にも大きな影響を与えることになるのです……」

写真家としてはまたとない機会であるし、すべてを賭けるつもりでぜひ取り組んでいただきたい。山部の口調は、依頼するというより、説得しているかのような響きを帯びていた。

来年の秋に出版する……。ずいぶんと急な話のような気がする。きょうは九月の九日だ。準備、撮影、編集――、そうした手順を考えると、年内か、遅くとも来年の初めまでには現地で撮影にとりかかる必要があるのではないか。いや、それですら遅すぎるのではないか。考えながら、未央はその疑問を山部にぶつけてみた。

「その通りです。ですからこの話を江成さんにご承諾していただければ、私どももただちに全力を挙げて協力させてもらいます。極端な話、事前調査が必要ということであれば、あしたにでも現地に出むかれてもかまいません。むろん、それにかかる諸費用はすべて当社が負担いたします」

山部がそう口にして未央の目をのぞき込む。そして、すべてを話し終えた、とでもいうようにたばこを取り出すと、火をつけた。

事前調査――、費用はすべて負担する――、写真集の出版は来年の秋――。

あまりにも唐突で、しかもなんら実績らしい実績もない自分に対するものとしては破格の条件だ。こんな話が現実にあるのだろうか……。

しかし、もし今山部が説明した通りということであるなら、この話が父が画策したものでないことだけは確かだ。自分が承諾すれば、父があれほど懇願している見合いの話はご破算になってしまう。

「話の大筋はわかりました。わたしみたいな未熟者にとっては、もったいないようなお話です。でも正直なところ、考えてもみなかったことですし、少々頭が混乱しています。それでこのご返事はいつまでにさせていただけば……？」

山部の吐き出すたばこの煙を見つめながら、未央は訊いた。

「そうですね……。今月末まで、ということでいかがでしょうか？」

ちょっと考える素振りをし、山部が答えた。

「わかりました。では、それまでにご返事の電話をさせていただきます」

テーブルの名刺を手に取り、もう一度確かめるようにそれを見つめてから、これからまだ行かねばならぬ所がある、と当たり障りのない口実を作って未央は腰を上げた。

「よいご返事をお待ちしています。私はもう少しここでゆっくりしていきますので」

山部に頭を下げ、ラウンジの出口にむかった。歩いていても、自分の背に注いでいるだろう山部の視線を痛いほどに感じる。

ホテルをあとにして、自宅への道にゆっくりとした足を運んだ。

山部が話したことばの数々が、頭のなかで、まるでこだまのように行き交っている。しかしこんな話って……。もし本当のことなら、それこそカメラマンを夢見る者にとっては願ってもない話だ。だがその一方で、あまりにも恵まれすぎている条件が、かえって未央の心に考える余地を与えてもいた。

先生に相談したら、なんていわれるだろう……。

シャッターチャンスと同じように、人生のチャンスも一度や二度は必ずあるものだよ。要はそのチャンスを逃してはいけないということなんだ——。アシスタントに採用されたとき、小宮はそういって、辛い仕事に耐えるよう未央を諭したものだった。

これが先生のいった自分のチャンスということなのだろうか……。

迷う未央の目に、公衆電話ボックスの姿が飛び込んでくる。ドアを開け、受話器を握った。

コール音が四つ鳴ったところで、母の声が耳に響いた。

——はい。江成でございます。

「ママ、私よ」

母の声を聞くのは先週、見合い話の先延ばし交渉の電話をして以来だ。

——まあ、未央。連絡がないので、ちょっと心配していたわ。きっとあの話で苦しんでいるんでしょう……。

母の気持ちが痛いほどに伝わってくる。未央にはそれがかえって辛かった。

人生は一度だけよ。自分の心を偽るような生き方には意味がないわ。そういって、母はこの見合い話を決して強要はしなかった。父との結婚のいきさつを直接母の口から聞いたことはない。だが、未央は母が父との結婚に後悔の念を抱いていることを薄々知っていた。

「急にママの顔が見たくなって。これから行ってもいい？」

——パパは仕事で遅くなるって……。

まるで自分の気持ちを見透かしたように、はずんだ母の答が返ってきた。三十分もしないで行けるとおもう、と伝え、未央は受話器を置いた。

見上げると、すっかり暗くなった遠い空の彼方《かなた》に、星がかすかに光っていた。一度、小さくかぶりを振り、未央は地下鉄へ向かう足を速めた。

2

手もとの書類に目を通しながら、柏木は男の饒舌《じょうぜつ》に耳を傾けていた。

書類には、男——木内信二《きうちしんじ》の経営するアパレル会社の概要、スタッフ、そしてこれまでの営業成績が細かに記されている。

しかし正確にいえば、柏木は書類の数字は見ているだけだったし、木内の話も聞いているふりをしているだけだった。

もともとが気乗りのしない話だった。それに、初対面の挨拶を交わしたときから、柏木はこの木内という男に対してあまりよい印象を持たなかった。

「カシワギ・コーポレーション」にとっての新たな事業展開の可能性があるから、ぜひ男に会ってほしい。そう口にして、木内を紹介したのは浜中だった。

茶色のダブルのスーツに身を固め、かすかにオーデコロンの香りもする。業界風というのか、今風というのか、浅黒い肌に長めの髪を後ろに束ねた姿は、とても四十一には見えない。

そうしたファッションスタイルに対して特に偏見を持っているわけではない。自然な感性から発し、それが似合っているということならそれはそれでいいだろう。だが柏木の目にはそうは映らなかった。木内が身につけている外見――服装や雰囲気というのは、あたかもそう装うことが、そしてその種の雰囲気を漂わせることがその業界での在り方なのだという、いってみれば、独りよがりの錯覚以外の何物でもない。

そしてなにより、柏木がこの木内という男に対して興味を覚えなかったのは、彼のなかに「自己」の存在の匂いを微塵も感じ取ることができなかったからだ。

たとえどのような世界であろうともその世界で成功を収めるには、ふたつの要素が不可欠であるとの信念を柏木は持っている。ひとつは、どんな場面に遭遇しても決して揺るがない確立された「自己」を持つことであり、そしてもうひとつは、石にかじりついてもやり抜こうとする「志」を保つことである。このふたつなくしては、成功などとてもおぼつかない。現に自分がそうだった。ここまでやり遂げたことに対して、誰とむかい合っても決してひけは取らないという強烈な自負心を柏木は抱いている。

この木内がこれまでに成功らしきものを手にしてきたのは、彼の「自己」や「志」によってではなく、たまたま彼が生きた時代や環境が彼を押しあげてくれたからというにすぎない。

たぶんこの男の巧みな弁舌と機転からすれば、他の世界でもそこそこには成功しただろう。だがきっとその上の殻までは破ることはできなかったにちがいない。現に今、こうして自分に援《たす》けを求めて来ている。つまるところ、この木内という男にとってのアパレル業界というのは、ただ単に自分の富や地位を得るため、そして彼がこれまで得てきたであろう諸々を失いたくないがための、ほんの借り住居的な世界でしかないのだ。

「今お話ししたのが弊社の現状です。ご理解いただけましたでしょうか」

木内が上目遣いに柏木を見つめてくる。

柏木は彼の視線をさりげなくはずし、マルボロを抜き出した。

隣に座っている浜中が、盗み見るような目でライターを擦る柏木の表情をうかがっている。

「あなたのお話をお聞きしていると、結局、こういうことですね」たばこの煙を目で追いながら、柏木はいった。「アパレルの業界は今後も有望な市場であり、まだまだ飛躍が望める……」

いくらか身を乗り出し、木内が大きくうなずく。

「そして、あなたの会社が今危機に陥っているのは、現在の不況の波を一時的に被っているにすぎず、その打開策としては、従来とってきた高級路線を改め、もっと低価格で一般的な――つまり大衆路線ともいうべき方向に営業政策の転換を図れば十分に勝算が見込めるのだと……」

「その通りです」柏木の理解を得られたとおもったのか、木内が語気を強め、自説をさらに展開しようとする。「そしてなによりもうちの強みは、現存の店舗網です。東京に四店舗、横浜に――」

「ちょっと待ってくださいよ」たばこを持つ手を軽く振って柏木は木内の話をさえぎった。「どうやら、はっきりと申し上げたほうがいいようです。誤解や、妙な期待を持たれても困りますからね」

「といいますと……」

瞬間、木内の顔に微妙な陰が走った。

「正直に申します。私も一応、実業家を気取っている身ですから、うちの会社にとって将来的にメリットが見込める話と踏めば、それはそれで乗り出すこともある。ですから、浜中のすすめもあって、こうしてあなたに会う機会を持ったのです。しかしどうやら、アパレルという業界は、私が興味を持てる世界ではないようですね」

「しかし、社長」木内が助けを求めるように、一度浜中に目をやってなおも食い下がる。「うちの店舗をぜひ一度見ていただいて……」

「木内さん、よけいなことかもしれないが、一言いわせてもらえれば――。自分の築き上げた世界は誰でも可愛い。愛着もある。私も同じですよ。ですからお気持ちは痛いほどわかる。しかし、あなたと私は決定的にある一点がちがうようにおもう。もし自分が夢を託す世界に絶対的な自信を持っていたら、私だったらひとには頼りませんね。それに、私があなたの立場だったら、店舗を最小限に縮小して、一から出直しを企《はか》りますね」

だめを押すような柏木のことばに、木内が浜中に怒りのこもった目をむけた。そしてなにかいいかけたが、おもいとどまって黙り込んだ。

「では、私はこれで」

あとで自分の部屋に来るよう、浜中に伝え、柏木は応接室をあとにした。

廊下ですれ違った若い女子社員が丁寧に腰を折って柏木に挨拶をした。柏木も笑みで会釈を返す。

顔に覚えはなかった。柏木グループのなかではこの「ハンド・トゥ・ハンド」は社員数が最も多く、契約社員を含めれば四百名にも達する大所帯だ。内半数を女子社員が占め、月に二、三度しか顔を出さぬ柏木が彼女を知らないのも無理からぬことだった。

人材派遣という仕事柄、礼儀や挨拶についての社員教育は徹底しており躾《しつけ》も厳しい。礼儀作法ができていないという意味ではないが、自由を第一義に考えて服装ひとつとってみてもなんの制約もない中条の会社とは天と地ほどにも社内の雰囲気がちがう。

六年前、義父の横矢が間に入って、この「ハンド・トゥ・ハンド」を傘下に収めた。というより、経営難に陥った浜中がツテを頼って横矢に頼み込み、結果、柏木が出資するという形で「柏木グループ」に組み込んだのだった。以来すでに六年の年月が経ってはいるものの、いまだに柏木はここにいる時間が落ち着けないでいた。自分が手塩にかけて育てた会社ではないという意識が心のどこかにあるからかもしれない。

自室に戻り、電話で児玉に指示を出す。一か月前に持ち込まれた四谷の小さなビルの売却話には乗ってみる値打ちがあると判断していた。

打ち合わせが終わったあと、児玉が訊いた。

——例のほう、進展具合はいかがですか?

「きょうの五時に話を聞くことになっている」

答えながら時計を見た。三時半。羽衣出版は神保町にある。三十分はみなければならぬだろう。

まずは報告を聞いてからだな、と独り言のようにつぶやいて、柏木は電話を切った。

つづいて「フューチャーズ」にも電話を入れた。新しいソフトの売り出しに関わる資金についての相談がある、と中条から連絡が入っていた。

あいにくと中条は外出中だった。六時にもう一度電話を入れる、と伝え受話器を置いた。

浜中がなかなかやって来ない。事前に木内となんらかの約束を取り交わしていただろうことは想像がつく。きっと金も絡んでいることだろう。あるいはもめているのかもしれない。

横矢からは、機を見て浜中を切り捨てるよう助言も受けている。そろそろそれを考える時期が来ているのかもしれない。

ノックの音。

書類を閉じ、入るよう、柏木はドアにむかって、いった。

「遅くなりまして」

後ろ手にドアを閉め、浜中が頭を下げた。

目で浜中を、部屋の中央のソファに促す。

デスクの書類を整理しながら、柏木はチラリと浜中の表情をうかがった。顔色がどこかすぐれない。

会社を救ってほしい——。六年前、横矢を介して会いに来た浜中は、頭を畳にこすりつけんばかりにして柏木に頼み込んだ。あのときの浜中は彼の人生で、最初の、そして最大の屈辱感でいっぱいだったにちがいない。

その三、四年前の、四十一、二のころが彼の得意絶頂の時期だった。

浜中は国立のT大学を卒業後、財閥系商社に数年勤務してから父親の経営するコンサルタント会社を引き継いだ。当時、欧米では花形産業になっていた人材派遣の仕事に目をつけ、浜中は父親から譲り受けた会社の一大転換を企てた。以来、躍進に躍進を遂げ、「時の人」としてもてはやされたこともある。つまずいたのは、ご多分に洩れずバブルで手を広げすぎたからだった。この一、二年、そのころの面影を見いだすのが難しいほどに急激に表情に精彩を欠くようになった。自分の生命線であった会社を人手に委《ゆだ》ねたことが響いているにちがいなかった。

窓のブラインドを下ろしてから、柏木は浜中の前に腰を下ろした。

「さっきの一件は、再考していただくわけにはいきませんか?」

座るやいなや、浜中がいった。見つめてくる瞳に柏木の心中を探るような光がある。

「無理だな」

即座にいい捨てた。

「経営的に成り立たない……と？」

「それもある。しかし、それは二次的な理由だ」

「といいますと？」

「俺はあの手の人間を信用しない」

「しかし、店舗を担保に入れるといってますし、たとえ木内が信用できなくてもリスクはないとおもうのですが」

「リスク、か。リスクという点にかぎっていえばそういうことだろうな」

浜中はリスクがないから自分がこの話に乗ると考えたにちがいない。彼のことばには、言外にその響きが含まれている。

「この花……」

柏木はテーブルの上のガラス花器に飾られてある生け花に手を伸ばし、そのなかの赤い花弁の一片を指先で摘み取った。

手にした花弁を指先でもてあそびながら、柏木はいった。

「この花の色の鮮やかさは、地にあっても、この花器にあってもそうはちがわない。そして早い遅いはあってもいずれは散る。だが、地に咲く花はやがて結実し、芽吹く。結局、このちがいだとおもう」

「木内は、このテーブルの花だと？」

「根のない人間は、飾られる場所を選びはしない」

たばこに火をつけ、浜中の表情をうかがう。柏木が差し出したパッケージに浜中は首を振った。

「浜中さん」一服吸い、柏木はいった。「あなたは今年になってから、私に対して様々な出資の話を持ちかけてきた。最初に会ったのは学習塾チェーンの経営者だった。次がディスカウントショップ、イタリア料理店というのもあった。そして今度はアパレルだ。それらがすべて、うちの会社の発展を願うあなたの純粋な気持ちから発したものだと私は信じている。しかし、あなたが『ハンド・トゥ・ハンド』を潰したくない、といって頼んできたときに、私がいったことばを憶えていますか？」

柏木を見つめる浜中の目がいくらか充血している。視線をはずし、柏木はつづけた。

「いったはずです。金は出すが口は出さない。ただし今後、この会社以外の仕事には、一切手を出さないでほしい、と。つまり、私があなたに望んだことは、根のある花になってほしい、ということだったのです」

ことばを切り、今度は花器のなかから花の茎を一本指先でつまみ出した。

「木内という人間は、もし自分を飾ってくれる場所やひとがいれば、それこそどこにでも顔を出す男ですよ。この花のようにね」

「しかし、ここに飾られている花には選択権がないでしょう。ひとの手に委ねられている存在です」

「それは、浜中さん、ご自分の立場をいわれているのですか?」柏木は浜中に笑みをむけた。「憶えておられませんか? あのとき私はこうも約束したはずです。もしこの会社が元通りの健全な会社に修復された暁には、あなたの会社としてお返ししてよい、ともね」

浜中が唇を噛《か》み締め、うつむいた。

「さっき、浜中さんは店舗があるからリスクがない、といわれた。はたしてそうだろうか——。たしかに私もむかし、リスクを回避するには物がすべてだと考えていたことがある。しかしそれはどうやら誤りだと、気づくようになりました。リスクというのは必ずしも物で捉《とら》えるものではないんです。この世の中で、一番怖いリスクは、じつは人間なんです」

無言で目を伏せる浜中を、柏木はしばらくのあいだじっと見つめた。

「そのことばを信じろ、と……」

浜中が顔を上げ、呻《うめ》くようにいった。

「信じる信じないは、浜中さん、あなたが決めることだ。しかし信じる以外に、あなたに選択できるいかなる途があるというのですか」

「ことばだけでは、なんの保証にもならない……」

「その通り。なんの保証もない。この『ハンド・トゥ・ハンド』のことを頼みに来たとき、きっとあなたは藁《わら》にもすがりたい気持ちだったのでしょう。だがそのとき、あなたは私のことばを信じた。そして会社が立ち直ってくるにしたがって、しだいに私のことばが信じられなくなっていった」

浜中が唇を噛み締めて聞いている。

「むかし、私もことばというものを信じ、そして裏切られたことがありますよ」

柏木は目を閉じてからいった。脳裏に、亜木子の姿が浮かんでくる。

わたし、天国への階段は、ぜったいに圭ちゃんと一緒に歩むわ……。

天国への階段——。ふたりして語り合った絵笛川のほとりで、その意味もよく理解できぬまま、亜木子はそういって柏木の腕のなかでほほえんだ。

「裏切られたとき、社長はどうなさいました？」

開いた目に、血走った浜中の顔が映った。プライドはズタズタだろう。これではっきりと意思表示をした。このあと浜中がどう出るか。それは彼しだいだ。

「それを解決するのは、ひとそれぞれでしょう。私は、私なりの方法で——、としか答えようがない。一度、よく考えてみることですね」

下駄を預けるような口調で浜中にいい、話の終わりを告げるように柏木は腕の時計に目をやった。約束の時間が迫っている。

一礼し、浜中が硬い表情で部屋を出て行った。

内線を取った。本橋を三階の総務部に待機させている。すぐに車を表に回すよう、本橋にいい、急いでエレベーターにむかった。

ビルの前で車を待つ柏木の耳に、歩道のコンクリート製の電柱から季節遅れの蟬《せみ》の鳴き声が届いてくる。その鳴き声が、一瞬、柏木に絵笛の夏をおもい出させた。

未央……。いったいどんな娘なのだろう。これから耳にする未央の話に頭をめぐらせたとき、地下の駐車場から滑り出て来るベンツの姿が目に入った。

車に乗り、神保町にむかうよう、本橋にいった。

「夏も終わりだな……」

「えっ、なにか？」

訊き返す本橋に首を振り、柏木は静かに目を閉じた。

3

ショーケースに飾られた出版物に目をやっていると、ドアが開き蓮田が現れた。

「お待たせしました」

蓮田が柏木に応接ソファをすすめる。

「どうも、ご面倒なことをお願いして申し訳ありません」

「いや、どうということはありません」

総白髪の頭に手をやり、蓮田が皮肉っぽい笑みを浮かべた。もうすぐ七十になろうかというのに、さすがに長いあいだ第一線で出版社の社長をしてきただけあって、顔の表情は若々しく知的な雰囲気も漂わせている。

「で、早速なのですが、反応はどんなものだったのでしょうか？」

蓮田の顔を見つめながら、柏木は訊いた。

「今、担当者を呼びましたから、直接彼に訊いてみてもらったほうがいいでしょう」

蓮田の口ぶりから、彼がこの一件をあまり快くおもっていないのが汲《く》み取れる。

「失礼させてもらいますよ」

蓮田がテーブルの上の銀のケースから葉巻を一本抜き出し、火をつけた。

部屋のなかに葉巻特有の、クセのある、甘いツンと鼻をつく匂いが広がった。

「しかし、本当にいいんでしょうね？　動物写真集など――しかも無名のカメラマンが撮った物にいたっては、まちがっても売れることはありませんよ。相当数の返品があると覚悟されたほうがいいとおもいますが……」

「ええ、かまいません。約束通り、返品につきましてはすべてうちが買い取らせてもらいます」

初刷り五千部、定価は六千円前後、出版に関わるすべての実費はこちらが負担し実売部数に関係なく企画料として別途一千万を支払う――。それが蓮田と取り交わした条件だった。問題は江成未央がこの話を承諾するかどうかだ。

「そうですか――」葉巻の煙を吐きながら、蓮田が目を細めた。「しかし、酔狂といいますか、横矢さんからこの話を聞かされたときは驚きましたよ。もっとも、うちが損失を被ることはなにひとつありませんので、あれこれいう気もないのですが」

要は、売れない物をあえて出版する、それも暖簾《のれん》を貸すだけ、という点に出版社を経営する人間としてのこだわりを覚えるということなのだろう。

江成の娘の縁談を阻止するアイデアを説明したとき、横矢はいくらか渋っ面を作って聞いていた。このアイデアが、というより、彼にとってはそこで捨てることになる金が惜しく感じられたのだろう。だが結局、横矢は承諾した。紹介してくれたのが羽衣出版だった。社長の蓮田とは、旧くからの知り合いだという。

初めて相談に来たとき、商売にもならないそんなことをなぜするのか、と蓮田は訝《いぶか》った。

知り合いの娘、江成未央がカメラマンとして独り立ちできるよう陰ながら応援したい。そのためにもぜひ彼女にチャンスを与えたい。だが裏の事情を知れば、彼女は仕事を受けないだろう。したがって、この話の背景については絶対に彼女には悟られぬようにしていただきたい——。

不自然を承知の上でそう説明し、柏木は蓮田に協力を依頼した。

たぶん、蓮田もそんな理由は信じていないだろう。なにしろ江成未央は現衆議院議員の娘であり、しかもあいだに立ったのが横矢という、ひと癖もふた癖もある人物なのだ。しかし柏木の説明に、蓮田はあえてそれ以上詮《せん》索《さく》しようとはしなかった。

蓮田が柏木の会社の近況についての当たり障りのない質問をしてくる。先日、今度の件を依頼しに来た折に、柏木は自分の会社についての概略は聞かせてある。

「しかし横矢さんは、心底あなたのことがご自慢なんですな。今度、うちの雑誌で取り上げてくれるようにも頼まれましたよ」

ことばの端々に皮肉が込められているのも柏木は感じた。

「そのような機会がありましたら、よろしく」

如才なく、笑みで応じたとき、ドアがノックされ、四十前後の男が顔を出した。

薄茶のスーツに同色のネクタイ、薄い縁なし眼鏡をかけて背筋をピンと伸ばした姿は、出版社勤務の人間というより、大企業のエリートサラリーマンをおもわせる雰囲気がある。

「出版編集部の部長をしている山部君です」

蓮田が男を紹介した。

「柏木です。今回はご面倒なことをお願いしました」

立ち上がって、柏木は山部に丁寧に頭を下げた。

「いえ。お噂は耳にしております」

山部の如才ない挨拶が返ってきた。

山部には今度の依頼主の正体について教えてあるようだ。蓮田は、あえて柏木を彼に紹介しようとはしなかった。

「今度の件についてはすべて彼に任せていますからなんでも相談なさってください」

蓮田が葉巻を灰皿に押し潰し、そう柏木にいってから腰を上げた。急ぎの用があるという。

「じゃ、山部君、あとは任せたよ」

蓮田が応援室から出て行った。蓮田の一連の態度は、この一件が自分の本意ではない、ということを柏木に暗にほのめかしているかのようだった。

蓮田と入れ替わるようにして、女子事務員がお茶を運んで来た。彼女の出てゆくのを待ってから、柏木は早速切り出した。

「昨日、江成さんに会われたと聞きましたが、いかがだったでしょうか?」

「ええ」うなずいた山部が小首を傾げた。「しかし正直なところ意外でしたね。もっと簡単に引き受けてもらえるものと高を括《くく》っていました」

「と、いいますと?」

おもわず柏木は身を乗り出した。そして葉巻の残り香に誘われたかのようにたばこを手にする。

「ふつう誰でもが、この手の話には十中八九、即座に乗ってくるものなんです。なにしろクリエイティブ関係の仕事をしているひとたちというのは、常に自分の作品を発表できる場を求めていますからね。つまり、それだけ媒体の威力というのは絶大だ、ということなんですが」

「ということは、彼女は断ったのですか?」

「いえ、そうではないのですが……」

山部の説明はもうひとつ歯切れが悪かった。先を促すように、柏木は火をつけたばかりのたばこを指先で小さく動かした。

「妙な言い方なのですが、はっきり申し上げて、彼女は私が考えていた以上に純真で聡明な女性だった、ということです。私もこんな仕事をしていますから、今どきの若い女性というのはたくさん知っております。たぶん彼女——江成未央さんもそうしたなかのひとりだとおもっていたわけです……」

意志が強く、決して過信することなく、今の自分をしっかりと見据えて地に足のついた考え方をする女性だった、と山部が未央と会ったときの話をして、彼女を賞賛した。

「ですから、こちらが提示した話について、警戒をしたといいますか、非常に懐疑的でしてね。しばらく考えさせてほしい、と」

「そうですか……」

グラビア写真のなかの未央の顔をおもい浮かべた。

七年前に撮ったものだが、あの写真からですら、彼女の聡明さや意志の強さが伝わってきていた。容姿のみならず、未央はまさしく亜木子の性格までを受け継いでいる。

「山部さんの印象では、どうですか、最終的に彼女は承諾の返事をくれるとおもいますか?」

「正直、五分五分というところでしょう。たぶん今、彼女の心は揺れ動いているとおもいます」

「で、いつその返事をくれるといってましたか？」

「一応、この月末までに、と伝えてはおきましたが……」

どうすべきだろう。もし未央がこの話を断るようなことがあれば、また別の手段を講じなければならない。しかしそう時間の余裕があるともおもえなかった。

考え込む柏木のようすを見て、山部がいった。

「しかし、彼女がどういう返事をしてくるかは別にしまして、長年この仕事をしてきた直感からいわせてもらえれば、彼女——江成未央さんのカメラマンとしての才能には十二分なものがある、と私は判断しましたね」

「そうでしょう」

当然を装った顔で、山部にうなずいてみせる。

「カメラマンとして大成するには感受性が豊かであるということが必須条件です。カメラは正直ですから、撮る人間の心が素直に出てしまう。被写体を見る目が少しでも曇っていれば、自ずと作品も曇ったものになってしまうんです。仮に今回の一件がだめになったとしても、彼女にはこれからもぜひ機会を与えてあげたい、と私は心底おもいましたね」

ことばだけでなく、山部の表情からは、彼が真剣にそうおもっていることがうかがえた。

仕事の性質上、山部はこれまでにいろいろな人間に接してきたことだろう。ひとを見る目はそれなりに確かであるにちがいない。その彼に、たった一度会っただけで、そこまでいわせしめる未央という娘に、柏木は自分の心が強く魅かれてゆくのを感じた。

「山部さん」柏木はいった。「どういう結論を出してくるのかわかりませんが、彼女からの返事は、電話ではなく、直接に会って、ということにしていただけませんか？」

「それはかまいませんが……」

山部の顔に訝るような表情が浮かんだ。

「いや、山部さんがそこまで賞賛されるものですから、遠目にでも、ぜひ一度自分のこの目で見てみたいという気持ちになりました」

「わかりました。いずれ連絡が入るでしょうから、そのときはご意向に添うよう図ってみましょう」

山部が初めて、眼鏡の奥の目に笑みを浮かべた。

「ところで、きょうはこれからなにかご予定でも？」

もしよければ、ぜひ夕食を一緒に、と柏木はいった。場合によっては児玉と山部を引き合わせるつもりだった。

それに、昼間の浜中の一件がまだ胸中にくすぶっていて、柏木はどこか飲みたい気持ちにもなっていた。

山部が腕時計にチラリと視線をやり、ちょっと考えてから、七時でもかまいませんか、と訊いた。

「けっこうです。では私の車を残してゆきますので、それでお越しください」

「いえ、それは……」

山部が恐縮の表情を浮かべた。

「なに、遠慮には及びません。銀座の店なのですが、場所は運転手が知っていますので」

決めつけるようにいって、柏木は腰を上げた。

4

煉瓦色をした、まるで鉛筆のように細長い十階建てのマンションの上空に丸い月が輝いている。

日中の暑さも峠を越し、都会の中心地にもめっきりと秋を感じさせるような風が吹きはじめた。

マンションの斜めむかいにある、すでに閉店したクリーニング屋の看板の陰からその皓々《こうこう》と光り輝く月を見ていた桑田は、路地に入ってきたヘッドライトの明かりに、確かめるような視線をむけた。タクシーだ。

若い男が車を下り、マンションに入ってゆく。

隣で食い入るように見つめている清水の顔を見る。清水が疲れた表情でゆっくりと首を左右に振った。

「そうか、今夜もまた空振りかもしれんな」

桑田は嘆息の声を洩らした。

本橋一馬はまたきょうも帰宅していなかった。しかし部屋の前で待つことははばかられた。長時間そんなことをしていれば、フロアの住人たちから不審の目をむけられてしまう。こうして表の路地で待つことすでに二時間余り、そろそろ十時になろうとしている。

「しかし、これで四度目ですよ。連絡の電話一本ぐらいよこしたっていいじゃないですかね」

清水が口を尖《とが》らしている。

「まあ、そういうな。父親が殺されてから一年になろうというのに、まだ事件は未解決。彼にしてみれば、刑事の顔なんて見たくもないんじゃないのか」

そう慰めてはみたものの、清水のぼやきもわからないではなかった。しかし電話の一本もよこさぬというのは、よほど事件の後遺症を抱えているのだろう。

桑田が及川の息子の引越し先であるこの西五反田六丁目にあるマンションを訪れるのは、きょうで四度目だった。

及川の過去の事件との関連を調べるよう命じられてから、桑田がいの一番に確かめてみたかったのは、成長した及川の息子の顔だった。あのときの赤ん坊はいったいどんな成人に育ったのだろう。屋久の話では、大変優秀で親思いの心優しい男とのことだ。

清水とコンビを組んだ三日後に、桑田は早速、彼を連れてここを訪問した。しかし夜の十時まで待っても息子の一馬は帰宅しなかった。捜査の合間を縫って、ふたたびその一週間後に出直してみた。しかしそのときもやはり十時であきらめた。被疑者でもない人物を、夜間の十時過ぎに訪れるというのは、遠慮も要るし、非礼でもある。

二度目に訪れたときに名刺の裏に、ご一報ください、とのメモを書き記し、ドアの隙間《すきま》にはさみ込んではみたが、きょうまで彼からは一言の連絡も入っていない。

部屋の両隣の住人から話を聞くことも考えた。しかし、躊躇《ためら》うものがあった。彼は勤めていた前の職場も捨て、引越しまでして再出発しようとしているのだ。もし警察の者が訪ねてきたということで彼の身に迷惑でもかかれば、それこそ取り返しがつかない。

先週は作戦を変えて早朝の七時半に訪ねてみた。しかしそれも空振りに終わった。さらに作戦を変えて、平日をあきらめ、週末の土曜日のきょうを狙ってみた。

打つべき手はすべて打ち尽くした感がある。これでも会えぬようであれば、気は進まないが、隣人からようすを聞かねばならないだろう。こちらも暇というわけではない。

彼が毎日帰宅しているであろうことは、新聞受けに新聞が溜まっていないことからも察しがつく。あるいは現在の勤めが早朝から深夜にわたっての過酷なものなのかもしれない。

十階建てのマンションはそのほとんどが1DKの造りとなっており、独身者用か簡易の事務所用として建設されたもののようだった。そのせいか、出入りするこのマンションの住人らしき男女の姿はいずれも、二十代から三十代と若い。

「あと三十分待ってだめだったら、隣の部屋に話を聞きに行ってみるか」

観念して、桑田は清水にいった。

「警部。では、ちょっと夜食を仕入れに行って来ていいですか?」

十時で帰れるものとばかりおもっていたのだろう、空腹に耐えかねたような顔で清水が桑田の顔をのぞき込む。

「ああ、俺にはジュースをひとつ頼む」

桑田の笑みに、清水が角のコンビニエンスストアにむかって走ってゆく。

若いころの自分も、夜の捜査活動では腹を空《す》かせたものだ。今年二十六の清水を悩ませるのは捜査活動にもまして空きっ腹であるにちがいない。そんなことをおもいながら、なんとなく桑田は、清水の後ろ姿とまだ見ぬ及川の息子との姿を重ね合わせていた。

この八月で二十四歳になった及川の息子の名前が、本橋一馬、となっているのを知ったのは捜査本部の資料に目を通したときだった。

及川の一粒種の一馬は、生後間もなく、母親の加代の実家の本橋家と養子縁組して、本橋の姓になっていた。もっともそれは、加代の実家が資産家で跡取りがいない、というようなよくある理由からのものではないようだった。調べでは、加代の実家である本橋の家も、養子縁組をしたときは、東大井の借家住居《しゃくやずまい》だった上に、年老いた祖母がひとり残されているだけだった。しかもその祖母を加代が面倒を見ていたようなのだ。つまり、一馬の養子縁組は、強盗殺人という罪を犯した及川の姓を棄《す》てることによって、ひとり息子の将来に影響を及ぼさぬように配慮してのことと考えられた。

コンビニの袋を持った清水が戻って来る。清水から受け取った冷たい缶ジュースを喉に流し込んだ。

「就職しないで、どこか旅行に出てる、ということは考えられないですかね。新聞なんてのは止めておくことだってできるんですから……」

菓子パンを頬《ほお》張りながら清水がいった。物欲しげに近づいて来たのら犬を追い払っている。

「清水君がここを訪ねたのは、たしか今年の二月だったな」

「ええ、このたび越すことにしましたので——、そんな電話が本部にかかってきたんです」

それで確認と挨拶のために、このマンションを訪れたのだ、と清水がいった。そのときは、まだ引っ越して間もなく、一馬は再就職していなかったという。いずれ仕事を探す、と口にしたらしい。

仕事もせずにブラブラしている――。たったひとり残された肉親をも失ってしまった彼の心の空洞を推し量《はか》れば、清水がいうようにたしかにそれもあり得るかもしれない。どこかに再就職しているのだろう、というのは勝手に決め込んだこちらの憶測にすぎない。

「どんなふうだったんだ？　そのときの彼は」

「ひどく素っ気ない応対をされちゃいました」

「捜査が進まぬことにイライラしていたのかもしれんな」

「いや、捜査活動になんか全然興味がないみたいでしたね。それどころか、もう用事はすんだろう、邪魔なんだよ、とでもいいたげな冷ややかな態度でした。あれにはさすがに、僕もムッとしましたがね」

そのときのようすをおもい出したのか、清水が憮然《ぶぜん》とした顔でいった。

「ほう……」

警察の捜査には絶望したということなのだろうか。桑田は意外な気がした。

屋久の話では、事件後に会ったときの彼は、激しい怒りをあらわにして、一刻も早く犯人を挙げてほしい、そのための協力ならなんでもする、そういって涙を流していたという。それからわずか三か月やそこらで、そこまで心を閉ざしてしまうものだろうか。殺人事件で犯人を検挙するのには、例外は別にして、それなりの時間を要するものだ。そのあたりの事情を理解してくれてもよさそうな気がする。

時計を見た。十時を十五分ほど過ぎている。さすがに桑田もこうして待っていることが時間の浪費をしているような気持ちになった。

「おい、行ってみよう」

清水を顎で促し、桑田は急ぎ足でマンションの入口にむかった。

６０３号室の前で立ち止まった。一馬の部屋は隣の６０４号室だ。表札は空白だった。たぶん女性が住んでいるのだろう。こうしたマンションに住む独身女性の場合、用心のために、部屋の表札をわざと空欄にしておくことが多い。

ドアフォンを鳴らしたが、応答がなかった。

もう一度ドアフォンを押したあと、今度はもうひとつの隣部屋である６０５号室にむかった。ここには表札があり、「石田浩康」となっている。

一回の呼び出しで、すぐに返事があった。桑田は目で清水にうなずき、インターフォンに口を寄せた。

「夜分に恐れ入ります。警察の者なのですが、お隣の604号室にお住まいになっている本橋さんについて、少々お尋ねしたいのですが」

警察？　インターフォンから、驚きと怪訝さを感じさせる声が響いた。すぐにドアが開き、二十代前半の、Tシャツ姿の若い男が顔を出す。

「なんやの？」

関西訛の物言いで、男が桑田と清水とにうかがうような視線を投げてくる。顔には好奇心が滲み出ている。

「いやね、何度かお隣に寄ってみたのですが、いつもご不在なものですから——。いえ、誤解のないように申し上げておきますと、事件とかではなく、お届けの遺失物が発見されたのでご報告にあがった、というただそれだけのことなのです」

たまたま近くに用事があったのできょうもまたのぞいてみただけなのだ、と用意していた口実で説明し、桑田は男の好奇心の矛先をかわした。男の顔に一瞬にして失望の色が浮かんだ。

「うっかりしたことに、お勤めの会社を聞いてなかったものですから」

「そんなん、自分かて知らんわ。だいいち隣のひとの名前も知らんのやから。二、三度すれちがいざまにチラッと見ただけやし」

男の口からは、予想通りの答が返ってきた。

「そうですか。何時ごろだったら、おいでになるようですかね？」

笑みを浮かべて、桑田は訊いた。

「わからへん。自分かて、時間、でたらめやさかい。でも駐車場のオッサンやったら知ってるんちゃうかな？」

「駐車場、というと？」

桑田は笑みを引っ込めて男に訊いた。

「この一本裏の筋に、有料駐車場があるんやけど、隣のひと、ごっつい車コロがしてたで」

早朝、駐車場から黒塗りのベンツで出て来る場面に一度出くわしたことがあるという。

「ほう、ベンツをね」

おもわず桑田は横の清水に目をやった。

「もう、ええですか？」

男が面倒臭そうにいい、桑田の礼のことばなど耳に入らぬようにドアを閉めた。

「ベンツですか……」

エレベーターにむかって足を運ぶ清水が感想を求めるかのように桑田を見た。

「どういうことだろうな」

清水に答えるというより自分に問うように桑田はつぶやいた。耳にしている一馬のイメージとはあまりにもそぐわない。

マンションを出て、男の教えてくれた裏の道に回ってみた。

「あれですね」

清水が指さしたビルの合間に、「有料駐車場」の灯りが点っていた。

鉄骨を三階建てに組み立てただけの、屋根もない簡単な駐車場だった。たぶんビル建設の予定がバブル崩壊の影響で狂いでもして造られた代物ではないか。

入口にプレハブ造りの受付小屋がある。清水が小走りで近づいてゆき、なかにいる管理人らしき初老の男と話をはじめた。

桑田は駐車場のなかをざっと見渡した。十台も入ればいっぱいになりそうな広さだ。三階建てということは、満車になっても三十台も入るか入らないかだろう。奥に駐車してある一台のベンツに気がついた。しかし色は淡い紺色で、さっきの男が教えてくれた黒塗りではない。二階から上は、よく見えない。

「一馬の車は今預かっていないそうです」

名前を出しただけで管理人はすぐにわかったという。

「不定期だが、週に、二、三度は預けに来るそうです。それも深夜に入庫しては早朝に出てゆくというお決まりのパターンのようですね。オヤジとは気軽に口をきく間柄だそうで、一馬の話では、ベンツは彼のではなく、勤めている会社所有のものらしいですよ」

「そういうことか」

ベンツと一馬とがなんとなく結びつかなかったのだが、それなら合点がゆく。

「会社のお偉いさんの運転手をやっているようだ、ってオヤジはいうんですが」

「運転手？　それはないんじゃないか。一馬は一流大学を出て、しかも貿易会社に勤務までしていた経歴の持ち主だろうが……」

桑田のことばに、清水が首を傾げた。

「まあ、そんなことはどうでもいい。ところで、ここで待つというわけにもいかんだろう。そういう事情なら、きょう車で帰って来るかどうかもわからんしな」

元の道に引き返しはじめたとき、角を曲がってやって来るヘッドライトの明かりが桑田の目にまぶしく映った。

車を避け、路地に身を寄せたその前を、黒のベンツが通り過ぎた。

「警部」

運転席に目を凝らしていた清水が声をあげた。

「一馬か?」

清水の答を聞くより前に、桑田はふたたび駐車場のほうに足を戻していた。

入口の前で停まったベンツの運転席から若い長身の男が姿を現した。桑田はなんとなく懐かしさと親しみの目で見つめている自分を意識した。

「本橋さん、しばらくです」

清水の声に一馬が振りむいた。一瞬、戸惑いの色を浮かべ、それから整った眉の下の目を細める。

「大井署の清水ですよ。お忘れですか」

「いえ、憶えていますよ」

一馬が横の桑田に視線を転じた。

「私の上司で、桑田警部です」

清水が桑田を紹介する。

「こんな時間にすみません。お部屋のほうにうかがったのですが、あいにくとお留守だったものですから」

頭を下げ、桑田は夜の訪問の非礼を詫びてから、一馬の顔を見つめた。

なるほど、凜々《りり》しく、見るからに聡明そうな目の輝きをしている。及川はどちらかというとごつい顔立ちだったが、息子の一馬の風貌はその正反対といってもいいほどに繊細で品がある。

「ということは、犯人の目星でも?」

桑田の挨拶に軽い会釈で応じてから、一馬が単刀直入に訊いてくる。

「いえ、そうではないのですが」

桑田は頭に手をやり、苦笑を浮かべて、少し話をうかがいたくて寄らせてもらっただけなのだ、といった。

一馬が視線を管理人のほうにむけた。どうやら彼の目を気にしているようだった。

「ご迷惑でしょうが、お宅で――、いえ、すぐに失礼させてもらいますが」

「おじさん、車、頼みます」

一馬が車のキーを管理人に放ると、路地をゆっくり歩き出す。そして肩を並べた桑田を見ようともせず、ため息を洩らすようにいった。

「困るんですよね」

「大変申し訳なくおもっています。こんな夜分に」

路地から車が一台走ってきた。立ち止まり、その車が通り過ぎるのを待って、一馬がいった。

「夜半に訪ねられるのが困る、といってるんじゃないんです。家に訪ねられること自体が困るといってるんです。この際はっきりいっておきますが、もう警察の方にはお会いしたくないんです。話すこともありませんしね。あの事件のことは、いっときも早く忘れたいんです」

「お気持ちはわかります。一年経っても犯人の目途《めど》すらつけられない警察にもご立腹のことでしょう」

いいながらも、内心、桑田は驚いていた。聞いていた以上の拒絶反応だ。頑《かたく》なに心を閉ざした、という感がある。

「ともかく、部屋のほうは勘弁させてもらいます。そこに小さな公園がありますから、お話でしたら、そこでうかがいましょう」

路地の角を、マンションとは反対の左に折れて、本橋が歩いてゆく。桑田と清水は、無言で彼のあとにつづいた。

少し行った通りの裏側に、砂場やブランコなどの子供の遊び場が申し訳程度に設けられた小さな公園があった。中央に、まるで野中の一本杉をおもわせるような水銀灯が立っており、その明かりが公園全体を仄白《ほのじろ》く照らしている。

端にあったベンチのそばで立ち止まると、一馬が桑田に顔をむけた。

「先に私のほうからお訊きしたいのですが、私があの駐車場を利用しているのを、どうしてご存知だったのですか？」

訊く態度には不快感を漂わせている。家の周辺を嗅《か》ぎ回ったにちがいないとおもっているのだろう。

「いや、申し訳ありません。以前におうかがいしたとき、名刺をドアにはさんでおいたのですが、ご連絡をいただけなかったものですから――。じつは、それにお訪ねしたのはきょうで四度目のことでしたので」

桑田は駐車場の一件を知ったいきさつを正直に一馬に打ち明けた。

「しかし、決して迷惑がかかるような訊き方はしていませんのでご安心ください」

「どうですかね。はっきり申し上げて、不愉快です」名刺の件には触れようともせず、一馬が投げつけるようにいった。「で、いったい私からなにを聞きたいとおっしゃるのですか?」

「まあ、そうあらたまっていわれると困ってしまうのですが」

桑田は迷っていた。もっと素直に一馬が応じてくれるとおもっていたからだ。これでは前の会社を辞めた理由や現在の勤め先なども気軽に訊くことはできない。

ここは正直に打ち明けたほうがいいのではないか。そのほうが心を開いてくれるのではないか。

「じつは、私があなたにお会いするのは、きょうが二度目のことなのですよ」

「そうですか」

一馬が素っ気なく応えた。たぶん、事件の捜査で、以前の住所に訪れたときにでも顔を合わせたとおもっているのだろう。

「立派に成人されておられるのを見て、私も内心、ほっとした気分です」

一馬の顔に怪訝な表情が浮かんだ。

「どういう意味です?」

「私が初めてあなたのお顔を見たのは、まだ生まれて間もないころのことなんですよ」

「私が生まれて間もないころ?」

一馬が目を細め、食い入るような目で桑田を見つめてくる。

「ちょっと座りませんか」

桑田は優しくいって、一馬をそばのベンチに促した。

躊躇《ちゅうちょ》する素振りを示す一馬を再度促し、桑田はベンチに先に腰を下ろした。たばこを取り出して火をつける。

たばこを吸う桑田を見つめていた一馬が渋々という態度で桑田とは少し間隔を空けてベンチに座った。

気を利かせたのだろう、清水がふたりから数メートルほど離れた所に植わっている大きなニセアカシアの樹《き》に背を凭《もた》せかけてこっちを見つめている。

一馬が無言で桑田のことばを待っている。

「じつは、亡くなられたお父さんと私とは、因縁浅からぬ関係だった……」

指先のたばこの火を見つめながら、桑田は口を開いた。たばこの先から立ちのぼるかすかな煙が風に流される。

「因縁浅からぬ関係?」

一馬の視線を横顔に感じた。桑田は顔を彼にむけていった。

「そうです。むかし、お父さんが過ちを犯した事件、あれを担当していたのは私だったのです……」

白い一馬の喉が、かすかに動いたのがわかった。

「あの事件はもう終わったことで、もう私の口からはなにもいうことはない。警察官というのは、事件が結末を迎えれば、その事件に関わった人たちとは縁が切れる。しかし、君のお父さんとは、ちょっとばかりちがった……」

及川が収監されてから、家を訪ね、加代に会ったときのいきさつを桑田はかいつまんで話して聞かせた。

「そのとき、君のお母さんが、生後間もない君を抱いていた……」

一馬が顔を歪《ゆが》め、桑田から視線をはずした。かまわず桑田は、つづけた。

「たしかに君のお父さんは罪を犯した。しかし、私の口からいうのもなんなのだが、あの事件はお父さんのほんの些細な出来心から発したものが不幸にも大きな災禍に広がってしまったという典型の事件だった……。詳しくはもう触れないがね。そして、お父さんは心底悔いていた……」

「もう過ぎたことでしょう。それに、あなたのいわれる通り、父はそれを悔い、ちゃんと罪の償いもしてきたはずです」

見つめてくる一馬の目は、いくらか怒りの色を帯びていた。

「その通りです。そして、出所後の生活態度も、十分に悔い改めた立派なものだった」

「そんなことはあなたにいわれなくとも知っている。私は父と一緒に暮らしていたんです」

突き放すようにいって、一馬が桑田から視線をはずした。ふたりのやりとりを清水が心配そうにじっと見ている。

「じつは私は、今度の事件を初めから担当していたわけではない……」

妙ないたわりはかえって一馬を傷つけることになるのかもしれない。桑田はそう考えて、努めて淡々とした口調で、出所後の及川から手紙をもらったことと自分が今回の捜査に加わるようになった経緯とを話して聞かせた。

「罪を憎んでひとを憎まず――。きれい事をいうわけではないが、私の君のお父さんに対する気持ちはまさにそれだった。だから、及川さんが殺された、という話を耳にしたときは、驚きもさることながら、激しい怒りで身体が震えたほどだった。信じてもらえるかどうかわからないが、その日、家に帰って、今話した、お父さんからもらった手紙をもう一度読み直したとき、私は泣いたよ。そして時間が経つにつれ、私の耳に、お父さんの声が聞こえてくるようになった……。捜査をしてほしい、犯人を挙げてほしい、という、ね。きっとお父さんの無念さが私を駆り立てたのだとおもう」

「お話はそれだけですか？」

公園の水銀灯をじっと見つめていた一馬が、ぽつりといった。

「ああ、それだけだ。こうして君を訪ねたのは、ひとつには、立派に成人した君の顔をぜひ一度この目で見てみたい、というおもいがあったのと、もし君が望むなら、手もとにあるお父さんの手紙をお返ししたい、ということを伝えたかったからだ」

「必要ありません。それは父があなたに宛てたもので、私が持つべき物でもないでしょう」

「読んでみようという気持ちにもならないのかね？」

「けっこうです。読むまでもありません。父の気持ちは誰よりもこの私がわかっていますから。お話はたしかにうかがいました。ご配慮には感謝いたします」

きっぱりとした口調でいうと、一馬が桑田に頭を下げ、ベンチから腰を上げた。

「そうですか……」

手紙の受け取りを拒むどころか読もうとすらもしない一馬の態度に、桑田は少なからぬショックを受けていた。

「では失礼します。明日も早いものですから」

立ち去ろうとする一馬に、桑田は胸の動揺を押し殺して、声をかけた。

「ちょっと待ってください。最後にひとつだけ——。今はどちらにお勤めなんですか？」

一馬が足を止め、振り返った。

「私の勤め先？　それがなにか捜査にでも関係があるのですか？　もう私のことはそっとしておいていただきたい」

吐き捨てるように口にすると、拒絶するように一馬が背をむけた。

桑田は公園から出てゆく一馬の長身の後ろ姿を複雑なおもいで見つめた。

警察への不信がこれほどまでに頑なな態度をとらせているのだろうか。しかし、頑な、というよりもむしろ不自然な感すら覚えさせせる。

「この前に会ったときも、取りつくしまがないという感じだったのですが、きょうはもっとひどくなっていますね。しかし、いったいどういうつもりなんでしょうか？」

清水が桑田に肩を並べかけ、遠ざかってゆく一馬に目を凝らしている。

「父親の前歴、そして今度の事件——。無理はないかもしれんな」

被害者の息子というだけなら、世間の一馬を見る目は同情に満ちたものになる。しかし、被害者であるその父が、かつて強盗殺人を犯した人間だということでも判明したら、風向きもちがったものになるだろう。一馬が前の会社を辞めたのも、あるいはそのあたりの事情が絡んでのことかもしれない。そうおもうと一馬の一連の態度に腹が立つどころか、同情を禁じ得なかった。

結局犯罪というものは、被害者、被疑者の当事者のみならず、その周辺のひとたちの人生にも深く暗い影を落としてしまうものなのだ。

桑田は何度も経験しているその事実をあらためて認識せざるを得なかった。

「おい、帰ろう」

小さくため息をつくと、桑田は清水に声をかけた。

公園を出たところで、ふと、おもいついた。

あのベンツが会社の物であるなら、ナンバーを陸運局に問い合わせれば一馬の勤め先はわかる。

緊急のときに備えて、やはり一馬の会社ぐらいは知っておくべきだろう。なにしろ及川に残された肉親は彼だけなのだ。

二度も顔を出した桑田と清水に、さすがに駐車場の管理人も妙な顔をした。

本橋さんのベンツがいたずらされたことがあるらしくてね——。桑田は笑顔で煙に巻き、素早く清水にナンバーを控えさせた。

駅への帰り道で、屋台のラーメン屋に出くわした。

「腹が空いたな」

桑田のことばに、待ってましたとばかりに、清水が子供っぽい笑みを色白の顔いっぱいに広げた。

5

檻の掃除を終えてジローと戯れているとき、ジーンズ姿の小宮が入って来た。

「僕には時々歯を剝《む》くのに、ジローはすっかり江成君になついてしまったようだな」

「わたしが食べ物を与えるからですわ」

未央は振り返って、小宮に笑顔をむけた。

「そればかりではないな。僕の経験からいうと、動物というのは本能的に、その人間が危害を加えるかどうかを見極めるもんだよ。それともうひとつ、心根が優しいかどうかもね」

「じゃ、ジローは、先生のことを危ない人間とおもっているのですか？」

「なんせ、この顔だからな」

小宮が顎一面に生やしたひげを指先でなでて、白い歯を見せた。

額の奥深くまで禿《は》げ上がっているが、顎ひげだけは濃く、それが今年五十になったばかりの小宮の顔を精悍なものとしていた。しかし笑うと、驚くほどに人懐っこい顔になる。

「ところで、どうしても行けないかね？」

「わたしも残念です。できることならご一緒したいんですけど。なにしろ家の事情で、どうしてもきょうだけはだめなんです」

未央は小宮に頭を下げて謝った。

「そうか。じゃ、あとは頼むよ」

軽く手をあげて小宮が部屋を出て行った。

何度か小宮の動物写真集を出版したことのある神田の出版社に、アメリカの動物写真家が来ているのだという。小宮とは旧知の間柄らしいが、未央は初めて耳にする写真家だった。その彼が、この三年来撮りつづけてきた北アメリカの野生動物の写真を持参しているらしい。

見たいのはやまやまだったが、小宮が誘ってくれたのは、今朝のことで、家の事情を理由に断ってしまった。もっとも、小宮が彼の来日を知ったのも昨日のことだったらしい。

事務所の後片付けをしていても気持ちが弾む。小宮には家の事情といったが、じつはこれから母と夕食を共にすることになっている。母と一緒に外食をするのは、かれこれ半年ぶりぐらいになる。母もきっと愉しみにしていることだろう。

五日前の予定だった見合いを来月の末まで先送りすることができたのは、先日家に帰ったときに母が自分の肩を持ち、これまでに一度も見たことがないような激しい抵抗を父に対して示してくれたからだった。

しかたがない、自分の仕事の都合ということにしよう——。最終的に、父はそういって渋々と折れてくれた。見合いが先になったことでいくらか気持ちが落ち着きはしたが、それでも胸のつかえが取れたというわけではない。

六時半にスタジオを出た。母とは、新宿駅の東口で七時に待ち合わせの約束をしている。

父が行きつけにしている料理屋はいくつかある。小さいころから親子三人でそうした場所に食事に出かけることも度々あった。しかし未央は、ある種の色眼鏡と慇懃無礼な態度で接してくるその手の店に出入りするのが好きではなかった。母も未央と同じ気持ちのようで、ふたりきりで食事をするときには知らぬ店に一見《いちげん》の客として入ることにしている。それがまた母にとっては、未央と食事をするときの隠された愉しみでもあるらしかった。

歩きながら、未央は羽衣出版の山部の顔をおもい浮かべていた。返事をしなければならない約束の今月末までにもう十日ほどしかない。彼に会ってからのこの十日近く、胸中は揺れつづけている。

未央はこのことを、父や母はむろんのこと、師の小宮にも無二の友人である尾池霧子にも打ち明けていなかった。ある程度自分の気持ちが固まってから話をしよう、と考えていたからだ。

ひとの意見は参考にしてもそれによって左右されるべきではない——。それは高校に入学したときに母からいわれたことばだった。以来未央は、なにかの難問にぶつかったとき、常にそのことばを頭におもい浮かべて自分なりの答を出してきた。

先日母に会ったとき、未央は、今自分は人生の岐路に立つ場面に遭遇している、とだけいった。母はうなずいただけで、それ以上訊こうとはしなかった。それなのに、あれほどまで父に抵抗してくれたのだ。母の自分に対する愛情は父のそれとはまったくちがう性質のものだ。母は心底、自分の人生を考えてくれている。自分の人生を生きたいように送ることを願ってくれている。未央はつくづくそうおもう。きょうはその母に、自分に動物写真集を出してみないかとの誘いが持ち込まれていることを正直に打ち明けてみるつもりだった。

約束の十分前に東口に着いた。駅の乗降客と待ち合わせのひとたちとで広場はごった返していた。

しかし母の姿はすぐに見つけることができた。母は広場の片隅で、その人波を避けるようにして立っていた。

好きな色の薄いグリーンのツーピース姿だった。

「待たせてごめんなさい。もっと早く来ればよかったわ」

近づくなり母の背後から未央は声をかけた。振り返った母の顔にははにかんだような笑みが浮かんだ。

「いいのよ。少し早く家を出たの」

めったに外出しない母が、自分との食事の約束のとき、食事とは別にもうひとつ別の愉しみを持っていることを未央は知っている。ひとりでぶらりと街のなかを散策することだ。だが未央はそれには気づかぬふりをしている。母には母の時間がある。娘の自分にも知られていないとおもい込んでいるそんな母を未央はいじらしくおもっていた。

「なにを食べたいの？」

母が訊いた。

「きょうはわたしが奢《おご》ってあげる。食べたい物をいって」

「なにをいってるの。貧乏暮らしのくせして」

目を細め、母が未央の腕に軽く触れた。

「心配しなくていいのよ。きのう、アルバイトのギャラが入ったばかりなの。だから、きょうは任せて」

胸を張る未央のしぐさに、母はうれしそうな目をさらに細めた。

大学に入った半年後、家を出てアパート暮らしをする、と未央が宣言したとき、父は激怒した。しかしそのときも、母は父の説得役に回ってくれた。引越し資金のすべてはアルバイトをして貯《た》めた。学費こそ、父に出してもらったが、以来、卒業するまでの生活費はすべてアルバイトでまかなった。自分の生き方を貫こうとするには、自立ということが最低条件とおもったからだ。

そのころから、父の目を盗むようにしては、時々母とふたりで街に出ては食事をしていた。母の心はわかっていた。そうすることが、母に対するせめてもの親孝行におもえた。

地下道を通り、西口に出た。いつか、小宮にご馳走《ちそう》になったことのあるロシア料理の店が小田急デパート別館の裏にある。母がロシア料理を口にしたという話は聞いたことはない。初めてのことで、きっと悦《よろこ》ぶにちがいない。

店内は若い男女で満席状態だった。幸い、奥のテーブルが空きそうだった。少し待ってから、未央はその空いたテーブルに母を案内した。

「一度、先生に連れて来てもらったことがあるのよ」

物珍しげに店内を見回す母に、未央はメニューを差し出した。

「未央に任せるわ。でも若いひとたちばかりね。わたしだけがひとり浮いているみたい」

「なにいってるの。ママは十分に若いわ。いつかだって、姉妹にまちがわれたことがあるじゃない」

茶目っ気たっぷりにいって未央は母に笑みをむけた。

「あれは、お店のひとのお世辞よ」

この七月で、母は四十五歳になった。しかし姉妹にまちがわれたのはあながちお世辞ばかりではなかったともう。未央の目から見ても、母は女性としてまだまだ十分な若さと美しさを保っていた。目尻にいくらか小皺《こじわ》はあるものの、それとても化粧をすればまったく目立たない。しかも整った白い顔には気品が漂い、きょうのような明るい色の服をまとえば、三十代半ばといっても十分ひとは信用するだろう。

優しくて品があって、しかも知的で美しい。未央は、この自分の母を心から愛し、子供のころからずっと誇りにしてきた。こうして母と一緒に外で過ごす時間は母同様に、未央にとってもなににもまして愉しいひとときなのだった。

定番のピロシキ、ボルシチ、そして他のいくつかの料理と一緒に、ハウスワインのデカンタを注文した。

すぐにワインが運ばれて来た。グラスを合わせて乾杯する。

「ママがいつまでも元気でいられますように」

「未央が幸せになりますように」

料理が来るまでのあいだ、ワイングラスを手に母がいろいろと未央に訊いてくる。

お仕事は忙しいの？　食事はちゃんと摂っているの？　睡眠は？　母の口から出てくる質問は、未央の日常生活への心配事ばかりだった。それが未央の胸には、痛いほどにこたえた。母の胸のなかはわかっている。母は孤独で寂しいのだ。

きっと母は、世間の目には、国会議員の、そして大きな貸しビル業者の、なに不自由ない暮らしをしている裕福な妻として映っていることだろう。だが、それは見せかけだけのことだった。母は、父との結婚生活に決して幸せを感じてはいない……。

注文した料理が並びはじめた。

「ここのボルシチ、とてもおいしいのよ」

母にすすめてから未央はスプーンを手にした。甘ずっぱい絶妙な味が舌先に広がった。

「ほんとね、とてもおいしいわ」

未央に倣ってボルシチにひとくち口をつけ、母がうなずいた。そして味を確かめるようにもう一度スプーンを口に運ぶ。

「こんなことをいっては悪いのだけど……。以前にパパの後援者の方のお宅で一度だけロシア料理をご馳走になったことがあるの。でも、そのときのお料理とは別物みたい」

「よかった、このお店にして。タイ料理にしようかどうか迷ったのよ」

「じゃ、この次は、そこをお願いね」

「でも、そのときはママの奢りよ」

母と交わすじゃれ合うような会話が心地よかった。いつもこんな時間を持てたらとおもう。きっと母もそう考えているにちがいない。黙ってスプーンを運ぶ母の白い手を見ているうちに、未央の胸のなかに込み上げてくるものがあった。

それを隠すようにして未央は訊いた。

「ところで、ママ。しばらく電話もしていないけど、お祖父《じい》ちゃんは元気なの?」

祖父の浩一郎が心臓の発作で病院に担ぎ込まれたのはこの春先のことだった。幸い大したこともなく、数日で退院できたが、ここ一、二年、めっきりと身体の衰えが目立つようになっている。

「元気づけてはいるんだけど、ずいぶんと弱音を吐くようになったわ。でも無理ないことかもしれないわね、来年でもう七十七ですもの」

スプーンの手を止めて小さく首を振ったあと、母が訊いた。

「ところで、今年の暮れも絵笛には帰れるんでしょう?」

「それが、はっきりとはわからないの。先生の都合もあるし……」

ことばを濁して、未央はナプキンを手に取って軽く口を拭《ぬぐ》った。

毎年暮れ、母は浦河に帰省する。きっと一緒に帰りたいのだろう。できることならそうしたかった。しかし羽衣出版への返答しだいではそうもいかなくなる。

「ねえ、ママ。きょうは聞いてほしい話があるの」

「わかっているわ」

「このあと、ママを素敵な所に案内してあげる。そこで聞いてね」

「あらあら、愉しみだこと」

おもい切って口にしたことでいくらか気持ちが軽くなった。食欲も大いにわいてくる。未央は料理への手を早めながら、小宮と一緒にこの夏に知床《しれとこ》半島へ出かけたときの話を母に聞かせた。

「北国の動物を専門に撮影しているのだけれど、たぶん先生にとっても、一番愛着のある仕事のひとつになるとおもう」

そして、日本猿のジローの話。今は自分に大変なついていて、スタジオにいるときの唯一の親友なのだ――。母はそんな話に耳を傾けるのが心底うれしいのだろう、優しい視線を未央に注いでいる。

九時前に食事を終え、店を出た。

「いったいどんな素敵な所に連れて行ってくれるというの？」

「時々、わたしがひとりで時間を潰す秘密の場所よ」

未央は母に笑みをむけた。

目の前を空車が通りかかった。一瞬、手をあげようか、迷った。しかしタクシーを使うほどの距離でもない。

「少し歩くけど、いい？」

「まだ十分に若い、と誉めてくれたのは、どこの誰よ」

いたずらっぽくにらみつけた母の目に、未央は肩をすくめてみせた。

西新宿の高層ホテル街にむけて歩く。

「時間のほうはだいじょうぶなの？」

「きょう未央と一緒なのは話してあるから心配ないわ」

父が自分のことを溺愛しているのは知っている。しかし父が母にむける眼差《まなざ》しや態度に時として未央は疑問を持つことがある。はたして本当に父は母を愛しているのだろうか。だがそれを父に問いただしたことはない。

政治家の妻という役割はつくづく大変だとおもう。気の進まぬパーティにも出席しなければならないし、後援者筋の挨拶回りにも引っ張り出される。そのようなときでも、父は決して母にいたわりの気持ちを見せたことがない。母を、まるで自分の従属者のように扱うのだ。そして母の自由な時間すらも認めようとはしない。

夫婦っていったいなんなのだろう……。それは、自分の両親を目にして、未央が物心つきはじめたころから抱きつづけている疑問だった。

「なにを考えているの？」

人通りの少なくなった歩道を無言で歩く未央に母が声をかける。

「ううん、なにも……」

胸のうちは隠して、未央は高層ビルが林立するあいだに広がる暗い夜空を見上げた。見上げた夜空には、無数の小さな星がまるで針の穴をあけたかのように瞬いている。

「ねえ、ママ。都会の空の星って、どうしてあんなに遠いのかしら」

歩みを止め、母が未央の視線を追うように、空の星を見上げた。

「きっと繋がりが薄いからだわ」

「繋がりが薄い……？」

「星は自然の物にしか光を投げかけないのよ。浦河で見える星は、とっても近い。それは、あの街の土や樹や草花が星の光を吸い込むからだとおもうの。きっとコンクリートでできた街にはその力がないのね。星との繋がりが薄いんだわ」

コンクリートでできた街は星の光を吸い込む力が弱い、星との繋がりが薄い……。

未央は、星を見つめながら、母のいったことばを胸につぶやいた。

たしかにそうかもしれない。カメラを肩に、野や山で動物たちを追いながら目にする星は、この都会の夜空に輝く星たちとはちがって、強く、そして降り注ぐような光を投げかけてくる。

ママ……。語りかけようとして、未央はおもわず口を噤《つぐ》んだ。暗い夜空を見上げる母の横顔に、拒絶するような寂しさを感じ取ったからである。

時折、母はこんな表情を見せることがある。

初めて未央がそれに気づいたのは、まだ小学校に入学して間もないころの夏、父と三人で浦河に帰ったときのことだ。深夜、ふと目を覚ますと、窓際に佇《たたず》む母の姿があった。物思いに沈みながら、母は窓の外の景色を身じろぎもせずに見つめていた。いつもは甘えたことばをかけるのだが、なぜかそのとき、未央は一言も声をかけることができなかった。母の姿にはすべてのことを拒絶するかのような雰囲気があったからだ。毛布で顔を隠し、未央は声を押し殺すようにしてその母のようすをうかがった。そのとき以来、未央の胸のなかには、優しくて美しい母とは別に、もうひとりちがう顔を持った母の存在が刻み込まれたのだった。

それからも、ふとした拍子にそんな母の表情を目にすることがあった。しかし未央は、それを一度として口にしたことはない。もしそれを口にすれば、母がどこか手の届かない遠い所に行ってしまうような気がしたからだ。

「ママって、詩人なのね」

未央はわざと茶化した口調でいった。

「そうよ、今ごろわかったの？」

道化《どうけ》てみせる母の表情が逆に痛々しいものとして映り、未央は笑って自分の胸のうちをごまかした。

都庁舎を横目に、しばらく歩いた。そしてとある高層ホテルの前で未央は立ち止まった。

「素敵な所って、ここの最上階にあるバーのことよ」

「お酒を飲もうというの？」

「たまにはいいじゃない」

未央は、母の肩を押すようにしてエレベーターホールに足を運んだ。

パークハイアットホテル。完成してからまだ何年も経っていないホテルである。その最上階のバーから眺める夜景が、未央は好きだった。仕事に疲れたときや、考え事をしたいときになど、ひとりこっそりとやって来ては時間を潰している。


上昇するエレベーターのなかで、未央はそうした話を母に聞かせた。

一度エレベーターを乗り換え、最上階の52Fで降りた。左手がグリルレストラン、右手がバーになっており、そのバーの大きなガラス張りの窓の外に東京の夜景が広がっている。

「まあ、きれい……」

小声で嘆息を洩らした母が夜景に目を奪われている。

「でしょう。タイ料理の次はここのレストランにしましょうか。わたしもまだ来たことがないの」

未央は、うれしそうにうなずく母をバーのなかに連れて行った。

このバーは雑誌などでも紹介され、若い恋人たちのデートスポットとして人気がある。そのせいか平日とはいえ混み合っていた。

空席を探している未央を、バーの従業員が迎えてくれた。あいにくと窓際はいっぱいだという。

窓際の席が空いたら移動させてくれるよう頼んで、未央は中央にあるカウンター席に母と一緒に腰を下ろした。目の前でバーテンが巧みな手さばきでシェーカーを振っている。左手は若いＯＬ風のふたり連れ、右手には明らかに恋人同士とおもわれるカップルが座っている。

「ちょっとのあいだ、ここで辛抱してね」

「だいじょうぶ、ここからでも十分素敵よ」

笑顔で母がうなずく。

「きょうは、少し酔っちゃおうかな」

バーテンにマルガリータを注文し、なにを飲むか、と母に訊いた。

「わからないわ。未央が決めて」

目を細めて、母が答えた。

食事のときにせいぜいグラスに半分ほどのワインを口にする程度で、普段の母はお酒というものをほとんどたしなまない。

「じゃ、ママにぴったりのにするわね」

そういって、未央は母のためにカンパリオレンジを注文した。

慣れた手つきで、あっという間にバーテンがマルガリータとカンパリオレンジを作り上げて未央たちの前に置いてくれた。

「きれいな色ね」

ふしぎな物でも見るような目をしてカンパリオレンジのロンググラスを揺すりながら母がいう。

「どう、なんとなく、絵笛の夕焼けの色に似ているでしょう?」

赤いカンパリオレンジの色は、やはり母に似合っていた。透けるように白い母の横顔を見ながら、未央はやはりこれを注文してよかったとおもった。

カクテルのお代わりを注文したとき、席が空きましたが——、と従業員が伝えに来た。

東南の方角を一望に見渡せる席だった。カウンターとはちがって、隣の客たちの耳も気にせずにすむ。

「家《うち》はあの辺りよ」

目を奪われたように、ネオンの光り輝く眼下の夜景を見つめる母に、未央はそういって指さした。

「そうなの……。なにも見えないわ。家自慢のパパには、ここには来させられないわね」

母が笑う。

深沢の家は五百坪ほどの敷地のなかに建てられた純日本式の豪邸で、全国各地から取り寄せた銘木がふんだんに使用されている。父方の祖父が戦後に建てたもので、父はいつもそれを自慢にし、事あるごとに自宅に客を招く。

「それで、話というのはなに?」

カクテルにちょっと口をつけ、未央の目をのぞき込むようにして母が訊いた。

うなずいたものの、やはり未央は躊躇した。

羽衣出版から持ち込まれた今度の一件を打ち明ければ、母がどう答えるかはわかっている。自分のしたいように決めなさい、きっと母はそういうにちがいない。しかしそのことば通りに、見合いの話を断ってこの仕事を承諾すれば、家は、母は、いったいどうなるのだろう。

見合い話は、二か月前、突然父に呼び出されて、すすめるというより宣告同然の形で言い渡された。話はすでに決まっていた。母にすら相談せず、父の独断専行で仕切られた話だった。相手は、消費者金融の跡取り息子だという。未央は泣いて、激しく抗議し、抵抗した。しかし、父は強硬だった。そして最後は会社が危機に瀕《ひん》していることを打ち明けて、畳に頭をつけんばかりにして未央に懇願した。未央が父のそんな姿を目にしたのは初めてのことだった。

最終的に父が譲歩したのは、せめて見合いをして会社の立て直しができるまでの時間を稼いでほしい、というものだった。母には、未央の了解が得られたあとで話すという。

未央がうなずかざるを得なかったのは、母がどうなってもいいのか、という父の最後の一言、によってだった。

その数日後、父は母にこの一件を話した。

母は、この見合い話の裏の意図についてすぐに気づいたようだ。そして、それ以上に未央が苦しみ心が傷ついていることをも察していた。一度言い出したら決して引かない父である。母は未央に頭を下げて、謝りのことばをいった。

「じつは先日、こんな話があったの」

一度呼吸を整えてから、未央は羽衣出版から持ち込まれた話の内容を事細かに語った。

「それで悩んでいたのね……」

聞き終えた母が、視線を窓の外にむけた。

写真集の話を受ければ、見合い話を断らなければならなくなる。母の横顔には、明らかに、仕事と家との板ばさみになって苦しんでいるその未央の心をおもいやる表情が浮かんでいた。

「わたしはもう一度過ちを犯すところだったわ、未央」

視線を未央に戻すと、母がいった。

「過ち……？」

「そう。これまで誰にも話したことがなかったのだけど、いい機会だから未央にだけは打ち明けるわ」

未央は黙って母の口もとを見つめた。

この優しくて美しい聡明な母が犯した過ち……。それがたぶん、時として母が見せる、あの沈んだ表情の原因となっているにちがいない。

「この見合いのお話は、最初からわたしが断固としてパパに反対すべきだったわ。そうすれば、未央をこんなに苦しめることもなかった。どうせ実らぬ話なのだから、そう安易に考えていた……。でも、そうした態度というのは、結果的には相手の方を欺《あざむ》くのとなんら変わらないことなのよね。たぶん、このお見合い話をわたしが黙認したのは、心のどこかに、今の生活が毀《こわ》れることを惧《おそ》れる、そんな卑しい気持ちが働いたからだとおもうの。本当に大切なのは、なんのために生きるのか、どうやって生きるのか、という心なのに……」

そういって、母は小さく首を振った。

「むかし——パパと一緒になる前——わたしには、とても愛するひとがいたの……」

「愛するひと?」

「そう……」

うなずいた母は、まるでそのころのことをおもい出すかのように目を細めて、ふたたび窓の外に視線を投げた。

母に愛するひとがいた……。しかしなぜか未央は驚きはしなかった。ふとした拍子にのぞかせる母の寂しげな表情に同じ女性として感じるものがあり、心の片隅でなんとなくそれを予感していたからだ。

今でもそのひとのことを……。喉もとまで出かかったことばをおもわず未央は呑み込んだ。窓の外を見つめる母の横顔の表情に、まるでそのまま母が外の夜景のなかに溶け込んでいってしまいそうな寂しさを感じ取ったからだった。

いた——、と母は過去形で表現した。しかし本当にそうなのだろうか。今こうして母を目の前にしていると、未央には、とてもそれがすでに終わってしまった過去の出来事のようにはおもえなかった。

「ママ……」

小声をかけた。母が視線を戻す。

「ママは今でもそのひとのことを?」

締めつけられるようなおもいで未央は訊いた。

「ばかね。パパと一緒になる前の話、といったでしょ。もう二十五年以上もむかしのことよ」

ほほえみながら母が答える。

しかしその母の笑顔は、未央にはどこか取り繕ったもののように感じられた。

多感な中学生のころ、誰もが自分の両親の結びつきに関心を抱くように、未央も父と母の結婚に対して興味を覚えた。一度、母にそれを尋ねたことがある。しかしそのとき、それまではなんでも話してくれていた母が初めて、未央が大きくなったら話してあげる、とだけいって口を濁した。その母の態度に子供心にも未央は、なんとなく母がその話を避けているとの印象を持った。以来二度と、それを尋ねることはしなかった。母のほうから切り出してくれるまでそっとしておこう、と心ひそかに決めたのである。

未央が両親の結婚のいきさつを知ったのは、浦河の祖父、浩一郎の口によってだった。高校一年の夏休みに浦河に帰省したとき、酔った祖父が問わず語りに聞かせてくれたのだ。

母は高校を卒業すると同時に上京し、お嬢さま学校として名高い都内の女子大学に入学した。そして入学した直後の四月下旬、まだ十八歳という若さで、見合い相手の父と学生結婚をした。そして翌年の一月に未央が生まれた——。

すでに淡い初恋も経験し、本や映画を目にすることによって大人の恋愛の様々な形や男女の物語を未央は知っていた。そして自分なりに理解もしているつもりだった。したがって、祖父からその話を聞いたとき、未央は、母の結婚がなんとなく性急で不自然なもののような印象を受けたのだった。

また過ちを犯すところだった、と母はいった。たとえ結ばれなくても、ひとを愛したことのどこが過ちだというのだろう。

母を見つめながら、未央は訊いた。

「そのひとを愛したのが過ちだった、というの？」

「ちがうわ。自分の心を偽ったことが過ちだったということ……。わたしもまだ若かったから、などという言い訳をするつもりはないわ。わたしは、自分の心も偽ったし、そのひとを裏切り、そして傷つけた。すべて、わたしの責任……」

通りかかった従業員に、母は未央と同じカクテルを注文した。

きっと酔いたいのだ……。未央は無言で、母の次のことばを待った。

「お祖父ちゃんと同じように、牧場を経営しているひとのひとり息子だった……。隣り合わせの、小さな牧場だった……」

祖父の牧場と隣り合わせの小さな牧場――。未央は浦河の牧場をおもい浮かべた。

いったいどこのことをいっているのだろう。寺島牧場の隣り合わせで、そんな小さな牧場などどこにもない。寺島牧場は、絵笛のなかでもぬきんでて大きく、隣接する牧場といえば、ずっと海側のほうの離れた所にある大沼牧場だけだ。しかし大沼牧場というのは、寺島牧場と同じく、規模が大きな近代的な牧場としても有名で、母がいうような小さなものではない。

ふしぎそうな顔をしている未央に、母がいった。

「未央が知っている今の寺島牧場は、しだいに形を変えてできあがったものなのよ。むかしは、お祖父ちゃんの牧場のそばにいくつかの小さな牧場があったの。でも、時代の流れよね。いつまでも小さな旧態依然とした経営形態でやっていては牧場が成り立たない。そういって、お祖父ちゃんは、隣接する牧場をひとつずつ買収して大きくしていったの……」

「じゃ、ママが愛したひとというのは、お祖父ちゃんがそうして買収した牧場主の息子さんということ?」

母がうなずいたとき、注文したマルガリータが運ばれて来た。

従業員が去ると、母はゆっくりとした手つきでカクテルグラスを口に運んだ。

祖父の牧場では、現在二十名前後のひとたちが働いている。帰ったときには、その誰とも未央は気軽に口をきく。しかし今母から聞いたような話を誰の口からも耳にしたことはない。

「それで、その買収された牧場のご主人は……」

知りたいのは、その息子、母が愛したという男のひとのほうだった。しかしどこか、口にしづらかった。

「しばらくのあいだうちの牧場で働いていたわ」

母が視線を落とした。その顔の表情は暗かった。

「しばらくのあいだ……?」

「亡くなられたわ」

母はグラスを口に運びかけたが、おもいとどまったようにふたたびテーブルに戻して、いった。

「知っての通り、お祖父ちゃんというひとは、牧場だけが生きがい、という人間よ。そのころのわたしは世間知らずだったからよくわからなかったけど、お祖父ちゃんは自分の牧場を拡大するために、ずいぶんと強引な手段を講じていたようなの……」

たしかに馬のこととなると夢中になるところはあるが、自分には優しくて穏やかな祖父である。あの祖父にそんな隠された一面があったとは……。初めて耳にする話に、未央は内心驚いていた。

しかし、どこの世界でも生き残るためには過酷な競争がある。それは今自分がいる写真の世界でも同じことだ。名が出れば、誹謗《ひぼう》中傷がうず巻くし、ちょっとでも油断をすればいつ足もとをすくわれるかわからない。社会に出てまだ日が浅いとはいえ、そうした世の中の仕組みを未央はすでに肌で十分に感じ取っていた。だから、祖父が経営の基盤づくりに、小さな牧場を買収していったというのも、それはそれでしかたのなかったことではないだろうか。

「今さら未央が詳しく知る必要もないことだからもうこれ以上はいわないけれど、亡くなられたご主人は、きっとお祖父ちゃんを恨んでいたでしょうね」

「それで、ママが愛したという、そのひとは？」

「お父さまが亡くなられたあと、絵笛を出て行ってしまった……。誰ひとり肉親も残っていなかったから、きっと絵笛を捨てる気になったのだとおもう……」

そう口にすると、母は小さく首を振り、ふたたび視線を窓の外にやった。

未央はその母の横顔をじっと見つめた。母の横顔には、このことについて長いあいだ苦しんできたことが滲み出ている。

母が愛した……、いったいどんなひとだったのだろう……。知りたいという気持ちが胸のなかにうず巻いている。しかしそれを母に訊くのは酷な気がした。母の苦しみを大きくするだけのような気がした。

母が視線を戻したとき、未央は努めて明るい笑みを浮かべていった。

「わかっていたわ、わたしには。ママにはきっとそういうようなひとがいたにちがいないって。だからわたしへの心遣いは無用よ。それに、ママはもう十分に苦しんだんだし、そろそろ自分に優しくしてあげたら」

「ありがとう、未央。でも、わたしは一生、自分を許すつもりはないの。わたしの苦しみなんて、そのひとの受けた苦しみと比べたら、ごく小さなものだとおもっている……。自分を許さない気持ちを抱きつづけることが、わたしがそのひとに対してできるせめてもの償いだとおもっている……」

「ママ……」

「むかし、未央に、わたしとパパとの結婚について尋ねられたことがあったわね」

見つめる母に、未央は小さくうなずいた。

「そのときわたしは、未央が大きくなったら話してあげる、とだけ答えたわ。どうやら、その時が来たようね……」

マルガリータにひとくち口をつけてから、当時のことをおもい出すかのように目を細めて、母が話しはじめた。

翌春に卒業を控えた高校三年生の夏、母は祖父に連れられて上京した。大学入学のための下見を兼ねた小旅行だった。しかし祖父の目的は、母の進学とは別のことにあった。ある人間の口ききで、ある人物——のちに父となる江成達也を母に引き合わせるためだった。つまり、上京は見合いのためだったのだ。

「パパと会ったのが見合いを兼ねていることをわたしは知らなかった。パパはいろいろな所にわたしを案内してくれたわ。きょうと同じように、ホテルで食事をし、東京の夜景も見たことがあった……。今でも憶えているわ。きれいだった。ここに来るときに見た星の光、とても遠かったわね」

未央は黙ってうなずいた。

「でも、そのときのわたしの目には、そうは映らなかったの。都会のネオンの輝きまでがまるで浦河の星空のように映ってしまったの。本当は似ても似つかぬものなのに、わたしの目には、空の星も都会のネオンも浦河の星と同じように、ね……。そして浦河に帰る前日の夜、初めて父に打ち明けられたわ……」

祖父は牧場の拡張に躍起になるあまり、多額の負債を背負い、誰かの援助が必要なぎりぎりの状態にまで追い詰められていた。そんなときに持ち込まれた、牧場経営の夢を持つ父との結婚話は、祖父にとっては願ってもない、それこそ藁にもすがりたいような気持ちの話だった。幸い、父は母を大変に気に入り、すぐにでも結婚したいとの返事をくれたのだという。

「わたしは泣いてお祖父ちゃんに抗議したわ。ちょうど今度の未央と同じように」

「お祖父ちゃんは、そのひととママとのことは……?」

「知っていたわ。というより、わたしがひとり娘だったから、ゆくゆくは寺島牧場をそのひとと一緒にやっていけばいい、とすら考えていたほどだった。でも、東京から帰ってからは、お祖父ちゃんは一変してそのひととのことを認めようとはしなくなった。どんなにわたしがお願いしても、頑として譲らなかった。当時の牧場には四十人ものひとたちが働いていた、その家族を含めれば百人ものひとたちの生活がお祖父ちゃんの肩ひとつにかかっていた……。牧場で働くひとたちとその家族を路頭に迷わすようなことになってもいいのか、といって、お祖父ちゃんはわたしにそのひとのことをあきらめさせようとした……。現実に目をむけろ、といって、ね。でも、それでもわたしは応じなかったわ」

「それが、どうして……」

母は視線を落とした。そしてふたたび未央に顔をむけたとき、母の両目にはうっすらと滲むものが浮かんでいた。

「翌年の二月、雪の降り積もった朝のことだったわ。そのひとのお父様が亡くなられたの……」

浦河に帰るとすぐに、祖父は、そのひととそのひとの父親を小絵笛の分場の牧童小屋に追いやった。理由ははっきりとしていた。母との距離を置かせるためである。自分の牧場を失ったことも原因だったのだろう、祖父の牧場で働くようになってからの彼の父親は酒に溺《おぼ》れることが多くなっていた。そして二月の雪の降った日の朝、小絵笛の分場脇の雑木林のそばで倒れている姿が発見されたという。

「お祖父ちゃんは、もう一度わたしに、激しく詰め寄ったわ。俺にあんな死に様をさせたいのか、って……」

死に様……。忌わしいようなことばの響きだった。母の口から出たそのことばを確かめるように未央は胸のなかでつぶやいた。

異常な死に方をしたということだろうか。しかしそれを問う勇気は未央にはなかった。

きっとそのときのことをおもい出しているのだろう、母は目を閉じて、指先で目頭をじっと押さえている。未央は無言で、その母の姿を見つめた。

しばらくして、母がふたたび口を開いた。

「わたしは卑怯《ひきょう》で、勇気がなかった。パパとの結婚を決意しながら、そのひとにはそれを打ち明けなかった。東京に出てから、初めて手紙でそのことを告白したのよ。裏切ることになるのなら、せめて自分の口から自分の本心を伝えるべきだった。わたしは二重の過ちを犯してしまった……」

悲惨な死に方をしたらしい父親——。唯一の肉親であるその父親をそこまで追い詰めた祖父。そしてその祖父の娘――母にも裏切られてしまった……。母の苦悩もさることながら、母の恋人だったというその男のひとの胸のうちも痛いほどに理解することができた。

「いろいろと都合のよいことばかり並べているけれど、結局そのときのわたしは、東京という都会での生活、きらびやかな世界に憧れていただけだったのかもしれない。心のどこかに、お祖父ちゃんに東京に連れて来られたときに目にした、あのときの星やネオンの輝きが巣くっていたのだとおもう。パパとの結婚を決意したとき、わたしは必死に自分にいい聞かせた。これは父のため、寺島牧場で働く皆のためだ、と……。でも今振り返ると、ちがっていた。それは、自分を傷つけたくないがための言い訳をしていたにすぎなかった、とおもうの。さっき、そのひとを愛したのをまちがいだとはおもっていない、といったわ。でも、それだけは本心よ。わたしは本当に心の底から、そのひとを愛したわ。今でもはっきりとそのことだけはいえる。その自信がある……」

母の口調は、未央に聞かせるというより、そのひとに語りかけているように未央には感じられた。

未央はこんなにも正直に自分の心を打ち明ける母をこれまでに見たことがなかった。未央の目には、語る母の顔が、これまで見た母のどんな顔よりも美しく映った。と同時に、これほどまでの情熱を胸に秘めていた母に驚きもしていた。

きっと母は、今こうしてことばにすることによって、ずっと胸の奥深くに封じ込めてきた枷《かせ》を解き放っているのだ。きっと母は、今でもそのひとのことを愛しているのだ……。

しかしもしその恋人が、今母が告白した、母の心の叫びを知らないとしたら……。

「ママ……」未央はいたわるような声で母にいった。「そんなに自分のことを追い詰めなくてもいいとおもう。人間誰しも、自分の人生が自分のおもい通りにはいかないとおもう。ママは若かったのだし、自分の生き方を探す権利だってあった。それに――、もし、お祖父ちゃんの牧場が潰れるのを覚悟してでもそのひとと一緒になったとしても、はたしてそれがよかったのかどうか、ふたりが幸せになれたのかどうか、それはわからないじゃない。きっとこのことは、ママの人生のなかでは避けて通れなかった道なのよ」

「そうね……。あるいはそうかもしれない。でも、もしその結果として不幸になったのだったら、それはそれで悔いが残らないでしょう。生きるということはそういうことだとおもう。だから未央には自分の生き方をしてほしいの。家とか財産とか、そうした、形ある物に縛られる生き方だけはしてほしくない。形ある物というのは、人間があってこそ初めて意味があるのよ。その逆の姿——人間が物に縛られるような生き方は虚しいだけ。もし今度の一件でパパの会社がだめになるようなら、それこそ今未央がいったように、パパの人生にとってはそれが避けては通れない道なのだとおもう。だからもしそうなったとしても、わたしは平気よ。たとえ今あるすべてを失ったとしても決して悔やみなどしない。それよりも、わたしにとっては未央の人生のほうが大切。未央の人生を台無しにしてしまうことのほうを後悔するわ。それと、ね、未央。これだけはいっておきたいの……」

母は窓の外に広がる暗い空を見つめていった。

「来るときに見た星の光、とても遠かったわね。でもこうしてここから見上げると、遠いどころか、星があるのかどうかすらもはっきりとしない」

母のいう通り、窓越しに見上げる空には、さっき目にした薄い星の光は見えなかった。地上のネオンの輝きに光を吸収されてしまっているのだ。

「浦河では、まるでこの夜景のネオンのように星は光り輝いて見えるわ。そのころのわたしは、そのひとと肩寄せ合って、浦河の、あの光り輝く満天の星を眺めているのが大好きだった。星の光の下で、彼と一緒にいると、わたしはとても幸せな気持ちになれた。パパと結婚して東京に住むようになってから、わたしは自分が犯した過ちの大きさに気がついた。それはわたしがそのひとを裏切った、などということではないの。浦河の星をすばらしく感じられるのは、あそこで、星の光の下で命を享《う》け、星の光の下で育ったからなのよ。東京に出て来てから、わたしはこうおもうようになった。ひとには帰る所が必要だ、って……。わたしには自分が生まれ育った帰る所がある、だから、この東京にいても、どこかほっとした人間らしい気持ちでいられるのだ、って……。都会に住むひとたちは、あるかないかの星の光の下で生きている。頭上に星があることすらも気づかずに、毎日、アスファルトで覆われた土の上を彷徨《さまよ》いながら生きている……。きっと誰もが心が凍りつくほどに孤独なんだわ。それに気づいたとき、わたしは自分が犯した取り返しのつかない罪をはっきりと自覚したの。わたしには、帰る浦河の地がある——、でもわたしはあのひとから、その帰るべき地を奪ってしまった——。もし今、あのひとがどこかの見知らぬ都会で暮らしているとしたら、きっと冷え切った心を抱えて彷徨っているにちがいない……。わたしにはそうおもえてならないの。わたしには帰る所がある、だからこそわたしには、手に取るようにあのひとの心がわかる……」

母がいい終えたとき、一瞬、店内のざわめきが嘘のように止まった。それはまるで、このラウンジのなかにいるひとたち全員が、母の懺悔《ざんげ》に許しを与えているかのように未央には感じられた。

母が指先で目頭を押さえている。瞬間未央は母を抱き締めてやりたいような衝動を覚えた。

「お母さん、ありがとう」

母をお母さんと呼ぶのは初めてのことだった。しかし未央は、今、このときから母のことを、お母さん、と呼ぼうとおもった。

「わたしは、お母さんの子供として命を授かったことを誇りにおもいます」

「未央……」

こぼれ落ちそうになる涙をこらえて、未央はカクテルグラスに手を伸ばした。そして、なにげなくバーの入口に目をむけたとき、未央はおもわず自分の目を疑った。

従業員に案内されて入ってくるふたり連れ。男はまちがいなく父だ。横に、濃いえんじ色の派手な服装をした三十前後の女性を連れている。その女性が父の腕に手を添えるしぐさは、明らかにふたりが男女の関係であることを想像させるものだった。

父は未央たちのいるこちらの席には目もくれずに、反対方向の一角にあるテーブルに歩いて行った。

母に目をやると、瞬間母は、まるで未央に悟られるのを恨れるかのようにあらぬほうに視線を泳がせた。

お母さん……。未央は声にならぬ声を胸のなかでつぶやいた。

6

緑の絨毯を敷きつめたようなフェアウエーに、いくらか傾きかけた陽の光が注いでいる。

柏木は火がついたマルボロを口にくわえながら、まるで別の世界の生き物を見るような目でアドレスに入った小柄な老人の背を見つめていた。

あと三ホールできょうのゴルフも終わる。しかし七十に近い年齢にもかかわらず、桜木義男《さくらぎよしお》には疲れた表情のかけらも見られなかった。それどころか、斜面やフェアウエーを渡り歩く彼の身体からは、底知れぬエネルギーが発散されているのを感じる。

「先生、これまた、ナイスショットですな」

白球を目で追いながら、横矢が感嘆の声を発した。

フェアウエーを外しはしたものの、桜木の打った白球は二百ヤード近くも飛び、バンカー手前の浅いラフで止まった。

「息子さんにはお手上げだが、まあ、これで君との勝負はついたも同然だな」

振り返った桜木が、横矢に軽口をたたき、皺だらけの顔をさらにくしゃくしゃにした。

次いで打った横矢の打球は、右に大きく曲がって林のなかに吸い込まれた。キャディのセーフの声にも、横矢が苦虫を嚙み潰したような顔をしている。

たかが遊びとはいえ、こうして夢中になってプレーをする横矢の一面を柏木は好ましいものにおもっている。遊びだからといってだらけてやるのは、それこそ時間の無駄というものだ。

ボールをティーアップした柏木に、横矢が声をかける。

「圭一君、桜木先生に実力のほどを見せつけてやってくれ。このロングでバーディーを取れるのは、君しかいない」

前のホールでは横矢からの今とまったく同じ台詞《せりふ》でついカんでしまい、OBまじりのダブルパーを叩いてしまった。それでも、きょうの調子では、なんとか80後半のスコアでまとめられそうだった。

左手に相模湾《さがみ》が広がっている。海の風を頰に感じながら、柏木はおもい切り、クラブをボールに叩きつけた。低い弾道で加速した白球が、小さくなって消えてゆく。

「ナイスショット」

キャディと横矢の声が期せずして重なった。

「いや、おそれいった。これだから若い人にはかなわん」

桜木が柏木に賞賛のことばを投げてきた。

「おそれいります」

柏木は、野党改進党の領袖のひとりである桜木に丁寧に頭を下げた。

伊東を少し過ぎた、東伊豆の山間《やまあい》にある「伊豆ロイヤルクラブ」。ゴルフ好きの横矢が会員になっていて、旧い、格式のあるゴルフ場として知られている。

柏木に紹介したい人物がいるとき、横矢は度々ここを利用する。したがって、柏木はこのゴルフ場ではそう大崩れすることはない。

「しかし、うまいもんだ。もうキャリアは長いんでしょうな」

フェアウエーで肩を並べた柏木に桜木がいった。

「いえ、五年ほどです」

「ほう、わずか五年かね。ということは仕事をほっぽり出してゴルフにうつつを抜かしておったんじゃな」

そうまぜっ返して桜木が乾いた笑い声をあげた。

「そんなときもありましたが、今は心を入れ替えています」

柏木は如才なく応じた。

ゴルフをはじめたのは、横矢の強いすすめがあったからだ。バブルがはじけて経営が怪しくなったゴルフ場、造成半ばにして頓挫しているゴルフ場。ときとして人づてに、そうした話が柏木の許に持ち込まれる。横矢の狙いもどうやらそのあたりにあったらしいのだが、柏木がゴルフ場の経営には興味がないのを知ると、あっさりとあきらめた。

どうせやるならと、はじめた一年目は、レッスンプロについて徹底的な指導を受けた。特別にスポーツをやっていたわけではないが、小さいころから運動神経には自信のあった柏木である。腕をあげるのにそう大した時間もかからなかった。うまくなるにつれてゴルフの虜になる、という横矢のことばに反して、三年目にスコアが90を切ったころから、逆に柏木の足はゴルフ場から遠ざかった。今では、やむを得ない場合の義理ゴルフにつき合うだけだ。

「いつも横矢君には娘婿の自慢話ばかり聞かされておったが、きょうお会いしてみて、なるほど、と納得したよ。できることならわしの息子に欲しいくらいだ」

その桜木のことばに、数歩前を歩いていた横矢が振り返った。

「まさか身びいきで、いってたとおもってたんじゃないでしょうな。私はいつだって、ダメなものはダメ、よいものはよい、とはっきりさせとるでしょうが」

「わかった、わかった」

桜木が小さな身体を揺すって笑う。

「ところで、先生」キャディの耳に入らないことを確かめてから、横矢がいった。「お役に立てていただければということで、きょうは圭一君が先生に一本ほど用意してきております」

瞬間、桜木の足が止まった。チラリと柏木を見る。だが、すぐに何事もないかのような顔で歩き出す。

手土産《てみやげ》を渡したい。ゴルフ場に桜木を招待したとき、横矢はそう彼には伝えてある。しかしどうやら、桜木は、その額が一千万もの大金であるとはおもってもいなかったようだ。たった今彼が見せた驚きの表情からそれがうかがえた。

改進党は、与党である民自党を離脱した議員が中心となって結成された党で、参画した顔ぶれも多士済々にわたり、世評では、「寄合所帯の党」と陰口をたたかれている。そのなかでも、桜木は実力者のひとりとしてにらみを利かせる存在だった。選挙の折には、彼の口ひとつで、候補者の顔ぶれにも影響が及ぶ。

桜木にはかつて通産の族議員として羽振りを利かせていた時代もあった。しかし政治資金規正法が制定され、しかも政権を離れた野党の立場となった今、以前とはちがって、大口の金を集めるのもままならぬような状態がつづいている。したがって、一千万という大金は桜木にとっては喉から手が出るほど欲しい金にちがいない。しかし近ごろは、マスコミの目がなにかとうるさく、心配なのはその点だけだろう。

桜木の胸のうちを見透かしたかのように、横矢がことばを足す。

「今圭一君のところは、日の出の勢いでしてね。これぐらいのお金は、なんとでもなるんですよ。むろん、紙っきれなんて必要はありませんからご心配なく」

「そうですか。いや、ありがとう。皆きれい事ばかりを口にするが、実際のところ、政治には金がかかるんですわ。お志に感謝してありがたく活用させていただくとしましょう」

足を止めた桜木が、柏木に手を伸ばしてくる。

精力的に見えても、面とむかい合った顔はやはり七十の老人のそれだ。突き出た頰骨の横の耳のつけ根には、うっすらと老人斑《はん》が浮かんでいる。

「いえ、この程度のことで申し訳なくおもっております。今後の先生のご活躍を期待しております」

握り返した桜木の手は、肉が落ち肌はカサカサに乾いていた。瞬間柏木は、枯れ木を握っているのではないか、との錯覚を覚えた。

前回の選挙で、東京五区から出馬した改進党の候補者は、同じ党内にあっても桜木とはそりが合わないことで知られている大森和正《おおもりかずまさ》の推した、君塚耕造《きみづかこうぞう》という人物だった。

当選した民自党の江成達也の獲得票数が八万五千票弱。君塚は、他の野党候補にも後塵《こうじん》を拝する、四万五千票ほどの票しか集まらず第三位に甘んじた。選挙後に、大森和正はその責任を問われ、党から相当なつき上げがあったと聞く。

きょう桜木を柏木に紹介することについて横矢は、その裏事情を詳しくは話さないが、どうやらなにがしかの青写真を持っているようだった。

柏木からの資金提供話に気をよくしたのか、桜木は残りの三ホールを、ラッキーなパーとボギーのふたつで無難にまとめた。

クラブハウスに戻る小径《こみち》を、桜木が小さな身体にちょこんと乗せた肩をそびやかすようにして歩いている。

その後ろを追いながら、柏木は横でスコアカードをのぞき込んでいる横矢に小声をかけた。

「だいぶ、握ったんですか？」

「ちょっとな。資金を提供するのは、先々のことを考えればしかたがないが、ゴルフで負けると気分が悪くていかん。それも……」

声をひそめ、あんな老いぼれにな、と横矢が柏木の耳もとでささやく。

自分の年齢を棚に上げて、桜木を老いぼれ呼ばわりする横矢に、柏木はおもわず声を出して笑った。

「どうしました？」

振り返った桜木に、横矢が慌てて、なんでもありません、といって手を振る。

時計を見ると、三時二十分だった。もう児玉は来ているはずだ。

クラブハウスに入り、柏木はロビーを見回した。隅のソファに座っていた児玉が立ち上がって軽く会釈した。

横矢と桜木がロッカールームに消えたのを見届けてから、柏木は児玉に近寄った。

「ごくろうさん。道は混んでいただろう」

九月の第四日曜日。秋の風情が漂いはじめると伊豆方面は行楽客の車で道路が渋滞する。それを見越し、柏木は横矢と一緒に新幹線で熱海《あたみ》まで出てハイヤーに乗り継いで来た。党の仕事で二日前から名古屋に出むいていた桜木は、その足でここに直行したとのことだった。帰りの横矢は、東京から迎えに来る桜木の車に同乗させてもらう手はずになっている。

「では、これを」

密封された小さな紙袋を児玉が柏木に差し出す。都内の有名デパートのものだった。なかには、一千万の金が入っている。

きょうは、児玉と伊東で一泊するつもりだった。児玉は昨夜、羽衣出版の山部と二度目の会食をして、そのあとで銀座に流れている。その報告を聞くためもあるが、日ごろの彼の働きに対して、報いてやりたい気持ちもあった。そのために金を届けることを口実に、彼を呼び出したのだった。

「一時間もすれば、帰るだろう」

その辺で時間を潰しているよう、児玉にいって、柏木は紙袋を手に、ロッカールームへと足を運んだ。

ロッカールームで横矢と桜木にすれちがう。一瞬桜木の視線が、手にしている紙袋に注がれたのを柏木は見逃さなかった。

「じゃ、圭一君。レストランで待っている」

「すぐに行きます」

風呂でプレーのあとの汗を流すのはゴルファーの習慣だが、時間に余裕がないという桜木の事情で、きょうはレストランで軽い乾杯をしてお開きという段取りになっている。

着替えを早々にすませて柏木はロビーに戻った。すでに児玉の姿はなかった。ロビーの先のレストランに足を運ぶ。

レストランはこのゴルフクラブ自慢のもので、きれいに磨きあげられた木張りのフロアは茶褐色の光沢を放ち、ゆったりとしたスペースのあちこちに、いくつものアンティーク調のテーブルが並んでいる。壁には、名のある画家の絵も何点か飾られている。

店内を見回すと、すでにプレーを終えた何組かのグループがビールを飲みながら歓談していた。

奥のガラス張りの窓の近くの席で、横矢と桜木が笑顔で話し合っているのが目に入った。柏木の姿に、横矢が手をあげた。

「遅くなってすみません」

桜木に頭を下げ、柏木は彼のむかいの席に腰を下ろした。

きょうのプレー談義でもしていたのだろう、横矢と桜木の手もとにはスコアカードが広げられている。

ビールと簡単なつまみを注文してから、柏木は紙袋をさりげなく横矢のそばに置いた。うなずいた横矢が、それを手に取り、無造作に桜木のほうに差し出す。

「早速ですが、先生。これ、圭一君からのきょうの参加賞ですわ」

「いや、すまんですな。では遠慮なく」

桜木の、浮き出た頬骨の下の細い唇に笑みが浮かぶ。柏木に小さく頭を下げると、桜木は慣れた手つきで紙袋を自分の足もとに置いた。

運ばれたビールを口にしながら、桜木が柏木のプレーをしきりに誉《たた》め称える。

「しかし、こういっては失礼なのですが、先生のお年であのドライバーショットはすごいですよ」

柏木も如才ない返事で応じた。

「何度やってもうまくならんやつはならん。わしはおもうんだが、結局、何事も筋ということなんだな。持って生まれた筋の悪いやつはなにをやらせても一向に上達せん。これは政治も一緒でな、政治家になりたいモンは腐るほどおるが、筋のよいのがおらん。ところで……」

桜木が落ち窪《くぼ》んだ眼窩《がんか》の奥の小さな目をさらに小さくした。

「今、横矢君に聞いたのだが、柏木君はいろんなところの勉強会に顔を出しているそうだね」

「仕事柄、この国の政治がどう動くのか知っておく必要があると考えまして」

桜木の鋭い視線を受け止めながら、柏木は笑みを混じえて答えた。

「出身は、東京かね？」

「いえ、北海道の片田舎ですが、すでに両親は他界して生家と呼べるものも消滅しているものですから、はたし故郷というのが妥当かどうか……。私はひとりっ子でたので、両親を失ってからは東京に出て来て生活しております。その意味で、私は自分の故郷は東京だとおもっています」

「そうか……。それは気の毒だったね。じゃ、今の事業は、すべて自分ひとりの力で築き上げたというわけだ」

桜木が一瞬背筋を伸ばし、驚いたとでもいうような大仰なしぐさをした。

「ひとりといえばひとりですが、すべてを自分の力でやってきたなどと自惚《うぬぼ》れてはおりません。いいスタッフにも恵まれましたし、義父の横矢をはじめとして、いろいろなひとたちに助けていただいた賜物《たまもの》です。それに、なんといっても時代の流れが仕事を後押ししてくれたことが一番大きかったとおもいます」

「なるほど……」桜木が感心したようにうなずき、横矢に目をやる。「横矢君、こういっちゃなんだが、あんたもいろいろいわれておるが、娘婿《むこ》自慢にだけは胸を張っていい。わしが保証するよ。わしのせがれも柏木君のような男だったら苦労がないんだがな」

「いろいろいわれている、ですって？　そいつはちょっと酷いおことばですな。しかし圭一君を認めてくれたので、大目にみるとしましょう」

横矢が高笑いをした。

「ところで、柏木君はW大を中退してしまったらしいね」

桜木はW大の雄弁会出身と聞いている。訊くことばにいくらか親近感が含まれている。

「ええ、貧しかったものですから、働く必要がありましたので。それでやむなく断念しました」

「先生、きょうび、中退も卒業も一緒でしょう。どうせ、大学に行ったところで誰もろくすっぽ勉強なんかせんのですから」

横矢がビールを口にし、助け船を出すように口をはさんだ。中退ということばに、横矢は過敏に反応する。彼が柏木に対して唯一不満におもっているのはその点なのだ。

「そういわれりゃそうだな。現に、このわしだって、勉強などほっぽらかして政治のことに熱中しておったからな」

W大時代が懐かしいのか、当時の学生生活についてのあれこれを桜木が上機嫌でしゃべりはじめた。そして滑らかになった舌が、しだいに今の政治情勢のことに言及してゆく。

「だいたいが、小美濃《こみの》なんてのは、神山《こうやま》先生の第二次内閣でわしが党三役の重責に就《つ》いておったころには、まだ駆け出しの洟《はな》たれ小僧だったんだ……」

現与党、民自党の総裁、首相の小美濃の話になると、党を離脱したときのいきさつの怨念があるのか、途端に桜木の口調が険しいものとなった。堰《せき》を切ったように小美濃への恨みつらみのことばが並べられる。

柏木はあたかも拝聴するかのような姿勢で、辛抱強く桜木の話につき合った。時折、横矢が皮肉とも取れる笑みを浮かべて視線を送ってくる。

桜木が話を中断してたばこをくわえたとき、頃合いを見計らったかのように、横矢が腕の時計を見た。

「先生、もうそろそろ……」

桜木が慌てたように時計に目をやる。

「おう、もうこんな時刻か。いや若い人を相手にしているとついつい時間を忘れる」口をすぼめた桜木が柏木に視線を注ぐ。「いや、きょうは本当にいろいろとありがとう。とても愉しかったよ。ところで、柏木君の住居は、どちらだね？」

「中目黒のほうですが……」

「ほう、中目黒か。すると……江成のいる五区じゃな」

瞬間柏木の胸の奥底でなにかがざわついた。それを押し隠し、何事もないような顔をして柏木はうなずいた。

「そういうことになりますね」

「そうか、中目黒か……」

もう一度つぶやき、考え事をめぐらすかのように桜木が視線を宙に漂わせた。

「どうだろう、忙しいとはおもうが、一度、うちの主催する勉強会に顔を出してみないかね」

「私のような未熟者でもご迷惑でなければ、喜んで出席させていただきます」

「じゃ、詳しいことが決まったら秘書のほうから連絡をさせよう」

満足げに大仰にうなずくと、桜木はゆっくりと腰を上げた。

紙袋を持とうとした桜木を制し、横矢がそれを右手にたずさえる。

ふたりに従うようにしてレストランを出た。ロビーに児玉の姿はなかった。

すでにクラブハウスの玄関には黒塗りのプレジデントが横づけされていた。後部座席に乗り込んだ桜木に、柏木は丁寧に頭を下げた。桜木が軽く手をあげて応え、すぐに目を閉じた。

桜木たちの乗った車が視界から消えると同時に、駐車場のベンツがゆっくりと近づいて来た。運転席から児玉が下りて来る。

「無事に終わったようですね」

「政治家という人種は疲れるな」

児玉に——、というより、柏木は自分自身につぶやくように口にした。

児玉がゴルフバッグをトランクに入れた。車の助手席に乗り込む。仕事を離れたときは、後部座席よりも助手席のほうが落ち着く。

「せっかくだ。少しドライブでもしてから宿に入ろうじゃないか」

　時刻はまだ五時前だった。陽は山並みに姿を隠したがまだ十分に明るく、夕暮れ時の気持ちのよい風が吹いている。

　海岸線を熱海にむけて走るよう、児玉にいった。道路は、行楽客の帰りで混み合っていた。しかし、それでも少しずつ動く。

「考えてみれば、おまえとゆっくりと温泉に浸《つ》かったことなんてなかったな」

「一度、草津《くさつ》に行ったことがありますよ。もう五年も前になりますが」

　そういえば、あるビルの売買に絡んで、抵当権の解除交渉のために前橋に出かけ、そのついでに草津まで足を延ばしたことがあった。

「そうだったな。もう旧いことなのでつい忘れていたよ」

「私は社長とご一緒したときのことはすべて憶えています」

　チラリと児玉に目をやってから、柏木はマルボロに火をつけた。右手に広がる海原に視線を注ぐ。青い海が茜色に染まってキラキラと輝いている。すぐ近くに見える小さな島は初島だ。

　浦河から見る海は、沈鬱《ちんうつ》なほどに深い藍色《あいいろ》をしている。だが今、柏木の視界に広がる海の色は、まるでこれが同じ海なのかと疑うほどに明るい。

　海を見つめているとき、ふと児玉の故郷のことが頭に浮かんだ。彼の故郷は三重県の熊野灘《くまのなだ》に面した寒村らしい。

「おまえ、故郷にたまには帰っているのか」

「いえ、東京に出て来てからは一度も……」前方を見つめたまま児玉が答えた。「帰ったところで、なにもありませんし、それに今ではわずかばかりの土地に兄貴がしがみついているだけですから」

　両親はとうに死んでしまったと児玉がつけ加えた。

　初めて児玉の顔を見たときの印象が甦《よみがえ》る。帰る所を失った人間は皆あのような顔の表情になるのだろうか。

　目に映る児玉の横顔に、柏木は自分と同種の人間の匂いを感じた。

　故郷のことが気を重くさせたのだろうか、児玉は、考え込んだ顔で黙々と運転をしている。

　話を変えて、昨夜の羽衣出版の山部と会ったときのことを訊こうとおもったとき、児玉が口を開いた。

「本橋のことなんですが」

「本橋？　なんだ、あいつがなにかしたのか？」

「いえ、そうではないのですが……」

児玉の口調になんとなく躊躇するものがある。

「かまわん。おもったことをいってみろ」

柏木はマルボロの火を灰皿に押し潰した。

「もしかしたら、社長の運転手をやめさせたほうがいいのかもしれません」

「どうしてだ？　推薦したのはおまえじゃないか」

「ええ、それはそうなんですが、ちょっと気になりまして……。じつは、このごろ、社長のことにあまりにも関心を持ちすぎるようにおもうんです。最初は、社長への憧れからだろう、と軽く考えていたんですが、最近、それがちょっと度が過ぎるように感じまして。つまり、単なる社長への興味というより、むしろ詮索に近いような印象を受けるんです」

横矢や児玉はすすめるが、柏木は秘書というものを置いていない。いればいたで便利だろうが、それは五十になってからでいいとおもっている。たまに、秘書連れの自分と同じ年代の男を見ることがあるが、柏木の目には、それがいかにも虚勢を張った、滑稽《こっけい》な姿に映ってしまう。


やはり年相応に構えるのが自然だ。横矢の計画通り、選挙に出るということにでもなれば、それはそのときにまた考えればいい。現状では特に困るということもない。

したがって今現在、柏木は、その秘書のような役割を、総務部にいる今年三十五になる、佐伯という女性社員に仕事と並行してやらせている。佐伯は「カシワギ・コーポレーション」を設立したときに募集採用した女性で、今では会社のことを隅々まで熟知しており、機転も利いて仕事ができる。

児玉の話では、その佐伯を、このひと月ぐらい前から、本橋がなにかにつけて食事や飲みに誘っているとのことだった。

「それはそれでいいじゃないか。彼女も独身だし、だいいち本橋は良い男だしな」

口にしながら柏木は、時としてなんとなく鬱陶しくも感じることがある、本橋のあの熱いような視線をおもい出していた。

「ええ。それはそれでかまわないのですが……。先日、佐伯にそのことを、ちょっと冷やかし気味に訊いてみたんですが」

すると彼女も本橋の社長への気の入れ方が過度にすぎ

るのではないか、との感想を口にしたという。

「総務に来て、社長のスケジュール表を見るのは運転手をやらせているのですから大目に見るにしても、時々、社長宛に届く郵便物にまで手を伸ばすそうなんです」

「ほう、俺宛の郵便物に、ね……」

マスコミにも紹介される若い成功者。優秀な本橋が自分のようになりたい、とおもう気持ちもわからないではない。しかし、たしかに郵便物にまで手を出すというのは行きすぎのような気がする。

「優秀な男だし、いつまでも運転手をやらせておくというのはもったいないかもしれんな。一度、彼の処遇はゆっくりと考えてみる」

「私が引き取って、営業を徹底的に教えましょうか」

「そうだな、そうするのがいいかもしれん。ところで……」

曖昧な返事で本橋の件を打ち切り、柏木は昨夜山部と会ったときの話を児玉に訊いた。

「初対面のときは、気取った男だとおもいましたが、なかなかの好漢ですよ、山部は。仕事もできそうですし。ただ、なぜ江成未央に社長があれほどまで肩入れするのか、と訊かれました」

「なんて答えたんだ？」

「社長が彼女の才能に惚《ほ》れたんだ、と説明しましたが、まったく信用していなかったですね。もし本当に彼女の才能を買うなら、いきなりアフリカなどという大きなテーマを与えるんじゃなく、もっと身近な被写体をテーマにさせて腕を磨かせたほうがいい、というのが彼の意見でした。それに、ちょっと感じたんですが、もしかしたら山部は、彼女に対して仕事と離れた感情を抱いたのかもしれませんね」

「仕事と離れた感情？　恋愛感情とか、そういうことか？」

「ええ」

「しかし、山部はまだ未央とは一度しか会っていないんだぞ」

「一目惚れ、というのはあるんじゃないでしょうか」

写真で見ただけでまだ直接未央の姿を確かめたわけではない。しかし、亜木子に似て、高校生のころの容姿ですらあの美しさだ。成人した今はもっと磨きがかかっていることだろう。山部が心動かされたとしても別段ふしぎではない。

しかし、児玉の推測通り、山部が未央に心動かされたというなら、それはそれでまた別の展開があるかもしれない……。

そう考えると同時に柏木は、仕事柄数多くの女性に接してきただろう山部が一瞬にして虜になってしまうまでの女性に育った未央を、いっときも早くこの目で見てみたい、という欲求にかられた。

熱海の標識を見た辺りから、渋滞がひどくなった。

「もういいだろう。どこかでUターンさせよう」

「すぐ先が錦ヶ浦《にしきがうら》です。そこから引き返します」

その錦ヶ浦まで出るのに、それから五分ほどかかった。児玉がステアリングを右に切る。

「せっかくだ。少し見学してゆこう」

この錦ヶ浦には以前に一度来たことはある。だがそのときは、まだ陽が頭上高くにあるときで、こんな夕刻ではなかった。崖《がけ》っぷちから下をのぞき見たときの印象が今でも強く頭に残っている。自殺の名所といわれるだけに、切りたった崖が一直線に海にむかって走っていて、おもわず後ずさりしたほどだった。陽が落ちたときの景観はまた別の顔を持っているのではないか。

何台か駐《と》まっている車寄せの隙間に、児玉が巧みにベンツを滑り込ませる。

助手席から下りて、柏木は柵で囲った崖の縁に立った。観光客の何人かが、はるか下の海をのぞき込んでは嬌声《きょうせい》をあげている。柏木も倣って、下に目をやった。

陽が落ちた海は暗い漆黒色で、砕ける波の白さが見る者を吸い込むようだった。

横に立った児玉も眼下に視線を落としている。

「何人もの人間を呑み込んだ海の色は暗いな」

「寂しいから暗いんだとおもいますね。私の故郷の海の色がやはりそうでした」

海からのひんやりとした風が児玉のことばを消した。

そのとき海上を、サーチライトのような薄い閃光《せんこう》がなめるようにして走った。どうやらどこかの灯台が灯りを点《つ》けたようだ。はるか遠くの海上にも漁船らしき小さな灯りが揺れている。

「方座《ほうざ》浦《うら》、といいます。私の故郷……。志摩半島と尾鷲《おわせ》とのちょうど中間辺りになるんですが」

眼下の海面からその漁船の灯りに目を転じて児玉がいった。

柏木も黙って彼の視線の先に目をやった。

「なにもない所だといいましたよね。事実、なにもないんです。実家は貧乏でした。瘦《や》せた畑と海——。ただそれだけしかありません。子供のころ、家の裏の禿げ山に登っては、熊野灘を眺めたものでした。でもあの船のように、漁船が浮かんでいるのが見えるだけなんです」

そのころの光景をおもい出すように、児玉が目を細めている。

「中学二年のとき、学校でお金が必要なことがありました。貧乏でしたから持ってゆけなくて、とても恥ずかしいおもいをしたんです。そのとき、禿げ山に登って、おもいっ切り泣きました。そして誓ったんです。将来は絶対に金持ちになってやる、ってね」

「そうか……」

うなずきながら柏木は、初めて児玉と会ったときに、彼が目のなかに宿していたあのギラギラとした輝きをおもい出していた。

「海に浮かんだ船を、穏やかなもののように比喩《たと》えているひとが多いですよね……。でも私の目には、寂しくて、貧しくて、孤独なものとしか映らないんです。まるで自分の姿をダブらせて見ているようで」

「気持ちがわからんでもないな。俺が故郷で味わったのも同じようなものだ」

「東京に来て、がむしゃらでした。気持ちもささくれていた。そんなとき、社長にお会いしたんです。もし社長に拾ってもらっていなかったら、どうなっていたか……」

柏木の顔を見つめる児玉の瞳は心なしか潤んでいた。

「そのことは、この前も聞いた。そうまでいってくれて、俺もうれしくおもう」

「ひとは、いずれは死にます。でも死んだときに帰る地を持っているひとは幸せです。私には帰る地がありません。二度と方座浦には帰りたくありません」

「俺もおまえと一緒だ。帰る地はない」

目の前に広がる暗い海と浦河の海とを重ねてみた。しかし柏木はそのどちらの海からも自分が拒絶されているように感じた。

その瞬間、ずっと抱いていた疑問が頭をもたげた。

児玉に問いただすにはいい機会かもしれない。しかし訊くには、一歩踏み込んだ話をしなければならない。

児玉を元麻布の部屋に初めて入れた夜、彼が口にしたことばがあれ以来ずっと柏木の胸のなかでは引っかかっている。

部屋の存在はずっと以前から知っていた……。ふたりだけの秘密の会議は、たとえどんな時間であってもこの部屋で行うようにしている……。

あれはどういう意味で口にしたのだろう。あの日の、あの時間には、元麻布の部屋でふたりで会議をしていた――。もし自分がそういえば、児玉も口裏を合わせる、ということなのか……。

こいつは、児玉は、あの日の、あの時間のことを知っているとでもいうのか。

昨年の九月二十四日の夜――。あいつが突然会社に顔を出した。酒に酔ったあいつは、夜警と押し問答をしていた。そのとき、会社に戻って来た児玉があいだに入った――。

翌朝、出社するやいなや、児玉が報告にやって来た。

社長に会わせてくれ、と……。作業員姿の大柄な男でした。名前は名乗ろうとはしませんでした。社長には、「バー花」に縁《ゆかり》の者といってもらえばわかる、と……。きょうの午後、とりあえず私宛に電話をするようといって追い払いましたが……。

聞いた人相風体、そして「バー花」の一言で、男があいつであるのはすぐにわかった。自分宛にかかってくる電話は、氏素姓《うじすじよう》や身分、用件のはっきりしているもの以外はすべて不在を理由に取り次がないようになっている。

しかし児玉には、男から電話がかかってきたら繋ぐよう命じた。

新聞の報道は小さなものだった。社会面の片隅に、ほんの申し訳程度の記事が出ていたにすぎない。仮に、児玉がその新聞記事を目にしたところで、あいつの名前を知らない以上、被害者とあいつとを結びつけられる道理がない。あいつも児玉のことなど、ただの一言も口にしていなかったではないか……。

「社長、そろそろ戻りましょうか」

児玉のむけた目を直視した。その瞬間、柏木は口にしていた。

「及川広美」

見る見るうちに児玉の顔から血の気が引いてゆく。愕然《がくぜん》とした。やはり知っている……。こいつは、あいつの名を知っている。あいつは名を名乗らなかった、といったではないか。

「おまえ……」

児玉を見据えた。児玉の蒼白《そうはく》な顔のなかの目は血走っていた。海からの風が児玉の頭髪を乱し、乱れた髪の何本かがその血走った目の前で震えている。

児玉の視線をはずし、たばこをくわえた。次に問うことばがおもい浮かばなかった。二度ライターを擦った。着火しないのは風のせいばかりではなかった。三度目を擦ろうとしたとき、児玉が左右の掌《てのひら》でライターを囲った。囲う児玉の掌はかすかに震えていた。

　ひとくち吸い込み、柏木は黙ってふたたび沖合いの漁船の灯りに目をやった。薄い閃光がなめるようにして海上を走って消えた。ふしぎと動揺は鎮まっていた。

「電話を繫ごうとしたとき、昨夜は酒に酔って大変失礼をした、どうか無礼を許していただきたい——、そういって彼のほうから名を名乗ったのです」

「わかった。もういい」

「いえ、いわせてください」

　近づいて来たカップルが通り過ぎたあと、児玉が口を噤む。

　カップルの姿に児玉が周囲に確かめるような視線を配る。離れた所に、数人の人影があるだけだ。

「新聞記事は目にしました。しかし、新聞記事以上の興味は私にはまったくありません。なにがあったのか、なかったのか、そんなことは私にとってはどうでもよいことなのです。すでに私の頭のなかからは、彼の記憶の一切は跡形もなく消えています。何度もいいますが、私にとっては社長がすべてなのです。どうかそれだけは信じてください。船は灯台の灯りがなければ生きてはいけません。私にとって社長は、まさに灯台なのです。なにがあろうとも、私はこの身体を擲《なげう》って社長だけは守ります。もし、それができぬようでしたら、いさぎよくここから身を投げるだけの覚悟も持っています。どうかそれを信じてほしいのです」

「児玉」

「はい」

　柏木は火のついたたばこをじっと見つめてから、指先ではじいた。小さな赤い点が落下し、すぐに闇に吸い込まれた。

「あの火のように……」児玉に目をやる。「落ちてゆくかもしれんぞ」

「本望です」

　見つめてくる児玉の瞳のなかに赤い火が点ったようにおもった。

「おまえを信じよう。すべてを忘れろ」

　赤い火の点った児玉の瞳に光るものが滲みはじめた。

　柏木は児玉から目を逸《そ》らし、もう一度沖合いの漁船の灯りに視線を泳がせた。

7

はるかむこうのバックストレッチ付近は薄暗く、走っている馬の姿は見えなかった。それとは対照的に、ライトアップされたすぐ目の前の直線コースはまばゆいばかりに明るい。

柵のむこう側に、走る馬の順位を教える電光掲示板の数字が点滅している。その表示されている数字が場内アナウンスの声と重なりながら次々と変わる。

どうやら馬の姿を確認できないファンは、それを頼りにレース状況を把握しているらしい。

四コーナーを回ったところで、場内の歓声が一段と高くなり、色とりどりの勝負服を背にした馬が群れをなして一斉に姿を現した。光を受けて鮮やかに浮かび上がるジョッキーの勝負服がファンの興奮をさらに高める。

桑田は清水と肩を並べて、スタンドの通路脇からレースを観戦していた。

「清水君、じゃ、行くか」

腕時計に目をやってから、桑田は清水にいった。

「えっ、まだゴールしてないですよ」

「ばか、競馬を観に来たわけじゃあるまい」

おもわず軽い叱責《しっせき》を飛ばし、桑田は苦笑いした。

清水が申し訳程度にちょっと頭をかき、馬場に背をむけた桑田につづく。

ナイター競馬が開催されるようになり、それが売り上げの低迷で頭を抱えていた公営競馬の救世主的な役割を担うようになったらしい。競馬に興味のない桑田でも、実際に目にして、なんとなくその理由がわかるような気がした。

大井競馬場に行こう、と口にしたときに見せた清水の表情で、桑田は、彼が何度かここに足を運んだことがあるのだろうと目星はつけたが、どうやらそれどころかかなりの競馬通との認識に変えた。

それを取り繕おうとする清水が、おかしくも可愛くも桑田の目には映った。

最終レースがたった今終わった。時刻は、八時四十分。仕事の本番はこれからだった。

ファンと一緒に競馬場を出て、京浜急行の立会川駅まで歩く。この競馬場に遊びに来る人間たちが駅までの道筋や駅の周辺でどんな行動パターンを繰り広げるのか。

じっくりとこの目で観察するのがきょうの目的だった。

　場内を観察するふりをして、ほんの少しの時間、わざと清水から離れてやった。若い刑事には、それぐらいの遊び心は許されていいだろう。なにしろこの二か月弱というもの、ほとんど自由らしき自由の時間が清水にはなかったのだ。

　馬券の成果を訊く桑田に、清水が吐息まじりに首を振った。

「トゥインクルレース、星がきらめく空の下の競馬、ですか……。しかし、ずいぶんと洒落たネーミングを考えますよね」

　東方向に向かう帰り客の群れに身を任せながら、清水がいった。

「俺には、瞬く間に金がなくなる、としかおもえんがな」

　殺された及川が時々この大井競馬場に出入りしていたことは、当時の調べでもわかっている。供述では、強盗で手にした六百万余の内、約半分にあたる三百万余を競馬でスッてしまったという。

　及川が逮捕されたのは、犯行からわずか一週間あとのことだ。そのころは、まだナイター競馬は実施されていなかったが、彼が供述したその期間、たしかにこの大井競馬場では競馬が開催されていた。

　しかし、一週間で三百万もの大金を競馬に注ぎ込むだろうか。及川を知る人間からは、彼はそんな大胆な賭けをやる男ではない、との口を揃えた証言を得ていた。それにだいいち、ひとひとりを殺害した直後の犯罪者の心理からすれば、こんなにも大勢の人間が出入りする場所に顔を出すとはおもえない。

　当時の捜査本部のなかでも、やはりその疑問点が指摘された。桑田も同感だった。というよりその意見を最も強く主張したのだった。結局及川の供述は受け入れられて、その疑問には蓋《ふた》が閉じられてしまったが、桑田の胸のなかの釈然としない気持ちはいまだにくすぶりつづけている。

　馬やジョッキーを罵《ののし》る声。勝ったことを大声で自慢する一団、その反対に首をうなだれて地面を見つめながら黙々と歩く者――。競馬にのめり込む人間たちが見せる表情は百様百態だ。

　流れが大通りを右折して細い路地に入る。行き着く先は京浜急行の立会川駅だ。その道筋にあるドブ川のような小さな川――立会川。橋ともいえぬような橋、浜川橋のたもとで桑田は足を止めた。

目の前は密集した飲み屋街となっている。帰り客の群れも、そのまま駅に直行する者とその飲み屋街のどこかに吸い込まれる者との二手に分かれる。

細い路地のあちこちで、飲み屋からあぶれた男たちが缶ビールやカップ酒を手にして立ち飲みしている。

橋の欄干に凭れかかって、桑田は競馬帰りの客たちが繰り広げるそうしたようすをじっと観察しつづけた。

たばこを一本吸い終えたところで、清水を促し、立会川の駅まで歩く。そして周辺の飲み屋を一軒一軒、外からのぞき込むようにして見て回った。

時刻は九時半になろうとしていた。競馬帰りの客の姿もめっきりと少なくなった。桑田は浜川橋の近くにある神社に清水を誘った。

天祖神社。東海七福神を祀《まつ》った旧い神社である。

暗い境内《けいだい》のなかには、競馬帰りとおもわれる男たちが数人たむろしていた。酒を手にしている者、ただ茫然《ぼうぜん》と地べたに腰を下ろしている者——。

桑田は、彼らとは少し離れた所にある松の木の根っこに佇んでたばこを吹かした。

「清水君。なにか気づいた点はあったかね?」

「いえ、特には……」清水がすまなそうな顔をして首をすくめた。「でも、こんなにたくさん競馬帰りの客がいるのに、よくもまあホシはこんな所で犯行をおもい立ったものだ、と……。やはり及川と一緒に競馬をやりに来て、その帰り道で、ということになるんでしょうか?」

「出所後の及川は競馬などやってた形跡はない」

「じゃ、ホシが誘ったのでしょうか?」

「わからん。ホシが及川を誘い出す口実にした可能性がなくもない。しかし俺は、それはないのではないかとおもっている。殺害現場がここで、しかも殺害された日に競馬が開催されていた。だから、どうしても目がそっちにむいてしまう。だが慎重なホシが、わざわざ人目につく競馬に及川と出かけたりするだろうか。この際、競馬のことは頭から切り離したほうがいいとおもう」

桑田は断言するようにいって、清水を見つめた。

「なあ、清水君。我々に課せられた捜査は、二十五年前のあの事件に共犯者がいて、その共犯者がホシ、という仮説に沿って動くものだ。だから少々大胆な推理を働かせてもいい。もし誤っていたら、それに気づいた時点で修正していけばいい」

「そうですね」

清水がうなずく。

桑田はたばこを消し、火が完全に消えているのを確かめてからすぐ横にあったゴミ箱に吸い殻を捨てた。

「ホシは及川とここと はちがうどこかで待ち合わせをし、そして彼を、目と鼻の先のそこの河口に連れ込んで殺害した……。この可能性はあるとおもうかね？」

「そんな手の込んだことをするでしょうか。もし僕がホシだったら、最初から殺害するにふさわしい場所に及川を誘い出しますね。よそで待ち合わせをしたあとにわざわざこんな所に連れて来るには、よほどの理由がないかぎり警戒されるだけではないでしょうか？」

「その通りだ。するとホシは、及川を殺害する目的で最初から彼をここに呼び出したことになる。殺害された時刻は十時前後。今は九時四十分。もうすぐその時刻になる。だがご覧の通り、依然として少なからぬ人の目がある。ホシはその日にナイター競馬が開催されていることまでは知らなかった……。そう考えれば合点がゆく」

「なるほど。でも、警部……」清水が首を傾げる。「誘い出したにしても、いったいどこを待ち合わせ場所にしたのでしょうか？」

事件後の捜査で、及川の顔写真を持った捜査員がこの界隈の飲食店を虱潰《しらみつぶ》しに当たったが、なんの手がかりも得られていない。競馬場からこの立会川の駅までの道筋に出店する屋台の類についても同様だった。それに、競馬帰りの客からの情報を得るために、競馬開催の日に合わせて配られたビラからも情報らしい情報は得られなかった。

「目撃証言もまったくない。凶器も発見されていない。つまりホシは非常に神経を遣っていたということだ。待ち合わせをするからには、きっと口にすればすぐにわかる場所にするだろう。しかも、人目にもつかない――、たとえば、この神社の境内などはどうだろう……」

この考えは、さっき神社の前を通りかかったときに、桑田の胸をかすめたものだった。

「なるほど。ここですか……」周囲を見回しながら清水がうなずいた。「そういわれれば、たしかにここは待ち合わせには格好の場所かもしれませんね」

境内を見つめる桑田の目には、及川とまだ見ぬホシのふたりが佇んでいる姿が浮かんでいた。だがそれは、及川が殺害された当夜のそれではなかった。彼が二十五年前に起こした、あの事件の日の姿だった。

あの日――。及川の供述によれば、競馬に負けてむしゃくしゃした気分で彼は犯行をおもい立ったという。たぶんあの供述は本当だったろう。たったひとりで競馬に出かけたという点を除いては……。

あの日、及川とホシはふたりで大井の競馬場に出かけた。そして負け、ふさぎ込んだ気分で帰る途中にこの神社の境内であてどもない時間を過ごしていた。そして空き巣の計画をおもいついた……。

桑田は胸の推理を清水に話して聞かせた。

「あるいは、競馬に負けてぼんやりと過ごした場所はこの境内ではなく、殺害現場となった河口付近という可能性もある。ふたりして途方にくれて運河を眺めている図なんて、競馬で有り金を失ったときの図としてはかなりしっくりとくるんじゃないか」

桑田がそういったとき、最後に残っていた作業員風の男が賽銭《さいせん》箱に投げ込んだ小銭の音が、妙に大きな音となって境内の闇に響いた。

男が地面を見つめながら桑田たちの前を通り過ぎてゆく。

案外この推理は的を射たものではないか……。男の背を見つめる桑田の胸のなかには確信にも似たおもいが広がった。

出所後の及川とホシとのあいだに接触があったとは考えにくい。及川はホシをかばった。当然ホシとの接触は危険と考えただろう。事件のときの取り調べで、共犯者がいたのではないか、との尋問をしつこいほどに受けたのだ。もしホシと接触してそれが露見しようものなら、すべての苦労が水の泡となる。ホシのほうにしても、いくらかばってくれたからといっても及川とは関わりを持ちたくないだろう。というより及川を惧れていたと考えられる。だが関わりを持った。きっと及川から連絡があったからにちがいない。なぜ及川がホシと連絡を取ったのか、その理由はとりあえずおくとして、後ろめたい過去をかばってもらった以上、及川が会いたいといってくればホシは断るわけにはいかないはずだ。そしてふたりは会うこととなった。待ち合わせ場所を指定したのはむろんホシのほうだろう。及川の殺害を決心しているからには、人目につかない場所であることが絶対条件だ。しかも互いがよく知っている場所であるという付帯条件も要る。

「おい、現場に行ってみよう」

時刻はもうすぐ十時になろうとしていた。同時刻に殺害現場に立ってみる、というのもきょうの目的のひとつだった。

浜川橋を越え、たもとのすぐ脇にある細い路地を右折し、ドブ川のような立会川を右手に見ながら足を進めた。仄かな月明かりの下で、立会川の川面の汚れが妙な輝きを放っていた。

ものの百メートルも歩くと、コンクリートの護岸ブロックの張り出す一角で行き止まった。ここが及川の殺害死体の発見された現場だ。

すでに桑田は、ここに何度も足を運んでいるのだが、あらためて周囲に観察の目をむけた。

すぐ目の前に京浜運河が東西に長く横たわり、その対岸に走る高速一号羽田線の上を、車のライトがひっきりなしに行き交っている。

背後にポンプ場、左手に、岸が繋がれた三艘《そう》の遊漁船が眠ったように静かに横たわっている。そのはるか先の東の方向には、品川界隈のネオンが夜空に瞬いていた。

心なしか、潮の香りを含んだ風が冷たい。もう秋そのものを感じさせるような風だ。

桑田はたばこを取り出し、清水にも一本すすめた。

「ねえ、警部」たばこの煙を吐きながら清水がいった。

「やはり、及川はホシをかばったんでしょうか？」

「なんだ？　おまえさん、まだ共犯説に疑問を持っているのか？」

「いえ、そういうわけじゃないんですが……。警察の取り調べって、半端じゃないでしょう。それに、及川は取り調べにも従順で罪も悔いていたということですし……。そんな彼だったら、共犯者がいたとすれば、かばうよりも、むしろ一緒に罪を償わそう、とするんじゃないですかね」

「そこなんだな。もしあのときに及川が自供してくれていれば、今度のような悲しい結末にはならなかったような気がする。しかし当時の及川はそこまで気が回らなかったんだろう。清水君は及川という人間を知らないから、まあ、そうおもうのは無理もないのだが……」

そういいながら、桑田は若かったときの及川の顔をおもい浮かべていた。

及川は兄貴分的な性格で面倒見がよく、仲間内での評判がすこぶるよい男だった。きっとあの日も彼が目をかけていたような男を連れて競馬に出かけたのではないか。そして、空き巣をやろう、と持ちかけたのは及川で、ホシは単に彼の誘いに乗った、というのが真相ではないだろうか。だが事態は予想だにしなかった殺人という重大犯罪にまで発展してしまった……。

「それで及川は、盗んだ金の半分をホシに渡して逃がしたのではないだろうか。共犯がいたからといって彼の罪が軽くなるというものではない。それに、自分が持ちかけた、ただの空き巣という犯罪が、案に相違して、殺人という重大犯罪にまでなってしまった。強盗殺人の共犯ともなると、捕まれば、それこそ世の中から抹殺されてしまう。及川は目をかけている男の将来を考えた……。忍びなかった……。やつはそういう考えをする男だよ」

「なるほど……。すると及川は、出所後もホシの居所など詮索しないで、そっとしておいた可能性のほうが強いですね」

「たぶん、な。しかし、接触した。しかも、出所後、十年も経ってからだ。つまり、会わねばならぬなんらかの理由ができたと考えられる」

「ガンですか?」

「あるいは他の理由があったかもしれない。しかしそう考えるのが自然だとおもう」

自分自身を納得させるように、桑田はうなずいた。

剖検をした監察医の話によると、及川のガンは再発で、それもあと数か月の命という末期的なものだった。すでに手術で胃の半分も切除されていた。

その後の捜査で、胃を摘出手術したことの裏づけは取れている。

七年前に、出所後の二度目の勤務先、南品川の「品川ベアリング有限会社」の定期検診で胃ガンを発見された及川は、ただちに勤務先の指定医である「品川総合クリニック」において胃の摘出手術を受けた。幸い手術は成功し、命に別状はなかった。その後の三年間は定期検診を受けに「品川総合クリニック」に通っていたが、再発の徴候がないことに気を許したのか、四年目からは姿を見せなくなった。だが異常を感じ取ったのだろう、殺害される半年ほど前にふたたび「品川総合クリニック」の門をくぐった。そのときにガン再発の疑いを宣告され精密検査を受けることとなった。しかし約束のその検査日に及川は顔を出さなかった。そしてそれっきりになっている。担当医は、他の病院に替えたのだろう、と軽く考えていたらしい。捜査本部の都内各病院への照会に対して、及川が検診に訪れたという返答はどこからもなかった。

「でも……、十年も経っているのに、いったいどうやってホシの居所を知ることができたんでしょう?」

たばこを吹かしながら清水がのんきな声を出して訊いた。

桑田は清水の顔を見、それでも刑事か、と口にしかかったが、おもわずそのことばを呑み込んだ。

残り少ない自分の命を考えて、もしくは別のなんらかの理由で及川はホシと連絡を取りたくなった、あるいは取る必要に迫られた。むろん及川は、当時のホシの住所は知っていただろう。だが、住んでいるとはいっても、あの当時の臨時雇いの若い者たちの半分以上は住民登録すらもしていなかったのだ。もし、ホシもそうだったとしたら、いったいどうやって彼はホシの現在の居所を知ることができたのだろう……。

事件後に、ホシが住居を替えたのはまずまちがいないとおもわれる。へたをすれば、この広い日本のどこかとんでもない遠方に移り住んだ可能性だってある。だが現実には、及川はホシと連絡を取った。ということはなんらかの手段、住民票か、もしくは、その当時の知り合いの線をたどることによって居所を知ったと考えられる。

事件当時、及川が勤務していたのは、東蒲田《かまた》二丁目にある「羽田スプリング」という自動車の座席用スプリングを専門に製造する部品メーカーだった。及川が押し入って殺害した、大北昇《おおきたのぼる》の経営する「大北工業」とは孫下請けの関係になる。部品メーカーといえば聞こえはよいが、「羽田スプリング」の実体は、正規の従業員は二桁《けた》もいない、京浜急行の「京急蒲田」駅から新呑川《しんのみ》沿いに約一キロほど下った川べりにある、臨時雇いを中心にして営業している小さな会社だった。

及川が逮捕されてから、桑田は何度か、その「羽田スプリング」に足を運び、社長の桐島芳雄《きりしまよしお》に彼の交友関係について尋ねている。

当時四十八歳だった社長の桐島は、なかなかにこすっからい、けちな男だった。正規の社員を抱えずに、臨時雇いを中心にして営業をしていたのも、彼のその性格によるところが大きい。

工場裏手に臨時雇いの従業員宿舎を設け、そこに寄せ集めた従業員たちを安い賃金でこき使い、それどころか自分の会社の仕事が暇なときは、他の会社に臨時の働き手として派遣して、その賃金をピンハネしていたとの風評があった。そうした後ろめたさからか、事件に対する彼の非協力的な態度ばかりが、桑田の脳裏には焼きついている。

同じ京浜急行の沿線とはいえ、及川の住む「青物横丁」と「京急蒲田」とは七駅も離れていて、そのあいだには、掃いて捨てるほどの大小の会社が存在する。それに、社長の桐島がそんな性格だ。にもかかわらず、及川が「羽田スプリング」に勤めていたのには、それなりの理由があった。

臨時雇いで一度働きに来たことのある及川の兄貴分的な性格に目をつけた桐島は、そうした臨時雇いの人間たちの手配や管理を彼に託すようになった。そのせいか、桐島は、及川の出勤時間にかなりの自由を与え、そして給与も、他の従業員よりかなりの額の上積みをしていた。

従業員台帳を整備していない、しかも臨時雇いの顔ぶれもしょっちゅう変わる――。そうした「羽田スプリング」の会社の実態が、当時、共犯者を洗い出すための捜査活動には大きな障害となった。

清水とコンビを組んでから桑田がまず最初に手がけたのが、この「羽田スプリング」を中心とした及川のむかしの交友関係の洗い出し作業だった。

しかし、二十五年という歳月の空白は、想像以上に厚い壁となって桑田の前に立ちはだかった。「羽田スプリング」を訪れてみると、かつてそこに在ったはずの工場はすでに跡形もなく、代わりに十三階建てのマンションがそびえ立っていた。

調べてみると、「羽田スプリング」は及川が起こした事件の三年後に倒産していた。従業員が取引先の社長を殺害したことにより、多くの仕事がキャンセルされたのが原因らしい。

当時の捜査記録を頼りに、桐島の消息を追った。彼の現住所はすぐに割れた。川崎大師近くの、川中島《かわなかじま》のアパートとなっていた。倒産後、すべてを失った桐島は、そこで年老いた女房とふたりで年金暮らしをしていた。

すでに事件から長い年月が経っている。非協力的だったあの桐島も、重い口を開くのではないか――。

そう期待した桑田ではあったが、彼に会うなり落胆した。桐島はすでに七十を超えた老人になっており、しかも数年前に患った脳梗塞の後遺症で、ことばが不鮮明な上にぼけの徴候すら抱えていた。したがって桑田の質問にも、片言の的はずれな答が返ってくるだけで、まったくといっていいほどに要領を得なかった。だが、目をかけてやった男に裏切られたという積年のおもいがそうさせるのか、及川という名を耳にしたときだけは、いささか過敏ともおもえる反応を示した。

桐島の妻の悦子《えつこ》は、彼より十歳ほど下のまだ六十を過ぎたばかりの女だが、彼女のほうはまだ矍鑠《かくしゃく》としており、桑田たちの来訪の意味もきちんと理解してくれた。悦子の話では、桐島もその日の体調によっては記憶が甦り、わずかばかりの話をすることがあるという。

しかしそんな不安定な状態の桐島をいつまでも頼りにするというわけにもいかない。彼の体調のよい日に、「羽田スプリング」当時の及川に特に親しくしていた人物がいなかったかどうかを聞き出してくれるよう、悦子に依頼し、今現在の桑田は、別の視点――及川の女房が事件当時に大井町の駅裏で営業《や》っていた「バー花」を中心にした彼の交友関係の洗い出し捜査に焦点を切り換えている。

なるほど……考えてみればたしかに疑問だ。これまではごく簡単に、及川がホシの居所を知ったのは当時のホシの住所をさかのぼって――とばかりおもっていた。しかし、ホシが住民登録をしていなかった可能性は十分にある。もしそうなら、いったいどうやって及川はホシの居所を知ったのだろう……。

刑事の自分たちですら、二十五年前の特定の人物の消息を突き止めようとすれば、生半可な捜査では追いつかない。

「住民票などではなく、ホシから故郷を聞かされていて、その線から――という可能性だってある」

清水に、というより、自分自身にいい聞かせるように桑田はつぶやいた。

だが、事実その通りだったとしたら、それこそホシにたどり着くのはますます困難になってしまう。

「メゲずにやろう、といったのは警部じゃないですか。元気を出してくださいよ」

「俺が元気なく見えるか」

おもわず桑田は苦笑した。決して、気持ちが落ち込んで口にしたわけではない。いろいろな可能性についての考えを整理しているとき、自分に問いただすようにつぶやくのはむかしからの桑田の癖のひとつなのだ。

しかし、清水のこのノー天気ともいえる明るさが、桑田の日々の捜査活動の鬱屈を和らげてもくれている。

「でも、ふしぎにおもうんですが……、警部。こんな寂しい場所に誘われて、及川はなにも警戒心を抱かなかったのでしょうか」

周囲を見回し、清水がちょっと首を傾げた。

「よっぽどの信頼関係があったんだろう。なにしろ、罪をかばってやったくらいなんだ」

「でもね、警部。もし、そんなに強い絆《きずな》で結ばれていたのなら、あえて及川を殺すまでもなかったのではないでしょうか」

「うん、それは俺も考えていたんだ」

清水がいう通り、それが桑田も首をひねっている点だった。なにしろすでに時効の事件で、たとえ及川が今になって共犯者の存在を告白したとしても、ホシが罪に問われることはない。周囲の目が厳しくなったり信用が失墜したりすることは覚悟しなくてはならないが、そんな理由から殺人という大罪を犯すには、あまりにもリスクが大きすぎる。

当時の捜査には、全力を注いだという自負心が桑田にはある。だが、及川と強い絆で結ばれているとおもわれる人物は浮かばなかった。だからこそ、及川の単独犯ということで事件は幕を閉じる結果になったのだ。

共犯者がいて、そいつがホシだとする考えは根本的に誤ったものなのだろうか……。

左手に輝く、品川方面のネオンを見つめながら、清水がいった。

「こんな考えはおかしいですか、警部。よくいう逆転の発想というやつなんですが……」

「おもいついたことは、すべて口にするのが捜査の鉄則だ。いってみろ」

「ホシではなく及川のほうからだった――。つまり、飲み屋や喫茶店のような人目につく場所を避けたり、こんな寂しい場所に誘ったりしたのが、という意味です」

おもわず桑田は清水を見た。色白の横顔は、逆転の発想ということばとは無縁のように、のほほんとした表情をしている。だが、この二か月一緒に行動をしてみると、時々、おやっ、とおもうようなことを口にするのに、桑田は感心することもあった。

「殺害するのに格好の人けのない寂しい場所。だからホシが及川をここに誘い込んだ――。つまり警部、こっちにはその先入観があったんじゃないかとおもうんです。なんらかの理由で及川はホシに会いたくなった……。その場合、及川がホシを呼び出すにしても、簡単な一言を口にするだけで相手には通じるんじゃないでしょうか。二十四年前の、あのときの、あの神社で待つ、とか、ですね……」

「なるほど。たしかに及川にも後ろめたい気持ちがあっただろうから、ふたり一緒のところはできることなら誰にも見られたくはなかっただろう。だがな、はたして及川がそれほどまで神経質になる必要があるだろうか」

　必死の捜査にもかかわらず、及川に繋がる人物はつかめなかった。あれから二十四年、もしホシと一緒にいるところを知った人間に見られたとしても、その人物はホシのことまでわかりはしないだろう。となれば及川にとっては、ホシと会うのにわざわざこんな寂しい場所を選ぶ必要はない。昼の日なかに堂々、とはいわないまでも、別の気の利いた場所を指定すればいい。それに彼にとってこの場所は、できることなら避けて通りたい、おもい出したくもない、因縁の場所であるにちがいない。

「ちがうかな?」

　桑田は清水に、否定的な根拠をやんわりと説明した。

「そういわれれば、そうですね……」

　清水が空振りをしたような顔で肩を落とすと、足もとの小石をつまみ上げて運河の遠くを目がけて放り込んだ。小石が暗い水面に小さな白い飛沫《しぶき》を作った。

　それを見ていた清水が、ふとおもいついたように、桑田を返り見る。

「警部。仮にそのホシが目立つ人物だったとしたら、どうでしょう?」

「目立つ人物?」

「ええ。図体《ずうたい》がデカイとか、そういう意味じゃなくてですね……。つまり、その……、ちょっと飛躍しすぎていますが、誰でも見たらわかる芸能人とか、あるいは、この立会川の界隈の飲み屋では浮いてしまうような、そういう人物のことをいってるんですが」

　いいながら、清水が照れたように頭をかいた。

　目の前の高速道路を、暴走族をおもわせるような車が、けたたましいクラクションを鳴り響かせて通り過ぎた。そのクラクションの音が、桑田の頭のなかで、音叉《おんさ》のようにこだました。

　そうか、これは案外、盲点だったかもしれない。

　これまでは、それが当たり前であるかのように、ホシの人物像を、及川と同種の人間に重ね合わせていた。だが考えてみれば、あれから二十四年も経っていたのだ。二十歳前後だったホシが大きく変貌《へんぼう》していてもおかしくはない。芸能人というのは、ちょっと行きすぎにしても、ホシが当時の生活から抜け出して別な世界で成功を収めた人間になっていたとしても別に驚くことではない。

　もしそうなら——。もしホシがこの推測通り、及川とはちがって、なんらかの世界で成功を収め、地位とか名誉とか、そうした社会的な評価を得た人物になっていたとしたら、きっとあの及川のことだ、相手を気遣い、できるかぎり人目に触れさせないような配慮をするのではないだろうか。一見飛躍しているようにおもわれはするが、その可能性についても考えてみる余地はありそうだ。

「すみません。ちょっと突拍子もなさすぎますか」

考え込んだ桑田に、清水が肩をすくめた。

「いや、おまえさん、なかなかきょうは冴《さ》えているぞ」

「そうですか」

うれしそうに見つめてくる清水の顔は、もう桑田の目には入っていなかった。頭のなかには、別な考えがうず巻いていた。

もしそういうことなら、出所後十年経って、及川がなぜホシと連絡を取ってみようと考えたのか、なぜこんな場所で会おうとおもったのか、おぼろげに推測がつく。

もしかしたら、自分の寿命を知った及川は、それまで連絡を絶っていたホシにどうしても会いたくなったのではないか。会って、なにかを話したかったか、伝えたかったのではないか。ましてや、ホシが自分とはちがい、社会で成功した人物になっていたとしたら……。彼にしてみれば、ホシが生まれ変わったのは、自分がかばってやったからだ、という気持ちぐらいはあっただろう。

「やはり刑事は何度でも現場には足を運ぶものだな。あらためて、きょう、俺はまた実感したよ」

清水にそういってから、桑田は目の前の運河の濁った水にじっと目を凝らした。

8

地下鉄日比谷線の六本木駅で下り、乗降客にもまれながら、階段を上った。

地上に出てもひとの波は変わらなかった。交差点界隈は、まるでなにかの催し物会場のようにごった返している。

時計を見た。六時四十分。約束の七時までにはまだ二十分もある。教えられたイタリア料理の店まではここから歩いても五分とはかからないだろう。

すでに陽は落ち、ビルというビルには、色とりどりのきらびやかなネオンが輝いている。後ろから誰かに押され、未央はおもわずバランスを崩してつんのめった。ぶつかって来たカップルが謝りもせずに笑いながら平然とした顔で歩き過ぎてゆく。その後ろ姿に腹立たしさを覚えるよりも、未央はちょっと後悔していた。

やはりタクシーで来ればよかった。四谷のスタジオからは、二千円もかからず来れる距離だし、それに時間もかからない。そうすれば、もっとゆっくりできたし仕事も残さずにすんだ。

しかしわざわざ地下鉄を乗り継いで来たのは、その料金を惜しんだからではない。きちんと一人前になるまでは、特別な場合を除いてはタクシーは使わない、と固く心に決めていたからだ。

目の前の大きな書店の店先はひとで溢《あふ》れている。意味もなさそうにただ立って行き交う人々を眺めている者、待ち合わせをおもわせる者、遊びの計画を相談しているらしきグループ、そして派手なコスチューム姿で客引きのビラ配りをしている若い女の子たち——。

夜を迎えた繁華街ではお馴染《なじ》みの光景だ。しかしこの街には、他の繁華街とはどこかちがう、一種独特の雰囲気が漂っている。街に集う若者たちの大半は未央とほぼ同年代だが、そのいでたちは、まるでファッション雑誌から抜け出てきたかのようにきらびやかで垢《あか》抜けし、顔のメークやヘアースタイルもどきりとするほどに大胆で個性的だ。黒人や白人たちの姿が他の街よりもはるかに多いというのもその因のひとつだろう。

学生時代には友人たちと、そして社会人となってからも、未央は何度かこの六本木の街には足を運んでいる。知り合いの同世代の者たちの多くもこの街に興味を抱く。そして現実に、今目にするひとたちも自分と同じ年ぐらいの若者たちだ。だが未央は、なんとなくこの街を好きになれなかった。

カメラマンという職業を選んだからには、この世の中に存在するものすべてに好奇心を持ち、興味を抱くべきとはおもう。しかし未央の網膜に映るこの街の姿は、自分の愛する自然や動物たちとは対極の世界にあるものだった。

食事の席に遅れるのは失礼だが、かといって、早く行って自分が山部を待つというのもどうかとおもう。

約束の七時ちょうどに行けばいい。そういい聞かせて未央は書店のなかに入った。

若い女性たちが雑誌のコーナーで立ち読みをしている。そのあいだにもぐり込み、未央は並べられた女性むけ雑誌に目をやった。カラー写真をふんだんに使ったファッション系雑誌をはじめとする、おびただしい数の雑誌が棚の上に広げられている。どれも似たり寄ったりの物におもえる。

そのなかから、女性のオピニオンリーダー的な色合いが強いとの評判を得ているひとつを手に取った。パラパラとめくり読みをする。興味を持って見ない雑誌は、目が誌面を滑るだけだ。

三日前、自分にはまだ分不相応で大役すぎる、といって羽衣出版の山部に丁重な断りの電話を入れた。

返ってきたのは、ぜひもう一度お会いしたい、との強引ともいえる食事の誘いだった。

こんな未熟な自分に、仕事を持ちかけてくれた出版社であり、山部はその担当者だ。やはり電話一本での断りは礼を失したことかもしれない、と考え直し、結局未央は彼の誘いを受けたのだった。

六本木の竜土町《りゅうどちょう》にある「ラ・ゴーラ」というイタリア料理店。シェフとは旧いつき合いで料理の味はピカ一なのです……。そういった山部の口調は、最初に会ったときの印象とはちがって、どこか好感が持てるものだった。それが誘いを断り切れなかった理由のひとつでもある。

繰ったページのなかほどで、一瞬、未央の手が止まった。父と同じ、「貸しビル業」、というゴシック体の活字が目に入ったからだ。

「四十代の男の香り」。ヘッドタイトルは、女性読者の気を引くためのものだろう。

柏木圭一氏（四十五歳）。貸しビル業、ゲームソフト会社、人材派遣業。異業種を束ねて成功させた若き実業家——。社長室らしき部屋で、くつろぐ男のスナップ写真が掲載されている。

父の会社はバブルのあおりで青息吐息なのに、こうしてきちんと乗り切って成功しているひともいるんだ……。

複雑な気持ちを抱いて未央は雑誌を閉じた。時計を確かめてから、書店をあとにする。

防衛庁の前を通り過ぎ、次の交差点で左に曲がった。店はこの三、四軒先だと聞かされている。

それらしきイタリア料理店はすぐに見つかった。

透明なガラス扉を通して店内が見渡せる。見上げると、「LA GOLA」のデザイン文字が書き込まれた看板が入口の上にかかっている。

一瞬、未央は後悔にも似た気持ちに襲われた。

ガラス扉越しに見える店内の客の姿の大半が、美しく装った女性たちで占められていたからだ。きょうの未央は、いつもと変わらぬ、ジーンズに白いワークシャツというでたちだった。

部屋を出るときに、服装のことがチラリと頭をかすめはした。しかし、イタメシ屋です、といった山部の口調から、もっと気軽な感じの店を想像していたのだ。

　恋人とのデートでもあるまいし……。未央はそんなおもいが浮かんだ自分に苦笑を洩らしながら、気を取り直してドアを押した。

　入ったすぐ左手がカウンター席で、奥の一段高くなったフロアがテーブル席になっている。

　白シャツにベストの若い従業員がすぐにやって来た。山部の名を告げる。

　すでに来ているらしく、従業員が笑顔で一礼し、奥に案内してくれた。

　料理が美味《おい》しい、と得意気にいった山部のことばはどうやら本当のようだ。十三、四ほどあるテーブル席はすでに満杯で、どの席も、ワインと料理に手を動かす客たちが談笑を繰り広げている。テレビや雑誌で時々目にする、渋い中年として人気を集める俳優の顔もある。

　山部の姿が見えないのも道理だった。つき当たりの左が鉤《かぎ》状に引っ込んだ死角になっていて、彼はその一番手前のテーブル席に座っていた。奥にあるふたつのテーブル席もすでに埋まっている。

　山部が腰を上げ、笑みをよこした。

「お待ちしてました。お店、すぐにわかりましたか」

「ええ。おっしゃってた通りのとても素敵なお店ですね」

　山部に笑顔で応じ、従業員が引いてくれたむかいの椅子に腰を下ろそうとしたとき、なんとなく未央は自分に注がれてくる視線を感じた。

　隣と、その奥のふたつのテーブルに目をやる。どちらも三人連れだが、隣はＯＬ風の若い女性客が三人、その奥は、きちんとしたスーツを着こなした四十前後の男性ふたりに、どことなく水商売をおもわせる感じの三十半ばの女性という組み合わせだった。

　しかし、そのどちらのテーブルの客たちも互いの話に夢中になっていて、自分に注意を払っているようすは見られなかった。

「なにか……？」

　山部が気遣うように、訊いた。

「いえ、別に……。お電話からもっと気軽なお店を想像しましたので、こんな格好で来てしまいました」

「いえ、その姿が自然で一番素敵ですよ。着飾ることがすべて、と考えている女性に教えてあげたいですね」

「お上手ですね」

山部のお世辞を軽く受け流し、未央は椅子に腰を下ろした。

若い従業員が差し出したメニューを、山部が手に取り、未央に渡そうとした。

「わかりませんので、お任せします」

「特に嫌いだという物は？」

「鳥料理だけがちょっと苦手です」

「わかりました」

気心の知れた従業員らしく、山部が彼と一緒になってメニューを確かめながらてきぱきと料理を注文してゆく。

「赤と白とでは、どちらのワインが？」

山部が未央に訊いた。

それも任せるというのでは、なんとなく彼の気持ちをないがしろにするような気がした。では赤のほうを、と未央は頼んだ。

山部がうなずき、食前酒の、スプマンテと八九年のバローロを注文した。

従業員が退がってから、未央はいった。

「こういうお店にはずいぶんと慣れていらっしゃるようですね」

「なに、商売柄です。物を書くひとには、けっこう口が肥えたうるさいひとが多いんですよ。それで自然と覚え込まされました」

運ばれて来たグラスのスプマンテを持ちあげて、山部が乾杯をしようとした。

未央はそれに応える前に今回の仕事を断った謝罪をすべきだとおもい、両手を膝《ひざ》に揃えて山部にいった。

「電話でも申し上げましたが……」

「いや、ちょっと待ってください」手に持ったグラスを置き、山部がさえぎった。「先に結論をはっきりとお聞きしてしまうと、うちと江成さんとの関係がこれっきりになってしまうような気がします。最初にまず私の話のほうから聞いていただけませんか」

ややリラックスした感じで座っていた山部が、いくぶん姿勢を正して未央の目をのぞき込んだ。

「じつは、先日お会いしたあと、社長の蓮田には江成さんの人柄についてはもちろんですが、動物写真についてどう考えておられるのか、あらましの報告をしておきました」

そう山部がいったとき、前菜の皿が運ばれて来た。

「いろいろお話はあるのですが、とにかく乾杯といきま

せんか。気が抜けて温《ぬる》くなってもいけませんし
山部がグラスを手に取ってふたたび未央に乾杯を誘った。しかたなく、未央は自分もグラスを手にして山部のそれに合わせた。

グラスの中ではじけているスプマンテの泡を見つめながら、なんとなく未央は話をはぐらかされているような気持ちに襲われていた。

スプマンテのドライな舌ざわりが口のなかに広がる。

グラスを置いた未央に、山部が訊いた。

「イタリア料理はお好きですか」

「ええ、気取らず食べられて楽ですから」

「それはよかった。勝手にこの店にしたのをちょっと心配していたんです」

片手でスプーンとフォークを器用に操りながら、山部が前菜皿のトマトとルッコラのサラダを未央の小皿に取り分けてくれる。

ワインが運ばれ、つづいて他の料理皿も並ぶ。

「このお店の名前――『ラ・ゴーラ』の意味はわかりますか」

山部が訊いた。

「いえ」

未央は首を振った。

「イタリア語で、喉の意味なんです。なかなか洒落たネーミングだとおもいませんか」

ワインを注いでくれる従業員の目を意識しながら、山部はそういって笑った。

ワイン通というわけではないが、人並み程度の知識は持っている。八九年のバローロといえば、ワイン好きにはたまらない一品だろう。すすめられるままにひとくち口に含んでみると、絶妙な味が口のなかいっぱいに広がった。

駆け出し同然の自分に、写真集の出版をすすめてくれたり、こうした所にも平気で招待してくれる。仮に羽衣出版が儲《もう》かっている出版社であったにせよ、なんとなく不自然な気もする。ワインの味がすばらしいだけ、未央の気持ちはしだいに重くなった。

「ここのカルパッチョもひとつ試してみてください。私の大好物なんですよ」

山部がイシダイのカルパッチョの皿を未央のほうにずらしてよこす。

話の前に乾杯といきましょう、といったのに、山部はなかなか本題に入ろうとはしなかった。善意に解釈すれ

ば、せめて美味しい食事に舌鼓を打っているときぐらいは仕事の話は避けたいということかもしれない。山部の嬉々とした表情を目にすると、これ以上催促するのも無粋のような気もする。

あとでゆっくり話を聞けばいい……。そう割り切ると、急に食欲がわいてきた。

フォークを手にしたとき、ふと未央は、さっきも覚えた、あのなんとなく自分を見つめてくるような視線をふたたび横顔に感じた。

さりげなく奥のテーブルに目をむけた。今度ははっきりと視線の主を確かめられた。ひとつ置いたテーブルのむこうの三人連れ。未央に視線を注いでいたのは、そのなかのひとりの男性だった。未央と目が合うと、男はなにげないふうを装って顔を逸らせた。

不躾《ぶしつけ》な男の視線には慣れている。自惚れということではなく、友人たちがいうように、それが母から受け継いだ自分の容姿のせいであるというおもいもなくはない。

しかしそうした視線は、未央が見返すと、まるで気後れしたかのように矛先を収めてくれる。

だが、今自分に注いでいた男のそれは、覚えのあるその類の視線とはどこかちがっていた。一瞬ではあったが、男の目は自信に輝き溢れ、しかも興味本位というだけではなくて、明らかに自分を観察しているようすがあった。

それに……、どこでだろう……。男とは一度どこかで会ったような気もした。それもつい最近のような気がする。

目鼻立ちの整った顔。眉が一直線に伸び、野性的ではあるが、どこか寂しげな陰も漂わせている。

「どうしました?」

考え込む未央を見て、山部が訊く。その口調には、まるで粗相《そそう》をしたかのような狼狽の響きがある。

「いえ、なんでもありません」

未央は黙ってフォークを動かした。パスタのあとに、メインの牛ロースのタリアータが運ばれた。そのたびに、山部が料理の解説をしてくれる。

たしかに彼が自慢するように、料理の味は秀逸で、どれもが舌先でとろけるほどに美味しい。

寡黙になった未央を気遣うように、山部が饒舌ともとれる口調で最近出版界で話題になった本のあれこれについて話しはじめた。

耳を傾けながらうなずいているのは素振りだけだった。どうしても無意識のうちに神経が男のほうにむかってしまう。

熱心に聞いてくれているとおもったのか、山部の話がますます熱を帯びてくる。しかしそれとは反比例するように、未央の心は冷めていった。

ひと呼吸置いて、山部が未央のグラスにワインを注ごうとした。未央は首を振ってワイングラスを手でふさぎ、おもい切って切り出した。

「最初のお話なんですが……」

ワインボトルを握ったまま、山部が見つめてくる。

「お電話でもお話ししましたが、あれから、わたしなりにいろいろと考えてみました。心が動いたのも事実です。でも、作品を出すからには、自分でも納得のゆくものにしたいんです。大変ありがたく身に余るお話なんですが、時間、テーマ、そして今の自分の実力――そうした諸々を考えれば考えるほど、今回はお断りすべきだ、というのがわたしの下した最終結論なのです」

「なるほど……」

ワインボトルを置いて山部がうなずいた。

しかしその山部の表情には特に落胆した感じはなかった。それどころかうっすらとした笑みすら浮かんでいる。

「貴女は正直なお方だ」

山部が眼鏡を外してテーブルの上に置いた。眼鏡を外した顔は、おやっ、とおもうほどに印象がちがった。年の割りには幼く、純真ささえ感じさせる。

「子供っぽい、とおもわれているんでしょう?」未央の胸を見透かしたように、山部が白い歯を見せた。「小さいころから負けん気でしてね。まったくの伊達《だて》眼鏡というわけではないのですが、じつのところ、なければないでいいようなものなのです。軽く見られてなるものか――この世界に入ったとき、私が真っ先におもったのは、そのことでした」

学生時代はしてなかったのだが、社会人になってからかけるようになったという。

「こんな話はさておき、さっき社長の蓮田に報告に行った、とお話ししましたよね」

小さくうなずき、未央はじっと山部を見つめた。

「正直に申しますと、報告というより、私の率直な提言を聞いてもらうためでした。この業界に長いこといますと、自分たちがなにか特別な人間であるかのような錯覚を覚えてしまうことがあるんです、つまり、驕《おご》ったといいますか……」

山部がふたたび眼鏡をかけ直した。

「作家、写真家、画家——。創作に関わるひとたちは、常に自分の作品を世に問いたいという願望を持っています。そして私たちは、その発表の場を所有している。別な言い方をすれば、私たちはそうしたひとたちの生殺与奪の鍵を握った存在ともいえるわけです。ですから、本来は自分の力でもなんでもないのに、知らず知らずのうちに、それを笠に着て傲慢《ごうまん》になってしまいがちになる。じつをいいますと、最初に江成さんにお会いしたときの私もまさにその気持ちだったとおもいます。こんないい話を持って来てやったぞ、とでもいうような……」

山部がワイングラスを脇にやり、水を口にした。

世の中には、創作の世界で身を立てたいと願っている人間はたくさんいる。そして出版社には、そうしたひとたちが作品をたずさえてひっきりなしに訪れて来る——。事例をあげながら、そうした話を淡々と語ったあと、山部がきっぱりとした口調でいった。

「じつは、私が社長に提言したのは、このアフリカの写真集を貴女に撮らせてはならない、というものでした」

おもってもみなかった山部のことばに、おもわず未央は彼の目を見つめた。

わたしに撮らせてはいけない……。どういう意味だろう。あれほど熱弁をふるってすすめたというのに……。

「誤解を受けるといけませんので申し上げますが、それは貴女にカメラマンとしての才能を感じ取らなかったからということではありません。むしろその逆で、写真家としての無限の才能を確信したからなのです。今業界の内輪話をお聞かせしましたが、仕事柄、私は数多くのカメラマンたちと接してきました。したがって自分の目——つまりその人間の才能の有無を見極める眼力——については自分なりに自信を持っているつもりです」

「そうおっしゃっていただけるのはうれしいのですが、山部さんがご覧になったわたしの作品といっても、あの『冬の馬』だけでしょう?」

「その通りです。他の作品は見たこともありません。しかし、あの作品だけで貴女の才能はわかる。このあいだもいいましたが、あの写真には、ファインダーをのぞく、貴女の馬に対する愛情が十分に表現されていた。胸に直接響いてくるなにかがあった。つまり、キーはそこなのです。技術的なことについては、勉強や経験を積めばそれなりに身につきます。しかし、ファインダーをのぞく目だけは、どんなに修業を積んでも、どうにもならない。なぜなら、ファインダーをのぞく目というのは、その人間の心の投影だからです」

「ずいぶんと抽象的なのですね」

「そうかもしれません。しかし、抽象を――、つまり心のなかのなにかを具体化するのが、創作の原点ではないでしょうか。それが内包されていないものには、なんの魅力も感じません」

じっと未央を見つめる山部の目には、先日の彼とは別人をおもわせる輝きがあった。

未央は視線を逸らし、水をひとくち口に含んでから訊いた。

「ではなぜ、わたしにアフリカの写真集を撮らせてはいけないと……」

「貴女の才能を潰してしまいかねないからです」山部がきっぱりとした口調でいった。「貴女の若さ、容姿、そして広大で美しいアフリカ大陸――。『原色の大陸・未来との約束』。きっとそれだけでマスコミは飛びつくでしょう。そして貴女は一躍スターダムに躍り出る。寝て起きたらスターだった。まさにそのことばを地でゆきそうな予感がする。写真の世界には、華やかな話題を引っ提《さ》げてデビューするひとたちもいる。しかし、本来の貴女は、そうしたこととは無縁の、本当に動物を愛し、写真を終生の仕事に――と考えている女性だ。先日お会いしたとき、私はそれを強く感じ取ったのです」

「おことばはうれしいですけど、それは山部さんの買い被りですわ」

「いえ、とにかく聞いてください。企画会議のとき――」山部が声のトーンを落とした。「これで、話題を集める、若くてきれいなひとりの女流カメラマンが誕生する……。そう私は軽く考えたものでした。はっきり申し上げて、貴女のその先がどうなろうと、知ったことではない、と……。しかし貴女にお会いして、その私の気持ちが大きく変わってしまったのです」

山部のことばに嘘は感じられなかった。語る目にも真摯《しんし》な光が宿っている。しかし、彼に会って話をするのはきょうで二度目のことだ。それなのに、まるで自分のことをすべて理解しているかのような物の言い方をする。それがなんとなく未央の胸のなかに軽い反撥《はんぱつ》も起こさせていた。

「お話はわかりました。それでは今回の一件はなかったということでご了解いただけるわけですね」

「いや、じつは本題はこれからなのです」

山部がそういったとき、従業員がデザートメニューを持って来た。

パンナコッタとミントのジェラートを——山部が心得顔で注文する。

従業員が退がると、山部がふたたび口を開いた。

「『原色の大陸・未来との約束』はあきらめたわけではありません。しかし、この際、三、四年先を見据えた企画として温存しておきます。それを手がける前に、江成さんには、ぜひとも別の企画——貴女が最も愛している動物である、馬をテーマにした写真集をお願いしたいのです」

競馬先進国である、ヨーロッパ、アメリカはいうに及ばず、オーストラリア、ニュージーランド——、今現在、全世界で生き永らえているサラブレッドの名馬という名馬のすべてを撮ってほしいのだ、と山部はいった。

「つまり、現存のサラブレッドの集大成、ともいうべき写真集を作りたいのです。『冬の馬』は、江成さんのお祖父さんの牧場で撮られたものとか……。それに、このあいだのオークスでは、貴女の名前がつけられた、お父さんの持ち馬までが出走されたとうかがっています。手短な、といったら語弊がありますが、江成さんのカメラマンとしての第一歩の仕事としては、これ以上にない企画ではないか、と私はおもっています」

断言するように山部がいった。

未央は戸惑いと同時に怒りも覚えていた。食事の誘いを受けたのは、電話だけでの断りでは礼を失するとおもったからだ。それなのに、この場にかこつけて、今度は別の仕事の話を持ちかけている。これに関しては、好意からの提案として感謝すべきかもしれない。だが……、父のことはどう解釈したらいいのか。

このあいだ会ったときの彼は、自分の素姓のことなど、おくびにも出さなかった。自分に白羽の矢を立てたのは、「コンテストJ」で新人奨励賞を受賞した作品、「冬の馬」を選考の基準にしたからだ、とのみいった。それなのに今の話からすると、どうやら自分の身辺調査までしているようだ。特にホマレミオウのことなど、親しい友人にすら話していない。それを知っているのは父の周囲の人間と一部の競馬関係者にかぎられている。

「企画がお気にめしませんか?」

うつむいて唇を嚙み締める未央に、山部が声をかけてくる。

「わたしのことを調べられたのですか?」

「そうか……」一瞬、山部が気まずさを隠すように眼鏡の縁に手をやった。「今、私がお父さんのことを口にしたからですね。じつは、うちの編集部で、候補に上がった人たち全員のプロフィールをまとめたのです。スタッフのなかに競馬好きの男がいまして、ね」

なんとなくはぐらかされているような気がした。しかし、もうこれ以上、父のことをあれこれと触れられるのも嫌だった。

「そういうことですか……」曖昧にうなずいてから未央はいった。「でも、山部さんのお話をうかがっていると少し妙な気がします。そもそも羽衣出版が動物写真集を出版しようということになったのは、動物愛護の精神から、特に野生動物の保護に力を注ぐということが趣旨だったとうかがいました。そうしますと、はっきりいって、そのお話というのは意味合いがちょっとちがうとおもうのです」

野生動物もサラブレッドも同じ動物ではある。しかしサラブレッドは、「走る芸術品」といわれるように、人間が人為的に何世代にもわたっての交配を積み上げて作りあげた動物であって、野生とは対極に位置する動物だ。言い方を換えれば、サラブレッドは人間の保護の柵のなかで生かされている動物ともいえる。

未央の説明に、しだいに山部の頬が朱を帯びてくる。

「おっしゃる通りです」ごまかすように、ひとつ小さく咳払いをしてから山部がいった。「しかしこの企画も当初の段階から持ちあがっていた大切なもののひとつでしてね……」

企画そのものは斬新《ざんしん》とはいえないかもしれない。しかし昨今の競馬ブームで、出版すれば必ずある程度の部数は見込め、ロングセラーになることはまちがいない。その山部の進言で決定していたのだという。

「営業的な実績を残せば、江成さんも大手を振って次の仕事、『原色の大陸』に取りかかれるとおもうのです。編集者は創作能力がない代わりに、自分の発見した創作者が育ち大きく羽ばたいてゆくのを見るという、別の夢や喜びを抱くものなのです」

「それがわたしということなのですか……」

山部が大きくうなずいた。山部の視線は妙に熱さを感じさせた。未央はそっと顔をうつむけた。

そこまでいわれると、正直、うれしいという気持ちがしないでもない。しかし、どこかまだ引っかかるものを感じた。

山部が運ばれたデザートを、口を閉ざして考え込む未央にすすめた。

申し訳程度にひとくちだけ口をつけ、未央はそっとスプーンを置いた。

「これは私の責任企画ですからなにがなんでも実現させたい。ですから貴女の承諾がいただけるまで、何度でも説得する覚悟です」

硬い口調で山部がいったとき、奥の三人連れが腰を上げる気配がした。

むけた未央の目と、例の男の目とがぶつかった。視線をはずした瞬間、未央は気がついた。

「四十代の男の香り」……。未央の頭のなかに、ついさっき見たばかりの雑誌に出ていたスナップ写真が浮かんだ。

確かめるようにもう一度目をやった。そのときはもう、男は背をむけていた。

9

京浜東北線の大森駅の東口に出てから、一馬は手にした走り描《が》きの地図をもう一度広げて確かめた。地図は京浜急行の大森海岸駅を起点にして描かれたものだ。地図をしまって大通りにむかう。

十分ほどで、目印のパチンコ屋を見つけた。すでに営業を終えており、店のなかからは後片付けの明かりが洩れているだけだ。その脇の細い路地を左に折れた。三十メートルほど行くと、安っぽい一杯飲み屋が五軒ほど軒を並べた一角にぶつかった。

そのなかの一軒、「織江」と書かれたビール会社の広告看板の出ている店の前で一馬は立ち止まった。

夜の十一時近くにもかかわらず、隣の店からはまだ酔客のあげる喧騒《けんそう》が響いている。しかし「織江《おりえ》」の店は静かだった。

引き戸を開けた。狭い店内には、やはり客は誰もいなかった。カウンターのなかにいた女が顔を上げた。どうやらうたた寝をしていたようだ。

女の顔に、一瞬訝るような表情が浮かんだが、すぐに驚きに取って代わった。

「一馬ちゃん」

笑った女の小太りの顔に、深いえくぼができた。それが女の性格をそのまま表している。

「長いあいだご挨拶にもうかがわず、すみませんでした。

もっと早く来ようとはおもっていたのですが」

一馬は丁寧に頭を下げて詫びた。

十月三日。父が不慮の死を遂げてから丸一年になる。見ず知らずの女——杉田《すぎた》織江の突然の訪問を受けたのは、事件の一か月ほどあとのことだった。

「なにいってるのよ。お父さんがあんな不幸に遭ったんだもの。さぞかし大変だったんでしょう？」

そういって織江が顔を曇らせ、一馬に腰を下ろすよう勧めた。

「墓参りに行っての帰りなんです」

カウンターの椅子に腰を下ろし、一馬はいった。

「そうか……」織江が店の壁のカレンダーに目をやる。「きょうだったんだ。早いもんね。あれからもう一年になるんだ……」

目をしばたかせた織江が、きょうはもう店仕舞《みせじまい》をする、といった。

「どうかお気遣いなく」

「なにいってるの。そうとわかれば、きょうは特別な日よ」

一馬に手を振り、織江がそそくさとカウンターから出て来る。店のなかに看板をしまい込み、表の灯りも消す。

「おなかのほうはだいじょうぶ？」

カウンターに戻った織江が訊いた。

「ええ、遅い食事でしたから」

答えながら、一馬は店内を感慨深げに見回した。

こんな所でひっそりと飲んでいたのか……。カウンター席でひとり酒を飲んでいる父の姿を想像した。

出所後の父は、何度か職場を替えているが、その時々の同僚たちとはまったくといっていいほどに個人的なつき合いはしなかったようだ。仕事が終わればまっすぐ帰宅するような日々を送っていた。たまに家で晩酌をする姿から、父が酒を好きなことは知っていた。それを控えていたのは、たぶん罪の償いの気持ちからだったのだろう。その父が、最後の勤め先となった大森の清掃会社で働くようになってから、時々外で酒を飲んでは帰宅するようになった。母を失って心に空洞ができたにちがいない。しかしどこで酒を飲んで来るのか、父の口から聞いたことはなかった。父には父の世界があるのだ。あえて一馬もそれを尋ねることはしなかった。その場所がこの「織江」であったことを知ったのは、父の死後に訪ねて来てくれた織江の口によってだった。

父の勤めていた清掃会社は、ここからそう離れていない、京浜急行の大森町駅と平和島駅のちょうど中間にあった。たぶん懐かしさも手伝って、仕事帰りに立ち寄るようになったのだろう。

織江が酒の肴《さかな》を何点か用意し、カウンターを出て、一馬の隣に腰を下ろした。

「わたしもいただくわ」

ビールを一馬のグラスに注ぎ、織江がもうひとつグラスを取り出した。

「お父さんの冥福を祈って」

「生前は父がいろいろとお世話になり、ありがとうございました」

差し出した織江のグラスに、一馬は自分のそれを軽く合わせてから頭を下げた。

「そんなこと……。わたしはなにもお世話などしていないわ。でも、こうして一馬ちゃんとお酒を飲めるとはおもいもしなかったわ。きっと、天国の加代ママのおかげね」

そういって織江が丸顔のなかの目を細めた。

織江は母より五つ下だといった。ということは父と同い年ということになる。だが黒々とした頭髪と、そのふっくらとした顔つきからは、四十前半にしか見えない。

織江は、むかし、母の加代が大井町の駅裏で営業《や》っていた「バー花」で働いていた女性で、父とは旧知の間柄だった。「バー花」が閉鎖されるまで働いていたが、その後結婚し、十年ほど前に離婚したのを機にここで飲み屋を開業したという。

「それで、犯人はいったいどうなっているの？　新聞に目を通してはいるけど、あれ以来、それらしい記事なんて一向に出ないじゃない」

いくらか憤慨した口調で、織江が訊いた。

「さあ、どうなっているんですか。警察からはなにもいってこないので僕もわかりません」

「そうなの。もう一年も経っているというのに警察はいったいなにをやってるんでしょうね。でもいろいろと訊かれて大変だったでしょう？」

「ええ、まあ。でも、もう一段落しました」

「わたしの所にもなにか訊きに来るかとおもったけど、誰も来ないわ。どうやらうちのお店のことは知らないようね」

「僕ですら知らなかったくらいですから。父は誰にも話していなかったようですし。だいいち、父は織江さんのお店にはただ飲みに来ていただけですから、警察など訪ねては来ないでしょう。それに、来たら来たで迷惑するだけですよ」

一馬はビールを飲み干して、きょうは父のむかし話でも聞かせてください、といってさりげなく話題をかわした。

織江が訪ねて来たのは、父から預かっていたという封書を届けてくれるためだった。

近ごろは調子が悪くてな……。一馬にだけは心配をかけたくない。もし自分に万一のことがあったときは、これを一馬に渡してほしい。頼れるのは織江さんしかいない――。

そういって父は、殺される五か月ほど前に織江に託していたのだという。

新聞を見て、織江は父が殺されたことを知っていた。だが預かっている封書をすぐに届けるべきかどうか迷った。きっと今は警察の人間が大勢いることだろう。となれば預かった封書も警察の目に触れてしまう。ごく個人的なことだ……。そう考えて織江は、ほとぼりが冷めるのを待っていたのだという。

織江から封書を受け取るやいなや、彼女の眼前でその封を切った。しかし読み進むうちに息苦しさを覚え、一馬は逃げるように席を立って隣の部屋に閉じこもった。

父の手紙の内容は信じられないものだった。ここまで大切に育て上げてくれ深い愛情を注いでくれた父と母、その父と母が自分の実の両親ではないなどとは……。父は一馬の出生の秘密を、訥々としかし愛情溢れることばで記していた。

しばらくして気を落ち着かせて戻った一馬は、心配げに声をかけてくる織江に、母と同じ菩《ぼ》提寺《だいじ》に葬ってくれるようにと書いてありました、とだけ短く答えるにとどめ、この父の封書のことは胸のなかに収めておいてほしい、と織江に頼んだ。その一馬の頼みを織江は快く了解してくれた。

その日の夜は一睡もできなかった。そして窓の隙間から射《さ》し込んできた一条の朝の陽の光を目にしたとき、一馬はわき出てきた疑問を晴らすべくある覚悟を胸に抱いたのだった。

「ここでこうして飲んでいても、お父さんの口から出てくるのは、一馬ちゃんのことばかりだった……」

「父や母に、いっときでも感謝の気持ちを忘れたことはありません」

「当たり前よ。あなたのお父さんも、お母さん――加代ママも本当にいいひとだったわ。今おもえば、わたしが一番幸せだったのもあの時代だった……」

懐かしむように目を細め、織江が当時の想い出話をはじめる。

「君香《きみか》、マリ、梢《こずえ》……。みんないい友だちだった。でも一番かわいそうだったのは、英子《ひでこ》よね。あんなにきれいで心優しかったのに、あんなにあっさりと死んでしまうなんて……」

織江が口にした、英子、という名前に、おもわず一馬の胸に熱いものが込み上げてきた。その胸のうちを隠し、一馬は訊いた。

「そんなにきれいな女《ひと》だったのですか、英子さんという方は？」

「ええ、それはもう……。彼女目当てに通うお客さんばかりだった、といってもいいぐらい。それに、きれいなばかりじゃなく、気立てがよくて、女のわたしの目から見ても素敵な女性だったわ」

その英子が病気で亡くなったのを知ったのは、英子が店を辞めてから一年後のことだという。

それからしばらく織江のむかし話につき合い、時計が午前零時を回ったのを機に一馬は腰を上げた。


「まだ、いいじゃないの」

「いえ、あしたも仕事がありますから。いろいろとありがとうございました。また近いうちに寄らせていただきます」

名残惜《なごり》しそうな表情を見せる織江に丁寧に挨拶をして、一馬は店をあとにした。

来たときとは反対の方角、京浜急行の大森海岸駅のほうに足をむける。駅の裏手に回り、運河沿いの一角に出ると一馬は立ち止まった。運河から吹きつけてくる風が冷たい。

懐から、やや黄ばんだ一葉のカラー写真を取り出す。手紙と一緒に、封書のなかに入っていた物だ。

亡くなった母——加代を囲むようにして、三人の女性が写っている。

その右端、写真のなかでもぬきんでて白い肌をした女の顔をじっと一馬は見つめつづけた。細面で涼しげな目をした、むかし風の顔立ちをしている。写真の裏には父の字でその女性が英子であることを教えてくれていた。

母さん……。母さん、あの男を、おれは絶対に許しはしない……。

小さくつぶやいた一馬のことばを、運河からの一陣の風が運び去った。

10

ブラインドカーテンの隙間から西陽がこぼれ出ている。目頭を押さえ、柏木は見るともなしに、その揺れる光を見つめた。

午後の一時にはじまった会議がようやく終わろうとしていた。

「フューチャーズ」と「ハンド・トゥ・ハンド」を交えて半年に一回、四月の期替わりと十月の初めに「カシワギ・コーポレーション」の会議室で行われる柏木グループの定期合同会議である。会議は、各社の長短期経営計画の確認と修正が主題となる。

気心の知れた中条の率いる「フューチャーズ」だけのときは、こんな大仰な会議は開かなかった。しかし六年前に、異分子ともいえる「ハンド・トゥ・ハンド」を傘下に組み込んだ三社体制になったときから実施するようになった。顔ぶれは、原則的に、各社の役員全員が出席することになっている。

「カシワギ・コーポレーション」からは、児玉と専務の堤洋次郎《つつみようじろう》のふたり。堤は、会社を設立した二年後に、当時大手の建設会社の設計部部長をしていたのを、その温厚で実直な人柄を見込んで柏木が迎え入れた。ドロドロとした裏の駆け引きには不向きだが、一級建築士の資格を有し、今では「カシワギ・コーポレーション」の新事業計画を練るときにはなくてはならない、今年六十になる人物である。

「フューチャーズ」からは、中条と専務の城之内《じょうのうち》、そしてふたりの常務の、計四名。いずれの役員も中条より二つ三つ年下で、大学卒業と同時に入社してきた若い面々だ。「ハンド・トゥ・ハンド」からは浜中と、横矢の息のかかった専務の橋爪《はしづめ》、そして広告会社から転身してきた常務の鶴崎《つるさき》。柏木も含めると総勢十名という陣容で、いってみれば、今現在の柏木グループの頭脳のすべてが集結していることになる。

会議は堤の口からの「カシワギ・コーポレーション」の報告によってはじまり、次いで浜中の「ハンド・トゥ・ハンド」、そして今は、中条の口からこの十二月に発売される新しいゲームソフト、「プロミスト・ランド」についての説明が行われていた。

「ゲーム市場を支える人間の大半は、飛びつくのも早いが飽きるのも早いという人種ですから、はたしてこれがどのくらいの売れゆきを示すものやら……。しかし、創《つく》る側の私どもが、おもしろい、という感性を失っていないかぎりだいじょうぶでしょう。つまり、この『プロミスト・ランド』は、我が社のヒット作『パンドラシリーズ』に勝《まさ》るとも劣らない、おもしろい新ゲームソフト、ということでして……」

飄々《ひょうひょう》とした中条の口調からは、この新ゲームソフト『プロミスト・ランド』が開発費に二十億近くも要したことなどまったく感じられない。それが逆に、このソフトに対する彼の自信の深さをうかがわせてもいた。

「最後に一言、いい添えますと、この『プロミスト・ランド』は、会長のことばがヒントとなって開発をおもいついたものです……」

中条が眼鏡の縁に指をやり、会議室の全員に視線を回した。

「まるで科学が万能であるかのような世の中になった……、コンピューター世代と呼ばれる人種が社会を支配するかのようになった……。しかし、はたしてそうだろうか。あるとき、会長はそんな疑問を口にされた。ひとは、科学から生まれたものではない。だが科学はひとから生まれたものだ。たしかに科学は便利で、人間の生活にかぎりない恩恵をもたらした。では、はたしてそれで本当に人間が幸せになったといえるのだろうか。便利なもの、生活に不可欠なものが満たされることによって、逆に人間にとって必要とされるなにかが失われてしまったのではないか、そういわれたのです。科学の真っ只中《ただなか》にいて仕事をしている、かくいう私もその疑問を常々感じておりました。今若者たちのあいだでは、新興宗教がひそかに浸透しはじめているように聞きます。これは、これまでの物質至上主義ともいえるような生活に、若者たちが疑問を持ち悩みを抱えはじめたからではないか、とおもうのです。物を得ることによって我々はなにかを失ってしまった……。それを探す旅に出てみよう……。じつは、それがこの『プロミスト・ランド』のコンセプトなのです。選択しだいでは、自分の意図するものとはまったくちがう地に降り立ってしまう。ゲームを操る人間の心の持ち方ひとつによって、自分が本当に幸せを感じることのできる『約束の地』に到達することができる、それがこの『プロミスト・ランド』のゲームなのです。私は心中ひそかに、このゲームソフトの爆発的なヒットを確信しております」

中条が頭を下げて着席すると、期せずして、全員から拍手がわき起こった。

「では、会長のほうから」

会議の進行役である堤が、白髪の穏やかな顔を隣の柏木にむけた。三社の主だった顔ぶれが集まった席では、柏木は会長の呼び名で呼ばれている。

うなずいてから、柏木は口を開いた。

「カンに頼る経営はいけない。しかし、これまでの事業において、私のカンが働かなかったことはない。そして自慢するわけではないが、そのカンはことごとく的中してきた。その私のカンからいわせてもらえれば、今度のゲームソフト、『プロミスト・ランド』もきっと大成功を収めることとおもう。ご存知のように、うちのグループは、中条君の会社の活躍に負っているところが大きい。しかし、世の中の移り変わりの速度は想像以上のものがある。きょう脚光を浴びていても、あすは没落という可能性を誰が否定できるだろう。現に長年信じられていた不動産神話など、バブルの崩壊とともに、じつにあっけなく吹き飛んでいってしまった……」

ことばを切り、柏木は全員を見回した。

「会社を興したとき、私はこうおもっていた。とにかく徹底的に利益のあがる会社にしよう、と。しかし、今はその気持ちに大きな変化が起きている。企業というのは、じつはひとに必要とされ、その存在理由を認められてこそ、初めて社会に対してその役割を果たすことができるのではないだろうか、と。バブルの時代、ただひたすら己《おのれ》の金儲けだけに走った企業はことごとく手痛いしっぺ返しを受けた。収益をあげるのは、企業にとっては最小限の義務だ。でなくては、単なる社会のお荷物になってしまう。だがその一方で、社会に必要とされる存在たらんとする努力を日々重ねてゆくのも、企業に課せられた、もうひとつの義務であるとおもう。その意味では、すでにこの春から準備を重ねてきた創立二十周年記念パーティが、我々『柏木グループ』の企業理念を広く人々に知っていただく格好の舞台になると考えている」

パーティは、芝のPホテルで十二月十日に開催されることになっている。三社の招待客のリストアップも完了し、最終的には三百名前後が参加する一大イベントになりそうだった。むろん、横矢サイドからも、政界筋の出席者が多数あるだろう。

厳密にいえば創立二十周年を迎えるのは「フューチャ

ーズ」だった。しかし、中条とともに築いた今のグループの繁栄の礎は「フューチャーズ」の躍進あってのものだった。したがって柏木はこの十二月の創立記念式典を「柏木グループ創立二十周年」と位置づけている。

ゲームソフトの「プロミスト・ランド」の発売は、本来ならこの十一月にも可能であったが、あえて、その創立二十周年記念パーティの日を発売の日に選んだ。しかもこれまでは内容を伏せた覆面作戦を展開している。その日、パーティ会場で、新ゲームソフト「プロミスト・ランド」の発表会も兼ねた大々的なセレモニーを行う計画になっている。

「パーティの日までもういくらもない。関係者への案内状をはじめとした諸々の準備に万端怠りのないよう、各自が気を引き締めて取りかかってほしい。で、計画の進捗状況は？」

視線を浜中にむける。仕事の性質、浜中の顔の広さ、そうした点を考慮して、このパーティの責任者には彼を任命している。

「現在、広告会社の京美堂と最後の詰めを行って、計画は狂いなく進行しております。ご心配なく」

起立した浜中がいくらか顔面を紅潮させて答えた。

「わかった。他になにか？」

全員の顔を見回し、なにも発言のないことを確かめてから、柏木は会議の終了を宣言した。中条に、残るよう、いう。

全員が退室するのを見届けてから、中条が柏木の隣の椅子に腰を下ろした。

「きょうの社長、やけに気合が入ってましたね」

中条が冷やかすようにいった。

「たまにはいいだろう」苦笑で応じてから、柏木は切り出した。「先日、また藤田証券が来た。今度のゲームソフトの成否しだいになるが、やっと『フューチャーズ』を店頭公開する決心がついた」

証券会社は躍起になって金になる木を物色している。時代の先端を行く「フューチャーズ」に目をつけないほうがおかしい。これまでにもいくつかの証券会社から何度となく、店頭公開をしないか、との打診はあったが、なかでも藤田証券が一番熱心だった。それに柏木は、その法人部長を信頼に足る人物と評価してもいた。

「二年後の春を目途にしてるんだが、社員への還元策も考えなければ……」

他社に倣って社員持ち株制度を推し進めてはいるが、

まだ十分ではない。店頭公開までにもっとそれを推し進めたい、と柏木は説明した。

「そうしていただけると、ますます皆もやる気が起きるとおもいます。でも、檜舞台に上がるまでに二十年以上もかかっちゃいましたね」

中条の童顔がほころんだ。

「もし念願通りになれば、それはすべて中条、おまえのおかげだよ。おまえの先見性と頭脳がなければ今日の『柏木グループ』の発展などなかった。ありがとう、礼をいう」

柏木は中条に軽く頭を下げた。

「なんですか、他人行儀な……」中条が戸惑った顔をし、逆に柏木に深々と頭を下げる。「お礼をいわなければいけないのは、私のほうです。もし社長が私のことばを信じてくれなかったら、『フューチャーズ』なんていう会社はこの世に誕生していなかったのですから」

中条が差し出した右手を、柏木は力いっぱい握り締めた。

「イテテッ。きょうの圭ちゃん、本当に力が入ってるな」中条が顔を歪めて茶化すように応じ、それから柏木に、小声でいった。「圭ちゃん、だいじょうぶ。今度のゲームソフト、絶対ヒットします。このところの外部からの反応で確信しています」

「心配などしたことはないさ」

「用件はそれだけですか？」

「ああ、頑張ってくれ」

「それじゃ、客が来ることになってますので」

中条が会議中の顔に戻して一礼し、部屋を出て行った。

すべてが順調に進んでいる……。きょうは十月七日。あの日から、丸一年と四日が経った。しかし自分の周囲には疑わしき影のひとつとしてない。すべてが終わったのだ……。

誰もいなくなった会議室でマルボロを一本吸ってから柏木は社長室に戻った。

椅子の背凭《せもた》れに頭を乗せて目を閉じる。会社のことはもう頭にはなかった。

先日初めて見た未央の顔が浮かんでくる。実際に目にした未央は、写真で見るよりもはるかに亜木子に似ていた。それも、若かった、あのころの亜木子に生き写しだった。会議のあいだも、何度となく柏木の頭のなかには、未央と亜木子の顔が浮かんでは消えていた。

追い払うように頭を振り、机の上に置かれたきょうの郵便物の束に目をやる。手に取り、柏木は内線電話で秘書役の佐伯を呼び出した。

会議の時間帯は外線を繋がないよう命じていた。顎に受話器をはさみ、かかってきた電話の内容を聞きながら、郵便物に素早く目を通してゆく。ふと、手が止まった。

妙な封書だった。どこにでもある市販の白い封筒だが、柏木圭一様、と記された宛名の一字一字が切り貼りされている。どうやらワープロで打ち出した文字を一字ずつ貼りつけたようだ。しかも速達となっている。

裏を返してみた。空白で、差出人名は記されていない。

佐伯の報告を耳にしながらペーパーナイフを手に取る。なかには一枚の便箋が入っていた。たった二行、ワープロ文字が打たれている。瞬間、顎にはさんだ受話器を落とした。

——もしもし、社長……。

机に落ちた受話器からかすかに佐伯の声が聞こえる。拾い上げた。

「わかった。残りはあとで聞く」

声がかすれているのが自分でもわかった。叩きつけるように受話器を置き、もう一度、穴のあくほどワープロ文字を見つめた。便箋を持つ手が震えている。

十月三日の深夜、河口の上空にかかっていた月はこの世のすべてを見下ろしていた
立会川

知っている……。誰、誰だ……、胸のつぶやきは激しい鼓動で打ち消された。口のなかはカラカラだった。頭のなかは真っ白だった。思考のすべてが停止した。封筒と便箋を手に、椅子にへたり込んだ。放心状態で、しばらくのあいだ二行のワープロ文字を見つめつづけた。

電話の音で、瞬間我に返った。

「なんだ？」

荒い声で佐伯に問い返す。取引先の不動産屋からだという。

「いないといってくれ」

誰からの電話も繋がないよう、命じて受話器を置く。封筒と便箋を机の上に置き、急いで部屋のドアにむかった。内錠をロックしたとき、初めて額の冷や汗に気づいた。

机に戻り、ふたたび封筒と便箋を手に取った。生唾《なまつば》が喉に引っかかった。

震える指でマルボロに火をつけた。立てつづけに煙を

肺に送り込む。

目を閉じ、しばらくじっとしていた。胸の動悸《どうき》は治まらなかった。目を開けた。便箋は見なかった。

たばこを灰皿に押し潰してから、ゆっくりと便箋に視線を落とした。ワープロ文字が消えていることを願った。

十月三日……。震える指で、文字が揺れた。

誰だ……。いったい、誰が……。鼓膜に、高い金属音が響きはじめた。便箋を机に置いた。今度は置いた便箋に覆い被さるようにして文字を見つめた。誰……。ことばを呑み込み、ふたたび目を閉じた。

机に肘をつき、髪に両手の指を突っ込んで頭を支えた。耳の金属音が一段と高くなった。なにも考えたくなかった。

どれぐらいそうしていただろうか。金属音に混じって誰かの呼ぶ声がした。父の圭吾だった。

その瞬間、柏木は目を開けた。胸の動悸がようやく小さくなった。少しずつ思考能力が戻ってくる。

あらためて封筒と便箋を手に取った。

宛名だけが切り貼りされていて、文面はワープロで打ち出されたままだ。宛名を切り貼りにして速達にした点に差出人の意図が感じられる。わざと目につくようにして、他のダイレクトメールと混同されるのを避けたにちがいない。

だが……。この文面、これはいったいなんなのだ。狙いはなんだ……。しかし、明らかに、あの日のことを示唆している。

目を閉じ、こめかみを指で強く押す。

あれからすでに一年以上も経つ。それが、今になってなぜ……。それに、こいつの狙いはいったいなんなのだ。これが脅迫状といえるのか。要求らしきものはなにひとつとして書かれていない。それに及川のオの字も記されていない。しかしこの二行の文面はまちがいなくあの日のことを示唆している。

必死になってあの日の記憶をたどってみた。

慎重すぎるぐらいに慎重を期した。路地を歩くときも周囲には全神経を張りめぐらした。絶対に誰にも見られなかった確信がある。しかし誰かが知っている。

京浜急行の品川駅……立会川駅……天祖神社……。

どうおもい起こしても、やはりあの日の行動に落ち度はない。するとあの日ではなく、電話の翌日にやつに会った日だろうか……。しかし、それはもっとあり得ないような気がする。同じ夜の十時でもその日は競馬もなく、界隈はあの日以上にひっそりとしていた。やはり天祖神社には人っ子ひとりいなかった。それに会った時間はわずか五分ほどのことだ。

　頭が混乱していた。手紙のワープロ文字を見つめながらしばらくじっとしていた。何本目かのたばこに火をつけたとき、ようやく肚を括った。たばこを握り潰し、代わりに受話器を握った。

　耳に留守番電話を告げる女の声が流れた。児玉の携帯電話に、きょうの夜の十時に元麻布の部屋に来るよう、メッセージを残して柏木はふたたび目を閉じた。


　六杯目のストレートウイスキーに口をつけたとき、インターフォンが鳴った。児玉の声を聞くよりも早くオートロックを開錠した。

　ドアが開いても顔をむけなかった。

「どこか具合が？　ひどく顔色が悪いようですが……」

　前に立った児玉が、のぞき込むような目で柏木を見つめている。

　酔ってはいなかった。目が充血しているのは自分でもわかった。無言で児玉に顎をしゃくって、前のソファに座るよう、促す。

　腰を下ろしかけた児玉が、テーブルの上の封書を目にして一瞬怪訝な表情を浮かべた。

「きょうの午後、会社に届いた」

「なんですか、これは……」

「読んでみろ」

　封筒を手に取った児玉が切り貼りされた宛名に眉をひそめた。裏を返し、差出人名が空白なのを見てますます不審な顔をする。

　便箋を抜き出し、一読するやいなや、児玉の顔面が蒼白になった。

「これは……」

「そういうことだ……」

　努めて冷静な口調で柏木はいった。

「いったい誰が……」

　児玉の声はうわずっていた。

「それがわかれば苦労はない」

　グラスを手に腰を上げ、壁の絵笛の写真の前に立ってウイスキーに口をつけた。

「会議のあと、ここに来てからずっと考えていた……」

　背後で児玉が息をひそめて聞いている。

「このあいだおまえは、錦ヶ浦の崖っぷちで、いつでも飛び降りてみせる、といってくれた。今でもその気持ちに変わりはないか」

「むろんです」

間髪いれずに、響くような答を児玉が返してくる。

「わかった。おまえを信じよう。児玉、どうやらおまえの力が必要になったようだ」

「なんでも命じてください。私にできることならなんでもします。ひとを殺せと命じられても迷いはありません」

「そうか……」

写真の絵笛の風景をしばらく見つめた。無言の部屋のなかで、児玉の荒い息がより静けさを浮かび上がらせた。

ソファに戻り、柏木はウイスキーボトルを手に取った。

「飲むか？」

「いえ」

児玉が首を振った。

空のグラスにウイスキーを注ぎ、ひとくち口に含んでから柏木はいった。

「俺が、自分のこの手で及川を殺《や》った」

意外なほどあっさりと口にすることができた。児玉が無言でうなずいた。

「やつと俺とのことを話しておこう」

「いえ。その必要はありません。社長が無意味にひとを殺すわけがありません。社長にはそうするだけの理由があった──私はそれを信じています。私にとって大事なのは、社長をこれからどうお守りするか、ただそれだけです」

座った背筋をピンと伸ばし、身じろぎもせずに児玉がいった。

「そうか……。ありがとう」

ソファに腰を沈め、しばらく目を閉じた。ふたたび開いた柏木の目に、凝視している児玉の顔が映る。

「及川は金を要求した。しかし、彼を殺ったのは、その金を惜しんだからではない。むかし若かったころ、俺は彼に大変な恩義を受けた。その恩義に報いるためなら、今ある俺の財産の半分を渡してやってもよい、とすらもっていた。事実俺はあの日、彼が要求した金額の倍にあたる──一千万の小切手十枚を持って約束の場所に出むいた。しかし心のなかでは葛藤《かっとう》があった。はたして事はこれだけですむのだろうか、と。彼はその金さえ手に入れば、二度とふたたび俺の前には姿を現さない、と約束した。しかし俺はそのことばを信じ切れなかった。要求は、はたして金だけなのか……。どうしてもその不安を拭うことができなかった。十枚の小切手を渡したあと、彼はある一言を口にした。その一言は俺を絶望の淵《ふち》に追いやるものだった。やはりこいつは金だけですませるつもりはない……。彼が口にしたその一言は、俺を社会から抹殺する危険を匂わせたものだった。俺が血と汗で築いた、この『柏木グループ』を崩壊させるものだった……」

「わかりました、社長。もうなにもいわないでください。何度もいいますが、社長は私の命なのです。私は、私の命である社長に牙《きば》を剝く者は、たとえ誰であれ、どんな理由があれ、いや、なにひとつ理由がなかったとしても、絶対に許しません。すべてはもう終わったことです。問題は、今後です。この手紙――この脅迫者に対して講ずる手段をどうするか、それに尽きるとおもいます」

児玉の蒼白な顔のなかで、目だけが赤く充血している。

「講ずる手段か……。しかし、見ての通り、手がかりはなにもない。しかし、手がかりをなにも与えていないということは、これからも何度か同様の手紙を送りつけてくるつもりと考えていい」

うなずいた児玉の固く結んだ唇の端は小さく痙攣《けいれん》していた。

「それに、落ち着いて考えてみると、いろいろな疑問もある。事件からはすでに一年以上も経っている。それなのになぜ今ごろになって、こんなものを送りつけてきたのか……。それに、この文面にしても少し妙だ」

「たしかに、そうです。脅迫するならなにか要求があるはずです」

児玉がもう一度、文面に目を通し、じっと考え込んだ。

「社長、あの日、誰かに姿を見られたということは……？」

「それはない」

断言するように、柏木は答えた。あの天祖神社で会おう、人目のないほうがいい……。そういって及川は、最初に会った日も、あの日も、会う時刻ですら夜の十時を指定してきた。むしろ彼のほうが、異常なほどにひとの目を警戒していた。

社を出たのが九時。タクシーをJRの品川駅で捨て、細心の注意を払って京浜急行に乗り込んだ。尾行者などは絶対にいなかった自信がある。立会川の駅に着いたのが、約束の十時五分前。その日は、大井競馬場で競馬が開催されていたが、駅はすでに人影もまばらで、記憶に残るような人物もいなかった。念には念を入れ、天祖神社に行くのにも、神社とは正反対の第一京浜に出て大きく迂回したほどだ。

「社長と会うことを、やつが誰かに話していたということは？」

「わからん」柏木は首を振った。「しかし、まずそれはないとおもう。俺は彼の性格はよく知っている。他人にあれこれとしゃべるような男ではない」

こめかみを押さえ、柏木は目を閉じた。

女房の加代は死んだ、と及川はいった。そして英子も……。あれから二十五年以上も経っている。時々顔を合わせた仕事仲間とは距離を置き、二言、三言交わすだけだった。自分のことなど記憶すらもないはずだ。となれば、自分と及川の繋がりを知っている者など、もはや誰ひとりとしていない。

「社長」考え込んでいた児玉が口を開いた。「もしかしたら、あの夜警が……」

「それは俺も考えた。しかしわずかあれだけの出来事で、いったい彼になにがわかるというんだ？　だいいち、及川の名前すらも知らんだろう」

「そのはずです。しかしこの際、すべての可能性を考えておく必要があります。私に任せてください。それと、もうひとつ、こういうことも考えられませんか……」

児玉が一言一言、ことばを区切りながらつづけた。

及川と柏木の関連を疑っている誰かがいた。しかし確たる証拠もない。その調べに一年余りの時間をかけた。そして、揺さぶりの手紙を出すことによって反応をうかがう……。

「俺もその可能性のほうが高いとおもう」

「社長に来る手紙のふるい分けは佐伯ひとりでやっていましたね。おそらく彼女もこの手紙には不審な気持ちを抱いているとおもいます。彼女には、私のほうから適当な理由を見つけて口封じをしておきます」

児玉の言う通り、佐伯の口は封じておく必要があるだろう。彼女の口が固いことも、自分に対して、ある種の畏敬《いけい》に近い気持ちを抱いていることも知っている。しかし、興味半分でいつ誰に話さないともかぎらない。

児玉に打ち明けたことで、若干余裕めいた気持ちがわいた。

自然と指先で、テーブルを叩いている。考え事に集中しているときの柏木の癖のひとつだ。

それを知っている児玉が、じっと柏木の指先を見つめている。

五千万、それで俺はすべてを忘れる。そう及川はいった。脅しと取ってくれるな。決して自分のための金なんかじゃない。これは本来、おまえが用意しなければならない性質の金なんだ。いずれわかる……。その時が来たらすべてを話す……。そうもいった。

あれはどういう意味だったのだろう。ともあれ、あのことばを信用するなら、あの金を必要とする、やつ以外の誰かがいたということだ。もしかしたらやつは、自分と会うことをその誰かに話していたのではないか……。

「とりあえず、ようすを見ているしか手の打ちようがない。佐伯にいい聞かせるときも、大げさにしないようにしろ。それと、これからも普段と変わりがないよう、ごく自然に振る舞うことが肝心だ」

宙の一点を見つめながら柏木は自分自身にいい聞かせるように口にし、それから児玉に目をやった。

「この見えない相手に対して、唯一俺たちが優位を保てるのは、おまえという存在だ」

「私ですか……」

児玉が口もとを引き締めた。

「そうだ。たぶんこの手紙の主は、おまえがこの事件を知っていることには気づいていない。つまり、俺のこの姿の見えない相手に対しての最大の隠し玉は、児玉、おまえということになる。だからおまえの動きは絶対に相手に悟られてはならない」

「わかりました。私もそのつもりで細心の注意を払って行動します。私はこれを、社長への挑戦――いや私も含めた、この柏木グループ全体に対する真っ向からの挑戦とおもっています。たとえどのようなことがあろうとも、私は絶対にこいつは許しません」

蒼白な顔のなかの目をさらに充血させ、児玉がキッパリとした口調でいった。その顔が柏木に、彼をかつてやくざの世界から拾ってやったときに見せた、あの餓えた表情をおもい出させた。

「ここへは、タクシーで、か?」

児玉に訊いた。

「はい。その先の公園脇で捨てました」

「周囲に、特に不審を感じさせるような者はいなかったか?」

「気がつきませんでした。まさかこのような事態が起きてるとは考えてもいませんでしたので……」

児玉が申し訳なさそうな顔をした。

会社からここに来るときは、いつもなら散歩がてらに歩くのだが、きょうは尾行を警戒し、タクシーを使って大回りをした。もし脅迫者がだいぶ前から監視の目を光らせていたとしたら、この部屋の存在はすでに割れている惧れがある。

少し考えてから柏木はいった。

「慎重を期して、おまえは当分のあいだ、この部屋には近づかないほうがいい。それと……、あしたレンタカーを一台借りてくれ。しばらくのあいだ、尾行者の有無を確かめたい」

もし尾行者がいれば、社外に出かけるときか、自宅に帰るときのいずれかの場合に現れる可能性が高い。朝の出社時までは必要ないだろう。

三十分ほどかけて今後の手はずを打ち合わせしたあと、児玉を帰した。

何杯かのウイスキーを口にした。張りつめていた緊張が酔いを助長させた。

朦朧《もうろう》とした頭のなかで、柏木は自問した。

おまえには他にすべき大切なことが残されている……。

もし及川の口からあのことばが出なかったとしたら、本当に俺は彼を殺しはしなかっただろうか……。彼と初めて会ってからの数日間、悩み怯《おび》えていたのは、ただ単に、あのむかしの事件が公になることを惧れる気持ちからだけだったのだろうか。すでに心のどこかでは、彼を殺す覚悟を決めていた……。それがために、悩み怯えていたのではなかったか。小切手を用意したのは、自分のその後ろめたい気持ちを隠したいがためではなかったのか……。でなくては、返り血を浴びたときに備えての着替えまでを用意して出むくわけがない。

吐き気を覚えた。胸の奥底から込み上げてくる物を止める気にはならなかった。テーブルいっぱいに饐《す》えた匂いが広がった。吐きつづける柏木の両目からは、大粒の涙がこぼれ落ちていた。

及川、なぜ抵抗しなかった……。なぜあんなに優しい目で俺を見た……。もし抵抗してくれたなら、もし蔑んだ目で俺を見てくれたなら、俺は絶対に、二度目のナイフなど、三度目のナイフなど……。

テーブルを濡らした涙のなかに、及川の顔が浮かんだ。その瞬間柏木は、ウイスキーボトルを握り、壁の写真目がけて力いっぱいにぶつけていた。

第三章　血の種子

1

出署して朝のお茶をすすりながら、清水ときょうの行動予定を打ち合わせているとき、桑田に電話が入った。回線から矢作《やはぎ》孝太郎《こうたろう》の弾んだ声が伝わってくる。

——桑田君、お目当ての物が見つかったよ。

「えっ、本当ですか。ありがとうございます」

おもわず声が大きくなった。目配せで清水に朗報であることを教える。

矢作孝太郎は、すでに退官しているが、かつて大井署で及川の事件を捜査したときの桑田の先輩刑事で、桑田と同じく、事件の共犯説を唱えた捜査員のひとりだった。彼が担当捜査していたのは、当時及川の女房が営業《や》っていた大井町の駅裏のバーに出入りする人間の洗い出しだった。

矢作は引退後に、農業と雑貨屋をやっている所沢の妻の実家を継いで今は悠々自適の生活を送っているが、その彼に、事件当時に「バー花」で働いていた従業員について尋ねるため、桑田は一週間ほど前に清水を連れて所沢を訪れている。

しかし、なにぶんにも旧い事件で、矢作もすでに六十を超えている。彼の記憶が定かでないのは無理からぬことだった。しかし唯一の救いは、几帳面《きちょうめん》な性格の矢作が、あるいは当時の雑記帳の類をどこかに残しているかもしれない、といってくれたことだった。

お目当ての物とは、たぶんそのことを指しているにちがいない。

——しかし年は取りたくないもんだな。メモを読み返しても、はっきりと記憶に残っているものとそうでないものとがある。はたしてお役に立つかどうか。

口ではそういっているものの、その声には桑田の再訪を心待ちにする響きがある。

「とんでもありません。お手数をおかけしまして、申し訳ありませんでした。本当にありがとうございました」

電話機にむかって頭を下げながら、桑田は一瞬思案した。

これから所沢に行くとなると帰りは夕刻になってしま

う。昼の一時には吉田秀夫《よしだひでお》と、そのあとの三時からは、及川の国選弁護人だった上野《うえの》弁護士と会う段取りになっている。

吉田はかつての「バー花」の常連客で、是が非でも当時の事情を聞いてみたい人物だ。吉田と会う場所は、彼の勤務する会社がある品川であるから問題はないが、上野弁護士のほうは、今現在彼が事務所を構えている浅草で、しかも場合によったらだいぶ時間を食われるかもしれない。

「遅くなってもご迷惑ではないでしょうか」

――なんの。捜査に時間は関係ないと教えたのはわしだったんじゃなかったかな。

矢作が快活な笑い声を回線に乗せてきた。

電話を置いた桑田に、隣の席の屋久がいささか同情を込めた声をかけてきた。

「二十五年からも前のこととなると大変でしょう」

「捜査はどれも大変ですよ」

「しかし、先日の捜査会議での警部の見解、なかなかおもしろかったですよ。話をうかがっているうちに、内心私は、今の捜査活動の主軸をそっちにむけるべきではないか、とすらおもいました」

「いや、すべて、仮定と想定の話ですから。それにあの意見は、清水君のヒントに端を発したもので、私ぐらいの年になると、若い人の柔軟な思考回路には到底かないませんよ」

桑田のことばに、横にいる清水がはにかんだような笑みを浮かべた。

捜査会議で述べた桑田の見解とは、先日清水と一緒に大井競馬場と立会川の天祖神社を見に行った折に彼が口にした逆転の発想――つまり、人目を気にしたのはホシではなく、じつは及川のほうだったのではないか、しかもそのホシはもしかしたら別のある世界で成功を収めている人物ではないか、という例の仮定話のことだ。

捜査が手詰まり状態に陥っていることもあり、桑田が披露したこの見解に対して、捜査員たちは興味津々という顔で聞き入っていた。しかし彼らが示した興味は依然として、二度目に出席した捜査会議で聖書のことばを引用して共犯説を述べたときと同じ類のものであることを桑田は感じ取っていた。つまり、屋久がいうほどには、まだ捜査本部のなかには、桑田の説を本気にする雰囲気がないということだった。

「そういえば、及川の息子――一馬でしたか――彼の新しい勤務先、たしか『カシワギ・コーポレーション』とかいってましたよね」

屋久がいった。

「ええ、それが、なにか?」

冷たくなったお茶をひとくち口に含んで、桑田は訊き返した。

一馬の運転していたベンツのナンバーから、彼の勤務先はすぐに割れた。広尾に本社を構える貸しビル業者、「カシワギ・コーポレーション」という会社である。

「いえね。あの会議のあと、家で、娘が買ってきた雑誌を暇潰しにめくってたんですが、そのなかに、その『カシワギ・コーポレーション』という会社の社長の紹介記事が掲載されていたんですよ。だいぶやり手の青年実業家だとか。やはり若い人は、そうした種類の人間に対して強い憧れを抱くんでしょうな」

「ほう。社長の記事が、ですか」

参考までに一度目を通しておいたほうがいいかもしれない。ついでの折に本屋で立ち読みでもしてみよう。そうおもって桑田は屋久に雑誌の名前を教えてもらい、残りのお茶を一息に飲み干してから腰を上げた。

JRの大井町の駅までバスに乗り、品川に着いたのは十一時過ぎだった。空腹を訴える清水に、桑田は苦笑まじりで応えて、駅前の蕎麦《そば》屋で一足早い昼食を摂った。吉田との約束の時間まではまだ間がある。コーヒー好きの桑田は、蕎麦屋の隣にあった喫茶店に清水を誘い、聞き込み捜査の要領について話して聞かせた。

これから会う約束の吉田秀夫を知ったのは、加代の足跡を追っている過程でだった。

加代の営《や》業っていた「バー花」は、及川が事件を起こしたその三年後に店をたたんでいた。加代と及川とが夫婦であるということは常連客には知られた話だったようだが、どうやら事件が引き金となって客足が遠のいてしまったらしい。

及川の事件の影響は、店の営業のみならず、住居にまで及んだようだった。店をたたむと同時に、加代はそれまで住んでいた青物横丁のアパートを引き払い、東大井六丁目に移り住んでいる。そして、長年仕事場としてきた大井町の飲み屋街も捨てて、大森の街に職を求めた。

しかしここでもやはり及川の一件が尾を引いたのか、彼女の飲み屋勤めが一か所に落ち着くことはなかった。その加代が最後に落ち着いたのは、大森駅東口裏の一角にある、おでんを売り物にした一杯飲み屋、「おふくろ」

という名の店だった。加代は、病死する半年前までの、ほぼ十年近くを、この店で過ごしている。大森駅東口といえば、生前、及川が勤めていた、大森東一丁目にある「株式会社平和清掃」とはそう離れてはいない。しかし調べでは、及川は加代が働いていたこの店に顔を出した痕跡はなかった。それは、これまでに自分のことが原因で加代の働き場所が定まらなかったことを知っていた及川が、店に迷惑がかかることを惧れて近づくのを避けたからだと考えられる。

加代の足跡をたどることが及川の過去を洗うことと同じ重要性を持つ、と考えていた桑田は、清水とコンビを組んで以来、時間を見つけてはその「おふくろ」に顔を出すようにしていた。

店は十人も座ればいっぱいになる、カウンターだけのちっぽけなもので、もう六十に手が届く小沼朝子《こぬまあさこ》という老いた女がひとりで切り盛りをしていた。どうやら加代がいなくなってからは人手を頼むこともしなくなったようだった。過去に警察とのあいだになにか悶着《もんちゃく》を抱えたことがあるのだろう、この小沼朝子は最初に顔を出したときから桑田たちに終始頑なな態度を示し、捜査に対してはなはだ非協力的だった。だが、裏を返せば、だからこそ、加代が長年にわたってこの店で働くことができたといえるのかもしれなかった。

この朝子のようなタイプの女の口から情報を得るには、警察の鎧《よろい》を見せてはかえって逆効果になる。長年の経験からそのことを熟知していた桑田は、じっくりと時間をかけて自然に彼女の心の防波堤が崩れてゆくのを待つ覚悟を決めた。

清水を連れて最初に訪れたのが八月の中旬、それからほぼ二か月近くにわたって「おふくろ」通いはつづけられた。初めこそ露骨なほどに迷惑そうな顔を見せた小沼朝子ではあったが、何度か顔を出すうちに、しだいに態度を和らげ、なんとか雑談の類にも応じるようになった。しかし、こと加代の話となると、途端に小沼朝子は口を貝のように閉ざしてしまい、桑田をてこずらせた。だが、それであきらめるようでは刑事は失格である。それに「おふくろ」に足を運ぶのは別に苦になることではなかった。なぜなら店に顔を出す桑田には、捜査という本来の目的以外に、別の愉しみがあったからだ。それは、清水と酒を酌み交わしながら、これまでの経験談を彼に聞かせてやるというものだった。せっかくコンビを組んだのだから清水にはなにがなんでも一人前の刑事になってほしい。

どんなに科学捜査が発達しようとも、解明できないことがひとつある。それは、人間の心、だ。犯罪は心の病、というのが桑田のこれまでの刑事生活のなかで得た結論だった。その心の病を解きほぐせるのは、科学の力ではなく人間の心しかない、と桑田は信じている。名刑事といわれる人物は例外なく、ひとの心を鋭く読み取る。それは実体験で体得するものであり、そしてまた先輩刑事たちの経験談を耳にすることによって身についてゆくものだ。したがって刑事という仕事は、ある意味で伝承の職業といえるのかもしれない。

何度か通ううちに、それまで頑なだった小沼朝子の態度に微妙な変化の予兆が表れはじめた。そして閉店間際に訪れた四日前、初めて朝子が加代の話題に応じたのだった。そのとき彼女の口から出てきたのが、吉田秀夫という人物の名前だった。

朝子の話では、吉田は「バー花」時代からの加代の上客で、彼女が大森の飲み屋を転々としていたときも、その店という店には必ず顔を出すほどに親しかったらしい。「おふくろ」にも、月に何度か酒を飲みにやって来たという。しかし加代の死後は、二度ほど顔を見せただけで、今ではまったく足が遠のいてしまっていた。

桑田の頼みに、朝子が重い腰を上げ、名刺入れの箱を物色してくれた。

「(株) 品川流通倉庫　管理課長補佐　吉田秀夫」。会社の住所は北品川一丁目となっている。

桑田は早速吉田に連絡を入れ、きょうの一時に彼と会う約束を取りつけたのだった。

加代とそれほどに親しかったということは、及川が起こしたあの事件当時の、まったく新しい情報を吉田から得られる可能性がある。そのためか、桑田の胸は朝からなんとなく弾んでいた。

昼の休憩時間で店内が混み合ってきたのを目にして喫茶店を出た。一時十五分前。ぶらぶらと歩いてちょうどよい時間だ。

第一京浜を下って歩き、八ツ山橋を越えて品川車庫前の交差点を左折する。吉田の勤務先「(株) 品川流通倉庫」は、天王洲《てんのうず》運河が入り込んだ一角にある。

目についた公衆電話から清水が吉田に電話を入れた。吉田からは会社の近くに来たら一度電話をくれるように、といわれている。そのときの口ぶりには、桑田たちが会社に顔を出すのを歓迎していないことが感じられた。加代のことについてお話をうかがいたい、と伝えたが、それが及川絡みのことと察したのだろう。

「すぐ近くに、喫茶店があるそうです」

電話を終えた清水がいった。吉田は五分もしたら顔を出すという。

「もう秋ですね」

空を見上げた清水が大きく背伸びをした。

建ち並ぶビルの上空に、鳩《はと》の群れが舞っている。近くにある運河のせいだろう、流れる風に桑田は潮の匂いを感じた。

自分が捜査本部に合流してから、あっという間に三か月が過ぎている。清水が口にした、秋、ということばに、桑田はなんとなく焦りを覚えた。歩きながら首を振る。刑事にとって、焦りの感情ほど危険なものはない。時として、その感情が判断を誤らせ、捜査を迷路に入り込ませてしまう。

吉田の指定した喫茶店はすぐに見つかった。喫茶店というよりスナックに近いもので、軽食のメニュー看板を店先に立てかけてある。

入口が見える奥まった席に、清水と並んで腰を下ろした。ランチタイムが終わったせいか、ふたりの客がいるだけだ。コーヒーを注文し、たばこに火をつけたとき、店の自動ドアが開いた。

薄茶色の作業服に身を包んだ、前頭部の禿げかかった五十前後の男が顔を見せた。店内を見回す、落ち着きのない視線に桑田がうなずいてみせると、まっすぐに足を運んで来た。

「吉田さんですか」

清水と一緒に腰を上げ、桑田は小声で尋ねた。

男が無言でうなずいた。

作業服とおもえたのはどうやら会社の制服のようで、胸ポケットの上に、「(株) 品川流通倉庫」の刺繡《ししゅう》文字が入っている。

「お忙しいところを恐縮です」

丁寧に頭を下げ、吉田に席をすすめる。

腰を下ろした吉田が、瞼を二、三度、せわしなげにしばたかせ、桑田と清水に交互に目をむけた。表情にいくらか緊張と不安の色がある。

「……で、いったい私にどのような？」

「いや、どうかお気軽に。決して吉田さんに迷惑をおかけするようなことではありません」

笑みを込め、桑田は名刺を取り出した。清水も倣う。

桑田と清水の名刺を物珍しげに見つめていた吉田が、ふと気づいたように慌てて自分の名刺入れを取り出した。

小沼朝子に見せてもらった名刺の肩書きは課長補佐であったが、手渡されたそれには補佐が消え、課長となっている。

ウエイトレスの姿に、吉田が桑田たちの名刺を隠すようにして名刺入れにしまい込んだ。

「コーヒーを」

吉田がウエイトレスに注文する。

ウエイトレスが立ち去ってから、桑田はいった。

「電話では、加代さんについて、二、三お尋ねしたいといいましたが、じつは、私どもはある殺人事件の捜査にたずさわっております」

「加代さんのご主人の事件ですね」

説明する前に、吉田がいきなり口にした。

「ええ。ご存知でしたか」

吉田がうなずいた。

「新聞を見たときは驚きました。ということは、やはりまだ犯人が……?」

「我々も必死で捜査しておるのですが、残念ながら」

桑田のことばに、吉田がもう一度大きくうなずいた。

事件のあと、新聞に注意を払っていたのだが一向に犯人検挙の報が載らないので、あるいは記事を見落としたのではないか、ともおもっていたという。

そう説明した吉田の口ぶりからは、彼が本心から悔しくおもっていることがうかがえた。

つづけてなにかをいおうとした吉田が、コーヒーを運んで来たウエイトレスの姿に口を噤《つぐ》んだ。そしてウエイトレスが消えるのを待ちかねたように、桑田の目をのぞき込む。

「ところで、どうして私の名前を?」

「大森の居酒屋、『おふくろ』をご存知ですよね」

桑田がいうと、吉田の顔に安堵《あんど》の色が流れた。

「そうですか……、あそこで聞かれたんですか」

「ええ、しかし、吉田さんのお名前を教えていただくまでは大変でしたよ」

「察しがつきます」

桑田の苦笑に、つられたように吉田が目もとに笑みを浮かべた。

加代の口から、小沼朝子が警察を毛嫌いしていたことを聞かされていた、と吉田はいった。どうやら朝子の死んだ亭主が一度警察沙汰《ざた》を起こし、それ以来のことらしい。

「小沼さんのことはさておきまして——」桑田は吉田を見つめた。「吉田さんは、大井にあった『バー花』時代からの、加代さんの旧いお客さんとうかがいましたが……」

「ええ、たしかにそうですけど……」

答える吉田の顔に怪訝な表情が浮かんでいる。

「捜査の詳しい内容についてはお話しすることはできませんが、今申し上げましたように、事件発生からすでに一年以上が経っているのに、いまだに犯人は検挙されていない。つまりそれだけ今回の事件は難しいのです。事件というのは、偶発的なものを除くと、被害者と被疑者とのあいだには絶対といっていいほどに、必ずなんらかの接点があります」

いいながら桑田は、水原一課長が口にした、点線と実線の比喩《たと》え話をおもいだしていた。

「したがって、捜査というものは、被害者の身辺についてはでき得るかぎりの情報を集めておく必要があるのです。見過ごしてしまいそうな些細な事実が犯罪解明の手がかりとなった例は、それこそ枚挙にいとまがありません。今私どもは、あらゆる可能性を想定しております。ですから、こうして吉田さんにもご協力をお願いしにおうかがいしているわけです」

そう説明してから、冷めぬうちに——と、桑田は吉田にコーヒーをすすめた。

その桑田の話できょうの来訪の意を理解したのか、吉田の顔から怪訝そうな表情が消えた。

コーヒーにひとくち、口をつけてから、吉田がいった。

「で、私からなにを聞きたい、と？」

「小沼さんのお話ですと、吉田さんは、加代さんが『バー花』を閉店して大森で働くようになってからも、ずっと彼女のよいお客さんとして通われつづけたとか——」

さりげなく口にし、桑田は吉田の顔の表情に注意を払った。

小沼朝子からその話を聞いたとき、一瞬桑田は、加代と吉田が特殊な関係だったのではないか、と疑った。しかし桑田の胸のうちを見透かしたように、朝子は言下にそれを否定した。長年水商売をやっていると、男女の関係については自然と鼻が利くようになる。朝子の否定はまずまちがいないこととおもわれた。それに加代の性格からしても、なんとなくそれはないような気がしていた。

だが、念のためここは確かめておく必要がある。もし、そういう関係にあったとしたなら、たとえ否定しようとも、微妙に吉田の顔の表情には出てしまうだろう。

「その通りです。しかし、変な意味に取ってほしくはありません」

桑田の目を正面から受け止め、吉田はきっぱりとした口調でいった。

「いえ、決してそんなふうには考えておりません。小沼さんからも、それは聞いております」

吉田の表情からそれが邪推にすぎないことを確信した桑田は、笑いながら矛先をかわした。

「私が『バー花』に顔を出すようになったのは、同僚の曾根《そね》という男に連れて行ってもらったのがきっかけです……」

加代との関係について、吉田が懐かしむように話しはじめた。

今でこそだいぶ直ったが、小さいころから吃音《きつおん》症気味であった吉田は、人づき合いが苦手だった。したがって会社に入ってからも、同期入社の曾根以外には友人らしき友人はできなかった。酒を飲む場所も、居酒屋や焼き鳥屋の類だけにし、ホステスのいる飲み屋に顔を出すことなどそれこそ皆無だった。その曾根に、二十五歳の誕生日のときに、無理やり連れてゆかれたのが、「バー花」だった。そんな吉田に対して、加代は温かく接してくれた。それが吉田をいたく感激させ、以来、月に一、二度、のぞくようになったという。

「それは、及川さんが事件を起こす前のことですか、あとのことですか？」

「一年ほど前のことです」

考える素振りも見せず、すぐに吉田が答えた。それだけ及川の事件のことが彼の頭のなかに強く記憶として残っているのだろう。

二十四歳という年でありながら、加代がそれまでのホステス生活から一転して「バー花」を開店させたのは、及川が事件を起こす三年前のことだ。その二年後、加代が二十六歳、及川二十一歳のときに、ふたりは結婚している。つまり、吉田が「バー花」に顔を出したのは、加代と及川が結婚した年ということになる。

「すると、加代さんが結婚したころになりますね。ところで、そのことは？」

「知っています。及川さんが飲みに来ていたとき、加代さんがそっと教えてくれましたから」

私目当てのお客さんなんていないから――。そう屈託なく笑い、加代は客に対して結婚の事実を隠そうとはしなかったらしい。それは当時の調べでもわかっている。

「及川さんとは何度か顔を合わせましたか？」

「三、四回、ぐらい、ですかね……。通うといっても、さっきもいいましたように、当時の私は安月給でしたから、月に一、二度顔を出すぐらいのものでした。それに、加代さんはあけっ広げな性格でこだわっていないようでしたけど、及川さんは、それなりに気を遣っていたのではないでしょうか、あまり店には顔を出さなかったようです」

「口をきいたことは？」

「ありません。頭を下げて軽い挨拶ぐらいはしましたが……」

うなずきながら、桑田はさりげなく質問をつづけた。

「たまに来られるときの及川さんは、いつもひとりで？」

「ふたり連れで来ていたのを一度見かけたことがあります」

「ほう、そうですか……。しかし、ずいぶんとむかしのことなのによく憶えておられますね」

二十五年も前のことだ。期待を持って質問したわけではない。返ってきた答に桑田はちょっと意外な気がしたが、同時に吉田の顔に一瞬躊躇するような表情が流れたのも桑田は見逃さなかった。

「気がついたことがありましたら、どんな些細なことでもけっこうです。ぜひ聞かせてもらえませんか？」

「ええ、まあ……」

照れを隠すように、吉田がたばこを取り出した。桑田はライターの火を差し出した。

頭を下げて、たばこに火をつけ、一服吸ってから吉田がいった。

「もう、むかしのことですから、話してもいいでしょう。じつは私が『バー花』に通ったのには、ふたつの理由がありました。ひとつは、さっきもいいましたように、加代さんの人柄が好きだったからです。もうひとつは――正直に打ち明けますと、店にいたある女の子に、仄かな気持ちを抱いていたからなんです」

「なるほど。わかります」

桑田はうなずいて吉田の気持ちを和らげた。

それは十分にあり得ることだろう。それまでは女と会話をしなければならないバーなどの店を避けていたという吉田だ。それだけ熱心に通うからには、あるいは――という推測が働かないでもなかった。

その仄かな気持ちを抱いた店の女の子のことがあったので及川がふたり連れで来ていたことの記憶があるのだ、と吉田がいった。

「ほう……。差し支えなかったら、その女の子の名前を教えてもらえますか」

「英子といいました」

答える吉田の顔に一瞬、陰りのようなものが流れた。桑田は黙って、吉田の次のことばを待った。

「しかし、彼女はもうこの世にはいません」

「亡くなられた？」

「ええ、あっけないほどに簡単に死んでしまいました」

「それはまたどうして？」

なんとなく桑田は身を乗り出していた。隣の清水もじっと吉田を見つめている。

「病気で、だとか……。詳しい死因までは知りません」

及川が事件を起こした翌年の四月に店を辞め、そしてそれから数か月後の夏の暑い盛りの八月に他界したということで、もっともその英子の死を吉田が知ったのはずっとあとのことで、加代に聞かされてのことだという。

「気の毒に……。若かったんでしょう？」

「ええ、二十五歳だったそうです」

「そうですか……」もう一度悔やみのことばを口にしてから桑田は訊いた。「それで、その英子さんに対する吉田さんの気持ちと、今話していただいた及川さんの連れとの記憶が、どういう？」

吉田がはにかんだような笑みを口もとに浮かべた。

「今はもう、それが懐かしいような気持ちでいっぱいなのですが……」

懐かしい気持ちでいっぱい――、そう口にしたことばが嘘ではないように、吉田が目を細めて視線を宙に漂わせた。

「気立てのよい子でしてね……」

何人かいたホステスのなかでも英子はぬきんでて美しく、吉田と同じく彼女目当てに店に通う客は多かったという。

「むろん、店の外で会ったことなどありませんでしたが、カウンター越しに彼女と話ができるだけで胸を躍らせたものです。その彼女が、及川さんの連れと話をしている姿に、特別なものを感じてしまったのです」

「つまり、英子さんとその男とがつき合っていたとか、そういう意味ですか？」

「ええ。私も若く、多感でしたからね。しかも彼女に対して好意を抱いている。そういう雰囲気には特に敏感になっていました」

「なるほど」

桑田のカンに響く、なにかがあった。

「その男性というのは、どんな感じの？　今でも顔を憶えておられますか？」

「そこまではちょっと……。じろじろと観察したわけでもありませんし。でも、及川さんより若かったのは確かですね。色白で、痩せてはいましたが、整った顔立ちの、好青年でした」

自分よりはるかに年下にもかかわらず、英子と話す態度が妙に大人びていて、落ち着きがあったのが印象的だったという。

吉田の話を聞きながら、桑田は自分の胸がざわついてくるのを覚えた。もし吉田の話が事実ならば、当時の加代の証言には、嘘があることになる。

共犯の有無を追って、あの当時、及川の交友関係を徹底的に洗っていた。むろん「バー花」にも調べの手は回っていた。吉田の話通り、及川は時々しか店には顔を出さないようだった。その理由は、加代の話によると、自分の女房が水商売をやっていることをあまり知られたくない、とのおもいが及川にあったからだという。稀《まれ》に、仕事の関係の人間を連れて来ることはあったが、それとても、せいぜい一度か二度で、特に親しそうな人物もいなかった、と証言している。もし及川の連れの男と英子とが特別な関係であったなら、その事実を加代が知らぬわけがない。

内心の興奮を抑え、努めてさりげなく、桑田は吉田に訊いた。

「で、結局のところ、その男と英子さんの関係はどうだったのですか？　加代さんには尋ねられたことがあるのでしょう？」

「はっきりとは教えてくれませんでしたが、たぶんつき合っていたのはまちがいないとおもいます」

英子の死を聞かされたときに、一度だけ加代にそのことを訊いたことがあった、と吉田はいった。しかし加代は肯定も否定もせず、曖昧な笑いでごまかしたらしい。

「加代さんは、他人の悪口を口にしないのはむろんのこと、ひとの噂話についてもしゃべったりするのが好きじゃありませんでしたし。でもそのときの彼女の態度で、なんとなく私は確信を持ちましたが……」

「なるほど……」

軽くうなずき、桑田は横の清水にチラリと視線を投げた。清水が手帳にペンを走らせている。

英子と親しげに話していたということは、その男が「バー花」に顔を出したのは、たぶんそのとき一度だけではないだろう。となれば、男と英子とがつき合っていたのに気づかないまでも、及川と男との仲が親しいものであったことぐらいは、他のホステスたちも知っていたのではないだろうか。しかし当時の調べでは、彼女たちは異口同音に、及川が特に親しくしていたとおもわれる人物を店に連れて来たことはない、と証言をしている。

今考えれば、それも妙な話だった。だいたいその手の聞き込み捜査では、観点の異なる意見のひとつやふたつは必ず出てくるものだ。もしかしたら、加代は、そのことを彼女たちに口止めし、口裏を合わさせたのではないか……。ホステスたちからは絶大な信頼を得ていた加代のことだ。彼女がそんな指示を出せば、皆それに従ったにちがいない。

しかし、もしそうなら、加代はなぜそこまでしなければならなかったのだろう。客のことをあれこれと警察にしゃべりたくないのはわかる。だがそんな工作を警察に知られれば、かえって誤解を招くことになる。

「それっきりもう男のことを加代さんには？」

「ええ。英子が死んでしまった以上、もう私には関係のないことでしたから」

「それはそうですよね」うなずいてから、無駄とおもいつつも桑田は訊いた。「男の名前とかは？」

予想通り、吉田は首を振った。

桑田はコーヒーを口にした。すでに冷めており、苦い味だけが舌先に広がった。

「あるいは、曾根さんが知っている可能性があるかもしれませんね」

期待を込めて、桑田はつぶやいた。吉田を「バー花」に連れて行ったという同僚の曾根にも、ぜひ会ってみたい。

「それは無理ですよ」

まるで冷水を浴びせかけるように、吉田がポツリと口にした。

「どういう意味です？」

おもわず桑田は訊き返した。

「曾根は、とうのむかしに死にました」

「死んだ？」

「ええ、交通事故でした。じつは、私が加代さんと長い交友関係を持つようになったのも、彼の死がきっかけでもあったのです。曾根はいいやつでした……」

ひとつ短くため息をついてから、吉田が話しはじめた。

吉田とはちがって社交的な性格だった曾根は、会社の営業部に配属されていた。得意先回りをしている最中に、会社の車で事故を起こしたという。即死だった。及川が事件を起こした半年ぐらいあとのことらしい。会社のなかの唯一の友人で、なにかと曾根を頼りにしていた吉田にとって、彼の死はショックな出来事だった。内向的で人づき合いの下手な吉田が、会社勤めをどうにかやっていけたのも彼の存在に負うところが大きかったからだ。

そのせいか、治まりかけていた吉田の吃音症がぶり返す徴候を示しはじめた。本気で会社を辞めることを考えたという。そのときに、励まし、優しく接してくれたのが加代だった。

「加代さんというひとは、私にとっては実の姉のような存在だったのです」

口にしているうちに加代のことをおもい出したのだろう、吉田が目をしばたかせた。目尻に光るものがある。

「それで、加代さんがお店をたたんだあとも、交流を保たれていたのですね」

話を聞きながら、桑田は、その年齢の割りに吉田の出世が遅いことをなんとなく理解した。世の中が実直なだけではどうにもならないということは嫌というほど見てきている。本来なら、この吉田のような生真面目《きまじめ》な男こそ幸せになってほしいとおもうのだが、皮肉なもので、えてして逆の場合のほうが多い。

もしかしたら吉田はいまだに独身なのではないか……。吉田の姿を見つめているうちに、桑田の胸になんとなくそんなおもいがかすめた。しかしそれを訊くことははばかられた。だいいち捜査には無関係だ。

「いや、よく話してくださいました。お話をうかがって、吉田さんが加代さんに抱かれていた気持ちをよく理解することができました」

そういって、桑田は小さく頭を下げた。吉田が語ってくれた一連の話は、いわば自分の恥を打ち明けるようなものだ。そこに桑田は、捜査に協力しようとする彼の強い姿勢を感じた。

「ところで、及川さんと……」口にしながら、桑田は時計にチラリと目を走らせた。もうすぐ二時になろうとしている。「出所後に会われたことは？」

「むろん、ありません。私が親しかったのは加代さんであって、さっきもいいましたように、及川さんとは個人的な接触はなにもなかったのです。もっとも彼が私を知っていたということはあるかもしれません。加代さんの口から聞いて、ですね」

幼子《おさなご》を抱え、住居も替え、しかも長年親しんだ大井町から大森へと夜の世界での仕事場も移らざるを得なかった……。及川が入獄中だったときの加代の胸中は察するに余りある。彼女はなにかと相談に乗ってくれる実の姉のようなものだった――。加代とのあいだの関係を、そう吉田は説明したが、加代のほうこそ吉田によって慰められていたにちがいない。

及川がもしそうした話を加代から聞かされていたとしたら、彼の性格からして、吉田に礼のひとつもいいたくなるのではないだろうか。

加代の口から聞いて及川が自分のことを知っていたかもしれない、と吉田はいったが、その口調には明らかに及川が彼のことを知っていた響きが含まれていた。顔を合わせることはなかったにせよ、きっと加代の口から、及川の感謝のことばのようなものを聞かされていたにちがいない。

小さく身体を動かしてから、取り繕うように、吉田が補足した。

「なにしろ、及川さんは、加代さん同様、むかしを知るひとたちと顔を合わせるのを極力避けていたようですし……」

「ほう。加代さんも、そうだったのですか……」

及川の心中については理解できる。しかし気のよい加代までもがそんな気持ちになっていたとは――。よほど事件の後遺症を抱えていたのだろう。

「しかし、加代さんは『バー花』に勤めていたホステスさんたちから大変信頼されていたと聞いています。だったら、当時の彼女たちのなかの誰かと交流を持っていてもよさそうにおもうのですが……」

きょう吉田と会って、桑田が期待していたことのひとつが、彼の口から「バー花」時代のホステスたちの消息を得ることだった。加代とは長いつき合いのあった吉田のことだ。彼女の口からそれを聞いていたとしてもおかしくない。

「それもなかったようですね」

吉田の答に、桑田はちょっと落胆した。しかしそれをおくびにも出さず、つづけて訊いた。

「彼女たちの噂の類も、加代さんは口にすることはなかったのですか?」

「英子以外に何人かいましたが、私も今では、その名前すら憶えていません」

そういってから、ふとおもい出したように吉田が目を細めた。

「そういえば……」

「なんです?」

「ひとりだけ、いましたね。もっとも、加代さんは名前もいわなかったですが」

当時のホステスのひとりが、結婚に失敗して、同じ大森で居酒屋を営業《や》っているような話をしたことがあるという。

「ほう、居酒屋を、ね……」

瞬間、桑田の胸はざわついた。もしかしたら、加代が死んだあと、及川が時々酒を飲んで帰宅することがあったというのは、その店だったのではないか……。

「しかし、そこにすら一度も顔を出していない、と加代さんは笑ってましたが」

桑田の胸のうちを知らない吉田は、あっさりといった。

及川が殺害された直後に得た一馬の証言を桑田はおもい起こしていた。

出所後の及川は、まったくといっていいほどに外で飲むことは控えていた。それが加代の死後、週に何度かは酒に酔って帰るようになっていたという。どこで飲んでくるのかを、父に訊いたことはない、母の死がよほど寂しかったのだろう、と一馬は捜査員に話している。

及川が出入りした馴染みの飲み屋——。捜査対象のひとつにそれも加えられた。しかしそれを捜し出すのは容易なことではなかった。及川は人づき合いを避けていて、彼の会社の同僚たちも誰ひとりとして、その店を知らなかった。今現在も他の捜査員がその店を捜すべく捜査を継続しているが成果はあがっていない。

もう一度、桑田は時計に目を走らせた。

浅草までは少なくとも四十分はみなければならないだろう。上野弁護士との約束の時間を三時にしたのは、吉田から前もって、仕事があるので一時間ぐらいしか時間が割けない、といわれていたからだ。

訊き足りないことがあれば日を改めて時間を取ってもらえばいいようなものだが、桑田は、今のこの場面での時間を惜しむ気持ちでいっぱいになっていた。

というのは、警察の事情聴取に対しては、誰しもが自分の話によってひとに迷惑がかかるのを惧れて通りいっぺんの話しかしたがらず、今の吉田のように、心の鎧を脱ぎはじめたときなどこそ、まさに聞き込みの絶好の機会といってもいいからだ。こういうときには、こちらが予想もしなかったような話が聞けたりする。

「他になにか、おやっ、とおもわれるような類の話を加代さんの口から耳にされたことはありませんか？」

しつこく食いさがって、桑田は訊いた。

「そういわれましても……。加代さんの話の大半は、一馬君のことばかりでしたし」

困惑したような顔で吉田が答える。

「なるほど。わかるような気がします。一馬君は一粒種で、しかも優秀な息子さんでしたから、よほど自慢だったのでしょうね。しかし、その期待通りの立派な青年になっていて、私も懐かしさを覚えましたよ」

「懐かしさを覚えた……？」吉田がふしぎそうな顔をした。「すると、小さいころの一馬君をご存知なのですか？」

「ええ、まだ赤ん坊でしたがね」

及川の事件が落着したあとに、一度青物横丁の加代のアパートを訪ねたことがある、と桑田はいった。

「まだ私も若かったのですが、じつは、及川さんの事件は、私がその手の捜査をするようになって初めて手がけたものだったのです。それに、取り調べをしているうちに、私は及川さんの更生を誰よりも信じるようになっていましたので、加代さんのことも他人事《ひとごと》ではないような気がしたものです」

「そうでしたか……。刑事さん、あなただったのですか……」

吉田がまじまじと桑田を見つめた。

「私のことを？」

「失礼、お名前は、たしか、桑……」

口にし、吉田が名刺入れにしまった名刺を取り出そうとした。

「桑田です」

笑みを交えて、桑田はいった。

「そうです。おもい出しましたよ」合点がいったように吉田が大きくうなずき、親愛の情のこもった視線を桑田にむけた。「たしかに、加代さんが口にしていたのは、桑田さん、あなたのお名前でした。すると、一度及川さんから手紙を受け取ったことがおありでは？　彼が出所して間もないころのことです」

「ええ。池袋署に勤務していた十年ほど前のことですが。それも加代さんから？」

「桑田さんにだけは手紙を出しておきたい――。及川さんは加代さんにそういっていたようです。加代さんは、あなたのことを、とても親身になってくれた優しい刑事さんだった、警察にもあんな方がいるんだ、としみじみとした口調で話していました」

照れを隠すように、桑田はたばこを一本抜き出し、ふたたび時計に目をやった。二時を大きく回っている。

そのしぐさに、吉田がいった。

「刑事さん、時間のほうは気にしないでください。忙しいといったのは、じつは口実なのです」

どうやら吉田は、桑田が時間を気にしているのが自分のせいだとおもっているらしい。

「私の仕事など、会社のなかでも閑職でしてね。しかも、俗にいう窓際族ですよ」

吉田が自嘲《じちょう》的な笑みを口もとに浮かべた。加代から聞いていた刑事が桑田だとわかったせいだろう。

「ちょっと失礼しますよ」

吉田に断りを入れて、桑田は清水を促して入口近くに誘った。耳打ちをする。

「いい話が聞けそうだ。すまんが、ひとりで上野弁護士の事務所に行ってくれるか」

捜査員は万が一に備えて、原則的にはふたり一組で行動することになっている。しかし、この場合は問題はないだろう。それに清水には、弁護士に会ってなにを訊いたらいいのか、その要点については昼食後の喫茶店で教えてある。

「わかりました。で、そのあとはどうします？」

「六時に池袋の西武線の改札口で待っている」

所沢の矢作孝太郎の家に行くのは、七時近くになるだろう。しかしどんなに遅くなっても、矢作は歓待してくれるにちがいない。

頑張ってきます――。清水が喫茶店を勢いよく飛び出して行った。

「私のほうにも時間の余裕ができました。引きつづき、話を聞かせてもらえますか」

テーブルに戻ると、桑田はコーヒーのお代わりをふたつ注文し直した。

「しかし……」桑田をじっと見つめ、吉田がいった。

「及川さんが起こした事件を担当なさった桑田さんが、今度は一転して及川さんが殺された事件の捜査をなさるというのも、なにかの因縁なのでしょうね」

「いや、別に偶然ということではないのです」

大崎署に勤務していた折に及川の殺害事件が起こり、自ら志願して今の捜査本部に加えてもらったのだ、と桑田は説明した。

「事件を知ったあと、出所後に及川さんがくれた手紙を読み直しました。さしでがましいようにもおもったのですが、そのとき、私の耳に、天国からの彼のことばが聞こえたようにおもったのです。この事件をぜひ私に担当してほしい、と、ね」

「そうだったのですか……」

納得したように大きくうなずき、吉田が、運ばれたばかりのコーヒーに口をつけた。そして桑田を見つめて、いった。

「事情はよくわかりました。私の知っていることについては包み隠さずにお話しして、いっときも早く犯人が逮捕されるように協力させてもらいます」

吉田がテーブルの一点を見つめ、膝を小刻みに貧乏揺すりしながら、じっと考え込んでいる。そして、やおら視線を桑田にむけ、訊いた。

「もしかしたら、桑田さんは、今度の事件が、むかし及川さんの起こしたあの事件となにか関係がある、と考えておられるのではないですか?」

「はっきりとはわかりません。しかし、今だから打ち明けられますが、あの事件については、我々捜査陣のなかでもいろいろな疑問が残されたまま終止符が打たれたというのは事実です。じつはこれは私の個人的な見解なのですが、及川さんが殺害されたこととむかし彼が起こした事件とのあいだにはなんらかの関係があるのではないか、と疑っているのです。ですから今の私は、あの当時のことをもう一度丹念に掘り起こす捜査に躍起となっているのです」

「そうですか……」唇を噛み締め、覚悟を決めたように、吉田がうなずいた。「じつは、直接事件に関わりがあるのかどうかはわかりませんが、私にも疑問におもっていた点がふたつばかりあります」

「ほう……」

コーヒーカップに伸ばしかけていた手を、おもわず桑田は引っ込めた。

「ひとつは——これは、絶対に口外しないでほしい、と加代さんから固く口止めをされていたことなのですが……」

「バー花」を閉店せざるを得なかったのは、及川の事件が引き金となって客足が遠のいたこと以外にも理由があるのだという。

加代が二十四歳という若さで店を出せたのは、実家の母親が生前贈与の形で彼女に渡した、父親の生命保険の残金、七百万円の資金があったからだった。しかも「バー花」は居抜きで譲り受けた店で、改装費用もさほどかからなかった上に、場所柄、権利金や家賃の類も破格に安いものだった。そのために、開店したあとも、加代の手もとには四百万近い金が残されていた。

「表向きは大変繁盛しているように見えましたが、店の内情はそうでもなかったようなのです。加代さんがああいう性格でしたから、客のツケも滞りがちで、それに従業員のホステスが金に困れば、嫌な顔ひとつせずに面倒を見てしまう。まあ、それでも、その残った金には手をつけずに、どうにかこうにか頑張っていたようなのですが、客のひとりの男——新開《しんかい》という名前なのですが——その男に、騙し取られるも同然に、その残りの金を貸してしまったのも原因のひとつだったのです」

「金が返ってこなかった？」

「一か月という約束で貸したらしいのですが、金を返さないどころか、借りた直後に、当の新開がすぐに姿を消してしまったのです」

「それはいつごろの話ですか？」

「及川さんが事件を起こすひと月ほど前のことだそうです」

打ち明けて胸のつかえが取れたのか、吉田が貧乏揺りをやめてもう一本たばこを口にした。桑田はふたたびライターの火をつけてやった。

「もっとも私がそのことを知ったのは、だいぶあと——そうですね、及川さんが服役して、五、六年ぐらい経ってからでしょうか……」

加代が大森で働くようになってから、なにかと相談事に乗っているときに、彼女が話してくれたという。

これだ、これにちがいない……。

及川は取り調べで、競馬に負けてむしゃくしゃしたほんの出来心だった、と犯行の動機を供述している。しかし彼の性格を知れば知るほど、桑田は彼が供述するその動機に疑問を持った。たしかに、及川は単純で直情的な側面もあったが、だからといってあんな大それた事件を起こすほど愚かで思慮に欠けた男にはおもえなかった。競馬に負けてむしゃくしゃ——という彼が語る動機には不自然な感を抱いたのだった。

及川は資金繰りに困った加代の窮状を見かねて、競馬でなんとかしようとした。しかし負けてしまった。その挙げ句に、空き巣を働くことをおもいついたのではないか……。だが、そうした裏の事情を話せば、加代も共謀の疑いを持たれる。それを彼は惧れた……。

そして加代も、なぜ及川があんな事件を起こしたのかに気づいた。自分のために及川が罪を犯した……。だからこそ加代は、及川の出所をずっと待ちつづけたにちがいない。

「それで、その新開という男は、いったい何者なんです?」

「不動産の仲介みたいなことをやっていたようですね。加代さんの母親の遠縁にあたるとかいっていましたが——。そもそも『バー花』をあそこに開いたのも、新開の口ききだったようです。だから、加代さんも新開のことを信用したんでしょう」

「むろん、及川さんは、加代さんが新開に金を騙し取られたということを知っていたんでしょう?」

桑田は吉田の目をのぞき込んだ。

「夫婦でしたから……」

桑田の質問の裏の意味を察したのだろう、吉田が語尾を濁した。

「それが原因で、及川さんがあの事件を起こしたのではないか、と?」

たばこの灰を払い、吉田は目を伏せた。その無言のしぐさが、吉田の肯定を示している。

「結局、新開はそれ以後、加代さんの前には現れなかったのですね?」

吉田がうなずくのを見て、桑田は話の矛先を変えた。

「ふたつ疑問がある、とおっしゃいましたが、もうひとつというのは?」

そのとき、吉田の背後の席に、ふたりの男性客が腰を下ろした。どうやら近隣のサラリーマンらしい。

彼らを気にするように一度振り返ってから、吉田がせわしなげにたばこの煙を吹かした。顔に迷いの表情がある。

桑田は、少し声を落とし説得するように吉田にいった。

た。

「先ほどもお話ししたように、私は及川さんには特別なおもい入れがある。ですから、なにがなんでも、この手で犯人を検挙したい。そうしないと彼が成仏できないような気がするんです。及川さんや加代さんがもうこの世にいないとはいえ、もし、吉田さんからうかがった話が、捜査に直接関係するものではなく、おふたりの名誉に関わるような場合には、私の胸の奥底に収めておくことを約束します。今は、たとえどんな手がかりでも欲しいのです」

吉田の眉がピクリと動いた。躊躇《ためら》いの息を短く吐き、足もとに視線を落とす。

桑田は黙って、吉田を見つめた。無理じいをするつもりはなかった。だが吉田の逡巡《しゅんじゅん》するようすを目にすると、彼が抱いているもうひとつの疑問というものが相当に緊張をはらんだものであると察しがつく。

「桑田さん……」目を上げると、桑田をじっと見つめ、吉田が口を開いた。「このことは事実かどうかわかりません。あくまでも私個人が抱いた想像の産物です。しかも、今度の事件にはまったく関係がないことなのかもしれない……。というより、たぶん無関係でしょう」

吉田の気持ちを汲むように、桑田は軽くうなずいてみせた。

「ですから、この話はそのつもりで聞いて、桑田さんの胸にしまっておいていただきたい」

「わかりました。約束します」

桑田の返事に、吉田が覚悟を決めたかのように小さな声で、いった。

「じつはひとり息子の一馬君なのですが……。もしかしたら、一馬君は、加代さんと及川さんとのあいだにできた子供ではないのかもしれません」

「子供では、ない？　一馬君が……、ですか？」

桑田はおもわず目を見張って、吉田を見つめた。

「ええ。大変不謹慎な想像なんですが……」

吉田が目をしばたかせ、たばこを灰皿に押し潰した。

「すると、加代さんが他の男性と……？　そういう意味ですか？」

吉田が首を振った。

「いえ、そういうことではなく、一馬君は加代さんが腹を痛めた子供ではないのではないか、と……」

「腹を痛めた子供ではない？　つまり一馬君はもらい子かなにか、という意味ですか？」

桑田は吉田の目をのぞき込んだ。

「わかりません」吉田がもう一度首を振った。「しかし……」

「しかし、なんです？」

「もし妊娠していたのなら、加代さんはその事実を私には教えてくれたとおもうのです」

「バー花」で働いていたホステスのなかに子持ちの女がおり、時々その話をする加代の口ぶりから、彼女の子供好きは知っていたという。

「及川さんがあんな事件を起こしたからといって、子供好きの彼女が、妊娠している事実までを私に隠すとは考えられないのです。それなのに、子供が生まれた、と、ある日唐突に私に打ち明けた。しかも、それを口にしたときの彼女の態度が、私には、なにかこう……、とても不自然なものに感じられたのです」

「なるほど……」

吉田の説明はうなずけるものだった。

「加代さんにそのことを打ち明けられたのは、いつでしたか？」

「生まれた一か月後——たしか九月の初めごろだったとおもいます」

「それまで、加代さんは休むことなく、普段通りお店に？」

「七月の下旬から八月の下旬までのひと月間ほとんど休んでいます。なにかやんごとない用事ができたとかいって……。加代さんが一馬君の話ばかりするので彼の誕生日を憶えているのですが——たしか八月七日だったとおもいます——、つまり出産のためだったということなのでしょう……。しかしこういってはなんですが、たしかに加代さんはいくらか太り気味の体型をしていましたが、いくらなんでも、臨月を間近に控えればそれらしき徴候はあるとおもうんです。しかし、休む直前の七月下旬まで、私にはなにひとつとして変わった点が感じられなかったのです」

「なるほど……。たしかにそれは変ですね」

桑田はもう一度うなずいてみせた。

吉田の話には、ひとつひとつ納得できるものがある。

桑田は、たばこを一本抜き出し、ライターの火をつけた。

煙を見つめながら、桑田は、及川が入獄したあとに、加代を訪ねたときの光景をおもい起こしていた。

加代が赤ん坊を抱いているのを目にしたときには驚い

たものだ。しかし、加代は吉田のいう通り、肥満気味の体質で、気がつかなかったのでしょう、と彼女から屈託なくいわれて、桑田は特にそれ以上の疑問は抱かなかった。

　どういうことなのだ、これは……。

「一馬君は及川さんの籍には入れず、加代さんの実家に養子に出されていますが、そのあたりの事情について、彼女はなにかいってましたか？」

　たばこの灰を払い、桑田は吉田に訊いた。

「ええ、じつは、加代さんが子供が生まれたことを私に打ち明けたのは、その相談のためでもあったんです。及川さんがあんな事件を起こしましたので、一馬君の将来を心配したのでしょう」

「で、なんと？」

「私個人の考えとしては賛成しました。一馬君が大きくなれば、いずれはそうしたいきさつはわかる。そのときに、及川の籍に戻るかどうかは一馬君の判断に任せればいいのではないか――。そう私は加代さんにいいました」

　そのときのことをおもい出すように、吉田は目を細めた。

「なるほど……」

「事実、そうした動きはあったようです」

「といいますと？」

「一馬君は、賢いよく出来た子でしてね。自分が母方の籍に入った事情というのは、中学生のころから知っていたようです。でも大学に入ったときに、及川の籍に入りたいと加代さんたちに迫ったそうです。しかし、それをやめさせたのは及川さんだったらしいですね。そう私は加代さんからは聞いています」

　借家だったせいだろう、加代の母親が死んだあと、本橋の家は消滅している。幼いころから一馬もずいぶんと苦難の道を歩かされている。それを考えると、桑田はなんとなく一馬が哀れにおもえた。

「私の知っていることは、これでだいたいお話ししたつもりです」

　吉田が腕の時計を見ながら、いった。

　時刻は三時半になろうとしていた。いくらなんでもそろそろ会社に戻らなければならないのだろう。短い時間にもおもえたが、かれこれ二時間半も吉田に話を聞いていたことになる。桑田はまだ聞き足りないことがたくさんあるような気がした。しかしそれは、これまでに吉田が聞かせてくれた話を一度頭のなかできちんと整理してからのほうがよさそうにおもった。

「いや、ずいぶんと長いあいだ、お時間を取らせてしまって。本当にありがとうございました。いろいろと参考になりましたよ」

立ち上がって桑田は深々と吉田に頭を下げた。

「お役に立てば、うれしいのですが……。私ももう一度、加代さんとのあいだで交わした話をおもい出してみることにします。その上で、もしなにか気づいた点があれば、連絡を入れますよ」

吉田が背を丸めて急ぎ足で店を出て行った。その背中を、桑田は感謝のこもった目でじっと見送った。

2

並木通りの七丁目で立ち止まり時計を見る素振りをしながら柏木はそれとない視線で周囲をうかがった。

そろそろ十一時になろうとする時刻で、道路は酔客と空車とで溢れている。児玉がどこから見張っているのかは確かめられなかった。

ふたたび歩いて、数軒先のビルのエレベーターに乗り込む。同乗したのは、客を見送りに出たビルのなかにあるどこかのクラブのホステスふたりと、すでに酩酊《めいてい》状態にあるサラリーマン風の男だった。柏木自身すでに三軒の店を飲み歩いてかなり酒が入っているのだが、男の吐く酒臭い息に無性に苛立ちを覚えた。

酔えるわけもなかった。酒を飲みたくてこの二週間、毎夜銀座に出歩いているわけではない。尾行者の有無を確かめているだけなのだ。

五階で下りた。「クラブ・小秋《こあき》」の小洒落た木目模様のドアを押す。

入ってすぐがカウンター、その奥がテーブル席。店は三十坪ほどの広さだがテーブルひとつずつの間隔をゆったりと取ってあるために、二十人も客が入ればいっぱいとなる。

すでにあらかたの客は帰ってしまったのか、ふたつのテーブルが埋まっているだけだった。

客の相手をしていた奈津子《なつこ》が飛んで来て、柏木をいつもの柱の陰の席に案内する。

「ごめんなさい。ママ、常連さんに呼ばれて、ちょっとだけよそのお店に顔を出してるの。そろそろ戻って来るとおもうわ」

　おしぼりを差し出しながら、奈津子が笑顔をむけてくる。奈津子は小秋が信頼している開店以来のホステスで、小秋がいないときはママ代わりの役目をこなしている。

「かまわん。べつにママに会いたくて来てるわけじゃない」

「あら、そう？　こう連日おいでいただくと、嫌でもそうおもえますわ」

　奈津子の軽口を無視して、柏木は作ってくれた水割りを口にした。

　小秋にこの店を持たせてから四年が経つ。しかし店の誰ひとりとして柏木と小秋の関係は知らない。最古参の奈津子でさえ、柏木のことを単なる小秋の薄野《すすきの》時代からの上客のひとりとおもい込んでいる。小秋に店を持たせるとき、たとえ誰であろうともふたりの関係を口外してはならない、と彼女にはきつく言い渡してあった。

　奈津子の与太話《よたばなし》を聞き流していると小秋が戻って来た。すぐにテーブルにやって来て、奈津子と交代する。

「まさか本当にきょうも来てくれるとはおもわなかったわ。いったいどういう風の吹き回し？」

「遊びたくなっただけだ」

「ちがうわね。ひとは騙せても私の目はごまかせないわ。いったいなにがあったの？」

　小秋が上目遣いで柏木を見る。

「なにもありはしない。気紛れだ」

　ぶっきらぼうに答えて、柏木は酔えぬ酒をまた喉に流し込んだ。

「頑固なんだから……」

　小秋の表情からは本心で柏木を気遣っているのが読み取れる。

　柏木が小秋と知り合ったのは、彼女がまだ二十八歳の、十年前のことだった。当時はまだバブルの只中で、柏木は札幌の郊外に計画中だったゴルフ場を視察するために時々札幌に足を運んでいた。そのときに業者の接待で初めて顔を出した薄野のクラブで、小秋は「ひかる」の源氏名で働いていた。静内《しずない》の出身、しかもどことなく亜木子の面影を宿した彼女を以来贔屓《ひいき》するようになり、三度目に店を訪れた夜、男と女の関係になった。

　そのころの銀行融資は杜撰《ずさん》といっても過言でないほどに甘く、そのゴルフ場の計画に乗るのはさほど難しいことではなかった。だが柏木は、熟慮の末に結局ゴルフ場経営にまで手を伸ばすのは断念した。札幌のホテルである夜に見た夢がきっかけだった。血だらけの顔をした父の圭吾がしきりに柏木にむかってなにかを叫んでいたのだ。目覚めたとき、柏木の全身は寝汗でびっしょりと濡れていた。本業の貸しビル業の借入金が相当額まだ残っていたこともあるが、父の末路を目にして以来、柏木は借金というものに対して過敏になっていた。もしあのときのゴルフ場計画に首を突っ込んでいたなら、あるいは今ある「カシワギ・コーポレーション」も別の姿になっていたかもしれない。その後耳にした話では、そのゴルフ場は造成半ばで頓挫し、柏木に代わって乗り込んだ大阪の不動産業者は倒産に追い込まれたらしい。

以来柏木は札幌とは縁がなくなり小秋との仲も自然消滅の形となっていた。その彼女が五年前に突然柏木を頼って上京して来た。銀座で店をやりたいという。

生まれも育ちも柏木と同じ北海道。実家が貧しく水商売の世界での成功を夢見て、昼は化粧品会社に勤めながらのクラブ勤め。内に秘めた人一倍の根性と上昇志向。あるいは彼女の身体に流れる血は、自分と同じ種類のものなのかもしれない。そのおもいが柏木に小秋の申し出を承諾させていた。

「ねえ、今度、札幌に行かない?」

周囲の目を気遣うように小秋が小声でささやいた。

「そんな暇はない。ひとりで戻ったらどうだ。それにそんなことは約束事にはなかったはずだ」

「息抜きにとおもって誘っただけなのに、二言目にはすぐそれなんだから。でもしかたないわね、なにしろあなたとの約束事には入っておりませんから」精一杯の皮肉を込めていってから小秋がため息まじりに肩を落とす。「こうして今年も、せっかくの私の季節も終わるのね……」

源氏名の「小秋」は、店を出すときに彼女に頼まれて柏木が考えてやった。亜木子の文字をただ並べ替えただけの簡単なおもいつきなのだが、小秋は、ふたりが知り合ったのが十月初めだったことからその名を考えてくれたものと勝手におもい込んでいる。

小秋への執着はまるでなかった。男の影でもあればいつでも身を引くつもりでいる。だが目下のところ、それらしき気配はなかった。というより、小秋にその気がまったくないようだった。

「札幌のことはいいわ。その代わり、今度また、いつかのあのイタリア料理屋さんに連れて行って。料理もとても美味しかったし。でも、あのときは本当にうれしかった。食事に誘ってもらうことなんてとうのむかしにあきらめてたんですもの」

「そうだな」

曖昧なうなずきでごまかした。

店を出してやってから小秋と一緒に外で食事をしたことなど一度としてなかった。別に他人の目を気にしてのことではなかった。そうした小さな出来事の積み重ねが結局彼女を縛ってゆくことになるとおもっているからだ。

月に一度顔を出すか出さないか。それもひとりで酔いたい気持ちになったときだけのことで、店の存在は誰にも教えていない。この前未央を観察するために六本木のイタリア料理屋に出むいた帰りに児玉を連れて来たのが初めてのことだった。

閉店の十二時間際に、六人連れの団体が入って来た。小秋が腕の時計に目をやって迷い顔を見せている。

「景気が悪いんだろう？　商売が第一だ。俺のことはかまわんでいい。ひとりにしてくれ」

追い払うように小秋にいって、柏木は酒を呷《あお》りつづけた。

溜め込んでいたアルコールが、まるで火山の溶岩が流れ出すように熱い塊となって一気に溢れ出してくる。酔いが緊張を解き、解けた緊張に代わって虚脱感が胸いっぱいに広がりはじめる。

目の焦点が定まらなかった。揺れる視界に脅迫状のワープロ文字がチラつく。誰だ……。

及川、亜木子、未央……。誰の顔も陽炎《かげろう》のように揺れて形を成さなかった。目に映る飴《あめ》色のウイスキーの色が急激に色褪《いろあ》せ、そして次の瞬間、柏木の頭のなかは混濁して、すべてのことが現実感を失っていった。

3

受付デスクを背に会場を見回しているときに、肩を叩かれて、おもわず未央は振り返った。

ジーンズ姿の尾池霧子がサングラスをはずしながら笑っている。

「あら、来てくれたの」

「のぞくっていったじゃない。きのう帰って来たばかりなのよ」

広告会社の専属カメラマンとして働いている霧子が日本を留守にすることは多い。そういえば二週間ほど前に会ったとき、バリ島に撮影に出かけるといっていた。

「翔《と》ぶ」と題した、未央の師である小宮龍一が撮影した「鳥」の写真展が、中央通りに面した銀座三丁目にあるジャパンカメラ本社一階のショールームで、三日前から開催されている。未央は、その受付として開催日からずっと張りついていた。

「あまり盛況とはいえないわね」

霧子が会場を見回しながら、小声でいった。

「でもお昼は、けっこう入ったのよ」

いいにくいことを平気で口にするが、あけっ広げな性格で、霧子のことばに嫌みは感じられない。どちらかというと引っ込み思案気味の未央とは、凹凸が嚙み合うように、学生時代から妙に気が合う。

霧子がいうように、たしかに盛況とはいいがたかった。初日こそ、業界の人間や小宮の知り合い、それにジャパンカメラの関係者たちで賑《にぎ》わったが、それも二日目からは尻すぼみになり、きょうの午前中にいたっては数えるほどの客しか入場していない。そして四時になろうとする今、広さ百坪ほどの会場には、十名前後のひとがいるだけだ。

「やはりお嬢様ね、未央は。こういう格好が一番似合うわ」

写真展をそっちのけで、霧子が未央の全身に点検するような視線を上下させた。

「母の服を借りたの。猫っかぶりよ」

母が好きな薄いグリーンのツーピース。じつのところ、未央も母のこの服が好きで、こうしたいでたちも、こんなときにしかできないとおもって借りたのだった。

霧子と肩を並べて、展示してある写真を一通り見て回る。ワシやタカ、フクロウなどの猛禽《もうきん》類に、ガンやカモの渡り鳥、それにメジロの類の小鳥――小宮秘蔵の、カラー、モノクロの鳥の写真が百点近く飾ってある。

「たしかに上手だとはおもうけど、なんとなく古くさいわね」

「霧子の世界では、感覚やセンスが大事なんでしょうけど、動物写真の世界で一番大切にされるのは、心なのよ」

「いってくれるじゃない。私の写真には心がないってわけ？」

客が少ないだけにひとの目を気にすることもない。いきおい会話が弾んだ。

「ところで、お師匠さんは？」

「朝一度顔を出したけど、きょうはもう来ないわ」

「そうなの。自分の写真展なのに、弟子任せというわけね」

霧子が小宮をあまり好いていないのは知っている。それは小宮の人格や才能の問題というより、霧子の彼に対する生理的な感覚だった。

「それで、結局、あの話は受けることにしたんでしょ？」

霧子が訊いた。

このあいだ会ったとき、霧子に羽衣出版から持ち込まれた写真集の相談をした。アフリカの話から急転直下、サラブレッドの写真集に変更になったいきさつを、未央はかいつまんで話して聞かせた。

運と才能は、表裏一体のもの。どちらが欠けても、夢は達成できない。もし本当にカメラマンとして自立する意志があるのなら、小宮の許から飛び立つべきだ――。そう口にして、霧子は、断固としてその話を受けるよう、主張した。

「あれからじっくりと考えたけど、ようやく決心がついたわ。でも、後任が決まらないと」

一週間ほど前に、意を決して事のいきさつを小宮に打ち明けた。

小宮は前向きに受け止めてくれた。だが未央の後任が決まるまで猶予が欲しいといわれた。小宮は一見、豪放に見えるが、その実は、芸術家にありがちな繊細な神経の持ち主で、気難しい面もある。彼の眼鏡にかなうアシスタントを探すとなるといささか難航するかもしれない。

未央はそうした事情を正直に霧子に打ち明けた。

「小宮さん、未央に嫉妬《しっと》して嫌がらせをしてるんじゃない？」

「そんなこと……。無理をいってるのはわたしのほうだもの」

「ほんとに、未央は歯がゆいんだから。それで、出版社のほうは了解してくれるの？　すぐにでも準備に取りかからなきゃいけないんでしょ？」

「だいじょうぶ。待ってくれるそうよ」

事情を聞いた羽衣出版の山部は、待ちましょう、との快い返事をくれた。しかし遅くとも来春には取りかかってほしい、ともいわれている。

「もう十一月の中旬よ。来春といえば、もうじきじゃない。わたしも心当たりを当たってみてあげるわ」

「ありがとう」

そうしているうちにも、会場の客がひとりふたりと帰ってゆく。そのたびに未央は丁寧なお礼のことばを述べて頭を下げた。

顔を上げたとき、スーツ姿の中年の男が新たに入って来た。その男の横顔に未央の目が釘づけになった。

男はこの前、山部に連れてゆかれた六本木のレストランで見かけたあの人物にちがいない。受付の前を通り過ぎるとき、男が軽く会釈した。

「いらっしゃいませ」

ちょっと狼狽し、未央は慌てて頭を下げた。

会場内に数歩足を踏み入れてから男は立ち止まり、未央の前に戻って来た。

「観させていただくのに、入場料は必要なのでしょうか?」

「いえ。無料でございます。どうぞごゆっくり鑑賞してください。もしよろしかったら、ご記帳をお願いできますか?」

未央が差し出した芳名帳にチラリと視線を投げてうなずくと、男は内ポケットからペンを取り出し、ちょっと考えてからサインした。

渋谷区広尾——、柏木圭一。立ち読みした雑誌記事に出ていた名前を未央はおもい出した。そうだ、たしか柏木圭一という名前だった……。

芳名帳を未央に返した柏木が、通りに面したガラス張りの窓のほうの一角に足を運んでゆく。そして飾られた写真を順番にひとつずつ見て回る。

「未央」

柏木の背を見つめる未央に、霧子が声をかけた。未央は我に返って霧子に顔をむけた。

「知ってるの?」

「うぅん、そういうわけじゃないんだけど……」

「わたし、彼を知っているわ。柏木圭一、って書かなかった?」

そういって、霧子が芳名帳をのぞき込んだ。

「ねっ、やっぱりそうでしょう」

「どうして彼のことを?」

「貸しビル業者でありながら、人材派遣の会社を持ち、そして今や日の出の勢いであるゲームソフトの会社、『フューチャーズ』のオーナーでもある——。雑誌に時々、顔写真が出ているわ。わたし、商売柄、あらゆる雑誌には目を通すもの。でも実物は、写真で見るよりずっとセクシーで素敵じゃない。アタックしたい気持ちよ」

「ばかね。妻子持ちに決まってるでしょ」

「そんなの気にしていたら、金輪際良い男なんて手に入らないわ」柏木の姿を目で追いながら、霧子が含み笑いを洩らした。「でも、どうしてこんな写真展なんかに――。ちょっと驚くわね」

「こんな写真展――はないでしょう」にらみつける目で霧子にいってから未央はつけ加えた。「この前、六本木のイタリア料理屋で、今度の写真集の相談を出版社のひととしたと話したでしょ。あのとき、偶然、すぐ近くのテーブルに、彼もいたのよ」

「それで、未央、驚いた顔をしていたのね」納得顔をしたあと、霧子が茶化すように、いった。「偶然が二度か――。未央、案外彼と縁があるのかもよ」

「変なことといわないでよ」

「未央ったら、赤くなっている。ほんとにお嬢様なんだから」

　霧子がクスッと笑い、それからふと気づいたように時計に目をやった。

「いけない、ミーティングに遅れちゃう。じゃ、また話の結果は今度にでも聞かせてね」

　そういい残し、霧子は急ぎ足で出て行った。

　写真展が開かれているのは朝の十時から夕刻の六時までだ。この二日間でみるかぎり、客がよく出入りするのは、昼食後のひとときと仕事が終わる五時過ぎから閉館までの一時間で、四時前後の今は、訪れるひとも少ない。

　霧子が茶化すように並べたことばの数々を頭に浮かべながら、未央は広いショールームに目を走らせた。

　柏木は奥の一角に佇んでいた。そのコーナーには、東北や北海道など、日本の北の地方に棲息《せいそく》する猛禽類が展示されている。

　父の会社、「江成興産」が貸しビル業界のなかでもかなり大きな存在であることは知っている。しかしその世界にまったく興味がなかった未央は、他の業者名などほとんどといっていいほどに知らなかった。しかし、雑誌などで紹介されるからには、あの柏木という若い実業家の会社もそれなりの規模を誇っているのだろう。しかも、父とはちがい、一代でそれを築き上げた。

　どんな人生を送ってきたのだろう……。

小さいころから、絵画や写真、本などという、まるで実社会とは無縁とおもえるようなものにしか心魅かれたことのなかった未央ではあったが、今こうして柏木という男の後ろ姿を見ていると、なぜか彼に対する興味がわいてくるのを感じる。

案外縁があるのかもよ――。ふと浮かんだ、霧子のことばが、いまいましいような気持ちにさせると同時に、戸惑いのようなものを覚えさせた。

それを振り払うかのように一度頭を振り未央は、受付デスクの整理をしてから、芳名帳を開いた。いずれお礼の挨拶状を出さねばならない人物の選出作業に取りかかる。

「ちょっとお尋ねしたいのですが……」

低い声に、未央はデスクから顔を上げた。声の主は柏木だった。

自分でも驚くくらいに、胸の動悸が高まっている。顔にも血が昇ってくる。

「どのようなことでしょうか」

内心の動揺を隠し、できるだけ冷静な声で未央は応えた。

「ここに展示されている小宮先生のお写真は、すべて非売品なのですか?」

濃い眉の下から見つめてくる柏木の目は、さすがに一代で事業を築いた青年実業家らしく、怜悧《れいり》な光をたたえている。しかし、その輝きは、未央がかつて見たこともないような冷たさをも併せて感じさせるものだった。

「はい。作品を鑑賞していただく、というのを趣旨にさせていただいております」

写真展の多くは、売ることも目的として開催される。しかしそれが彼流の矜持《きょうじ》なのか、いつも小宮は自分の写真展では非売の姿勢を取っている。

「そうですか……」

顔の輪郭をなぞるかのように、柏木の視線が未央に注がれている。

おもわず未央はうつむいた。しかし気を取り直して柏木の目を受け止め、訊いた。

「なにか……?」

「いや、あのコーナーに飾られている写真の一枚が気に入りましてね」

そう口にして、柏木が奥のコーナーを指さした。さっき、彼が眺めていた、北の地方の猛禽類の写真が飾られてある一角だった。

「もし、ご了解がいただけるようでしたら、お譲り願えないかと――。口はばったい言い方で申しわけないのですが、お値段のほうは、先生のご希望に添う形で考えさせていただきますが」

「そういうことですか……」

たしかに作品を売ることはするがそれは目的の二の次だ。しかし欲しいというひとにそれなりの目というものがあるのなら小宮は同意するだろう。なにしろ小宮の内情はそれほど豊かではないのだ。

「そんなに高いご評価をしていただき、小宮も大変喜ぶとおもいます。ですが、その件は、わたしの口からはなんとも。一応、その旨、小宮にうかがってみますが……。それで、ご希望の写真というのは?」

未央は腰を上げた。

柏木に先導されるようにして奥のコーナーにむかう。

肩を並べると、柏木は見た目よりずっと背が高かった。未央の頭の先が、彼の肩から少し出るぐらいだ。一メートル八十は優にあるだろう。

柏木が望んだ写真は、北海道のごく一部にだけ棲息するオジロワシが山中を飛翔《ひしょう》している構図のものだった。背後の海の青さと両翼を広げて飛ぶオジロワシの尾羽の白い部分とがコントラストとなった、鮮やかな出来ばえの、小宮もお気に入りの一品だ。

「お目が高いのですね」

この写真が猛禽類を撮ったなかでもとりわけ小宮の自慢の作品なのだ、と柏木に教えてから未央は訊いた。

「鳥がお好きなのですか?」

「いや、鳥というより、あの厳しい自然環境のなかで棲息しているオジロワシの姿に心が動かされたのです」

そう答えながら写真を見つめる柏木の横顔には、さっき彼の目のなかに感じた冷たさとはまたちがう、どこか孤独で寂しい影が宿っていた。

未央は一瞬、写真のオジロワシと柏木とを見比べた。飛翔するオジロワシの姿に、柏木をダブらせたからだった。

写真から目を戻し、口もとに笑みを浮かべながら柏木が訊いた。

「受付にいらっしゃるので、てっきり貴女のことをここのジャパンカメラの社員の方かとおもっておりましたが、どうやらちがうようですね」

「はい。小宮の手伝いをさせてもらっています」

「というと、写真家をご志望に?」

「未熟なのですけど、夢だけは高く掲げております」

「夢というのは高く掲げてこそ夢ですよ。だから、夢を見ているひとは美しく輝くんです」

　そういって、柏木が笑みを浮かべた。その笑みは、横顔に漂わせる寂しげな影を取り払った、どこか子供っぽさを感じさせるものだった。

「ありがとうございます。そういっていただくと、気持ちに張りができます」

　柏木の笑みに引きずり込まれるように未央も白い歯を見せた。

「それで……、小宮の返事が得られましたら、ご連絡はどのようにさせていただいたら……?」

　芳名帳には住所だけで電話番号などは記されていない。

「いや、うっかりしていました。それではお手数ですが、お返事はここに電話をいただけますか」

　柏木が名刺入れを取り出し、なかから名刺を一枚抜き出した。

　霧子のいった通り、「カシワギ・コーポレーション」代表取締役社長、となっている。

「聞いたこともない会社でしょう」

　柏木がふたたび、笑みを洩らした。

「いえ、存じ上げております」

「ほう、それは光栄ですね。しかし……」

どうして？　と尋ねそうな柏木の口を制して、未央はいった。

「お気づきにならなかったとおもいますが、さっき陣中見舞に来てくれた私の友人が教えてくれたのです」

「ああ、あのジーンズ姿の方ですね」

　意外にも、柏木は即座にうなずいた。

「ええ、そうです」

　彼女の口から、柏木が雑誌などでも紹介されている、若い、将来を嘱望されている青年実業家であることを聞かされた、と未央は話した。

「なんだ、それじゃ、人づてで知ったというだけですか」

　茶目っ気たっぷりに落胆する素振りを見せた柏木に、未央はなんとなく親近感らしきものを覚えた。

「そうとばかりは……」

　六本木のイタリア料理店で一度お見かけしたことがある、喉もとに出かかったことばを、未央はかろうじて呑み込んだ。それを口にすれば、自分が柏木を意識していたとおもわれるような気がしたからだ。

「なんです？」

　ふしぎそうに未央を見つめた柏木が、ふと気づいたかのように、小首を傾げた。

「おもいちがいでしたら謝りますが……、貴女とは以前にどこかでお会いしたことがありませんか？」

「あれをお会いしたというのか、どうか……」

　ごく自然に未央はうなずいていた。

「じつは一度、柏木さんをお見かけしたことがあります」

「やはり……。失礼ですが、で、どちらで？」

「ひと月半ほど前の金曜日の夜、六本木におられませんでしたか？」

　柏木がちょっと考える素振りをした。しかしすぐにおもい当たったかのように、未央を見つめ直した。

「そうか……。『ラ・ゴーラ』でしょう？　たしか、貴女は、私とひとつ隔てたテーブルにおられた、そうでしょう？」

　未央は笑ってうなずいた。

「柏木さんは、お二方とご一緒でしたわ。おひとりは美しい女性《ひと》でした」

　そう口にしてから、未央は自分の軽薄さを恥じた。どうかしている……。連れの女性のことなどまちがってもいうべきではない。

「ラ・ゴーラ」に行く前に本屋の立ち読みで柏木の記事を目にしたことも話すつもりだったが、その後悔した気持ちが未央の口を噤ませた。

「ああ、彼女ですか……。彼女は行きつけのお店の女性ですよ」

　柏木があっけらかんとした口調でいった。

「ごめんなさい。よけいなことを……」

　自分でもふしぎなくらいに気持ちの平衡感覚を失っているのを自覚した。それに気づかれぬよう、未央はさりげなく受付のほうに目をやった。幸い来客がある。小宮とは旧いつき合いになる大学教授夫妻だった。

「お客様が来られていますので……」

　柏木に頭を下げてから、未央は急いで受付に戻った。

　教授夫妻に挨拶をし終えて、ふたりが会場内に足を運ぶと、ふたたび柏木が近寄って来た。

「いろいろとありがとう。ではお電話をお待ちしております。ところで、まだ貴女のお名前をうかがっていなかったのですが」

「江成未央といいます」

「江成未央、さんですね」

名前を復唱し、もう一度礼のことばをいうと柏木は背をむけた。

その後ろ姿を見送ってから、未央は確かめるように受付の芳名帳に目を落とした。

4

愛宕山《あたご》にある、「広亜精密機械」の研修所。午後の二時に開始された勉強会も、そろそろ終わりに近づいていた。

今回は、現在の経済不況をテーマにしたもので、講師には、通産省の役人と某大学の経済学の教授が招かれていた。

最初に通産省役人の現状分析があり、そのあとにはじまった大学教授の、どこか学生に対する授業をおもわせる経済原理の講義が長々とつづいている。

勉強会のはじまる前、初めて顔を出した柏木を桜木の秘書である広瀬《ひろせ》が参加者全員に紹介した。集まったメンバーは三十名ほどで、なかには老齢の顔もあるが、大半が四十代から五十代の、都議会議員、地方の市議、そして、いずれは——、という政治家への志を抱く会社経営者の面々だった。

「広亜精密機械」の会長広中隆一《ひろなかりゅういち》は、桜木が通産省勤務時代からの昵懇《じっこん》の間柄で、現在は彼の後援会長も務めている。

伊豆でゴルフをして以来、二度ほど桜木の秘書を通じて、彼の主催する勉強会に誘われた。仕事のスケジュールが嚙み合わなかったこともあるが、なんとなく鬱陶しく、適当な口実でその都度断りを入れてきたものの三度目ともなるとそうもいかなかった。それに横矢の手前もある。

柏木は講義に耳を傾けるふりをして、その実、ほとんど聞いてはいなかった。

途中何度か、未央の顔が頭に浮かんだ。写真展会場での薄いグリーンのツーピース姿。あの色は亜木子が好んで身につけていたものだ。

好みまで母親に似たのだろうか。それとも、亜木子から贈られたスーツを着ていたのだろうか……。

山部の報告通りの娘だった。受け答えもしっかりとし、親の威を借りるようなところは微塵もなかった。しっかりと根を下ろした考え方を持っているのが会話の端々から感じ取れた。

　羽衣出版からの写真集の話——、偶然会ったと見せかけた六本木のレストラン——。それらのすべてが自分の描いた脚本だと知ったとき、あの娘はいったいどんな反応を見せるだろうか……。それをおもうと、胸に軽い痛みが走るのを覚える。

　ふと我に返って目を上げると、いつの間にか大学教授に代わって桜木義男が壇上に立っていた。

　ご苦労さま、と参加者全員を見回して鷹揚《おうよう》な挨拶をし、桜木が現在の政局についての自説をぶちはじめた。

　ゴルフ同様、小さな痩身から発する桜木の声は力強く、長いあいだ政治の世界で生きてきた自信からか、身ぶりを交えながらしゃべる彼の姿にはある種の貫禄さえ漂っている。

　簡単に、と前置きしたにもかかわらず、長広舌になった。メンバーの拍手で彼が壇上から下りたのは、会の終了予定時間を大幅にオーバーした五時過ぎのことだった。

　出口にむかう柏木に、桜木が声をかけてくる。

「やっと顔を出してもらえましたな」

「申し訳ありません。なにかと忙しかったものですから。しかし正直なところ、最後の先生のお話が一番参考になりました」

　柏木のことばに、桜木が相好を崩す。そして、ちょっと周囲の目を気にするかのように柏木に顔を寄せると、小声でいった。

「今度、ゆっくりと、ふたりだけの時間を作ってくれんかな」

「ええ、それはかまいませんが……」

　一瞬、ゴルフ場で渡した金のことが頭をよぎった。また無心か……。

　柏木の胸のうちを牽制《けんせい》するかのように、桜木は痩せこけた頬骨の筋肉をピクリと動かし、誘い込むように、いった。

「五区のことで、ちょっと相談があるから」

「五区？」

　勿体《もったい》をつけた顔で、桜木がうなずく。

「わかりました。それはそうと、先生、すでに横矢のほうから連絡を入れさせていただいているとはおもいますが、ぜひとも来月のうちの創立記念パーティにはご足労ください」

「むろんだよ。万難を排して出席させてもらう」

近いうちに秘書の広瀬に連絡を取らせる、と一言残して桜木は背をむけ、会場の隅で談笑している後援会長の広中のほうに歩み去った。

急ぎ足で会場を出る。商談のアポイントメントは五時だった。児玉で用が足りる話だが、あいにく二日前から彼は大阪に出張中だ。

出口に立つ柏木の前に、駐車場で待機させていた本橋のベンツが徐行しながらやって来た。運転席から出ようとした本橋を制し、後部座席のドアを開ける。

「急いでくれ」

乗り込むやいなや、本橋にいった。

「予定の時刻をだいぶ遅れてましたので、会社には連絡を入れておきました」

「そうか」

「それと、総務部長から二度電話がありました」

「鳥越《とりごえ》から？」

鳥越が出先にまで連絡をよこすことはめったにない。それも二度までとは……。嫌な予感がかすめ、自動車電話に手を伸ばしかけたがおもい直した。会社には十分前後で戻れる。

「お訊きしてよろしいですか？」

増上寺《ぞうじょうじ》を横目にしながらたばこを吹かしていると、ふいに本橋がいった。

「なにを、だ？」

「私の後任の運転手を、もうお決めになられたのでしょうか？」

「まだ決めていないが、営業に回るのが不服なのか？」

「いえ、そういうわけでは……。でも、来年の三月でちょうど区切りとなる一年になりますので、できましたら今のままで、とおもっております」

児玉の提言を受け入れて、新しい運転手を探すよう総務に命じている。決まりしだい、本橋は営業に異動させて児玉が仕事を教えることになっていた。しかし、あの脅迫文が送られてきて以来、柏木の心に迷いが生じていた。今は自分の身辺での妙な動きは控えるべきかもしれない。

「考えておこう」

そう答えたものの、なぜか柏木の気持ちは苛ついた。勉強会の間じゅう、ひっきりなしにたばこを吸っていたせいか、口のなかがいがらっぽい。マルボロの火を消し、逆に柏木は訊いた。

「なぜ、そんなに俺の運転手にこだわる？　まさか運転手をやるために入社したわけでもあるまい。ちゃんと教育を受けたおまえには、それに適した仕事で頑張ってもらったほうが社のためにもなる」

本橋がミラーで自分の顔をうかがったのがわかった。それに気づかぬふりをして、柏木はつづけて訊いた。

「うちに来る前は、貿易会社の営業をやっていたそうだが、なにを取り扱っていたんだ？」

「北欧からの家具の輸入です」

「そうか……まったくのお門違いの商売に身を投じてしまったというわけだ」

相変わらず本橋は、佐伯と外で会っているらしい。だが、それを問いただしたことはなかった。別に悪いことをしているわけではないのだ。それに、児玉から受けた報告以上の妙な行動をとっているようすもない。たぶん、自分に対する好奇心が度を過ぎているだけのことだろう。

広尾の本社に着いたのは、五時四十分だった。急いで社長室に入り、内線で佐伯を呼ぶ。

来客は応接室で待たせてあるとのことだった。そして、鳥越部長がお部屋にうかがいたいといっている、とも伝えてくる。

電話を切って、一分もしないうちに鳥越が顔を出した。五十に手の届く、でっぷりとした体軀の男だが、その見かけとは裏腹に、性格は小心で神経質なことも知っている。

「なんだ、そんなに急を要することなのか？」

「いえ、当社には直接関係はないのですが、とりあえず、ご報告だけは、とおもいまして――」

汗を拭うかのように一度額に手をやってから鳥越がいった。

「じつは三時ごろ、警察が訪ねてまいりました」

「警察が？」

おうむ返しにつぶやいた。血の気が引いてゆくのが自分でもわかった。

「新宿署の刑事がふたりです」

そういって、鳥越が手に持った二枚の名刺を柏木に差し出した。

食い入るような目で見つめた。新宿署捜査一係となっている。警部補の肩書きがあるほうが上司なのだろう。

「で、いったいなんの用で来たんだ？」

名刺から目を上げ、鳥越に訊く。

「今申し上げましたように、当社とは直接関係ないことなのですが……」

柏木の険しい表情に萎縮《いしゆく》したのか、鳥越は卑屈とも見える態度で腰を折った。

「六日前、うちと契約のある『京浜警備保障』の警備員が歌舞伎町の裏通りで刺殺されたらしいのです。その捜査に協力してほしいと」

「警備員が？」

瞬間、胸の動悸が高鳴った。

「はい。じつはその殺された警備員というのが、二年半ほど前から週に二、三度、うちの夜間警備に派遣されているということでして。それで、彼の勤務状況、交友関係、その他なんでも気がついた点を聞かせてほしい、と——。しかし、うちのビルを警備しているといいましても、我が社の社員ではありませんし、それに、むこうの都合でその都度、ちがった顔ぶれが派遣されて来るわけですから、私どもにも詳しいことはわからない、と答えておきましたが……」

「カシワギ・コーポレーション」は所有する五つのビルのうち、本社のあるこの「第五カシワギビル」を除いた四つのビルの警備のすべてを東麻布にある「ミナト警備保障」に託している。ここの警備だけが「京浜警備保障」なのは、ビル建設に行き詰まった前所有者と「京浜警備保障」とのあいだで取り交わしていた契約をそのまま引き継いでやったからだ。

警備のことは警備会社に——。したがって鳥越がいうように、「カシワギ・コーポレーション」は、その都度派遣されてくる警備員たちの履歴書を便宜的に預かっているだけで、彼らの詳細についてはまったくといっていいほどに知らない。

一通りのことを訊いたあと、一時間ほどで刑事たちは引き揚げた、と鳥越がいった。

「で、殺されたという警備員の名は？」

確かめたい気持ちをじっと抑えていた柏木は、冷静を装った声で訊いた。

「平間順三《ひらまじゆんぞう》、という男だそうです」

「平間順三……」

「ご存知でしたか？」

鳥越が柏木の顔をのぞき込むようにしていった。

「警備員の名までいちいち俺が知っているか」

おもわず荒々しい口調になっていた。

「失礼しました」

まるで叱責を受けた子供のように、鳥越が柏木に頭を下げた。

「わかった。もういい」

鳥越に顎をしゃくって退室を促した。

鳥越が部屋を出て行ったあと、柏木はデスクの椅子に深々と腰を埋めた。

胸の動悸は依然として激しかった。目頭を押さえた。

全身が疲労感に包まれた。警備員が殺されたという話を耳にした瞬間、柏木にはその予感があった。平間順三……。いつかの夜、及川と押し問答をしていたとかいう、あの警備員だ。

児玉だ……。直感した。あいつが手を下したにちがいない。

あの日、警備員のことは自分に任せてくれ、と児玉はいった。その意味はこれだったのか……。

呻くように柏木は胸でつぶやいた。焦燥感と絶望感とで目眩《めまい》を覚えた。

電話の音で、我に返った。佐伯の声が、江成未央様という方からです、と告げる。

気持ちを落ち着かせてから外線に繋いだ。

「柏木です」

声に震えを帯びさせぬよう、下腹に力を入れて応えた。

——先日はありがとうございました。

未央の声が、まるで暗黒の海に光る灯台の明かりのようにも感じられた。

「いや、こちらこそ」

しだいに気持ちが鎮まってくる。

——早速なのですが、ご依頼の件を小宮に伝えましたところ、快諾をもらえましたので……。

「そうですか。それはよかった。どうもありがとう。勝手な頼み事をしてお手数をかけてしまいました」

——それで、例のお写真のお引き渡しは、写真展が終了してからということでよろしいでしょうか？

「むろんです」

答えながら時計を見た。六時になろうとしている。未央の声を耳にしているうちに、無性に彼女に会いたい欲求にかられた。

「ところで、もう夕食はおすみになりましたか？」

——いえ、まだですが……。

未央の声には戸惑いを感じさせる響きがあった。

「では、もし、ご迷惑でなかったら、お礼といってはなんなのですが、これから夕食をご一緒していただけませんか？」

戸惑いに代わって今度は、躊躇を感じさせる息遣いが回線に流れた。未央が押し黙っている。ややあって、写真展が終わる七時以降ならなんとか時間がとれる、という消えいるような声の返事があった。

「私のほうも、その時間のほうがありがたい。なにか、特別にご希望のものはありますか？」

——いえ……。でもお忙しいでしょうから、本当にそんなお気遣いは……。

迷うと未央に断られそうな気がした。

「では七時ということで」

柏木は、溜池《ためいけ》にあるシティホテルの名を一方的に告げた。

「そこのロビーでお待ちしています」

——そうですか……。では、小宮から聞いている話は、その折にさせていただきます。

最後のことばは小宮のアシスタントに戻った事務的なものだった。

未央の声が消えた空白が、柏木に現実を呼び戻させた。来客を待たせたままにしてある。

少し迷ったあと、内線を取った。佐伯に、この五、六日前からの新聞を取り揃えてデスクに置いておくよう、伝えて柏木は応接室にむかった。

商談の相手は、ご多分に洩れずバブルの後遺症を抱えた赤坂の雑居ビルのオーナーだった。気乗りはしなかったが、取引先銀行の紹介の手前、むげに断るわけにもいかない。

遅れたことを謝罪し、要望を話してくれ、と腰を下ろすやいなや相手にいった。

うなずきはしたものの、七十になろうかという頭の禿げ上がったビルのオーナーは、なかなか腹を割った話を切り出そうとはしなかった。鷹揚に構え、自分の失点を棚に上げて愚痴をこぼしはじめる。

柏木は耳を貸す素振りをしながら、鳥越から聞いた話を頭のなかで反芻していた。

大阪にいる児玉とは携帯電話で連絡はつく。すぐに事の真偽を確かめるべきだろうか。しかし、本当かどうかは知らないが、携帯電話は時として混線し、会話が洩れる惧れがあるというような話を耳にしたことがある。彼がきょう宿泊するホテルは知っている。やはり夜間に連絡を取るべきだろう。

「それで、結局のところ、ビルを手放したいという相談なのですか?」

ぐだぐだと話をつづけるビルのオーナーに、柏木はピシャリと決めつけた。

「無念の気持ちでいっぱいなのですが、それが最良の道かと……」

そういって、男が口もとに卑屈な笑みを浮かべた。

「お話はわかりました。で、きょうは、書類等を?」

かたわらにあった書類袋を男がテーブルの上に置く。

「じゃ、一応、これをお預かりしておきましょう。私どもの調査が終わりしだい、ご連絡をするということで」

腕の時計に目をやり、まだなにかいおうとした男に、暗に時間がないことを告げた。

「どのくらいお待ちすれば?」

「きょうのきょうです。できるだけ早く、としか、お答えのしようがない」

語調もつい、突き放したものになる。ビルはどうせ抵当権でがんじがらめにされた、商売とは程遠い代物だろう。

男が帰ったあと、部屋に取って返した。机の上に新聞の束が置いてある。

それを慌ただしく手に取って、ソファに腰を下ろした。丁寧に社会面を目で追う。目指す記事は、五日前、十一日十三日付の朝刊に出ていた。小さな扱いだった。

――歌舞伎町裏で刺殺事件……。

柏木はむさぼるような目で活字を追った。

「すぐに戻る」

正面玄関で車を下り、すぐ横の玄関脇の車寄せで待っているよう、本橋にいって、柏木はホテルに入って行った。ロビーを見回す。

入口に注意を払っていたのだろう、フロント前の柱の陰に立っていた未央が柏木にわかるように一歩前に進み出た。未央の視線に軽くうなずく。

きょうの未央は、先日の薄緑とはちがって渋いベージュ色のスーツ姿だったが、その渋さがかえって彼女の美しさを際立たせていた。しかし、その表情は緊張して心なしか硬い。

「お待たせしてしまいましたか」

約束の七時から五分ほど遅れている。

「いえ……。わたしも今着いたばかりです」

自分の緊張をほぐすかのように、未央が口もとに笑みを浮かべた。ほほえむと、右の頬にあるかないかのような小さなえくぼができる。

おもわず柏木は未央から視線を逸らした。似ているどころか、その小さなえくぼまでが、まさに亜木子そのままだったからだ。

「行きつけの所になってしまいますが、和食でかまいませんか」

「お任せします」

うなずいてから、柏木はたった今入って来たばかりのホテルの入口に踵《きびす》を返した。

本橋が車をバックさせてくる。

「どうぞ、乗ってください」

運転席から出ようとした本橋を手で制してから、柏木は後部座席のドアを開けて未央にすすめた。未央の座った横に腰を下ろし、テレビ朝日通りに出るよう、本橋にいう。

「写真展はいつまでですか?」

六本木通りに出てから、それとなく柏木は訊いた。

あしたまでであることは知っている。小宮の動物写真展には偶然立ち寄ったわけではない。羽衣出版の山部に聞いてのことだった。

「明日で終了します」

「そうですか。受付などをしているとなにかと気苦労が絶えないでしょう」

夕刻の六本木通りは混み合う。交差点付近の渋滞を目にしながら、当たり障りのない会話で、柏木は未央の気持ちを和らげた。

交差点を過ぎると、急に車が流れ出した。テレビ朝日通りを二百メートルほど走った薬局の前で本橋に車を停めさせた。横の路地を入った所に、商談の折に時々使う馴染みの小料理屋「美芳《みよし》」がある。しかしあいにくと店専用の駐車場はない。

二時間ほどしたら迎えに来るよう、本橋にいって、柏木は先に車を下りて未央を待った。

「ここなんですが」

後ろに付いて来た未央を振り返ってから、柏木は店の戸を引いた。

店には細長いカウンターの奥に、一組しか利用できない障子戸で区切られた小部屋がひとつだけある。「美芳」を贔屓にしてからもう七年以上になるが、柏木は、奥のその小部屋が空いているときにしか顔を出さない。カウンターはどうも落ち着かないからだ。

席は九分通り埋まっていた。いがぐり頭の店主が、カウンターのなかの厨房でかいがいしく働いている。柏木は目で軽い挨拶を彼に投げてから奥にむかった。

木目の浮き出た和風テーブルにあぐらをかき、むかいの席を未央にすすめた。うなずいた未央がきちんと正座する。

品書きとおしぼりを運んで来た若い見習が退がってから柏木はいった。

「酒の肴の珍味を出すことで知られた店ですが、料理も美味しいんですよ。どうぞ、お好きな物を注文してください」

熱いおしぼりで手を拭ってから、柏木は未央のほうに品書きをそっと滑らせた。

「お詳しいようですから、すべてお任せします」

未央が答えたとき、ふたたび障子が開いて店主が顔を出す。

「無理をいってしまったのではないかね？」

電話を入れた折には、この部屋には先約があったように感じた。

「なに、身内みたいなひとでしたからカウンターのほうにしてもらいました」

笑いながら、店主が値踏みをするような視線を未央にむけた。

未央が軽い会釈でそれに応じた。未央のそうしたなにげないしぐさには自然と育ちが滲み出ていて、しかも抑え切れない品が漂っている。

「好き嫌いはないそうだから、いつものようにお任せしますよ」

店主にいって、柏木は未央に目をやった。

「なにを飲みますか？」

一瞬、未央が躊躇する素振りを示した。

「では、お酒をいただきます」

「ほう、お酒が好きなんですか？」

「祖父の血を受け継いでいるんです」

未央が頬を染め、ちょっとはにかんだような笑みを浮かべた。

祖父の血――。瞬間、柏木の胸はざわついた。達也の父ではあるまい。寺島浩一郎のことだ。彼が酒好きなことは知っていた。

「ではきょうは特別に、とっておきのお酒をお出しするとしましょう」

相好を崩した店主が障子を閉め引き下がった。

「祖父とおっしゃいますと？」

柏木はさりげなく訊いた。

「母方の祖父のことです」

未央が答えた。

「そんなにお酒が好きなんですか？」

「ええ、もう七十六になるのですけど、今でも必ず晩酌は欠かさないほどです。本人にいわせると、酒好きになった第一の原因は寒さのせいだと……」

そういって、未央が笑った。

そうか、寺島浩一郎はもう七十六になるのか……。柏木の脳裏に、浩一郎の赤ら顔が浮かんだ。それを振り払って知らぬ顔で訊く。

「ということは、お母さんの実家は、東北とか北海道とかの北のほうですか？」

「ええ、北海道です」答えてから、未央が柏木の目をのぞき込むようにして訊いた。「わたしのことより……、もしかしたら、柏木さん、どこかお身体の具合がすぐれないのではないですか？　ちょっと顔色が……」

「いや、別に……。このところちょっと忙しかったものですから、きっとそのせいでしょう。でも、もうだいじょうぶです。こうした時間を持つことがなによりの薬になるんですよ」

努めて明るい声で言い訳をしたものの、内心、柏木はギクリとしていた。ホテルにむかう車のなかでも、ここに来るあいだの未央との会話の最中でも、警備員殺しの一件が片時も頭から離れなかったからだ。

障子が開き、店主自ら、酒の肴の何品かと徳利を運んで来た。

「福井の地酒なんですけどね。まあ、飲《や》ってみてください」

猪口《ちょこ》を未央に差し出し、店主が注ぐ。そして柏木にもすすめる。

「では遠慮なく……」

店主と柏木に交互に目をやってから、未央が猪口を口に運んだ。

「本当ですね。とても美味しいです」

未央の喜んだ表情に、店主が満足げにうなずき、どうぞごゆっくり、と一言残して障子を閉めた。

酒は、店主が自慢するだけにたしかにうまかった。辛口だが、舌にまとわりつくようなまろやかさがある。

「あの主人、どうやら貴女のことを気に入ったみたいですね」

五十をいくらか過ぎた店主には、ホモセクシュアルの噂がある。そのせいか、女性客に対しては、どちらかというと厳しい眼差しをむける。それを知っている柏木は、いまだかつて女性をこの店に連れて来たことがなかった。だが、顔を出す前からなんとなく未央は店主の眼鏡にかなうような気がしていた。さっきの態度を見ると、明らかに店主は未央に好感を抱いたようだった。

酒を口にしながら、そのことを未央に話してやった。それを機に、未央が構えた鎧を少し脱いだように柏木には感じられた。

「先に小宮からの返事をお伝えしておきます」

そういって未央が姿勢を正した。

「写真そのものは、ネガがありますので何枚でも焼きつけることはできます。しかし、あのオジロワシの写真を単なる写真ということでなく、作品という評価で持っていただけるのでしたらお譲りしてもよい、と。その代わり、展示や写真集に使用させてもらうことはあっても、これ以降小宮は、誰にもあの写真を売ることはしないそうです」

「わかりました」

「それで、お値段のほうですが、もともと売るために撮ったという写真でもありませんので、柏木さんのお心づけでかまわない、と小宮は申しております」

「そうですか……。しかしそういわれると、かえって困ってしまうな。絵画なら買ったことがあるのですが」

たぶん未央は、写真を買いたいといっている主がどういう人物であるのかを小宮に詳しく話しているのだ。でなければ、心づけなどという表現はしないだろう。

動物写真の値段など見当もつかない。柏木は首を傾げながら懐から封筒を取り出し、そのなかから用意してきた白紙の小切手を抜き出した。

「もし、ご不満がおありでしたら、遠慮なくおっしゃってください」

そう断ってから柏木は金額欄に、七十万円と記入した。百万でも別にかまわなかった。小宮は以降誰にも売らないとまでいってくれているのだ。しかし、百万という金額にはなんとなく躊躇させるものがあった。自分の驕りを示しているような気がしたからだ。

「えっ、よろしいのですか？」

小切手の金額を目にして、未央が小さく驚きの声を洩らした。

「いや、貴女のそのお顔を拝見してかえって安心しましたよ。正直なところ、妥当な金額というのが、さっぱりわかりませんでしたので。私がやっている仕事には、相対評価や相場などという、ある意味での尺度があるのですが、作品を評価するとなると、私の眼力が問われることになってしまう。なにしろこの世の中にたったひとつのものですからね。それに先生は、他の方には、もう売らない、とまでおっしゃってくださっている。どうか、よろしくお伝えください。それで、写真の受け取りは、明日の会場撤去の折でよろしいのでしょうか？」

「ええ、けっこうです。お持ち帰りになれるように用意しておきます」

「では早速、私の部屋に飾らせてもらいましょう」

未央がうなずいたとき、料理が運ばれて来た。それがこの話を打ち切るいい機会になった。

当たり障りなく小宮の近況を尋ねたあと、柏木はそれとなく話題を未央の周辺のことに変えていった。

アシスタントとしての仕事の内容、動物カメラマンを志すようになった動機、そして今、未央が抱いている夢——。

「しかし、野生の動物の決定的瞬間を撮るとなると、その苦労たるや大変なものでしょう？」

「ええ、そうですね。あのオジロワシの写真でも、撮るのに一か月近くかかったと聞いています」

「ほう、一か月もですか」

その割りに動物写真家というのは恵まれないという。今その道一本で食べられているのはほんの一握りであるらしい。しかもその恵まれたひとたちですら、好きな動物写真を撮りつづけるために、他の仕事を並行させながらの日々だ、と未央は説明した。

「世評では小宮はこの世界での第一人者のようにいわれていますが、その小宮も、現実には広告写真などの仕事もこなしているのです」

「そうなのですか……。カメラマンというと、我々は一見、華やかな職業のようにおもってしまいますが、いろいろと苦労が絶えないのですね」

「なかにはお金と割り切った仕事だけをなさる方もいらっしゃいます。でも、それはひとそれぞれですから」

「なるほど……。しかし、そんな苦労を目の当たりにしても、動物写真家になりたい、という貴女の意志は変わらないのですか？」

「ええ。わたしはファインダーをのぞくのが好きというより、動物そのものが好きなのです……」

未央が視線を落とし、箸《はし》を持つ指先を見つめた。

ひっつめるように後ろに束ねている髪の何本かが広い額にかかっている。その額の下の切れ長の目が柏木の胸奥深くに封印してある感情を激しく揺さぶった。

未央が顔を上げた。視線が絡み合う。瞬間柏木は、自分の胸のうちをのぞかれたような気がし、視線をはずして酒を口に運んだ。

「こんなお話、柏木さんにはおもしろくないでしょう?」

「いえ、とても新鮮で生き返ったような気分になりますね。特にこんな殺伐とした都会のなかで、しかも誰を信じていいのかわからないようなビジネスの世界に日々を埋没させてる私には……」

むけた笑みに、未央がうれしそうに口もとをほころばせた。

「ところで、お父さんはどのようなお仕事を?」

瞬間、未央の顔から笑みが消えた。

「失礼、よけいなことを訊きました」

「そういうわけではありませんが……。父は父だとおもっています。申し訳ありませんが、あまり親のことは口にしたくないのです」

むろん未央の性格からして、自分の父が衆議院議員であることを誇らしげに打ち明けるとはおもってはいなかった。しかし、過剰ともいえる彼女の拒絶反応を目にして、柏木は意外な気がした。

父親のことを訊いたのが原因なのだろう。未央の口が急に重くなった。茶蕎麦《ちゃそば》が運ばれたとき、その雰囲気を打ち破るために、ふとおもいついたような口調で柏木はいった。

「そうだ、来月の十日、なにか予定が入っていますか?」

「十日ですか……?」

未央がちょっと視線を宙に浮かして考える素振りをしたあと、首を振った。

「それはよかった。もしよろしかったら、私どもの創立記念パーティをのぞいてくれませんか?」

グループのゲームソフト会社「フューチャーズ」が二十周年を迎えること、そして同時に新しいゲームソフトの発表もその場で行うことなどを柏木は話して聞かせた。

「会場は芝のPホテルです。時間も午後の六時からですから、お仕事のあとでも十分に間に合うでしょう」

「でも、わたしなどお門違いではないでしょうか」

「いや、これもなにかの縁——いやオジロワシが結ぶ縁といってもいい」

困惑の表情を見せる未央に、ぜひ顔を出してほしい、と柏木はことばに力を込めて再度強く誘った。

「わかりました。できるだけ顔を出すように努力してみます」

あきらめたかのように未央がうなずいた。

「ありがとう。では明日、写真を受け取るときに、案内状をお持ちします」

お茶を店主自ら運んで来た。そして、未央の顔をうかがう。

「お口に合いましたか」

「ごちそうさまでした。とても美味しかったです」

未央の笑顔に、店主が満足そうに柏木に目礼をして、退がっていった。

食事を終えたのは、九時を少し回った時刻だった。店を出て、薬局の角にむかう。本橋はすでに車を待機させていた。すぐに車から出て来る。

未央を家まで送ることを考えた。しかし自分が送るといえば、きっと恐縮して断るにちがいない。それに、いっときも早く児玉に電話をしたかった。

「では、仕事のやり残しを少しばかり抱えていますので、私はここで失礼させてもらいます。どうぞ、遠慮なく車を使ってください」

恐縮顔で固辞する未央を無視して、家まで彼女を送るよう、本橋にいいつけた。

本橋が頭を下げながら後部座席のドアを開けて未央を促す。

「ではご厚意に甘えさせていただくことにします」

戸惑いを申し訳なさそうな表情に変えて未央が車に乗り込んだ。

ドアを閉めた本橋の耳もとに、柏木は小声で一言、いった。

「無駄話は一切するんじゃないぞ。お送りしたら、きょうはそのまま帰っていい」

本橋が無言でうなずき運転席に身を入れる。

車が走り去ったのを見届けてから、柏木は元麻布のマンションに足をむけた。

五分もしないでマンションに着いた。

ドアを開けると、主《あるじ》のいない部屋特有の、ひんやりとした空気が柏木を迎えた。部屋に来るのは二週間ぶりだった。

　ソファに腰を下ろしてから、手帳を取り出し、児玉の宿泊する大阪のホテルに電話を入れた。

　まだ児玉は戻って来ていなかった。メッセージを残そうとしたが、おもい直して、携帯電話にかけ直した。すぐに児玉の声が耳に響いた。

「俺だ」

　呼びかけると、ちょっと待ってください、と児玉が応じた。場所を移動したいようだ。

　――なにかありましたか？

　すぐにまた児玉の声が回線に流れた。商談相手と北新地のクラブで飲んでいるという。

「切りあげて、大至急元麻布の部屋に電話を入れてくれ。だが、携帯は使うな」

　携帯電話を使用しないよう釘を刺したことでなにかの異変を察したのだろう、わかりました、と緊張のひと声を残して児玉が電話を切った。

　洋酒棚からワイルドターキーを引っ張り出し、ストレートで喉に流し込んだ。先刻の日本酒の酔いが、ウイスキーで呼び戻されたようだった。

　立てつづけにもう一杯流し込む。三杯目を口にしたとき、見つめる絵笛川の写真が滲んで見えた。酔いのせいばかりではなかった。柏木は、目もとに浮かんだ涙を拭いもせずに、輪郭を失った写真の絵笛川をじっと見つめつづけた。

　電話の音。グラスを置いて受話器を取り上げる。

　――なにかありましたか？

　息を切るような児玉の声が飛び込んでくる。

「平間順三」

　よけいなことばは一切省き、名前だけ口にした。児玉が生唾を飲み込んだのが聞こえたような気がした。

「なぜ一言、俺に相談しなかった」

　ふしぎと怒りの感情はわいてこなかった。

　――なんのお話をされているのでしょうか。社長はそんな男についてはなにも知らないどころか、名前すらも聞いたことはないはずです。

「警察が事情を聴きに来た」

　――博打《ばくち》に入れ込んだ警備員が歌舞伎町のカジノ・バーに出入りしていた……。たぶん金のイザコザでの出来事だったのではないですか。

　硬い口調でそういってから、児玉がつけ加えた。

　――社長。錦ヶ浦での私のことばを憶えておられますか。私はなにがあっても、社長を裏切るようなことはしません。万が一の場合は、すべてを抱えて、あの崖下に身を投げる覚悟があるともお話ししたはずです。

5

玄関のほうから、お手伝いの繁子《しげこ》の声がした。時計に目をやると十一時になろうとしている。どうやら夫の達也が帰宅したようだった。

亜木子は手にした筆を置き、水彩の道具を部屋の隅に片付けた。

娘の未央が大学に入学し、自立宣言をして家を出て行った直後からその寂しさを紛らわせるためにはじめた水彩画だったが、近ごろは以前にもまして身を入れるようになっている。

自室を出て、居間に足を運んだ。酔った達也が秘書の樫村《かしむら》に抱えられてもつれるような足で入って来た。樫村が困惑の視線を亜木子にむけてくる。

「ご苦労さま。あとはわたしがやりますから」

樫村の労をねぎらい、帰るように促す。

「では、あした九時にお迎えにあがります」

達也に頭を下げて樫村が部屋を出て行った。

樫村は「江成興産」の秘書室に長らく勤務している男で、議員である達也の私設秘書としても仕えている。政治に関係した会合のときには、第一秘書の宮塚《みやづか》が達也の世話をやく。つまり今夜の達也は、「江成興産」の仕事で動き回っていたのだろう。

「水を一杯くれ」

ソファに腰を下ろした達也が、ネクタイをゆるめながら亜木子にいった。

キッチンにむかい、グラスに氷を入れた水を手早く用意した。

「奥様」

キッチンを出た亜木子に繁子が声をかけ、達也の和服を差し出す。

「ありがとう。いいから、もうおやすみなさい」

和服を受け取り、繁子に笑顔をむけた。うなずいた繁子が、お手伝い部屋のほうに消えた。

居間に戻ると、達也がブランデーグラスに酒を注いでいた。

「最近、ちょっとお酒の量が過ぎるんではありませんか?」

　手にしたグラスを達也の前に置き、着替えさせるためにスーツに手をかける。

「話がある」

　亜木子の手を振り払い、グラスの水を一気に飲み干してから、達也がぶっきらぼうな口調でいった。

　和服を脇に置いて、亜木子は達也の前のソファに腰を下ろした。

「浦河の牧場、手放すことになるかもしれん」

「どういう意味ですか?」

　おもわず亜木子は達也を見つめた。

「ことば通りだ。寺島牧場を人手に渡すことになるかもしれん、といっておるんだ」

「そんな、あなた……。父の牧場だけは、たとえどんなことがあっても人手に渡すようなことはしない、とあれほど約束してくれたではありませんか」

　声が自然と詰問調になっている。震えているのが自分でもわかった。亜木子は唇を噛み締めた。

「しかたがない。そんな景気になったんだ」

　達也が突き放すようにいった。そして、ブランデーグラスを口に運ぶと、酔った視線を亜木子にむけた。

「それに、しょせん一度は潰れかかった牧場だ。俺がむかし援助の手を差し伸べたからこそ、これまで生き永らえてきたようなもんだ」

「今となって、そんな酷いことを……」

　胸がはちきれそうだった。目頭が熱くなった。

　あなたの援助など受けず、あのときに誰か他のひとに委ねたほうがどれほどよかったことか……。もしそうなら、わたしはまた別の人生を歩んでいた……。ずっと胸に封じ込んでいた本心を口にしたかった。

　言いすぎたとおもったのか、達也が視線を亜木子からはずし、嘆息を洩らした。

「それもこれも、原因の第一は、おまえが未央を甘やかしたことにある」

「未央を甘やかした? 未央のいったいどこが甘えているというのですか? 自立し、きちんと自分の考えで生きている、あの娘《こ》は立派な、誇りの持てる娘です」

「あれこれいわずに、あいつが『三友』の息子との見合い話を形だけでもいいから承諾してくれていたなら、こんなことにはならなかったというんだ」

「そんな……。未央に、ひとの心を欺け、というのですか。あの娘にはあの娘の人生があるのです。あなたは未央の幸せを本当に願ったことなどないのでしょう」

こんなふうに達也に面とむかっていったことなどなかった。しかし、亜木子は自分の気持ちをどうにも抑え切れなかった。

不機嫌な顔で、達也が黙り込んだ。

情けなかった。少なくとも結婚当初の達也はまちがってもこんなことは口にしなかった。

たしかに自分は、父の浩一郎に懇願され寺島牧場の危機を救うために達也と結婚した。だがしかし、それでも最低限、夫となる彼の人間性に信頼を置いたからだ。

「ともあれ、どうにもならん」

ふたたび酒を口にし、達也がいった。

「ビルのどれかを手放すことで解決はできないのですか?」

「ふざけるな」酔った目で亜木子をにらみ据え、達也が吐き出すようにいった。「もう処分してもよいやつは処分している。これ以上のことをやれば、『江成興産』が潰れそうだと世間に公表するようなもんだ。だいいち、選挙民の手前がある」

「あなたは二言目には、世間とか選挙民とか口になさいますけど、もしそんなことで、あなたへの評価が落ちるというのなら、いっそのこと議員などお辞めになられたらいいじゃないですか。ふつうの生活に戻って再出発したほうがいいとおもいます」

結婚して以来、初めて達也に示した亜木子の抵抗らしい抵抗だった。

「おまえになにがわかる」

憮然とした表情で吐き捨て、達也がソファに頭を凭《もた》せかけて目を閉じた。酔いと疲労とが重なったその顔は、忍び寄る老いの影を否定できないものだった。すでに軽い寝息を立てはじめている。

やるせない気持ちで見つめる亜木子の胸のなかに、この二十五年あまりを過ごしてきた達也との生活の様々な出来事が去来した。

大学に入学したばかりの十八歳で学生結婚したとき、達也はまだ義父の経営する「江成興産」で修業中の身だった。しかしそのころの達也は、田舎育ちだった亜木子を、まるで大きな綿布団で包み込むように懐深く受け止めてくれた。その達也の気持ちが逆に亜木子を苦しめもした。結婚してからも、胸の圭一へのおもいは片時も消えることがなかったからだ。というよりも日々、圭一を裏切ったという後ろめたい気持ちに苛《さいな》まれていた。圭一のことは、父の浩一郎と亜木子のふたりだけの秘密で、達也はなにも知らない。そんな亜木子の不安定な気持ちを、きっと達也は北海道を離れてこの都会で生活してゆく不安とでもおもったことだろう。

しかし、優しくおもいやりのある、達也の夫としての姿は長くはつづかなかった。義父の達之介が病床に臥《ふ》して、会社の実権を握るようになってから、しだいに達也の性格は変わっていった。まるで父の達之介色を会社から一掃するかのように、達也はそれまでの堅実経営から一転して積極経営に打って出た。バブルの追い風もあり、最初はその経営も時流に乗った。そして本業の貸しビル業以外の、ゴルフ場開発、リゾート施設の建設などという異種の事業にも次々と手を染めていった。

義父の他界後に、四十二歳で二世議員として政治の世界に入り込むようになってから、その独断専行ぶりにますます拍車がかかるようになってゆく。政治の世界に金が必要だったせいもある。会社からもかなりの資金が流れ出た。そしてご多分に洩れずバブルの終焉《しゅうえん》が会社を直撃した。拡張した事業が完全に裏目に出て社業は苦境に陥ったのだ。特にこの四、五年前からは、それまでは決して口にしなかった資金繰りの愚痴までを亜木子にこぼすほどになっている。

達也のいびきが本格的なそれになっている。

亜木子は立ち上がって、達也を揺り動かした。しかし酔いが回った達也は生返事をするばかりで身体を動かそうともしない。スーツを脱がそうとしても、女の細腕ではいかんともしがたかった。しかたなく繁子の部屋に足を運び、手伝ってくれるよう、いった。

寝巻き姿の繁子とふたりがかりで、どうにか達也を寝室のベッドに運び込んだ。

「最近、お疲れのようですね」

着替えを手伝ってくれながら、繁子がいう。

「疲れたときは、早く家で横になればいいものを、男の人ってどうしてこうなんでしょう」

複雑な胸のうちを隠して、亜木子は繁子に笑顔をむけた。

繁子は義父達之介の遠縁にあたる女性で、連れ合いを亡くしたあと、子供もいなかったことからお手伝いとして入ってもらった。亜木子の結婚直後のことだったから、もうかれこれ二十五年以上にもなるが、六十に届く年の割りには矍鑠《かくしゃく》としており、その明るい性格を亜木子は愛し、今では家族の一員といってもよい存在となっている。

ワイシャツを脱がしたとき、ふと亜木子は手を止めた。下着に一本の長い髪の毛が付着していた。繁子の目を盗むようにそれをそっと手でつまみ取り、達也にパジャマを着せる。

寝室を出て、繁子にもう一度、おやすみ、とことばをかけてから亜木子は自室に引きこもった。

未央が自立し、趣味の水彩画に凝りはじめたころから、達也とは寝室を異にするようになった。多忙を極めるようになって深夜の帰宅が多くなっていた達也は、特にそれをとがめることもなかった。それに夫婦生活と呼べるものがなくなってから、もう久しい。

横になっても、目が冴えてとても眠れそうになかった。起き上がり、ガウンを羽織って隅に整理していたイーゼルをもう一度部屋の中央に立てかけた。なにもかも忘れて絵に集中したかった。しかし、どうしても先刻の達也の話が頭に浮かんできて絵筆が進まない。あきらめて、ふたたびベッドに横たわった。

牧場を手放すことになったら、父はどうなるだろう。あの年まで浦河の土地しか知らず、しかも牧場経営だけを命にして、それ一筋に生きてきたのだ。その父から牧場を取り上げるということは、死を宣告するに等しい。春先に一度心臓の発作で病院に担ぎ込まれたが、幸い、数日で退院することができた。だが、もし今度倒れるようなことがあったなら、あの年からして無事にすむとはおもえない。まして牧場を失ってしまっては生きてゆく気力すらなくなるだろう。それを考えると、亜木子の胸は痛んだ。

あの長い髪の毛……。薄茶色に染められ、軽いカールもかかっていた。

たぶん、あの女性のものにちがいない。亜木子の脳裏に、いつか未央と新宿のホテルのバーで飲んでいた折に偶然目にした、達也と腕を組んでいた三十前後の女性の姿が浮かんだ。

あのとき、達也に知られぬよう、そっと未央とホテルのバーを抜け出した。未央がなにもいわなかったのは自分の心をおもいやってくれたからだ。しかしあの娘にとってはきっとショックだったにちがいない。未央は知らないだろうが、これまでにも達也が外に女性を囲っていた痕跡は何度かあった。寝室を別にするようになったのも、ひとつはそれが原因だった。亜木子の無言の抵抗といってもよい。たぶんそれを達也もわかっていたとおもう。

　胸にわいてくるのは、嫉妬心とは程遠い感情だった。達也を愛しているのだろうか——それを自問する時期はとうに終わっている。結局、すべて自分が蒔《ま》いた種なのだ。圭一を裏切り、浦河の土地を捨てた自分に今その報いがきているのだ……。

　閉じた瞼に浦河の山々や絵笛川が浮かんでくる。細く長く流れる絵笛川の両脇に広がる青草の茂った牧場……。牧場が隣り合わせだったこともあり、圭一とは幼いころからよく一緒になって遊んだものだった。

　辺り一面が雪景色に覆われる冬には馬房のなかで馬たちと戯れたし、雪が解けて緑の草木が芽吹くようになると、背後の山々に登ったり、牧場のなかを駆けめぐる若《わか》駒《こま》たちと追い駆けっこもした。夏には、すぐ目の前に開けている海岸で、終日、太平洋の海原に落ちる夕陽を眺めたりもした。

　この土地で生涯を終えよう、ふたりの未来はこの浦河の自然のなかで育《はぐく》もう……。高校生になったころ、絵笛川のほとりで、いつしか圭一とはそう誓い合うようになっていた。

　父親を亡くした圭一は、自分が大学に入学した年の夏のある日、忽然《こつぜん》と浦河から姿を消し、それっきり音沙汰《おとさた》がなくなった。それどころか、以来、噂のひとつも聞かない。圭一は今、いったいどこでどうしているのだろう。わたしのことをいまだに恨んでいるだろうか……。

　想い出をたどるうちに、いつしか亜木子の頬を涙が伝っていた。そのとき、初めて亜木子は自覚した。浦河の牧場を手放すのを拒んでいるのは、父のためというよりも他ならぬこの自分の気持ちであるということを。なぜなら、あの土地、あの牧場は、自分自身の原点になっているからなのだ……。圭一と約束したように、浦河の地で生涯を終えるということは、自分がこの世に生を享けたときからの約束事なのだ……。

　浦河に帰りたい——。亜木子の胸に切実でやるせないおもいが広がった。今のこの自分の気持ちを救ってくれるのは浦河のあの牧場の光景しかないように亜木子はおもった。この週末に、いやあしたにでも——。そう心に決めると、ふしぎに落ち着いた気分になり、亜木子は静かに目を閉じた。

6

午後の三時にはじまった多田盛嗣《ただもりつぐ》との対談は一時間ほどで終了した。

締めくくりに多田とのスナップ写真を撮影しているとき、応接室のドアが開いた。入って来た横矢が満足げな笑みを柏木にむけ、担当編集者に何事か耳打ちしている。

「すみません、あと二、三枚で終わります」

写真慣れしている多田が、カメラマンの注文に、いかにもというポーズを作る。その姿は経営コンサルタントというより、どこかのタレントをおもわせた。もとより柏木は経営コンサルタントなる商売など信用はしていない。経営を相談しなければならない経営者など最初から経営者としては失格なのだ。そんな内心のおもいを隠し、柏木は多田との談笑の顔をカメラにむけた。

フラッシュがたかれ、ご苦労さまでした、の合図で多田が腰を上げる。

「いや、きょうは非常に愉しかったですよ。会長のさらなるご活躍を期待しています」

柏木に如才ない挨拶をし、多田が手を伸ばしてくる。握り返した多田の掌は汗ばんでいた。

「これから成田ですか。お忙しくて大変ですね」

対談前に聞いた話では、このあとすぐにニューヨークに飛ぶらしい。

「不景気のときのほうが我々の仕事が忙しいというのも、なんとなく複雑な気持ちですよ」

柏木は一瞬不快感に襲われた。ことばとは裏腹に、多田が現在の不況をむしろ自分たちの出番だとばかりに歓迎しているのがありありと感じられたからだ。

多田盛嗣は若手の経営コンサルタントとして、ここ二、三年、マスコミの売れっ子となっている。柏木とほぼ同世代の男だが、前身はアメリカの経営コンサルタント会社の極東支配人で、そのときに知遇を得た若手経営者たちのプロフィールを物語風に紹介した著書、『ニューリーダーたちの神話』がベストセラーになったのを機に独立し、洗練されたその容姿もあってか、今では時々テレビにも顔を出す。

きょうの対談は、経済誌としては中堅どころの、月刊「エコノミスト・日本」で連載対談のホスト役を務める多田がじきじきに柏木を指名してのものだった。むろん、横矢が裏から手を回したに決まっている。

対談は、最初に通り一ぺんの日本経済の現状を語り合ったあと、多田が柏木率いる三つの会社の今後の展望について質問するという、いってみれば、柏木の提灯《ちょうちん》記事一色といってもいい内容に終始した。

柏木と横矢に挨拶をし、多田が担当編集者、ライター、カメラマンを引き連れて部屋から出て行った。

横矢とふたりきりになってからソファに座り直す。

「桜木の勉強会に顔を出したらしいな」

横矢がいった。

「ええ、再々誘いがあったので観念しました。しかし、覚悟はしていましたが、想像以上に退屈でしたよ」

「どこもあんなもんさ」横矢が声を出して笑った。「だが、さすがに政治の世界は敏感だな。圭一君が桜木の勉強会に顔を出したことがもう噂になっている。もしかしたら――、と皆、疑心暗鬼にかられてるんだな」

横矢の口調は誇らしげだった。たぶんその噂の真偽をいろいろな方面から問われているのだろう。

一度は出馬の覚悟を固めたものの、例の脅迫文の一件以来、柏木の心に躊躇する気持ちが芽生えていた。あれのカタをつけないかぎり、安穏とした時間は過ごせない。もし立候補したときに露見でもしたら……。

そうしたことはおくびにも出さず、柏木は横矢にいった。

「そうですか。あのあと、桜木さんから時間を取ってくれるようにいわれたんですが――。なんでも五区のことで相談があるとか」

「じつはそのことなんだ」横矢がいくらか身を乗り出した。「あの区の事情についてはすでに話した通りなんだが、しばらくは桜木から距離を置いて静観したほうが得策かもしれんな……」

桜木の所属する改進党は、現与党である民自党の実力者だった小蜂《こはちかずお》一男が、二大政党を謳い文句に野党二党と合流して結成したものだが、寄合所帯のその性格から、船出をした当初からなにかと不協和音がささやかれていた。そのきしみが、最近特に激しくなっているという。

「場合によったら、党が割れるかもしれん」

「となると?」

「改進党から出ては、まず江成に勝つことはできないだろう。前回の選挙で改進党から出た君塚耕三は、やつには四万票からの差をつけられて負けているんだ。弱体化した改進党では戦う前から勝敗は見えている。五区は、君塚じゃ勝てない。これが今の改進党のなかでの一致した見方だ。このところ、桜木と大森の仲が以前にもましてぎくしゃくとしてきているようだし、たぶん、圭一君に声をかけたのは、そのあたりの事情からだろう……」

君塚耕造の後ろ盾は、改進党のなかでも桜木と並ぶ実力者の大森和正だ。しかしこの大森和正が、桜木とは水と油といっていいほどにそりが合わない。事あるごとにぶつかり、互いにいがみ合う。前回の選挙の敗北を逆手にとって、桜木は今、必死になって君塚に代わる新人を五区に擁立しようと画策しているらしい。

「圭一君は、なにがなんでも五区から出たいんじゃろう?」

横矢が柏木の目をのぞき込んだ。

「他の区からなら出る気はありません」

「またそれだ」

柏木の答に横矢が苦笑を浮かべる。そして、わかったといわんばかりに、首を二、三度大きく上下させた。

「江成が現通産大臣の木本晴行の庇護《ひご》を受けていたのは、やつの有する資金力のせいだった。その江成の台所が今や火の車だ。そのせいか、このところ、江成に対する木本の風向きが微妙に変化してきているらしい」

「金がなくなれば、用無し、ということですか」

「江成など、もともとは政治に見識があって議員になったわけではない。しょせんはオヤジの土壌の上に乗っかっただけの、金に飽かせた二世議員だよ。金がなくなれば切り捨てられる」

横矢が事もなげにいった。

「それに、もうひとつ。仮に改進党が割れるようなことがあれば、大森和正が民自党に復党する線もある。そうなると、おもしろいことになる……」

民自党時代の大森和正と木本晴行は仲が良いことで知られていた。大森和正が改進党に出て行った今でも、互いに認め合う関係だという。

「大森は君塚を見放している。木本は資金源に飢えている。わかるかね、圭一君?」

横矢の目が光を帯びた。

「ふたりの利害が一致し、互いに眼鏡にかなう人間がいれば——、ということですか」

「その通り。前回の選挙では互いに争った。しかしそこは魑魅魍魎《ちみもうりょう》といわれる政治の世界だ」

横矢が含み笑いを洩らし、指先でテーブルをこつこつと叩く。

「現在の小美濃体制がいつまで保《も》つか——、永田町ではそろそろその噂が出はじめている。なにしろこの不況にもかかわらず、小美濃は無策だからな。打つ手打つ手がすべて後手に回っているし、しかもそのことごとくが裏目に出ている。おまけに人望がないときているから、同じ党内の人間に足を引っ張られている有様だ。早ければ、来年の夏、遅くとも秋には解散総選挙——そうにらんでいる人間も少なくない」

来年の夏か、秋……。横矢は予想以上に早い時期に照準を合わせている。柏木は胸に緊張が走るのを覚えた。

用向きの話は終わったとばかりに、横矢が好きな競馬に話題を変えた。烏森口《からすもりぐち》での「片岡ファイナンス」の社長、片岡勉との会食の時間までにはまだ間がある。柏木はしばらくのあいだその話につき合った。

話が一段落したところで、横矢は腰を上げた。そして柏木の肩を叩きながら、耳もとでささやいた。

「圭一君、これからが勝負どころだぞ。きれい事だけじゃ選挙は勝てん。大船に乗ったつもりで、あとはわしに任せろ」

応接室を出た所で横矢とは別れた。


デスクに戻って郵便物を整理していると、内線が鳴った。佐伯だった。

——社長、よろしいですか。

用件を訊くと、佐伯が口ごもった。そして小声で、この手の物は直接社長に手渡すよう児玉常務から命じられていますので、といった。

瞬間、顔から血の気が引いてゆく。

「わかった」

一言いって、電話を切った。手紙だ……。このあいだと同じ封書がまた届いたにちがいない。気を落ち着かせるように、マルボロをくわえた。ライターを擦る指先がかすかに震えている。

ノックの音に、入るよう、返事をした。佐伯が入って来た気配にも、書類に目を通しているふりをして顔を上げなかった。

「失礼します。これなのですが……」

佐伯の顔に困惑した表情が浮かんでいる。

「またか……。やっかみが多くなったものだ」

差し出された白い封書に目をやってから、柏木は佐伯に笑みをむけた。頬の筋肉が不自然な動きをしているような気がした。

受け取った封書を関心がないとでもいうように、デスクの端に無造作に放って軽口で佐伯の矛先をかわす。

「それはそうと、本橋と仲が良いそうじゃないか」

「常務から聞かれたのですか。変な意味にとらないでください」

「冗談だよ」

顔を赤らめた佐伯に、ご苦労さん、といって退室を促した。

佐伯がドアを閉めた音を確認してから腰を上げた。急いでドアをロックする。デスクに戻り、封書を手に取った。

柏木圭一様、と記された宛名がワープロ文字で切り貼りされているのもこのあいだと同じだ。裏面を返した。やはり空白だった。

胸が息苦しかった。デスクの引き出しから鋏《はさみ》を取り出し、慎重に封を切った。なかに入っていたのも、やはり同じように、一枚の便箋だけだった。


二十周年を平間順三氏とともに祝う　　　　立会川

便箋を引きちぎりそうになった指先の力を、かろうじて抑えた。

警備員のことも知っている……。

前回の封書が届いたのは、十月初めの合同会議のときだった。あれからひと月半――。尾行の有無を確かめるために、二週間ほど児玉を身近に張りつけさせたがそれらしき姿はなかった。警備員が殺されたことを知って、投函《とうかん》してきたのだろうか……。

脅迫状の主はやはり警備員の平間ではなかった……。じっと便箋を見つめた。

脅迫状を見せたあと、児玉は平間について調べている。その報告を聞いて、柏木はさほど問題にする人物ではないとの感触を得ていた。

しかし児玉は極度に神経質になった。ほんのわずかのことが命取りになるものです。そういって、児玉は平間の監視を継続することを口にしていた。そして寝耳に水ともいうべき行動……。悔やんでも後の祭りだった。

たばこを立てつづけに吹かしながら、柏木は必死に頭をめぐらせた。

どうしてこの手紙の主は、平間のことまで知ったのだろう。新聞記事には、害者は警備保障会社に勤務の――とはあったが、この「カシワギ・コーポレーション」で夜警をしていたことになど一行も触れていない。一歩譲って仮に他紙の記事にそうした事実が書かれていたとしても、どうしてそれを及川の一件と結びつけたのだろうか。

解せなかった。児玉の話では、あの日の夜、及川と平間が押し問答をしているのを見ていたような人物は誰ひとりいなかったという。

「カシワギ・コーポレーション」に絡んだ人間がふたりも殺された……。もしかしたらこれは、こちらの反応をうかがうための陽動作戦なのかもしれない。

そう考えると、若干心に余裕が生まれてきた。

児玉の携帯に電話を入れたが、不通だった。きっとビルの地下にでもいるのだろう。ちょっと考えてから、今夜元麻布のマンションに来るよう、メッセージを吹き込んだ。封筒をスーツの内ポケットに収め、総務部で待機中の本橋に、車を出すよう命じてから柏木は腰を上げた。

片岡の名を告げると、すぐに二階の座敷に案内された。靴を脱ぎ、急いで階段を上った。約束の七時に三十分も遅れている。

襖を開けると、片岡が振りむいた。

遅れた詫びをいう柏木に、片岡が上座の席をすすめる。

「仕事もほどほどにしたほうがよろしいんじゃないですか。顔色がすぐれないですよ」

すでに酒を飲んで赤ら顔になっている片岡が、柏木のグラスにビールを注いでくれた。その物腰は、ごくふつうの勤め人をおもわせ、とても街金融の社長には見えない。逆にいえば、それが相手に安心感を与える片岡の武器でもある。

来る車中でも本橋に顔色のことをいわれた。平静を装ってはいたが、片岡にも指摘されるということは、動揺を隠し切れていないにちがいない。

それを取り繕うように、柏木は笑顔を交えて興味もない片岡の近況を尋ねた。片岡がいくらか身を乗り出して街金融業界の現状を話しはじめる。その話には、このところの不景気の実態が浮き彫りにされている。しかし聞いている柏木の頭のなかには先刻届いたばかりの脅迫状のことしかなかった。

「景気がよいのは、柏木さんのところだけですよ」

嘆息まじりにいう片岡のことばには、本心からそうおもっているのがうかがえた。

酒と料理を口にしながらの雑談が一段落したところで、片岡がようやく本題を切り出した。

「融資してまだ五か月にしかならないのに、もう二回も延滞している有様ですよ」

数日前、「江成興産」の本社に乗り込み、いくらかの恫喝《どうかつ》を込めて江成に支払いを迫ったという。

「牧場を手放してもいい、と吐《ぬ》かしおった。いったい、あの牧場にどれだけの値打ちがあるとおもってやがるんだろう。融資条件だって、破格のものなのに。ふざけるな、といってやりましたがね」

酒の席では、気心の知れた柏木に片岡は鎧を脱ぐ。その風貌とは別に、片岡の口調はすでに長年街金融一筋に身体を張ってきた人間のそれになっている。

当初は江成に融資する資金の五億をダミー会社を嚙ませて捻出するつもりだったが、国税局のことも考慮に入れ、結局、「カシワギ・コーポレーション」が直接片岡の会社に融資をするという形を取った。姑息《こそく》な手段を講じて、来るべき正念場の選挙に影響が出てはならない。

「片岡ファイナンス」が江成に融資した条件は、返済期限が一年、月々の均等払い、金利は街金融としては破格の、年利五パーセントというものだった。したがって、江成の毎月の支払い金額は四千四百万円ほどになる。

片岡にとっては、この江成への融資話はまさに濡れ手に粟《あわ》の話だったはずだ。「片岡ファイナンス」が「カシワギ・コーポレーション」に支払う金利が一パーセント。つまり片岡は、資金負担もリスクも負わずに、差額金利の四パーセントを手にする勘定になる。むろん金利稼ぎのためではないから、そうした諸々は、柏木にとってはどうでもいいことだった。

二か月も遅れ出したか……。江成の窮状が推し量れる。

しかし江成の総資産からすれば、この程度のことではびくともしない。だが資金繰りに窮しての、毎月の支払い額、四千四百万はきっと肩に重くのしかかっていることだろう。

「すでにある抵当権、合わせて二億でしたよね」

ビールから日本酒に替え、猪口を口に運びながら柏木は訊いた。

「まさか、そいつまで肩代わりする、っていうんじゃないでしょうね」

箸を持つ片岡の手が止まった。

寺島牧場には、すでにいくつかの金融機関から抵当権が設定されている。牧場をこの手にするには、それを解消してやる必要がある。

「その、まさか、というのをやってもらえますか。今の江成なら、飛びつくはずです」

「そりゃ、そうでしょうが……」片岡が首を振った。

「しかし、長年のつき合いからいわしてもらえば、それは賛成しかねる話ですな。あの牧場――裏の山、持ち馬、そんな一切合切を全部考慮に入れても、せいぜい三億というところですよ」

肩代わりの二億を合わせれば、都合七億。金融屋の片岡にとっては、どう算盤をはじいても、理解できないにちがいない。

「なにか、あの牧場に、特別なおもい入れでもあるんですか？」

「仕事で先日札幌に出かけましてね」おもいつきの嘘が口をつく。「せっかくだから、足を延ばして見に行ってみたんです。ほんのわずかな時間でしたがね。妙に気に入ったんですよ、あの土地と風景が。場合によったら、ゆくゆくは馬を育ててもいい。義父が競馬を好きでもあるし」

「それなら、それで、いくらでも別な牧場が……」いいかけて、片岡があきらめ顔で酒を手にした。「鷹揚というか、柏木さんには、わしらには理解できんところがある。まあ、そこが魅力なんでしょうがね……」

「じゃ、その話、本気で進めてもらえますか」

念を押すようにいってから、柏木は時計を見た。

早くひとりになりたかった。酒を口にするのは元麻布の部屋で、絵笛の風景やオジロワシの写真を見つめながらにしたかった。

他にも会わねばならない相手がいる、と適当な口実を作り、片岡を残して一足早く店を出た。

元麻布に着いたのは十時少し前だった。

マンションの入口付近に肩をすぼめて立つ人影があった。そのとき初めて柏木は、児玉へのメッセージに時間を指定していなかったことに気づいた。

「だいぶ待たせたようだな」

「いえ、それほどでも」

児玉の足もとに散らばっている何本ものたばこの吸い殻に目をやってから、柏木は無言でマンションに入って行った。

部屋のソファに児玉とむき合って座るなり、内ポケットから封書を取り出した。児玉の頬の筋肉が引きつっている。

「それは……」

「きょう届いた。読んでみろ」

児玉の前に封書を置き、柏木は腰を上げた。窓を開けてベランダに出る。冷たい風が、すっ、と頬をなでてゆく。

この時刻、元麻布のこの界隈はまるでここが都会の中心部であることを忘れさせるようなふしぎな静けさに包まれる。投げた視線の先に橙色《だいだいいろ》のイルミネーションに飾られた東京タワーがそびえ、暗いその上空には豆粒ほどの星がかすかな光を放っていた。

「児玉」

夜空を見上げながら、柏木は児玉を呼んだ。

「社長。こいつはカマをかけているんです」

柏木の背後から児玉が興奮した口調でいう。

「そうか……」

振り返って児玉を見た。児玉の顔は蒼白で強張《こわば》っていた。柏木はふたたび夜空に視線を戻した。

「もう今ごろは、浦河は冬の色に染まっている。あそこはこの季節のこの時刻になると、すべてが闇に眠って、静寂に包まれるんだ。まるで耳が痛くなるほどの静けさでな。だが、そんな静寂のなかにあってもじっと目を凝らすと、かすかな気配を感じ取ることができる。いったいなんの気配だとおもう?」

「社長。私は……」

吐息ともつかぬ声を児玉が洩らした。

「星の光だ。遠い上空から、細い、まるで糸のような星の光が静かに降り注いでいる。ここも静かだが、同じ静けさでも、ここことは質がちがう。ここの静けさはいつ破られてもおかしくはない脆《もろ》さと背中合わせになっている」

「なにひとつとして知られているわけがありません」

児玉の語尾は震えていた。

窓を閉めてソファに座り直す。ブランデーを引き寄せて、グラスに注いだ。

「唯一の目撃者である平間はこの世から消えた。最初から、平間が脅迫状の主ではないことの確信を持っていたにもかかわらず、おまえは平間をこの世から抹殺した。俺と同じ罪を犯すことで俺への忠誠心を証明する、ただそれだけのために、だ」

児玉の頬の筋肉がピクリと動く。

「そしてもうひとつ。平間の死で脅迫状の主がどういう反応を示すかも知りたかった……」

唇を噛み締めた児玉がじっと見つめてくる。

「そしてその目論見はものの見事に成功した。これではっきりした。脅迫状の主は、及川と繋がりのある誰か、だ。生前の及川は、自分の身近にいる誰かに、会社を訪ねたことや立会川で俺と会うことなどを話していた……。だが、その誰かは、絶対に現場など見てはいない。すべて、憶測を働かせているにすぎない。その憶測を確かめるために脅迫状を出し、俺の動向を探り馬脚を現すのを待っている」

「私もそうおもいます」

「きっと及川は、脅迫状の主に俺から大金をもらえることも話したにちがいない。しかしすべては口約束だ。俺が否定すれば、警察は手も足も出ない。いや、そんな話さえ信じやしないだろう。あとは、脅迫状の主がどんな隠し玉を持っているか、それに尽きる」

及川が二十五年も前の、あの一件だけは打ち明けていない確信がある。となれば自分が及川を殺さねばならない動機などどこにもない。及川に五千万を渡す話など警察は絶対に信じはしないだろう。なにしろ自分は名のある成功者で、一方の及川は重罪を犯した過去を持つ一介の清掃員なのだ。

「次にどういう手を打ってくるか、じっくりと待ってみようじゃないか」

自分でもふしぎなほど冷静だった。児玉も落ち着きを取り戻している。

「そうです。今はじっと耐えるべきです」

児玉が目を輝かせた。唇を真一文字に結んでいる。

「窓から夜の星を見つめていたら、急に浦河に帰りたくなった。俺はあす東京を発《た》つ。ひとりでゆっくりと考えてみたい」

目を閉じた柏木の脳裏には浦河の夜景が広がっていた。

7

騒いでいたサラリーマン風の四人連れが帰ったあと、織江がカウンターから出てきた。一馬の横に腰を下ろす。

「ごめんなさいね。うるさかったでしょう。でも悪いひとたちではないのよ」

「ぜんぜん——。むしろ話を聞いていて愉しかったくらいです」

笑みをむけ、織江が手にしたグラスに一馬はビールを注いでやった。

彼らが帰ったあとの店内には、もうひとり客がいるが、その男は三十分ほど前から、カウンターの隅でうっ伏すようにして眠り込んでいる。

昨夜も眠れぬままに父の手紙を読んでいた。そして黄ばんだ写真を見つめているうちに、母のことをもっともっと知りたい、というおもいを抑え切れなくなった。きょう新橋に社長の柏木を送り、帰ってもよい、といわれたとき、すぐに織江の顔が浮かんだ。本社の地下駐車場に車を置き、その足で店に駆けつけて来たのだった。織江の店に顔を出すのは、父の命日以来だから、およそひと月半ぶりになる。

腰を下ろすなり、織江に引越しのことを訊かれた。このあいだ来たときには、東大井の家を引き払ったことも、以前の会社を辞めたことも話していない。

二週間ほど前に一馬宛に送った宅配便が戻ってきたことで引っ越したことを知った、と織江はいった。宅配便は友人と温泉に出かけたときの土産品だったらしい。

「それで、今はどこに住んでいるの?」

「五反田なんですけど……、織江さんには新しい住所をお教えしておきます」

見回したが、周囲にメモ用紙の類は見当たらなかった。

それに気づいた織江が腰を上げようとする。

「いや、ついでといってはなんなんですけど……」

ちょっと迷ったが、一馬は名刺入れから一枚名刺を抜き出した。織江がボールペンを一馬の前に置く。

名刺の裏に五反田のワンルームマンションの住所を書き、織江に渡した。

「あら、会社も替わってしまったの?」

手にした名刺をひっくり返し、織江が驚いたような顔をした。

「ええ、この三月から、そこに勤めを替えたんです」

「そうだったの……」

織江が名刺を帯の間にはさみ込んでビールを口にした。

転職の理由を尋ねていいものかどうか迷っているにちがいない。グラスを手にする織江の顔はどこかぎこちなかった。

店で飲んでいたときの父は、一馬の自慢話ばかりで、特に勤務先の貿易会社の仕事について語る口調は、誇らしげだった……このあいだの雑談で、織江はそう口にしていた。たぶんそのことが頭に引っかかっているのだろう。

「父が僕の仕事先の自慢話ばかりしていた、って織江さんがいうから、このあいだはつい口にしそびれてしまったんです」

織江に笑みをむけ、ビールを注いでやった。

「ほんとよ。びっくりしたわ。でも、後悔はないの？」

「僕はまだ二十四になったばかりですよ。いろいろな経験をしてみなきゃ」

「そうよ、ね」

織江もようやく納得したようだった。うなずいている。

「心機一転の僕の門出に乾杯してください」

努めて明るくいい、一馬は織江のグラスに自分のグラスを軽くぶつけた。

「これからの一馬ちゃんに、乾杯」

織江が残りのビールを一気に飲み干した。

「それはそうと、僕は母がやっていた大井町の店のことはほとんど知らないんですよ。父も母もその当時のことをあまり話してくれなくて」

一馬は、それとなく「バー花」のむかし話に話題を転じた。

「織江さんも懐かしいでしょう」

「『バー花』ねえ……」むかしをおもい出したのだろう、うなずいた織江が、視線を宙に漂わせた。「今おもい出しても、わたしにとっては一番いい時代だったわ。愉しかったし。働いている誰もがお金のことなどには無頓着《むとんじゃく》で、その日その日が愉しければいい、とおもっているほどに若かったし、ね。お店が終わると、いつも加代ママは皆を食べに連れて行ってくれるの。わたしはお好み焼きが大好きで、それに一番の大食いだったから、いつもママには、あんたのおかげで財布が空になる、って、からかわれたものよ……」

いい人がいたら結婚するのよ。女の幸せは、やはりなんといっても好きな人と一緒に暮らすのが一番——。そういって、加代は常々、店の女の子たちを諭していたらしい。

「でもママは人がよすぎたのよ。店に来るお客さんから借金を頼まれると断り切れなかったし、それにツケを取り立てるようなこともできないひとだった。結局、そうしたあれこれで、お店をたたまなければならなくなったのね……」

酔うほどに、織江の口は軽くなった。陽気な笑い声をあげるかとおもうと、当時のことをおもい出すあまりに急にしんみりとして涙を浮かべたりもする。

「もしママが生きていて、またお店を営業《や》るっていったら、わたしはここなんかすぐにたたんじゃって真っ先に駆けつけるわ」

「ところで、いつか話してくれた、英子さんという女性。あのひとのことぐらいかな、母が話してくれたなかでかすかに僕が名前を憶えているのは……」

タイミングを見計らって、一馬はさりげなく口にした。

「英子ちゃん、ねえ……」

織江が目を細めてつぶやく。

「あの娘《こ》はいい娘だった……。ママはまるで実の妹のように彼女を可愛がっていたわ。でも、神様って意地悪よね、そういう娘にかぎって先に逝かせてしまう。生きていたら、今、いくつになっているのかしら……」

そう口にした織江が、目を潤ませた。

母は自分を産んだ六日後の、八月十三日に帰らぬ人となった。二十五歳だった。もし生きていてくれたなら、四十九歳……。

まるで織江に教えるかのように、一馬は自分の胸でつぶやいた。

「そんなに、いい女性《ひと》だったのですか」

織江がうなずく。

「純で、優しくて……。もし、わたしが男だったら、絶対に彼女をお嫁さんにしたわ」

そういって、織江が記憶をひもとくようにしながら英子の想い出話をはじめた。

ビールから酒に替え、一馬はその織江の話を一言も聞き洩らさないようにしてじっと耳を傾けた。

ほどなくして、酔いの回った織江はカウンターの上の腕に頬を押しつけて軽い寝息を立てはじめた。相変わらずひとり残った客は織江と同じようにカウンターにうっ伏して眠りこけている。

きっと織江も寂しいのだ。客を相手に陽気に振る舞っているときの織江はそのふっくらとした顔のせいで年齢よりも若く見えるが、こうして酔い潰れると忍び寄る老

い の影を隠し切れない。織江の寝顔には「バー花」の時代から歩んできた彼女の半生が滲み出ていた。

織江の寝顔を見つめているうちに、きょうここを訪れる気になったもうひとつの目的のことはどうでもいいような気がしてきた。

その織江には、父が残した封書の件は他言しないように頼んである。しかし父とは因縁浅からぬ関係だったと話した、あの桑田という刑事の訪問を受けて以来、一馬の胸には一抹の不安が芽生えていた。原因はわかっていた。あの刑事――桑田の、父の事件にかける執念を肌で感じ取ったからだ。もしも桑田が、織江の店を捜し出すようなことがあったら……。昨夜は、そのおもいが頭にチラついてなかなか眠ることができなかった。やはり、自分と織江との関係は伏せておくに越したことはない……。

しかし、一年以上も知られなかった織江の店が、今ごろになってはたして突き止められるものだろうか。「バー花」の時代などもう遠いむかしのことだ。それにもし刑事が訪ねて来るようなことがあっても自分のことは伏せておくよう頼めば、かえって逆効果のような気もする。きっと彼女は訝るにちがいない。

取り越し苦労だ……。一馬は腰を上げると、壁にかけてある織江のコートをそっと彼女の肩にかけてやってから店をあとにした。

部屋に戻って来たのは十一時過ぎだった。

ベッドに横になり、一馬は天井を見つめながらたばこを吸った。

織江の話を聞いていたときにはこらえていた涙が双眸《そうぼう》から溢れ出てきた。

加代ママは英子ちゃんのことを、実の妹のように可愛がっていたわ。病気で死んだって聞いたときは驚いた……、だって元気そうで、そんなに病弱には見えなかったんだもの――。

英子――。新谷《しんたに》英子。自分は、本当は新谷一馬だったのだ……。

新谷にもならず、及川にもならず、本橋一馬になった。そして今は、その新谷、及川、本橋の姓を名乗るひとたちは、誰ひとりとしてこの世にいない。

自分はひとりなのだ……。胸でつぶやき、一馬は目を閉じた。もう涙はわいてはこなかった。

しばらくしてから、起き上がり、一馬は机の引き出しに大切にしまってある封筒を取り出してベッドの端に腰を下ろした。

わずか一年なのに、白い封筒はいくらかささくれ立っている。何度も何度も手にしたせいだ。織江に託されていた父からの手紙だった。

封筒のなかから便箋を抜き出し、もう暗記するほど目を通している文面に、一馬は視線を落とした。

一馬君へ

近ごろは体調がかんばしくない。その原因について私は薄々感づいている。たぶんガンが再発しているのだとおもう。

医者からは、今度ガンが発見されたら大事に至る惧れがあるから十分に注意するように、といわれていた。

しかし、自分の身体のことは自分が一番よく知っている。長い過酷な受刑生活を送ったことで、私の身体は想像以上に弱くなってしまった。きっと今度の手術にはもう耐えることができないだろう。

それが私に「ある決心」を促した。

ずっと長いあいだ、一馬君にいつ話そうか、いつ打ち明けようか、と迷いに迷っていたことがある。本来は、直接私の口から一馬君に伝えるべきなのだろうが、その自信が私にはどうしても持てなかった。きっと一馬君の顔を目の前にしたら胸がいっぱいになって、ことばにはならなくなるような気がしたからだ。

嘘偽りなく、それほどまでに、私は一馬君のことが可愛い。そして心の底から、一馬君のことを愛している。まるで、自分の実の子供のように――。

実の子供のように――。この一言を読んだ瞬間、きっと一馬君は訝り、そして次には驚くことだろう。それが目に浮かぶようだ。

そうなのだ。私が口にしている「決心」とは、じつはこの事実を一馬君に打ち明けることなのだ。

本当に私は愚かだった。罪深いことをした。ともすれば絶望的になり、くじけてしまいそうになった私を支えてくれたのは、加代、一馬君のふたりの存在だった。一馬のためにも頑張って――。何度加代にそういわれて励まされたことか。

そのおかげで、私はなんとか社会に戻って来ることができた。しかし、私は不安だった。いや惧れてもいた。はたしてこんな私を世間が受け入れてくれるだろうか、加代に見放されはしないだろうか、そしてなにより心配したのは、一馬君、君がちゃんと私を父親として迎え入れてくれるだろうか、ということだった。しかしそんな心配や危惧《きぐ》は私の取り越し苦労であるのがすぐにわかった。加代はなんら変わることのないむかしのままの加代だったし、働く私を世間のひとたちも温かく見守ってくれた。そして一番の心配事であった、私を見つめる一馬君の目。もうあえてそれについてはここで書く必要もないだろう。それがなによりも私にはうれしかった。心から君に感謝したい。

受刑生活を終えて、加代と一馬君、三人で暮らすようになった平穏で心安まる幸せな日々を私は忘れることができない。

だが、八月に無事刑期の満了を迎え本当の意味で心身の安らぎが得られるようになった年のある秋の日、そんな私を一瞬にして奈落の底に突き落としてしまうような加代からの告白があった。

加代は、一馬君は私たちふたりのあいだにできた子供ではない、というのだ。私は自分の耳を疑った。いったい加代はなにをいっているのだろう、とおもった。

このことを打ち明けるのに加代はずいぶんと長いあいだ、迷い苦しんだと私にいった。もし、出所後の私の生活態度になんの反省の色もなく、無為な日々を送るようだったら、すぐにでも私や一馬君に事の真実を話して親子の関係を解消させるつもりだった、ともいった。しかし、私と一馬君のふれ合いを目にしていると、ますます苦しみが深くなるばかりだった――。そう泣きながら、打ち明けたのだ。

私には、実の弟のようにおもう男がいた。加代には実の妹のように可愛がっている女性がいた。男の名前は柏木圭一という。女性の名前は新谷英子という。

はっきりいおう。じつは一馬君は、私と加代とのあいだにできた子供ではなく、その柏木圭一と新谷英子という女性とのあいだにできた子供なのだ。

それを知ったときの私の驚きや落胆については、たぶん一馬君も察してくれるとおもう。

血が繋がっていなくても、実の親子よりも深い愛情と絆で結ばれているのだから、と加代は私にいった。その通りだとおもう。しかし、頭のなかでは理解していても、気持ちの整理がつかなかった。深く一馬君のことを愛していたから、独占したかった。自分ひとりが父親でいたかった。他にもうひとり別の父親がいるということが、私にはどうしても許せなかったのだ。

私たちが親であることを強要はできない、それを決めるのは一馬自身なのだ、と加代はいった。一馬の人生は一馬のものなのだから、どんな結果になろうとも、すべての真実を知る権利があの子にはある、だから、いずれ一馬にはすべての真実を打ち明けねばならない、と加代は涙ながらに私に告白したのだよ。

その話を聞いてから私は一週間ほど旅に出た。家を空けることなどまったくといっていいほどになかった私だから、たぶん一馬君も憶えているのではないだろうか……。ひとりになってよく考えてみたかったのだ。心の整理をしてみたかった。それほどに、加代から打ち明けられたこの話が私にはショックだったのだ。

私が旅に出た先は北海道だった。札幌の東——日高を過ぎた所にある、浦河という町を見たかったからだ。

東京は秋だったが、すでに北海道のその辺りは冬の匂いに包まれていた。背後の山々には例年よりいくらか早いという、数日前に降った初雪の名残を見ることができた。そしてその麓《ふもと》には美しい牧場が広がり、あいだを縫うようにして流れる小さな川が太平洋に注いでいた。

絵笛の集落——。聞いていた以上にきれいな所だった。今こうして手紙を書いていても、あのときの、あの光景が浮かんでくる。

なぜ私が絵笛を見てみたかったのか——。それは、この集落が一馬君の実の父親、柏木圭一の故郷だったからだ。私は彼から、何度か、この集落の自然や風景について聞かされていた。その話をするときの彼は、本当に懐かしそうな表情を浮かべていたものだ。しかし、そこにはもう彼の両親——一馬君の祖父母になるわけだが——はおろか、親戚縁者は誰ひとりとしていないという。どうやら彼はひとりっ子だったようだ。

ともあれ、私はその旅をしてきたことで心の整理がついた。というより、一馬君の父である柏木圭一の心を持って帰って来た、というほうが当たっているだろう。

それ以来、私は以前にもまして、一馬君を愛せるようになったとおもう。なにしろ、私の胸のなかには、一馬君の父と同じ絵笛の空気が宿ったのだから——。

少し愚痴っぽくなったようだ。しかし、これで私が一馬君が実の子供ではないのを知った経緯とそのときの心情についてはわかってもらえたとおもう。

では、なぜ一馬君を本橋の籍に入れて、私と加代とのあいだの子供として育てるようになったのかのいきさつ、そして柏木圭一、新谷英子という一馬君の実の両親がいったいどういうひとたちだったのか、についても書き記しておかねばならないだろう。

　覚悟を決めて、ようやくここまで告白することができた。今は深夜の二時だ。きのうから一馬君が大阪に出張に出かけて留守の時間を使ってこれを書いている。しかし、やはり正直なところ疲れた。つづきはまたあした書くとしよう。

第四章　約束の地

1

　コーヒーを飲みながらたばこを吹かしていると、入口に中条の姿が見えた。

　すぐに気づき、中条がせかせかした足取りで近づいて来る。

「やぶから棒に、いったいどうしたっていうんですか?」

「いいから、座れ」

　テーブルの前に立った中条に、柏木は椅子をすすめた。通りかかったウエイトレスにコーヒーを追加注文する。

　明日からの土日を控えた朝の空港ロビーはさすがに混み合っている。軽食喫茶のこの店内も、ほぼ満杯の状態だった。

　昨日の深夜、中条を連れてゆくことをふとおもいついた。故郷が北海道の東であることは漠然と教えてはいるが、浦河の町の名までは口にしていない。むかしのことを話したがらない柏木に、彼がそれ以上の突っ込んだ質問をすることもなかった。中条の頭のなかにあるのは、ゲームソフトのことばかりで、あまり他人の私生活というものには関心を示さない。そういう彼の性格が、柏木の気持ちを楽にしてくれ、二人三脚できょうまで歩んで来れた理由のひとつでもある。

「俺の故郷を、おまえに見せてやりたくなった。いや、見ておいてほしい、とおもったんだ」

　コーヒーを口にする中条に柏木はいった。

「故郷……ですか?」

　中条が拍子抜けしたような顔をしている。

　深夜の突然の呼び出しの電話。しかも、行く先も告げられず、ただ空港で待っている、とだけいわれれば、何事があったのかとおもって当然だった。

「なんでまた……?」

　今のこの忙しいときに——、ということばを呑み込んだのが柏木には手に取るようにわかった。

　創立二十周年記念パーティのときに行う新ゲームソフト「プロミスト・ランド」の発表会の準備のために、今の中条は多忙を極めている。

「俺とおまえがちょっと姿を消したくらいでにっちもさっちもいかなくなるようなら、うちの会社も先が知れている。心配するな。この際だ、ついでにおまえの故郷も空の上から見させてもらうことにするよ」

　中条の故郷は岩手の田舎にある。もっとも札幌への空路は太平洋上だから見えるというわけではない。

「いかにも社長らしいや、いや、参りました」

　中条が苦笑を浮かべ、首を小さく振った。それ以上、もう訊く気もないようだった。

　しばらく仕事の打ち合わせをし、出発時刻の二十分前にゲートをくぐった。

　定刻に飛び立ったジェットは、揺れることもなく新千《ち》歳《とせ》空港に向かって快調な飛行をつづけている。

　連日の多忙の疲れからだろう、隣の中条は機上の人となった途端に船をこぎはじめ、今は熟睡している。軽いいびきを立てる彼の顔には、疲労の色というより、どこか心地よさをおもわせるような満足感が漂っている。

　故郷を見たくなった――。たぶん中条は、そんな突然の自分の胸中を、もうすぐ二十周年を迎えるまでになった会社に対する感慨と結びつけているのではないか。

　しばらく窓の下に広がる雲海に目を落とした。東の空に昇った太陽が、まぶしいまでに雲の白さを光り輝かせている。

　窓のカーテンを閉め、目を閉じた。しかし眠りには程遠かった。頭の芯が冴え渡っている。

　手紙、いや脅迫状の主の狙いはいったいなんなのだ……。最初に脅迫状が送られてきたのが十月の初旬。あれからほぼひと月半近くものあいだ、なにひとつとして要求らしい要求もしてこなかった。そして、いきなりの今度の脅迫状……。

　及川と自分の繋がりを知っている者が送りつけてきているということだけは確かだ。しかし平間順三と自分とはなんら接点がない。つまり憶測を働かせているのだ。だが、狙いはなんなのだ……。

　犯罪の匂いを嗅ぎつけ、それを糾弾するのが目的というのなら、警察に通報すればいい。しかし、どうやらそうではないようだ。目下のところ警察が動いているような気配は微塵も感じられない。

　確証がないから、揺さぶりをかけているんです。絶対にどこかから社長の動きに目を光らせているんです。だから、普段となんら変わりない社長の姿を見せつけてやることが、第一です。そのあいだに、必ず私がやつの尻《しっ》尾《ぽ》をつかんでみせます――。

そういって悲壮な顔で唇を嚙んでいた、昨夜の児玉の顔が脳裏に浮かぶ。

あるいは、この北海道旅行にまで脅迫者は監視の目を光らせているのだろうか……。

そのおもいが胸をついた瞬間、柏木は目を開けてそれとない視線を機内に回していた。

新千歳空港には十時過ぎに着いた。眠りこけている中条を起こし、急ぎ足でロビーにむかう。

空港ロビーから一歩外に出ると、冷たく澄んだ空気に包み込まれた。抜けるように青い空が大地の上に広がっている。いち早く出て来たせいか、タクシー乗り場には数人の客が並んでいるだけだった。

「いやぁ、寒いですね。しかしさすがに東京とちがって空気がきれいだ」

首をすくめたあと、中条が大きく胸をそらして深呼吸した。北海道は、十年ほど前に友人の結婚式に顔を出して以来だという。

「浦河の空気はもっときれいだ」

口にしながら柏木は、浦河の町に繋がる空の彼方に視線を泳がせた。

タクシー乗り場の最後列に並んだときに冷たい風が吹きつけ、おもわず亜木子はコートの襟を立てた。

お盆に帰省して以来になるが、あのときはまだ夏の名残を感じさせる陽気だった。わずか三か月しか経っていないのに、もう北海道は冬の匂いに包まれている。遠くに目をやると、はるかむこうの青く澄み切った空の下にうっすらとかすむ山並みが目に入った。

口をすぼめ、空気を胸に吸い込む。吸い込んだ空気が、東京での煩雑な日々を消し去ってくれ、どこかほっとした気分にさせてくれた。

遠くに目をやる亜木子の前に並んでいた老婦人が、ふとよろけ、持っていた手荷物を崩した。

「だいじょうぶですか？」

老婦人に手を貸しながら、亜木子は放り出された小さな包みのいくつかを拾ってやった。東京のデパートの包装紙だ。土産物なのだろう。

礼を口にする彼女に、亜木子は笑みで軽く応じ、少し離れた所に転がった包みのひとつを取りに列を離れた。

それを手に、列に戻ろうとしたとき、乗り場の最前列で車を待つふたり連れの男になにげなしに目が行った。

瞬間、亜木子の心臓は凍りついた。

しかし男たちの姿はすぐにタクシーのなかに消え、見る間に遠ざかってゆく。

「ご親切にありがとうございます」

老婦人のことばに、亜木子は我に返った。

「あの、お具合でも……？」

包みを受け取った老婦人が心配気な顔で亜木子を見る。慌ててかぶりを振り、亜木子は列に並び直した。まだ心臓が激しく鼓動している。

あり得ないわ……。他人の空似に決まっている……。亜木子は必死のおもいで、たった今目にした男の横顔の残像を追い払った。

もう二十五年以上になるのだ。今までに何度もそうだったように、北海道の空気が自分の遠い記憶をゆすぶっただけ……。理屈にならぬような理屈をこじつけて、亜木子は自分の気持ちを納得させた。

手助けしてあげたことで親近感を抱いたのか、老婦人がしきりにあれこれと話しかけてくる。適当に応じはしたが、彼女のことばの大半は、亜木子の耳には入ってはいなかった。

老婦人を乗せたタクシーが走り去ったとき、亜木子は、ほっとすると同時に、東京でずっと抱え込んできた疲れの原因のひとつをはっきりと自覚していた。

次の車が個人タクシーだったので救われた気持ちになった。穏やかな運転をするひとが多いからだ。浦河までは優に四時間はかかる。長時間荒い運転に身を任せるのは疲れてしまう。腰を下ろし、浦河にやってくれるよう、亜木子はいった。

「浦河ですか。きょうは、朝から良い日になりそうな予感がしていたんですよ」

そういって、白髪まじりの運転手が笑顔を亜木子にむけてくる。

「こんな美しい方と、ドライブがてらに仕事ができるというのはありがたいものです。むかしは観光客を静内や日高のほうにもけっこう乗せたものだったんですがね」

浦河までのお客は久しぶりのことだという。

「奥さんは、東京の方でしょう？」

「ええ、まあ……」

曖昧な返事で濁した。少し鬱陶しい。どうやら話し好きな性格らしい。黙っているとおしゃべりは際限なくつづきそうだった。

「ごめんなさい。ちょっと風邪気味なものですから、眠らせていただきます。浦河に着いたら起こしていただけますか？」

「わかりました」

別に気を悪くしたようすも見せず、運転手はハンドルを握り直して運転に専念しはじめた。

目を閉じるとふたたび、先刻見た、ふたり連れの背丈の高いほうの男の横顔が瞼に浮かんできた。もうひとりに見憶えはない。物腰から、たぶん目下の人間だったようにおもう。

年齢といい、キリッとした眉や鼻から顎にかけての線といい……。おもい出せば出すほど、記憶にある圭一の面影と重なる。

タクシー乗り場の客は、たぶん東京からの同じ飛行機で来た人たちだ。座席は後ろのほうで、しかも座るとすぐに目を閉じてしまったからあのふたり連れに気づかなかったのだろう。

車は高速道路に入った。細目を開けた視界に、窓の外の景色が矢のように流れてゆく。しかし亜木子の頭のなかからはなかなか男の横顔が消えなかった。

どうかしている、きょうのわたしは……。牧場を手放すといった達也のことばが過敏なまでの反応を自分にもたらしているのだ。

亜木子は男のことを追い払うように頭を小さく振った。

ゆうべ突然、浦河に帰ると告げても、達也はなにもいわなかった。顔の表情から本心が読み取れた。きっと今度の一件を、父の浩一郎に直接自分の口から切り出すのが嫌なのだ。

気分転換のつもりで浦河に帰る気になったのだが、それをおもうと気持ちがふさいでくる。

父にはどう話したらいいだろう。牧場を抵当に入れた一件は、達也を信じ切っているからこそ父も承諾したのだ。まさか手放すことになるかもしれぬなどとは夢にもおもっていないだろう。それにもまして、父の身体のほうが心配だ。いくらか恢復《かいふく》したとはいえ、これが引き金となっていつまた病床に臥さぬともかぎらない。

やはり疲れているのだろう。あれこれ考えているうちに瞼が下りてくる。

ふと目覚めると、タクシーは高速道路を下りて国道を走っていた。時折道の両側に、牧場が見え隠れしはじめ、その柵の内側で、陽光を浴びながらのんびりと枯れ草を食《は》んでいる馬たちの姿も目につく。

どうやら日高に入ったようだ。この先の静内を過ぎると浦河の町になる。

　社会が豊かになったことの反映だろうか、亜木子が幼かったころに競馬は一大産業に飛躍し、それに伴って北海道に在った従来の牧場も姿を変えはじめた。かつては、北海道の牧場といえば浦河がその代名詞的な存在だったが、しだいに札幌に近い静内、日高へと裾野《すその》を広げていった。しかし変化の著しさという点では、やはり経営の面でのことだろう。それまでの牧場は、個人の手になる零細なものが大半を占めていたが、しだいに会社組織に取って代わり、競馬先進国の欧米に倣った設備や管理システムまでが導入されるようになった。

　牧場に生まれ育った亜木子ではあったが、競馬についてはあまり詳しくはない。そうした変革を目にするにつけ、それが避けては通れない道なのだろう、とのおぼろげな認識を持っただけだった。だが亜木子は、どこか牧歌的ともいえたむかしの牧場の姿のほうが好きだったし、時々懐かしくおもうことがある。

　馬はベルトコンベアーに乗せて生産される製品とはちがう。命を持った、ひとと共存してゆく生き物だわ――。そう口にする未央と同じおもいを亜木子は抱いている。

　そういえば、一昨日会ったときの未央は、いつになく明るく溌剌《はつらつ》としていた。引き受けた写真集の企画を必死に考えているらしく、一緒に浦河に帰ることができないのをとても残念がっていたが、なんとなく亜木子には、未央のその明るく振る舞う表情の原因が、単に仕事のことばかりではないような気がしていた。多くを語らなかったが、あるいは好きな人でもできたのかもしれない。

「奥さん、そろそろ浦河に入りますよ」

　眠っているとおもい込んでいたのだろう。道中、ずっと沈黙を保っていた運転手が後ろを振り返って声をかけてきた。

「ありがとうございます」

　運転手にほほえみかけたあと、亜木子は視線を右手の窓の外にむけた。

　冬の浦河の海は、いつもなら沈んだような濃い藍色をして横たわっているのだが、この天気のせいか、きょうの海はまるで生気を取り戻したかのようにキラキラと輝いている。

「こちらには、ご親戚か、どなたかが？」

　遠慮がちな声で運転手が訊いた。

「実家があるのです」

「ほう、ご実家ですか……。すると牧場でも？」

運転手がミラー越しに興味深げな目をむけてきたのがわかった。

「ええ。父が……」

ちょっと閉口した気分になったとき、はるか先の海岸脇に、まるでボタ山をおもわせる高く積み上げられた採石場の土砂の山が目に入った。いくらかほっとした。その横を流れる絵笛川沿いを二、三分も奥の山のほうにむかって走ればすぐに寺島牧場が見えてくる。運転手に道順を教え、よけいな質問をさえぎるように、亜木子はコートを手に取って下りる身支度をはじめた。

「あのタクシーも千歳からですよ」

見ると、運転手の投げた視線の先、海岸にむけて出っ張った一角に、一台のタクシーが駐まっている。タクシー会社の名前でわかるのだ、と運転手はいった。周辺に人影は見られなかった。たぶん海岸にでも下りているのだろう。

「もう初雪があったようですね」

そのタクシーのことは忘れたかのように、運転手が前方の山の頂に目をやっている。

どうかしている……。後ろを振り返りながら、亜木子はふたたび頭をもたげてきた、あの空港で見かけた男の横顔を必死で打ち消していた。

男が乗ったタクシーの車種についての記憶はまったくない。あそこに駐まっていたタクシーが同一かどうかの判断はできなかった。

圭ちゃんがこの絵笛に戻って来るわけがない……。だいいち帰る家すらもないのだ。それをおもうと、あの男と圭一を結びつけること自体が妄想以外の何物でもないのは明らかだった。

そう自分にいい聞かせると、いくらか心臓の高鳴りも治まってきた。

「いやあ、きれいな所ですね、ここは」

運転手が、絵笛川の両脇に広がる牧場を見回しながら感嘆の声をあげている。


海岸の小石を拾って、中条が沖にむかって力いっぱい投げつけている。輝く海面で小さくバウンドした小石はすぐに海のなかに吸い込まれた。

「圭ちゃんの故郷がうらやましくなっちゃいましたよ。岩手の僕の故郷は山間に開けた集落で、畑と山ばかりだったんです。初めて海を見たのは、小学校の遠足のときでした」

笑顔で振り返ってそういうと、中条が柏木の横に並んで腰を下ろした。

空港からのタクシーの運転手も息抜きがうれしいらしく、少し先の、波で洗われている大きな岩の上に乗ってたばこを吹かしてくつろいでいる。

「山も海もあって、しかもゆったりとした牧場。都会に住む人間にとっては、これ以上ないといえるような理想郷ですよね」

「俺が見せたくなった理由もわかるだろう」

笑みでうなずいてから、柏木は東の方角の輝く海を指さした。

「海岸沿いの道をあっちにむかって、二時間も車を走らせれば襟裳《えりも》岬に出る。北海道のだいぶ奥に入ったような気がするが、実際はここのほうが札幌などより緯度はずっと低いから、はるかに暖かい。それに背後の日高山脈のおかげで、真冬になっても積雪も大したことはないんだ」

「だから牧場にはうってつけなんですね」

景色を見やりながら柏木はこの周辺の地理を中条に説明してやった。

よほど疲れが溜まっていたのだろう、機内でぐっすり眠っていたにもかかわらず、空港でタクシーに乗ってから、二、三十分もすると、ふたたび中条は眠り込んでしまった。しかし浦河の町に入る直前に目を覚まし、窓の外に広がる牧場の風景を見たときは、感嘆の声をあげていた。絵や写真で見ることはあってもこうして直接牧場を目にしたのは初めてのことだという。

「圭ちゃん、こんなこと訊いてもいいかな……」

中条が柏木に目をむける。

「なんだ？　遠慮は要らん。いってみろ」

「むかし、学生のころ、一度圭ちゃんに故郷について尋ねたことがあった……。けれど、圭ちゃんはあまり話したがらなかったから、遠慮して、あれ以来僕は尋ねることはやめにしてたんです。でもここを目にしてふしぎな気持ちになった……」

「こんなにすばらしい故郷なのに、なぜしゃべるのを嫌がったのか」

中条のことばを引き取ってやった。その通りだというように、中条がうなずく。中条に教えたのは故郷にはもう肉親が誰ひとりとして残っていないということだけだった。

「たしかに、これまでの俺は、ここのことを口にするのは気が進まなかった。しかし、中条。おまえにはいろいろと聞かせておこうという気になった。だから連れて来たんだ。俺がなぜこの故郷を出て行ったのか、直接自分の目で確かめてくれ」

中条の肩を叩き、案内しよう、といって柏木は腰を上げた。

柏木たちが立ち上がったのを見て、運転手が岩場から戻って来た。もう車を使う気はなかった。ここからは歩きながら中条を案内するつもりだった。一時間後に迎えに来るよう運転手にいって、海岸をあとにした。

「あの砂利山がなければ、もっといいのに」

海岸通りに出ると否応なしに目に入る大きな砂利山を指さして中条がいった。

中条の指摘通り、砂利山の姿は緑の山と海にはさまれたここの風景とはどこかそぐわなかった。それに砂利山のすぐそばには、もう使われていない鉄錆《てつさび》の浮き出たベルトコンベアーの残骸《ざんがい》までが放置されていて、それが見る者の目に、絵笛川の両脇に広がる牧場の美しさをなんとなく寂しげなものに映してしまう。

「バブルの置き土産なんだろうな。二年前に来たときとまったく変わっていない」

「二年前？　圭ちゃん、二年前にも帰って来たことがあるんだ？」

中条が意外そうな顔をして訊いた。

「ああ。心に期することがあって、な。ここの風景をこっそりと写真に撮りに来た……」

心に期すること、というのがなんであるのかを打ち明けるのはまだ早いような気がした。脅迫状の一件以来、迷いが生じている。

「そうだったんだ」

事業のことにでも頭をめぐらせに来たとおもったのだろう、中条はそれ以上は尋ねることはせずに好奇心に満ちた目を周囲にむけながら歩き出した。

寺島牧場はその後どうなっているだろう。柏木は自分の胸がかすかにざわついてくるのを覚えた。

「絵笛川、っていうんですか——。なんか、名前も風景と一緒で、絵画的ですね」

中条が海岸通りにかかった小さな橋のたもとの表示板にうれしそうに手をやっている。

川幅は四、五メートルもないが、きれいに澄んだ水が音を立てることもなく静かに流れている。まだ所々に青草も散見されるが、川の縁の草花の大半は枯れ切っていて茶褐色の土がむき出しになっている。

「春になると、この辺り一面は緑一色になり、色とりどりの花が咲き乱れるんだ」

川沿いの道を歩きながら、中条に聞かせるというより、柏木は想い出を確かめるように口にした。

絵笛には同じ年ごろの仲間が少なく、牧場が隣接していたせいで、亜木子とは物心ついたころからふたりしてよくこの川べりで遊んだものだった。花の好きな亜木子は、きれいな草花を見つけると、すぐに柏木に花の冠や首飾りを作ってくれるようにとせがんだ。できあがった花の冠や首飾りで飾りつけた亜木子は、そのあとで必ずといっていいほどに牧場の木の柵によじ登る。柏木の目には、春の陽を浴びて柵の上からほほえむそんなときの亜木子の姿がどこか童話に出てくるよその国のお姫様のようにも映ったものだった。

「こんな所に線路が」

また新しい発見をしたかのように中条が嬉々とした声をあげた。

「ああ、日高本線だ。あそこが駅だよ」

柏木が指さした方向に、中条が目を凝らしている。

「小さな、掘っ建て小屋みたいなのがあるだろう」

「あれが、駅ですか」

中条の声は半信半疑だった。

「無人駅さ」

中条をあの駅に連れてゆくつもりだった。夏といってもいくらか肌寒かった二十六年前の七月の未明、柏木はボストンバッグひとつを手にして、あの無人駅から一番電車に乗ってこの絵笛をあとにしたのだった。

中条を促し、線路の枕木を足場にして駅のほうにむかって歩いた。上下合わせても、一日に十五、六本の電車しか走らない単線の線路は、電車の線路というよりもトロッコのそれをおもわせる。

「しかし、人影がまるでないですね」

中条が大きく深呼吸をしながら周囲を見回している。放牧された馬が広い牧場のあちこちに数頭ずつの群れを作って明るい陽の光の下でのんびりと佇んではいるが、中条がいうように、ひとの姿はまるで見えない。

駅舎までは二百メートルほどだった。駅の周囲は荒れた畑になっていて、少し離れた一角に何軒かの民家があるだけだ。しかしそこにもひとの気配はなかった。

「本当に、無人駅なんだ」

素っ頓狂な声をあげた中条が、貧相な駅舎のなかをのぞいている。

　間口半間ほどの駅舎のなかは、ちっぽけなベンチがひとつあるだけで、様似《さまに》方面、苫小牧《とまこまい》方面、と書かれた上下線の発着時刻を示す看板が壁に掛かっているのが目につくばかりだ。

　柏木は、ホームとは名ばかりの、土がむき出しになったコンクリートで固められた高台の上に立ち、牧場の合間を縫って一直線に延びる線路の先をじっと見つめた。

　ふと気づくと中条が肩を並べていた。

　遠いむかしがまるできのうのことのようにおもい出される。柏木はつぶやいた。

「小さいころに母を失い、高校を卒業する直前に父まで亡くなった。たったひとりになった俺は、その年の夏、まるで逃げるかのようにこの駅から一番電車に乗って東京にむかった。故郷を捨てたんだ……」

「そうだったんだ」

　中条は柏木の視線を追うようにじっと線路の先を見つめていたが、ふと柏木に顔をむけ、小声で訊いた。

「で、圭ちゃんのお父さんはなにを……？　やはり牧場関係の仕事を？」

「牧場をやっていた。食うに困るようなちっぽけな牧場だった。最後には肌馬が一頭残っただけの、な。牧場は親父の生きがいだった。親父からは何度となく、その残されたたった一頭の肌馬で牧場を立て直す、と聞かされたものだ」

「どの辺りに……？」

　躊躇するかのように口にした中条の小声が風に流された。

　無言で、柏木は数百メートル先に広がる小高い山の麓を指さした。指先を目で追う中条が怪訝な顔をしている。

　柏木が指さした先には、なだらかな牧草地が広がっているばかりで、建物らしき姿のかけらも見られない。

「むかしは、あの麓にこの駅舎と似たりよったりの、ちっぽけな厩舎と傾きかけた一軒の家が建っていた。それが俺の実家だった。そしてあの周辺一帯は親父の牧場だった……」

「じゃ、圭ちゃんは、それらを整理して東京に？」

「ちがう。親父が死んだあと、なにひとつとして残されてはいなかった。牧場は騙されたも同然に、人手に渡ってしまっていたんだ。俺は自分のこの身ひとつで、この絵笛をあとにした……」

　騙されたも同然に――という柏木のことばに、それまでは穏やかな表情で風景に見入っていた中条が、初めて顔に陰りを浮かべた。

「圭ちゃん……」

中条の呼びかけにも眉ひとつ動かさず、柏木はじっと一点を見据えていた。

柏木が見据えていたのは、かつては家が、厩舎が在ったという裾野の一角ではなかった。その正反対に位置する山裾で陽の光を受けて燦然と輝いている、赤い大きな看板だった。看板の下には、この絵笛の風景には不似合いな鉄筋コンクリート造りの豪壮な建物が鎮座し、それを取り囲むようにしていくつかの厩舎がある。

柏木の視線の先を追った中条が、赤い看板に書き込まれた牧場名をそっとつぶやいた。

「有限会社寺島牧場……」

「親父の牧場も、夢も、すべてあの牧場に吸い取られた」

付近の民家から男がひとり出てきた。柏木たちにチラリと視線をよこしたが、観光客とでもおもったのか、特に不審がるようすも見せずに庭先の車に乗り込むと、すぐに絵笛川のほうにむけて走り去った。

二十六年前、この絵笛を捨てたときには、ここに住む人間の顔はすべて知っていたのだが、今の男の顔には記憶がなかった。それが否応なしに柏木に時の流れを教え、そしてまた、自分自身がもうこの故郷とは完全に縁の切れた存在になったことを認識させもした。

「行こうか」

目で中条を促し、男が車を運転して消えた、絵笛川につづく細い農道に足をむけた。

絵笛川沿いに、さらに奥にむかって歩く。左右の山を横断して走る側道とぶつかった。数百メートル先に、寺島牧場の看板が見える。この側道を越えると、その両側に広がっている牧場はすべて寺島牧場の私有地となる。

絵笛川にかかる側道の橋の上に佇み、小さな川の流れに目をやる。

「中条、頼みがある」

「なんでも……」

中条がじっと見つめてくる。

「もし……、もし俺が死んだら、灰になった骨の一握りを、おまえの手でこの川に流してくれないか」

「圭ちゃん……」

笑みを中条にむける。

「もしも、といっただろう。約束してくれるか」

中条が小さくうなずいた。

「ありがとう。それと、もうひとつ……。今度の二十周年の行事が終わったら、俺は『フューチャーズ』を柏木グループから切り離すつもりだ」

「切り離す、って……。柏木グループからはずすということですか？」

目を見開き、中条が訊き返す。

「ああ、そうだ」

足もとの川の流れを見つめながら、柏木はきっぱりとした口調でいった。

「これは、単なるおもいつきなんかじゃない。ずっと考えつづけてきたことだ。いずれは、おまえと、おまえを支える若い仲間たちの手に『フューチャーズ』を返そう、と……。そろそろその時期が来たのではないかとおもう」

「でも、圭ちゃん……」

「いいから、黙って聞け」

ことばをはさもうとした中条の口を封じ、柏木はつづけた。

「たしかに、おまえと二人三脚で、ここまでやって来た。それは『フューチャーズ』という会社に夢を持ったからではない。おまえの夢やおまえという人間を信じたからだ。あの水草……」

そういって柏木は、川の縁で揺れているきれいな水草の一群を指さした。

「あの水草がきれいなのは、このきれいな川の流れがあってこそだろう。比喩《たと》えていえば、あの水草が『フューチャーズ』で、川の流れがおまえやおまえの仲間たちということだ。俺は田町の社屋に顔を出すたびに、誇りと同時に気後れも感じていた。それは、俺が『カシワギ・コーポレーション』を興した動機とはまったく相反する空気が、『フューチャーズ』の社内に満ち満ちているからだ。しかし俺はあそこで味わう、若いスタッフの熱気や自由闊達《かったつ》に生きようとする息吹がこの上なく好きだ。気後れを感じるといったが、正直、ほっとした気分になる。金と金がぶつかり合う生臭いだけの仕事に疲れたときに見るおまえや若いスタッフの顔が、これまでにもどれだけ俺を救ってくれたことか……」

一度中条に笑みをむけてから、柏木はふたたび川面《かわも》に視線を落とした。

「俺が不動産業や貸しビル業に乗り出した動機というのは不純なものだった。そしてこれからまた、別の不純な動機に発したことに乗り出さねばならない……」

「別の不純な動機に発したこと……？　なにかまた会社を？」

「いや、そういう類のことじゃない。時期が来たらおまえには必ず話す。だが今、俺がいったことだけは頭の片隅に収めておいてくれ」

橋を離れて寺島牧場のほうにむかって歩いた。そのとき柏木は、牧場を囲む木柵の少し離れた所からこちらをじっと見つめている一頭の馬に気がついた。

木柵に近寄った柏木を見て、馬が首を上下させながらいくらか後ずさった。

「ホマレミオウ……。ホマレミオウ、じゃないのか、おまえ……」

柏木の呼びかけに馬がふたたび首を上下させた。しかし今度は後ずさりすることもなく、じっと柏木を見つめ、そして一歩前に踏み込んでくる。

「圭ちゃん、この馬を知っているの？」

柏木の横に来て、中条も馬のしぐさを興味深そうに見つめている。

「ああ、知っている。今年のオークスで、不運にも前脚を骨折した馬だ」

あの事故のあと、ホマレミオウがどうなったのかを調べることはしなかった。競走馬にとっては、脚の骨折というのは致命傷ともいえるものだ。治療しようにも、馬体重が四百キロ以上もあるがために、かえって馬を苦しめる結果になってしまう。それに、仮に治ったとしても、競走馬としての再起は不可能だ。したがって、ほとんどの場合、骨折した馬は、薬によって安楽死の処置をとられてしまう。

それを考えると、いくら自分の娘の名前をつけた馬だとはいえ、あの江成がホマレミオウを生かしているとは到底おもえなかったからだ。

ホマレミオウが柏木と中条のいる柵のそばに近づいて来た。怖がっている素振りは微塵もなかった。むしろ好奇心にかられた目をむけてくる。

「そうか。生きていたのか、おまえ」

懐かしさとうれしさとで、柏木の胸に熱いものが込みあげてきた。

「俺が今日あるのは、この馬の母馬のおかげなんだ」

ホマレミオウに注いでいた目を中条にむけて柏木はいった。

「いったい、どういう……？」

中条が意味を解しかねた顔をしている。

「こいつの母馬はカシワヘブンといった。そしてそのカシワヘブンの母馬がカシワドリーム……。さっき、俺の父親が牧場を立て直すといって最後に一頭だけ残した馬がいた、と話したろう？」

「それがカシワドリーム？」

「そうだ。そのカシワドリームの子供、カシワヘブンが大井競馬場で走っているのを知ったとき、俺は心の底から驚いた。学生のころにおまえを援助した金……。俺はあの金は親の遺産だ、と説明した……」

中条がうなずく。たばこを口にしてから、柏木はふたたびホマレミオウに目をやった。

「きょう来てみてわかったろう。あの話は嘘だ。俺には親の遺産など一銭もなかった。あの金は、大井競馬場で走っていたこのホマレミオウの母親、カシワヘブンに投じた金がもたらしてくれたものだったんだ……」

あの日のことが、まるできのうのことのように柏木の脳裏に甦ってきた。第九レース。カシワヘブンは二頭出走していた七枠のなかの一頭だった。どこか運命的なものを柏木は感じていた。七月七日。その日を忘れたことなど一度としてない。柏木が絵笛を去った日だった。汚れた金を捨てたい。その一念で競馬場に出かけたはずだったが、まるでなにかに導かれるように柏木は紙袋のなかの三百万を「七七」の馬券に投じていた。

しかし中条に汚れた金のことまで教えることはできない。柏木は、目の前のホマレミオウの顔と、あの日泥んこの馬場を駆け抜けてきたカシワヘブンの顔とをダブらせながら深い感慨に浸っていた。

まさかここでホマレミオウに会えるとはおもってもみなかった。もしかすると、ホマレミオウが、カシワヘブンが、そしてカシワドリームが自分をここに呼んだのかもしれない。

ここはやはり自分の故郷だ……。帰るべき約束の地なのだ……。

柏木は、ホマレミオウに注ぐ視線を左前方の空の下で輝いている赤い看板に転じて、そう胸のなかでつぶやいていた。

紅茶を飲んでいると、ドアの外にひとの気配がし、琴《こと》江《え》が顔を出した。

「お嬢様、お帰りなさいませ」

血色の良い丸顔のなかの白い歯はいつ見ても健康的だ。

「一言、ご連絡を入れてくだされればお迎えに上がりましたのに」

「ちょっと、父を驚かせようかなとおもって」

いたずらっぽく肩をすくめてみせ、亜木子は琴江に紅茶をすすめた。

恐縮しながらもうれしさを隠せない顔で、琴江がむかいのソファに腰を下ろす。

亜木子が帰って来たのは、良信《よしのぶ》から聞いたという。

琴江の夫の良信は、牧童頭である吉行太一《よしゆきたいち》の長男で、父親と同じくこの寺島牧場で働いている。琴江は七年前に、静内から良信の許に嫁いで来、以来、父の浩一郎の身の回りの世話から家の雑事一般まで、なにかと手伝ってくれている。

この村に生まれ育ちながら、今では都会で、しかも代議士の妻という生活をする亜木子に対して琴江は尊敬と憧れの気持ちを抱いているらしく、亜木子が帰って来るのを心待ちにしてくれている。

亜木子も、この素直な性格の琴江のことが好きで、帰って来た折に、父からは決して聞くことのできない牧場のいろいろな出来事を彼女の口から耳にするのを愉しみのひとつにしていた。


「父は分場のほうらしいわね」

「ええ、義父と一緒です。お帰りはたぶん夕方になるとおもいますが、なんなら連絡に行ってきましょうか？」

「いいのよ。いったでしょ、父を驚かせてやろうかなって」

紅茶を口に運び、亜木子は壁に飾ってある写真に目をやった。写真は、この寺島牧場が生産し、中央や地方で活躍した馬の表彰式シーンの物だった。

きょう牧場に帰って来ることを父の浩一郎には教えていない。忙しい達也の身の回りの世話をしなければならない自分が、盆暮れでもないこんな時期に帰って来るといえば、なにがあったのかと気を回すに決まっている。顔を見たかった反面、父が家にいなかったことが亜木子の気持ちをいくらかほっとさせてもいた。

父の身体の具合、寺島牧場で最近起きたこと、働く牧童たちの家族の近況――。琴江の語る話にしばらく耳を傾けた。

琴江の実家は農家で、嫁いで来たころは、馬の知識が皆無という状態だっただけにずいぶんと苦労をしたらしい。しかし今では、話す口調にも専門用語がまじり、もう立派な牧童の妻という感じがする。

浦河町は、海沿いを走る国道235号線沿いに中心部があり、そこから東に、西幌別《ほろべつ》、東幌別――、西には、堺町、絵笛、荻伏《おぎふし》、東栄――などの大小いくつかの集落が広がってひとつの町を形成している。

戦前は米作などを行う農家も多かったが、戦時中に、軍馬の育成を旗印とした奨励策が打ち出され、その結果、ほとんどの農家が軽種馬を生産する牧場経営へと転身した。途中、紆余曲折《うよきょくせつ》の困難はあったが、競馬ブームが追い風となり、今では人口一万六千人ほどのこの町は、基幹産業の牧場によって支えられている。

内陸部の山間を縫って太平洋に注ぐ小さな絵笛川。その絵笛川の周囲に、小高い山にはさまれるようにして開ける絵笛――。人口四百人にも満たぬこの集落も、そうした時の流れを背景に、他の集落同様、その大半の住民が牧場経営で生計を立てている。近年でこそ経営体質の変革を試みる牧場主も増えたが、寺島牧場は、祖父の浩介《こうすけ》から牧場を引き継いだ二代目の寺島浩一郎が経営に着手するようになった当初から異色の存在として知られていた。浩一郎は時代を先読みし、それまでの個人経営の形態をいち早く法人組織に切り換え、近隣の牧場を買収したり近代的な経営と設備等の導入に踏み切ることによって、効率的な牧場経営を目指した。したがって、絵笛にある三十ほどの他の牧場とはその牧場面積や規模において、比較にならないほど大きい。

当初はその策が功を奏したかに見えた。しかししだいに、牧場経営の裾野が静内、日高に広がるにつれて競争は激化し、打って出たその積極策がかえって裏目となって経営を圧迫しはじめた。現在の寺島牧場は、この絵笛の本牧場以外に、絵笛川の上流に広がる大絵笛地帯に二つ、そして絵笛川の支流にある小絵笛川の山裾にも二つの分場を作り、その総計五つの牧場に、肌馬十六頭、種牡馬《しゅぼば》三頭を抱えるという、かなり大規模な経営を繰り広げている。

「来年は良い産駒に恵まれるといいのですが……」

口にする琴江の顔に、若干の陰りが見えた。たぶん牧場の内情を夫から聞かされているのだろう。

「そうね、でもだいじょうぶよ。みんな馬好きなんですもの。きっと神様がご褒美をくださるわ」

亜木子は琴江から視線をはずし、もう冷たくなっている紅茶の残りを口にした。

毎年三月、四月の春の季節を迎えると若駒が誕生する。しかし近年は、むかしとちがって買い手のつかないケースのほうが多くなっている。今年は、肌馬十六頭のうち、無事に子供を出産したのは十二頭だった。しかも高値で引き取られたのは一頭だけだったと聞いている。

「こんなによい天気なんですもの……」

亜木子の表情から胸のうちを察したのか、屋上に出てみましょう、と琴江が明るい口調で誘った。

威容を誇る鉄筋コンクリート造りの四階建て。しかも屋上には、まるでこの絵笛を睥睨《へいげい》するかのような大きな赤い看板が掲げられている。そうしたことから、陰では父の浩一郎のことを、殿様、という揶揄《やゆ》した呼び方をするひとたちがいるのも亜木子は知っていた。

平家建ての木造造りだったむかしの家のほうがどれだけよかったことか。改築に反対だった母は、家ができあった翌年、亜木子が中学二年生のときに、まるでこの家に住むのが嫌だといわんばかりに乳ガンが因《もと》で他界した。

せめて看板だけは取り替えてほしい、と何度か父には頼んでみたが、母を亡くしてからの父の憔悴《しょうすい》したようすに、いつしかそれを口にするのもやめている。

琴江を連れて階段を上った。

二階は父の、三階は来客用の部屋になっている。四階にあるのが、時々帰省するときに使う、むかしながらの亜木子の部屋だった。

屋上に出た。風は冷たいが、頭上にはまるで春をおもわせるような明るい太陽が光り輝いている。

「毎日がこんなだったらいいのですが……」

大きく深呼吸をし、琴江が背伸びをした。

目の前を絵笛川が流れ、そのむこうに牧場が広がっている。はるか先の、山の麓のなだらかな斜面では十数頭の馬たちがのんびりと首を動かしている。

春は緑一色になるが、この季節の牧場の表面は、枯れ草とむき出しになった土の色とで、そう見映えが良いというものではない。しかしそれでも、琴江のように、大きく深呼吸したくなるような清々しい景色だった。

東の奥、大絵笛の山間から流れ出てくる絵笛川は、寺島牧場のすぐ手前辺りで、西の小絵笛の小高い山裾を縫ってくる小絵笛川と合流し、一本の川となって太平洋に注ぐ。

今父が出かけているのは、大絵笛にある、寺島牧場では二番目の大きさの分場だった。

「あら……」

大絵笛、小絵笛の山々に目をやっていた亜木子の横で、反対の海側の方角を見ていた琴江がふしぎそうな声を洩らした。

「どうしたの？」

振りむき、琴江の視線の先を目で追う。

絵笛には珍しいスーツ姿の男がふたり、木の柵に凭《もた》れるようにして、一頭の馬とむかい合っていた。すぐに、馬が麓のほうにむけて走り出す。

「ホマレミオウが見知らぬひととあんなふうに仲良くするなんて……」

琴江のことばは耳には入らなかった。亜木子の心臓は張り裂けんばかりに高鳴っていた。

じっとふたりを見つめる亜木子の視線と、ひとりの男のそれとがぶつかった。圭ちゃん……。亜木子が胸で驚愕の悲鳴をあげたその瞬間、男は背をむけて、海のほうに歩きはじめていた。

2

布団から這《は》うようにして出てトイレにむかった。頭がくらくらした。

トイレから出て暗い窓の外をうかがっていると、後ろで、和子の襖を開ける気配がした。

「あなた、だいじょうぶですか？」

「今、何時だ？」

「五時を回ったところですけど、まさか、お勤めに出る、なんていい出すのではないでしょうね」

「いや。そのまさか、だ」

ピシャリと決めつけて部屋に戻り、桑田はふたたび布団にもぐり込んだ。

「そんなお身体ではかえって皆さんにご迷惑を……」

追うように部屋に入って来た和子がさらになにかを口にしかけたが、あきらめたように、ため息をひとつ洩らして出て行った。

やはり年のせいだろうか。刑事として働き出してから風邪で寝込んだことなど一度としてない。今年の風邪はたちが悪いとは聞いていたが、まさかこれほどまでとはおもわなかった。三十九度近い熱に加えて腸まで下し、この二日間は休みを余儀なくされた。

先月末から急激に冷え込みはじめ、月替わりとなって十二月に入るやいなや四日ほど雨が降りつづいた。その寒いなかを押して深夜まで聞き込みに走り回ったのが原因だった。

氷枕をはずして枕もとの体温計をわきの下にはさんだ。いくらか熱は下がったようにおもうが、身体全体はまだ依然として火照《ほて》っている。

一週間後に予定されていた捜査会議が急遽《きゅうきょ》ように変更された。捜査本部でなにがしかの動きがあるらしい。昨夜家に来た清水からはそう報告を受けている。

体温計を薄闇に透かして見ると、熱は三十七度七分まで下がっていた。うつぶせになって、枕もとのたばこに火をつけたが一服ですぐに灰皿に押し潰した。ふたたび目を閉じる。せめてあと一時間ほど眠っておこう、とのおもいとは逆に、焦りがかえって目を冴えさせてしまう。

桑田が寝込んだ二日前の雨の深夜、大井署管轄内にある酒屋に強盗が押し入って、店の主人と長女のふたりが殺害された。ただちに大井署内に捜査本部が設置されたが、その余波は及川殺害事件の捜査本部にまで及んだ。清水の話では捜査人員が縮小されるかもしれぬという。

無理もなかった。もう一年以上になるというのに、依然として手がかりらしい手がかりをつかんでいない。事件は次々に発生し、ただでさえ捜査員の数は足りないのだ。上ではそろそろ捜査本部縮小の話も取り沙汰されているのではないか――。屋久をはじめとした捜査員たちもそう噂していた矢先のことだった。仮に酒屋の強盗事件が起きていなかったとしても、このままの状態ではいずれは縮小の憂き目を見るのは明らかだった。

どこまで捜査員の数を減らすのだろう。やむを得ないこととわかってはいても、やはりそのことが桑田には気がかりだった。自分が捜査からはずされることはないだろうが、清水はあり得る。それをおもうと居ても立ってもいられなかった。風邪ごときで床に臥しているわけにはいかない。

十月下旬の捜査会議において、桑田は、加代の最後の働き先であった「おふくろ」の女主人、小沼朝子の口から、加代とは「バー花」時代から長いつき合いがある吉田秀夫という人物の存在を知り、その吉田からいくつかの注目すべき証言が得られた、との報告を行った。

及川が事件を起こした当時、彼には目下の可愛がっていた男がいた――。「バー花」に勤めていた女のひとりが現在大森のどこかで居酒屋を営業《や》っているらしい――。そして吉田は、及川の忘れ形見である一馬がもしかしたら及川と加代のあいだにできた子供ではないかもしれない、との疑念を抱いている――。

捜査に行き詰まり感を抱いていた捜査員たちは桑田の

話に興味津々といった顔で聞き耳を立てた。神保管理官と串田係長も他の捜査員たち同様、興味にかられた表情で桑田の報告を聞いてはいた。だがふたりは、ホシは及川が起こしたかつての事件の共犯者の可能性がある、との桑田の推理に当初から懐疑的な立場を取っていただけに、その表情には興味の範疇《はんちゅう》を超えて積極的に動き出そうとする姿勢は感じられなかった。特に桑田が最も関心を抱いた一馬の一件については、神保管理官の疑問を投げかけてきたことば——仮に息子が及川の実子でなかったとしてそれがいったい事件とどんな因果関係にあるのだ——のなかに彼らふたりの気持ちが集約されていた。

それを突き止めるのが捜査ではないか……。捜査本部に合流したころのいつかの会議でも覚えた憤怒がふたたび桑田の胸にわき起こったが、唇を嚙んで耐えるしかなかった。すべてが推理で、持論を主張するに足る裏づけ材料は皆無なのだ。最後に、及川へのおもいが強すぎるのではないですか、といった串田係長の一言は怒りを通り越してこれまでの疲れを何倍にも感じさせるものだった。そんな桑田の気持ちを唯一救ってくれたのは水原一課長のことばだった。会議の締めくくりに、「バー花」でかつて働いていた女が営業《や》っているという店をいっときも早く捜し出してほしい、と激励してくれたのだ。

吉田に会った足で所沢に住む矢作孝太郎を訪ねたときの桑田の胸は期待でふくらんでいた。吉田によって得られた大森にあるという居酒屋は、矢作の雑記帳を見ればすぐにでも割れるとおもったからだ。だが期待に反して矢作の雑記帳には、「バー花」に通っていた常連客の名前が記されているだけで、そこで働く女たちの名はすべて源氏名でしか記されていなかった。それでも、もし女がその当時の源氏名にあやかった名前で居酒屋の看板を出してくれてでもいたら望みもあるが、それを期待するにはあまりにも時が流れすぎている。事実、そのあとで清水とふたりして手分けして確認をとってみたが該当するような店はなく徒労に終わった。

しかし気落ちしている場合ではなかった。源氏名ではなく女の実名がわかればなんとかなる、そういって桑田は清水を励ました。居酒屋であれば、もぐりでないかぎり、管轄の保健所に届け出がなされているからだ。しかし、もし女が単なる使われの身であるか、他の誰かの名前で届け出をしていればそれも難しくなる。もしそうなら残された道は、大森じゅうの居酒屋、スナック、バー、それこそ酒でもてなす店という店を虱潰しに当たってみるしかない。幸い矢作は常連客の名前と同時に彼らの住所も付記していた。桑田は清水に、彼らひとりひとりの追跡調査を命じた。常連客のなかにはあるいはひとりぐらい、「バー花」の女の誰かしらと特別な関係にあった者がいるのではないか、と考えたからだ。もしそんな人物でも見つかれば、もう二十五年も前のことゆえ、男も相手の女のことについて快く話してくれそうな気がする。ならば女の現在の所在をつかむこともあながち不可能とはいえない。その女の口からかつての同僚の女たちの実名を聞き出すことだって可能だろう。清水に命じる一方で桑田は、風邪で寝込むまでのこの二日前まで、大森の繁華街から路地裏に至るまで、それこそ足を棒のようにして聞き込み捜査をつづけた。しかし桑田や清水の努力も実らず、今現在依然として、その居酒屋は判明していない。

和子が作ってくれたおかゆの朝食を摂り、桑田はいつものように隣室の仏壇に手を合わせてから八時ちょうどに家を出た。

病は気から、という。下っ腹に若干力が入らないのは致し方がないとしても、病んだ身体全体には気力がみなぎっていた。熱も気力でさらに下がったような気がした。

数日前に降った雨のせいか、十二月の冬空は澄み渡っていて一片の雲もない。吹き抜ける風と朝の商店街で働くひとたちの動きが桑田に、そろそろ年の瀬が近づいていることを感じさせた。

捜査会議はいつにない速いペースで進んだ。怨恨説の屋久警部補班、物盗りや行きずり強盗に焦点を合わせた小杉《こすぎ》警部補班、いずれの班も今の捜査本部を象徴するような徒労の捜査報告しかないのだ。ねぎらいのことばを口にしてから、串田係長が全員を見回しながらいった。

「ご苦労さまです。ところで、残念なことですが、きょうをもってこの捜査本部の縮小をせざるを得なくなりました。ご存知のように二日前、大井一丁目の酒屋に強盗が押し入り、主人と娘のふたりを殺害するという凶悪事件が発生しました。そればかりか、この一年余り、この所轄内で起きた他の幾多の事件も未解決のままとなっております。決して本事件を手抜きするということではなく、そうした諸々の難事件にも捜査員を動員しなくてはならない、という状況なのであります。むろん新たな有力情報を入手しだい捜査員は再投入いたします。そのあたりのことをどうぞご理解いただきたい」

一息つき、串田係長が手もとの記録に目を落とす。

桑田は緊張の面持ちで、串田係長と水原一課長のふたりの顔を見つめた。捜査本部に居残る捜査員の名前を串田係長が読み上げる。

「屋久警部補、小杉警部補のご両名は、現在の捜査活動を継続していただきたい。桑田警部も同様です……」

自分の名前を耳にして、桑田はほっと胸をなで下ろした。朝本部に顔を出すやいなや、あるいは――、との話を屋久から耳打ちされていたからだ。

屋久には栗原《くりはら》、小杉警部補には元木《もとき》、そして桑田には清水の、それぞれひとりずつの捜査員がつき、結局捜査本部は六人という小さな所帯に縮小され、そして直属の責任者として署長の木幡が就任した。

捜査本部からはずれた捜査員たちが見せる表情には複雑なものがある。これまでの苦労が脳裏に去来して無念やるかたなしのおもいもあるだろう。しかし姿の見えぬホシを求める、あるいは焦点の定まらぬ捜査活動を一年以上もつづけるというのは疲れが倍になって返ってくるというのも事実だ。ほっとした気持ちになっているのも正直なところだろう。

最後に水原一課長が腰を上げた。

「聞いての通りです。この一年内に事件の解決を、との強いおもいがありましたが、残念でなりません。しかし事件を未解決のまま放り出すのではない、ということだけは肝に銘じてください。引きつづき捜査に従事する方々は、前にもましてその責任は重大となりますが、これをバネとしてより一層活躍してくれるものと確信しております。係長もいいましたが、有力情報を入手しだい、いつでも捜査員の数は増強する用意があることだけは私の口からも約束しておきます。私たちがしてきたこれまでの苦労を、苦労のままに終わらせてはならない。事件の被害者、そして残された家族やその周囲のひとたち。誰もが持っている無念の気持ちを晴らしてあげられるのは、我々がこれから先もいったいどれぐらい苦労をできるか――まさにそれにかかっているといえます。六名の諸君の奮闘を陰ながら応援しております」

一礼することで、水原が会議の終了を宣言した。

捜査本部の自席に戻った。会議での緊張がゆるんだせいもあるのだろうが、頭のなかは熱でぼうっとしている。会議中にこらえていた下っ腹の痛みが増してきて、桑田はトイレに駆け込んだ。

冷や汗を拭きながら捜査本部への廊下を歩いていると

き、水原一課長と出くわした。

「風邪だと聞きましたが、だいじょうぶですか」

「お恥ずかしいかぎりです」

「身体が資本です。気をつけてください。それはそうと、警部。なにぶんむかしのことで大変だろうとはおもいますが、今の捜査方針で、ぜひもうひと踏んばりしていただきたい。聞いての通り、残念な形にせざるを得なかったのですが、私自身は、個人的には警部の見解を支持しているのです。だが立場上、カンを頼っての捜査本部を組めないということも理解していただきたい」

「おそれいります。課長のことばがどれだけ励みになることか」

一瞬桑田の胸は熱くなった。

笑みで桑田の肩を軽くひとつ叩いてから、水原は慌ただしげに階段を下りて行った。いくつかある他の署の捜査本部回りに追われているのだろう。

捜査本部に戻ると、捜査員たちがそれぞれの席の整理をしていた。

「一階上の部屋になりましたよ」

身体を心配することばをくれたあと、屋久が教えてくれた。

総勢十三名の大所帯から一気に六名まで縮小された今度の捜査本部。屋久が教えてくれた一階上にある角部屋は、今度の捜査員の数にはピッタリのこぢんまりとした部屋だ。

「今後もよろしく」

「互いに大変ですが、頑張りましょうや」

屋久が眼鏡の奥の柔和な目を細めた。

「清水君は？」

引越し作業に追われる部屋を見回しながら桑田は訊いた。

「警部宛に郵便が届いているらしいですよ」

内線の連絡を受けて、取りに行ったという。

「郵便、ですか」

誰からだろう。警察に個人名宛で郵便が送られてくることは珍しい。

捜査員の何人かが呼ばれている。新しい捜査活動の指示が出されるのだろう。そうこうしているあいだにも、捜査本部のなかはあらかた片付けられてゆく。

清水が白い封筒を手にして戻って来た。

「警部。桐島の細君からですよ」

「桐島の細君？」

桑田は清水が差し出した封書をひったくるようにして受け取った。

川崎市川崎区川中島一丁目——。桐島悦子。

裏面の差出人の名前に桑田は一瞬、胸の高鳴りを覚えた。急いで封を切る。差出人の桐島悦子は、このあいだ訪ねた、及川が事件を起こしたときに勤めていた「羽田スプリング」の社長、桐島芳雄の細君だ。

封書のなかには二枚の便箋が入っていた。文面に細かい文字がぎっしり埋まっている。

手紙には型通りの時候の挨拶が述べられたあとに、桐島の現在の病状と今後のふたりの生活についての不安が訥々と書かれていた。

桐島の病状は相変わらずのようだった。しかし、この前桑田たちが訪れたときに細君が語っていたように、時として桐島は、現実的な感覚を取り戻すらしい。手紙の半ば過ぎになってから、ようやく桑田の知りたいことが顔を出す。

お越しいただいてから、折をみては警部さんたちの依頼の件を話し聞かせておりました。私にとってはもう遠いむかしのことでどうでもいいようなものなのですが、やはり夫にとっては、及川という名前は忘れがたくうらめしいものなのでしょう。及川さんの名前を口にすると、いくらか興奮した表情になって唇を震わせたりもします。それはさておき、はたしてこれがお役に立つかどうか。とりあえずそうした折に夫が口にした名前をメモにしておきました。なにぶんにもことばが不明瞭《ふめいりょう》ですので、誤解を招いてもいけないと考えまして、カタカナで記しておきます。カスガ、キノシタ、キシ、カスワイ、この四名です。下の名前まではわかりかねます。

最後は桑田たちの苦労をねぎらうことばで締めくくられていた。もう一度最初から手紙に目を通したあと、桑田は、四名のカタカナで記された名前を手帳に控えてから、便箋を清水に差し出した。

「こういう丁寧な返答をしてくれるひとも少なくなった。清水君も礼状を一筆書いておくといい」

うなずいた清水が手紙を食い入るように読んでいる。

姓だけで、当時の住所はおろか下の名前すらわからない。雲をつかむような手がかりといえばいえた。しかし、どんな些細なことが事件解決の突破口になるかわかりはしない。桑田はわざわざ手紙をくれた桐島の細君に感謝の気持ちでいっぱいだった。

「警部、電話ですよ」

机の整理を終えて一服しているむかいの席の小杉警部補から声がかかった。頭を下げ、桑田は電話を取った。大垣《おおがき》という、今は新宿署に勤務している、警察学校の同期生の友人だった。一週間ほど前、彼からは五反田の風俗関係者の情報を聞きたいとの電話があったばかりだ。

――いや、先日はありがとう。近々、ガサ入れすることにしたよ。

開口一番、大垣がいった。

これまでに桑田は、都内各署を渡り歩き、殺人、強盗、放火などの、いわゆる強行犯を専門とした捜査活動に従事してきた。その仕事の性質上、必然的に風俗関係や暴力団組織の内情について精通するようになる。なかでも五反田界隈は、麻布署勤務、そしてこの及川の捜査本部に合流するまで働いていた大崎署にいた関係で特に詳しい。それを頼りに大垣が訊いてきたのは、「神竜会」という五反田を活動拠点にする暴力団についてだった。桑田は自分の知っている情報を大垣に教えた。

「それで、カジノ・バーの実態はつかめたのかね」

――だいたいはな。しかし今さらガサ入れしても大した収穫は期待できんとおもうが……。

ひと月ほど前の十一月十二日、歌舞伎町の裏通りで殺人があった。被害者は現場近くのカジノ・バーで遊んだ直後に刺し殺されたという。どうやらそのカジノ・バーを仕切っていたのが、最近新宿にまで活動の輪を広げるようになっていた「神竜会」だったらしい。

こちらの捜査のことで手いっぱいで、正直なところ、よその管轄で起きた事件までは頭が回らない。桑田は大垣の尋ねることについては教えたが、それ以上の詳しい内容は聞いてもいない。

「ホシは、やはり『神竜会』の関係者なのかね」

――わからん。警備員をやってた男で、借金もだいぶ作っていたようなんだ。カジノ・バーの単なる客だった可能性のほうが強い。雨が降っていて、目撃証言が取れない。俺のカンでは、たぶんこの事件《ヤマ》は難航するな。イタチの追い駆けっこみたいで、カジノ・バーのひとつやふたつ潰したところでどうしようもないんだが。

うんざりしたようなことばを残して電話を切ろうとした大垣が、ふとおもいついたように、明日か明後日の夜、久しぶりに会わないかと桑田にいった。害者が勤務していた品川の警備会社に出むく用事があるという。

——害者は広尾にある会社の夜間警備もしていたんだが、あいにくとその会社じゃ、派遣されてくる警備員の私生活なんてさっぱりわからんといって、非協力的でな。一介の警備員が死んだところでどうってこともないんだろう。

「同情するよ」

聞いているだけで困難な捜査であることがわかる。

——成り上がりでな……。

捜査に非協力的なのが肚に据えかねているのだろう、大垣が電話口でその会社を腐している。

大垣の口を封じるように、とりあえず電話をしてみてくれ、といおうとしたとき、桑田の耳が鋭く反応した。

「今、なんていった?」

訊き返す桑田に、大垣が怪訝そうな声で、「カシワギ・コーポレーション」の名をもう一度口にした。

——なんだ、知っているのか?

「ああ、ちょっとな……」

曖昧な返事でお茶を濁し、桑田は大垣の担当する事件の詳細を尋ねようとしたがおもいとどまった。

「じゃ、明日か明後日、こちらに来たら連絡してくれ。必ず時間は作る」

受話器を置いた桑田に、清水が読み終えた手紙を封筒に戻して訊く。

「どうしたんですか?」

「うん……。まぁ、偶然なんだがな……」

浮かぬ顔で小首を傾げてから、桑田は大垣との話の内容を清水に教えてやった。

「一馬の会社の派遣警備員が殺されたというだけのことでしょう」

「まあな……」

事実その通りだった。だいいち及川と「カシワギ・コーポレーション」とは、それこそなにひとつ繋がりがない。大垣に会ったときに詳細を聞けばいいようなものだが、たった今彼が口にした「カシワギ・コーポレーション」という会社の名前がなぜか耳にこびりついて離れなかった。

「すまんが、清水君」

新宿で起きたその事件の記事が掲載されている新聞を捜し出してきてくれるよう、桑田はいった。

尾久に桐島の細君からの手紙の内容をかいつまんで説明していると、清水が新聞を手に戻ってきた。

目指す記事は、社会面の片隅に小さく出ていた。しかし被害者は警備会社に勤務とあるだけで、「カシワギ・コーポレーション」の名は見当たらない。

「あえて類似点を探すとするなら、刺殺ということだけですね」

気乗りしない声で、清水が新聞に目をむける。

「活字だけで事件を判断するんじゃない。それじゃ、一読者の目となにひとつ変わらんじゃないか」

桑田の叱責に、ばつが悪そうに、清水が直立不動の姿勢を取って頭を下げた。

憎めないその姿におもわず苦笑を洩らし、桑田はいった。

「罰としておまえに宿題だ。捜査の合間でいいから、その桐島の細君が教えてくれた四人の名前と似通った――つまり耳にしたときに同じように聞こえそうな紛らわしい名前を、おもいつくかぎり書き出してみてくれ。なんせ、桐島のことばは不明瞭らしいからな」

頭痛までしてきた。風邪の具合がますます悪くなってきている。頭を振ってから、桑田は新しい捜査本部への引越しのために机の整理に取りかかった。

3

ウイスキーを口にしながらベッドに横たわり、一馬は天井の一点をじっと見つめていた。

江成未央……。カメラマンを志しているといっていた。素直で純真なことがわずかな会話からでも伝わってきた。あんなに美しい女性《ひと》に出会ったのは初めてだ。車に乗せたときには、自分でも驚くほど胸が締めつけられた。動物写真家として名高い、あの小宮龍一のアシスタントをしているという。動物に興味があるというのがいかにも彼女らしかった。

あいつにとって、江成未央とはいったいどんな存在なのだろう……。カメラマンになる夢など海のものとも山のものともわからない。今のあいつにとって、そんな貧しいカメラマンの卵などそれこそなんの値打ちもないはずだ。それなのに異常ともおもえるほどに気を配り、しかもパーティにも招待したらしい。男が女に寄せる感情とは明らかにちがうものを感じる……。

グラスのなかで飴色に揺れるウイスキーが、あの日のスーツ姿の未央をおもい起こさせた。瞬間、一馬の胸に初めて車に乗せたときに覚えた、あの切ないような感情が広がった。

彼女のことをもっともっと知りたい、いったいどういう家庭で育った女性なのだろう……。それにしても、あいつが彼女に接近しようとしている狙いはなんなのだろう。あいつは人でなしだ。父や母と同じように、もしあいつが彼女の人生を目茶苦茶にするようなことがあったら……。なにがなんでも、それだけは阻止しなくてはならない。絶対に彼女は自分のこの手で護《まも》ってやる……。

そのとき一馬は、興信所の手を使って未央のすべてを調べてみることをおもいついた。

そうだ……。

ベッドから身を起こし、机のなかから父の遺《のこ》した封書を取り出す。今では、気持ちを奮い立たせるときには、必ず読み返すようにしている。


これまでのところを読み返しながらペンを取っている。一馬君を本橋の籍に入れ、私と加代とのあいだの子供として育てるようになったいきさつ、そして一馬君の実の両親、柏木圭一、新谷英子、ふたりのひとたちのことについてだ。

仔細については省くが、罪を犯す前、私は本業の仕事のかたわら、人手に困っている会社に臨時雇用の働き手を斡旋《あっせん》するという副業も行っていた。自分でいうのも変なのだが、どうやら私という人間には妙にひとを魅きつけるなにかが備わっていたようだ。そのせいか私の周りには同年輩、あるいは年下の仲間たちが自然と集まってくる傾向があった。仕事を欲している彼ら――働き手を求めている会社、それでいつしか、私はそんな副業に手を染めるようになったのだ。

一馬君の父親である柏木圭一もそうした仲間のひとりだった。友人の紹介で初めて彼と会ったときのことはよく憶えている。年は私より二つ下で、十九歳になったばかりだったが、幼い顔に似合わず、目だけが異様に輝いており、なんらかの固い決意と覚悟とを胸のうちに秘めているのが手に取るように伝わってきた。物静かな聡明な男で、いつしか私は、まるで自分の弟のように彼のことを可愛がるようになっていた。彼については語りたいことがたくさんある。しかし、この手紙を読んだあと、一馬君は彼に会うことになるだろう。というより、この手紙を持参して、彼に会いに行ってほしいのだ。その理由については最後に記すが――。

　だからもうこれ以上の詳しいことはいいだろう。彼と出会ったときに直接彼の口からその当時の出来事や私とのあいだの想い出を聞くのが一番いいとおもう。それこそ実の父親と息子の会話だろうと考えるからだ。

　次に一馬君の実の母親である新谷英子という女性について触れよう。だが彼女の詳細については、やはり彼に会ったときに直接彼の口から聞いてもらうのが一番いいとおもう。というのは正直なところ、私には、英子の容姿や人となりについての記憶がおぼろげにしか残っておらず、この一件を加代から打ち明けられたときに初めて、彼女の生い立ちや他のいろいろな事実を知ったというのが本当のところだからだ。だからこれから記すことは、そのつもりで読んでほしい。

　むかし加代が大井町の駅裏で、「バー花」という店を営業《や》っていたのは知っての通りだ。しかし私は、自分の妻が働いている店で飲むということを恥とおもっていたのであまり顔は出さなかった。だからそこで働く女の子たちの横顔についてそれほど詳しくはない。圭一を連れて店に顔を出したのも数えるくらいだったとおもう。こう書けばわかるだろうとおもうが、英子は「バー花」で働いていた女性だった。私が柏木圭一を実の弟のように可愛がっていたのと同様、加代もまた彼女のことを実の妹のようにおもって可愛がっていた。結果的にそれが、英子と圭一を結びつけることになったようだが――。

　さておき、一馬君の母親である英子という女性は、優しくて気立てのよい、とても美しいひとだった。年は柏木圭一よりも四つ上で、二十五歳のときに一馬君を産んだ。詳細は不明だが、出身は函館で、離婚した母親が当時中学生だった英子を連れて蒲田に移り住んで来たらしい。母親が病弱であったため生活は苦しかったようだ。そのために、英子は中学を卒業するとすぐに川崎のデパートで働き出した。彼女の頑張りでなんとか生活の目途が見えたとおもえたとき、今度は母親が病気を悪化させて入院生活を余儀なくされた。そのために英子は夜も働かざるを得なくなった。「バー花」に来たのは、彼女の知り合いの女の子が店で働いていたからだ。しかし残念なことに、そんな英子の頑張りや介護の甲斐《かい》もなく、母親は彼女が店で働くようになった一年後に、帰らぬひととなってしまった。しかしそのあとも、英子が店を辞めることはなかった。たったひとりになった英子にとっては、加代が実の肉親のようにおもえたからだろう。これが私の知っている英子に関するすべてだ。

じつのところ、私は圭一と英子がそんな仲になってぃることなど露ほども知らなかった。それは加代も同じだった。のちに英子が加代に打ち明けたところによると、圭一が彼女に固く口止めしていたからしい。

ともあれ、圭一と英子は親しい間柄になった。考えるに、郷里が同じ北海道、そして互いに身寄りもない天涯孤独の身――、四つも年が離れてはいたが、そうしたことがふたりを結びつける因になったのではないだろうか。このことも彼に会ったときに訊いてみたらいいとおもう。

ここまで書くのにも勇気がいったのだが、正直なところ、これから先に書かねばならぬことを考えると気持ちがふさぐ。だがこれは、私に課せられた義務であるとおもって、さらなる勇気を奮い立たせることとする。

このことを、まず初めに断言しておこう。

一馬君は強い生命力を持った星の下に生まれたということだ。これにはふたつの意味がある。ひとつは人間の意志によって、もうひとつは神の意志によって――。もしかしたら一馬君はこの世に生を享けることはなかったかもしれないということだ。

人間の意志――。君を身妊《みごも》ったことを知ったとき、英子はその事実を圭一に打ち明けた。しかし、彼は自分の子供を望まなかった。若かったということもあるだろう。だが私が考えるには、彼にはやりたいこと、大望が胸にあったからだとおもう。そのために、子供ができることによって枷をはめられるのを惧れたからではないだろうか。

だが一馬君はこの世に生を享けた。それは、産まないことを約束した英子が、圭一には内緒で自分ひとりで育てようと覚悟をして一馬君を出産したからだ。

こう書けばもう察しがつくとおもう。そうなのだ。一馬君の父親である柏木圭一は、一馬君がこの世に生を享けていることを知らない。英子から子供を処置したという嘘の報告を聞いたあと、彼は突然彼女や私たちの前から姿を消した。以来二十年あまり、加代も私も彼の消息については、なにひとつとして知らなかった。しかし、今はわかっている。偶然、加代が目にして知ることとなったのだ。もっとも本人に直接会ったというわけではないのだが――。この手紙を読んだあと、一馬君にこの手紙を持って彼に会いに行ってほしいと頼んだのはじつはひとつにはこうした事情があるからに他ならない。

英子は圭一を深く愛していた。彼が突然黙って姿を消したことは、英子の心を傷つけ彼女を失意のどん底に突き落とした。しかし、それでも彼女は一馬君を産むことを断念しようとはしなかった。一馬君を産むことで、あるいは――という期待を抱いたのかもしれない。

一馬君は強い生命力を持った星の下に生まれた、と書いた。以上のことがその理由のひとつだ。

そしてふたつ目、神の意志によって――。じつは、これについて書くのは、とても辛い。だが触れぬわけにはいかない。

圭一が去ったあと、英子はすべての事実を加代に打ち明けた。幸いにというべきか、不幸にというべきか、子供を切望していた加代は、私とのあいだでは子宝に恵まれなかった。英子を妹のように可愛がっていた加代は、彼女を励まし、勇気づけた。生まれてくる子供はふたりして立派に育てよう、と。

本人が知っていて黙っていたのかどうか――私はたぶん知っていたとおもうのだが――、英子は膵炎《すいえん》という難病を抱えていた。放っておくと膵臓自らを壊死《えし》させてしまうという恐ろしい病気だ。激しい痛みにも襲われるらしい。だが、そうした事実や症状を英子は出産直前まで一切加代には打ち明けてはいなかった。彼女は闘う覚悟をしていたのだ。一馬君に命を授けるための闘いを。事実加代から聞いた話では、英子の出産は壮絶なものだったらしい……。

だが彼女は、その闘いに勝った。闘いに勝って、一馬君という新しい命をこの世に誕生させた。しかし、その代償は余りにも大きかった。新しい命の代わりに、英子は自らの命を差し出す結果となったのだ。一馬君を産んだ六日後の八月十三日、英子は帰らぬ人となってしまった。神はこの世に一馬君という新しい命を誕生させる代わりに、その母親の英子の命を召すという、余りにも過酷な選択を押しつけたのだ。

加代の尽力の甲斐あって、今英子は、本橋の墓のある菩提寺の片隅で彼女の母親とともに眠っている。この手紙を読んだあと、ぜひ冥福を祈りに出かけてほしい。

一馬という名前は英子が考えていたものだ。男の子だったら、一馬。女の子だったら絵里子。そう彼女は決めていたという。たぶん父親である柏木圭一の故郷のことが頭にあったのではないだろうか。

いずれにしろ、これで、どうして一馬君が加代と私とのあいだの子供として届け出をなされたのかはわかってもらえたとおもう。しかし、及川の姓を名乗らせるのには、さすがに加代も躊躇したようだ。むろん私が犯した罪のせいだ。成人した一馬君が「人殺し」の子供と後ろ指をさされるのを危惧したのだ。それに、本橋の家には加代以外に後継者がいないという事情もあった。

獄にいてこのような事情をなにも知らなかったから、加代が一馬君を本橋の籍に入れたいと相談に来たとき、私に反対する理由などなにひとつとしてなかった。これが一馬君が本橋一馬となり、私たちの子供として育てられた真相だ。

一馬君のいないときを見計らってこの手紙を書きはじめてから、きょうで二日目だ。これまでのところを読み返してみると、すべてがきのうのことのようにおもえて胸に込み上げてくるものがある。

だがもうあと少しで私の告白も終わる。しかし、窓の外が白みはじめてしまった。それに、病気が進行しているのか、疲れがひどい。きょうはもう眠ることとしよう。

4

ふと目が覚め、枕もとの時計を見た。薄暗い部屋のなかで、夜光針が午前四時を指している。まだ一時間も眠っていない。

ふたたび目を閉じたが、身体の芯が妙に火照っていて眠れそうになかった。あきらめて、柏木はたばこに火をつけてからベッドにあぐらをかいた。

昨夕から降りはじめた雨がやんだようすはない。窓の外の気配でわかる。

気持ちが高揚しているのは、きょうの二十周年記念パーティのせいばかりではなかった。浦河から帰って来て以来、こんな気持ちがずっとつづいている。

寺島牧場の建物の屋上に佇んでいたふたりの女。うち、ひとりと視線が合った。瞬間、背をむけた。激しく打ったあのときの胸の鼓動をきのうのことのようにおもい出す。

あれはまちがいなく亜木子だった。きっと、亜木子も自分に気づいたにちがいない。遠目にも、取り乱した表情が見てとれた。

まさか、こんな時季に亜木子が絵笛に帰っているとはおもいもしなかった。江成も一緒だったのだろうか。あるいは現在進められている寺島牧場の買取り話の一件で帰省していたのかもしれない。

訝る中条に説明することもなく、札幌に一泊する予定を変更してトンボ返りした。あれ以来、仕事をしていても、なにをしていても、あのときの亜木子の姿が瞼に浮かんできてしまう。

書架からヘミングウェイの短編集を取り出し、ベッドに横たわって気を紛らわせるように目を通した。

七時に奈緒子が起こしに来た。たばこを吸っている柏木の姿に、奈緒子が顔を曇らせる。

「また眠れなかったのですか?」

無言でたばこを灰皿に押し潰す。

「何度もいうようですけど、一度、病院で診てもらってくれませんか?　父も心配していました」

「どうということはない、といったろう。なんでもお義父さんに報告するのはもうやめにしろ」

柏木の不機嫌な表情に、奈緒子は黙り込んだ。

「君は美容院から会場に直行すればいい。迎えに来るようにいってある」

「一緒じゃないんですか?」

「パーティ会場で会えばいいだろう。俺にはしなきゃならんことが山のようにある」

ゲームソフトの発表会は三時、パーティはそれが終わった六時に開催される。すでに準備はすべて整っており、特に残された仕事があるわけではない。しかし、奈緒子と連れ立ってパーティ会場に行く気にはなれないだけだった。本橋には、一時に奈緒子を迎えに来るよう伝えてある。

なにかいいたげな素振りを見せたが、あきらめたようにうなずくと、奈緒子は部屋から出て行った。

ただ一緒に住んでいるというだけの、無味乾燥な結婚生活だった。奈緒子が嫌いというわけではない。かといって愛しているのともちがう。事業が軌道に乗ってどこか心に空白ができたとき、横矢のすすめに安易に応じてしまった。今おもえば、世間的な体裁というものにこだわったのかもしれない。

これまでに離婚を考えないでもなかった。だが奈緒子にこれといった落ち度があるわけでもなく、それに横矢に対する恩義もある。しょせん結婚などこんなものだろう、という半ばあきらめにも似た気持ちがそれをおもいとどまらせてきた。しかし浦河から帰って来て、その柏木の気持ちは大きく揺れはじめている。理由ははっきりしていた。亜木子だった。家のなかに漂う虚しい空気には慣れっこになっていたはずなのだが、二十何年ぶりに見た亜木子の姿が、柏木にあらためて今の奈緒子との生活を考えさせ、そして苦痛を大きくさせていた。

奈緒子は若い。しかも自分はすでに子供ができない身体にもしてある。彼女の将来を考えれば、無理にでも離婚するのが一番良い選択のようにおもう。

この二十年余り、ただがむしゃらに突っ走ってきた。がむしゃらに突っ走るエネルギーと疲労とが深い眠りをもたらしてくれてもいた。しかし及川の出現が眠りを一気に奪った。その及川という芽を摘み取ることによって、ふたたび眠りが訪れるとおもった。しかし甘かった。脅迫状……。及川との関係に気づいている何者かがいる。そして、平間……。脅迫状の主は、きょうの二十周年のパーティを見守っていると通告してきた。会場のどこかに潜んでいるということか。

狂いはじめていた。しかしその狂いはじめた状況を元に戻す有効な手段がおもいつかなかった。静観しろ、と児玉はいう。だが、いつまで静観すればいいというのか。苛立ちと不安が、自分の身体を蝕《むしば》みはじめているのを柏木は自覚していた。

九時に本橋が迎えに来た。奈緒子に如才ない挨拶をしている本橋に、車を発進させるよう促す。

「いよいよ、きょうですね」

「節目の行事というだけのことだ」

ぶっきらぼうに答える。

「盛大なものになりそうですね。私もなんとなく落ち着きません」

最終的な調整で、パーティへの参加者は三百二十名ほどになった。選挙を意識した横矢のアイデアが随所に盛り込まれ、当初の計画よりだいぶ派手なものとなることが予想される。

ミラー越しに本橋がうかがうような視線で訊いてくる。

「このあいだの女性も招待なさっているのでしょう?」

「このあいだの女性だと?」

おもわず柏木は、バックミラーのなかの本橋の顔をにらみつけた。臆《おく》したふうはなく、本橋が柏木の視線をさらりとかわした。

「ええ、ほら、いつか社長とご一緒に食事をされて、そのあと私がお送りした……」

瞬間、柏木は怒りで冷静さを失った。

「どういうつもりだ。あれほどきつく、よけいなことはしゃべるな、といっただろう」

「すみません。あの方のほうからいろいろと尋ねられましたので……」

「なにを尋ねられたというのだ？」

「社長のことや会社のこと、などです」

ことばとは裏腹に、本橋の口調にはさほど謝罪をしている感じはなかった。それがかえって、激していた柏木の感情を鎮めていった。

無言で本橋の背を見つめた。

あの未央が会社のお抱え運転手にすぎない本橋にそんなになれなれしくあれこれと質問をするだろうか。自分が禁じたにもかかわらず、本橋のほうから話しかけたのではないか。児玉がいうように、この若者は、たしかに自分のことに関心を持ちすぎる。この二十周年のイベントが終わったら、早々に本橋を「ハンド・トゥ・ハンド」にでも異動させよう。そう心に決めると、まだわだかまりのように残っていた胸の奥底の怒りの火もしだいに治まってきた。

「社長……」

「もういい」

なにかいいかけた本橋の口を封じ、柏木は目を閉じた。

広尾の本社に車が横づけにされたとき、いつもなら一日のスケジュールを本橋に確認させるのだが、柏木は一顧だにせず社屋に入って行った。

昼の十二時まで、ひっきりなしに電話がかかってきた。大半がきょうの二十周年を祝う、関係先からのものだ。その合間に、佐伯が祝電を届けに来る。

仕事の区切りをつけ、たばこに火をつけようとしたとき、佐伯から内線電話があった。

――社長、先日の警備員の一件で、ぜひお目にかかりたい、と……。

語尾を濁したあと、警察の方が三名お見えになっている、と佐伯がいった。

「警備員の件で、警察？」

すっと顔から血が引いてゆくのが自分でもわかった。あの件はうちとは関係がないということでケリがついたはずではないのか。

「総務部長はどうした！」

――つい先ほど会場のホテルのほうに。

唇を噛んだ。児玉もすでに会場に行っているはずだ。どうすべきか……。

「俺がいるといったのか？」

叱責しているつもりはなかったが、知らずに語調が険しいものになっていた。

——申し訳ありませんでした。社長はきょうのことで忙しい、と断ったのですが……。

パーティを口実として早々に退散させればいい。そう覚悟を決め、柏木は三人の刑事を応接室に通すよう伝えて電話を切った。

しかし三人とは少し大げさすぎないか。事情を聴きたいにしても、うちの社員が殺害されたというのならまだしも、平間は単なる契約している警備会社の人間ではないか……。

気持ちを落ち着かせるために、すぐには腰を上げなかった。たばこを一本吸い、五分ほど時間を置いてから柏木は応接室にむかった。

ネクタイを正してからドアを開けると、ソファに座っていた三人の男たちが同時に立ち上がった。内、ふたりが五十代半ば、もうひとりは三十に満たない年ごろに見える。

「いや、お取り込み中のところを申し訳ありません」

年輩のうちのひとりが口を開いたのが合図であるかのように、全員が同時に柏木に頭を下げる。

「総務部長からは、この件については終わった、との報告を受けているのですが……。まだ、なにか？」

立ったままの三人にソファをすすめ、間に丈の低い黒《こく》檀《たん》のテーブルをはさんで、柏木はむかいに腰を下ろした。

「ええ、その通りなのですが、被害者の周辺の事情を徹底的に捜査することが、この手の事件では不可欠でして」

最初に挨拶をした刑事が理由にならぬような理由を口にする。

「そうですか……。しかし、きょうはこれから大切な仕事を控えておりますので、手短にお願いできますか」

「うかがっております。なんでも創立二十周年のパーティがあるとか。おめでとうございます」

如才ないことばで応じてから、申し遅れましたが――、と名刺入れを取り出す。どうやらこの刑事が三人のなかのリーダー格らしい。

黒檀のテーブルの上の花瓶には、花好きの佐伯が活《い》けた薔薇《ばら》の花が咲き誇っている。その薔薇の深紅の花びらが、蛍光灯の明かりを受けて、妙に鮮やかに光り輝いていた。男がその薔薇の花の横から、滑らせるようにして柏木の前に名刺を置いた。

柏木にじっと視線を注いでいたもうひとりの年輩刑事が、若い刑事に顎で促してから、自分の名刺を同じようにして柏木の前に差し出してくる。つられたように、若い刑事が、ふたりの名刺の横に自分のそれを並べた。

並べられた三人の名刺に目を落とし、柏木は、おやっ、とおもった。

質問をしてくるリーダー格の大垣という刑事は新宿署だが、あとのふたりは大井署となっている。新宿署というのはわかる。事件現場が歌舞伎町だからだ。しかし、大井署がどんな関係があるというのか……。胸に、まるで霧がわいてくるかのように、かすかな疑問が広がった。

立会川——大井署……。まさか……。平間の勤めていた警備会社は品川だった。きっとその関係でにちがいない。柏木は芽生えた不安を必死のおもいで打ち消し、内心の動揺を隠すようにして、名刺に注いでいた視線を大垣に戻した。

「私どもが捜査している事件につきましては？」

大垣が訊いた。隣に座る彼と同年輩の、桑田という大井署の刑事がじっと柏木を見つめている。

「ええ、概略については総務部長から報告を受けています」

二度警察は訪ねて来ている。最初のときは平間の勤務状態について尋ねられ、警備日誌や警備員室などを検分したらしい。二度目はもう一歩踏み込んだ捜査だった。平間の私生活に焦点が絞られ、特に彼と親しくしていた我が社の社員がいないかどうかの確認をする聞き込みが行われた。しかし、平間は他社の一社員であり、そうしたことまでを総務部が把握しているわけもない。

柏木は、すでに大垣が知っている、そうした事情をもう一度くり返し説明した。

「ですから、こういってはなんなのですが、総務部長がお答えした以上のことを社長の私が知っている道理もありませんし……」

二十代のころの地上げの仕事時代に、警察の聴取が執《しつ》拗《よう》であることは身をもって知っている。そう口にしてから、柏木は、いかにもというしぐさで腕時計に目をやった。

柏木の答を予期していたのか、さほど落胆したふうも見せずに大垣はうなずいた。

「なるほど……。ところで、害者の平間さんはだいぶ博打が好きだったようでしてね。警備会社の同僚からもかなり借金をしていたという事実が浮かんでいます。そんなわけで、もしかしたら貴社の社員の誰かにも同じように、と考えたのですが」

おもわず首を振った柏木に、軽く手をあげてから大垣がいい足す。

「わかっております、社長がそんなことまでご存知であるわけがないのは。どうでしょう、そうした調査のご協力をいただけるよう、総務部長のほうに社長から一言お口添えを願えないでしょうか」

適当な口実を作ってあまり警察を社に来させぬように、と鳥越には命じている。大垣は暗におたくの社は捜査に非協力的だ、と柏木にほのめかしているのだ。

「わかりました。総務部長には私のほうからその旨いっておきましょう」

応じて腰を浮かせかけた柏木に、終始無言で大垣とのやりとりを聞いていた大井署の桑田という刑事が初めて口を開いた。

「こちらの社にはどのくらいの社員の方が？」

「六十名ほどです」

「意外と少人数なのですね。いや失礼。じつは、社長のお顔は一度雑誌の記事で拝見させてもらっておりましたので、もっと大人数を想像しておりましたものですから」

「うちは貸しビル業ですから」

「ということは、ゲームソフト会社や人材派遣の会社のほうにはたくさんの？」

「ええ、はるかに大人数を抱えております」

答えながら、柏木は嫌な気がした。今度の一件とそれがいったいどんな関係があるというのか……。

焦《じ》れる柏木を気にするふうもなく、笑みを絶やさずに桑田は雑談口調でさらにつづけた。

「若くして一代で今日を築かれた——。となれば、さぞや入社希望の応募者も殺到していることでしょうね」

「いえ。雑誌の記事などは多分に脚色が過ぎたものです。なにせ、この不景気です。うちだけが特別などということはありませんよ。ですから、むしろリストラしたいぐらいで、ここ二、三年、新規採用の募集などしたこともありません。申し訳ないのですが」

終止符を打つように、柏木は腰を上げた。

「いや、お忙しいところを大変失礼いたしました」

桑田の声に合わせて、三人は立ち上がり、柏木に丁寧に頭を下げた。

「では、お手数ですが、捜査協力の一件をくれぐれも総務部長のほうにはよろしく」

念を押す大垣の視線に軽くうなずき、三人を残して柏木は応接室をあとにした。

デスクに戻り、深々と椅子に腰を下ろした。

わずか十分ほどだったにもかかわらず、一時間にも二時間にも感じられる時間だった。疲労が身体全部を包み込む。たばこに火をつける指先が心なしか震えていた。

さっきのやりとりを反芻してみる。特に疑問を抱かせたような点はなにもない。自分に会いたい、といってきた三度目のとき、多忙を理由に鳥越に断らせた。それが捜査に非協力的と感じさせたのだろうか。しかし、たかだかあの程度の捜査協力の要請のために、刑事が三人もやって来るというのは大げさすぎないか……。

意外だったのが、桑田という刑事が自分を雑誌で見たという点だった。見たことが意外なのではない。あの手の記事は腐るほど掲載されている。それにもかかわらず、自分のことが、あの男の記憶に残っていたというのが引っかかるのだ。

考えすぎだ……。

柏木は、指先に力を込めてたばこの火を灰皿に押し潰した。

5

午後の三時を十五分ほど遅れてスタートした新製品発表会もすでに一時間を過ぎているが、大型スクリーンを前にしての、新ゲームソフト「プロミスト・ランド」の中条の説明は依然としてつづいている。

会場の何か所かに設置した家庭用テレビゲーム機を取り囲む業界関係者やマスコミの人間たちの周囲はむせ返るような熱気だった。それが否が応でも、この新ゲームソフトに対する彼らの関心の高さと期待とを表していた。

多額の投資をしたが、中条が自信を持っていたように、成功はまずまちがいないだろう……。会場の片隅で、児玉と一緒に発表会のようすを観察していた柏木はその確信を深めた。

「すごい人気じゃないか、圭一君」

いつ来たのか、背後から横矢に肩を叩かれた。後ろには奈緒子もいる。

横矢は初めて目にする渋いグレーのタキシードを着用し、奈緒子もきょうの日のために新調したダークグリーンのドレス姿だった。大きく開いた奈緒子の胸には結婚祝いに買ってやったトパーズのネックレスが燦然と輝いている。それが彼女のきょうのパーティに対する喜びや誇りを象徴していた。

「雨の影響を心配したのですが」

この発表会に出席したのは百名弱との報告を受けている。予想を上回る参加者の数に、誰よりもほっと胸をなで下ろしていたのは中条だった。

「しかし、早かったですね。パーティだけでよかったんですよ」

「いや、どうにも落ち着かなくてな」

横矢がしきりに会場を見回している。

三時から五時半までが業界関係者を対象にした「プロミスト・ランド」の発表会とセレモニー。三十分の休憩時間をはさんで、午後の六時から、隣の「鳳凰《ほうおう》の間」で二十周年のパーティが開催される予定となっている。

メインとなるそのパーティには、「フューチャーズ」ばかりでなく、「カシワギ・コーポレーション」「ハンド・トゥ・ハンド」のすべての関係者と取引先、それに横矢が手配した、政治家や若手財界人、あるいは経済誌をはじめとするマスコミ関係の人間たちも多数顔を見せる。したがって横矢には、奈緒子共々、五時半ごろに来てくれればいい、と伝えてあった。

「社長、会場をひと回りしてようすを見てきます」

児玉が横矢と奈緒子に丁重な挨拶をして背をむけた。

姿を見せぬ脅迫状の送り主——。児玉の神経は開場前から過敏なほどに研ぎ澄まされている。

「圭一君、きょうはタキシードという約束だったじゃないか」

いつもと変わらぬスーツ姿の柏木に、横矢が不服そうな表情を見せる。奈緒子の不満顔もどうやらそれが原因らしい。

「パーティまでには着替えますよ。新ゲームソフトの発表会は、中条と彼の仲間たちが主役の舞台なんです」

口ではそう言い訳をしたが、タキシード姿というのがどうにも気が進まなかった。横矢に無理やり承諾させられたのだった。パーティが迫ったこのひと月ほど前ぐらいから横矢は妙に浮かれている。彼のその姿を目にするたびに、柏木は逆に自分の気持ちが冷めてゆくのを感じていた。

中条の説明が終わった。会場全体に拍手がわき起こる。柏木も掌が痛くなるほどに力を込めて拍手を送った。

資本の論理を振りかざすつもりなど毛頭なかった。これからの「フューチャーズ」は、志を同じくする若い者たちの知恵や希望によって運営されるべきだ。一生懸命に説明していた中条の姿を目にして、柏木はその意をより強くしていた。もし中条の頭脳と夢とにめぐり合っていなかったなら今日の自分はなかっただろう。絵笛で彼に伝えたように、柏木はこれからは徐々に「フューチャーズ」の経営から手を引くつもりだった。それに……。最悪のことを想定したとき、中条を巻き込むことだけは絶対に避けたかった。

中条に代わって、彼の右腕であり、日ごろから彼が天才と賞賛している、プログラマーでもある専務の城之内がより専門的な技術上のことを説明しはじめた。それを機に柏木は、横矢と奈緒子を促して隣の「鳳凰の間」をのぞきに行った。

「躍進　祝二十周年・柏木グループ」。正面高くに掲げられた、いかにも大げさな巨大な飾りボードが嫌でも目に飛び込んでくる。

「準備万端のようだな」

奈緒子と肩を並べて会場を見つめる横矢が満足の笑みを浮かべてつぶやく。

白布で覆われたテーブルにはすでに豪勢な料理の数々が用意され、そして会場全体を包み込むようにして、大小色とりどりの花輪が所狭しとばかりに飾り立てられている。いくつかある模擬店で立ち働いているコックや板前の姿がパーティの時刻の迫ってきていることを教えていた。

「お義父さんとくつろいでいてくれ」

奈緒子の耳もとでいい、不満げな顔を見せた彼女を捨て置いて柏木はホテルに取ってある自室にむかった。

スーツを脱ぎ、ベッドにあおむけに寝ころんでから、先刻会社を訪ねて来た三人の刑事のことに頭をめぐらせた。落ち度はなかったか……。もう一度応答のひとつひとつを反芻してみた。

それにしても……。三人で訪ねて来るというのは、やはりどう考えても大げさすぎる。それに、あの大井署の桑田とかいった刑事が妙に胸に引っかかる。終始顔には穏やかな笑みを浮かべていたが、自分を見つめてくる視線に妙に執拗な光が宿っていたようにおもう。自分のことは雑誌で読んだことがある、と彼はいった。あの目の光は、ただ単に、それからくる興味のせいだったのだろうか。

平間の尾行には細心の注意を払ったので絶対に誰にも気づかれてはいません、と児玉はいった。児玉と平間の接点はなにひとつとしてない。なら、彼の線から平間殺しの尻尾をつかまれる心配はない……。

そのとき、ノックの音が聞こえた。児玉だろう。返事もせずに起き上がってドアを開けた。

「お届け物をお持ちしました」

制服姿のボーイが赤い薔薇の花束を抱えていた。

「その手の物はパーティ会場のほうに、と伝えてあるはずだ」

「承っております。しかし、直接柏木様のお部屋にお届けするように——、とのたってのご依頼でございましたので」

「直接部屋のほうに？」

部屋をキープしてあることを知っているのは、会社のなかでもごく限られた人間しかいない。誰からだろう。

困惑した表情を浮かべてボーイが突っ立っている。

「わかった」

柏木は怪訝な気持ちを抑えて花束を受け取った。

手にした薔薇の香りが、数時間前に刑事たちを応対した、あの会社の応接室に活けてあった深紅の薔薇をおもい起こさせた。

閉めたドアの音が一瞬悪寒を覚えさせた。

もしや……。急いで花束のなかをのぞき見た。白い小さな封書が赤い薔薇に埋もれるように突っ込まれている。悪寒が寒気に取って代わった。

封書を引っ張り出す指先を薔薇の刺《とげ》が刺す。

ワープロ文字。柏木圭一様……。

震える指で裏返した。やはり空白だった。ネクタイをゆるめた。こいつはホテルに部屋を取ってあることまで調べている……。

封書を引き千切って開けた。記されたワープロ文字を、柏木は穴のあくような目で凝視した。

本日のパーティで、育英基金を設立する、との発表を行え。

約束が守られるかぎり、沈黙も守られる。

立会川

つき上げる衝動を抑え切れなかった。瞬間柏木は、薔薇の花束を両の手で引き裂いていた。包み紙のセロファンが破れ、薔薇の花弁が部屋じゅうに飛散した。柏木は我を忘れて、狂ったように花束を激しく引き千切りつづけた。薔薇の刺が指の皮膚を裂く。放心した目で、血だらけの手にある便箋を見つめた。便箋に点々と血の染みが広がった。

誰だ、こいつは……。

吐き気。便箋を投げ捨てて、トイレに駆け込んだ。便器を抱え込む。苦い胃液が溢れ出るだけで、吐く物はなかった。荒い息を吐きながら、しばらくじっとしていた。

立ち上がって鏡を見た。血走った目。どす黒い顔。唇の周囲の胃液——。白いYシャツの袖口には鮮血が飛び散っている。

柏木は他人のような形相の己の顔をただ茫然と見つめつづけた。

窓ガラス越しに雨の降りしきる外の景色にぼんやりとした目をやっていると、いつ来たのか、霧子に肩を叩かれた。

「ごめん、ごめん。仕事が押しちゃって」

約束の時間は五時十五分。すでに五時半になろうとしている。謝りのことばとは裏腹にさして悪びれたふうもなく、霧子がむかいの席に腰を下ろし、通りかかったウエートレスにコーヒーを注文した。

「忙しそうね。無理をいったんじゃない？」

未央は、たばこをくわえた霧子のほうに灰皿をずらしてやった。

「ぜーんぜん。むしろ興味津々よ。なにせ私はミーハーだから」

すぼめた口からセーラムの煙を吐きながら、霧子が茶目っ気たっぷりな口調でいう。

「それより、きょうはすごくきれいじゃない。わたしなんてこんな格好で、まるで未央の引きたて役だわ」

「ばかね。からかわないでよ」

さんざん迷った末、結局未央は、去年の誕生日に母からプレゼントされた、茶色のツーピースを選んだ。霧子はいつもと変わらぬジーンズにジャケットという軽装だ。

柏木から食事をご馳走になった夜、寝床であれこれ考えているうちに、やはり自分が創立記念パーティに顔を出すのはお門違いのようにおもえてきた。それに誰ひとりとして知った人間もいないなかにひとりでいるというのはいかにも心細い。

翌日、オジロワシの写真を受け取りに写真展にやって来た柏木に、その旨を伝えると、彼からは、霧子と連れ立って来たらいい、との答が返ってきた。そしてその場で、半ば強引に霧子に電話をさせられたのだった。

霧子には、小宮の写真を柏木が高値で購入してくれたいきさつについては聞かせてある。しかし、食事につき合ったことまでは教えていない。話せば、霧子が妙な勘ぐりを入れて気を回しそうな気がしたからだ。

「それで、写真集のほうの話は具体的に進んでいるの？」

腕時計にチラリと目をやってから霧子が訊く。

ここのコーヒーハウスはパーティ会場となっているPホテルの敷地内にあり、まだお茶を飲んでくつろげるぐらいの余裕はある。

「ええ、こうしたい、という自分のアイデアについては説明してきたわ」

きのう羽衣出版に出むき、山部に企画書を渡してきたことを未央は霧子に話して聞かせた。

来年の五月、競馬発祥の地であるイギリスを皮切りとして、アメリカ、オーストラリアなどを順次訪ね回る。すべての撮影が完了するのは、早くても来年末になりそうだった。

「なにを浮かない顔をしているの？　すごいじゃない。それって、全部出版社のほうで費用を持ってくれるわけでしょう？」

淡々と語る未央の口調に気乗りしてないと感じたのか、半分うらやましげに、半ばあきれ顔で霧子がいった。

「それはそうなんだけど……。逆にそれが重荷に感じられてしまうの。それだけの負担をさせて、もし失敗したら、とおもうと……」

「ばかじゃない。未央って、本当にお嬢様ね。仕事っていうのは、常にリスクが背中合わせにあるものなのよ。出版社だって慈善事業じゃないから、むろんなんらかの計算があるはずよ。だから、未央はそんなところに神経を遣わずに、ただ良い写真を撮ることだけに集中すればいいのよ」

「霧子の性格がうらやましいわ」

諭すようにいう霧子に、未央は小さなため息を洩らしてふたたび雨の降る外の景色に目をやった。

あるいは霧子のいう通りかもしれない。そもそもこの仕事は自分が企画を立てて羽衣出版に持ち込んだ話ではない。だが、どうしてもどこか引っかかるものを覚える。

それは、山部の対応の変化についてもいえる。

あるいはおもい過ごしなのかもしれないが、あれほど熱心にこの仕事をやるようにと誘ったにもかかわらず、企画が具体的な形を帯びるようになってから見せる彼の態度のなかに、時々どこか他人事をこなしているような匂いを感じる瞬間があるのだ。

熱意が薄れたというわけではなさそうだった。それは提出したアイデアに対して骨身を惜しまずに助言してくれる眼差しを見ればわかる。しかしそれに伴う費用や経費などの話になると、一切気にしないでくれ、と突き放したようにいう。よく言えば鷹揚ということなのだろうが、なんとなくそれに触れるのを避けているような気がしないでもない。霧子がいうように、出版社というのは慈善事業ではない。それに彼の立場からすれば、そうした点についてこそ、よりシビアであるのが自然のようにおもう。

「ところで、未央の後任……、二、三人の心当たりがあるのだけど、一度小宮先生に面接をしてくれるよう、伝えてくれる？」

セーラムの火を消し、霧子が時計を見た。

「ごめんね、霧子には迷惑のかけっぱなし」

「だから、ここのお勘定は、未央持ち」

いたずらっぽくいうと、霧子がテーブルの伝票を未央に差し出した。

六時五分前だった。雨はいくらか小降りになっていた。玄関口にひっきりなしに車が停まり、客がホテルのなかに吸い込まれる。時間から考えて、大半がパーティに出席する人たちとおもわれた。

ホテルの入口で傘の雨滴を振り払っているとき、江成さん、の声に未央は顔を上げた。

濃紺のスーツ姿の若い男性が白い歯を見せて立っている。一瞬、戸惑ったが、すぐに記憶と繋がった。男は、柏木との食事のあと、四谷のアパートまで車で送ってくれた柏木の会社の社員だった。道を尋ねられたのをきっかけに、いろいろと話しかけられたが、その語り口がさわやかで気さくなものだったことから、ついつい自宅に着くまでのあいだ雑談に応じてしまった。たしか、本橋と名乗っていたとおもう。

「先日はわざわざありがとうございました」

未央は丁寧に頭を下げて礼をいった。

「とんでもありません。会場までご案内いたしましょう」

横でやりとりを聞いている霧子に、未央は、柏木の会社の方で本橋さんだ、と紹介した。

「ひとりで心細かったものですから、厚かましいとはおもったのですが、友人と一緒に」

霧子が軽く頭を下げる。

「パーティはひとりでも多いほうが華やかでいいですよ。ところで、お荷物は傘だけですか?」

ロビーで待っていてくれるように、とことばを残し、本橋は未央と霧子の傘を手にして急ぎ足でクロークのほうに行った。

「未央、わたしになにか隠し事をしてるでしょう?」

霧子が意味ありげな笑いを浮かべ、未央の顔をのぞき込む。

「そんなんじゃないわ。あとで話すわ」

「なに、顔を赤らめているの。ますます怪しいわね」

霧子が茶化すように追い討ちをかけたとき、本橋が戻って来た。

「お待たせしました。では、ご案内します」

混んでいるエレベーターを避け、階段から二階に上がる。

会場の「鳳凰の間」の前の受付には十人前後の客の姿があった。どうやら記帳をしているらしい。

本橋が三人いる受付嬢のひとりに近づき、未央たちのほうを振り返りながら何事かをささやいている。

「伝えておきましたので、ご記帳のあとお入りください」

戻って来てそう伝えると、本橋がエレベーターホールのほうに引き退がってゆく。

「ハンサムで感じのよいひとね。急成長の会社だから、きっとガサツな社員が多いんだろう、なんておもっていたわ」

本橋の背を見つめながら、霧子がおどけた表情で舌を出す。

記帳をすませて会場に足を踏み入れた瞬間、大きな拍手がわき起こった。見ると、正面中央の一段高くなった壇上で、タキシード姿の柏木圭一が深々と頭を下げていた。

「本日はお忙しいなかを……」第一声を口にしたとき、拍手がピタリとやんだ。会場全体が水を打ったような静けさに包まれる。一言一言、ことばを切るようにして、明瞭な口調で柏木が話しはじめた。「私どもの創立二十周年の記念祝典の席にわざわざ足をお運びいただきまして大変ありがとうございました。私が、ただいまご紹介にあずかりました、柏木グループの代表、柏木圭一でございます……」

マイクを通す声が、まるで他人の声を耳にするように柏木には聞こえた。壇上に立つ前は、極力冷静を保つように努めてはいたが、しだいに上気してきているのが自分でもわかった。その気持ちを鎮めるように、もう一度深々と頭を下げてから、柏木は会場の四方に確かめるような視線を投げかけた。

立食パーティで、誰が、どこから、自分を見つめているのかは定かでない。しかし立錐《りっすい》の余地がないほどに会場を埋めつくした招待客全員の視線が、今、痛いほど自分に注がれているのを柏木は感じた。

壇上のすぐ先で、いくらか興奮した面持ちの横矢が、じっと柏木を見守っている。目線が合うと、横矢は鷹揚にうなずいた。

「さて、今の私は、万感胸に迫るおもいでいっぱいでございます。このような晴れがましき舞台でご挨拶させていただけるのも、ひとえに、皆様方の温かいご支援の賜物と感謝の気持ちでいっぱいでございます。企業は人なり、とはよくいわれることばでありますが、柏木グループが、今日の姿に成り得たのも、まさに私を支えてくれた、そうした仲間たちがいてくれたからこそであります。二十年……、長いようでいて短い、あっという間の月日でございました。そのあいだには、筆舌に尽くしがたいような出来事もございました。しかしおかげさまで、今となりましては、そうした苦しかった経験も、愉しい思い出のひとつとして、ようやくにして眺められるような心の余裕も持てるようになりました。企業は人なり……、と同時に、企業は公器なり、でもあります。この二十年で築くことのできた私どもの知恵や財産、これをいかにして社会に還元してゆくか、口はばったいようですが、それがこれからの私ども柏木グループに課せられた、大きな責務であり宿題である、との認識を今私は痛切に感じております……」

柏木のそのことばを待ちかねたように横矢が大仰に手を叩く。それを合図のように、彼の周囲から大きな拍手がわき起こった。演出用にと、横矢が連れて来ているパーティの仕切り屋たちが煽《あお》っているのだ。つられたように、ふたたび会場全体が拍手の嵐に包まれた。

鳴り響く拍手に頭を下げながら、柏木はまだ決めかねていた。

脅迫状の要求通りに、今この場で、育英基金を設立する旨の発表をすれば、それこそ相手にすべてを認めたことになる。だが無視すれば、脅迫状の主は、真っ向から受けて立った、とみなすにちがいない。

約束を守れば沈黙している、とやつは書いていた。守らなければ、どうするというのだ……。マスコミに、いや警察にタレ込むというのか……。

絶対にやつの手に証拠などない。一本のタレコミで身柄が拘束されることなどあるわけがない。しかし警察は自分の過去を洗うだろう。あるいは事情聴取を受けることになるかもしれない。いずれにせよそうなれば、かつての及川との関係が公となるのは時間の問題だ。きっとマスコミにも洩れる。マスコミはおもしろおかしく書き立てることだろう。今をときめく新進若手実業家——柏木圭一には強盗殺人犯とともに仕事をしていた過去がある……。横矢の力でどうなるものでもない。

ふと拍手の音が小さくなっているのに気づいた。まだ頭を下げていた。柏木は顔を上げて会場全体を見回し、小さく深呼吸をしてから、いった。

「私事で恐縮なのですが、私は北海道の貧しい農家に生まれ、それがために大学を卒業することもかないませんでした。その私が今こうしていられますのも、先ほど申し上げましたように、決して私ひとりの力ではなく、周囲の皆様に支えられてのものであります。それを考えたとき、いったいどうしたら皆様方にこのご恩返しができるのか、それについて私は、常日ごろから頭をめぐらしてまいりました。その結果、僭越《せんえつ》ながら、とりあえずきょう、自分なりに用意した結論のひとつをご報告させていただきたくおもいます。世の中には、教育を受けたくても諸々の事情でそれがかなわない、若くて優秀なひとたちがたくさんおります。せめてそうしたひとたちのお役に立ちたい——。その一念で私は、来年早々にも私ども『柏木グループ』が得る企業収益金の一部を還元して育英基金を設立することをここでお約束したくおもいます」

柏木のことばが終わると同時に、静かだった会場がふたたび激しい拍手で揺れた。

目が充血しているのが自分でもわかった。拍手のせいではなかった。屈辱感でいっぱいだった。

きっとやつはこの会場にいる……。きっと今、この会場のどこかで冷ややかな笑みを洩らしながら自分を見つめているにちがいない。

横矢と目が合った。事前になんの相談をすることもなく唐突に育英基金のことを発表したからだろう、横矢の顔は驚きと興奮とで紅潮していた。選挙にでもなれば、この話がまたとない有利な材料となるのは明らかだ。事情を知らない横矢はきっと、彼が手を回して集めた来賓の人間たちに対する、柏木のきょうの隠し玉とでもおもっているにちがいない。

壇上のすぐ横で待機している中条に目をむけた。心なしか中条の目が潤んでいるように見えた。

打ち鳴らされる拍手が小さくなるのを待ってから、柏木はふたたびマイクにむかった。

「長い挨拶が無粋であることは重々承知しておりますが、ぜひこの機会に、私を支えてくれた――というより、生涯の友人ともいうべき私のパートナーを皆様方にご紹介させていただきたくおもいます。じつは、今日ある柏木グループの礎を築いてくれたのは、グループの一員である、ゲームソフト会社『フューチャーズ』であります。もし『フューチャーズ』がなければ、今の柏木グループは存在しませんでした。その意味では、『フューチャーズ』こそが柏木グループの中心企業であるといっても過言ではありません……」

そういって柏木は、二十年余り前に中条と出会ったいきさつに簡単に触れたあと、彼の才能に惚れ込んで京王線の明大前に「フューチャーズ」の小さな事務所を設立した経緯をかいつまんで語った。

「ご承知のように『フューチャーズ』は、これまでにも数々のゲームソフトのヒットを飛ばし、業界では、これからもますます期待できる企業との高い評価をいただくまでになっておりますが、本日も、このパーティに先駆けて、新ゲームソフト『プロミスト・ランド』の発表会を開催させていただいたばかりでございます。手前味噌《みそ》になりますが、おかげさまで、このシリーズの成功もまちがいなし、との評価をいただき感謝の気持ちでいっぱいでございます。では――」

ことばを切ってから、柏木は一段と高い声をマイクに流した。

「『フューチャーズ』の社長、中条俊介君をご紹介させていただきます」

拍手で中条を迎え上げ、柏木は壇上から下りると、後ろに居並ぶ社員の列に並んでハンカチを取り出した。

中条が、彼独特の、例の訥々とした語り口で挨拶をしはじめた。そのことばを耳に、柏木はハンカチで額の汗を拭うしぐさをしながら、それとない視線を招待客の輪に走らせた。

児玉の姿は見えなかった。たぶん児玉は、今こうしているあいだも、この大勢の招待客のなかを泳ぎ回って不審な人物探しに躍起になっているはずだった。

中条の挨拶が終わると、司会を依頼した、美人アナウンサーとして人気の高いK放送局の川北香奈《かわきたかな》が、改進党の桜木義男に乾杯の音頭を頼んだ。

小柄な桜木が、大仰な手慣れた物腰で壇上に上がり、柏木を手招きする。

ふたたび壇上に戻った柏木の手を、かさついた手で握り締めたあと、桜木は簡単な挨拶を述べてから、迫力のある濁声をマイクにむかって発した。

「では、本日のお祝いと、柏木グループの今後の発展をお祈りして、乾杯……」

「では、ここで、本日のご来賓の皆様からのご挨拶を賜りたくお願い申し上げます。まずは、東京商工組合理事長、浦田《うらた》仙蔵《せんぞう》様からの……」

乾杯でひと息入った会場のざわめきで、川北香奈のことばがよく聞き取れない。だがそんなことには頓着するふうもなく、壇上に立った浦田が赤ら顔をふくらませて祝辞を述べはじめる。そして浦田の長広舌が終わったあとに、貸しビル業界の重鎮大根《おおね》和彦《かずひこ》、若井銀行副頭取田宮健一郎《たみやけんいちろう》、大城電気常務門倉一樹《かどくらかずき》、と立てつづけに挨拶がつづく。

全員が揃いも揃って歯の浮くようなお世辞を並べ立ててはいるが、最初に挨拶に立った浦田は横矢が招待した客で柏木はきょうが初対面だった。他の三名もこれまでに、一度か二度面識を持ったことがあるにすぎない。

祝辞を終え笑顔で握手を求めてくる彼らに、柏木はその都度、まるで十年来の知遇を得ているかのような態度で、深く腰を折っては精一杯の感謝の意を表した。

「ありがとうございました。ではしばらくのあいだ、すばらしい演奏を聴きながら、ご歓談のひとときをお過ごしください……」

川北香奈のことばで、正面横でスタンバイしていた燕《えん》尾服《びふく》姿の弦楽四重奏団がブラームスを演奏しはじめた。

そのチェロとバイオリンの音色を耳にしたとき、柏木は初めて、自分の全身に張りめぐらされていた緊張の糸がゆるむのを覚えた。

会場を離れてひとりになりたかった。だが招待客がひっきりなしに挨拶にやって来る。しかたなくそのひとりひとりに、絶やさぬ笑顔で丁寧な応対をつづけていると、すぐ先で桜木と話し合っていた横矢に呼ばれた。ハンカチで額を拭いながら足を運ぶ。

「おい、育英基金の話など寝耳に水だったぞ」

「すみません。驚かそうとおもって」

「そうか。しかしすばらしいアイデアだ」

横矢が手を握り締め、桜木が帰ることを告げた。

「本日は、ありがとうございました」

桜木にむかって柏木は深々と頭を下げた。

「いや、盛況でなによりだった。しかし、きょうは柏木君の実力をまざまざと見せてもらったよ」

口ぶりに若干刺が含まれている。しかしあながちお世辞だけの台詞ともおもえなかった。迎えに来た秘書に大仰にうなずくと、桜木があのかさついた手を差し伸べてきた。握り返した柏木の掌に、桜木が耳もとの老人斑をピクリと動かす。

「掌をどうかしたのかね?」

「いえ、ちょっと擦りむきまして」

大仰にうなずいてから、桜木が出口にむかう。

「ご老体、ご機嫌斜めのようだな」

桜木の背を見つめながら、横矢が鼻先で笑う。

理由ははっきりしている。桜木とは敵対関係にある与党民自党の代議士からの数多くの花輪がこれ見よがしに会場に飾られていたせいだ。

桜木とは距離を置いたほうがよさそうだ——。そう横矢は口にしていたが、このところの政局は彼の読み以上に混迷の度を増していた。それに輪をかけるようにして改進党内が揺れている。今、改進党内では各領袖たちの思惑があちこちに乱れ飛び、このままでは党が空中分解するのではないかと噂されている。もしすぐにでも解散総選挙という事態にでもなれば、民自党に大敗を喫するのは火を見るよりも明らかだった。

当初横矢は、きょうのパーティに、政界からも何人かの代議士を呼ぶ予定でいた。しかし今は動くべきではない、静観するのが得策であるとの最終的判断を下した。特に桜木には神経を遣った。これまでのいきさつ上、彼を主賓として呼ばないわけにはいかなかった。だが、そこはさすがに横矢のことで、ぬかりなく手を打った。民自党の議員から多数の花輪を寄贈させることによって、きょうのパーティから改進党や桜木の色を薄めたのだった。

「ところで、わしも訊こうとおもっていたのだが、その掌はどうしたんだ?」

横矢が腕を伸ばして柏木の掌を確かめようとした。

「さっき、いった通りですよ。ちょっと滑っただけです」

薔薇の刺で皮膚を裂かれた掌は、目立たぬように、児玉に肌色の救急バンで処置してもらった。

「少し会場を回って挨拶してきます」

話題を逸らすように横矢にいって、柏木は招待客のなかに足を入れた。

知っている顔に頭を下げる。時には新たな顔の紹介も受けた。そうするあいだにも、柏木はふたつの姿を求めて神経を研ぎ澄ましていた。ひとりは、むろんこの会場内にいるかもしれない、目に見えぬ脅迫状の送り主であり、そしてもうひとりは、招待した女性――江成未央だった。

旧知の同業者と挨拶を交わしているとき、視線の先で、茶色のツーピース姿がまるで自分を避けるかのように身体をそむけたのに気がついた。チラリと見せた横顔。未央にちがいなかった。

「では、ごゆっくり」

笑顔で同業者の許を離れ、未央のいるテーブルに足を運ぶ。

未央の横の女性が、うなずくような挨拶を柏木に送ってくる。連れて来るようにいった、未央の親友の広告会社に勤務している女性だ。

「よくおいでくださいました」

柏木の声に、未央が振りむく。

「大盛況ですね。おめでとうございます」

頭を下げながら見つめてくる未央の白いうなじはほんのりと朱に染まっていた。手にしているシャンパンのせいばかりともおもえなかった。

「おことばに甘えて、一緒にうかがいました」

未央がシャンパングラスをテーブルに置き、隣の霧子を、尾池霧子さんです、といって柏木に紹介した。

「一瞬ですが、先日の小宮先生の写真展でお姿は拝見しました」

目を細め、柏木は霧子に如才ない挨拶をした。

「まあ、憶えていただけてたなんて光栄ですわ」茶目っ気たっぷりの表情で応じてから霧子がいった。「厚かましいとはおもったのですが、のぞかせていただきました。なにしろ彼女、お嬢様で、ひとりでは心細いなんていうものですから。私のことを友人なんていいますけど、私にしてみれば、友人というより、保護者のひとりにされているような気分ですわ」

「霧子ったら……」

　にらみつけるような目で霧子を見、未央が苦笑を浮かべている。

「仲が良くてうらやましいですね。私は、もしこの世の中に財産と呼ぶにふさわしいものがあるとすれば、友人しかないとおもっています」

　拍手が起きた。見ると、川北香奈がふたたびマイクを握り、来賓の名前を告げている。どうやら祝辞を再開するようだ。ふとそのとき柏木は、正面横の花輪の陰からじっとこちらを見つめている奈緒子の姿に気がついた。

「どうぞごゆっくりなさっていってください。またのちほど……」

　笑顔を残して未央たちのテーブルから離れた。

　一通りの挨拶をすませて会場の外れに逃れると、どこかでようすをうかがっていたのだろう、すかさず児玉も会場から出て来た。

「どうだ？」

　訊いた柏木に、児玉が首を振る。

「あの花束が六本木の花屋からの物だということは、すぐわかったのですが……」

　有名な花屋だった。しかし注文は二日前に立会川の名で代金が銀行送金されており、電話を受けた担当者もきょうは休みのために詳しいことはわからないという。

「銀行送金か……。相当に神経を遣っているな」

「早速、あした調べてみます」

　あの大きな花屋なら、花束の注文など、それこそ一日に何十件もあるだろう。まして電話注文ともなれば、正体をつかむのは難しい。握り締めた掌の痛みが、柏木の胸に怒りと同時に焦燥感をもたらした。

　エレベーターから出て来る浜中の姿が見えた。柏木と児玉の姿に、浜中が一瞬顔をそむけるようなしぐさをした。

「どうした？」

「いえ、なんでもありません」

　答える浜中の顔は蒼白だった。

「お客様に挨拶をしてきます」

　取り繕うようにいうと、浜中はそそくさとパーティ会場に戻って行った。なんとなく引っかかるものを感じながら、柏木はその後ろ姿を見つめた。

　七時半になろうとしていた。あと三十分でパーティも終わる。児玉に、最後までぬかりなく見張るよう、いって、柏木はふたたびパーティ会場に顔を出した。

鳥越を呼び、準備に取りかかるよう命じた。八時五分前に、柏木グループの役員は全員廊下で待機する手はずになっている。招待客を見送るためだ。

すでに帰った客もいるようで、びっしりと埋まっていた会場にもいくらか余裕が感じられる。

会場に戻ってからというもの、奈緒子は柏木のそばから片時も離れようとはしなかった。客と挨拶をしていても、まるで自分が柏木の妻であることを誇示するかのように笑顔で対応している。

「宴たけなわではございますが……」

川北香奈に、名前を呼ばれた。拍手のなかを壇上にむかう。中条、浜中をはじめとするグループの主だった社員が横に並んだ。

「お忙しいなかを本日は誠にありがとうございました。今後とも、どうかこの『柏木グループ』を末永くご指導くださいますよう、全社員になり代わりましてお願い申し上げます」

深々と頭を下げると、会場は割れんばかりの拍手に包まれた。

つづいて横矢が壇上に立ち、酒で真っ赤になった顔をマイクに近づける。

「僭越ではありますが、私が一本締めの音頭をとらせていただきます。では皆様、お手を拝借――」

かけ声とともに、一本締めの音がパーティ会場に高らかに鳴り響いた。

慌ただしく会場の外に出た。すでに廊下では、まるで花道で送り出すかのように、二列に整列した社員が会場から出て来る招待客に頭を下げている。

柏木は中条と一緒に列の先頭に立って頭を下げ、時には握手を交えながら礼のことばで客を見送った。

酩酊した男を社員が抱きかかえるようにして会場から連れ出している。どうやら彼が最後の客らしい。

鳥越をはじめとする総務の社員たちにあとを託し、柏木は人けのなくなった会場に戻ってマルボロに火をつけた。打ち上げと慰労を兼ねた銀座での二次会は十時からだった。

奈緒子を連れた横矢が顔を出し、はしゃいだ口ぶりでいった。

「大成功、大成功、いやぁ、よかったよ、圭一君」

「お義父さんのご尽力のおかげです。ありがとうございました」

横矢が上機嫌で、きょうのパーティに出席した招待客の品定めをやりはじめた。適当に相づちを打って聞き流してはいたが、話はいつ果てるともなくつづきそうだった。

「二次会は十時です。私も追ってすぐに顔を出しますから」

話に終止符を打たせるように腕の時計に目をやった。横の奈緒子にも、先に家に帰るよう、いう。

一度名残を惜しむような視線で会場を見回してから横矢は出て行った。

「さっきの女性、お仕事の関係の方？」

横矢の姿が消えると、奈緒子がさりげない口調で柏木に訊いた。

「誰のことだ？」

未央のことを訊いているのはすぐにわかった。たばこの火を消し素知らぬ顔で訊き返す。

なにかをいいかけたが、奈緒子は首のトパーズのネックレスを直すしぐさをして口を閉ざした。

「じゃ、先に帰っています」

くるりと背をむけて奈緒子は横矢を追うように会場を出て行った。


女のカンというやつだろうか。もしかしたら奈緒子は、未央と話している自分の姿に遠目にでもなにかを感じたのかもしれない。

客の見送りをしている間じゅう注意を払っていたが、未央の姿は見かけなかった。一足先に帰ってしまったのだろう。

会場を出ると、すでに社員もひとり残っているだけだった。フロアの奥の化粧室にむかう。

用を足し、洗面所で剝《は》がれかけた掌の救急バンを替えているとき、突然ドアが開き、柏木目がけて男が突進して来た。

「なにをする」

叫んだときには身体が反応していた。かわしたはずみで、男がもんどり打って転がった。

左手首に刺すような痛みが走った。立ち上がった男の右手にギラリと輝く物が握られている。

「貴様」

男の顔には見覚えがあった。いつか浜中の紹介で会ったことのある、アパレル会社を経営しているとかいった、あの男だ。木内……。

荒い息。木内が無言で体勢を立て直し、ふたたびナイフを構えてにじり寄ってくる。

ふしぎと恐怖は覚えなかった。後ずさる。身体が熱かった。

ドアのノブに後ろ手が触れたのと、木内が突っ込んできたのとは同時だった。

殺《や》られる――。瞬間、背後から身体を突き飛ばされた。なにが起こったのかわからなかった。転がった柏木の視界のなかで木内と取っ組み合っている男がいた。

男が木内に馬乗りになった。手から奪い取ったナイフを男が勢いよく放り投げる。ナイフが便器に当たって乾いた音を立てた。

「本橋っ」

髪を振り乱して馬乗りになっているのは本橋だった。跳ね起きて本橋とふたりで木内の身体を組み敷いた。腕をねじ上げ、顔面に右の拳《こぶし》を叩きつける。鈍い音。木内がなおも暴れる。目尻に血を滲ませた木内が柏木を見つめ上げる。瞳には憎悪の光が宿っていた。もう一発、顔に拳を叩き込んだ。呻きをあげた木内が身体の力を抜いた。瞼を弱々しく痙攣させ、すすり泣きの声を洩らしはじめる。

しばらくじっとしていた。抵抗する気の失《う》せたのを確かめてから、ねじり上げた手をゆるめ、柏木は木内の身体から離れた。床に顔を伏せたまま、木内は泣きつづけている。

「もういいだろう」

柏木はまだ馬乗りになっている本橋の肩を軽く叩いた。

そのときドアが開き、児玉が顔を出した。柏木の左手首の血に、児玉が驚愕の表情を見せた。

「社長……」

倒れている木内と本橋に血走った目をむける。すぐに事態を理解したようだった。

「本橋に助けてもらった」

いい終わらぬうちに、児玉が木内を蹴《け》り上げた。あいだに割って入り、児玉を止めてから柏木は便器の下のナイフを拾い上げた。

ふたたびドアが開き、残っていた社員のひとりが青ざめた顔を出した。後ろに制服姿のホテルのガードマンを連れている。

「なにがありました?」

ガードマンが緊張の色を浮かべて柏木に訊いた。

「いや、なんでもない。社員同士のちょっとしたいさかいです」

手にしたナイフを素早く後ろに隠した。

「しかし、血が……」

柏木の左手首を指さし、なおもガードマンが食いさがる。

「なに、便器の角で打ちつけただけです。お恥ずかしい話ですので、どうかこのことはご内聞に」

怪訝な顔をしたあと、渋々という表情でガードマンは引き揚げた。

次いで、おどおどと立ちつくす社員に、口外は厳禁だ、ときつい口調で命じて追い払う。

ふたりが立ち去るのを待っていたかのように、児玉が木内の髪の毛をわしづかみにして立ち上がらせようとした。

「捨てておけ」

吐き捨てるように児玉にいって、柏木は児玉と本橋に、外に出るよう目配せをした。

まさか、やつが……。そう口にした児玉が、本橋の存在に気づいて黙り込む。

「本橋。礼をいう」柏木は自分でも初めてとおもえるような優しい眼差しを本橋に注いだ。「わかっているだろうが、このことは、一切、他言無用だ」

興奮した面持ちで本橋がうなずく。

左手首にハンカチを巻きつけ、二次会の会場に行くよう、本橋にいってから、柏木は児玉を連れてホテルの自室へとむかった。

6

九時になろうとしていた。そろそろ清水も帰って来るだろう。桑田は瞼を指先で押さえながら壁の時計から手もとのリストに目を落とした。きょうこれまでに満足に電話ができたのは二十軒にもならない。

気を入れ直してふたたび受話器を手にしたとき、屋久と栗原が帰って来た。

「ご苦労さんでした」

握った受話器を置いて桑田はふたりに笑みをむけた。

朝の出がけに、きょうは筑波のほうにゆく、と屋久はいっていた。しかしふたりの顔色を見ればその成果がかんばしくなかったのは明らかだった。

「警部、こんな時間まで、だいじょうぶなんですか？」

屋久が心配げな声をかけてくる。

「もう熱も引きましたし、どうってこともありません。年寄りが頑張ったばかりに、かえって皆さんにご心配をかける結果になってしまって」

桑田は苦笑で応じた。

捜査会議のあとの夜間の聞き込み捜査で熱がぶり返し、また二日ほど床に臥した。和子にはさんざん嫌みをいわれて叱《しか》られたが、三日前からようやく捜査本部に顔を出せるようになった。しかしさすがに夜の聞き込み捜査に出かけることだけは控えた。代わりに、保健所から入手した、居酒屋、小料理屋、バー、スナックなどのリストのなかで、名義人が五十歳前後の女性になっている店だけに的を絞ってかたっぱしから電話をかけている。しかしこの方法はやはり限界があった。警察からの電話で、しかも二十五年も前の過去のことを尋ねられて気持ちのよい人間のいるわけがない。かといって相手にいちいち詳しい事情を話せるというものでもなかった。だいいちもし相手が面倒に巻き込まれるのを嫌ってその事実を隠そうとおもえば電話のことゆえ造作もない。面とむかっての捜査なら、相手の表情を読み取ることでその真偽を確かめる自信もあるが、なにせ回線一本でのやりとりではままならなかった。この三日間の捜査で桑田はそれを痛切に感じていた。

かつて「バー花」に勤めていた女が大森で酒を出す店を営業《や》っている――。その話を吉田から耳にしたとき、外で酒を飲むことを断っていた及川が時々酒を飲んで帰るようになった、あのいくら捜査してもつかめなかった店というのがその女の営業《や》っている店にちがいない、との確信を桑田は持った。大森といえば、殺害された当時の及川が勤めていた清掃会社とはすぐ近くだ。

「清水君は？」

栗原がお茶を淹れてくれて、そのいかつい顔にピッタリの濁声で桑田に訊く。

「横須賀まで遠出してますが、だいぶ前に連絡がありましたから、そろそろ帰って来るでしょう」

清水は「バー花」の常連客だったひとりに会いに横須賀まで出むいたが空振りに終わっている。小杉班の小杉警部補と元木捜査員も出払っていて先ほどまで本部にいたのは桑田ひとりだった。

小杉警部補には元木、屋久警部補には栗原。縮小した本部の組み合わせに桑田は感心したものだ。串田係長は見ていないようでしっかりと各捜査員の性格や相性を把握していた。屋久班は怨恨説に基づいた捜査活動を行っているが、物盗り、行きずり強盗、恐喝——に視点を合わせた小杉班は、すでにこれまでやってきた現場周辺一帯の前歴者や不良グループの洗い出し捜査をふたたび原点に戻ってやり直している。こちらの捜査は荒っぽいだけに、小杉と元木にはうってつけの感がある。

「ところで……」お茶をすすりながら、屋久が訊いた。「きのう、あの、柏木という若手実業家には会えましたか?」

一馬の現在の勤め先である「カシワギ・コーポレーション」の夜間警備員殺害事件にかこつけて、その担当刑事の大垣と一緒に広尾の本社に出むいたということは屋久に聞かせてある。

「ええ。さすがに若くして成功している人間というのは、どこかこう、目に見えないオーラのようなものが漂ってますな。なかなかの人物でしたよ」

柏木の顔をおもい浮かべながら桑田は答えた。

この前、久しぶりに新宿署の大垣に会ったとき、もし「カシワギ・コーポレーション」に出むくような機会があったときは同道させてくれないか、と頼んでいた。突然前の会社を辞め、そして今は運転手までして働いている一馬が勤める新しい会社を一度この目で見ておきたくなったからだ。もし吉田に一馬の一件を聞いていなかったら、たぶん桑田もそんな気は起きなかっただろう。そしてきのう清水を連れて「カシワギ・コーポレーション」の本社に出かけたのだった。応対に出てきてもせいぜい総務部長止まりだろうとおもっていたのだが、社長の柏木圭一に直接会うことができたのは幸運だった。唯一心配したのは、自分が会社にまで顔を出したという事実を一馬に知られることだったが、いくら車の運転手をしているからといっても、あの社長が、入社してまだ一年にも満たない一馬に、警察が訪れたことを話すとはおもえなかった。

「金のあるところにはあるんですな。なんでも、創立二十周年とかで、きのうは芝のホテルで大きなパーティがあったらしいです」

「うらやましいですな。まだ四十を出たばかりぐらいの年なんでしょう。私なんて、靴の一足を買うにも女房の愚痴を聞いてからですよ」

横から口をはさんだ栗原が、そういって自分の足もとに目を落とす。

「ひがまない、ひがまない。金のあるところはあるところで、こっちにはない苦労を抱えてるもんさ」

屋久が栗原に慰めのことばを投げる。

しばらく栗原の愚痴につき合っていたが、なかなか清水は帰って来なかった。横須賀の奥とのことだったから乗り継ぎがうまくいかないのかもしれない。

小杉警部補から連絡が入った。きょうはこのまま署には戻らずに家に帰るという。ご苦労さんでした、とのねぎらいのことばで電話を切り、桑田は屋久と栗原にいった。

「小杉さんたちも帰らないようです。私のことはかまいませんから、お二方もどうぞ先に帰ってください。なんせ、捜査はきょうだけのことじゃないんですから」

「そうですか。ではおことばに甘えさせてもらいましょうか」

机の整理をして、屋久と栗原は帰って行った。

頑張るとするか——。独り言で自分を励ましながら電話をかけようとしたとき、外線電話が鳴った。

——頑張っておられますね。

矢作孝太郎からだった。

「いや、もうそろそろ引き揚げようとおもっているところです」桑田は先日の礼を簡単に述べてから、訊いた。

「ところで、なにか?」

——いやね。このあいだ、「バー花」で働いていた女たちの名が源氏名だったことに桑田君が落胆されていましたので。

「いえ、とんでもありません。雑記帳、おかげさまで大変役に立っております」

——そうですか。そういってくださるとうれしいですよ。ところで、ふと、おもい出したことがあるんですが……。今、お手もとに私の雑記帳がありますか?

「ええ、むろんです」答えながら、桑田は引き出しから矢作から預かった変色している雑記帳を取り出した。

「それで、なにか?」

——そこにある女たちの源氏名を順に読んでいただけませんか。

「わかりました」

雑記帳をめくり、桑田は記されている六人の源氏名を上から順に読みあげた。

マリ、君香、英子、梢——、四番目に口にした梢という名に、矢作が反応した。

——そうだ、その梢です。

「梢がどうかしたのですか?」

桑田の問いに答える代わりに、あとのふたりも教えてほしい、と矢作がいった。

「良子《よしこ》、香織《かおり》、です」

――どっちだったかな……。

「なにが、です？」

――いえね、梢という女につき合っていた男がいたのをおもい出したんです。残念ながら男のほうの名前までは憶えていないんですが。しかし男の実家はわかりますから、そこを糸口にすれば、少なくとも梢のことぐらいはなんとかなるのではないか、と。

「いや、それはありがたいですね。じつは、少々てこずっておったんです」

桑田の胸は、矢作に対する感謝の気持ちでいっぱいになった。

――こういうことなんです……。

おもい起こすような口調で矢作は話しはじめた。

梢のつき合っていた男というのは、大井町の駅前にある大きな電気屋の次男坊だった。矢作がそれを知ったのは、君香か、香織か、今となっては定かでないが、梢と仲のよかったそのどちらかの女が話してくれたことによる。というのは、梢は、電気屋の次男であるというその男の素姓に心動かされて結婚する気になったのだが、つき合ってみると、男には妻子がいるばかりか、取り込み詐欺の前歴まで持っていた。それで悩んだ梢は、なにかと仲のよかったふたりのいずれかに相談していたらしい。相談を受けた女が矢作にその事実を教えてくれたのは、男が梢にしつこくつきまとったからで、警察の一言があれば男があきらめるのではないかと考えてのことだった。店の女とつき合う男に、前科者《まえもち》がいる――。はやる気持ちで矢作は男を洗った。しかし、期待は、あっさりと裏切られた。男の年齢は四十過ぎで、現場から走り去った若い男がいるという目撃証言とは大きな隔たりがあるばかりでなく、及川が起こした事件時の完全なアリバイがあったからだ。したがって捜査もすぐに打ち切られ、それで矢作は男のことをすっかりと忘れていたという。

「なるほど。で、電気屋の店名とかは？」

――いや、申し訳ないです。この年になると記憶力が減退してしまって……。しかし、場所は大井町の駅前の一等地でしたから、調べればすぐにわかるとおもいます。

「そうですか。いや、本当に感謝のことばもありません。すぐに調べてみることにします」

ご活躍を愉しみにしています、という最後の矢作の丁寧なことばに、おもわず桑田は礼をいいながら深々と頭を垂れていた。

風邪をひいて以来禁煙しているのだが、無性にたばこが吸いたくなった。引き出しのなかを探ってみたが、あいにくとたばこは見当たらなかった。

あきらめて桑田は机の前を行ったり来たりしながら今の矢作の話に頭をめぐらせた。

電気屋はすぐにわかる。電気屋がわかれば、男の消息もつかめる。むろん男は梢の本名を知っているだろう。あるいは現在の梢の居所だって知っている可能性がある。しかし唯一の心配は、当時四十を越えていたということは、男が今ではすでに六十過ぎの年齢になっているということだった。桐島のことが頭をかすめた。身体が衰えているのはしかたがないとしても、最悪すでに死んででもいたら、それこそ矢作のくれた情報が無駄になる。

そんなツカないことばかり起こってたまるか……。桑田は自分に活を入れるように強く頭を振った。

一度頭をもたげたたばこの誘惑は強烈だった。耐えられなくなって隣の屋久の机にある灰皿の吸い残しをつまんだとき、疲れ切った表情の清水が帰って来た。

「おい、清水君。たばこをくれ」

ねぎらうよりも先に、桑田は声を発していた。

7

「片岡ファイナンス」の事務所をあとにし、元麻布のマンションにタクシーを走らせた。本橋の運転する車はきょうは朝から横矢が使用している。

政局の緊張のせいだろう、このところ横矢の動きが慌ただしい。情報収集に躍起となっているのだ。今横矢の頭にあるのは、どこの党に柏木をもぐり込ませるのが最善なのか、その一点にあるらしかった。

部屋に入るなりスーツを脱ぎ捨てて厚手のセーターというラフな服装に着替えた。新宿駅の東口広場までは三、四十分もあれば行ける。未央との待ち合わせは六時だ。まだ一時間ほど余裕がある。

ソファに腰を下ろし、コーヒーを淹れて児玉を待った。昨日、片岡から激怒した声の電話が入った。江成から、寺島牧場を手放すので最初に融資した五億と追加融資の二億の計七億を帳消しにしてくれ、との申し出があったという。

片岡が怒るのも無理はなかった。そもそも牧場というのは登記上の分類科目では農地であって宅地とは異なり、その売買に農地法の制約を受けて自由に売り買いすることはできない。つまり街の金融業者にとってみれば牧場など担保価値がないに等しい代物なのだ。それでも七億もの融資に応じたのは、江成が「江成興産」という名の通った貸しビル会社の実質的オーナーであり、しかも現職の国会議員であるという社会的立場を信用してのことだったからだ。むろんそうした裏事情を当の江成が知らぬわけがない。つまりこの融資は、牧場がどうのというより、江成という個人の信用を担保に、互いがそれを暗黙の了解事項として実行されたことなのだ。たしかにこの融資話を受けるよう頼んだのは柏木で、しかもその資金も全額柏木が提供して片岡の懐が痛んでいるわけではない。しかし窓口になったのは「片岡ファイナンス」であって、長年街金融会社一筋で身体を張ってきた片岡には、彼なりの面子《メンツ》や矜持というものがあるということなのだ。

しかしそんな片岡の胸のうちはどうでもよかった。柏木にとっては、その申し出こそが待ち望んでいたものだ。不服そうな片岡を無視して、きょう彼には、いずれ江成の希望通りにするつもりではあるが返事だけは先延ばしにしておいてくれるよう伝えてきた。

しかし片岡の事務所をあとにしてからというもの、柏木の胸には砂を嚙むような殺伐とした感情が広がっていた。頭のなかに、亜木子と未央の顔がチラついて離れないのだ。

なにを今さら、とおもう。それを願ったのは他ならぬこの自分ではないか。父を惨めな死に追いやったのは寺島浩一郎であり、まるで追い払われるように絵笛を捨てたのも、裏切った亜木子のせいではないか。

だが未央は……、あの娘にはなんの責任もない。祖父の牧場が人手に渡ったことを知ったときの未央の嘆き悲しむ姿が目に浮かんだ。パーティにもなにひとつ疑うことなく顔を出してくれた未央。その容姿ばかりでなく、今の未央は、まさに柏木が胸に抱きつづけてきたむかしの亜木子の姿そのものといえた。

もう一度未央と食事をしたい――。きのう片岡からの連絡が入ったとき、真っ先に頭に浮かんだのはそのおもいだった。その瞬間、柏木の手は受話器に伸びていた。そしてきょうの食事の約束を未央と交わしたのだった。

二本目のマルボロに火をつけようとしたとき、インターフォンが鳴らされた。

ドアを開けた児玉が柏木の軽装を目にして、怪訝な顔をしている。

「ちょっと私用があってな」

さりげなく口にして児玉の視線をはずした。

「早速なんですが――」ソファに座るなり、児玉が懐から封書を取り出した。「浜中のやつ、覚悟を決めていたんでしょう。いきなりこれを差し出しました」

封書の表には毛筆で「辞職届」と記されている。なかを確かめることもせず、柏木は手にした封書をテーブルの上に放った。

パーティの翌日、浜中を本社に呼びつけて木内に襲われた一件を話して聞かせた。蒼白な顔面を震わせて聞き入る浜中の表情は、彼が初めてその事実を耳にすることを教えていた。問題は支援することを口実に、浜中が「柏木グループ」の名を使ったり、「ハンド・トゥ・ハンド」の社印を不正に使用したりして、木内から金銭を受け取ったりしてはいないかということだった。木内があのような行動に打って出るにはそれなりの理由があるはずだからだ。しかしそのことを激しく詰問する柏木に対して、浜中は半ば開き直りとも取れる態度でただ黙り込むばかりで、一切の弁明をしようとはしなかった。結局柏木は、自分の考えがまとまるまで自宅で謹慎しているよう、浜中に命じるにとどめた。仮に木内と浜中のあいだに不透明な金の流れがあったとしても、あの日取った木内の行為がそれらのすべてを水に流させてしまったといえる。木内の行為はまさに殺人未遂の刑事事件だった。それに取り押さえたあとの木内の態度から判断して、彼がもうこれ以上の直接的な行動を柏木にむけてくるともおもえなかった。

ともあれ「ハンド・トゥ・ハンド」をここまでに育てたのはなんといっても浜中の功績である。したがってこれまでは、彼が辞めるときにはそれなりの金銭を渡そう、とのおもいを柏木は抱いていた。しかし熟慮の末に柏木が出した結論は、浜中を無一文で放り出す、というものだった。かつての自分もそうだった。もし浜中に強い意志と根性があればいずれ再起を図るだろう。だがこれで終わりになるようであれば、それもまた彼の人生だ。そしてきょう、「ハンド・トゥ・ハンド」に出社するよう浜中に連絡を取り、出した結論を伝えに児玉を行かせたのだった。

「この際……」児玉がうかがうような目をしてつぶやく。「鶴崎常務も排除してしまったほうが――、とおもうのですが」

「そこまでは必要ない」

柏木は言下に否定した。

専務の橋爪は横矢の息がかかっているから問題はない。しかし鶴崎は、浜中がスカウトしてきた人間だ。当初こそ柏木に警戒する素振りを示していたが、その後の柏木の会社経営の姿勢に安心したのか、最近では浜中よりむしろ柏木のほうに信頼を寄せている感がある。

「問題は浜中の後任だが、当分は社長席は空席にしておいて橋爪を社長代理にしようとおもう」

「社外的にそれで通りますか？」

「上場企業じゃない。それに橋爪も信用がある。問題ないだろう」

おもい切って橋爪を昇格させることも考えなくはなかった。しかし橋爪は人間的にも問題はなく経験も豊富だが、いかんせん地味すぎた。どちらかというと実務派タイプで社長の職を脇から補佐する役割が適任の人物だ。

「ところで、山部という人物……。おまえの目から見てどうおもう？」

「彼を社長にスカウトしようと？」

「無理かな？」

山部は仕事柄各分野に顔が利き幅広い人脈も持っている。それに華やかな雰囲気もある。これ以上人材派遣会社の顔としてうってつけの人間もいない。しかしそうした諸々よりも、柏木が彼に着目した最大の点は、内に秘めた彼の強い上昇志向、だった。やる気もありそれに若い。もし希望通りに「ハンド・トゥ・ハンド」に来てくれれば期待にたがわない働きをする予感がある。

「しかし、社長はさすがに人をよく観ておられますね」

児玉が感心したように目を輝かせた。

「いずれにしても、未央の写真集の一件が終わってからだが……。それまでのあいだ彼を適当にフォローしておいてくれ」

浜中の件はそれで打ち切りにした。たばこに火をつけ、壁に飾った絵笛の写真の前に立って柏木は独り言を洩らすようにつぶやいた。

「それと、もうひとつ——本橋の処遇について迷っている」

「処遇といわれますと？」

背後から児玉が声をかけてくる。その声が聞こえぬかのように、しばらく無言で柏木は絵笛の写真に見入った。

牧場を手に入れることばかり考えてきた。だがいざそれが現実味を帯びてくると、迷いばかりが先に立つ。牧場を手に入れていったいどうしようというのだ……。新たな牧場主として絵笛に帰ったところで、故郷のむかしのひとたちが自分を歓迎してくれるともおもえない。かといって他人名義にして牧場を運営する気にもなれなかった。

首を振り、ふたたびソファに戻った。

「本橋のことだったな……」

口にしながら本橋の顔を頭におもい浮かべた。

あの日、本橋は、ロビーの片隅で激しく言い争いをしている浜中と木内の姿を目にしたという。浜中が立ち去ったあとも木内の興奮は治まらなかった。一連の挙動を不審におもった本橋は木内を徹底的にマークすることにした。それが功を奏して、危機一髪のところで柏木を救うことができたとのことだった。

その話を聞き終えたあと柏木は、この木内の一件は絶対に口外しないよう、もう一度本橋に厳命した。刃物を使っての争い事ともなれば警察が乗り出してくる。それだけは絶対に避けなければならない。

「後任の運転手が決まりしだい、彼をおまえに預けるといった。しかし、このまま俺のそばに置いておこうかとおもう。ただし運転手としてではなく、秘書のような仕事をさせてだが」

「秘書に、ですか……」児玉が不安の色を顔に浮かべた。「危険ではないでしょうか」

「たしかに、あいつの視線を鬱陶しく感じることもある。それに俺に対して関心を抱きすぎる点も気にならぬこともない。しかし危険を顧みず自分の身体を張って俺の命を守ってくれた男だ。なんらかの形で報いてやりたい。むろん脅迫状の一件とかは伏せるが……。見どころもありそうだし、なんとなく俺が育ててもいいような気にもなっている。それに、そんな役割で彼をそばに置いたとき、はたして敵がどんな反応を示すか、にも興味がある。今のままでは、突破口すらも見いだせないしな」

パーティの日から一週間が過ぎた。要求通りに育英基金のことを発表したにもかかわらず、その後脅迫状の主からはなにもいってこない。

「わかりました。すべてお任せします。突破口といえば、社長、あの件をもう一度考え直していただくわけにはいかないでしょうか?」

「だめだ。絶対に動くな。危険すぎる」

児玉の目を見据えて柏木はきつい口調でいった。

パーティの翌日、児玉は花束を送ってきた六本木の花屋に出むき、送り主を調べた。しかし案の定、なにひとつとして手がかりらしい手がかりはなかった。

脅迫状の主は及川のごく近くの人物——。児玉は、生前の及川の身辺調査をしてみてはどうか、といった。しかし事件は未解決なのだ。もし及川の周辺を嗅ぎ回ったことが警察の耳にでも入れば、それこそ藪《やぶ》へびになる。

「女房が死んでひとり暮らしをしている、とやつはいった。俺はやつの性格を知っている。その話にまず嘘はない。それに知るかぎり、やつが親しくしていた親戚縁者の類の人間はいなかった。となると、残るは友人関係だ。だが、これも調べるとなると、生半可なことじゃすまない。結局、これまで通りに、ただひたすら我慢して、相手の出方を待つしか手がないということだ。わかるな、児玉？」

児玉が唇を嚙み締めてうなずく。

「くれぐれも、早まった動きだけはするなよ」

念を押すようにいい、児玉が頭を下げるのを目にしてから、柏木は腰を上げた。

8

表通りでタクシーを拾い、新宿にむかってくれるよう告げてから、ふと考え直してJRの渋谷駅に変更してもらった。せっかくセーターにまで着替えたのだ。なんとなく電車を使うほうがふさわしくおもえた。

夕刻六時近くの電車は混み合っていた。身体と身体が密着する鮨詰《すしづ》め状態にあっても、乗客の誰しもがあきらめ顔で疲れた身体を電車の揺れに任せている。しかしこれから未央に会えるという気持ちの昂ぶりのせいか、柏木にはこの混雑が妙に新鮮で心地よく感じられた。

新宿駅に着くなり急ぎ足で東口広場に出る階段を駆け上がる。

広場はたくさんの人で溢れていた。しかし、ジーンズに黒のレザーのハーフコート姿の未央にはすぐに気づいた。柏木の目には、佇む彼女の所だけがまるで別の空気に包まれているかのように映った。

「待たせてしまいましたか」

近づいて未央の背後から声をかける。

大通りを見つめていた未央がびっくりした顔で振りむいた。たぶん柏木が車で来るものとばかりおもっていたのだろう。

「電車に乗ってみたくなりましてね」

「そうでしたか」

軽く頭を下げた未央の顔に少し意外そうな表情が浮かんでいる。たぶん柏木の服装のせいだろう。

「きょうは、会社のほうはお休みに？」

「これでも貴女に合わせたつもりなんです。似合いませんか」

ちょっと照れたしぐさで柏木はセーターの袖口を引っ張ってみせた。

「とんでもない。とてもよくお似合いです。でも正直、ちょっと驚きました」

電話では、気楽な所に連れてゆきたいので仕事を終えたままの姿で来てほしい、と未央には伝えていた。

「じゃ、行きましょうか」

未央を促し、柏木はふたたび駅の地下への階段に足をむけた。なにも訊かずに未央がついてくる。

切符を二枚買い、一枚を未央に渡して改札口を通り抜けた。山手線のホームに立っても、未央はどこに行くのかを尋ねようとはしなかった。

「電車に乗るのは久しぶりなんですが、なんとなくむかしの自分をおもい出しました」

「むかし、といわれるほど柏木さんはお年なんですか」

茶化した口調で未央が笑ったとき、電車が入線した。

渋谷から乗ったときほどではないがやはり車内は満員状態だった。

混み合った電車のなかでは会話を控えざるを得ない。なんとなく未央の顔を避けるようにして視線を車内吊り広告にむけていると、突然電車が減速しそのあおりで柏木の腕が未央の胸に触れた。瞬間、未央の白いうなじが朱に染まる。柏木は無言で何事もなかったかのようにふたたび視線を車内吊り広告にむけた。

すぐに高田馬場に着いた。目で未央を促し、ホームに下りる。

「この街に来られたことは？」

改札口への階段を下りながら未央に訊いた。

「二、三回ほど——。でも駅前の喫茶店で友人と待ち合わせたという程度のものですから、来たとはいえないのかもしれません」

未央が軽い口調で答える。

「そうですか。ところで、どうしましょう。連れてゆきたいという所は、車でなら、あっという間の距離なんですが」

「では、歩きましょう。わたし、できるだけタクシーには乗らないようにしてるんです」

「それはよかった。じつは私も歩きたかったんですよ」

改札口を出て、未央と肩を並べて明治通りの方角にむかう。

「カメラマンの助手って、重い機材を運んだり、いくつものカメラを肩にして野山を動き回ったりで、体力勝負みたいなところがあるんです……」

できるだけ車を使わないようにしている理由を、未央は歩きながら説明した。

「すると、華奢《きゃしゃ》で美しいその身体には、秘められた力が温存されているというわけだ」

「そういうことです」

未央が、笑いを洩らす。

明治通りと新目白通りの交差点に出た。目の前を都電荒川線の路面電車が通り過ぎてゆく。

「青春時代の懐かしい光景です。これを見せたいがために、お連れしたようなものでしてね」

「柏木さんはW大学のご出身なのですか？」

「ええ。でも中退しました。貧乏でしたから」

「そうですか……。ごめんなさい。よけいなことを」

「謝られることはありませんよ。嫌な想い出でしたら連れて来るわけがありません」

未央に笑ってみせてからふたたび歩き出す。

面影橋の停留所の角を左折するとすぐに神田川に出た。晴天つづきのせいか、流れる水量は少なかった。

すぐ先の千草食堂の看板が目に入る。柏木がここに顔を出すのは、ホマレミオウが出走したオークスの日以来のことだった。

「じつは、夕食をご馳走したいとおもったのはここなんです。ディナーと呼ぶには、程遠い食事なんですが、かまいませんか」

千草食堂の前に立ち、未央の顔をうかがう。

「ちっとも」未央が白い歯を見せた。「じつはわたし、このあいだご馳走していただいたような所より、こういうお店のほうがずっと好きなんです」

「それはよかった。安心しました」

未央がそう答えるであろうことには確信があった。柏木は満足げにうなずいてから、曇りガラスの引き戸を開けた。

夕食時のせいで、店内は若い学生風の客でいっぱいだった。柏木は、ひとりで食事をしている隅のテーブルの客に相席を頼んでから未央を呼んだ。

「なににしますか」

「そうですね……」

壁に貼られた品書きを、未央が愉しそうに見回している。きっと学生生活をおもい出しているにちがいない。

「わたし、トンカツにします」

「じゃ、私も同じのにしましょう」

隣のテーブルに食事を運んで来た店の女主人に、柏木はトンカツふたつとビールとを注文した。

「なにがおかしいのですか？」

含み笑いを洩らす柏木に、未央が訊く。

「いやね、ここに来ると必ずトンカツを注文する男がいるんですよ。このあいだ、半年ぶりにのぞいたときもそうでした。そいつのことをちょっとおもい出したんですよ。ほら、先日のパーティのときに挨拶していた、うちのゲームソフト会社の社長、あいつです」

それを聞いて未央が笑う。

「あの方、柏木さんの同級生だったのですか？」

「いや、彼のほうが年下ですし、学部もちがってました。それに私は二部の学生でしたから」

相席した二十歳前後の、顔にまだにきび跡が残る若い男が、柏木と未央のふたりを好奇心にかられた目で盗み見し、残ったご飯をかき込むと店を出て行った。

「なんか、追い立てちゃったみたいで申し訳なかったですね」

「きっと貴女がまぶしすぎたんでしょう」

「お口が上手なんですね」

はにかんだ表情で未央がいったとき、先にビールが運ばれて来た。

ビールを手に取ろうとした未央を制して、柏木はふたつのグラスにビールを注いだ。半分ほどを一気に飲み、未央にもすすめる。

「もうむかしのことになるんですが……」未央がビールを口にするのを目にしながら、柏木はいった。「もし私がこの食堂を贔屓にしていなかったら、今の私はなかったとおもいます」

中条とは互いにこの千草食堂の常連で、それが縁で友人になった——。彼が夢を持って語って聞かせてくれたコンピューターソフトの世界の話が今ある柏木グループの出発点だった――。柏木はそうした中条との想い出を簡潔に未央に話して聞かせた。

「そうだったんですか……。でも、男の人ってうらやましいですわ。一度信頼し合うと終生の友になれるんですもの」

「貴女にだって霧子さんというすばらしい友人がおられるじゃないですか」

「それはそうなんですけど……。でも女性の場合は、結婚もそうですけど、いろいろと外的な要素でままならなくなったりもしますわ」

「それで、貴女の場合はどうなのです？」

「わたしの場合とおっしゃいますと？」

一瞬怪訝な表情を浮かべたが、その意味に気づいたのだろう、未央が頰をうっすらと朱に染めて首を振った。

「まったくありません。だいいちそんな対象の男性がおりませんもの……」

「信じられませんね。もしそれが本当なら、世の中の男には見る目がない」

「本当に柏木さんはお口が上手なんですね」

未央が目を伏せたとき、注文したトンカツが運ばれて来た。

「冷めたら、味が台無しになってしまう」

話題を打ち切って、柏木はテーブルの割り箸を取って未央に手渡した。

未央が屈託のない表情でトンカツを頰張りはじめる。柏木も黙々と箸を運んだ。

三津田昭信との見合い話が暗礁に乗り上げていることは横矢から聞いていた。未央の強い拒絶反応のせいだという。今の未央の口ぶりからも、それが事実であるのは明らかだった。

初めてこの見合い話を聞いたときは、どうあってもこの話は阻止せねばならないと考えた。そのために未央を海外に送り出す計画まで練ったのだ。だが未央という人間を知るにつれて、そんな姑息な計画をおもいついた自分に今では腹が立つと同時に後悔の念にもとらわれていた。

この娘は外見的な美しさばかりでなく、心にも一点の曇りもない。そればかりか、きちんと自分の立場や生き方を見つめるしっかりとした目も持っている。それに瞳だ。未央の瞳には、かつて中条が自分の夢を語るときに見せた、あれと同種の輝きが宿っている。動物カメラマンになりたい、というこの娘の夢は、きっと心の底からの願いなのだろう。

なんの疑いもなく美味しそうにトンカツを頬張る未央を盗み見する柏木の胸のなかには、なにがなんでも未央のその夢をかなえてやりたい、という熱いおもいがしだいに広がっていた。

「どうかされたのですか」

柏木の視線に気づいた未央が、箸の手を止めた。

「いや、美味しそうに食べてくれるのがうれしくなりましてね」

笑いでごまかし、よかったらこのあとにこの界隈でお酒でも飲まないか、と柏木は誘いのことばを添えた。

「あまり遅くならないようでしたら。じつはわたしもそんな気分になっていたんです。ついつい学生時代のことをおもい出してしまって」

「それはよかった」

後ろめたさを隠すかのように、柏木は箸の手を速めてトンカツを口いっぱいに頬張った。

ほぼ食べ終わったころ、五、六人の若者の一団が店に入って来た。どうやら練習を終えたどこかの運動部の学生らしい。

「おあとがつかえだしたようです」

立ち上がって学生たちにテーブルを空けてやり、柏木は女主人に勘定を頼んだ。

店を出た柏木に未央が頭を下げる。

「ごちそうさまでした。お世辞なんかじゃなくて、本当に美味しかったです。できたらまた食べに来たいぐらいですわ」

「お安い御用です」

笑ってうなずき、来た道筋に足を返す。神田川の橋の上に立ち、たばこに火をつけた。

まだ七時半だが、十二月も半ばを過ぎたこの時刻ともなると、すでに夜の気配が漂いはじめ、表通りを行き交う車のライトと近くのビルのネオンの明かりが、時々吹きつける北風をより寒く感じさせた。

「寒くはないですか？」

「だいじょうぶです。少し夜風に当たったほうがお酒が進むかもしれませんし」

ハーフコートの襟を立て、未央が橋の欄干から身を乗り出すようにして神田川の川面を見つめている。

「しかし、いきなりこんな所にお連れして、変わった男とおもわれたでしょうね」

未央と肩を並べて、川面に目をやりながら柏木はいった。

「いいえ。それどころか、むしろほっとした気持ちを味わっています。お礼をいいたいくらいです」

川面に注ぐ視線を柏木にむけて未央が答える。

「ありがとう。そういってもらえるとお連れした甲斐があるというものです。私はこの界隈の光景や空気が好きでしてね、疲れたときや気持ちがふさいだときなどには、無性にここに来たくなってしまうんですよ」

「では、きょうもそんなお気持ちから……？」

未央が目を細める。

「正直なところ、最初はそうでした。ご招待しておきながらこんなことを口にするのも変なんですが、じつをいいますと、私は個人的には先日のあのパーティのような類のものは苦手なんです。もし貴女に、妙な誤解をされていたとしたら心外でしたので、ここにお連れしたくなったのです」

「そんなこと、おもってもみませんでした。柏木さんは立派な方です。きょうここに連れて来ていただいて、柏木さんの学生時代のお話を聞いているうちに、なぜ柏木さんが育英基金をお作りになろうと考えられたのかもよくわかりました。世の中には、きっとあれこれという人もいるとはおもいますけど、柏木さんの真意がわかっていただける人にはわかっていただけるとおもいます。さしでがましいようですが、もっとご自分に自信を持たれてもいいとおもいます」

「そうですか。いや、貴女にそうまでいっていただけるとはおもわなかった。安心しました」

苦いおもいを噛み締めながら柏木はうなずいてみせた。

育英基金のプランが自分の考えたものではなく脅迫されてのものだと知ったら、この娘はどうおもうだろう。

それを考えるうちに、あらためて脅迫状の主に対する怒りと憎しみが柏木の胸にわき上がってきた。

そんな柏木の胸中を知らぬ未央が川面を見つめながら独り言のようにつぶやく。

「こうして眺めていると、都会の真っ只中を流れる小さな川って、なんとなく神秘的におもえてきます。ビルの谷間にも、こんな川が流れているんですね。それに、とてもきれい……」

月明かりと周囲の建物から洩れこぼれた明かりが反射して川面はキラキラと輝いている。その水面にむけて、柏木は指先でたばこをはじいた。赤い点が瞬時にして流れに吸い込まれる。

「夜の闇は汚い物を隠してしまいますからね。昼間見ると、これが同じ川かとおもえるほどに汚れているちっぽけなドブ川なんです。貴女は私のことを立派だ、といわれた……。しかしある意味では、私などこの川と似たようなものです」

自分でもおもってもみなかったことばが口をつく。

「そんなこと……」

未央がなにかをいいかけたが、おもい直したように口を閉ざし、ふたたび川の流れに視線を落とした。

「この川を見ていたら、急に帰りたくなってきました」

そう口にしてから、未央が慌てて柏木に目をやる。

「誤解しないでください。この前お話しした、北海道にある母方の祖父の家に、という意味ですから」

きっと未央は絵笛川のことをおもい出しているのだろう。

「取り残されたらどうしようとおもいましたよ」

柏木はおどけた顔で笑ってみせた。

つられたように未央が笑い、それからふとおもい出したようにいった。

「それはそうと、パーティのときの柏木さんのスピーチをうかがってびっくりしました。まさか柏木さんが北海道のご出身だったなんて」

この前の食事のとき、未央は自分の祖父の家は北海道にあると打ち明けている。それなのに、なぜ柏木も同じ北海道の出身だと教えてくれなかったのか、きっとそれを訝ったにちがいない。柏木は新しいたばこを口にくわえて、さりげなくいった。

「どうしてです? 日本なんて狭いですし、それに東京は、いろいろな地方から人間が集まってくる大都会ですよ」

「それはそうなのですが……。それで、北海道のどちらなのですか?」

「札幌の奥、地名をいってもわからないような辺鄙《へんぴ》な所です。両親は小さいころに他界し、私は親戚の家に預けられて育ちました。ひとりっ子でしたから、高校を卒業すると同時に、東京に出て来たのです。ですから生まれたのが北海道というだけで、厳密な意味では故郷と呼べるようなものではないのです。それに、子供のころにひとにいえないようなことがいろいろとありましたから、あまりおもい出したくないのです……」

これ以上の突っ込んだ質問を受けぬよう、柏木は作り話でさりげなく予防線を張った。

「そうでしたか……」

　悪いことを訊いてしまったとでもいうように未央がちょっと眉を曇らせた。

「私のことなどより、貴女のお祖父さんの家というのはどちらに？」

「浦河です」

「ほう。あの牧場で有名な……。すると、やはりお祖父さんもその方面の？」

「はい。牧場をやっています」未央がうれしそうに白い歯を見せた。「柏木さん、浦河には？」

「あいにくとまだ一度も……」

　未央の目から逃れるように柏木は神田川の川面に視線を落とした。

「それは残念ですわ。それはそれはきれいな所なんです。じつは、その祖父の牧場があるすぐ前に、ちょうどこの川と同じくらいの川幅の小さな川が流れているんです。絵笛川というのですが……」

　絵画の「絵」に「笛」と書くのだといって、未央が指先で橋の欄干に絵笛川と書いた。

「絵笛川ですか……。名前までが素敵なんですね」

　柏木も未央に倣って、欄干に絵笛川の文字を書いてみた。柏木の胸に熱いものが込み上げた。

「ひとくちに浦河といっても、いろいろな所があるんです。そのなかでも祖父の牧場のあるのは、絵笛という名の小さな集落なんですけど、小高い山々に囲まれた、信じられないくらいの自然に満ち溢れた、美しい所なんです。疲れたときにはここに来たくなる、と柏木さんはおっしゃいましたけど、わたしにとっては、祖父のいる絵笛の牧場がまさにそういう所なんです」

　先刻食堂に入って来た五、六人の若者たちの一団が、校歌を合唱しながら背後を通り過ぎてゆく。ふと気づくと、もう三十分近くも橋の上に佇んでいる。

「貴女の顔を見ているだけで、お祖父さんの牧場がどれほど素敵な所なのか、よくわかりますよ。ではつづきはお酒を飲みながら、ということで」

　優しく笑ってみせ、柏木は未央を促して大通りのほうに足をむけた。

　絵笛の話題が心の緊張をゆるめたのだろう、それまではまだどこか遠慮がちだった未央の口ぶりがいくらかリラックスしたものとなり、愉しそうにあれこれと牧場や馬の話をしはじめる。

　この娘は父親が牧場を人手に渡すつもりでいることな

どなにひとつとして知らない。もしそれを知ったら、どれほど嘆き悲しむことだろう。未央の語る話に耳を傾ける柏木の胸に、刺すような痛みが走り、そしてその痛みは次にはやるせないような感情へと変わっていった。

早稲田通りに面したビルの二階にカクテルバーの看板が出ている。学生相手の気軽な店のようだ。

「駅の近くまで行けばもっと気の利いた店もあるでしょうが」

「せっかくこういう街に来たのですもの」

そういって、未央がうれしそうな顔でバーのあるビルの階段に足を運ぶ。

細長いカウンターがあるだけの小さな店で、客は学生らしきカップルがいるだけだった。スツールが固定されていて、並んで腰を下ろすと自然と未央と肩を寄せ合う格好になる。

柏木は水割りを、未央はカンパリオレンジを注文した。

「なにに乾杯といきましょうか」

バーテンが置いたグラスを手に取って柏木は首を傾げてみせた。

「わたしは、柏木さんの会社がこれからもますます発展しますように、と」

「では私は、貴女の動物写真家としての未来に、ということにしましょう」

軽くぶつけ合ったグラスが透明な音を立てた。

水割りを口に含んだとき、ふと、店の奥に飾られている小さなクリスマスツリーに気づいた。

「そうか……もうあと一週間ほどでクリスマスなんだ」

「一年って、本当に早いです」

「去年のクリスマスはどうされたのですか?」

「毎年、イブの夜だけは母の手料理で祝うのが決まりとなっているんです」

答える未央の表情が輝いている。

「ほう、それはうらやましい。すると、四谷のお宅で過ごされるわけですか」

先日送らせてもらった社員の口から、自宅が四谷であることを知ったのだ、とさりげなく柏木はことばをつけ加えた。

「いえ、そうではありません」

ちょっと躊躇する顔をしてから、自分は四谷のアパートでひとり暮らしをしています、と未央はいった。

「おひとりで? すると、ご両親は北海道に?」

「いえ、世田谷におります」

未央は、今度ははっきりとした口調でいった。

「ほう、世田谷に……」

父親である江成達也のことに話をむけるには絶好の機会のような気がした。寺島牧場を手放さなければならぬほどに追い詰められている江成達也……。きょう未央に会う気になったもうひとつの理由は、それがあるためだった。しかし、先日の、父親の話題になったときの未央の拒絶反応が頭に浮かび、やはり柏木は躊躇した。

残りの水割りを飲み干し、自分の胸のうちをカモフラージュするかのように、柏木はバーテンにお代わりを頼んだ。

「じつはわたし、小さいころから、大学に入ったら親の世話にはならずにひとりで生活しよう、と決めていたんです」

「ほう、それは感心だ。もっとも貴女ならうなずけなくもないが」

「でも、ひとり娘でしたから、口でいうほど簡単なことではありませんでしたわ」

そういって未央が肩をすくめてみせた。

「そうですか。ひとり娘なんだ、貴女は……」

含んだ水割りが苦かった。こちらはすべてを知り尽くしているのに、そうとは知らずにけなげに答える未央が無性にいたいけでいとおしく感じられる。

「まあ、無理もありませんね。ご両親にしてみれば、とてもではないがひとり暮らしなど認める気にはならないでしょう」

「いえ……。たしかに父からは猛反対をされましたけど、母は、むしろわたしの後押しをしてくれたのです」

「ほう、お母さんが、ですか……」

柏木の脳裏には、この前絵笛に帰った折に遠目で目にした、あのときの亜木子の姿が浮かんでいた。亜木子の顔と未央の顔とが重なった。瞬間、胸がうずき、柏木はおもわずウイスキーグラスに手を伸ばしていた。

「世間では、娘に対しては、父親が甘く、母親のほうが厳しいなんていいませんか」

「厳しい？」首を振って未央がいった。「母は厳しいのとも甘いのともちがうんです。わたしは母が自分の最大の理解者だとおもっていますし、尊敬もしています。わたしは母のことが大好きなんです」

「素敵なお母さんのようですね」

「はい。それは、もう……。母はわたしの誇りです」

未央がキッパリとした口調でいった。

「お父さんの話となると避けたがるのに、お母さんとなると夢中なんだ」

冷やかしと探りをいれる気持ちで、柏木はやんわりと口にしてみた。

「父の生き方とわたしの生き方はちがいますし……。この前、父がなにをしているひとなのか、とお尋ねになりましたが、もし柏木さんがそれを知ったとしたら、たぶんわたしを見る目が変わってしまうような気がします」

「そんなことはありませんよ。貴女は貴女、お父さんはお父さんだ」

「でもやめておきます。そんなことより……」

未央がかぶりを振って、カンパリオレンジのグラスを手に取って柏木にかざしてみせる。

「このカンパリオレンジの赤い色って、絵笛の夕焼けをおもい出させる色なんです。いつだったか、母にそういってこれをご馳走したんですけど、すごく気に入ってくれて」

そういって未央が母とふたりで新宿のパークハイアットホテルのバーに飲みに行ったときの話をはじめた。

柏木は時々未央の横顔を盗み見しながらじっと耳を傾けた。語る未央の顔には、母の亜木子と一緒に過ごす時間をいかに大切にしているかが滲み出ている。

「うらやましいような母娘の関係ですね」

「ええ、何度もいいますけど、本当に素敵な母なんです。一度柏木さんにも会わせてあげたいぐらいですわ。でもやめておきます。柏木さんが母のことを好きになるといけませんから」

柏木に目をむけて、未央がおどけた表情でいった。

おもわず目を逸らしたが、柏木の胸には、未央が口にした最後の一言が鋭く突き刺さっていた。

もっと亜木子のことを聞きたい……。抑えがたいような感情があとからあとからわいてくる。その胸のなかのうねるような感情に、柏木は目頭を指先で押さえていた。

「どうされたのですか？」

未央が心配気に声をかけてくる。

「いや、ガラにもなく少し酔ってしまったようだ」

「お疲れなのでは？　少しゆっくりされたほうが……」

未央が半分腰を浮かしかけている。

「いや、その逆ですよ。とてもくつろいだ気分で、ね。たぶんそれでアルコールのめぐりが早いんでしょう」

柏木は未央に座り直すようにいってから水割りの残りを飲み干し、未央にもカンパリオレンジのお代わりをすすめた。

「それでは今年もまた、イブの夜は世田谷のご自宅でお母さんの手料理が味わえるというわけですね」

「ええ。わたしにとっては、このイブと、祖父のいる絵笛に帰省する年末とが一年で一番愉しいときなんです。でも今年は帰れませんけど」

そういって未央がちょっと残念そうな顔をした。

「どうしてです？　お仕事のほうが忙しいのですか？」

「まあ、仕事であることにはちがいないのですが……」

迷った顔をしたあと、未央が真剣な眼差しを柏木にむけた。

「柏木さんは、わたしなどとちがって経験が豊富ですし、世の中のことはだいたいわかっておいでだとおもいます。いい機会ですので、少しご相談に乗っていただけますか？」

「私で用が足りることでしたら」

未央が打ち明けやすいように柏木は努めて明るくいった。

「じつはわたし、今、少し自分には荷が勝ちすぎているような仕事を引き受けて悩んでいるんです」

口もとを引き締めて、未央が羽衣出版から持ち込まれた写真集の話を説明しはじめた。

初めて聞くかのような顔をしてうなずきながら、柏木は耳を傾けた。未央の話には、誇張も驕りもなく、語るその内容も柏木が山部に指示を出したものと寸分もちがわなかった。しかし一生懸命に説明する未央の声がしだいに柏木の胸を息苦しくさせてくる。

聞き終えると、小さな咳払いをしてから柏木はいった。

「なるほど。小宮先生の所を辞めるとなるといろいろな仕事の整理があるわけだ……。でも、その写真集の話のいったいどこが荷が勝ちすぎているんです。十分、貴女にできる仕事だとおもいますよ。それに、こういってはなんですが、カメラマンを志望する人というのは星の数ほどもいるのでしょう？　めったにないチャンスだとおもいます。なにを迷う必要があるのです？」

「たしかにそうなのですが……。でも話があまりにも唐突すぎて、なんとなく自分自身でしっくりとこないのです。もしこれが、たとえ売れなくても、これまでのわたしに何度か写真集を手がけた実績があるというのならわかります。それでしたら、手放しで喜ぶこともできるのでしょうが……。それと、もうひとつ、別の理由もあるのです。たしかにわたしは、動物ならなんでも大好きです。でもわたしが仕事の上で被写体として選びたいのは、あくまで自然との関わりのなかで生きている動物たち、ということなのです。その意味からしますと、サラブレッドというのはちょっとちがう動物のような気がするのです」

「なるほど。しかし、どうでしょう、もっと割り切って、この仕事は自分をステップアップさせるためのひとつの過程にすぎない、というふうに考えられては」

「わたしも最初はそう割り切ろうとおもったのです。でもそれでは、お話をくださった出版社に対してあまりにも失礼ではないか、と……。それにそんな気持ちでやる仕事がはたして本当に自分にとってプラスになるのかどうか、それも疑問におもえてきたのです」

「正直な方だ、貴女という人は。それに、真面目すぎる。世の中で自己主張をしようとおもえば、それに値する実績や立場がないとなかなか受け入れられないものです。その意味からも私は、ここは悩みを振り切って、ぜひこの仕事を引き受けてやってみることをすすめますね」

見合い話をぶち壊すために作りあげた写真集の話だった。しかし柏木にはもうそうした計算はなにもなかった。ただ純粋に、未央に写真集を作らせてみたかった。そしてできることなら次のステップとなる仕事も考えてやりたい。きっとこの娘ならできるにちがいない……。自然と柏木の未央に話す口ぶりも説得口調になっていた。

未央がなにかをいおうとした。しかし首を振っておもいとどまり、カンパリオレンジの残りを一気に飲み干すと、柏木と同じウイスキーの水割りを作ってくれるよう、バーテンに注文した。

「だいじょうぶですか?」

「わたし、こう見えてもお酒強いんです。学生のころが懐かしくなった、といいましたでしょう。よく皆して明け方近くまで飲んだものなんですよ」

唯一の客である学生のカップルが腰を上げた。時計を見ると十時半になろうとしている。すでに店に来てから二時間が経っている。

まだ時間が許されるのか、未央に訊くべきだろう。しかし柏木は今未央と過ごしているこの時間が、とてつもなく貴重で大切な時のようにおもえて、なかなか腰を上げる気にはならなかった。

「じつは……」水割りを口に含んでから未央がいった。

「この話をわたしが引き受ける気になったのは、今説明した諸々の理由とは別の、もっと不純な動機もあったのです」

「不純な動機？」

「はい」

　酔いたい、とでもいうように、未央が立てつづけに水割りを口にした。

「不純などということばは、およそ貴女に似つかわしくないことばのようにおもいますが」

「それは買い被りです……」手にした水割りのグラスをじっと見つめていた未央が、覚悟を決めたかのような表情を浮かべた。「じつは、その写真集の話があったころ、わたしは個人的な悩みを抱えていました。意に添わないお見合いの話でした。今、冷静になって考えてみると、たぶんわたしはそのお見合い話から逃れたいがために仕事を引き受ける気になったのだとおもいます」

「お見合いが嫌だったのなら断ればいいじゃないですか」

　やや突き放すような口調で柏木はいった。

「それが、簡単には断れない事情というものがあったのです。最終的には、母がわたしの味方になって父に反対をしてくれたのですが……」

　客のいなくなった店内は静かで、小さなＢＧＭが流れているだけだった。バーテンは柏木と未央に遠慮してか、ひとりカウンターの隅でグラス研《みが》きをしている。

　なんとなくその静けさが話しづらくさせたのだろう、未央が水割りグラスを置いて、出ませんか、と柏木にいった。

「調子に乗ってちょっと飲みすぎてしまったようです。もしご迷惑でなかったら、さっきの橋の上で少しばかり酔いを醒《さ》ましてから帰りたいのですが」

　うなずき、柏木は腰を上げてバーテンに勘定を頼んだ。

　もうすぐ十一時になるが、通りはまだ人影が多かった。吹いていた北風もやみ、そう寒さは感じられない。

　無言で未央と肩を並べて道を逆戻りする。口でいうほど未央の歩く姿からは酔ったふうは感じられなかった。すぐに先刻の神田川の橋にたどり着いた。

　未央が小石を拾って川に落とし、まるでその小石を捜すかのように、橋の欄干から身を乗り出してじっと川面に目を凝らしている。

　未央がなにかを打ち明けたがっているのはわかっていた。だがそれを口にすべきかどうか、で葛藤しているにちがいなかった。柏木は無言でたばこに火をつけ、自然と未央の口が開くのを待った。

未央が川面から視線を柏木に戻して、妙に明るさを装った口調で訊いた。

「先日のパーティのときに、トパーズの素敵なネックレスをされていた女性、あの方、柏木さんの奥様でしょう?」

おもいもしなかった未央の質問だった。柏木は、狼狽を隠すようにたばこを口にくわえ直して、欄干に背を凭せかけてからあっさりと答えた。

「ええ、よくわかりましたね」

「ああいう席では、女って、同性のひとにばかり目を光らせているんです。おきれいな奥様ね、って、霧子とも噂してたのです。嫌な生き物でしょう? 女って」

茶目っ気たっぷりにいって未央が、肩をすくめてみせた。

「もう十年になりますか……。仕事で世話になっているひとの娘さんでしてね」

訊かれてもいないことが自然と口をついて出た。

「では、あの方がお義父様なのですか」

未央が横矢の特徴を口にした。奈緒子と横矢の話し合う姿からふたりは父娘の関係なのだろう、と推測していたという。

「どうやら貴女にかかっては隠し事をしようとしても無駄のようだ」

柏木は未央に苦笑してみせた。

横矢と奈緒子にはこれが父娘《おやこ》かと疑うほど外見上の相似点がない。これまででも初対面の人間で、ふたりを父娘と見破った者はいないほどだ。しかし未央はそれをすぐに見抜いた。人を観察する目の鋭さ。あるいはそれは、カメラマンという職業のせいというより、この娘自身の持つ感受性の鋭さによるものなのかもしれない。

「それで、柏木さん、お子様は? ごめんなさい、立ち入りすぎていましたか」

質問を取り消すように、未央が小さく頭を下げた。

「いいんですよ。別に隠し立てするようなことでもありませんから。残念というか、幸いにというべきか――」

たばこを足もとに落とし、子供はひとりもいない、と柏木は答えた。

「そうなのですか。でも、幸いに、だなんて……もし奥様が聞かれたら悲しまれますよ」

柏木をたしなめるかのように、未央がいった。

「貴女は、優しくておもいやりのある方だ。でも正直にいいますと、私に、その意志がないのです。きっと私は一生、子供を持たないとおもいます」

「それはまた、どう……」

怪訝な表情で未央が見つめてくる。

もし亜木子が約束を守ってくれていたら、本来はおまえの身体には俺の血が流れていたのだ――。口に出したい衝動を柏木はかろうじて抑え込んだ。気持ちを鎮めるように、柏木は未央から目を逸らして、もう一本たばこを取り出した。

火をつけ、一服吸い込んでから、柏木は欄干に肘をついた姿勢で真下の川を見つめた。

「ごめんなさい。本当に立ち入ったことばかり。わたし、本当にきょうはどうかしている……」

横顔に未央の視線を感じた。

「いいんですよ。むかし、大恋愛をしまして、ね……。心の傷が、まだ――いや、きっと一生癒えることはないでしょう」

未央に、というより、亜木子に聞かせたかった。息苦しさに代わって、怒りと哀しみがないまぜになった複雑な感情が柏木の胸には広がっていた。

「そうだったのですか……。ごめんなさい。よけいなことをお訊きしたばかりに、嫌なことをおもい出させてしまって……」

「嫌なことではありません。今となっては懐かしさばかりです。人間誰しも心の奥底には人にはいえないなにがしかの傷は持っているとおもいます。でも、傷を抱えているからこそ人間なんです。動物は怯えは持てても、心の傷は持てません。逆にいえば、心の傷が深ければ深いほど、より人間的といえるのかもしれない……」

口にしながら柏木は自分ながら白々しい台詞だとおもった。未央は心から謝っているのに、この自分は、一重にも二重にも心に鎧をしてしゃべっている。

「心の傷が深ければ深いほどより人間的……、ですか」

柏木のことばを噛み締めるように反復した未央が、それで迷いが吹っ切れたかのように口にした。

「ついこのあいだ知り合いになったばかりの柏木さんに話していいものかどうか迷っていたのですが……。きっと、柏木さんがうちの母のことをご存知ないという安心感から、こんなことを話してみたくさせるのだとおもいます……」

「聞き流してほしいというのなら、この川の流れのように聞き流しますよ」

そうしてください、と断ってから未央が話しはじめる。

「さっき、わたしの見合い話に母が反対してくれた、といいましたが、じつは母は幸せそうでいて、本当は不幸な女性なのです」

「お母さんが不幸？」

柏木はおもわず横にいる未央に目をやった。未央の横顔は月明かりを受けて白く透明に輝いていた。その横顔が柏木の胸の動悸を速めた。未央のその横顔は、むかし何度となく絵笛川のほとりで目にした亜木子のそれと見まちがうほどに酷似していた。

「はい。ですから母は、人一倍わたしの将来について心配してくれたのだとおもいます。ホテルのバーで母とふたりでお酒を飲んだことはさっきお話ししましたが、そのとき母は、母自身の結婚についての本音をわたしに打ち明けてくれました……」

耳に聞こえるほどに胸の動悸は高まっていた。たばこを持つ指先も震えている。それを悟られぬように、柏木はゆっくりとマルボロを口にくわえた。

「で、お母さんはなんと……？」

指先と同じように、声も少し震えている。

「愛情のない結婚だけはしてはいけない、私の結婚は失敗だった、だから未央には同じ過ちだけはさせたくない——。そういって母は、わたしが見合い話を断ってカメラマンの道を進むことを応援してくれたのです」

愛情のない結婚だけはしてはならない、結婚は失敗だった……。デスクの引き出しにしまってある写真が頭に浮かぶ。人もうらやむ幸せに満ちた江成一家——。あれはすべて虚像だというのか。

「今の柏木さんのお話を聞いていて、似ているな、とおもいました」

「似ている？」

「はい」

柏木を見て、未央が笑みを浮かべた。

「遠いむかし、父と結婚する前のことなのですが……。母には愛するひとがいたのです」

「ほう……」

なにかことばをつけ加えれば、今度こそ声の震えを感づかれそうな気がした。柏木はたばこを口に押しつけた。唇がカサカサに乾いている。

「でも、そのひとを母はあきらめねばなりませんでした。父とは見合いで結婚したのですが、母はいろいろと事情を抱えていたのです。詳しくはいえませんけど、母の話を聞いていると、人生にはどうにもならないことがあるのだ、とつくづくおもいました」

「どうにもならない……、ですか」

たばこを川面に落とし、遠くのビルのネオンに目をやった。風の収まった冷たい夜気が胸の奥底まで忍び入ってきた。

どうにもならない……。しかし、どうにもならない、というのは、自分の意志とは無縁のところで動く、抗《あらが》いようもないことについてのみいえるのではないか。少なくとも亜木子は、自分との約束を守り抜く意志を持ちつづけることだけはできたはずだ。それなのに、仔細を打ち明けることもせずに俺の前から去って行った。それを、どうしようもない、という一言だけで亜木子は片付けようというのか。

「私にも経験があるのでわかりますが、きっとその相手の男性はお母さんのことを憎まれたでしょうね」

「だとおもいます。でも母はそのことで長いあいだずっと苦しみつづけてきたのです。もう許されてもいいとおもいますわ」

未央のことばには母である亜木子へのいたわりの気持ちが滲み出ていた。それを聞き流して、柏木は訊いた。

「遠いむかし、といわれると、それはお母さんがまだ絵笛におられたころのお話ですか？」

「そうです」

未央がうなずく。

「その男性は、今も絵笛に？　いや、失礼。それこそ立ち入りすぎですね」

「かまいませんわ。いいましたように、母が結婚する前のむかしのことなんです。母と別れたあと、絵笛を出てゆかれたようです」

未央の声を耳にする柏木の脳裏には、もう二十五年以上も前になる、だが今でも鮮明に記憶している、あの未明にひとりで絵笛の駅に佇んで電車を待ったときの光景が浮かんでいた。

「故郷まで捨てられるとは、きっとその男の人はお母さんのことを心から愛しておられたのでしょうね。で、その後の消息とかは？」

「母は何度か、捜してみよう、とおもったようです。そして胸のうちを正直に打ち明けよう、と」

「捜そうとした？」

おもわず未央の顔を見つめていた。

「ええ、でも母のことばではないですが、そうおもってはみても、それこそ人生にはどうにもならないことがありますわ」

捜してみようとおもった……。亜木子は本心からそうおもったのだろうか……。もし本当にただの一度でも、絵笛を去ったあとの自分を捜すような亜木子の行動があったとしたら、はたして自分は、ここまで亜木子を、江成を憎んだだろうか。

「そのひとと別れたことを母は今でも深く後悔しています。本当の幸せというものを履きちがえてしまった、と。ですから母はわたしにだけは不本意な結婚をさせたくなかったのだとおもいます。母はわたしの見合い話に、初めてともいえる態度で父に抗ってくれました。自分と同じ過ちをくり返してはいけない——、そういって母は涙を浮かべてわたしを諭してくれたのです。その姿を目にしたとき、ますますわたしは母という人間を好きになりました。その男性のことでは、母を責められないとおもうのです。なにしろそのころの母は絵笛という小さな集落から出たこともなく、それこそ世の中のことなどなにも知らなかったのですから。もし若いときの過ちも許されないのだとしたら、それこそ人間としての資格を持つ人などこの世の中にはいなくなってしまうのではないでしょうか」

「若いときの過ち、ですか……」

つぶやき柏木は、川面を見つめる目を閉じた。

きょうのきょうまで亜木子にとっての自分は、すでに忘れられた存在だとばかりおもっていた。しかし立派に成人したこんな未央のような娘を持ちながら、いまだに亜木子は自分の面影を胸に秘めていたというのか。

「なんか、柏木さんに話したおかげで、胸のなかがすっきりとしました」未央が大きく深呼吸をして、夜空を見上げた。「母がかわいそうにおもえて、自分の胸にだけ収めておくのがとても辛かったのです。誰かに聞いてもらえたらいいな、と」

「私でもお役に立ったというわけだ」

お道化《どけ》たつもりの笑みがぎこちないものとなっているのが自分でもわかった。それを取り繕うように柏木は時計に目をやった。すでに十一時をだいぶ回っていた。

「いつの間にかこんな時間になってしまった。家まで送りますよ」

「本当にきょうはありがとうございました。おかげで今夜はぐっすりと眠れるような気がします」

未央が深々と柏木に頭を下げた。すでにその顔には酔いのカケラも浮かんではいなかった。

大通りに出て空車を拾った。

四谷の自宅近くの目印を未央が運転手に教えている。背凭《せもた》れに頭を乗せる柏木の胸からは、未央と会う前のあの弾んだ気持ちは失せていた。それに取って代わって、沈鬱ともいえる感情に支配されていた。車が走り出してからも、まるで未央との会話を拒否するかのように、柏木は目を閉じていた。頭のなかは亜木子のことでいっぱいだった。

いずれ亜木子は未央の口から自分のことを知るだろう。初めて未央を食事に誘ったときからそれは覚悟していることだ。いやむしろ、亜木子に早く知られたいという気持ちのほうが強かったかもしれない。裸同然で絵笛を去った自分が、今では亜木子や江成を見返せるほどに成功を収めている。それどころか、窮地に陥っている夫の江成に金まで貸しているのだ。浅はかではあるが、今の自分の姿を教えることで溜飲《りゅういん》を下げたいという気持ちも働いていた。それと同時に復讐心《ふくしゅうしん》の一端も満足させたかった。いずれ五区から立候補することになれば、亜木子には知れることになる。結局のところ、早いか遅いかのちがいにしかすぎない。

だが未央から亜木子の話を聞いたことによって柏木の心は大きく揺れていた。

きょうの話からすると、まだ未央は、このあいだパーティに招待されたことや小宮の写真を高額で買ったことなどを亜木子には話していないようだ。しかし未央と亜木子の母娘の関係からすれば、早晩未央は、亜木子に自分のことを話すような気がする。柏木圭一の名を耳にしたときの亜木子の驚いた顔が目に浮かぶ。江成と同じ貸しビル業を営む若き実業家。しかも北海道出身。しかし亜木子は、無一文だった自分がまさか貸しビル業で成功しているなどとは夢にもおもわないだろう。きっと同姓同名の人物と考えるにちがいない。しかし年齢や容姿を知ったときには、きっと愕然とするにちがいない。自分だと気づいたとき、亜木子ははたしてどうするだろう。未央に対して、その男こそがかつて自分が愛した人物だと打ち明けるだろうか。いや、それはないような気がする。打ち明けるよりも前に、なぜ自分が未央に接触してきたのか、そのことで頭は混乱するにちがいない。そして次には、疑問を抱くにちがいない。

「お礼のことばが遅くなってしまいましたが」車窓の外に目をやっていた未央がふと気づいたように柏木のほうに顔をむけた。「本橋さんにはとても感謝しています。送っていただいたときもそうですが、パーティのときにもいろいろと気を遣っていただいて。どうかよろしくおっしゃってください」

「そうですか。不躾なところがあるやつですから、むしろなにか失礼なことがなかったか、と心配したのですが」

「とんでもありません。霧子とも話していたのですが、とても感じのよい、素敵な方ですね」

「わかりました。そう伝えておきましょう。それはそうと……」マルボロに火をつけてから、柏木はさりげなくいった。「お話をうかがって、貴女とお母さんがなんでも正直に話し合われる母娘であるのはよくわかりました。でも、どうでしょう、私のことは、しばらくのあいだお母さんにはお話しにならないほうがいいのではないですか」

　未央の顔に訝る表情が流れた。

　笑いを交えて、柏木は未央の視線を軽くいなした。

「私だってまだ若いんです。貴女が既婚者と遅くまで飲んでいたと知ったら、きっとお母さんも心配しなくてもよい心配をなさるにちがいありません。それに私のわがままをいわせてもらえば、ご本人であるお母さんはまったく知らないにもかかわらず、この世の中の片隅に、貴女の素敵なお母さんの悩み事を知って静かに見守っている人間もいる――、そのほうが私にとってはよっぽど心地よい立場ですし、ね」

「わかりました。そうします。わたしもつい母の秘密のあれこれを話してしまったのですもの。もしこんなことを母に知られたら、二度と母はわたしに本音を打ち明けてくれなくなってしまいます」

　そういって未央が口の端から赤い舌先をいたずらっぽくのぞかせた。

　タクシーが大きな交差点を曲がった。そして百メートルほど先のコンビニエンスストアの前を通り過ぎたとき、未央は、停めてくれるよう、運転手にいった。

「お部屋の近くまで送りましょうか」

「いえ。このすぐ裏ですから」

　首を振って断ってから、きょうは本当に愉しかったです、と丁寧な礼のことばを残して未央は車を下りた。

「このあと、どちらに？」

　運転手が訊く。

「歌舞伎町にやってくれ」

　今夜は見ず知らずの飲み屋で酔い潰れるまで飲んでいたかった。

車が走り出してからふと振り返ると、未央は下りた場所から一歩も動かずに、じっとタクシーを見送っていた。

9

「あのパチンコ屋ですね」

コピーしてきた宅地詳細地図に一度目を落としてから清水が桑田を振り返った。

桑田は軽くうなずいて立ち止まり、確かめるような視線で周囲を見回した。

京浜急行の大森海岸駅から京浜東北線の大森駅方向にむかう大通り沿いを歩くこと三分、すぐ先の交差点近くには大森電話局が見える。

パチンコ屋は通りに面して建ち並ぶ雑居ビルの隣にあり、午前十一時近くの今、すでに営業している店内からは勇ましい「軍艦マーチ」のメロディが流れ出ている。

そのパチンコ屋の脇にある細い路地を三十メートルほど奥に入れば、目指す居酒屋「織江」はある。

やっと見つけた……。桑田の胸のなかはその感慨でいっぱいだった。細心の注意を払いながら大森海岸駅から歩いてくるあいだに、抱いていた一抹の不安は雲散霧消した。「織江」こそが、あれほど捜査してもなかなか発見できなかった、生前に及川が通っていたという一杯飲み屋にちがいない。

及川の最後の勤め先、大森東一丁目にある「株式会社平和清掃」は、京浜急行の大森町駅と平和島駅のほぼ中間の、第一京浜をまたいだ運河側にある。及川が通ったとおもわれる一杯飲み屋の当初の捜査活動は、彼の顔写真を手に、京浜急行の大森町駅と平和島駅、つまり彼の勤め先を起点とした周辺と、及川の住居があった東大井六丁目界隈の聞き込みとの二点に絞って行われたが、いずれも空振りに終わった。次に捜査の輪を、二十五年前に及川が住んでいた京浜急行の青物横丁駅周辺にまで広げてみたが、それも徒労に帰した。平和島駅と大森海岸駅はたった一駅離れただけであるが、いくら同じ沿線だからといって、すべての駅周辺に捜査の網を広げられるというものでもない。きょうまでつかめなかったのは、決して捜査の手抜きなどではなかった。

路地に入り、清水と肩を並べて歩く。

地図を確かめるまでもなかった。三十メートルほど歩くと五軒の飲み屋が軒を並べる一角に出た。

「この店ですね」

まだどの店のドアも固く閉じられているが、そのなかの一軒の店の前に立って清水がいった。

モルタル造りの二階建てで、閉められた引き戸の上に、「織江」と書かれた小さな袖《そで》看板が出ている。

二階は住居用となっているが、そこには「織江」の女将《おかみ》——かつて「バー花」で働いていた杉田織江が住んでいないのはわかっている。二階の部屋は、この建物の持ち主の住居になっているか、あるいは貸し部屋にでもなっているのだろう。居酒屋「織江」は貸店舗で、織江の住むアパートはここから目と鼻の先にある。

清水が腰をかがめて引き戸の隙間から興味深げに店内をのぞいている。

時計を見ると、十一時十分だった。迷った。一杯飲み屋の夜は遅い。織江はまだ眠っているかもしれない。すぐにでも話を聞きたいのは山々だったが、寝ている織江を起こしてまで聞き込みをするのは得策でない気がした。もし機嫌を損ねて彼女の口が重くなったりしたら、それこそこれまでの苦労が水の泡だ。

「とりあえず、アパートをのぞいてみるか」

清水に声をかけ、桑田は織江のアパートのある裏筋に足をむけた。

居酒屋「織江」の所在を突き止めることができたのは、矢作のもたらしてくれた情報のおかげだった。

矢作から電話があった翌日、「バー花」で「梢」の源氏名で働いていた女とつき合っていた大井町の駅前の電気屋の次男の消息を確かめるべく、桑田は大井町に足を運んだ。不安は的中した。期待に反して電気屋らしき店舗は駅前のどこにもその姿形がなかった。しかし聞き込みの結果、現在安売りショップのチェーン店となっている場所に、七年前まで「大黒屋」の店名で電気屋があったことが判明した。店主の名は沖野《おきの》重一《しげかず》、お目当ての次男坊は沖野治重《はるしげ》。さらなる聞き込みで、電気屋一家のその後の転居先も明らかになった。一家は跡を継ぐ長男が病死したのをきっかけに安売り店に店舗を売り渡し、今は東急大井町線の下神明《しもしんめい》駅近くに賃貸マンションを建設して、その家賃収入で悠々自適の生活を送っているという。すぐにその翌日、下神明の沖野重一宅を訪ねた。沖野重一はもうすぐ九十に手が届くほどの高齢にもかかわらずいまだに矍鑠《かくしゃく》としていて、桑田の来訪の意を理解して次男治重の消息を教えてくれた。若かったころの治重の放蕩《ほうとう》のせいで、父子は長らく断絶の状態にあったが、長男の死後、重一は再々にわたって治重に家業を継ぐよう説得したらしい。しかしすでに滋賀県で信楽《しがらき》焼の窯業《ようぎょう》を営むひとり娘と結婚していた治重は、すっかり焼き物の魅力に取り憑《つ》かれて、頑として父親の申し出に首を縦には振ろうとはしなかった。そのために、やむを得ず重一は、電気屋を廃業する決心をしたという。滋賀県の治重を訪ねた清水が梢の消息を手にして戻って来たのは、二日前のことだった。男と女の仲はわからないもので、梢――本名、奥本葉子《おくもとようこ》は、治重をあれほど嫌がっていたにもかかわらず、「バー花」が閉鎖されたあとに治重と二年間ほど同棲《どうせい》していた。遊び人だった治重は趣味も多様で、梢と同棲していた当時、彼は趣味のひとつでもあった焼き物の知識を生かして、その方面のブローカーまがいの商売で生計を立てていたが、そのころに現在の細君と知り合ったらしい。梢との同棲解消に、彼は梢に手切れ金代わりとして新宿にバーを開店させた。もっともその資金を出したのは、結婚した治重の細君ではあったが。治重四十五歳、今から二十年も前のことである。以来、治重は梢との縁も切れ、なにひとつとして彼女の消息を知らぬという。すでに二十年からの年月が流れている。はたして今も新宿に、その梢のバーはあるのだろうか……。しかし桑田と清水の不安は杞憂《きゆう》に終わった。まるで労に報いるかのように、治重に教えられた新宿二丁目の該当場所に、梢のバー「葉子」のネオンが点っていたのである。そして昨日の夜、彼女の口から、大森にある、かつての仲間、杉田織江が営《や》っているという居酒屋「織江」の存在が明らかになった。「バー花」時代の仲間とはもう誰とも疎遠になっているが、十年ほど前に杉田織江から開店の挨拶状を受け取り、以来、彼女の店に顔こそ出したことはないが年賀状のやりとり程度はしているという。そして今朝一番から清水とともにその裏づけ調査をした結果、今現在も居酒屋「織江」が営業している事実を確認したのだった。

目指す所番地辺りに二棟のアパートが建っている。どちらも木造モルタル造りの二階建てだ。

「どっちなんだろう」

桑田がつぶやいたときには清水は小走りで二棟のアパートにむかっていた。郵便受けを確認し、清水が桑田にうなずいてみせる。どうやら手前のほうがそうらしい。

一、二階とも三部屋ずつになっていて、郵便受けの、二階の一番奥の名札が杉田織江になっている。

路地を回って、南側からようすをうかがった。杉田織江の部屋の窓の外で、干された白いタオルが風に揺れている。しかしそれだけでは、起きているのかどうかは判断できない。

そのとき、隣の部屋の窓が開いて、洗濯物を手にした化粧っ気のない顔の若い水商売風の女が顔を出した。桑田たちに気づくと、不審げな表情を見せる。その彼女の表情が桑田に決心をさせた。

「まだ寝ているようだったら時間をずらすとしよう」

清水を促してアパートの玄関に引き返し、階段を上がった。

ノックすると、数秒の間を置いて、

「どなた？」

とのしゃがれた声の返事があった。

「おそれいります。警察の者ですが」

ドアに顔を寄せ、桑田は恐縮した声でいった。

「警察の方……？」

ちょっと息を呑む気配があったが、すぐにドアが開き、血色のよい、いかにも人のよさそうな顔をした五十前後の女が顔を出した。寝巻きの上に厚手のカーディガンを引っかけている。

「なにか？」

「杉田織江さんでしょうか？」

まだ起きて間もないようだ。丸い小太りの顔のなかの目をしばたかせて女がうなずく。

「いや、お休みのところを大変申し訳ございません。ちょっとお訊きしたいことがありまして」

桑田は警察手帳を提示しながらさりげなく部屋のなかに目を走らせた。

三和土《たたき》に男物の靴がある。奥の部屋に人の気配も感じられた。

「じつは、ある事件を捜査中なのですが、少々お話をうかがいたく、お邪魔いたしました」

「事件……？　わたしとなにか関係が？」

「及川広美さん、ご存知ですよね」

ズバリと切り出した。

訪問の意を瞬時にして理解したようだ。織江がうなずく。

その織江の表情を目にして、桑田は自分の確信に誤りがなかったことを噛み締めた。

「及川さんが亡くなられたことは？」

単刀直入に訊いた。

「知っています。新聞を見ましたから。でも、いったいわたしからなにを?」

「生前、及川さんはお店に時々飲みにいらしてましたね?」

「はい」

答えながら、織江が後ろの部屋を気にする素振りをした。

「そのときのようすを聞かせていただけたら、とおもいまして。なに、お時間は大してとらせません。なんでしたら、時間をずらしましょうか?」

男が来ていることを知られたとおもったからだろう、織江が一瞬照れたような表情を浮かべた。

「そうですか……。それでしたら、お店の準備とかもありますし」

小首を傾げたあと、午後の二時にお店のほうにもう一度来てもらえないか、と織江はいった。

「わかりました。そうします。お忙しいのにご協力いただき感謝いたします。ではその時間に出直しましょう」

礼をいい、引き揚げよう、と目で清水に促したとき、逆に織江から訊かれた。

「わたしのことは、一馬さんから……?」

「えっ、一馬君?」

意外な名を耳にして、おもわず桑田は訊き返した。清水と目を見合わせる。

「あら、ちがうんですか?」

「いや……」ことばを濁した。「一馬君はよくご存知なのですか?」

「ええ、まあ」

桑田の反応に、一瞬織江の顔に困惑とも狼狽ともとれる複雑な表情が流れた。まるで口にしてはいけなかったことを口にしてしまったとでもいうように態度は落ち着きを失っている。

「そうですか。では、詳しいことはのちほど、ということで」

桑田は再度、織江に丁寧に頭を下げてから、清水の背を押すようにして階段に足をむけた。背後でドアの閉まる音がする。

階下に下りるやいなや、こらえ切れぬかのように清水がいった。

「警部。彼女、一馬と面識が……」

「そのようだな」

なおもなにかをいいかけた清水は、桑田の厳しい顔の表情に口を噤《つぐ》んだ。

来た道の地面を見つめながら桑田はゆっくりとした足取りで歩いた。

及川の名前を出しただけで瞬時にして織江は、なんの事件で訪ねて来たのかを理解した。「バー花」の時代からすでに二十年以上もの月日が流れている。つまり彼女にとっては、及川の名前が記憶をひもとくまでもないほどに身近だったということだ。それに、生前の及川が飲みに来ていた、とも答えた。これで、及川が通っていたという一杯飲み屋が織江の店であることははっきりとした。

しかし、織江と会ったのがわずかの時間であったにもかかわらず、桑田の胸にはふたつの疑問が頭をもたげていた。

ひとつは、清水もいった、一馬の件だ。一馬から聞いて訪ねて来たのか、とはどう解釈したらいいのだろう。むかし及川に一馬という名の息子がいたことぐらいはむろん知っていただろう。しかし、一馬から聞いて――ということばは、彼女と成長した現在の一馬とが面識があることを意味している。いったい、いつ、織江は一馬と会ったのだろう。事件後に一馬は、父の通っていたとおもわれる飲み屋は知らない、と証言している。ということは、一馬が「織江」の存在を知ったのは、それ以後ということになる。知った経緯や理由はおくとして、もしそうであるなら、一馬は捜査本部が店の特定に躍起になっているのを知っているのだから、すぐに一報してくれて然るべきだろう。

それと、もうひとつ……。及川の事件だと教えれば、織江の口からいの一番に返ってくるのは、犯人が逮捕されたのですか、ということばではないだろうか。つまり彼女は、一年以上になるこの事件がいまだに解決されていないことを知っているのだ。新聞を見落とすことだってあるだろう。でも訊かなかった。一馬とは面識がある……。たぶん、ごく最近に一馬に会って、すでにそれを知っているからではないか。

「あいつ、我々がここにたどり着くまでにどんな苦労をしたのか知ってんですかね」

「織江」の店先を歩きながら、チラリと閉まった引き戸に目をやって、清水がいった。桑田に聞かせるというより、一馬への鬱憤《うつぷん》を吐き出すような口調だった。

「まあ、そう怒るな。きっと一馬には一馬の言い分があるんだろう。あとで織江から事情を聴けば、そのあたりのこともわかるさ」

心の片隅には清水と同じ感情がある。しかし自分までがそれを口にするわけにはいかない。桑田はなだめるかのように、そう清水にやんわりといって、時計を見た。まだ十一時半で、織江と会うまでには二時間半もある。

「早飯を食ってから、少し歩き回るぞ」

及川の勤め先だった「平和清掃」のある平和島駅周辺から「織江」の店までを丹念に歩いてみるつもりだった。店が特定できたからには、及川になったつもりでその道筋を歩き、彼の心境を推し量ることも必要だった。

パチンコ屋の数軒先にあった定食屋で一足早い昼食をかき込んでから、早速桑田は、大森海岸駅から平和島駅までの第一京浜沿いを清水と一緒になって歩きはじめた。

「しかし……ですよ、警部」

「もういい。その話はやめろ。刑事がそんなに感情的になってどうする」

半分叱責を込めて桑田は清水の口をふさいだ。昼飯を食べているときも、清水は一馬への不満を洩らしていたが、いつまでもそのことにこだわっていると、なにかをうっかりと見逃してしまいそうな気がする。

「すみません」

謝った清水が、運河からの冷たい風で乱れた頭髪に手をやった。

第一京浜を下る左側、運河側の歩道を歩いている。平和島駅まで行ったら、折り返しは反対側の歩道を歩くつもりだった。

「競艇をやっているようですね」

新聞を片手に桑田たちを追い越してゆく男たちの姿を見て、清水がいった。

左手前方の勝島南運河の入り組んだ一角に平和島の競艇場があり、東京湾のほうに抜け出る運河の左手が大井競馬場となっている。運河からの風に乗ったエンジンの轟音《ごうおん》が桑田の耳に届いてきた。

「クリスマスは明後日、それが終わればもう今年もあと残すところ数日。年越しの金に追われて、藁にもすがる気持ちで通っているやつもいるんですよ」

「詳しいな」

おまえもそのクチか、と言いかけたことばを呑み込み、おもわず桑田は小さな笑いを洩らした。

「別に同情してるわけじゃないんですが」

「いいから、周囲に気を配って歩け。なにか気づいた点があったら、どんな小さなことでもいいからいうんだぞ」

「了解しました。警部」

おどけて敬礼のしぐさをした清水を苦笑でやり過ごし、たばこに火をつける。

今年もあとわずか、か……。事件からもうかれこれ一年と二か月になるというのに、年内の解決には程遠い。志願して捜査本部に組み込んでもらったというのに、まだ手がかりらしきものをなにひとつとしてつかんでいない。桑田は、申し訳ないというより、自分自身に情けない気持ちでいっぱいになった。

清水が歩きながらなにかブツブツとつぶやき、そして時々おもい出したように立ち止まっては手帳にメモを取っている。どうやら宿題に課した、例のカタカナの名前と類似して聞こえる発音の名前を考えているようだ。

平和島口を過ぎると、五分も歩かぬうちに第一京浜と環七通りとの交差点に出た。このまままっすぐ行くと、左手に及川が勤めていた「平和清掃」があるが、すでにその周辺は何度も足を運んで検分しているのでのぞく必要はない。第一京浜の道路をはさんだ反対側は平和島駅、そしてその平和島駅をひとつ下ると大森町駅になる。

「平和清掃」は平和島駅と大森町駅のちょうど中間に位置するが、及川が通勤に使っていたのは平和島駅であることは会社に教えられている。きょうは大森町駅まで足を延ばすこともないだろう。

とりあえずここまでは特に気づいた点もない。桑田は清水と一緒に第一京浜を渡り、折り返すようにして今度は「織江」の店のある大森海岸駅のほうにむかって歩いた。さっきよりももっと注意深く周囲に神経を配った。及川が会社の帰りに歩いて「織江」の店に行くとしたら、たぶんこちら側の歩道を使ったとおもわれるからだ。

相変わらずブツブツとつぶやいている清水に桑田はいった。

「おい。頭の体操もいいが、きょうのところは神経を周囲に集中させろ。それに、電話帳はもう見たのか？　あれは名前の宝庫だぞ」

「あっ、そうか。いったいなに無駄骨折ってるんですかね、僕は」

清水が出しかけた手帳をしまう。

「おまえさんの頭は、冴えているときとそうでないときの落差が大きいな」

「ひどいことをいいますね、警部も」

軽口をいい合いながらも、辺りの光景に配る注意だけは怠らなかった。

少し歩いたとき、左に神社が見えた。東海七福神のひとつ弁財天を祀った磐井《いわい》神社だ。

「大井の競馬場に天祖神社、平和島の競艇場に磐井神社――、なんとなく及川の殺害現場をおもい出しますね」

清水のことばに無言でうなずき、桑田は立ち止まって神社の境内に目をやった。誰もいない。ふたたび歩き出す。

出所後の及川は、仕事を終えると寄り道もせずにまっすぐに家へ帰っていた。それが、加代が亡くなってから「織江」で一杯飲《や》るようになった。一馬が残されているとはいえ、きっと寂しさに耐えられなかったにちがいない。

仕事を終えたあとのこの道を、なにを考えながら及川は歩いたのだろう……。彼の身体にはガンが再発している。たぶん自分の死期の近いことも覚悟していたにちがいない。

もし、吉田の推測通り、一馬が及川と加代とのあいだの子供でないとしたら……。一馬はその事実を知っていただろうか。いや、それよりも、及川自身がその事実を知っていただろうか……。

及川が逮捕されたのは、事件からわずか一週間あとの十二月十七日。一馬が生まれたのは、その翌年の八月七日。妊娠の期間を考えれば、微妙だが、どちらとも取れる。

もし一馬が実子でないとするなら、いったい彼は誰が産んだ子供になるというのか……。まさか加代が赤ん坊を盗んできたというわけではあるまい。やはり一馬は及川の実子で、吉田の推測は的はずれなものなのではないか……。しかしあの実直そうな吉田があえてそんな踏み込んだ推測を口にするからには、彼なりの確かな感触があったと考えられる。

「警部」

清水が声をかけてくる。

「街並みを見ながら歩いているうちに、やはり妙な気がしてきました」

「なにがだ？」

「ほら、この前、上野弁護士に会ったときに、罪の償いを終えたら北海道に住んでみたい、ようなことを及川が洩らしていた、と聞いてきたでしょう……」

及川の国選弁護人だった上野弁護士からは、これといって得るものはなかった。やはり及川は単独犯の主張を弁護士にも押し通し、共犯がいるようなことはなにひとつとしてほのめかさなかったという。だが、裁判の終わり間際に、出所したら北海道に住んでみたいというようなことを口にしていたらしい。

「それが、なぜ妙な気がするんだ？」

「たしかに、この辺りはゴミゴミしていて、北海道が別天地におもえるのはわかります。でも、及川の一生って、この京浜地帯一色といっていいものでしょう？」

「大罪を犯したんだ、自分のことを誰ひとりとして知る者がいない場所で暮らしたくなる心境はわからないでもない。それに、母親のこともあるしな」

　及川が生まれたのは、この第一京浜を下った南蒲田だ。幼いころに工員だった父親が他界し、女手ひとつで育てられていたが、中学二年のときに、その母親が川崎に住む畳職人と再婚した。しかし及川は新しい家庭に馴染めず、自分を畳職人にしようとした厳しい義父を嫌って中学を卒業すると同時に家を飛び出している。以来、及川はこの京浜急行の沿線の街を転々としながらひとりで暮らすようになり、そんなときに知り合ったのが加代だった。

　桑田は、及川が事件を起こした直後に、一度だけ川崎に住む彼の母親を訪ねたことがある。しかし再婚相手とのあいだにもうけた二人の子育てに追われていた母親からは、あの子はすでに忘れた存在だ、とけんもほろろの対応をされ、以後の接触をきっぱりと断られた。及川が殺害されたあとに、出むいた捜査員に対しても、年老いた母親は、悲しむどころか桑田に対したのと同じ態度をとったらしい。葬儀にも顔を出さない、と拒絶されたとのことだった。

「それはそうなんですが……」浮かぬ顔をして清水がつづける。「加代も、この京浜地帯からは一歩も出たことのない人間でしたから、その点がちょっと引っかかるんです。それに仮に、及川がそうした心境になったとしても、北海道という具体的な地名を挙げるものでしょうか。どうしてもそれが唐突な気がしてならないんです。そうした場合、どっちかというと、ここを離れてどこか遠い所で生活をしたい、というような表現をするものなんじゃないでしょうか」

「ずいぶんと北海道にこだわるな」

　しかし、清水のいうことも一理ありそうな気がする。桑田は、第一京浜を通過してゆく大型ダンプにぼんやりとした視線をむけた。

「それに、東京とはちがって、夜の星がとてもきれいらしい、なんて」

「なんだ？　それは？」

　立ち止まり、清水の顔を見る。

「いや、北海道のことを口にしたとき、そんなこともいってたらしいんです。きれいらしい、という表現は、本で読んだか、誰かから聞いたふうにとれますよね。刑務所時代の彼は読書に励んだようですが、その当時の彼は本なんて無縁だったとおもうんです」

「つまり、なにか——、及川は北海道のことを誰かから聞いてそんなことを口にしたのではないか、ということか？」

　あの当時、及川の周辺には多くの若い仲間たちがいた。あるいはそのなかのひとりぐらい、北海道から流れて来た人間が混じっていたとしてもおかしくはない。

「しかし、仮にそうだとしても、その誰かがホシということにはならんだろう」

「むろん、そうです。でもかばうほどにおもい入れのある相手が話したのだとしたら、きっと及川の胸にも印象深く刻み込まれたのではないでしょうか」

「なるほど……。今度は冴えたほうの清水君がしゃべっているような気がするな。まあ、冗談だが」

　清水に笑ってみせ、桑田はすぐに真顔に戻した。

　星がきれいらしい、か……。胸でつぶやく桑田の耳に、ふたたび競艇場のエンジン音が響いてきた。

　平和島駅と大森海岸駅とはわずか一キロほどの距離しかない。ゆっくりと歩いても十分前後もあれば着いてしまう。

　今度は第一京浜の裏筋の道、京浜急行の電車が走っている道沿いを選んでふたたび平和島駅にむかって引き返した。年の瀬も押し迫ったときの電車の音は妙に物寂しく耳に響いてくる。

　二往復を終えて大森海岸駅に着いたのは、午後の一時半だった。

「いい運動になったろう」

　いささかうんざり顔になっている清水を誘って駅前の喫茶店に入った。

「しかし寒くなりましたね。生き返った心地がします」

　熱いコーヒーを口にする清水の頬が紅潮している。

「怒られるかもしれませんが、歩いていてもどうしても一馬のことばかりを考えてしまいました」

「そうか……」

　じつのところ、それは桑田も同じだった。なぜ一馬が

「織江」の店を知ったのか。それがどうしても心のなかで引っかかっていた。

「父親が殺されてから一か月ぐらい、一馬はとても捜査に協力的だったんです。飲み屋の一件でも、及川がなにかそれらしきことを口にしたことはなかったかどうか、必死になって記憶をたどってくれたほどなんです。それが突然、捜査に非協力的になった――というより反抗的ともおもえる態度をとるようになった。そして『織江』のことさえも知っている。僕にはどうも一馬という男が解せませんね」

桑田は黙って清水の話を聞いていた。それはそのまま桑田が抱いている疑問でもあったからだ。

「そろそろいいだろう」

二時五分前だった。勘定を払って店を出る。

すでに織江は来ているようだった。さっきまで固く閉じられていた引き戸がほんのわずかだけ開いている。

「失礼します」

引き戸を引き、桑田は店のなかに声をかけた。

店の奥のほうの蛍光灯だけが点けられていて、織江はカウンターのなかにいた。すでに店の準備をしていたらしく、桑田たちの姿に手を拭きながらカウンターから出てくる。

寝起きだった先刻とはちがって、織江は顔に化粧を施し、花柄のウールの服を着ていた。

そのせいか、さっきよりは四つ五つ若く見える。

「それで、どのような……」

不安げな表情で口にしながら、織江がカウンターの椅子を桑田たちにすすめた。

「申し遅れましたが――」

桑田は椅子に腰を下ろす前に、織江に名刺を差し出した。清水も名刺を取り出す。

「大井署の刑事さんですか」

織江が物珍しそうにしげしげと桑田と清水の名刺を見つめている。

「じつは先ほどもいいましたが、私どもは及川広美さんの事件を捜査しております。ご存知のように、一年ちょっと前、及川さんは不幸な事件に巻き込まれてお亡くなりになってしまった」

大きくうなずいてから、織江が再度桑田に椅子をすすめた。

「では失礼させていただいて」

椅子を引いて腰を下ろそうとしたとき、湯が沸騰したことを知らせるやかんの金切り音が店内に響いた。

「ちょっと失礼します」

織江がカウンターのなかに戻ってゆく。どうやら桑田たちのためにお茶の用意をしてくれていたようだ。

「どうぞ、おかまいなく」

織江に声をかけながら桑田は店内に観察の目を走らせた。

テーブル席などはなく、コの字形になったカウンターがあるだけの店だ。そのカウンターを囲むようにして、十四、五の椅子が置かれている。もし織江ひとりでやっているとしたら、満席にでもなったらとても応じきれないだろう。

「愛想なしですが」

織江が桑田と清水の前にお茶を置いてくれた。

「いや、お手数をおかけしまして」

礼をいい、商売のほうはいかがですか、と桑田は差し障りのない話から切り出した。

「オバサンひとりがやっと食べていけるというだけのことですよ」

織江が屈託なく笑った。笑うとできるふっくらとした頬のなかのえくぼが、彼女の人のよさを表している。


その笑顔が一瞬桑田に在りし日の加代をおもい出させ、そして同時に、さっきからの迷い――一馬のことから訊くべきか、及川からにすべきか――を払拭させてくれた。

お茶をひとくち口にしてから桑田は訊いた。

「早速なんですが。先ほどおうかがいしたとき、一馬君から聞いて来たのか、というようなことをおっしゃってましたが、彼のことはよくご存知なのですか？」

「ええ、まあ……」

うなずいた織江が上目遣いに桑田を見ながら膝に置いた手をモジモジと動かしている。

桑田はあえてそれ以上のことを尋ねるのは控えた。気のよいタイプというのは、こちらが矢継ぎ早に質問するよりも黙って待っていたほうが良策であることは経験上知っている。

「よく知っているか、と訊かれましても、成人した一馬ちゃんに会ったのは、まだ三度ほどですので……」

そう前置きしてから織江は、むかし自分が及川さんの奥さんのバーで働いていたことは当然知っておられますよね、と桑田に訊いた。

「ええ。知っております」

「そうですよね。警察にわからないわけがありませんよね」

織江は納得するようにつぶやいてから、一馬に会ったのは及川が亡くなった一か月ほどあとに焼香に訪れた折が最初で、その後、ついこのふた月半ほど前の及川の命日の墓参りのあとに一度、そしてひと月ほど前にもひょっこり一馬が店に顔を出してくれたのだ、と説明した。

なるほど……。そういうことか。しかし、それならそれで、一馬はどうして織江の店のことを捜査本部に連絡してくれなかったのだろう。

その疑問は胸に封じ込めて、桑田はいった。

「なるほど。それで、我々が訪れたのは一馬君から聞いてのこととおもわれたのですね」

「ちがうのですか？」

「じつは、彼の口からではなく、別の調べからなんです」

「別の調べといわれますと？」

織江がふしぎそうな顔をし、そして慌てて、別に自分のお店のことを警察に内緒にしようとおもっていたわけではない、と補足した。

瞬間、桑田は、おやっ、とおもった。ふつうこうした場面で警察に訊かれている側というのは、こちらが疑問として指摘しないかぎり自分から、内緒、などということばは使わないものだからだ。

しかし桑田は、あえてその疑問は口にしなかった。

「むかし勤めておられた『バー花』。あそこでの同僚だった梢さん、むろんご存知ですよね」

「梢さん？」

訊き返した織江の顔に安堵の色が浮かんでいる。店を知られた理由に合点がいったのだろう。

「そうです。今は新宿でバーを営業《や》っておられる奥本葉子さん、彼女から教えてもらったのです」

桑田は、「バー花」の当時のことを調べていた過程で、梢——奥本葉子の存在を知ったのだ、とだけいって、その間の仔細についての一切は伏せた。

「梢ちゃん、元気にしていましたか？」

織江が懐かしそうな顔をした。

「ええ、彼女も大変懐かしがっていましたよ。一度、暇なときにこちらのお店に寄らしてもらう、というようなこともいっておられました。ところで、それはさておきまして……」

本題に入らなければならない。桑田は話に区切りをつけるようにお茶を口にしてからいった。

「じつは私どもは、この一年というもの、杉田さんのお店を捜すのに躍起となっていたのですよ」

　さっき織江がいった、内緒、ということばを意識して、桑田は織江からの一報がなかったことを婉曲《えんきょく》に皮肉った。

「わたしのお店を……ですか？」

　織江が緊張させた顔を桑田にむけてくる。

「ええ。じつは、出所後の及川さんは、仕事を終えられてもどこにも寄らずにまっすぐ自宅に帰られるような日々を送っておられた。それが、奥さんの加代さんを亡くされてから、どこかでお酒を飲んで帰られるようになった。しかし、いくら捜査しても、肝心のそのお店が見つからなかったのです……」

　殺人という事件では、被害者の生前の日常生活を洗うことがとても大切なのだ、と桑田は説明した。

「偶発、あるいは突発的でないかぎり、事件解決の糸口は、おおむねそうした捜査の過程で浮かび上がってくるものだからです」

　言外に、きょう訪れたことの意図するところを伝える。

「そうだったのですか……。では、わたしがもっと早く警察に連絡を入れておけば、皆さんのお手を煩わせることもなかったのですね」

　織江が申し訳なさそうにいった。

「まあ、そう固くならないでください」

　桑田は、織江の気持ちが萎縮しないように、笑みをたたえて優しくなだめてからいった。

「ご説明で一馬君とのことはだいたいわかりました。ところで、及川さんが初めてお店に顔を出されたのはいつごろのことでした？」

「たしか、亡くなられる一年ほど前の十月のことでした」

　その前の月の九月に加代が病死し、それを教えに来てくれたのだという。織江の店のことは加代から聞いて知っていたらしい。

「それ以来、会社が終わると、週に一、二度、お店をのぞいてくれるようになりました。加代さんが亡くなられたことが相当にこたえたようで、寂しさを紛らわせたかったのだとおもいます。一度しみじみと、そのようなことを話していたのを聞いたことがあります」

　そういって加代がカウンターの一番奥の席を指さした。他の客から離れるように、来ると決まってその席に座り、そして決まったように徳利二本を空にすると腰を上げたという。

「なるほど」

桑田は及川が指定席のようにしていたという椅子に目をやって、そこで飲んでいる彼の姿を想像してみた。寂しさを紛らわせたかったのだろう、といった織江のことばが胸に沁みて、桑田はやるせないような気持ちになった。

「誰かを連れて来たようなことはありませんでしたか?」

「いいえ」織江は首を振った。「一度冗談で、お店の売り上げ協力のためにたまには会社のひとでも連れて来たらどうですか、といったことがあるんですが、笑ってましたわ」

「そうですか……」

どうやら、私生活での交友関係は避けていたという捜査結果は、織江の店にも当てはまるようだ。

「親しくしている友人のようなひとの名前を耳にされたことは?」

「それもまったく」

これについても織江は首を振った。出所後の生活については及川はなにも話さなかったし、織江も気を遣って尋ねなかったという。

「ここはわたしが女手ひとつでやっていますので、そういつも及川さんをかまってやれるというわけではなかったのですが……」

酒飲み話でつき合うことといえば、やはりふたりに共通の、「バー花」や死んだ加代の想い出話になったという。

「そしてあとは、決まって、一馬ちゃんのことばかり」

織江がふっくらとした頰にえくぼを作ってうれしそうに笑った。

「一馬ちゃんの自慢話をするときは活《い》き活《い》きとした顔をしてましたわ。唯一の心の支えだ、といって」

織江の話はすべてこれまでの捜査で得られた事実をなぞるようなことばかりで、新しい発見はおろか、カンに響くような点もなにひとつない。

「そうですか……。では一番肝心な点をお訊きしますが」

織江がいくらか緊張した顔をした。

「事件のあった日の夜、及川さんはここに顔を出しましたか?」

「いえ、来ておりません」

間髪いれずに返ってきた織江の答に、桑田は内心落胆した。あるいは……との気持ちを抱いていたからだ。

しかし、それは表情に出さずに訊いた。

「及川さんが最後にお店に顔を出されたのがいつだったかは憶えておられますか?」

「事件があった十日ほど前の、九月二十四日です」

今度も瞬時にして織江から答が返ってきた。

「ほう。そんなにはっきりと憶えておられるのですか」

「ええ、姪《めい》っ子の誕生日でしたから」

静岡に住むその姪の誕生日祝いを買うために、渋谷のデパートに出かけた日だったからはっきりと憶えているという。

「それに……」ちょっと首を傾げてから織江がいった。

「その日の及川さんが、いつもの及川さんとはちょっとちがっていたからです」

「ちがっていた?　どう、ちがっていたのです?」

少し身体を乗り出すようにして、桑田は織江の顔を見つめた。

「さっきもいいましたように、及川さんは必ずといっていいほどに、徳利二本を空けるともうそれ以上のお酒は口にしなかったのですが、その日にかぎって、十本近くも徳利を空けられたからです」

「ほう……。では、相当に酔われたでしょう」

いくら体格のいい及川でも、一升近い酒を飲めば酔いは回るだろう。それに末期ガンを抱えている身体なのだ。

「ええ、それは……。もうおやめになったら、といったのですが……」

「なにか原因があったのですか?」

「わかりません。なにかあったのですか、とわたしも訊いたのですが、首を振るばかりで」

「なにか、いってませんでしたか?」

「いいえ。その日は忙しく、わたしも及川さんにつきっきりというわけにもいきませんでしたし」

最後は半分眠ったような状態になっていたのでそっとしておいた、といって織江が申し訳なさそうな顔をした。

「ですから、なにも。でも……」

ふとおもいついたように、織江が目を細めた。

「でも……、なんです?」

「たしか十一時ごろだったとおもいますが……。お帰りになるといわれたので、お店をお客さんにお願いして、及川さんを表通りまで送りに出たのです。なにしろだいぶ酔われてましたので、タクシーにだけはしっかりお乗せしなくてはいけないと……」

「そこの角のパチンコ屋の辺りですか」

「ええ。でも、わたしが空車に手をあげようとすると、及川さんに止められたのです」

「電車で帰る、ということですか？」

「いいえ、そうではないんです。反対側で拾うから、いいと」

どういう意味です？　と訊こうとして、すぐに桑田は自分の迂闊《うかつ》さに気づいた。

そうか……。及川のアパートは東大井六丁目だ。もし家に帰るのなら、すぐ先の第一京浜を左に折れて飛ばせばいい。だから織江もそのつもりでパチンコ屋の角で空車に手をあげようとしたのだ。だが及川は、反対側で拾う、といった。反対側から車に乗れば、池上通りか環七に出る。つまり都心に入ることになる。彼の頭のなかには、家ではない、どこか別の行く先があったにちがいない。

「それで、反対側で及川さんを車に乗せられたのですか？」

「いえ、だいじょうぶだから、といわれて……」

織江の制止を振り切るようにして、及川はひとり酔った足で強引に道を渡り、車に乗ってしまったという。

「つまり、及川さんは家ではなく、どこか別のところに行く用事があったのではないか、とおもわれたのですね」

桑田のことばに、織江はうなずいた。

「用事かどうかは……。もしかしたら、またどこかに飲みに行かれたのかもしれませんし。でも、あのまますぐ家に帰られたのでないことだけは確かだとおもいます」

「乗ったタクシーがどこの社のものだったかは？」

むだとおもいつつも念のために桑田は訊いてみた。案の定、織江は首を振った。

タクシー会社もわからない。しかももう一年以上も経っている。及川の行き先を突き止めることはまず不可能だろう。

「そうですか……。しつこいようですが、及川さんが、友人、もしくはそれらしき場所のようなことを口にされたことは、一度も？　ほんのさわりみたいなことでもけっこうなのですが」

「本当に、ないんです。わたしも犯人が憎いんです。いっときも早く犯人を捕まえてほしいと願っています。ですから事件のあと、わたしなりにいろいろと考えてもみました。なにかお役に立つことはないだろうか、と」

織江はちょっと気を悪くしたようだった。そして壁の時計に目をやる。三時を少し回っていた。そろそろ店の準備に取りかからなければならないのかもしれない。

「いや、藁にもすがるような気持ちでして、ね」

桑田は軽く頭を下げてから、もう少しだけお時間をいただきたい、といった。

「お茶を淹れかえましょう」

「いや、どうぞおかまいなく」

織江が腰を上げて、灰皿を桑田の前に置くとカウンターのなかに入ってゆく。

桑田はたばこに火をつけて、置かれた灰皿を隣の清水とのあいだに置き直した。それを見て、清水もたばこを取り出す。

「なにか訊きたいことが浮かんだら、遠慮することはない」

お茶の用意をしているカウンターのなかの織江に横目をやり、桑田はそっと清水にささやいた。清水がうなずく。

桑田はたばこを吸いながら織江に訊くことを頭のなかで整理した。

吉田が話していた、英子と特別な関係にあったとおもわれる若い男。そして、一馬の件――。しかし一馬の件に関しては質問のしどころが難しい。織江に妙な誤解を持たれてもいけない。どうやら織江と一馬は、彼女の話以上に親しい間柄になっているような気がする。となれば、妙な質問をすれば、一馬の耳に入ってしまうだろう。

織江がお茶を用意して戻って来た。

「いや、申し訳ないです」

「すみませんが、四時ぐらいにはお店の準備に取りかかりたいのですが」

「わかりました」

署からそう時間がかかる場所ではない。場合によったらまた出直せばいい。桑田は快くうなずいてみせてから、訊いた。

「さっきの話のつづきなんですが……。最後にお店に来られたという九月二十四日の前、そうですね、その半年ぐらいほど前から、及川さんのようすに、なにか変わったというか、今までとはちがうな、と感じたような点はありませんでしたか?」

「いえ、特には気づきませんでしたけど……」

お酒を飲むペースも、話す内容も、いつもと変わった点はなかった、と織江はいった。しかしそう答える彼女の表情が、一瞬だが、かすかに動いたように桑田の目には映った。

ガンのことを話すかどうか迷った。しかし今それを教えれば、織江の気持ちを動揺させてあとの質問に難をきたすような気がした。

「そうですか。もしあとでなにか気がついたことがありましたら、ぜひ連絡をください。ところで、もう旧い話なのですが、『バー花』時代のことをちょっとだけお聞かせ願えますか」

『花』の時代……ですか?」織江が訝しげな顔をした。

「別にかまいませんけど、それが今度の事件となにか関係が?」

「わかりません。警察というのはあらゆる角度から事件を見るものなんです」

昨日の夜、奥本葉子にも「バー花」時代の話は聞いている。しかし彼女は、店で働いていた女の子のなかでは、どちらかというとママの加代とは一線を画してつき合っていたらしく、特にこれといった収穫らしき話は得られなかった。彼女からは、織江のほうが数段店の内情に明るい、との答をもらっている。

織江にかつての及川の事件での共犯説うんぬんまでは教える必要はないだろう。しかし桑田のその説明で納得したのか、織江の顔に浮かんでいた訝かしげな表情は消え失せた。

「もうあの当時に何度も訊かれて耳にタコができていることとおもいますが、やはり及川さんは、特に親しくしているような人間を連れてお店に来たことはありませんか?」

「ええ、なかったとおもいます……」

及川が「バー花」に顔を出すことはめったになかったし、顔を出すときでも事前に電話をしてきて、店の混んでいるときだけにしていたようだ、と織江はいった。

「混んでいるとき? ふつうは逆なんじゃないですか? お店が暇だからのぞいてみる……とか」

「たぶん、お店の女の子の目を気にしていたんだとおもいます。混んでいればかまわれないですし。事実、及川さんは女の子に相手をされるのをとても嫌がっていましたから」

「なるほど。ところで、妙なことを訊きますが……」

桑田は、もしそんな事実がなかったのなら謝りますが、と断って、加代からお店のなかのことは警察にあれこれとしゃべらないようにとの口止めがあったのではないか、と訊いた。

「いえ……」

否定する織江の声は弱々しかった。そして花柄の服の膝あたりに視線を落とす。

「杉田さん」

桑田の呼びかけに、織江が顔を上げる。

「口止め、というほどのことではなかったのですが……」

「あったのですね」

織江がうなずく。

「じつは、及川さんがあんな大それた事件を起こすひと月ほど前に、ママは大切にしていた預金を知り合いのひとに騙し取られてしまったのです。ただ、そのひとというのがママの遠縁にあたる、とかで、警察沙汰にしたくなかったようなんです。それで、及川さんにかぎらず、お店に来るひとのことはあまり警察にはしゃべらないように、と……」

「新開という男ですね？」

「ご存知だったんですか」

織江が目を見張った。

「ええ。もっとも、知ったのは最近のことですが」

むろん織江は吉田のことは憶えているだろう。しかし吉田の名を口にすれば、その話をしてくれたのが彼であることを織江に教えるようなものだ。知られても別に困るわけではないが、証言主の名を第三者に洩らすのは刑事としてすべきではない。

胸のつかえが取れたように織江がいった。

「ひどい男ですよ、あの新開という男は」

「そうだったようですね。ところで、及川さんと新開との仲は？」

「及川さんは毛嫌いしていたようです。一度ママからそんなことを聞いたことがあります」

それで十分だった。新開などは今度の一件では傍流の話だ。さらに新開のことを話そうとする織江の矛先をかわして、桑田はいった。

「ではあらためてお訊きしますが、本当に、及川さんは、親しそうにしているひとをお店に連れて来たことはなかったのですね」

桑田の頭のなかには、吉田が教えてくれた例の若い男の姿があった。

「親しいかどうかまではわかりませんが……」

何人かは連れて来たことがある、と織江は答えた。しかし及川が店に来ることは稀だったし、来ても席につくことはなかったので、その誰についても、名前はむろんのこと、年齢や顔などの記憶はまったくないという。

「なにしろもう二十五年以上も前の話ですから……。よほど親しいひとなら別ですが、ただのお客さんで来たひとを記憶していろ、というほうが無茶な話ですよ。もし刑事さんがわたしの立場だったらどうですか?」

「いや、おっしゃる通りです」

桑田は内心の気落ちを隠して苦笑を浮かべた。しかしここで引き下がるわけにはいかない。

「英子、という女の子がいましたよね」

「ええ」うなずいた織江が首を傾げる。「英子ちゃんがなにか? 彼女はもうとうのむかしに亡くなっていますが……」

「知っています。どんな女の子でした?」

「どんな、と訊かれても……」織江はまた訝しげな表情を浮かべたが、英子のことをおもい出したのか、目を細めていった。「同僚の誰からも好かれた、それは美しくて気立てのよい女性でしたよ……」

「彼女目当てで通っていたお客さんも多かったようですね」

「ええ、それはもう。悔しいですけど、わたしはむろんですけど、店の女の子たちは全員、彼女の前ではまるで刺し身のつまみたいな存在でしたね」

織江は悔しいということばとは裏腹の誇らしげな顔をした。どうやら織江は英子に対して、好意以上の親しみを抱いていたようだ。吉田がいった通り、英子という女の子は、お客はいうに及ばず、同性の誰からも好かれる性格の女性だったにちがいない。

「じつは、当時、お店に通っていたあるお客さんから聞いたのですが、その英子さんと、及川さんがお店に連れて来たことのある、ある若い男とが特別な関係だったかもしれない、というのですが……。どうですか、お心当たりはありませんか?」

「英子ちゃんと若い男……、ですか?」

初耳だというように、織江が驚いた顔をした。その表情が作り物でないのは明らかだった。

「そうですか……。ご存知ないですか……。キリッとした、二枚目で、年の割りには大人びていて、感じのよい青年だったとのことなんですが」

「及川さんが連れて来た若い男といっても、連れて来るのは、誰も若かったようにおもいますし」

　やはり誰ひとりとして記憶にない、ともう一度いって織江は首を振った。

　きのうの奥本葉子の話によれば、加代は店の女の子を誰しも分け隔てなく可愛がっていたが、特にネアカの織江には心を許して何事も相談していたとのことだった。織江以上に、「バー花」のことを知っている女の子はいない、とも口にしていた。及川も加代も他界した。そしてその織江も記憶してないとなると、吉田がいった例の若い男の正体を突き止めることはもう不可能ではないか。

　織江の話を聞く桑田の胸の奥底に暗澹《あんたん》たる気持ちが広がった。

　時計を見た。もうあと五、六分で、織江との約束の四時になる。

「では最後にひとつだけ……。加代さんが一馬君を出産されたとき、当然、彼女はお店を休まれたこととおもいますが、そのときにお店のことを切り盛りされたのはどなただったのですか？」

　織江が眉を寄せた。妙なことを訊く、と顔に書いてある。

「いや、つまり、加代さんがいなくなれば、ママ代わりをするひとが必要でしょう」

「そんなことが今度の事件となにか関係があるのですか？」

　逆に織江に訊き返された。

「及川さんは収監中の身で、しかも加代さんは新開というとんでもない男に騙されてしまった。さぞや、お店は大変だったことだろうとおもいましてね」

　桑田は苦しい言い訳で取り繕った。

「そういうことですか……」織江がうなずく。「ママ代わりというわけではありませんでしたけど、一応、わたしが一番の古株でしたから」

　売上げ金の保管とか伝票の記載などは自分がやってい
た、と織江はいった。

「なるほど。ではあなたが加代さんの入院先に、売り上げを持っていったり、報告などをしに顔を出されていたわけだ」

「いいえ、そんなことはしていません。だいいち、ママは入院なんかしてません」

「えっ、入院をされなかったんですか？」

「お産婆《さんば》さんにお願いして、自宅で出産されたんです」

　あとでママから聞いて、自分もちょっと意外だったのだが——と織江はつけ加えた。

「あとで聞かれた……？　でもお店を休むときには、同じ女同士ですからそうした話をママは店の女の子たちと話し合われたんじゃないのですか？」

「いえ、それは……」

　織江がかぶりを振ってちょっと戸惑ったような表情を浮かべた。

「お店を休んだのが出産のためだったことを知ったのは、ママがお店に出て来てからのことでしたから」

「ほう……」

　後ろの清水が若干身を乗り出したのを気配で感じた。

「では、加代さんはなんといってお店を休まれていたのですか？」

「やんごとない用事ができたので、少し家を留守にする、と」

　新開の一件に追い討ちをかけるようにして起きた及川の事件——。加代ママの心労は察するに余りある。こんなときにこそママに恩返しをしなくては、と皆で同情と励ましのことばを交わし合って、加代の休みのあいだはかえって一生懸命になって働いたという。そして加代がふたたび店に顔を出したときに初めて、出産したことを打ち明けられたのだ、と織江は説明した。

「出産したと聞かされたときは驚きましたわ。きっとママは、及川さんの事件のことで、わたしたちにいいにくかったのだとおもいます。ママもそんなふうな意味のことを洩らして、それまで黙っていたことを皆に謝っていました」

「しかし、そう打ち明けられるまで、ママの妊娠には、誰も気づかなかったのですか？」

「ご存知ないかもしれませんが、こういってはなんですが、ママは大変肥《こ》えた方でしたので。ああいう体型の女性の妊娠は、ちょっとまた太られたのかな、とおもうことはあっても、ご本人がそういわれないと案外、周囲は気づかないものなんです」

「なるほど」

　うなずく桑田に、織江は今度ははっきりと訝る表情を浮かべた。

「でも、こんなことが、本当に今度の事件になにか参考になるのですか？」

　加代の出産に立ち会ったという産婆のことを訊きたかった。しかし、そこまで踏み入った質問をすれば、さすがに織江も不審におもうにちがいない。それにそうした質問の諸々が一馬の耳に入る惧れもある。それだけは絶対に避けねばならない。

「いや、ついつい話が横道にそれてしまいました。じつは、先ほどいいました、英子さんという子と特別な関係にあったのではないか、とおもわれる若い男にちょっと興味があったものですから。もしや、加代さんのいないあいだにお店に顔を出してはいないだろうか、と」

　加代が休んでいるあいだに、妙な客が店に来たような記憶はなかったか、と桑田は付け足すように訊いた。

　織江が首を振る。

「そうですか……、いや、長いお時間ありがとうございました」

　桑田は頭を下げてから、念のためにと断って、加代が店を休んでいた時期を織江に訊いた。

「七月の下旬から八月の下旬までのほぼひと月ぐらいのあいだでした」

「わかりました」

　もう一度織江に礼をいい、桑田は腰を上げた。後ろでメモを取っている清水に目をむける。

　うなずいた清水が手帳を閉じ、中腰の姿勢で織江に訊いた。

「ごめんなさい。私のほうからもひとつだけ――」

　織江が清水に視線をむけた。

「お話をうかがっていると、及川さんは杉田さんにはずいぶんと心を開いて接しておられたようにおもいます。その及川さんがあのような死に方で亡くなられた――。きっとすごいショックだったことでしょうね」

「それは、もう……」

　織江が顔を曇らせる。

「こんなことをいってはなんなんですが、もし私があなたの立場だったとしたらすぐにでも及川さんの自宅に駆けつけるとおもうのですが、ひと月も経ってからご焼香に行かれたというのには、なにか理由でも……？」

「いえ……」

　虚を突かれた質問だったのか、瞬間織江はバツの悪い顔をした。清水にむけていた視線を膝に落としてモジモジとした態度をとる。

「いや、杉田さんを責めているのではありません。なにか、あなたのほうにやんごとない事情でもあったのかな、とおもったものですから」

「わたしもそうしたかったのですが、なにしろ事件が事件だったものですから、きっとお取り込み中だろうと……」

「なるほど、そういうことでしたか。いや失礼いたしました」

織江に頭を下げ、清水が座っていた椅子をカウンターにきちんと並べ直している。

清水の問いに答える織江の顔を立ったままじっと見つめていた桑田の目は、彼女が示した表情の微妙な変化を見逃していなかった。

顔を上げた織江の視線と桑田の視線とがぶつかった。織江が目を逸らす。

なにかを隠している……。長年のカンが桑田に教えていた。

「最初にお話しして、もしご存知なかったらあなたが動揺されるとおもいましたので控えていたのですが……」

桑田のことばに、織江がもう一度桑田に目をむける。

「及川さんから、病気のことを打ち明けられていましたか？」

「病気？　なんのことでしょうか？」

織江が目をしばたかせた。

「そうですか。やはり、ご存知なかったのですか」

織江が知らないであろうことは、この二時間余りの話のなかで察しをつけていた。

なにしろ及川は息子の一馬にすらその事実を教えてはいなかったのだ。一馬が及川のガンのことを知ったのは、事件後に捜査員に聞いてのことだ。

「じつは、及川さんは、あの不幸な事件に遭遇しなくても、そう長くはない命だったのです」

「えっ」

織江が目を見開いた。血色のよい顔から血の気が失せてゆく。

「それは、どういう意味なのですか？」

「及川さんの身体はガンに冒されていたんです。あのままでも、たぶんあと半年、いや数か月、保《も》ったかどうか……」

「それで及川さんは……」

織江の目は、見る見るうちに涙で滲んだ。

「それで？　それで、とはどういう意味です？」

泣きじゃくる織江に、桑田は声をかけた。

清水に目配せしてふたたび椅子に座り直す。桑田は無言で、織江が泣きやむのをじっと待った。背筋に、ゾクッとするような、なにかの予感が走っている。

清水がハンカチを差し出した。桑田はそれを手に取って、そっと織江の膝の上に置いてやった。

「……ありがとうございます」

嫌々をするように首を小刻みに震わせて織江がハンカチを目に押し当てる。

「どうでしょう、杉田さん。決してご迷惑はおかけいたしません。ご存知のことがあったら、すべてお話し願えないでしょうか。きっと、天国の及川さんもそれを望まれているとおもうのですが」

優しく諭すように投げかけた桑田のことばに織江は小さくうなずいた。

10

横矢の姿が家のなかに消えるのを見届けてから一馬は車を発進させた。

時刻はもうすぐ九時。首都高速を突っ走れば五反田の部屋には三十分もあれば着く。

このところ、柏木の義父である横矢にお抱え運転手のような扱いを受けている。赤坂、紀尾井町《きおいちょう》界隈の料亭で、夜の十一時、十二時まで待機させられることなどしょっちゅうだ。少々うんざりした気分だった。

知れば知るほど、横矢という男は反吐《へど》が出るような人物だった。移動する車中での彼の話には耳をふさぎたくなる。二言目には、義理の息子の柏木の自慢話だ。

どうやら政局が緊張をはらんだものとなっているらしかった。柏木の自慢話の合間に、横矢がそれらしきことを口にする。二日とあけず料亭で密談を重ねているのは、その動向を探るためであるらしい。

高速を目黒出入口で下り、山手通りに出た。途中、信号待ちで、一馬はダッシュボードのなかから茶封筒を取り出した。きょうの昼、一時間ほどの空き時間を利用して、大急ぎで代々木の興信所から受け取ってきた、江成未央の調査報告書だった。横矢のいないときに、すでに三度ほど目を通している。

その内容を一読して、一馬は驚きの目を見張った。彼女が国会議員江成達也の娘であるとは……。それ以上に一馬が驚いたのは、彼女の母親の出身地を目にしたときだった。あいつと同じ、北海道の浦河町絵笛となっていたからだ。うっかりすると、調査洩れをするところだった。その分、金額はかさんだが、両親についての調査も併せて依頼してつくづくよかったとおもう。

部屋でもう一度じっくりと読み返し、あいつが彼女に接近している意図について冷静に考えてみるつもりだった。

大崎郵便局前の交差点を右折したとき、道沿いにある洋菓子店の前に飾られた大きなクリスマスツリーが目に入った。

そうか……、あしたはもうイブか……。

しかし、一家団欒《だんらん》の図もしょせん自分には縁のない代物だ。父の収監中は、母は自分とふたりで過ごすイブの夜を愉しみにしていた。しかし、服役から帰って来た父は、自分にはそんな愉しみを許される資格はない、といって頑としてイブを祝うことを拒んだ。今おもえば、それが父の罪に対する姿勢だったのだと理解することができる。

それに反して、きっとあいつは、中目黒の自宅で妻とふたりきりの時間を過ごすにちがいない。そう考えた瞬間、おもわず一馬はアクセルを強く踏み込んでいた。

駐車場にベンツを入庫し、マンションのある筋を曲がったとき、立て看板の脇に佇むふたり連れの姿に気づいた。踵を返そうとしたときには、内ひとりが近づいて来た。

「遅くまでご苦労さんですね」

大井署の桑田刑事だった。もうひとりの清水という若い刑事が、一馬に申し訳程度に頭を下げた。

「なんでしょうか？　もうそっとしておいてほしい、とお願いしたはずですが」

ぶっきらぼうな口調で一馬はいった。

「ご迷惑なのはわかります。しかし、どうしてもご協力いただきたいことが出てきましたので」

桑田の顔は笑ってはいたが目は笑っていなかった。それが一馬の胸に、一抹の不安を芽生えさせた。

「やはり、お部屋に、というわけにはいきませんか？」

コートの襟を立て、うらめしそうに桑田が訊く。夕刻の六時過ぎに小雨がパラつき、それを境に一気に寒さが増している。

一瞬心が動いたが、一馬は首を振った。

「そうですか。しかたありませんな。では、このあいだの公園ということで……」

歩きかけた桑田に、一馬はいった。

「手短な用件でしたら、ここで立ち話ということにしていただけませんか。私も疲れているんです」

「その態度、いい加減にしたらどうですか」

桑田の後ろの清水がこらえ切れないとでもいうように、感情的な目を一馬にむける。

清水をとりなして、桑田がいった。

「本橋さん、きょう、私どもは大森にある居酒屋『織江』にお邪魔して来ました」

一馬にむける桑田の視線には、どんな拒絶をも撥《は》ね返すような強い光が込められていた。

一馬は、自分でも顔から血の気が引いてゆくのがわかった。しかし次の瞬間、素早く頭をめぐらせた。

織江はどこまで話しただろう……。自分のことを話したのは、桑田の態度を見れば明らかだ。父の遺書の一件も教えただろうか……。甘くみていた。やはり、このあいだ顔を出したとき、せめて遺書のことだけは黙っているよう、もう一度織江に念を押しておくべきだったのだ。

「そうですか……。織江さんに会われたのですか」

「いろいろと、聞かせていただけませんか」

やんわりと口にしてはいるが、桑田の口調には刑事特有の有無をいわせぬ響きがあった。

一馬は無言で、このあいだの公園のほうに足をむけた。頭のなかには、すでに対処する考えが固まっていた。

桑田と清水も無言でついて来る。

このあいだとまったく同じ場所——ベンチの前で一馬は足を止めた。公園の水銀灯が、まるで寒さを教えるかのように銀白色に輝いている。

「……それで、いったい私になにを訊きたいのです?」

たばこに火をつけてから、一馬は桑田に顔をむけた。

「二点についてです」桑田はきっぱりとした口調でいった。「もっとも、一点のほうは、お訊きするというより、お願いといったほうがいいでしょう」

一馬は指先のたばこを見つめながら、桑田の次のことばを待った。

「君は、私どもが、及川さんが生前に通っていた飲み屋を必死になって捜しているのを知っていた——。なぜ一言、教えてくれなかったのですか? 君がそれを知ったのは、はるか以前——及川さんが亡くなられたひと月ほどあとのことらしいじゃないですか」

「それが罪になるとでもいうのですか?」

「そういうことじゃない。亡くなられたのは君の敬愛するお父さんだ。その犯人を挙げるために、私どもは毎日、必死になって捜査している。そのおもいは君も一緒でしょう。ならば事件解明の手がかりとなる情報を得れば、私どもに一報があって然るべきだとおもう。そのあたりの事情がどうしても私には呑み込めない。ちがいますか？」


桑田はのぞき込むような目で一馬を見つめた。

「この前も申し上げたように、私はもう父の事件のことは忘れたい。自分の人生を探したいんです。正直な気持ち、いつまでも自分の身辺に警察の匂いのすることが耐えられないのです。それに、こういってはなんですが――警察の捜査能力には信頼も寄せています。あえて私が連絡をしなくても、いずれ織江さんの店は捜し当てるだろう、とおもっていましたし。事実、ちゃんと突き止められたではないですか」

「なるほど。そういうことですか。では、この件のことはいいでしょう」


意外にあっさりと桑田は引き退がった。それがかえって、さっき一馬の胸に芽生えた不安の芽を大きくさせてもいた。


次は、父の遺した封書の一件か……。一馬はたばこを地面に落とし、靴先でその火を消した。

「きょう、杉田さんの口から、おもってもみなかったことを聞かされました」


そう口にしてから桑田は、本橋さん、と語気を強めた呼びかけをした。

「お父さんは生前、君宛の、遺書のような物を杉田さんに託されていたというじゃありませんか」

「その通りです。たしかに、織江さんから受け取りました」ごく自然に答えられたことで、一馬は落ち着きを取り戻していた。「しかし、それはきわめて個人的なことであって、事件とは無関係でしょう。それとも、故人の遺書を警察に届けなければいけない、とでもいわれるのですか？」


詰まったように、桑田は押し黙った。

「私も織江さんがそれを届けてくれたときは、半信半疑でした。まさか、父が私宛にそのように物を遺してくれていたなどとはおもってもみなかったですし。父が織江さんに託したときの話を聞いて、おもわず涙を禁じ得ませんでした」


近ごろ身体の調子がおもわしくない。もし自分の身に万一のことがあったなら、この封書を一馬に渡してほしい――。そういわれていたのだ、といって織江が遺書を届けてくれたときのことをおもい浮かべ、あらためて一馬の目頭は熱くなった。

「本橋さん」ひとつ、小さな咳払いをしてから桑田はいった。「犯人を挙げるために、私どもは、それこそ砂の山のなかに埋もれる針を見つけるように、どんな些細なことでも知りたいのです。そうした些細な事実が事件解決の手助けになったことは枚挙にいとまがない。捜査というのは、じつは、そうしたことの積み重ねなのです。たしかに、おっしゃるように、お父さんが君宛に遺した遺書は、きわめて個人的なことかもしれない。しかし、そのなかに、あるいは犯人と繋がるヒントが隠されているかもわからない。私どもはそれを期待するのです。どうでしょう、遺書の内容を教えてはいただけませんか？」

「かまいませんよ」

一馬は左手に持った興信所の茶封筒を隠すように右手に持ち替えて、ベンチに腰を下ろした。桑田の視線が一瞬茶封筒にむけられたように感じられたからだ。

「こんな内容が記されていました……」

もう一本たばこに火をつけてから、一馬は考えていた返答を、ゆっくりと、独り言をつぶやくようにして桑田に話して聞かせた。

——ガンに冒され余命が数か月ほどであることを父は知っていた、それをどうしても直接伝える勇気が持てないから手紙という形を取ったのだと告白していた、死んだら母さんと同じ墓に入れてほしい、迷惑ばかりかけてなにひとつ父親らしいことをしてやれなかったが力強く生きていってほしい……。

そして最後に、自分は大罪を犯した人間だから自分に関わるすべての物は処分してほしい、この遺書とて例外ではない、焼却してくれ、と書き記されていた……。

「焼却してほしい？」

一馬の最後のことばに、桑田が顔色を変えた。

「まさか、それで、焼却してしまったわけではないでしょうね」

「どうしてですか？」一馬は桑田に目をむけた。「それが父の遺志でもあったわけですから、その通りにしました。家にあった父に関わる物についてはそうでもなかったのですが、さすがに遺書については迷いました。しかし、父の遺言を守ることが父の冥福に繋がるのだ、と自分にいい聞かせ、手にしたひと月ほどあとに両親の墓前で焼却いたしました。これですべてです」

そういってから一馬は、もう用件は終わったでしょう、と桑田に目で尋ねた。

一馬の目を受け止めた桑田が唇を噛み締めている。

「遺言のなかに書かれていたのは、本当に今いわれたそれだけだったのですか？」

「そうです。他になにがあるというのですか」

「友人の名前、あるいは生前の出来事、そうした類の、ほんのわずかなこと、です」

「ありませんでした。今、お聞かせした以外に話し洩れていることなど、なにひとつとしてありません。なにしろ、私は父の遺書を諳《そら》んじているぐらいに頭のなかに刻み込んでありますから」

のら犬が二匹、喧嘩をしながらけたたましい鳴き声をあげて、一馬たちの前を走り去った。

「では、あしたも早いものですから、これで」

一馬は腰を上げた。桑田は微動だにしなかった。一馬と桑田を、清水が少し離れた所からじっと見つめている。

歩きかけた一馬の背後から、桑田の声がした。

「そうだ、ひとつ、お訊きするのを忘れていました」

立ち止まって、一馬は桑田に目をむけた。

寒そうに一度肩を小さく震わせてから、桑田が訊いた。

「今、お勤めの『カシワギ・コーポレーション』には、どなたかのご紹介かなにかで？」

「募集がありましたので」

うなずく桑田の姿のむこうで、水銀灯がチカチカと不自然な輝きをした。

一馬はふたたび背をむけて、部屋のあるマンションの方角に歩きはじめた。

「カシワギ・コーポレーション」には……だと？　たしかに桑田はそう訊いた。自分は会社名など教えていない。つまり調べたのだ。マンションの住人ともつき合いを避けている。車だ……。

被害者の息子の勤務先を調べるどんな理由があるというのか……。疑惑の矛先を自分にむけたということだろうか……。もしそうなら、これからの行動には慎重を期さねばならない。

母を捨て、そして父にもまちがいなくあいつが手を下している……。あいつを警察に渡してはならない。あいつだけは、自分のこの手で、この世から抹殺し葬り去ってやる。すべてを奪い、母や父が味わった苦しみ以上の苦しみを味わわしてやる……。

部屋に戻った一馬は、着替えをすることもせずに、放心の身体をベッドに横たえた。

茶封筒のなかの報告書を抜き取り、もう一度目を通しかけたが、元に戻して机の引き出しの封書を手にした。

焼却したという話を桑田は信じただろうか……。いや、自分を見つめるあの眼差しは信じていない。

どうすべきか……。ここに置いておくのは危険だ。万が一ということもある。学生時代の友人の顔が浮かんだ。彼なら安心だ。あしたにでも彼に頼んでみよう。

そう心に決めると気持ちも落ち着いた。自分の手もとを離れれば、当分、この父の手紙を読むことがかなわなくなる。

一馬はもう何十遍も目を通した父の手紙に、細めの視線を落とした。

11

後援会長夫人の岸田静子《きしだしずこ》が帰ったのは、訪ねて来てからほぼ二時間が経った午後の三時過ぎだった。

急いで着替え、キッチンに立つ。いつもならこの時刻、夕食の下ごしらえはあらかた繁子がしてくれているのだが、彼女は午後から持病の腰痛の治療のためにかかりつけの整体院に出かけている。もっとも、繁子がいても、きょうだけは一切手を借りるつもりはない。なぜなら毎年、クリスマスイブの料理だけはすべて亜木子がひとりで腕をふるうことに決めているからだ。

どうせ達也が帰宅するのは深夜に決まっている。だがきょうは久しぶりに未央が帰って来る。二日前の電話では、七時までには来れるといっていた。繁子と三人だけのイブになるが、未央が家を出て行ってからというもの、一年のなかでもきょうという日が特に待ち遠しくてうれしい。

時計を見ながらオーブンに火を入れ、亜木子は次の料理の段取りの手を速めた。

国会議員である達也を支える会は、正規の後援会の他に、後援会員の夫人たちが作った「江葉会」という名の組織がある。表向きは、達也を裏から応援するという謳い文句になっているが、実態は彼女たちが息抜きをするための茶飲み話の会という趣がある。

きょう岸田夫人が訪ねて来たのは、その「江葉会」では一年で一番大きな集まりである、恒例の新年会の最後の打ち合わせのためだった。だがそれは彼女の口実で、実際は二か月前の十月末には、すでに会場や当日趣向を凝らして行われるイベント等についての段取りはすべて決まっており、取り立てて打ち合わせをしなければならないような話はない。具体的な準備についても、「江葉会」の運営委員に名を連ねている夫人たちがすべて取りしきってくれているので、亜木子の出番となる用事もない。つまり、きょう岸田夫人が訪ねて来たのは、派手好きで表に出たがり性の、いつもながらの彼女の社交術のひとつということだった。

とはいえ、彼女のような存在は亜木子にとっては貴重だった。達也が代議士であるにもかかわらず、亜木子はいまだに政治の世界に馴染めないでいる。初当選した直後の一、二年は、政界のあれこれを達也も聞かせてくれたが、亜木子を政治にはむいていない人間と結論づけたのだろう、しだいにその手の話をすることもなくなり、今ではふたりの会話には、政治はおろか会社のことすらも出てこない。岸田夫人をはじめとする「江葉会」のメンバーに会うのは苦痛で疲れもするが、彼女たちが自分の夫から耳にする政党の裏話を聞くことで、亜木子は政界における達也の現状を理解するのに役立てている。

岸田夫人は選挙のことに神経を立てていた。どうやら彼女の夫に達也の近況を聞いてくるよういわれたらしい。この不況で現在の小美濃内閣の支持率は民自党結党以来最悪といわれるまでに低下し、連日マスコミから集中砲火を浴びている。そのせいで今の政局が混迷の度合いを深めているのは、いくら政治に興味が持てない亜木子でも知っている。岸田は、もしかしたら来年の夏にでも衆参同時選挙があるのではないか、と心配しているらしい。近ごろの達也の態度を見ていれば、亜木子もそれがかなり信憑性《しんぴょうせい》の高い話であるとおもっている。選挙が近づくと、ただでさえ不機嫌な達也の態度がますますピリピリとしてきて、それこそ取りつくしまがないほどに無口になってくるからだ。

達也の後ろ盾になっているのは現通産大臣の木本晴行だが、岸田夫人はしきりとその木本晴行と達也との関係の実情を知りたがった。どうやら後援会のなかでも、長年つづいた達也と木本との間柄がぎくしゃくしてきているることが噂になっているらしかった。ふたりの関係がしっくりしなくなった原因ははっきりしていた。本業である貸しビル業の不振から、以前のように達也が木本に資金を用立てることができなくなってきているからだ。

ケーキ作りの手を休めて亜木子はため息まじりに肩を落とした。もしまた選挙にでもなれば、自分もあれこれと引っ張り出されてしまうことだろう。選挙の煩わしさは想像を絶するものがある。

気を取り直してふたたび料理作りに没頭した。すべての準備が終わって一息ついたとき、突然背後から抱きしめられた。

「びっくりした?」

未央が茶化した声で、亜木子の顔をのぞき込む。

「いくら自分のお家だといっても玄関のベルぐらい鳴らしなさい」

怒った顔をしようとしても自然と顔がほころんでくる。繁子は整体院に出かけていると教え、未央と一緒にリビングで紅茶を飲みながらくつろぐ。

「このあいだの電話でも感じたのだけど、近ごろなにかいいことでもあったのではないの?」

いつもは亜木子を心配することばかり並べるのだが、先日は、おやっとおもうほどに華やいだ声で電話をしてきた。

「そんなこと……。まあいろいろ、とね。わたしだってお年ごろよ。心配でしょう? お母さん」

「おもわせぶりだこと。でもわたしは笑っている未央のそんな顔が一番好きよ」

未央の顔を見たことで、このところ悩みつづけていた達也のことや寺島牧場の一件が胸から薄れてゆく。

しばらく未央の仕事の話に耳を傾けた。後任のアシスタント探しは難航しているらしい。

「でもだいじょうぶ。やりたいというひとはたくさんいるし、それにまだ時間の余裕があるわ。いくら気難し屋さんの先生でも、そうそうわがままばかり押し通せないし」

ニッコリ笑って、未央は舌先を少し出す。

「わたしは未央が出す写真集を心待ちにしているのよ」

「ありがとう。でも、それはそうと、やはり、今年は一緒に帰れそうもないわ。年末に先生の急な仕事が入ってしまったの。こんな状態では無理もいえないし」

「そう、それならしかたがないわね。お祖父さんは寂しがるでしょうけど、今の未央には仕事が一番大切……」

ひと月ほど前に帰って来たばかりだが、四日後の二十八日にふたたび絵笛に戻る。年末に未央と一緒に帰省することは、未央が生まれて以来一度たりとも欠かしたことがない。未央が一緒でないのはたしかに寂しいが、大切な仕事を抱えている以上しかたのないことだった。それに今は未央を父には会わせたくないという気持ちが心の片隅にあるのも事実だった。牧場が人手に渡ることをまだ未央には一言も教えていない。もし知ったとしたら、未央はどんな顔をするだろう。

　先日、結局父の牧場を手放すことになる、と達也から打ち明けられた。どんなに抗議しても無駄だった。すでに書類の準備に取りかかっているという。父には内諾の返事ももらっている、と達也はいった。急いで牧場に電話を入れたところ、覚悟していたらしく、父からは、心配するなという淡々としたことばだけが返ってきた。救いとまではいえないものの、唯一亜木子の心が慰められたのは、たとえ牧場が人手に渡ったとしても、今まで通りに父が牧場の運営を任され、そして今現在働いている二十人ほどの牧童とその家族の生活が保障されるということだった。「江成興産」の業績が回復した暁にはまた買い戻せばいい、と達也は付け足したが、そのことばにはおざなりな響きしか含まれておらず、もはや亜木子は達也を信じる気持ちを微塵も持っていなかった。

　従来通りに父が牧場を任されるというのは、つまるところ、牧場の売買——名義の変更における法律的な諸々の問題が絡んでくるからだろう。逆にいえば、買い手の側に名義変更の段取りができさえすれば、いつ父が放り出されてもおかしくないということだ。つまり買い手は、そうした一連の準備ができるまでの時間稼ぎに父を利用しようとしているにちがいない。今亜木子が一番胸を痛めている心配事は、名実ともに寺島牧場が他人の物となるのがいつの日なのか、そのことだけだった。

「お母さん……」眉根《まゆね》をいくらか曇らせて、未央は訊いた。「なにかわたしに隠し事をしていない？」

「どうして？」

「先月、急にお祖父ちゃんの所に帰ったのは、なにか特別な事情があったからではないの？」

「ちょっと疲れていたから牧場が見たくなっただけよ」

「そう。それならいいんだけど……」

「紅茶のお代わりを淹れるわ」

　亜木子は腰を上げた。あのときの話題に触れられるのを内心惧れていた。圭一のことがおもい出され、未央の前で平静な気持ちでいられるかどうか、自分に自信が持てなかったからだ。

　達也から牧場を手放す話をされたその直後に、おもいもしなかった圭一の姿を絵笛で目にした……。まるで自分が受けようとしているしっぺ返しを圭一に見透かされているかのような気になった。あるいはこれこそが、神様が自分に下す罰であるのかもしれない。

　淹れ直した紅茶を置いて、ふたたびソファに腰を下ろした。ふとおもいついたように、未央が亜木子に訊く。

「お母さんは、パパの会社のお仕事、貸しビルの業界については明るいの?」

「うぅん、あまり知らないわ。結婚したころはパパもいろいろと話してくれたけど、今は全然よ。でも、どうして?　きょうは妙なことを訊くのね」

「なんとなく訊いてみただけ……」

紅茶を口に運んで未央はことばを濁した。そのとき、帰って来た繁子が姿を見せた。

「お嬢様、お帰りなさい。お元気そうで安心しましたわ」

「繁子さんこそ腰のほうはだいじょうぶなの?」

「仮病みたいなものですよ」

笑いながら繁子が、腰を両手で大げさに叩いてみせる。

「では食事にしましょう。未央もおなかが空いたでしょう」

繁子と未央のやりとりをほほえましく見つめていた亜木子は、ふたりを促してダイニングにむかった。

「ママって、ケーキ職人になれるわ」

大きなデコレーションケーキに、未央が見とれている。

「それは食事のあとよ」

おしゃべりに花を咲かせながら三人で食事の準備に取りかかる。未央が鳥料理が好きでないために、イブとはいっても、七面鳥などの特別な料理を食卓に飾ることはない。きょうは未央の好きなローストビーフをメインにした料理にしてある。

「わぁ、おいしそう。ねぇ、繁子さん、あのケーキといいこのお料理といい、お母さんって完璧《かんぺき》だとおもわない?」

惚《ほ》れ惚《ぼ》れとした顔で、未央はテーブルに並べ終えた料理のひとつひとつを見つめている。

「そうなのですよ。奥様の手料理をいただくたびにいつも肩身が狭くなってしまうんです。お台所を預かっているのに、わたしは普段いったいなにを作ってさしあげているのだろう、って」

「なに言っているの。繁子さんのお料理の腕前はパパの折り紙付きではないですか」

繁子にやんわりといたわりのことばを返し、椅子に座るよう、亜木子はふたりを促した。

「するとなんですか、おふたりの話からすると、わたしが選んだ旦那《だんな》さんは一番不幸な目に遭うということのようですね」

未央が軽口で亜木子と繁子の笑いを誘い、そして、ちょっと待ってて、というとダイニングを出て行った。すぐに、リボンのかかった小さなふたつの包みとワインを手にして戻って来る。

「これ、わたしからのおふたりへのクリスマスプレゼント。個展でおもいがけないお金が入ったからといって、小宮先生が特別のボーナスをくださったの。だから奮発したわ。開けてみて」

繁子は恐縮した顔でお礼のことばを言い、うれしそうに包みを広げる。なにかしらね……、亜木子も嬉々としてリボンを外す。亜木子へのプレゼントは真珠のブローチ、そして繁子のそれは鼈甲《べっこう》の帯留《おびどめ》だった。

「こんな素敵な物を……。ありがとうございます」

帯留を蛍光灯の明かりにかざしながら、繁子がもう一度丁寧に未央に頭を下げる。

「わたしもよ、未央、ありがとう。どう似合う？」

亜木子は早速胸にブローチをつけてみせた。

「素敵。真珠がかすんで見えるわ、お母さん」

「お世辞でもうれしいわ。わたしからのおふたりへのプレゼントは、食事のあとで、ね」

ワインで乾杯し、食事をはじめる。

「さっきから気づいていたんですけど……」繁子が亜木子と未央のふたりに交互に目をやって首を傾げた。「いつから、お嬢様は奥様のことを、お母さん、と？」

「内緒よ。ねっ、お母さん」

未央は茶目っ気たっぷりに亜木子に片目を瞑ってみせた。

「あら、あら。わたしはのけ者ですか」

繁子も笑っている。

フォークを動かしながら未央が、事務所で飼っている猿のジローの話を、おもしろおかしく繁子に語って聞かせている。その表情からは、ついこのあいだまで、自分の針路について悩んでいた陰りは微塵も感じられなかった。もしかしたら好きな人でもできたのかしら……。亜木子の胸に、一瞬そんなおもいがよぎったとき、電話が鳴った。

立とうとした繁子を手で制して、亜木子は電話に出た。牧場の琴江からだった。声が異変を感じさせる。

「どうしたの？」

――旦那さまが、旦那さまが……。

琴江の絶句した声が回線を震わせ、次の瞬間、泣き崩れた叫び声に取って代わった。

12

「お疲れさまでした。オーケーです」

　若いADの声で収録は終了した。すぐにスタッフが照明やマイクの後片付けをはじめる。

「いや、お忙しいなか、無理をいってすみませんでした」

　多田盛嗣が気障《きざ》なしぐさでハンカチで額の汗を拭いながら柏木に手を差し伸べる。

　握り返した彼の手は、数か月前に本社の応接室で会ったときと同じように、やはり汗ばんでいた。あのときは、経済雑誌のインタビューだったが、きょうはテレビの正月番組用の録画である。

「このあいだの二十周年パーティ、せっかくのご招待だったのに、大変失礼しました。横矢先生にはその旨お伝えしたのですが、どうしてもはずせない仕事をニューヨークのほうに抱えていましたので」

「ご活躍でなによりです」

　半分嫌みを込めて柏木は返した。パーティに出席してくれなかったことへの嫌みではない。二言目にはニューヨークという彼に対する皮肉だった。もとより、パーティに顔を出してくれなくてもなんともおもってはいない。しかし多田は、柏木の皮肉を額面通りに受け取ったようだ。得意気な表情を浮かべている。

　パーティが盛況だったことを耳にしているのだろう、多田はしきりと柏木グループの躍進ぶりを誉めそやした。

「今度のゲームソフトも爆発的に売れてるそうじゃないですか」

「おかげさまでそのようです。しかし、あれは私などにひとつやっておりません。すべて、夢を持った若い人たちの仕事ですよ」

　応えながら柏木は時計に目をやり、暗に、これで失礼させてもらう旨を伝えた。午後の二時になったばかりだった。収録がはじまったのが、一時。ちょうど一時間かかっている。

　元日の朝の某民放局のワイドショーで放送予定の、多田盛嗣がインタビュー役を務める「若手経済人の今年の抱負」なるタイトルの録画撮りだった。柏木のほかに十名ほど顔ぶれが揃っているので、テレビに顔を出すといっても、時間にすれば、わずか五分ほどのものだ。

それにもかかわらず、一時間も時間を要したのは、メイクやカメラ位置の調整もさることながら、多田の希望で数回もリハーサルが行われたせいだった。

話は五日前に、突然多田から持ち込まれた。押し詰まってのドタバタ劇の裏には、あるいは横矢の指し金があったのかもしれない。気は進まなかったが、断りようにも、すでに局と話し合いがついている、という多田の泣きの一手で押し切られる格好になった。十五分も時間があれば――といったのに、この有様だ。二時には来客がある。もっとも柏木が仕事を回してやっている、ビルメンテナンス会社の社長で無理はきくが。

なにかを話しかけようとした多田に、来客を待たせてあるので、と柏木はやんわりと話の腰を折った。

いくらか鼻白んだ顔をした多田を無視し、後片付けをしているテレビ局のスタッフたちに軽く頭を下げて、柏木はスイートルームをあとにした。

外国人が多く利用することで知られている溜池にあるホテルオークラ。普段は落ち着いた雰囲気だが、暮れも押し迫った今、ロビーには大勢のひとが行き来している。

ホテルの玄関を出ると、駐車場で待機していた本橋がすぐに車を横づけにした。

「本社のほうでよろしいのですね」

ホテルの外に出ると、本橋が訊いた。

「ああ」

待たせている客のあとに、年末の挨拶回りに来るという客がふたり、それに六時には横矢も来社する予定になっている。

自動車電話から社に連絡を入れた。

やはり、すでに客は来ているという。応接室に繋がせた。

遅れた詫びを口にしているうちに、急にすべてが面倒なことにおもえてきた。

「すまないが、急用ができたので、またにしてもらえないだろうか」

自分でも意外なことばがスラスラと口をついた。客の承諾を耳にしたあと、電話を佐伯に回してもらった。

これからの客のすべてを、急用を理由にキャンセルするよう伝える。

客はいいとしても、きっと横矢はつむじを曲げることだろう。横矢とは、今年一年の慰労を込めてふたりで食事をする約束を三日前に取り交わしたばかりだ。

車は桜田通りを走っていた。

「おい、芝公園のインターに入ってくれ」

本橋に命じ、道路地図を取るよう、いった。

振り返った本橋が一瞬怪訝な顔をしたが、すぐに道路地図をよこした。

パラパラとめくり、三浦半島の略図が出ているページで手を止めた。

岬の突端——、灯台のある所——。剱崎《つるぎざき》まで行かなくてもいいだろう。かといって、半島の西は気が進まなかった。北海道と繋がる東側——。帰りのことを考えれば、観音崎辺りが手ごろにおもえた。

インターに入った所で、観音崎に行くよう、本橋にいった。

「観音崎、……ですか？」

「ここだ。わかるだろう」

ページを開いた道路地図を本橋に返し、柏木はマルボロに火をつけた。

「なにがあるのですか？」

運転しながら、本橋が訊く。

「別に用事はない。海が見たくなった」

「そうですか……」

ミラー越しに、チラリと目をむけてきたが、それきり黙って本橋は運転に専念しはじめた。

暮れの二十六日。さすがに高速道路も混んでいた。しかし都心、横浜を抜ければそうでもないだろう。

「連日、お忙しいですね」

いくらか車が流れ出して左手に羽田の海が見えはじめたとき、本橋がいった。

「年末ともなればしかたがない」

「それで急に海でも見たくなったのですか？」

「忙しくしているばかりが能じゃないし、な」

二十周年パーティでの木内の一件以来、少しずつ本橋に心を開いている。車のなかにいても、雑談以外にも、仕事の話を時々聞かせたりすることもある。

「例の育英基金の計画は、順調に進んでいるのですか？」

「簡単にはいかん話だからな。受皿を特殊法人にしなければならないという問題もある。なんとか来年の夏過ぎには形にしたいとおもっているのだが……」

きょうもその一件で、午前中に銀座の顧問会計士事務所で打ち合わせをしてきたばかりだ。

それと並行して、柏木は今、別の計画も練っていた。持ち株会社の設立だった。その持ち株会社に、「フューチャーズ」や「ハンド・トゥ・ハンド」の株を徐々に移管させて「カシワギ・コーポレーション」から切り離す。そして育英基金の運営資金には、その持ち株会社の収益金を充当する。自分に万が一のことがあったときには、それで中条たちは救われるだろう……。

「名称はもうお決めになったのですか?」

まだ決めていない、と口にしかかって、気がついた。本橋が訊いているのは、育英基金のほうで、持ち株会社のことではない。だいいち彼には、持ち株会社の構想すらも教えていない。

「仮称だが、『翔《しょう》育英基金』というのが頭にある」

「『翔育英基金』……、ですか」

「若い者が羽ばたく……、そんな意味だ」

「どうして冠に、柏木をつけないのですか?」

「俺が自分ひとりの力でやることではない」

「そうですか……」

前方を見つめながら、本橋がもう一度、育英基金の名称をつぶやいている。

脅迫状の主に脅されてはじめたことだったが、実際に計画に着手してからの柏木は、自分でも驚くほどに、この育英基金の設立に本腰で取り組むようになっていた。


これまでの仕事では決して得ることのできなかった精神的な充足感を覚えるのだ。

横浜に入る辺りからふたたび車の流れが悪くなった。ここを抜けて、横浜横須賀道路に出れば、あとは一直線で三浦半島まで突っ走れる。

「少し眠る。着いたら起こしてくれ」

たばこの火を消し、柏木は深々とシートに腰を沈めて目を閉じた。

なかなか眠れなかった。次から次に、いろいろなことが頭に浮かんできてしまう。

高田馬場で会った二日後に未央から短い文面の礼状が届いた。


よけいなことをおしゃべりしすぎました。ごめんなさい。あの川のように、どうか聞き流して忘れてください……。

手紙のなかには、二枚の写真が同封されていた。一枚は、事務所で飼っているという日本猿、ジローの写真。もう一枚は、ある写真展で賞をもらったという「冬の馬」と題した写真だった。

素人目にも、未央の性格がそのままファインダーを通して表されているようにおもえた。二枚の写真は今、柏木の懐の手帳のあいだにはさみ込んである。

そしてイブの日には、今度はクリスマスカードが届いた。そこには躊躇《ためら》うように、小さな文字でこう付記されていた。

心の傷が深ければ深いほどより人間的……。このことばは忘れません。でも、動物は怯えは持てても心の傷は持てない、という意見には賛成できません。動物が怯えるのは心に傷を負っているからです。その傷をつけたのは、わたしたち人間です……。

それを手にしたとき、柏木は小宮龍一事務所に電話を入れていた。電話の未央の声は弾んでいた。クリスマスカードのお礼をいった柏木に、未央は、今度はわたしに食事をご馳走させてください、といった。あしたの二十七日、未央とはこの前と同じ新宿の東口広場で待ち合わせをしている。

なぜ未央との交流にこんなに心が安らぐのだろう。未央の顔を見ていると、今抱えている悩みのすべてを忘れることができる。亜木子をおもうときは、切なくなるほどに胸が締めつけられ、自分で自分の感情を持て余してしまう。

眠れぬままに柏木は、懐から手帳を取り出し、未央が送ってくれた二枚の写真に目を注いだ。

「冬の馬」。これが寺島牧場で撮ったものであるのは明らかだった。写真のなかの戯れている親仔《おやこ》の馬を見つめる柏木の脳裏に、小学生のころに亜木子と一緒になって仔馬たちと遊んだときのひとコマひとコマが浮かんでは消えた。

「お休みではなかったのですか?」

本橋の声に、柏木は写真を懐に戻し、ふたたび目を閉じた。

いつの間にか眠っていた。車の振動で目覚めたとき、左手に夕暮れの海が見えた。

「どこを走っている?」

「走水《はしりみず》の海岸沿いです。もうじきです」

時計を見ると四時半を少し過ぎたところだった。かれこれ二時間半で着いたことになる。

「お疲れなのですね。よくお休みになられてましたよ」

「別に観音崎じゃなくてもいいんだ。海さえ見られれば」

適当な場所で車を停めるよう、本橋にいった。冬の夕暮れは瞬時にして陽が落ちてしまう。真っ暗な海を見に来たわけではない。

背後に観音崎公園の標示が出ている海岸沿いの一角で本橋は車を停めた。

足場のしっかりした所に立って、柏木は視線を遠くに泳がせた。

薄闇が支配しはじめた海は、まるで紙一面に墨汁を均一に塗りたくったように黒く静かだった。はるか先のうっすらとした陸地の影は房総半島だ。この時刻でもそれと認められるのは、東京湾をはさんで位置する三浦半島と房総半島のなかでもこの観音崎が最も接近した場所だからだろう。静かな暗い海のところどころにタンカーとおぼしき船影が見られる。左手に目をやると、横浜の街の灯りが薄闇のなかで煌々《こうこう》と光り輝いていた。

浦河の冬の海岸沿いの寒さに比べればさほどのことはないが、それでも海から吹き上げてくる風は想像以上に冷たい。

たばこに火をつけようとしたとき、観音崎灯台の明かりが海上をなめるようにして走った。それが柏木に、数か月前に児玉と一緒に立った、あの伊豆の錦ヶ浦の海岸をおもい起こさせた。

「ご一緒させてもらってもいいですか?」

少し離れた所から海を見ていた本橋に声をかけられた。

「遠慮は要らん。たばこを吸うか?」

横に立った本橋は首を振った。柏木はたばこに火をつけ、ふたたび海に目をやった。

「ここからでは社長の故郷の北海道は見えませんね」

軽い冗談のつもりだろう、本橋がそういって口もとに笑みを浮かべた。

「なぜ俺の故郷を……」

口に出したことばを柏木は途中で呑み込んだ。これまでひとに話したことはなかったのに、パーティの席でおもわずしゃべってしまったことに気がついたからだ。

「おまえの目には見えなくても、俺の目には見える」

笑みを引っ込めて本橋は黙った。

「両親はもういないらしいが、おまえは東京で生まれ育ったのか?」

本橋は黙ったままだった。

「そうか。おもい出したくないのか。ひとは皆それぞれに心のなかに闇を抱えているものだ。いいたくなければ別にいわなくてもいい」

「生まれたのは東京です……」

聞こえるか聞こえないかのような声で、本橋はいった。

視線は房総半島のはるか先を探しているかのようだった。

「母は私を産むと同時に、私の命と引き換えにこの世を去りました」

本橋に目をやった。本橋の視線は微動だにしていない。

「履歴書には嘘を書きましたが、父は生きているとおもいます。父は、私を身妊っている母を捨てていずこかに去りました。私がこの世に生を享けていることすら知りません。私は、母方の実家に引き取られて育てられたのです……」

「そうか……。おまえの抱えている闇は深いな」

「入社させていただくとき、戸籍謄本は必要ない、といわれたとき、大変うれしくおもいました」

「戸籍で人間のいったいなにがわかる？　ひとに必要なのは、今の己と、これから先の己の人生だ」

「航跡を残さない船はありません。足跡を残さない生き物もいません」

「過ぎた過去を振り返ってどうなる？」

もう一度本橋に目をやった。そのとき柏木は、彼の頬に涙が伝っているのに気がついた。

「ひとはいずれ死ぬ。死ぬまでの時間をどう生きるか、それが人生じゃないかね」

「白い航跡に砂煙が上がったのを見て、浅瀬に乗り入れたことに気がつけます。もっとも、生き物のなかには、自分の足跡を消す、臆病《おくびょう》で用心深い生き物もいますが……」

「おまえとおまえの母親を捨てた父親のことをいっているのか」

本橋から答は返ってこなかった。

そのとき柏木は、この青年が時として垣間《かいま》見せる瞳のなかの寂しげな陰りを理解したようにおもった。

「おまえもこの海のような人間だな。夕暮れどきの海が暗いのは光を失うからではない、寂しいからだ、といったやつがいる」

「児玉常務ですか」

肯定も否定もせず、柏木はさらにいった。

「死んだときに帰れる地を持つ人間は幸せだともいった」

「社長にはあるではないですか」

「俺か……」

柏木は、崖下にたばこを指先ではじいてから一言、自分にもない、といい捨てると海に背をむけた。

車に戻るとすぐに自動車電話が鳴った。

たぶん横矢からだろう。適当な言い訳を考えながら受話器を取った。

意外にも片岡からだった。彼は、寺島牧場の諸々の書類作成のために、きのうの夜北海道に発っている。

嫌な予感がした。その瞬間、柏木の耳に、自殺、と口にした片岡の濁声が飛び込んできた。

片岡は、二日前のイブの夜に、寺島浩一郎が首を吊って自殺したことを告げてきたのだった。

13

十時に捜査会議がはじまった。十二月二十七日、今年最後の捜査会議だった。しかし、出席者の顔ぶれには水原一課長の姿はなく、神保管理官、署長の木幡と串田係長、そして桑田班の桑田と清水、小杉班、屋久班のそれぞれ二名——の総勢、九名という、捜査本部縮小前と比べて寂しくなるような陣容だ。

怨恨説の屋久班、物盗り、行きずり強盗、恐喝——に視点を合わせた活動をしている小杉班、それぞれの収穫のなかった捜査報告がなされる。

うなずきはするものの、神保、木幡、串田、三人の顔には半分あきらめの表情が浮かんでいる。こぢんまりとした部屋に大の男が九人という図は暑くるしいものだが、意気上がらぬ成果に、雰囲気は沈みがちだった。

「では、桑田警部」

指名した串田は、着席したままでいい、とことばを添えた。

「では、おことばに甘えまして」

立ち上がろうとした桑田は、ふたたび腰を下ろし、二週間前の捜査会議以降の捜査活動をメモを見ながら報告した。

捜査本部とはいえ、わずか六名という陣容であるから、一日の捜査活動が終わって顔を合わせれば、互いにその日の成果については雑談まじりに話し合うこともある。しかし、皆それぞれに自分たちの一日の仕事で疲労困憊《こんぱい》しているし、断片的な話でもあるので、各班の捜査活動の全容を完全には把握できていない。したがって、こうしたきちんとした席での報告で、初めてそれぞれの活動内容を理解することができるのだ。

　すでに桑田は、串田係長や屋久、小杉警部補たちに、生前の及川が通っていた一杯飲み屋を発見したこと、そして彼が息子の一馬に遺書の類を遺していたこと——などについては話してあるが、その詳細やそれに対して抱いている自分の疑問等についてまでは教えていない。

　桑田は、織江の店を発見した経緯や、彼女の口から遺書の存在を知ったいきさつ、そして一馬がすでにその遺書を焼却してしまっていることなどを、順を追って詳しく報告した。

「……ということは、その線からの捜査も壁にぶつかった、というわけだ」

　最初から桑田の説に懐疑的である神保管理官は、屋久班や小杉班の報告に見せたときと同じ表情を浮かべながらいった。

「いいえ、私はそうはおもっておりません」

　桑田はきっぱりとした口調でいった。

「と、いうと？」

　右手を顎に添えて神保が訊く。

「私は杉田織江の証言のなかに、ふたつの重要な点がある、と考えています。まず、一点は、害者——及川が彼女の店に最後に訪れた日、昨年の九月二十四日の彼の行動です。普段は、決まったように徳利二本で腰を上げる及川が、その日にかぎってへべれけになるほど酒を飲んだ——、しかもそのあと、明らかに自宅には帰らずに、タクシーに乗って都心にむかったとおもわれる。ご存知のように、出所後の彼は、人づき合いを、それこそ極端なまでに避けておりました。その彼が、それまでの日常行動とは明らかに異なる行動をとっている。彼は、その日、誰かに会いに行った、あるいはどこかにふたたび飲みに行った、私はその彼の行動を、悩み迷った末に、酒の力を借りて——と推測しています。彼がそうまでして会いに行かなくてはならなかった、あるいは会いたかった人物。この人物こそがホシに繋がる人物であったかもしれない——。これがまず一点です」

　手を顎に添えていた神保が、腕組みに替えて桑田を見つめている。

「そして、もう一点は、及川から遺書を預かっていた杉田織江が一馬にそれを届けたときの、彼の反応、態度、ようす、です……」

　織江の話によると、店に顔を出しはじめたころの及川は、時として気弱な一面をのぞかせることはあったが、元気そうで特に身体が悪いようすは見えなかったという。それが半年ほどしてから、急に健康についての不安を口にするようになったらしい。

この織江の証言は捜査結果と合致する。

及川は「品川総合クリニック」で最初のガン手術をしたあと、三年間ほどは定期検診を受けていたが、異常が見つからなかったことで安心したのだろう、それからは顔を出さなくなった。それが殺害される半年ほど前にふたたび検査に訪れ、そのときに、ガン再発の可能性を指摘された。しかし、予定された精密検査の日に及川は病院を訪れてはいない。

その及川が、ゴールデンウィーク明けの五月半ばに織江の店に顔を出し、一馬宛の封書を彼女に託したという。

「彼女は最初は、縁起でもない、といって断ったらしいのですが、万が一ということもある、頼れるのはあなたしかいない、一馬には心配をかけたくない——そういって及川に懇願されて、結局その封書を預かった——。そして、事件が起きて及川は殺された。彼女が及川の葬儀後、ひと月ほどして一馬にその封書を届けたのは、死に方が死に方だったので一馬に迷惑がかかっては——と自重したらしいのですが……」

そういって桑田は、織江から聞いた、それを受け取ったときの一馬のようすを語った。

織江の眼前で封書を開けて読みはじめた一馬は、しだいに便箋を持つ指先を震わせ、顔面を蒼白にさせた。織江の目には、一馬がすごくショックを受けたように映ったという。そして、読みはじめてすぐに一馬は突然隣の部屋に閉じこもってひとしきり泣きつづけていたとのことだった。

「父親の遺書を読んで涙を流すというのは、ごく自然なことです。しかし、杉田織江は、そのときのようすを私に話すのに、ちょっと躊躇したのです。つまり、それほどまでに一馬の取り乱し方が尋常ならざるものだったのです。私はこれまでに、二度ほど、一馬と会っておりますが、その印象からいうと、総明で、冷静な、との感を抱きました。その一馬がそれほどまでの衝撃を受けた……。四日前、私は一馬に会い、及川の遺書の内容を教えてくれるよう、頼みました。彼の答は、こうでした。ガンに冒されて余命いくばくもないことを告白していた——、それを直接伝える勇気が持てないから手紙に記した——、死んだら加代と同じ墓に入れてほしい——、父親らしいことをなにひとつしてやれなかったが力強く生きてほしい――、そして最後に、自分は大罪を犯した人間だから、自分に関するすべての物は処分してほしい、この遺書とて例外ではない、焼却してくれ――、と」

そこでことばを区切って、桑田はじっと耳を傾ける神保管理官と串田係長を見つめた。ふたりは口を真一文字に結んでいる。

桑田はつづけた。

「たしかに、涙を流すには十分な内容でしょう。しかしどうしても私には、その内容であの一馬が、指先を震わし、顔面を蒼白にし、激しく取り乱す、とはおもえないのです。その内容と、そうした強いショックを受けている一馬の姿とが重なり合わないのです」

「つまりこういうことかね？　警部。遺書のなかには、そんなことよりももっと大切なことが記されていた、と」

神保が淡々とした口調で訊いた。

「そうです。それに、杉田織江の話によると、遺書は相当に厚かったらしいのです。それこそ、便箋に十五枚か二十枚……。それほどの量なのに、一馬が教えてくれた内容だけしか書かれていなかったとは、私にはどうしてもおもえないのです。仮に、一歩譲って、内容が一馬のいうようなものだったとしても、事は殺人という重大な事件なのです。彼は、杉田織江から父の遺書を受け取ったあと、捜査本部にそのことを一報してくれるのが自然なのではないでしょうか」

「なるほど……。警部はどうしても、その遺書のなかに、吉田秀夫が示唆した例の一件――一馬は及川の子供ではないかもしれない――という告白がされていたのではないか、といいたいわけだ」神保が桑田の胸のうちを代弁するようにいった。「もし、そうなら、一馬のショックや取り乱したことの理由になる――。そういうことだね？」

うなずきはしたものの、桑田はいつもながらの神保のその言い方に内心ではムッとしていた。やはり、神保は、どこまでいっても、一馬の一件は事件とは外れた傍流の出来事との認識を変える気はないらしい。

「しかしだな……、桑田警部」それまで黙って聞いていた木幡が口をはさんだ。「今となっては、そうした話をしてもどうにもならんだろう。遺書は焼却されて、もう存在せんのだし」

巨漢の木幡は穏やかな性格の好人物で知られている。今、彼の口にした意見は、まさに彼のそんな人物像にピッタリのものだ。

桑田はいくらか口もとに笑みを漂わせて、いった。

「もしそんな大切なことが記されているとしたら、はたして一馬は焼却するでしょうか？　私は、そのなかで、及川がこの遺書を焼却処分してほしい、と書いていたということすら、疑問におもっております」

「そういうことか……」

木幡は一度神保に目をやってから、黙り込んだ。

「わかった、警部」神保が断を下すようにいった。「仮に一馬が、警部の考えているように、及川の子供でなかったとして、はたしてそれが本事件と関係があるかどうかわからんが、警部には引きつづいてその線で捜査を継続してもらうことにしよう。では一応これできょうの会議は終了する。では署長——」

隣の木幡に神保は話を譲った。

木幡がうなずき、巨体の背筋を伸ばし、六人の捜査員を見回す。

「きょうの報告を聞いて、いよいよ本件が長期化しそうであるとの認識をまた新たにしたしだいです。じつは、捜査本部を縮小してまだ一か月にも満たないので、いささか残念で心苦しいのだが——」

そう前置きして木幡はいった。

「ご存知のように、この十一月、十二月は、この管内で凶悪な事件が多発した。ただでさえ捜査員の数が足らないというのに、ここに来て、また一段と手薄な状態に追い込まれている。本件も初動捜査の段階で、もう少し捜査員の数を投入できていたら、あるいはこんな難事件とならずにすんだかもしれない。まあ、今となってはこんな泣き事をいってもしかたがないのだが——。要するに、初動捜査はそれほど重要だということだ。今月の二日に発生した、例の酒屋の主人と娘とを殺害した強盗事件、この事件がまさにそんな重大な局面にあり、新たな捜査員を必要としている。そこで、きょうをもって、屋久班、小杉班の四名は、そちらの捜査本部に合流し、本件との兼任捜査にあたっていただくことにする」

なるほど、そういうことか——。捜査会議がはじまる前、廊下ですれ違った串田係長がもうひとつ浮かぬ表情だったことに、桑田は納得した。意見を異にするとはいえ、事件を共に追って来たのだ。串田の無念やるかたないであろう心中は想像できる。

署長の木幡と神保管理官のふたりが退席したあと、串田が桑田に声をかけた。

「水原一課長は、警部の意見に大変興味を持っておられる。丹念に掘り下げた捜査を根気よくやるように――との伝言を受けました」

「おそれいります」

桑田は串田に丁寧に頭を下げた。心のなかでは、水原一課長に対してのものではあったが――。

串田は、屋久たちに当分このままの席で兼任捜査にあたってくれ、というと四人を連れて下の捜査本部に顔を出しに行った。

「とうとう、ふたりっきりですか」

清水が心細そうな声で桑田にいった。

「なんなら、清水君も志願してあっちに行くか？」

「冗談じゃないです。僕は不退転です」

「難しいことばを知ってるじゃないか」

茶化しながらも、桑田は、ムキになったような表情を浮かべた清水の顔に頼もしげな目をむけた。

桑田たちは今、加代が一馬を産んだころに住んでいた青物横丁界隈の産院、産婆を虱潰しに当たっている。

お茶で一服したあと、桑田は出かける準備に取りかかった。


京浜急行青物横丁の駅を下り、一馬は駅前の商店街をぶらぶらと歩いた。

大晦日《おおみそか》の三十一日。あしたから正月休みとなる商店街は、どの店もひとの波でごった返している。

目についた食堂で遅い昼食をとり、ふたたび歩く。途中、花屋で供花用の花束ふたつを作ってもらった。そして菓子屋で餅《もち》を買う。

午前中は薄曇りだった空が鉛色の重たいそれへと変わり、いつ雨が降り出すかわからないような雲行きとなっている。

小さいころ、暮れの三十、三十一日ともなると、母に手を引かれてはよくこの商店街に正月用品の買出しに来たものだった。物心ついたときには、東大井六丁目のアパートに住んでいたが、母からは、自分がこの街で生まれ、そしていっとき母とふたりでここに住んでいたことも教えられた。しかしなぜか、住んでいたというその場所を教えてくれるように頼んでも、母は頑としてそれを拒んだ。その理由がわかったのは、中学に入学したときのことだった。それまでは、父は遠い所に働きに出かけている、とだけ口にして多くを語ってくれなかった母が、初めて一馬に真相を打ち明けてくれたのだ。あまりのショックに、一馬はしばらくのあいだ、母を拒絶し、そしてまだ見ぬ父を激しく憎んだ。そんな自分に、生まれて初めて母は、手をあげて涙を流しながらこういった。

過ちを償った人間を許せる心が持てないようなら一生不幸な人生を送ることになる――。罪を償った父の姿を見て、それでも許す心が持てないときには、自分の人生を歩みなさい――。

父はその四か月後の夏、長い服役生活を終えて帰って来た。そのときの父の顔を、一馬は今でもはっきりと憶えている。父は大粒の涙を流して、あと三日で十三歳になる一馬の前で両手をついて頭を下げたのだ。その父の姿に嘘偽りはなかった。父は罪を心底悔い、朝早くから夜遅くまで、それこそ額に汗して一生懸命に働いた。一馬が自分のほうから父に頭を下げたのは、一年ほど経った、中学二年生の夏休みのときのことだった。

商店街を抜け、二筋ほど行った所の角を曲がった。すぐ先に、茶色の小さなマンションが建っている。

かつてここには隣り合わせに三棟のアパートが軒を並べていた。母と一緒に暮らしていたのは、その取り壊されたアパートのひとつにあった部屋だった。

しばらくマンションを見つめたあと、ふたたび一馬は、旧東海道の細い道を東にむかって歩きはじめた。

南品川二丁目の標識のある路地を左に折れた。お寺の門が見える。本橋の家の菩提寺だった。ここに父と母、そして実の母英子と祖母の四人が眠っている。本橋の菩提寺であるこの寺に、身寄りのなかった実母と祖母のふたりが安らぎを得ることができたのは、母加代の尽力によってである。

墓地は本堂の裏手にある。墓地の手前にある井戸から手桶《ておけ》に水を汲み、一馬は最初に父と母の眠る本橋の墓に足を運んだ。

手桶の水を柄杓《ひしゃく》ですくい、墓石を清めてから用意した花束を墓前に飾る。その横に、父と母の大好物だった餅を添えた。

焼香してしばらくのあいだ手を合わせた。肩にポツリと来るものがあった。

腰を上げ、桶と花束を手に実母の墓にむかおうとしたとき、墓地の入口から歩いて来る男が目に飛び込んだ。瞬間一馬は唇を噛んだ。大井署の桑田だった。

「やはり、来られてましたか」

そう口にした桑田の右手には花束が握られている。

「まだ、どちらかのお墓に?」

桑田の目が一馬の左手の花束にむけられている。

「いや、別に……」

一馬は、すでに飾ってある花束の横に、手にした花束をさりげなく置いた。

「お父さんの命日にも来ようとおもったのですが、遠慮しました。やはり犯人を挙げてからのほうが、お父さんも喜ばれるだろう、と」

「そうですか」

一礼して、一馬は桑田の横をすり抜けた。

「そういえば……」一馬の背に桑田が声をかける。「やはり、今の会社はどなたかのツテでお入りになったんでしょう？」

振り返った一馬を、桑田が例の柔和な笑みで見つめる。

「いや、ね……、私の警察学校の同期生が新宿署にいるんですが。その彼が、この前、捜査している事件のことで私を訪ねて来ましてね……。ほら、ご存知でしょう？　ふた月半ほど前に、君の会社の派遣警備員が何者かに新宿で殺された事件。たまたま彼があれを捜査していたのですが……」

その刑事から、「カシワギ・コーポレーション」は優良会社であるにもかかわらず、ここ数年、新規の社員募集は一切していない、との話を聞かされたのだという。

「たしか、一馬君は、会社には募集を見て入られたようなことをいわれてましたが……」

「そうでしたか、ね。いずれにしても、それは私のプライバシーの問題でしょう。正直なところ、そこまで関わられると不愉快な気持ちです。失礼します」

一馬は内心の動揺を憤然とした顔でカモフラージュして、桑田に背をむけた。桑田の声はもう追ってこなかった。

足早に墓地を出て、寺の門の手前に来たときに一馬は初めて手桶を持ったままであるのに気がついた。

急いで井戸の場所に戻り、手桶を元通りに置いてから、一馬は逃げるように寺をあとにした。

夕刻からポツポツと降りはじめた雨は本降りに変わっていた。

自室の西向きの窓からその雨の降る夜の街にじっと目をやっていた一馬は、小さなため息を洩らすとベッドに身体を横たえた。

目が冴えてなかなか寝つかれなかった。立てつづけに何本もたばこを吸った。狭い部屋にたばこの煙が充満する。

　まるできょう、自分が墓参りに来ることを見越すかのように桑田が顔を出した。しかも入社のいきさつの疑問まで口にした……。もしかしたら桑田は自分のことを調べているのではないか……。父の死後、すぐに前の会社を辞めて「カシワギ・コーポレーション」に入社した。織江のことも、父の遺書のことも警察には教えなかった。そうした点に疑問を持ちはじめたのではないか……。

　遺書は焼却したということばを桑田は信用していないのかもしれない。しかし、あれ以降、彼が連絡してくることはなかった。

　織江の口からどこまで聞き出したのだろう。織江に尋ねてみたい気持ちを抑えて、店に顔を出すのは控えている。彼女にこれ以上迷惑はかけたくなかった。

　織江は、あいつのことを知っていただろうか。母英子と仲のよかった男……。しかし、母のことをそれとなく聞いても、織江の口からはそれらしき話は一度も出なかった。父ですら、あいつと母のことは知らなかったらしい。となると、やはり織江はなにひとつ知らない、と考えるのが妥当だろう。

　とすれば、あいつと父との接点を、桑田に気づかれる心配はない。なにしろ、もう二十五年以上も前のことなのだ。その当時を知る人間を捜し出すことも難しいし、たとえ捜し当てても、あいつと父との関係を知る人間など無きに等しいにちがいない。仮にいたとしても記憶も定かではないだろう。

　心配ない……。父の遺書が桑田の目に触れないかぎり、あいつと父との関係が知られることは万にひとつもない……。

　そう結論づけると、一馬の胸にいくらか安心感が広がった。しかし、念には念を入れて、一度あいつに、大井署の桑田の動向には注意をするよう、警告しておく必要がある……。

　たばこをもう一本抜き出す。火をつけようとして、机の上のパッケージに目が行った。マルボロ。

　口にくわえたマイルドセブンを元に戻し、マルボロを手に取る。あいつがこれを吸っているのを目にして、この煙だけは絶対に肺に送り込むまいと心に決めていた。あいつは、いったいどんな気持ちでこれを吸っているのだろう。

　マルボロに火をつけ、口にしてみた。車中に広がる、あいつが吸うたばこと同じ匂いが漂った。すぐにもみ消し、一馬はマイルドセブンに火をつけ直した。

　五日前の観音崎——。帰りしなにかかってきた電話に、あいつは顔色を一変させた。狼狽すらしていた。帰りの車中でバックミラー越しにあいつをうかがったとき、あいつは目頭に指を添えていた。あんな表情を目にしたのは、会社に入って以来初めてのことだ。いったいなにがあったというのだろう……。

　誰かが死んだのはまちがいない。電話口であいつが洩らした断片的な呻き声のなかに、たしかに、自殺……のことばがあった。寺……、寺、なんだろう……。きっと自殺した人間の名前だ。誰でもいい……。苦しむがいい、いやもっと苦しむべきだ。父の苦しみに比べれば、おまえの苦しみなど高が知れている……。

　しかし……。すでに何度も考えた疑問がふたたび頭をもたげてきた。

　父の遺書に書かれていた五千万——。五千万などという大金は家のどこにも残ってはいなかった。遺品の普通預金通帳には二百二万円の残高があっただけだ。本当に父はそのお金をやつから預かったのだろうか。もしそれが事実なら、いったいその大金はどこに消えてしまったのだろう。

　若いころに彼を世話した——、彼にはそれだけのことを自分にしてくれてもいい恩義がある——。そう父は記していた。

　だが、どう考えても不自然だ。いくら成功し、金に不自由しなくなったにしても、若いころに世話になったというたったそれだけの理由であの男が父に五千万などという大金を預けるだろうか……。もしあいつに、自分という子供の存在を打ち明けてのことだったら納得もできる。しかし、父はそれをはっきりと否定しているのだ。

　はっきりしていることがひとつある。それは、まだ自分にお金を渡していないにもかかわらず、父はそれをやつから受け取ることを自明の理として遺書を記していたということだ。つまり父は、やつが大金を預けることをこれっぽっちも疑っていない。それほどまでの自信、確信とはいったいなにを根拠にしてのことだったのだろう。

　考えれば考えるほどわからなくなる。本当に父は、すべてのことを打ち明けてくれたのだろうか。まだ重大な隠し事をしていたのではないだろうか……。

　指に持ったたばこの灰がポトリと落ちた。頭を振り、思考を中止すると、一馬は引き出しから興信所の調査報告書を取り出した。

すでに内容は記憶しているが、ふたたび目を通した。

そのとき、一馬の頭のなかに、電流に打たれたように閃《ひらめ》くものがあった。

もしや……。あいつが洩らした、寺……、という人物は……。一馬の目は、江成未央の母方の祖父、寺島浩一郎と記された一点に釘づけになった。

一〇四番で、寺島浩一郎の電話番号を問い合わせた。

一度深呼吸をしてから、一馬は、たった今教えてもらった電話番号を見つめながらプッシュボタンに指を伸ばした。

（下巻につづく）